Mary Karr

Der Club der Lügner

Mary Karr

Der Club der Lügner

Deutsch von Sabine Roth

Goldmann Verlag

Die amerikanische Originalausgabe erschien unter dem Titel
»The Liars' Club« bei Viking Penguin, New York

Die in diesem Buch verwendeten Zitate
wurden folgenden Ausgaben entnommen:
Ronald D. Laing, *Das geteilte Selbst*, aus dem Englischen von
Christa Zimmermann-Tansella
(© 1972, 1994 by Verlag Kiepenheuer & Witsch, Köln).
Ezra Pound, *Pisaner Cantos LXXIV-LXXXIV*, aus dem
Amerikanischen von Eva Hesse
(© 1956, 1985 by Verlags AG Die Arche, Zürich).
Zbigniew Herbert: *Das Land, nach dem ich mich sehne*, übertragen
von Karl Dedecius (Krüger, 1956)

Umwelthinweis:
Dieses Buch und sein Schutzumschlag wurden
auf chlorfrei gebleichtem Papier gedruckt.
Die vor Verschmutzung schützende
Einschrumpffolie ist aus umweltschonender
und recyclingfähiger PE-Folie.

Der Goldmann Verlag
ist ein Unternehmen der Verlagsgruppe Bertelsmann

3. Auflage

Published by arrangement with Viking Penguin,
a division of Penguin Books USA, Inc.

Satz: Uhl + Massopust, Aalen
Druck und Bindung:
Graphischer Großbetrieb Pößneck GmbH
Printed in Germany
ISBN 3-442-30702-3

für Charlie Marie Moore Karr,
der ich meine Liebe zu Büchern verdanke,
und J. P. Karr,
von dem ich meine Liebe zu Geschichten habe

Wir haben unsere Geheimnisse und unsere Bedürfnisse zu bekennen. Vielleicht erinnern wir uns, wie in der Kindheit Erwachsene zuerst mitten durch uns hindurch und in uns hineinsehen konnten und was für eine Leistung es war, als wir zitternd vor Furcht die erste Lüge sagen konnten und als wir für uns die Entdeckung machten, daß wir in bestimmten Hinsichten unwiderruflich allein sind und daß es innerhalb des Territoriums unserer selbst nur unsere eigenen Fußspuren geben kann.

Ronald D. Laing, *Das geteilte Selbst*

I.
Texas 1961

nichts gilt als die Inständigkeit
der Zuneigung –
zu guter Letzt – welche die Fährte in's Gedächtnis grub
dove sta memora

Ezra Pound, *Canto LXXVI*

1

Das ist meine deutlichste Erinnerung: ein einzelner, greller Moment inmitten von Dunkel. Ich war sieben, ich saß auf einer Matratze auf dem nackten Boden, und vor mir kniete unser Hausarzt. Er hatte ein gelbes Polohemd an, bei dem der Kragen offenstand, so daß auf seiner Brust ein V aus lauter Härchen sproß. Ich kannte ihn nur mit weißem, gestärktem Hemd und grauer Krawatte. Die Veränderung irritierte mich. Er zupfte am Saum meines Lieblingsnachthemds – Texaslupinen in schleifengeschmückten Sträußchen vor einem Feld aus windelweißer Baumwolle. Ich hatte die Knie angezogen, so daß das Nachthemd ein Zelt bildete. Er hätte es mir mit einem Griff über den Kopf streifen können, aber aus irgendeinem Grund war er behutsam. »Jetzt komm doch«, sagte er. »Zeig mir die Stelle. Ich tu dir nicht weh.« Er hatte wäßrigblaue Augen hinter dicken Brillengläsern und einen Schnurrbart, der wie eine Raupe aussah. »Bitte. Heb das Hemd hoch, und zeig mir, wo es weh tut«, sagte er. Er nahm ein Stück Saum zwischen Daumen und Zeigefinger. Ich weinte nicht, und an Schmerzen kann ich mich auch nicht erinnern, aber er sprach in diesem einschmeichelnden Ton, den er immer anschlug, wenn er hinterm Rücken eine lange Nadel versteckt hielt. Ich mochte ihn gern, aber ich traute ihm nicht. Das Zimmer, das ich mit meiner Schwester teilte, war dunkel, doch ich dachte gar nicht daran, mein Nachthemd hochzuziehen, solange im Wohnzimmer lauter fremde Leute waren.

Es dauerte drei Jahrzehnte, bis der Augenblick sich aus der Erstarrung löste. Nachbarn und Familie haben mir geholfen, diese grelle Momentaufnahme zum Panorama zu weiten. Das Bettgestell, das hinter dem Doktor an der Wand lehnte, hatte im

Dunkeln etwas Unheimliches, Spinnenhaftes. Die hochbeinige Kommode in der Ecke lag auf dem Rücken, hilflos wie eine Schildkröte, die Schubladen waren im Zimmer verstreut. Überall türmten sich herausgerissene Kleider, Puzzles, Comichefte und die Pixiebücher, die meine Mutter mir an der Supermarktkasse kaufte, wenn ich brav im Einkaufswagen geblieben war. Den Türrahmen füllte die gewaltige Silhouette von Sheriff Watson, der meine große Schwester auf einem seiner muskelbepackten Arme hielt. Sie steckte in ihrem rosa Pyjama und hatte ihm die Beine um die Hüften geschlungen. Sie spielte an seinem Stern herum, mit einer Konzentration, die in keinem Verhältnis zu dem Interesse stand, das so ein Abzeichen sonst bei ihr zu erwecken vermochte. Selbst mit ihren neun Jahren begegnete sie jeder Art von Obrigkeit schon mit Zynismus. Sie konnte auf offener Straße Nonnen nachäffen und war frech zu den Lehrern. Aber jetzt trug sie eine ehrfürchtige Miene zur Schau. Der Cowboyhut des Sheriffs tauchte sein Gesicht in zu tiefen Schatten, als daß ich irgendwelche Nuancen hätte erkennen können, aber ich ahnte den Anflug eines seltsamen, weichen Lächelns, das ich noch nie an ihm gesehen hatte.

Vor dem Sheriff hatte ich immer ein bißchen Angst, wegen der vielen Schlägereien, in die mein Vater geriet. Wenn es wieder soweit war, zog er mit verschrammten, blutenden Fingern das Fliegengitter an der Hintertür auf und erteilte mir und Lecia (die sich übrigens, wie sie an dieser Stelle einschieben würde, »Lisa« spricht) kauernd seine Anweisungen. »Wenn der Sheriff aufkreuzt, sagt ihr ihm, ihr habt mich seit ein paar Tagen nicht mehr gesehen.« Der Sheriff kreuzte kein einziges Mal auf, so daß meine Fähigkeit, der Staatsgewalt ins Gesicht zu lügen, nie auf die Probe gestellt wurde. Trotzdem erfüllte mich seine bloße Gegenwart in jener Nacht mit dem Bewußtsein: *Ich hab was angestellt, und deshalb ist jetzt der Sheriff da.* Hätte ich damals eine Stimme gehabt, hätte irgend jemand Anstalten gemacht, mir zuzuhören, dann hätte ich vielleicht etwas in der Art gesagt. Aber wenn etwas passiert ist, bekommt man als Kind ungefähr so viel Ansprache wie ein Möbelstück.

Erst im Lauf der Zeit belebte sich das Panorama, wie im Film, wenn die Nebelschleier sich nach und nach verziehen und eine Szene enthüllen. Kleine Gesten nahmen Konturen an; dann kam mit einem Ruck Bewegung in das Ganze. Sheriff Watsons Kinn klappte ins Licht und zurück in den Schatten, während er für mich unhörbare Worte zu meiner blonden Schwester sagte, die hier plötzlich Engelchen spielte. Ein paar Feuerwehrleute in kanariengelben Öljacken machten sich im Nebenzimmer zu schaffen, und Dr. Boudreaux' dicke Finger kamen erneut auf mich zu und rieben den Saum meines geblümten Nachthemds, auf dieselbe Art, wie alte Frauen beim Kleiderbazar die Stoffe prüften. Draußen muß ein Krankenwagen gestanden haben, denn in regelmäßigen Abständen schnitten große Dreiecke von rotem Licht durch den Raum. Ich spürte förmlich, wie sie über mein Gesicht glitten, und im Fenster, durch Geißblattgerank, sah ich in unserem Garten mächtige Flammen zum Himmel lodern.

Und der nächtliche Geräuschpegel begann zu steigen. Leute mit schweren Stiefeln stampften durchs Haus. Jemand stellte die Sirene am Krankenwagen ab. Die Hintertür ging auf und knallte wieder zu. Auf dem Vorplatz knurrte leise Nipper, der Hund meines Vaters, und zerrte an seiner Kette. Er war ein mürrischer Hund, der Bier trank, Fremde biß und imstande war, bei voller Fahrt aus dem Autofenster zu springen, nur um über einen anderen Hund herzufallen. Einer Dame hatte er den Chihuahua totgebissen und ihn dann herumgeschleift wie einen nassen Lappen, während Daddy versuchte, ihn aus der Garage der heulenden und zeternden Besitzerin zu locken. Als eine mir unbekannte Stimme irgendeinem Mistvieh befahl, sich zu verpissen, wußte ich, daß Nipper gemeint war; noch in derselben Nacht verschwand er im osttexanischen Bayou – wenn nicht gleich, wie meine Schwester es später für wahrscheinlicher hielt, in der Gaskammer des Hundefängers. Jedenfalls sahen wir ihn nie wieder, was mir ganz recht war. Er hatte mich mehr als einmal gebissen.

Wieder Türenknallen, schwere Schritte, aus dem Streifenwagen vor dem Haus knatterte ein Funkgerät. »Jetzt komm, Kindchen«, sagte Dr. Boudreaux, »zeig mir die Spuren. Ich tu dir nicht weh, ich versprech's dir.« Ich wartete immer noch auf einen Blick von meiner Schwester, irgendeinen Wink von ihr, wie ich mich verhalten sollte, aber sie hatte nur Augen für diesen Stern.

Reden höre ich mich nicht. Früher oder später muß ich Dr. Boudreaux gesagt haben, daß es keine Spuren gab. Es war wirklich so. Ich brauchte lange, um mir da ganz sicher zu sein, und noch länger, um meine Erinnerung wegzusteuern von diesem isolierten Ankerplatz, dem Rest meines Lebens zu.

Ich weiß erst wieder, wie Sheriff Watson mich wegführte. Auf dem Arm trug er immer noch Lecia, die beschlossen hatte, sich schlafend zu stellen. Meine Augen waren auf einer Höhe mit seinem Gürtel. Ich starrte auf seinen Dienstrevolver und einen kleinen Lederknüppel, der auch damals in Texas schon gesetzwidrig gewesen sein muß. Er war wie eine riesenhafte schwarze Träne geformt. Ich widerstand dem Drang, ihn zu berühren. Lecia drückte ihr Gesicht die ganze Zeit über an den Hals des Sheriffs, aber ich wußte, daß es nur Schau war. Ihr Schlaf war leicht wie der einer Katze, und der ganze Trubel hätte sie zehnmal wachgehalten. Der Sheriff führte mich an der linken Hand. Mit der freien Hand langte ich hoch und zwickte sie in ihren schmutzigen Knöchel. Fest. Sie trat nach mir, winkelte das Bein an und kuschelte sich wieder wie schlafend an seine Brust.

Die Feuerwehrleute und die Männer von der Highway Patrol standen dickfellig herum wie ungeladene Gäste, die lange zu bleiben gedenken. Jemand hatte Kaffee gekocht, dessen Aroma den schwachen Chemiegestank des Benzinfeuers im Garten mit einer nussigen Note überlagerte. Die Männer im Wohnzimmer machten einen weiten Bogen um unsere Gruppe und verzogen sich in Richtung Küche.

Mit meinen Eltern war nicht zu rechnen, das wußte ich. Daddy hatte Nachtschicht; der Sheriff sagte, der Hilfssheriff wäre zur Raffinerie rausgefahren, um dort nach ihm zu suchen.

Mutter war WEGgebracht worden, erklärte er uns weiter, weil sie es mit den NERVEN hatte.

Die Wendung »es mit den Nerven haben« mußte bei uns in Osttexas für alles herhalten, von chronischem Nägelkauen bis hin zur astreinen Psychose. Mr. Thibideaux ein paar Häuser weiter schoß seiner Frau und seinen drei Söhnen in den Kopf, steckte das Haus in Brand, stemmte sich den Lauf seiner Jagdflinte unters Kinn und drückte mit dem großen Zeh ab. Ich hatte samstags abends oft seine Tochter besucht, eine sehr beliebte High-School-Tambourmajorin, aber von Mr. Thibideaux weiß ich nur noch, daß er kurzgeschorenes Haar hatte und ziemlich streng wirkte. Er war Raffineriearbeiter wie Daddy und außerdem Diakon an der First Baptist Church.

Ich war Anfang Zwanzig, als Mr. Thibideaux seine Familie umbrachte. Ich nannte mich eine Dichterin und gefiel mir darin, klassische Texte zu lesen (in Übersetzung natürlich – ich war eine faule Studentin). Sechsunddreißig Stunden lang fuhr ich im Greyhound-Bus vom Mittleren Westen nach Leechfield hinunter, um dann in brütender Hitze Tag für Tag schwarzgekleidet bei meiner Mutter auf der Veranda zu sitzen und Homer zu lesen (oder Ovid oder Vergil), immer in der Hoffnung, daß jemand mich fragen würde, was ich denn las. Keine Chance. Die Leute wollten wissen, was ich trank, wieviel ich wog, wo ich wohnte und ob ich schon verheiratet war, aber meinen Vortrag über hohe Literatur brachte ich nie an den Mann. Bei einem dieser Besuche fand ich das Haus der Thibideaux abgebrannt vor, und ich las zum erstenmal von *Ate*. Wenn in Epen der alten Griechen jemand ein Mädchen verprügelt, einen Menschen totschlägt oder sonst irgendwie aus der Haut fährt, kann er es in der Regel auf Ate schieben, eine halbgöttliche Verkörperung verzehrender Wut, die die Vernunft außer Kraft setzt. Agamemnon zum Beispiel rechtfertigt sich, nachdem er Achill die Geliebte weggenommen hat: »Ich war von Ate verblendet, und Zeus hatte mir den Verstand geraubt.« Wein kann Ate herbeiführen, aber nur, wenn er mit einem Zauber belegt ist. Da Ate eine übernatürliche Macht ist, entbindet sie den Menschen, in den sie fährt, von jeder Verantwortung für sein Tun. Den Nachbarn, die den Mord/Selbstmord der Thibideaux-Sippe nach dreißig Jahren Rasenmähen, Müllwegbringen und pflichtbewußtem Kirchgang zu erklären versuchten, reichte ein Wort, das für mich seither gleichbedeutend mit dem homerischen Begriff der Ate ist: Mr. Thibideaux hatte es mit den NERVEN. So sehr ich auch nachbohrte, mehr erfuhr ich nicht.

An dem Abend, als der Sheriff zu uns kam und Mutters Es-mit-den-NERVEN-Haben mehr oder weniger zum Dauerzustand erklärt wurde, sagte mir dieser Ausdruck noch nichts. Ich spürte nur eine vage Panik in der Magengrube, wie Kinder sie eben haben, wenn die Eltern weit weg sind und wahrscheinlich nicht einmal wissen, was mit ihnen passiert und wo sie die Nacht verbringen werden.

Ich hörte das leise Gemurmel der Nachbarinnen, als wir uns der Haustür näherten. Sie hatten sich auf der Straße vor unserem Haus versammelt, standen in ihren Nachthemden da wie ein aufs Startzeichen wartendes Sondereinsatzkommando. Als wir draußen waren, ließ der Sheriff meine Hand los. Unter seinem Hutschatten hervor, immer noch umschlungen von meiner Schwester in ihrem vorgetäuschten Schlaf, befahl er mir, auf der obersten Stufe zu warten, bis er mit den Damen geredet hätte. Dann trat er zu den Frauen, unter denen ein großes Strickjacken-Zuknöpfen und Morgenrock-Zusammenziehen anhob.

Ich pickte zwei Maikäfer vom Fliegengitter und setzte sie auf einen Ziegelstein, damit sie um die Wette krabbelten, aber einer flog davon, und der andere kippte einfach auf den Rücken und zappelte mit den Beinen.

Früher oder später begriff ich wohl, daß mein Schicksal für die kommende Nacht von Sheriff Watson und den Nachbarinnen abhing. Damals handelte ich ständig mit dem lieben Gott, deshalb setzte ich zu einem feilschenden Gebet an, in dem es darum ging, wer uns zu sich nehmen sollte. *Laß es nicht die Smothergills sein,* betete ich vermutlich. Sie hatten schon sechs Kinder und waren berüchtigt für ihre strikten Regeln, wer wann was essen durfte. Das eine Mal, das Lecia und ich bei ihnen übernachtet hatten, waren wir nach Mitternacht ins Bad geschlichen, um Zahnpasta zu essen. Wir hatten einer ganzen Tube den Garaus gemacht und waren dafür am nächsten Morgen von einem graugesichtigen Mr. Smothergill verhauen worden. Er mußte zu der Zeit jede Woche zur Chemotherapie, weil er Mundkrebs hatte, und die Kinder in der Nachbarschaft schlossen Wetten darüber ab, wann er sterben würde. Krebs und Tod waren Synonyme. Seine Sandpapierstimme und seine düstere Art jagten uns mehr Angst ein als alle Prügel. Seine Kinder nannten ihn hinter seinem Rücken Cheerful Chuck. Die älteste Smothergill-Tochter hatte nur ein einziges Mal zu uns kommen dürfen. (Unser Haus galt als GEFÄHRLICH, was mit Mutters NERVEN zusammenhing.) Die Vorstellung, daß wir nach Lust und Laune an den Kühlschrank durften, faszinierte sie so, daß sie ein ganzes Stück Butter in einem Tiegel schmolz und sie aus einem Kaffeebecher trank. *Lieber Gott, ich will lieber einen Mistkäfer essen als auf dieser harten Pritsche bei den Smothergills schlafen. Und außerdem stellen sich die Jungs da in der Unterhose vor dem Fernseher auf und lassen Achselfürze. Mach, daß es die Dillards sind, dann will ich von nun an immer brav und lieb sein. Ich will nie wieder spucken oder kratzen oder Babby Carter Kacke zu essen geben.* Mrs. Dillard stand in ihrem blaßblauen Reißverschlußkittel bei den anderen Damen, die Arme vor der Brust verschränkt. Sie backte morgens Zimtbrötchen, und ich durfte dazu den Zuckerguß aus der Spritze drücken. Und ihre Jungs mußten immer Schlafanzughosen anhaben, wenn wir da waren. Aber die Dillards hatten nur für eine von uns Platz, und das auf dem kratzigen Wohnzimmersofa. *Vielleicht könnte ja Lecia zu den Smothergills gehen,* bot ich an, welchem Gott auch immer, *dann käme ich zu den Dillards.* Ich wünschte Lecia nicht direkt etwas Schlechtes, aber wenn nur noch eine Banane in der Obstschale lag, schnappte ich sie mir, und Lecia konnte schauen, wo sie blieb. Wenn der Maikäfer sich einen ganzen Ziegelstein entlangtreiben läßt, bevor ich bis fünf zählen kann, dann geht mein Wunsch in Erfüllung, beschloß ich. Aber der Maikäfer fiel immer wieder um und strampelte mit den Beinen, ehe er auch nur zwei Zentimeter zurückgelegt hatte, und Mrs. Dillard, so schien es, schaute ganz bewußt nicht in meine Richtung.

Ich weiß nicht mehr, bei wem wir landeten und für wie lange. Offenbar wohnten wir eine Weile bei einem kinderlosen Ehepaar, das Vögel züchtete. Ich habe eine dunkle Erinnerung an eine Maschendrahtvoliere mit grünen Jalousien. Das Licht war zitronenfarben, dunstig, und überall schwirrten blaugrüne Papageien herum, deren irres Starren an diesen Hitchcock-Film erinnerte, wo die Vögel wild werden und den Menschen die Augen auspicken. Aber die Gesichter meiner Gastgeber in diesem Haus bleiben ein blinder Fleck, ganz gleich, wie angestrengt ich blinzele.

Da ich selbst so lange gebraucht habe, um zusammenzustükkeln, was damals passiert ist, will ich es auch hier fürs erste lückenhaft lassen. Für mich hatte es über lange Zeit hinweg keine Konturen, und so möchte ich es auch wiedergeben. Das soll keine Ziererei sein. Eine Wahrheit, die nicht zu ertragen wäre, löscht das Innere oft einfach aus. Aber eine Ahnung davon bleibt und geistert einem durch den Kopf. Und wie der Schmierfleck, den ein hastig weggewischtes Schimpfwort auf einer Schiefertafel hinterläßt, kann dieser Geist die Aufmerksamkeit gerade durch seine Unbestimmtheit übermäßig fesseln. Immer wieder studiert man seinen verschwommenen Umriß, als käme die eigentliche Form davon wie durch Zauberhand wieder zum Vorschein. Die Leerstelle in meiner Vergangenheit sprach durch ihre Leere nur um so lauter zu mir. Sie riß ein Loch in mein Leben, das mir angst machte und zu dem ich dennoch hartnäckig zurückkehrte, eben weil ich es nicht stopfen konnte.

Eins allerdings wußte ich von dieser Nacht an: daß bei uns zu Hause etwas NICHT STIMMTE. Dabei veränderte sich nach außen hin wenig. Niemand erwähnte die Nacht je wieder. Ich erinnere mich an keine nachfolgenden Besuche von Sozialarbeitern oder anteilnehmenden Nachbarn. Dr. Boudreaux verarztete mich mit ganz untypischer Behutsamkeit. Und Nachbarn schleppten meine Schwester und mich zu Bibelstunden und Zeltlagern und allen möglichen Jagdausflügen mit, ohne je ein Wort darüber zu verlieren, daß unsere Familie sich nie revanchierte. Ich tauchte oft zur Abendzeit an fremden Türen auf; »Raubzüge« nannte Daddy das. Er sagte, es erinnerte ihn an seine Eisenbahnertage während der Depression. Aber ich bekam immer einen Teller vorgesetzt, obwohl alle wußten, daß ich daheim jede Menge zu essen hatte, was auf die Familien, denen ich meine Besuche abstattete, nicht immer zutraf.

Die einschneidenderen Folgen jener Nacht waren die in meinem Innern. Die Tatsache, daß mit meinem Zuhause etwas NICHT STIMMTE, wuchs sich zu der Überzeugung aus, daß mit mir selbst etwas NICHT STIMMTE, daß ich mich, um überleben zu können, ständig gegen alle Eventualitäten absichern mußte. Jedesmal, wenn ich an der einzigen Ampel von Leechfield auf die Straße trat, rechnete ich damit, daß aus dem Nirgendwo ein Fernlaster dahergefegt kommen und mich niedermähen würde (nicht sehr wahrscheinlich bei dem schläfrigen Verkehr). Ich wurde Heulsuse und Raufbold in einem. Ich konnte mitten in einem unserer Baseballspiele auf dem Sandplatz in Tränen ausbrechen, aber aus ebenso heiterem Himmel gab ich anderen eins auf die Rübe. Bei uns im Viertel kursiert noch heute das Gerücht, daß ich einen fünfjährigen Spielkameraden einmal mit einem Klappspaten bewußtlos schlug. In erster Linie rührte solcher Jähzorn natürlich von einer hitzköpfigen Veranlagung her. Aber ein Teil ging auch auf diese Nacht zurück, von der mein Gedächtnis alles auslöschte bis zu dem Zeitpunkt, als Dr. Boudreaux mich drängte, ihm die Spuren zu zeigen, die es, wie ich heute weiß, nicht einmal gab.

Die fehlende Geschichte beginnt vor meiner Geburt, als meine Eltern sich kennenlernten und – aus Gründen, die mir nach wie vor schleierhaft sind – ohne Verzug heirateten.

Meine Mutter war neu in Leechfield. Sie war aus New York gekommen, mit einem italienischen Schiffskapitän namens Paolo. Er war fünfzig, zwanzig Jahre älter als sie, und ihr vierter Mann. Meine Mutter flirtete nicht, sie heiratete. Das sagte sie zumindest, als ich endlich hinter ihre ganzen Ehen vor Daddy kam. Alles in allem brachte sie es auf sieben Hochzeiten, zwei davon mit meinem Vater. Meine Mutter schob ihre frühen Ehen auf die strikten methodistischen Grundsätze ihrer eigenen Mutter, in denen voreheliches Geplänkel, für das sie viel übrig hatte, nicht vorgesehen war. Kaum hatten sie und Paolo die Flitterwochen hinter sich gebracht und waren nach Leechfield gezogen, von wo er bald in See stechen wollte, da gingen sie einander schon an die Gurgel.

Und so kam es, daß sie an einem nassen Wintermorgen im Jahre 1950 ihre Kleider, Bücher und Hutschachteln in den Kofferraum eines alten Ford knallte und mit quietschenden Reifen aus Leechfield wegbrauste, in der festen Absicht, nie zurückzukehren. Sie wollte zu ihrer Mutter etwa fünfhundert Meilen weiter westlich. Gleich hinter Leechfield, wo die Zackensilhouette der Raffinerie am Highway 73 in Bayous und Reisfeldern ausläuft, platzte ihr ein Reifen – etwa zwanzig Meter von der Raststätte entfernt, in der zufällig gerade Daddy Dienst machte. Er war Destillateurlehrling bei Gulf Oil, aber an diesem Abend sprang er an der Tankstelle für seinen Freund Cooter ein, der ihn verzweifelt von einem Würfelspiel in Baton Rouge angerufen hatte, wo er angeblich mitten in einer Glückssträhne war.

Alle Ehen von Mutter wurden mir als Zufälle präsentiert, als ich mit über zwanzig schließlich von ihnen erfuhr. Ihre erste Begegnung mit Daddy war vielleicht der größte Zufall von allen. Hätten die Würfel in der Spelunke in Baton Rouge Cooter nicht wohlgewollt, wäre Paolo meiner Mutter nicht beim Kistenauspacken in die Quere gekommen, wäre der Reifen an dem Ford nicht abgewetzt gewesen von einer Spritztour von Küste zu Küste (Paolos Mutter lebte in Seattle, und sie waren von New York aus erst einmal zu ihr gefahren und dann hinunter nach Texas, wo die Scheidungsgesetze Mutter eine schnelle Trennung von Ehemann Nummer drei ermöglichten, bevor sie Nummer vier an Bord nahm) ... Alle diese Faktoren spielten zusammen, um meine Mutter an diesem Abend auf dem Highway 73 meinem Vater mehr oder weniger vor die Füße zu spülen.

Er sagte, ein Mond wie von General Electric hätte sie angestrahlt, als er sie zum erstenmal sah, hell wie ein Punktscheinwerfer. Sie lehnte sein Angebot, ihr mit dem Wagenheber zu helfen, ab und fluchte wie ein Fuhrknecht, als sie die Muttern nicht herunterbekam. Meine Mutter behauptet, sie hätte das Fluchen gerade erst von Paolo gelernt gehabt. Die Flut von deftigen Schimpfwörtern, die so gar nicht zu ihren feinen Kleidern (sie trug ein beiges Seidenkostüm) und dem New Yorker Nummernschild paßte, beeindruckte Daddy maßlos. Er hatte noch nie eine Frau erlebt, die derart fluchen konnte.

Sie wechselte den Reifen, und ganz entging ihr dabei wohl nicht, wie gut er auf seine primitive Art aussah. Er hatte Indianerblut – wir brachten nie heraus, welcher Stamm es war –, schwarzes Haar und scharfe Züge. Sein breites Grinsen erinnerte sie an Clark Gable. Da sie sich selbst als eine Boheme-Ausgabe von Scarlett O'Hara begriff, war die Anziehung plötzlich und tief. Ich sollte dazusagen, daß Mutter einen Hang zu Bekehrungserlebnissen aller Art hatte und gerade in eine glühende marxistische Phase eingetreten war. Viele Jahre schleppte sie *Das Kapital* in der Handtasche mit sich herum. Daddy engagierte sich in der Öl-, Atom- und Chemiegewerkschaft. Bei den Tarifverhandlungen – die alle zwei Jahre stattfanden – tat er sich regelmäßig als wackerer Streikposten hervor. Kurz und gut, er war ein texanischer Arbeiter mit einem Spritzer Indianerblut und mit Persönlichkeitsmerkmalen, die für sie zu jener Zeit den Inbegriff des Heroischen darstellten.

Im fernen Lubbock rollte Grandma schon den Kuchenteig für Mutters Willkommensessen aus, als der Anruf kam, daß sie in Leechfield aufgehalten worden war. Grandma hatte gebetet, daß sie sich wieder mit Paolo versöhnte. Sie hatte angefangen, ihre Tochter diversen Ehemännern anzudienen, als diese gerade fünfzehn war. Wie eine prämierte Kuh, sagte Mutter gern, die man für den Höchstbietenden mästet. Mit einem abbezahlten Ford und einem Schiff, das im Golf von Mexiko auf ihn wartete, entsprach Paolo ganz Grandmas Vorstellungen von einer guten Partie. Außerdem hatte er Mutter aus New York weggeholt, wo es Gott weiß wie zuging, und sie nach Texas zurückgebracht. Mein Vater war gegen ihn nichts als ein großmäuliger Bauerntrampel, der Grandmas einziger Tochter ein Drei-Zimmer-Häuschen in einer Siedlung angedreht hatte, wo sie doch eine weitläufige Ranch verdiente. Paolo blieb denn auch der einzige von Mutters Ehemännern, dessen Existenz Grandma anerkannte – mit Ausnahme von Daddy, und den konnte sie ja schlecht ignorieren. Sie schien der Meinung zu sein, es ließe sich einiges lernen aus der Paolo-Geschichte – in der Hauptsache, daß es unfein war, sich von einem Mann mit geregeltem Einkommen scheiden zu lassen, um einen Schichtarbeiter zu heiraten. Wenigstens erzählte mir Grandma von Paolo. Wenn wir Mutter über ihre Vergangenheit befragten, verdrehte sie immer nur die Augen, warf ein paar Aspirin ein und verzog sich für Stunden ins Bett.

Man muß Paolo zugute halten, daß er Mutter nicht so sang- und klanglos aufgab wie seine Vorgänger. Er jagte ihr – wie es bei uns heißt – nach wie eine Ente einem Maikäfer. Er schickte ihr jede Woche gelbe Rosen ins Hotel, und Daddy ging nach einer Weile dazu über, die Schachteln mit schokoladenüberzogenen Kirschen, die regelmäßig für sie abgegeben wurden, im Gemeinschaftsraum seiner Pension aufzustellen, wo seine Mitbewohner sie pfundweise verdrückten. Schließlich brachte Paolo den Mut für eine letzte Kraftprobe auf. Ich denke mir Daddy auf einem schmalen Bett liegend, in Netz-T-Shirt und Boxershorts, mit Augen, die sich verengten wie die einer Schlange, als Paolo, den ich in dem Seersucker-Anzug von seinem Hochzeitsfoto vor mir sehe, gebückt in das Zimmer mit den schrägen Wänden trat. Mutter war da und bekam das Ganze mit. Irgendwann wurde das Gespräch hitzig, und Paolo nannte Mutter eine Schlampe, woraufhin Daddy ihm einen solchen Tritt verpaßt haben soll, daß sein Fuß in Paolos Hintern steckenblieb. Es war das erste Mal, daß Mutter Daddy bei einer Prügelei erlebte. (Allzuviel wurde dabei sowieso nie geprügelt, jedenfalls nicht in meinem Beisein. Daddy haute zu, und die Leute flogen um. Ende der Vorstellung.) Danach, male ich mir aus, kroch Paolo die Treppe hinunter. Er segelte gen Saudi-Arabien und ward nicht mehr gesehen, bis sein Bild Jahrzehnte später in einer Kiste auftauchte und ich Mama fragte, wer zum Henker das sei.

Bei der Hochzeit meiner Eltern auf dem Standesamt von Leechfield beschloß Daddy die Zeremonie, indem er Mutter mit dem silbernen Flachmann zuprostete, den sie ihm geschenkt hatte. »Danke, daß du 'nen armen Schlucker wie mich heiratest«, sagte er. Er war Cowgirls und Serviererinnen gewöhnt und fand in Mutter eine ganz neue, höhere Gattung Mensch verkörpert.

Die Wahrheit ist wohl, daß Mutter Daddy auch deshalb heiratete, weil sie es mit der Angst zu tun bekommen hatte. So gern sie sich mit ihrem Kunststudium in Greenwich Village während des Krieges schmückte – und in Leechfield machte das eine Menge her! –, sie hatte es auf eine erschreckende Anzahl von Ehemännern gebracht, so erschreckend, daß sie alles tat, um sie geheimzuhalten. Und ihr wirtschaftlicher Abstieg war stetig gewesen: Im Lauf von fünfzehn Jahren war aus einem Landhaus in Connecticut ein Trailerpark in Leechfield geworden. So ganz kam ihr Freiheitsstreben doch nicht gegen die Spießigkeit der Fünfziger an. Sie hatte mit der Zeit so manches verloren, und Dinge zu verlieren machte ihr angst. Daddy sah gut aus und war genau die richtige Mischung aus Outlaw und rechtschaffenem Bürger. Und er hatte nichts im Sinn mit den Manierismen, die sie sich zugelegt hatte, um bei ihren Neuengland-Männern Eindruck zu schinden. Der einzige Marx, den er kannte, war Groucho, der einzige Tanz der Cajun-Two-Step. Als er das erste Mal mit ihr schlief, nahm er einen Waschlappen und ein Kännchen Methylalkohol, um ihr Make-up wegzureiben – er wollte schließlich wissen, worauf er sich einließ, sagte er.

Ihre erste Zeit war wohl glücklich. Mit dem Geld von Daddys GI-Darlehen kauften sie sich ein kleines Haus in einer Siedlung mit lauter gleichen Häusern. Es war mehr, als Daddy je zu besitzen gehofft hatte. Er war so stolz darauf, daß bei Mutter vom Hals aufwärts mehr geboten war als nur eine hübsche Frisur, daß er Regale für ihre Kunstbände zimmerte, überall im Haus ihre Bilder aufhängte und versprach, ihr eines Tages ein Atelier zu bauen, damit sie ihre Staffelei nicht mehr im Eßzimmer gegen die Wand lehnen mußte.

Mein Vater war mit drei lauten Brüdern und einer Schwester in einem Holzfällerlager im bewaldeten Teil von Osttexas aufgewachsen, das The Big Thicket hieß. Seine Familie kam fast ganz ohne Bargeld aus; abgesehen von Kaffee und Zucker, die sie mit Lebensmittelmarken im Kirby Lumber Company Store kauften, und Luxusgütern wie Kattun für ihre Kleider, züchteten, schossen und fingen sie sich, was sie brauchten.

Als ich geboren wurde, gab es diese Welt längst nicht mehr, aber ich habe sie trotzdem vor Augen. Mein Vater hat mir so viele Geschichten aus seiner Kindheit erzählt, daß sie mir fast durchweg lebendiger erscheint als meine eigene. Die Geschichten wurden, oft mehrfach, vor einem Publikum von trinkenden Männern zum besten gegeben, mit denen er an seinen freien Tagen Domino spielte. Sie hockten in der American-Legion-Bar oder im Hinterzimmer von Fishers Anglerbedarf, zu Zeiten, da ihre Frauen annehmen mußten, sie wären Schulden begleichen oder bei einer Gewerkschaftsversammlung. Eine vergrätzte Ehefrau taufte sie irgendwann den Club der Lügner, und der Name blieb haften. Viel Wahres im strengen Sinn haben sie einander ganz sicher nicht erzählt.

Außer am Morgen des 24. Dezember, wenn sie sich bei Tagesanbruch auf dem Parkplatz der American Legion trafen, um einander aus den Fenstern ihrer Pickups heraus haargenau die gleichen Flaschen Jack Daniels zu schenken, gab es kein festes Wann und Wo für ihre Zusammenkünfte. Ich bekam nie mit, daß sie sich irgendwie verabredeten. Sie telefonierten nicht. Nie gab eine Frau oder ein Kind einen Treffpunkt durch. Scheinbar instinktiv fanden sie sich einfach ein, an einem Ort und zu einer Zeit, die sich wie durch Zauberei in ihrem kollektiven Denken festgesetzt hatten. Frauen waren nie dabei. Ich war das einzige Kind, das mit durfte, eine Tatsache, die häufig als Beweis für meine hoffnungslose Verzogenheit gewertet wurde. Ich brauchte Daddy nur um Geld für eine Cola oder eine Runde Shuffleboard zu bitten oder zu fragen, ob er mir den Billardtisch aufsperren konnte, und schon rief irgendwer zu uns herüber, daß er mich verzog und wenn er so weitermachte, wäre bei mir bald Hopfen und Malz verloren. Solche Kommentare schienen mir der Wahrheit unbehaglich nahezukommen. Manchmal tat ich sogar so, als wollte ich die Münze zurückgeben, oder machte einen Schritt weg vom Billardtisch. Aber Daddy nickte dem jeweiligen Sprecher immer nur kurz zu. »Laß sie doch. Sachen, für die sie groß genug ist, darf sie ruhig machen, stimmt's, Pokey?« Und darauf sagte ich dann, das fände ich auch.

Von allen Männern im Club der Lügner erzählte Daddy die besten Geschichten. Wenn er mit einer anfing, wurden die anderen sofort still und senkten den Blick auf die Karten oder den Innenrand ihrer Biergläser, als beteten sie. Ganz gleich, wie oft er abschweifte oder wie weit die Erzählung zeitweise von ihrem Ausgangspunkt wegdriftete, eins konnte er: glaubhaft wirken. Er hatte es darin zur selben Meisterschaft gebracht wie im Bluffen beim Poker, und das wahrscheinlich lange vor meiner Zeit. Seine harten Halbblutzüge wechselten hin und her zwischen feierlicher Ausdruckslosigkeit und plötzlicher Grimasse. Für Standardfiguren hatte er Standardgesichter. Wenn sein Kinn sich steif vorschob und er die Augen zusammenkniff, machte ich mich auf den leichten irischen Akzent seines Onkels Husky gefaßt. Weit aufgerissene Augen kündigten Ugh an, den Schwarzen, der ihm Würfeln und Kartenspielen beigebracht hatte. Seine Schwester spitzte die Lippen in immerwährender Mißbilligung. Seine Mutter trug eine riesige Haube wie einen blauen Heiligenschein, deshalb spreizte er, wenn sie an der Reihe war, die Hände fächerförmig hinterm Kopf und sagte: *Und hier kommt Mama.*

Ich vergegenwärtige mir meinen Vater an einem der Lügnerclub-Nachmittage. Er sitzt an einem kippeligen, mit einer Flasche beschwerten Klapptisch. Selbst jetzt empfinde ich die Szene als so real, daß ich sie nur im Präsens beschreiben kann.

Ich lasse die Beine vom Tresen der Legion-Bar baumeln und knacke Erdnüsse aus einem grobgewebten Säckchen, während Daddy die Dominosteine auf dem Tisch herumschiebt. Sie machen ein klickendes Geräusch. Ich gehe noch nicht zur Schule, darum erscheint der Tag ohne Anfang oder Ende, die Zeit steht still im dämmrigen Bierdunst der Bar.

Cooter hat Daddy gerade gefragt, ob das geplant war, wie er damals von daheim weggelaufen ist. »Da war gar nix geplant«, sagt Daddy, zündet sich eine Zigarette an, um es spannender zu machen, und zupft sich ein paar Tabakfasern von der Zunge, als würde die Gebärde ihm alle Zeit der Welt schaffen. »Pa hatte mir 'nen Silberdollar gegeben und gesagt, ich soll in die Stadt gehn und Kaffee kaufen. Da mußte ich über die Bahnschienen dazu. Wenn der alte Zug um die Kurve kam, mußte er abbremsen. Na ja, er bremst also, ich spring auf, und der Dollar gleich mit. Ich hab 'nen Job angenommen, Weizendreschen oben in Kansas. In der Nacht hab ich mit 'n paar andren Jungs bei diesem Kerl in der Scheune geschlafen. Hamlet hieß er. Der mieseste Dreckskerl, der je in 'nem Paar Stiefel gesteckt hat. Bei dem haben wir von Sonnenaufgang bis Mittag nix zu trinken gekriegt. Aber verheiratet mit der hübschesten Frau, die ihr euch vorstellen könnt. 'n Arsch wie zwei Bulldoggen in 'nem Sack.« Diese letzte Bemerkung bringt alle zum Lachen.

Ich frage ihn, wie er wieder heimgekommen ist, und er lenkt die Geschichte auf ihr eigentliches Gleis zurück. Während ich auf die Antwort warte, knacke ich mit dem Fingernagel eine neue Erdnuß auf. Die ungeröstete Schale ist weich wie Haut, die Nuß selber gummiartig und fast geschmacklos ohne das Salz. Daddy trinkt sein Bier aus und verschiebt einen Dominostein. »Hätt's beinahe nich geschafft. Ich bin auf den Schnellzug von Kansas City nach New Orleans aufgesprungen. Kalt?« Er schaut uns alle grimmig an, als wagten wir die Kälte anzuzweifeln. »Der Wind kam zu den Ritzen im Güterwagen reingefahren wie 'ne Rasierklinge. Hat einem glatt die Eingeweide aus dem Leib geschnitten, ich sag's euch. Irgendwo in Arkansas wurden schließlich noch 'n paar Kühe eingeladen, und ich hab mich ganz dicht an dieses eine Vieh drangedrückt. Ohne die Kuh wär ich erfroren. Ich denk noch verdammt oft an sie. Ich hab sie melken wollen, aber es kam alles hartgefroren raus. Wie Eis am Stiel.«

»Wer's glaubt, wird selig«, sagt Shug. Er ist der einzige Schwarze, den ich je in der Legion-Bar gesehen habe, und er kommt nur, wenn der restliche Lügnerclub auch da ist. Er trägt einen flachen, weichen Filzhut mit einem Spielkarten-Joker in der Krempe. Er reagiert immer richtig allergisch auf Daddys Flunkereien, und seine Anwesenheit bürgt in der Regel für einen höheren Wahrheitsgehalt der Geschichten.

»Ich verarsch euch nicht«, sagt Daddy und streut ein bißchen Salz in die dreieckige Öffnung seiner Bierdose. »Macht ihr mal im Januar 'nen Ritt auf so 'nem Biest. Ihr pißt Eiswürfel, das kann ich euch garantieren.« Sie schütteln die Köpfe, und Daddy, das sehe ich, bereitet seinen nächsten Coup vor, indem er so tut, als wäre er in seine Dominosteine vertieft. Sie stehen aufgereiht wie Ziegel in einer Mauer, und nachdem er sich für einen entschieden hat, legt er ihn mit großer Geste ganz am Tischende an und schreibt dann erst einmal seine Punktzahl auf. »Aus dem Nachbarwaggon haben sie 'nen alten Knacker ausgeladen, der war steif wie ein Brett. Steinalt war der. Schnapsidee, in dem Alter noch Güterwagen zu fahren. Und wie wir ihn schrägstellen, um ihn runterzulassen – so vier, fünf Mann haben da mit angefaßt –, kommen ein Dutzend runde, pelzige Dinger aus seinem Hosenbein gerollt. So groß wie ein Daumen, und weiß.« Er mißt die Länge an seinem Daumen ab.

»Das waren wahrscheinlich die Kronjuwelen«, spöttelt Shug.

Daddy starrt mit ernster Miene in die Ferne, als stünde dort der alte Mann selbst, der auf die korrekte Wiedergabe seiner Geschichte wartet und mit ansehen muß, welcher Einfältigkeit Daddy beim Erzählen begegnet. »Nein, das waren sie wahrscheinlich nicht. Wenn du's Maul halten würdest, dann könnte ich dir Dämlack verraten, was es war.«

»Laß ihn weitermachen«, sagt Cooter und senkt den Kopf in eine Wolke von Zigarrenrauch. Cooter paßt es nicht, daß Shug schwarz ist, und er läßt keine Gelegenheit aus, ihm über den Mund zu fahren, was die anderen Männer zumeist ignorieren. Shug bringt mir immer Feigenkekse aus seinem Handschuhfach mit, und ich komme mir schlecht vor, daß ich tatenlos zusehe, wie sie ohne Grund an ihm herummeckern, aber ich kenne die Regeln und sage nichts.

»Einer von den Jungs hatte 'nen großen schwarzen Tiegel in

seinem Gepäck. Also machen wir neben dem Güterbahnhof ein Feuer. War eh schon so 'ne Art Camp da, rundrum hatten die Leute ihr Lager aufgeschlagen. Hat sich keiner um uns geschert. Der alte Knabe lag hinter uns, so steif wie die Bank, auf der ich hier sitze.«

»Der Tote?« frage ich, und die Männer rutschen auf ihren Stühlen hin und her zum Zeichen, daß ich ruhig sein soll, also halte ich den Mund.

»Genau. Und ihr ratet nie, was passiert, wie sie auftauen.« Jetzt kommt der Knüller. Daddy schaut alle mit schiefgelegtem Kopf an, damit sie die Pointe auch ja auskosten. Die Männer heucheln gar nicht erst Gleichgültigkeit. Das ewige Klicken der Dominosteine verstummt. Sogar die Zigarrenschwaden scheinen für einen Moment in der Luft zu stehen. Niemand trinkt auch nur einen Schluck. »Sie zerkrachen wie Knallfrösche und lassen den gemeinsten Gestank los, den ihr je gerochen habt.«

»Fürze warn das?« johlte Cooter nach einer Pause, mit einer Stimme, die viel zu hoch ist für einen Mann, und daraufhin brechen die Männer in Lachen aus. Daddys Adamsapfel hüpft auf und ab, Ben haut auf den Tisch, und Shug muß sich nach einer Minute die Augen wischen.

Als sie sich wieder beruhigt haben, läßt Daddy noch einmal die Flasche herumgehen und erzählt, ohne auch nur die Andeutung eines Übergangs, die Geschichte seiner Heimkehr zu Ende. »Tja, was soll ich noch sagen. Ich bin halt über die Wiese raufgestapft zu Daddys ungepflastertem alten Hof. Und da sitzt der alte Herr auf der Veranda. Haargenauso, wie ich ihn ein Jahr vorher zum letztenmal gesehen hatte. Und er guckt mich bierernst an und sagt: ›Hast du den Kaffee?‹«

Mutter nahm solche Geschichten als Beweis für Daddys Beständigkeit. Am Ende gleich welcher Reise kam er unfehlbar zum Holzfällerlager zurück, und Zurückkommen war etwas, das ihr bei einem Mann wichtig geworden war, todwichtig. Daddy wankte und wich nicht. Seine Arbeitskollegen behaupteten, die Uhr danach stellen zu können, wann er auf dem Parkplatz vorfuhr oder seinen Essensbehälter aufschnappen ließ.

Wenn Mutter uns Daddys Kindheit schilderte, dann tat sie manchmal entsetzt darüber, wie primitiv sich das alles anhörte – die Borsten, die den Schweinen bei lebendigem Leib abgesengt wurden, und all das. Aber in Wirklichkeit bewunderte sie diese Welt ebenso wie das kratzige Blues-Elend auf ihren Bessie-Smith-Platten.

Mutter wollte außerdem unbedingt schwanger werden, als sie Daddy kennenlernte. Sie war dreißig, was damals spät war. Und Daddy war ein Kindernarr. Während des Zweiten Weltkriegs schrieb er in drolliger Ausführlichkeit an die Kinder seiner Schwester, Bob Earl und Patty Ann, denen er die Spitznamen Booger Red und Shadow gab. Viele Briefe waren es nicht, aber er schaffte es, das Ausbildungslager – und später den Krieg – wie gigantische Campingausflüge zu beschreiben. »Mensch Booger, du hättest das 50-Kaliber-Maschinengewehr hören sollen, das ich heut auf ein Flugzeug abgefeuert habe. War natürlich funkgesteuert das ist echt was Tolles, ein Flugzeug losschicken und keiner sitzt drin. Sag Shadow sie soll ganz viel Bonen essen, dann wird sie groß genug für die Luftwaffe und braucht nich in die bekackte Armeh gehn. Ha, ha.« Etwa zur gleichen Zeit schrieb er an seine Schwester, daß er gern Kinder hätte. »Ich bin jetzt ja wohl zu alt um eine Familie zu gründen, aber reingehaun hab ich doch. Ich hatte 48 Stunden Ausgang in London und die englischen Mädels sind spitze.« Eine spätere Karte mit Pariser Poststempel ist kryptischer: »Ich wige 170 Pfund und bin ein furchbar fiser Hund.«

Die Kriegsbriefe bekam ich von meiner Tante Iris, Daddys Schwester, bei einem der wenigen Hamsterzüge, die ich während der letzten Uni-Jahre heim nach Texas unternahm. Ich legte sie in eine Zigarrenschachtel, die ich ihm einmal zum Vatertag mit Goldfarbe besprüht hatte und die er mit alten Quittungen von Gulf Oil vollgestopft und in der Feldkiste vergraben hatte, die wir erst nach seiner Beerdigung aufmachten.

Ich habe immer noch den Geruch in der Nase, der uns entgegenschlug, als wir das Vorhängeschloß aufgestemmt und diese Kiste geöffnet hatten. Er war in die Briefe eingedrungen und hält sich dort hartnäckig – feuchtes Papier, Gewehröl und Kreide von den Kanten eines rätselhaften Kästchens aus Zedernholz, das wir schließlich als Truthahn-Lockpfeife identifizierten (der Deckel wird an einem Ende von einem Holzstift gehalten und gibt ein heiseres Kollern von sich, wenn man ihn über die mit Kreide eingeriebenen Kanten des Kästchens schiebt). Daddys Colt war in fleischfarbenes Sämischleder eingeschlagen. Daddy hatte mir von meinen ersten Schießübungen an eingebleut, wie gefährlich geladene Waffen sind, aber trotzdem fand ich in der Kammer eine Kugel, von der ich bis heute nicht glauben kann, daß er sie dort vergessen hat. Dafür war er zu gewissenhaft. Er hat diese Kugel absichtlich eingelegt, und ich würde viel darum geben, zu erfahren, wozu. Wessen Gesicht hast du vor dir gesehen, Daddy, deins oder ein anderes, als du die Kammer zugeklickt und den Colt, nach kurzem Überlegen vielleicht, gesichert hast? Aber selbst wenn ich geistesgegenwärtig genug gewesen wäre, ihm die Frage vor seinem Tod noch zu stellen, hätte er vermutlich nur die Achseln gezuckt und in eine Wolke von Camelrauch gestarrt. Vielleicht hätte er eine Geschichte über seine erste Eichhörnchenflinte angefangen oder einen Vortrag darüber, wieviel Schrot der Fachmann einer Wildente einverleibt, um sie herunterzuholen. Wie die meisten Menschen log er am besten mittels Auslassung, und wenn er etwas für sich behalten wollte, war alles Fragen zwecklos.

Die Briefumschläge sind mit Gewehröl beschmiert, das sich stellenweise in durchsichtigen grauen Schlieren auf das Armeebriefpapier durchgedrückt hat. Von der Landung in der Normandie an haben alle Umschläge dieselbe Größe und sind bis auf wenige Ausnahmen in wöchentlichen Abständen datiert. Offenbar hatte die Mutter meines Vaters an seinen Kommandeur geschrieben und sich beschwert, daß sie seit der Verlegung der Truppen nach Übersee nichts von Daddy gehört hatte. Also befahl ihm Captain Pearse – ein blauäugiger West-Point-Absolvent, der später veranlaßte, daß mein Vater ein Offizierspatent angeboten bekam –, jeden Sonntag nach Hause zu schreiben. Das Siegel ist mit dem Kürzel des jungen Mannes versehen,

»Capt. P.«, in sachlichen Druckbuchstaben, die das genaue Gegenteil von Daddys wackeligem Gekritzel sind. Daddys Hand zitterte immer. Vielleicht hatte er es ja selber auf irgendeine Art mit den NERVEN und verbarg es nur besser als andere.

Auf den Umschlägen sind keine Briefmarken, nur der schwarze Feldpoststempel, und bei den nach 1944 datierten steht in einer Ecke »Von der Zensur genehmigt«. Die Zensoren haben einzelne Worte mit der Rasierklinge herausgeschnitten, so daß an den Stellen, wo Daddy der Familie Hinweise auf seinen Aufenthaltsort zu geben versuchte, rechteckige Schlitze im Papier klaffen. Der Ton der Briefe wandelt sich von den frühen Aufschneidereien des Landjungen zu soldatenhaftem Ernst: »Du würdest wahrscheinlich in Unmacht fallen, wenn ich dir sage daß ich vor ein pahr Tagen [Lücke] gesehn habe und heute hab ich welche von seiner Einheit getroffen, die haben gesagt er [Lücke]. Hat mich ganz schön traurig gemacht. Bitte sag seinem Daddy das ich seinen Namen gleich an der Stelle wos passiert ist in einen A-Horn geschnitzt habe. Sag ihm, es war ein sehr hübscher Platz. Ich red mit ihm drüber wenn ich heimkomme.«

In der Kiste fanden wir auch in Mull eingeschlagene sepiabraune Fotografien aus Daddys Kindheit Anfang des Jahrhunderts. Mein Lieblingsbild zeigt Tante Iris mit den vier Jungen – Onkel A. D., Daddy (der auch keinen richtigen Namen bekam, nur Initialen – J. P.), Onkel Pug und Onkel Tim. Der Kleinste von ihnen (Pug) ist knapp unter einsachtzig, der Größte (A. D.) einsneunzig. Sie tragen alle keine Hemden unter ihren Latzhosen; ihre Köpfe, alle mit den gleichen kurzgeschorenen Haaren – aus denen man, so Daddy, das Flußwasser streichen konnte, indem man dreimal mit der flachen Hand darüberfuhr –, sind dunkel und glatt wie Seehundsschädel. Sie halten alle zusammen ein Ruder, seltsam feierlich, wie ein Totem. Und von dem riesigen Hickorybaum hinter ihnen baumelt ein halbes Dutzend toter Alligatoren, die sie der Häute wegen jagten. Ich höre noch, wie Daddy uns das Sumpfgas schildert, das rings um ihr flaches Boot emporblubberte. Tim, der Jüngste, saß meist am

Bug, in der Hand eine Blendlaterne, die die Alligatorenaugen in einem unheimlichen Rot aufleuchten ließ. Auf einem anderen Bild hält seine Mutter – ein Teil ihres Gesichts ist von der gewaltigen Haube verdeckt – das Halfter eines Maultiers hoch, das mein Großvater angeblich zu Tode geprügelt hatte, weil es störrisch bei der Feldarbeit war. Das Foto meines Großvaters zeigt eine jüngere, stämmigere Ausgabe der Gestalt, zu der ich ihn verkalken sah, bevor er schließlich im Alter von sechsundachtzig Jahren starb – ein harter brauner Mann mit einem Stetson auf dem Kopf, der in einem Schaukelstuhl aus geflochtenem Rohr auf der Veranda sitzt, umgeben von drei nicht minder schweigsam wirkenden Hunden.

Dann kam noch eine aus *Life* ausgeschnittene Reportage über die Normandie zum Vorschein. Daddy war dem doppelseitigen Foto mit einem Stift zu Leibe gerückt, all den Männern, die da mit hochgehaltenen Gewehren durch die Brandung von den Booten wegwateten oder auf Panzern posierten. Er hatte unter manche dieser Gesichter Namen gekritzelt – Rogers, Kinney, Brown, Gustitus, und einige Gesichter hatte er mit einem schlichten X ausgelöscht.

Die Kiste enthielt außerdem Quittungen für nahezu alle Rechnungen, die er je bezahlt hatte. Er traute Banken nicht; Girokonten und Kreditkarten waren in seinen Augen Fallen, mit denen die großen Firmen rechtschaffene Männer dazu verführen wollten, über ihre Verhältnisse zu leben, ohne es überhaupt zu merken. Wenn ein Vertreter von Southwestern Gas es gewagt hätte, an unsere Tür zu klopfen und zu behaupten, Daddy schulde noch drei Dollar für die Gasrechnung von 1947, hätte er ein mit Gummiband umwickeltes Bündel von Quittungen aus diesem Jahr unter die Nase gehalten bekommen, gefolgt von einem rechteckigen Stück ausgebleichten Durchschlagpapiers mit einem BEZAHLT-Stempel darauf. Ein Triumph dieser Art war Daddy zwar nie vergönnt, aber an all den Abenden, an denen er seine Quittungen in chronologischer Ordnung ausbreitete, versicherte er meiner Schwester und mir grimmig, daß tagtäglich »irgend so ein anzugtragendes Republikanerschwein« einem

Arbeiter drei Dollar zuviel abknöpfte, nur weil der keine Quittung vorweisen konnte. Ihm sollte das nicht passieren.

Diese Republikanerschweine waren die Buhmänner meiner Kindheit. Als ich Daddy um eine genauere Definition bat (während der Kennedy-Nixon-Debatte war das, glaube ich), erklärte er mir, ein Republikaner sei ein Mensch, dem sein Essen nicht schmeckt, wenn er nicht weiß, daß jemand anders dafür hungert, was ich länger für bare Münze nahm, als ich zugeben möchte. Noch schlimmer als Republikaner waren allenfalls Streikbrecher.

Von den Streikbrechern lebten Daddys Lieblingspredigten. Besonders deutlich erinnere ich mich an einen Morgen, als ich gerade alt genug war, um Auto zu fahren, und ihn in seinem Pickup von der Nachtschicht abholte. Ich rutschte auf den Beifahrersitz hinüber, um ihn ans Steuer zu lassen. Die Fahrerkabine füllte sich mit dem Geruch von abgestandenem Kaffee und dem Lösungsmittel, mit dem er sich das Öl von den Händen wusch. »Wenn du zum Beispiel mich nimmst«, sagte er. »Alles, was mit Zahlen zu tun hat, hab ich immer mit links gekonnt. Mathe, alles, was du willst. Ich hätt' Schichtaufseher sein können da drüben, kein Problem.« Er nickte mit seinem Helm in Richtung der weißen Ölcontainer und der flammenden Türme am Straßenrand. »Zwölftausend Dollar im Jahr, netto. Dr. Briggs hat mich zu sich reinbestellt. Seine Sekretärin hat mir Kaffee gebracht, wie ich ihn am liebsten mag. Und 'nen Schreibtisch hatte er, so breit wie die Straße hier, aus massivem Mahagoni. ›Pete‹, sagt er, ›wenn Sie es mit dem Streiken nicht immer gar so genau nehmen würden, dann wären Sie und Ihre Familie gleich viel besser gestellt.‹ Na ja, bedankt hab ich mich trotzdem. Ihm sogar die Hand geschüttelt. Und ein paar Tage später hör ich, daß sie die Stelle dem alten Booger gegeben haben.« Ich hatte keine Ahnung, wer der alte Booger war, aber dieser Sermon folgte seinen eigenen Gesetzen, so daß Zwischenfragen sinnlos gewesen wären. »Also, ziemlich bald danach fühlt sich der alte Booger plötzlich gar nicht mehr gut. Kriegt Kopfweh und Kreuzschmerzen. Als nächstes kommt ihm der Bauch überm Gürtel rausgequollen. Leibschneiden hatte er, aber wie.« Vielleicht drückte Daddy an dieser Stelle seine Zigarette an dem kleinen dreieckigen Seitenfenster aus, um eine kurze Denkpause einzulegen. »Tja, Pokey, warn mehr Stellen wie Leute da. Und du wirst's nicht glauben, aber seine Frau ist jetzt Witwe.

Mehr Geld, Himmel, Arsch und Zwirn. Dieser dämliche, streikbrecherische Schweinehund.« Wenn er das Wort »Streikbrecher« aussprach, wurden seine Knöchel am Lenkrad immer ganz weiß. »Pokey, wer eine Streikpostenkette durchbricht – und ich mein nicht bloß bei uns. Es ist mir gleich, ob es der Drugstore ist oder die Zimmermannsgewerkschaft oder was auch immer…« Und es folgte eine grausige Schilderung von Leuten, die Kindern den Mund aufhebelten, um ihnen das tägliche Brot zu stehlen.

Ganz unten in der Kiste, unter dem Stoß plastikknisternder Anzughemden, die wir ihm jedes Weihnachten bei Sears oder Penney's kauften und ihn nie auch nur auspacken sahen, entdeckten wir einen Strumpf mit zusammengerollten Geldscheinen im Wert von insgesamt dreitausend Dollar – erspieltes Geld, nehme ich an, seine Version von Sicherheit.

2

Während Daddys Vergangenheit mir verschlungener erschien als meine eigene Gegenwart, war die von Mutter leer wie die westtexanische Wüste, aus der sie stammte. Sie war in der Dust Bowl geboren, einer weiten, mit Windmühlen und vereinzelten Baumwollfarmen gesprenkelten Ebene. Als Haustier hatte sie statt eines Kätzchens eine Krötenechse. Sie habe keinen Tropfen Regen zu Gesicht bekommen, sagte sie, bis sie zehn gewesen sei. Der Himmel blieb weiß wie Stein und fern.

Eins der wenigen Dinge, die sie später in Leechfield begeistern konnten, waren die vielen schweren Gewitter. Die Stadt lag in subtropischen Breiten, nur einen Steinwurf vom Golf von Mexiko entfernt, und war von Sümpfen umgeben, ihr höchster Punkt ein Meter unter dem Meeresspiegel. Zwei Flüsse krochen durch sie hindurch. Jedes Loch, das man grub, ganz gleich, wie seicht, füllte sich wie durch Zauberei mit brackigem Wasser. Selbst die breiten Gräben, die vor den Häusern verliefen – da, wo andere Orte, wie ich später lernte, Bürgersteige haben –, reichten nicht aus, um den blubbernd sumpfigen Boden trockenzulegen. Einen Keller auszuheben war in diesem Teil des Landes undenkbar. Wenn im Radio eine Tornado-Warnung durchgegeben wurde, drängten sich alle außer Mutter angstvoll in Hauseingängen und Badezimmern zusammen. Mutter riß Türen und Fenster weit auf. Noch heute höre ich den harten Regen auf die großen Bananenblätter und den Jasmin an der hinteren Veranda prasseln – wie Kuhpisse auf einen flachen Stein, wie es bei uns damals hieß.

Einmal sahen wir über dem Fußballplatz auf der anderen Straßenseite einen schwarzen Trichter aus dem tiefhängenden

Himmel stürzen. Er wirbelte den gelben Torpfosten hoch und bog ihn wie eine Büroklammer. Wir schauten durchs Fliegengitter zu, nur vierzig Meter entfernt. Ich vergrub den Kopf an Mutters jeansblauer Hüfte und stopfte mir die Finger in die Ohren. Trotzdem hörte ich die Betonpfosten aus dem Boden brechen wie abplatzende Riesenknöpfe. Mutter liebte solche wilden Stürme wie sonst nichts auf der Welt.

Ich habe nur ein einziges Foto aus ihrer Kindheit. Sie sitzt allein auf einer geräumigen weißgestrichenen Veranda, in einem steifen Wollmäntelchen, und starrt mit ausdruckslosem Blick unter einem blonden Prinz-Eisenherz-Pony hervor, der militärisch streng auf halbe Länge gestutzt ist. Ihre Eltern hatten sie Charlie getauft – nicht Charlotte oder Charlene, sondern Charlie wie einen Jungen, ein Name, der ihr im Lauf der Jahre Erklärungen ohne Ende abgenötigt hat. Im Zweiten Weltkrieg bescherte er ihr sogar eine Einberufung. Als das Bild geknipst wurde, war sie zwei und hatte sich im kalten Nordwind eine Lungenentzündung geholt. Der Arzt versuchte eine Weile, ihr Fieber durch kalte Wickel und löffelweise verabreichte Whiskey-Toddies zu senken, aber schließlich krempelte er die Ärmel wieder herunter und verkündete meinen Großeltern, daß der Fall hoffnungslos sei. Den Nachmittag würde die Kleine womöglich noch überleben, aber bis Mitternacht sei sie mit Sicherheit tot. Großes Händeringen bei Großmutter Moore. Ihr Gebärtrakt war bei Mutters Geburt auf irgendeine Weise beschädigt worden, deshalb konnte sie keine Kinder mehr bekommen.

Gegen Abend hatte Grandma allerdings eine Idee, die sie tröstete. Wie später auch meine Mutter fand Grandma eine gewisse Erleichterung in der Geschäftigkeit. Sie faßte wieder so viel Vertrauen in die Zukunft, daß sie Mutter die Haare wusch und trocken bürstete, um dann nach dem Stadtfotografen zu schicken. Wenn Charlie Marie bald sterben mußte, sagte sie, dann blieb ihnen nichts anderes übrig, als sich zu beeilen und zum Andenken an sie wenigstens ein Bild machen zu lassen. Mein Großvater drohte, er würde nicht zuschauen, wie meine Großmutter das kranke Kind vors Haus schleppte, nur um genug Licht für ein Foto zu haben, aber Grandma war wild entschlossen.

So kam es, daß dieses fiebrige, zweijährige kleine Etwas an einem eisigen Januarnachmittag in einen knallroten Mantel gepackt und draußen auf der Veranda zurechtgesetzt wurde. Mutter sagte später, sie hätte den Himmel wie durch einen grauen Vorhang gesehen. Sie erinnerte sich noch an den Wind, der ihr mit voller Wucht von Norden her ins Gesicht blies, sie ohrfeigte wie eine breite weiße Hand aus harter Luft. Es gab keine Wälder oder Hügel, die ihn auf seinem langen Weg von den nördlichen Rockies her hätten aufhalten können. Er raste über tausend Meilen platter Landschaft auf sie los. Im Vordergrund sieht man eine gescheckte Katze heranspazieren und das Hinterteil an Mutters Schienbeinen reiben, was dem Bild einen Anstrich von Eile gibt. Mutter lächelt nicht. Sie sagt, sie hätte nicht das Gefühl gehabt, gleich sterben zu müssen, überhaupt nicht, nur wäre ihr so schummerig gewesen, daß sie nichts als liegen wollte, aber man hätte sie immer wieder hochgezogen.

Die Geschichte wird bei uns in der Familie deshalb immer wieder erzählt, weil sie mit einem Wunder endet. Als am nächsten Morgen im frisch gebürsteten schwarzen Rock der Prediger erschien, um die Hinterbliebenen zu trösten, saß meine Mutter aufrecht im Bett, zupfte sich aus alten Stoffresten Puppen zurecht und stippte dazu den Kandiszucker, den ihr Vater ihr in aller Herrgottsfrühe aus der Stadt besorgt hatte, in den restlichen Whiskey. Grandma sagte später gern, die frische Luft hätte sie geheilt.

Unser einziger Besuch bei Grandma in Lubbock ist mir unvergeßlich, weil es das erste Mal war, daß Mutter ernsthaft mit Scheidung drohte. Ich kann mich nicht erinnern, weshalb sie sich an diesem Morgen stritten, ich weiß nur noch, daß Mutter irgendwann eine Dose Haferflocken an die gelben Küchenkacheln knallte, sich ihre Basthandtasche schnappte und uns zum Auto zerrte, obwohl wir noch im Schlafanzug waren. Und ich weiß, daß Lecia sich erst dazu bewegen ließ, zum Frühstück zu Stuckey's hineinzugehen, nachdem Mutter uns neue Kleider gekauft hatte. (Selbst damals hatte meine Schwester schon ein Gefühl für Schicklichkeit, das mir völlig abging: Wenn ich mir beim Spielen die Unterhose naß machte, zog ich sie einfach aus und lief ohne sie weiter.)

Am Nachmittag, irgendwo hinter Dallas, hielten wir wieder an und kauften eine Papiertüte voll Fünfzehn-Dollar-Burger. Lecia und ich hatten auf dem Rücksitz Juweliergeschäft gespielt, was so aussah, daß ich ihr richtiges Geld für falsche Juwelen gab. Sie hatte eine rote Keksdose, die randvoll war mit Knöpfen in allen erdenklichen Formen und Materialien, einschließlich Straß und Liebesknoten aus Messing. Ich hatte die Reise mit einer Ladung Pennies in einem Barbie-Täschchen mit Klickverschluß sowie einem Vorrat an Zehncentstücken angetreten, die ich von Daddy bekommen und in einer gläsernen Zigarrenhülle gesammelt hatte. Auf der Höhe von Fort Worth hatte Lecia fast sämtliche Zehner einkassiert, mit der Begründung, daß sie kleiner und deshalb weniger wert waren. Alle unsere Spiele liefen auf solche Transaktionen hinaus. (Lecia machte später denn auch ein Vermögen als Lebensversicherungsberaterin in Houston.)

Jedenfalls hatte ich nur noch Pennies und sie nur noch schmucklose weiße Plastikknöpfe, die sie mir als Perlen andrehen wollte, da verdunkelte sich der Nachmittagshimmel plötzlich.

In Westtexas ist der Himmel mächtiger als anderswo. Es gibt weder Hügel noch Bäume. Die einzigen Gebäude sind Tankstellen, und auch die sind gezählt. Wieso die Siedler auf ihrem Weg nach Westen angesichts von soviel Leere nicht einfach aufgaben, ist mir ein Rätsel. Selbst heutzutage kann man stundenlang fahren, ohne daß irgend etwas außer dem hypnotischen Ansteigen und Absinken der Telegraphendrähte daran erinnert, daß man sich überhaupt bewegt. Daß der Himmel dunkel wurde, war also ein Ereignis, fast als hätte jemand eine riesige Plane über dieser unsäglichen gleißenden Weite ausgerollt. Etwas weiter vorn schien zwar immer noch Wasser auf der Teerstraße zu schimmern, aber der Himmel, der sich darin spiegelte, hatte sich zu einem schmutzigen Braun verfärbt. Wir sahen auf. Lecia zeigte auf eine dunkle Wolke, die auf uns zuhielt. Es war seltsam. Wir kannten Tornados, aber das hier war anders. Diese Wolke war nicht schwarz-blau, sie hatte die Farbe eines alten Pennys, und sie war bauchiger, langsamer, überhaupt nicht kegelförmig. Sie schien noch weit weg, als die ersten Heuschrecken gegen die Windschutzscheibe spritzten wie Hagel. Gleich darauf war das Surren der Flügel zu hören. Dann wurde die Welt um das Auto so schlagartig schwarz, als wäre die Sonne ausgeblasen worden. Die Steigerung war nicht allmählich wie bei einem Sturm. Als Mutter den Wagen schließlich zum Stehen brachte, weinte ich schon laut; die Wolke hatte das ganze Auto in eine dicke Kruste gehüllt, einen Mantel aus Heuschrecken. Sie machten ein unheimliches Schabgeräusch, das in meinem Kopf ums Millionenfache verstärkt klang. Mutter schloß mit fliegenden Fingern die Klappen des Gebläses, aber ein paar gelangten trotzdem herein. *O mein Gott, o mein Gott*, murmelte sie, während ich mich brüllend wie am Spieß hinten in den schwarzen Fußraum duckte und Hals und Gesicht mit den Händen schützte, wie wir es für den Fall einer Atombombenexplosion gelernt hatten. Lecia reagierte schneller als wir. Sie schlug mit ihren Badeschlappen nach den Heuschrecken und verwünschte jede einzelne: »Da, du verdammtes *Scheißvieh*!« rief sie. Von diesem Tag an hatte sie panische Angst vor Kakerlaken. Der bloße Anblick genügte – und in Leechfield mußte man sich die Viecher morgens aus den Schuhen schütteln –, um sie kreischend und jammernd die Bücherregale hinaufzutreiben. Sie häutete Schlangen und nahm Waschbären aus, ohne auch nur mit der Wimper zu zucken, aber bei Kakerlaken drehte sie durch; seltsam, denn sie wirkte absolut furchtlos, als sie auf die Heuschrecken eindrosch.

Nach einer Weile hörte das Geflatter im Wagen auf. Überhaupt alles schien aufzuhören. Der Tag selbst hörte auf. Lecia rempelte mir den Ellbogen an den Kopf, um mein Geheul zu stoppen, also schwieg ich. Dann war lange Zeit nichts zu hören außen dem Schaben und Surren.

Sie verschwanden genauso schnell, wie sie gekommen waren. Lecia stieß mich wieder an, und ich hob den Kopf gerade noch rechtzeitig von meinen verschränkten Armen, um zu sehen, wie sie sich von der Heckscheibe schälten. Vor unseren Augen formierte sich die Wolke neu, wurde dicker und dicker. Überall an der gewölbten Innenseite der Heckscheibe klebten zermatschte Heuschrecken, die Beine und Fühler ans Glas geschmiert; ein paar haarige Beine zuckten sogar noch. Abgesehen davon konnte man fast vergessen, daß sie je einzelne Insekten gewesen waren, und einfach nur die Wolke anschauen. Sie stieg auf und schrumpfte zusammen, bis um sie herum blauer Himmel zum Vorschein kam. Das Surren entfernte sich. Zu beiden Seiten der Straße lagen kahlgefressene Felder, und diesem nackten Straßenstreifen folgten wir bis zu den Außenbezirken von Lubbock und Grandma Moores Haus.

Grandma hatte mit ihrer schlechten Meinung von Daddy nie hinterm Berg gehalten. Jegliches Talent für Schönfärberei oder Diplomatie, so hörten wir, war ihr Jahrzehnte vorher mit dem Tod meines Großvaters abhanden gekommen. Sie machte eine Bemerkung darüber, daß meine Mutter ja wohl endlich wieder zu Verstand gekommen sei, und dann spannte sie uns alle unverzüglich für die Zubereitung einer widerlich süßen Konfitüre ein, die bei ihr Chowchow hieß. Auf allen Schränken standen offene Gläser zum Auskühlen, im ganzen Haus hing der Dunst. Ich war ein faules Kind, nicht daran gewöhnt zu helfen, und es kam mir vor, als gäbe es bei Grandma ständig Erbsen zu schälen, pieksende Gurken zu pflücken oder riesengroße Möbelstücke zu polieren – bis zum Umfallen. Also trödelte ich in der Regel herum und machte auch sonst einen denkbar schlechten Eindruck, während Lecia unter den Anweisungen aufblühte und gedieh.

Danach sehe ich uns alle vier erst wieder in Grandmas Bad, das in meiner Erinnerung so groß ist wie eine Scheune. Die alte Frau war gerade aus der Wanne gestiegen und stäubte mit einer dicken gelben Quaste Billigpuder über ihren ganzen Körper. Als ich klein war, hatte sie mir einmal einen Einlauf verpaßt, und ich konnte sie nicht anschauen, ohne Angst vor ihrer knochigen Stärke zu bekommen. Aber nackt erschien mir ihr Körper extrem verletzlich, wie eine Schildkröte ohne Panzer. An Mutter wirkte die Nacktheit hundertmal natürlicher. Damenunterwäsche hatte damals viel von einer Rüstung an sich: Die BH-Körbchen ähnelten Raketenhülsen, und die Strumpfhosen bewahrten die Form fremder Beine, wenn man sie auszog. Mutter arbeitete sich aus ihrem Hüfthalter, der sofort mit einem dumpfen Schnappgeräusch um ihre Knöchel zusammenschnurrte. Warum sie dieses Ding überhaupt trug, ist mir schleierhaft, denn sie haßte Hüfthalter im Sommer wie nichts auf der Welt und hatte sie ganz gewiß nicht nötig. Die rautenförmige Schließe hinterließ einen bösen Abdruck auf ihrem Bauch, gleich neben der schrägverlaufenden Narbe, die von meiner Geburt herrührte. (Ich war eine schwierige Geburt gewesen, die Füße voran; *wie Cäsar*, sagte Mutter gern.) Sie stieg mit einer Anmut ins dampfende Wasser, die sie sich in den vierziger Jahren beim Modellstehen an der Kunstakademie angewöhnt haben mußte – ganz Cellokurven und fließende Linien.

Ich saß auf dem Klo und wartete, bis ich an der Reihe war. Ich fingerte an einer von Grandmas Haarnadeln herum. Grandma lehnte seitlich mit der Hüfte am Waschbecken, während sie ihr bleigraues Haar aufwickelte. Sie benutzte Stahlnadeln mit kleinen Zähnen, die tiefe Kerben in meinen Zeigefinger gruben. Grandma hatte Lecia aufgetragen, Mutters Strümpfe im Becken auszuwaschen, aber Lecia war damit beschäftigt, sich einen Strumpf müßig über den Arm zu ziehen und wieder abzustreifen wie eine Schlangenhaut. Grandma schleuderte ihr böse Blicke zu – *jetzt mach schon*, hieß das. Gelegentlich beugte ich mich vor und versuchte, Lecia den anderen Strumpf wegzuschnappen, aber sie war viel zu schnell für mich.

»Du kannst diese Kinder nicht bis in alle Ewigkeit wie Heiden aufwachsen lassen, Charlie Marie. Die Kleine kann sich ja noch nicht mal die Schuhe binden.«

Ich erinnere mich nicht daran, daß ich mich für meine Zurückgebliebenheit rechtfertigte. Ich stand einfach vom Klo auf und zog meine Unterhose hoch, weiß mit kleinen roten Äpfeln. Lecia hatte schon mit drei Jahren Schleifen binden können. Und als sie fünf war, hatte Grandma ihr die Frivolitätenarbeit beigebracht (eine Tätigkeit, die genauso pervers ist, wie der Name klingt. Man braucht dazu ein klitzekleines Schiffchen, feinen Seidenfaden und aberwitzige Geduld. Die belgischen Nonnen sollen berühmt sein für ihre Frivolitäten). Lecia hatte in Windeseile ein halbes Dutzend Spitzendeckchen zusammengefummelt, die Grandma über abgewetzte Stellen auf dem Sofa breitete. Unter meinen Händen wurde sogar die simple Himmelsleiter, die jedes Kind im Jugendlager im Schlaf konnte, zu einem heillosen Gewirr. Ganz gleich, wie oft man es mir vormachte, mein Hirn weigerte sich einfach, die zum Schuhebinden nötigen Handgriffe zu behalten. Man schob es weniger auf meine Begriffsstutzigkeit als auf meine Sturheit.

Mutter lag in der Wanne, einen pfefferminzgrünen Waschlappen über dem Gesicht. Ihr atmender Mund malte einen dunklen Fleck auf den Frottee. Das Haus meiner Großmutter ist in meiner Erinnerung untrennbar verbunden mit Mutters Schweigen und dem endlosen rechthaberischen Geplapper der alten Frau. »Tja, das hier ist einfach Schmalz«, sagte sie, während sie ihr Gesicht bearbeitete. »Du solltest dir nie irgendwas anderes andrehen lassen. Da braucht bloß irgendwer ein paar Tropfen Parfüm wo reinzuspritzen, und schon legt Charlie Marie für einen Eßlöffelvoll einen Dollar hin. Sie muß das Geld partout zum Fenster rauswerfen! Habt ihr eigentlich noch die Sparschweine, die ich euch in Laredo gekauft habe?« Irgendwann sagte Mutter, das Wasser sei eiskalt, ob ich ihr den Bademantel reichen könne.

Am nächsten Morgen besuchten wir Mutters Kusine Dotty, deren Mann Fermin in Roundup, Texas, selbstgezogene Baumwolle entkörnte. Sie hatten ein weitläufiges weißes Farmhaus mit so vielen Schlafzimmern, daß jeder von uns eins für sich bekam. Lecia und ich hatten noch nie ein so feines Haus von innen gesehen. Es gab ein Schwimmbecken und einen Keller. Der Keller wurde von einer Putzfrau saubergehalten und stand voller

Gläser mit eingemachtem Gemüse, mit dem Dotty erst zu tun bekam, wenn sie es sich auf die Gabel lud. Ihre Tochter, Tess, hatte ein rosa Spielzeugtelefon an ihrem Bett und seidenmatt lackierte Zehennägel. Dottys Sohn Robert mußte in seiner Konfessionsschule eine Krawatte tragen.

Wenn man Verwandte mit einer eigenen Farm hat, muß man bei einem Besuch immer als erstes das Vieh, das Getreide oder was auch immer anschauen. Andere Leute führen ihre Fotoalben oder die neuen Gartenmöbel oder irgendwelche Pokale vor, die ihre Kinder eingeheimst haben. Bei Verwandten mit einer Farm ist es beinahe unhöflich, sich gleich nach diesen Dingen zu erkundigen. Sie sind erst nach dem Essen an der Reihe.

Wir fuhren auf einem Feldweg durch endlose Weiten von Baumwolle. Das Feld stand in voller Blüte. Es machte mich fast schwindelig, die unzähligen Reihen vorübergleiten zu sehen. Eine nach der anderen klickte vorbei wie die Sekunden auf einer Uhr, und doch schienen sie am Horizont zu einem Ruhepunkt zusammenzulaufen. Dotty bemerkte, was für ein Wunder es sei, daß sie dieses Jahr völlig von Heuschrecken verschont geblieben wären. So wie Tornados sich schmale Schneisen schlugen – so daß ein Außenklo stehenbleiben konnte, während das Haus selbst weggefegt wurde –, fielen die Heuschrecken aufs Geratewohl über die Felder her. Dieses hatten sie ausgelassen.

Grandma erzählte, wie sie als junges Mädchen von ihrem Vater auf eine Farm in Dienst gegeben worden war, wo sie mit der Hand Baumwolle ernten mußte, die genauso aussah wie diese. Ihre Schwester Earle wurde auch auf die Felder geschickt, aber die anderen drei Mädchen blieben zu Hause und bekamen Gesangsunterricht. Sie waren hübsch, deshalb erwartete man, daß sie »eine gute Partie machten«, was nicht hieß, daß sie glücklich wurden, sondern nur, daß sie keine Farmer heirateten. Auf der braunstichigen Fotografie in Grandmas Wohnzimmer, die alle fünf Schwestern zusammen zeigte, waren fünf schmächtige Blondinen zu sehen. So zerbrechlich, wie sie wirkten, konnte man sich kaum vorstellen, daß die beiden jüngsten an arme Farmer verdingt worden waren. Sie trugen Lochstickerei-Einsätze am Ausschnitt und weit aufgeblühte viktorianische Rosen im nachlässig hochgesteckten Haar. Sie waren blaß, durchscheinend, und irgendwer hatte das Bild eine Spur nachkoloriert, so daß ihre Wangen und die Rosen leicht pfirsichfarben schimmerten.

In der Mitte des Baumwollfeldes brachte Dotty den Cadillac zum Stehen, und wir verließen die klimatisierte Kühle. Aus der Nähe waren die Pflanzen fast schwarz, spinnenhaft. An jeder waren Dutzende von Samenkapseln, aus denen kleine Wolken hervorquollen, alle von langen, dünnen braunen Samen durchzogen. Grandma streifte eine dieser Wolken ab und zupfte die Samen fachkundig heraus, bis sie einen Berg von reinem Flaum in der Hand hielt. Sie zeigte Lecia und mir, wie man daraus einen spinnwebendünnen Faden gewann, indem man die Flocken zwischen Daumen und Zeigefinger drehte und dabei ein ganz klein wenig zog.

Baumwolle sei ein tückisches Gewächs, höre ich sie noch sagen, wie fast alle Pflanzen, mit denen sich Geld verdienen lasse. Sie lauge den Boden aus und die Menschen, die sie anbauten, noch mehr. Später las ich Robert Caros Lyndon-Johnson-Biographie; der erste Band handelte über weite Strecken davon, wie schwer das Leben für die Frauen in der Dust Bowl war. Das Wasser war so knapp, daß schon die Dreißigjährigen in der Regel einen Witwenbuckel hatten vom ständigen Eimerschleppen. Ihre Gesichter verrunzelten unter der ewigen Sonne, und ihre Hände wurden hart wie Stiefelleder. Außerdem mußte jede Familie mehrere Kinder begraben, und das machte sie auch im Herzen hart. Ich dachte an Grandmas Bild in dem ovalen Goldrahmen über Mutters Bett und versuchte mir vorzustellen, wie jemand diesen weißen Mädchenhänden Feldarbeit aufbürdete, aber so ganz gelang es mir nie.

Da standen wir in unseren schönsten Sonntagskleidern auf dem Feld, und Grandma tupfte sich mit einem Tüchlein die Schläfen. Etwa einen Steinwurf entfernt sah man eine Scheune und einen hohen Silo, umringt von einer Traube mexikanischer Arbeiter. Irgendwann erklärte Grandma, Dotty hätte doch wirklich eine fabelhafte Partie gemacht, ein Urteil, das seine Wirkung auf Mutter nicht verfehlte. Sie verstummte völlig. Kurz darauf holte sie ihren Skizzenblock und einen abgenutzten Kohlestift vom Rücksitz und wanderte in Richtung Scheune davon. Als ich mitwollte, hockte sie sich vor mich hin und sagte, ich müsse bei Grandma bleiben. Das hatte zur Folge, daß Lecia mich, nur mit den Lippen, ein Baby nannte und ich ihr dafür einen Kiesel gegen die Kniescheibe schleuderte, worauf Grandma ihre knochige Hand in meine Schulter krallte und mich ins Auto verfrachtete, wo ich allein warten mußte.

Auf dem Rückweg fuhren wir an der Scheune vorbei, um Mutter aufzulesen. Die Tür von Dottys Cadillac beeindruckte mich schwer: Sie wog mindestens hundert Pfund und erstrahlte, als ich sie aufwuchtete, in einem Lichterglanz wie der Broadway. Mutter unterhielt sich auf spanisch mit zwei Männern, die ihren Skizzenblock studierten. Einer von ihnen ließ eilig eine Halbliterflasche mit klarer Flüssigkeit in seiner Gesäßtasche verschwinden. Es war kein Alkohol an ihr zu riechen, aber sie sprach in diesem abgehackten Yankee-Tonfall, den sie immer hatte, wenn sie trank. Sie muß zehntausend solcher Skizzen gemacht haben, als ich klein war, aber aus irgendeinem Grund ist mir diese besonders deutlich in Erinnerung geblieben: ein hastig hingeworfenes Porträt des älteren Mannes mit einem Sombrero auf dem Kopf, knappe, klare Linien, kaum Schattierungen, das Gesicht von Fältchen durchzogen. Sie holte eine Dose Aqua-Net-Haarspray aus ihrer Tasche und besprühte die Zeichnung, um sie zu fixieren, dann klappte sie den Block zu. Es kränkte mich, daß niemand sonst das Bild sehen wollte.

Wir blieben noch ein paar Tage in Roundup. Während dieser Zeit war die einzige erkennbare Trübung von Dottys Familienglück die Tatsache, daß Robert seine High-School-Freundin geschwängert hatte, die katholisch war und deshalb geheiratet werden mußte. Die junge Frau watschelte in seinem Footballtrikot durchs Haus, mit einem Bauch, der so dick war, daß sie aussah wie eine Aufblasfigur vom Jahrmarkt. Sie waren fünfzehn und schliefen in einem Doppelstockbett in seinem Zimmer.

So etwas kam damals gar nicht so selten vor. Robert beendete die Schule und übernahm schließlich die Baumwollfarm.

Er betrachtete mich wohl als geeignetes Objekt, schon mal ein bißchen die Vaterrolle zu üben, denn während Lecia von Tess gezeigt bekam, wie man Lidschatten aufträgt und sich das Haar kräuselt, spielte er auf meiner Zaubertafel Käsekästchen mit mir. Und ich erinnere mich an ein Bild, das er mir mit Wachskreiden malte: ein Zugunglück, das er gesehen hatte; Beine und Köpfe der Passagiere lagen zwischen den Baumwollstauden verstreut. Die Baumwolle war erstaunlich genau gezeichnet, im Vergleich dazu, wie einfach er es sich mit dem Rest machte. Als er mich ins Bett packte, erzählte er mir eine derart eindrucksvolle (und grotesk verfälschte) Version von Rumpelstilzchen (in der der böse Zwerg das Mädchen zwang, das Stroh selbst zu Gold zu spinnen), daß ich die Alpträume dieser Nacht heute noch weiß. Es kam ein warzenbedeckter Zwerg darin vor, dem Heuschrecken aus dem Mund sprangen und der drohte, er würde Mutters Baby holen. Schließlich brachte ich Lecia soweit, daß ich zu ihr ins Bett kriechen durfte. Aber ich mußte mit dem Kopf an ihren Füßen schlafen, wo ich unter der festgestopften Bettdecke fast erstickte. Am nächsten Morgen hielt Dotty Robert eine Standpauke, weil er mir solche angst gemacht hatte, und er verlor die Lust am Vaterspielen.

Danach hörte ich nur noch ein paarmal von ihm. Zwei Jahre nach unserem Besuch schrieb er mir eine Geburtstagskarte aus China Beach in Vietnam. Mutter meinte, er hätte mich anscheinend in guter Erinnerung behalten, was mir noch nie passiert war, also schickte ich ihm eins von den Bildern, die der Schulfotograf von mir gemacht hatte. Im Gegenzug schickte er mir ein Bild von sich im Tarnanzug. Er hielt etwas in der Hand, das offenbar ein Granatenwerfer war, und zielte damit auf eine Palme. Drei Jahre später – er war gerade rechtzeitig aus dem Krieg heimgekehrt, um seinen zwanzigsten Geburtstag zu feiern – stand er vom Tisch auf und sagte, er wisse nicht, warum er noch am Leben sei und seine Kameraden tot. Damit ging er weinend ins Schlafzimmer. Frau und Sohn waren dabei, den glasierten Blechkuchen aufzuschneiden, als der Schuß fiel.

Das ist meines Wissens die einzige Geschichte, die darauf hindeutet, daß jemand in Mutters Familie es mit den NERVEN hatte. Gut, es gab ein paar Käuze, über die alle redeten. Ihr Vater hatte mit seinem Ingenieursdiplom eine Autowerkstatt eröffnet, was seinen Bankiersvater zur Weißglut getrieben hatte. Wenn ihr Großonkel Earl einen Zacken in der Krone hatte, verkleidete er sich als Matador, und ihr Großvater mütterlicherseits, ein ehemaliger Schnapsschmuggler, hatte ihr immer Fünfcentstücke zugesteckt, damit sie unanständige Wörter sagte. Exotischer wurde es nicht. Die meisten der in Blockschrift geschriebenen Namen in Grandmas riesiger Familienbibel, die in einem wuchtigen Plastikschoner bei ihr auf dem Couchtisch lag, sagten mir nichts.

An dem Morgen, an dem Mutter beschloß, zu Daddy zurückzugehen, stritten sie und Grandma darüber, ob ihr Lippenstift zu dunkel sei. Grandma hatte beim Frühstück davon angefangen und sich an dem Thema festgebissen wie eine Zecke. Schließlich stopfte Mutter unsere neuen Kleider in die Reisetasche ihres verstorbenen Vaters und packte uns wieder einmal im Pyjama ins Auto. Auch an dem Tag hatte die alte Dame sich die Haare aufgedreht. Als wir losfahren wollten, steckte sie noch einmal ihren nadelbewehrten Kopf zu meinem Fenster herein. Einzelne Locken waren aus den Klemmen gerutscht, so daß sie allen Ernstes so aussah wie das steinerne Medusenhaupt, das Mutter uns in ihrem Sagenbuch gezeigt hatte. Sie nannte Leechfield einen Sumpf, ein Dreckloch und den After des Universums, dann hatte Mutter den Motor endlich zum Laufen gebracht. Der viel zu süße Geruch von Grandmas Hyazinthenparfüm hing im Auto, bis Mutter eine Salem anzündete.

Wir fuhren die Nacht durch. Lecia lag zusammengerollt auf dem Rücksitz. Ich streckte mich auf der Ablage unter der Heckscheibe aus und döste. Der Gestank meiner Heimatstadt weckte mich vor dem Morgengrauen. Die Ölraffinerien und Chemiefabriken erfüllten die ganze Gegend mit einem Geruch nach faulen Eiern. Wenn der Wind günstig stand, kam ein frischer Lufthauch vom Golf herüber, aber das geschah selten. Das

Sumpfklima bewirkte außerdem, daß jegliche Giftstoffe, die in den Himmel gepumpt wurden, wieder heruntersanken und sich in der Hitze verdickten. Später erfuhr ich, daß in Leechfield damals Agent Orange hergestellt wurde, was mich keine Spur überraschte. Als ich an jenem Morgen unter der schrägen Heckscheibe aufwachte, roch die Welt ähnlich wie ein übler Furz in einem winzigen Zimmer. Ich schlug die Augen auf. Im Gras draußen bockten in Zeitlupe die geisterhaften Umrisse der Bohranlagen. Bei ihrem Anblick mußte ich immer an Rodeoreiter denken oder an irgendwelche dienstbaren Riesengeschöpfe, die sich aufrichteten und ins Leere hinabbeugten. Am Horizont ragten über allen Raffinerien gewaltige Türme auf, deren Flammen den Himmel allnächtlich in ein giftiges Säuregrün tauchten. Als ich zum erstenmal einen phosphoreszierenden Rosenkranz sah, erinnerte er mich an diese Riesenfackeln, die bei Nacht unsere Stadt umringten. Dann kamen meilenweise weiße Öltanks, die aussahen wie die vergessenen Eier eines schrecklichen prähistorischen Insekts.

Falls sich diese Schilderung übertrieben anhört: Die *Business Week* wählte Leechfield einmal unter die zehn häßlichsten Städte der Welt. Mutter arbeitete als Reporterin für die Lokalzeitung, als der Artikel erschien, und der Bürgermeister, dessen einzige wirkliche Aufgabe darin bestand, jeden Morgen die Ampel anzuschalten, berief eine Pressekonferenz ein. Mutter kam mit Lecia und mir, und ein Journalist von der *Port Arthur News* war auch da. Er kaute Red-Man-Tabak, das weiß ich noch, und spuckte die Prieme in eine Kaffeebüchse, die er extra zu diesem Zweck mitgebracht hatte. An der Rückwand des Spritzenhauses hatte jemand eine große Fahne aus diesem königsblauen Filz gespannt, wie man ihn sonst nur bei Pfadfindertreffen zu Gesicht bekommt. Darauf stand in goldenen Lettern der Wahlspruch der Stadt: LEECHFIELD SCHMIERT DEN PLANETEN! Mutter fotografierte den Bürgermeister, wie er vor der Fahne stand, das *Business Week*-Heft hochgereckt, als hätte er es bei einer Lotterie gewonnen. Der wiederkäuende Reporter aus Port Arthur meinte zu Lecia und mir, eigentlich könnte er gleich über den Sieger eines Kotzwettbewerbs schreiben. Als Mutter ihr Polaroidbild im Kasten hatte, standen wir alle um das Feuerwehrauto herum und aßen mondförmige Kekse mit Puderzucker, die die Frau des Bürgermeisters in einer Tupperdose mitgebracht hatte. Das waren so die Sachen, mit denen Leechfield einem das Herz brechen konnte; die Stadt ist so häßlich, daß man sie einfach lieben muß, sagte Daddy immer.

Die letzten Sterne brannten gerade aus, als wir in unsere Auffahrt bogen. Vor dem Haus waren noch die tiefen, schlammigen Furchen zu sehen, die die Reifen des Impala in den Boden gegraben hatten, als wir Tage zuvor rückwärts aus der Einfahrt gestoßen waren. Jetzt, beim Heimkommen, rumpelten wir einfach wieder in sie hinein.

Daddy war von der Nachtschicht zurückgekommen und rasierte sich über dem Küchenbecken, den Helm neben sich auf dem Abtropfbrett. Er rasierte sich immer ohne Spiegel, mit Seife und kaltem Wasser, wie er es sich im Krieg angewöhnt hatte. Es war seine Art von Bescheidenheit, daß er sich selbst nicht zuviel Aufmerksamkeit schenkte. Er stand ohne Hemd an der Spüle, das Kinn mit kleinen Bluttröpfchen gesprenkelt. Lecia und ich stürmten herein und warfen uns an seine dünnen Beine, aber er tat so, als seien wir gar nicht weggewesen. Es hätte mich nicht gewundert, wenn er uns, wie sein eigener Vater damals, gefragt hätte, ob wir den Kaffee hätten.

Mutter drohte häufig mit Scheidung, und Daddys Reaktion war normalerweise ein geduldiges Augenverdrehen. Wenn ich ihm nach einem besonders unguten Streit ängstliche Fragen stellte, sagte er nur, ich solle nicht häßlich über meine Mutter reden, so als sei die bloße Andeutung, daß sie sich trennen könnten, eine Beleidigung für sie. In seiner Welt mußte man schon komplett wahnsinnig sein, um sich scheiden zu lassen. Anständige Menschen zogen in einer schlechten Ehe einfach den Kopf ein und standen es durch.

Sein Onkel Lee Gleason zum Beispiel wechselte in den letzten vierzig Jahren seines Lebens kein Wort mit seiner Frau, aber scheiden ließen sie sich deshalb nicht. Laut Daddy, der im Sommer 1931 für Onkel Lee Pferde zugeritten hatte, hörten Onkel Lee und Annie in ebendiesem Jahr auf, miteinander zu sprechen, nach einem Streit, in dem es darum ging, wieviel Geld sie für Zucker ausgab. Annie Gleason sattelte ein altes Maultier, das eigentlich nur dazu da war, die Pferde ruhigzuhalten, und ritt mit im Sand schleifenden Stiefeln den weiten Weg bis nach Anhuac, Texas. Sie kaufte einen Fünfzig-Pfund-Sack Zucker und ritt ohne Verzug zurück, geradewegs in den Stall, wo Daddy und Onkel Lee einem Pferd eben den letzten Vierkantnagel ins Hufeisen schlugen. Ohne abzusteigen, zog Annie ein Klappmesser aus ihrer Schürzentasche, hob es, den Blick starr auf Onkel Lee gerichtet, hoch und stieß es in den Sack, der quer über dem Hinterteil des Maultiers lag. Der Zucker strömte aus dem Sack wie Wasser, sagte Daddy.

In meiner Erinnerung sind wir beim Barschefischen, als er die Geschichte erzählt, mit Cooter und Shug und Ben Bederman. Wir sitzen in Bens großem Glasfaserboot, das zehnmal besser ist als die flachkieligen kleinen Mietboote, die wir gewöhnt sind. Jeder von uns hat ein schwimmfähiges rotes Coca-Cola-Kissen zum Unterlegen. Ich weiß nicht, wie alt ich bin, aber ich fühle mich noch nicht zu erwachsen, um mit Daddy fischen zu gehen; das kommt erst ein paar Jahre später, mit ungefähr elf. Ich weiß noch nicht einmal, daß man sich für solche Dinge jemals zu erwachsen fühlen kann. Ich weiß nur, daß Cooters Zigarrenrauch zum Himmel stinkt. Ich schleudere meinen bananengelben Köder über die Wasserfläche, so daß seine winzigen Propeller wirbeln und stillstehen, wirbeln und stillstehen. Was in Gottes Namen mag ein Barsch unter Wasser wohl glauben, was da angesaust kommt? Ein Plastikwurm, den man in den Schlick am Grund versenkt, wäre mir lieber, aber Ben hat mir dieses Ding aufgeschwatzt.

»Und was hat Onkel Lee gemacht?« fragt Cooter. Manchmal denke ich, die anderen nehmen Cooter nur deshalb mit, weil er immer die weiterführenden Fragen stellt. Er hat noch nie einen Fisch gefangen, den er nicht wieder reinwerfen mußte.

»Gemacht?« Daddy legte den Kopf schief. »Was hätt' er denn

machen sollen? Er hat bloß den Kopf geschüttelt und gesagt: ›Du hirnverbrannte Kuh.‹ Und das war das letzte, was zwischen den beiden geredet worden ist. Diese drei Worte.«

»Erzähl, wie sie das Haus mittendurch geteilt haben, Daddy.«

»Das zieht sich hin«, sagt Daddy. »Länger wie zehn Jahre.« Er wühlt ein Bier aus der Kühltasche. »Am Anfang legen sie im Haus Zettel hin. Einkaufslisten und so 'n Zeug. Aber ziemlich bald ist auch damit Schluß. Dann passiert was Komisches. Es ist, als ob Lee weiß, was Annie will, bevor sie es selber weiß. Und umgekehrt. Wenn sie zum Beispiel Schmalz braucht oder irgend so was. Schon kommt Lee rein und hat grade Schmalz gekauft. Oder er wacht mit 'nem Heißhunger auf Kekse auf, und sie drückt schon den Dosendeckel in den Teig.«

Shug brummelt etwas vor sich hin, das wohl besagen soll, daß die Welt voller Wunder ist.

»Kein gottverdammter Mucks zwischen den beiden«, sagt Daddy. »Schlafen im selben Bett. Essen aus demselben Topf. Wie ich aus Deutschland zurück bin, komm ich die Auffahrt rauf, und er steigt grade aus seinem Jeep. ›Pete‹, sagt er, ›du kommst mir grade recht.‹ Und dann erklärt er mir den Plan, den er sich ausgedacht hat. Am nächsten Morgen stehn wir auf, und klar, sie reden nicht. Die alte Annie fällt mir um den Hals – Mann, konnte die zudrücken. Hat mit mir geredet, als wär er gar nicht im Zimmer. Nach 'ner Weile hat sie die Eier und den Speck fertig und dazu 'nen Schlag Maisgrütze. Wir setzen uns hin und essen. Und als sie in die Kirche geht, holen ich und Lee die Motorsäge und teilen das Haus so sauber in zwei Hälften, wie wenn's 'ne Auster wär. Vom Dach runter bis zum Boden. Und wie sie am Abend in dem alten Jeep nach Hause kommt – sie war bei irgendeiner Veranstaltung, die den ganzen Tag gedauert hat –, spannen wir grade den Traktor vor, um ihre Hälfte abzuschleppen.«

»Und sie sagt gar nichts dazu?« fragt Shug. Er hilft mir, einen der dreigezackten Haken an meinem Köder aus den Schlingen der grünen Nylonschnur zu dröseln.

»Hätt' sich eher die Zunge abgebissen, als auch nur einen Piep zu machen. Guck mal das Schilf da drüben, Pokey.« Er deutet mit seiner Schlitz-Dose. »Ich würd's mal da versuchen.« Er vernachlässigt oft seine eigene Angel, um mir zu helfen, und heute fühle ich mich zu groß, um mir helfen zu lassen, wo mich Mr. Bedermans Hilfe schon meinen Plastikwurm gekostet und mir diesen Witz von einem Köder eingetragen hat.

»Warum haben sie sich nicht einfach scheiden lassen?« fragt Shug.

Daddy rollt die Augen, als hätte Shug nicht alle Tassen im Schrank, und zuckt die Achseln. Mein Köder platscht zwischen die Schilfbüschel, während ich blinzle, um mir das halbierte Haus auszumalen. Die beiden Hälften standen auf demselben Grundstück, dazwischen ein paar zerzauste Kiefern als Sichtschutz. Daddy und Onkel Lee hatten Holzbretter vor die aufgesägten Seiten genagelt. Trotzdem, bei der Vorstellung von einem Haus, das in der Mitte auseinanderklaffte, so daß man innen alles sehen konnte, wurde mir ganz flau im Magen.

Vielleicht hätten Mutter und Daddy es ja auch so machen sollen. Dennoch schwor ich mir dort auf dem Boot, wenn sie sich je für immer trennten, dann würde ich weglaufen und im Klo der Esso-Tankstelle wohnen. Ich würde mir den einen Tag einen Fünfunddreißig-Cent-Maiskuchen kaufen und am nächsten Tamales bei dem Stand an der Straße, immer abwechselnd. Das Geld dafür wollte ich mir als Schuhputzerin im Friseurgeschäft verdienen.

Mutter hat eine Karte aufbewahrt, die ich ihr einmal dagelassen habe, als ich von daheim weglief. Sie zeigt eine gestrichelte Linie von unserem Haus zur Esso-Tankstelle. Ins Damenklo ist ein X gemalt, über dem »ich« steht.

Was ich nicht wußte, bis ich mit fünfzehn wirklich von zu Hause wegging, war, daß niemand einen Suchtrupp zusammentrommeln würde, wenn ich abhaute. Verdammt, sie sagten sich einfach, ganz egal, wo ich landete, besser als Leechfield würde es allemal sein. Meine Familie war sieben Generationen vor mir nach Texas gekommen, über Tennessee und davor Irland. Dies verbindet mich mit jener Tradition, die der Autor Harry Crews einmal die große »Schreib, wenn du 'nen Job hast«-Tradition genannt hat. Seit Generationen hatten meine Vorfahren ihren Ochsen das Kochgeschirr aufgeladen und waren westwärts gezogen. »Weglaufen«, so wie andere amerikanische Teenager das taten, erwies sich für mich als unmöglich. Jegliche Veränderung wurde in meiner Familie als Fortschritt angesehen.

Manchmal, wenn sich unsere Eltern in der Küche ihre Gefechte lieferten, schmiedeten Lecia und ich Pläne, wie wir uns eine Hütte am Strand suchen und nie wieder heimkommen würden. Wir hockten mit einer Taschenlampe im Schneidersitz unter der blauen Steppdecke und spielten ihre Kämpfe nach. »Szene sechs, die Einundfünfzigste. Film ab«, sagte Lecia. Sie klappte die Arme zusammen wie ein Krokodilsmaul, als wäre das, was wir da hörten, nur wieder eine Einstellung in einem langen Film, den wir drehten. Wenn sie sich die Taschenlampe unters Kinn hielt und die Wangen ansaugte, schienen ihre Augen tief in den Höhlen zu liegen, und ihre Backenknochen traten genauso scharf hervor wie Mutters. Sie verstand sich auch auf Mutters Yankee-Akzent, der nur in Streßsituationen oder unter Alkoholeinfluß zum Vorschein kam. Man stelle sich eine junge Katherine Hepburn mit dem Satzbau und Tonfall eines Erwekkungspredigers vor: *Ich wollte, Gott, so es einen Gott gibt, hätte seinen Blitz auf meinen Wagen herabgeschleudert, bevor ich die Brücke in dieses gottverdammte osttexanische Scheißnest überquert habe.* Manchmal weinte sie auch nur, und dann war Lecias Parodie am grausamsten: *Es gibt keine Hoffnung, es gibt keine Hoffnung*, sagte sie mit Gloria-Swanson-Pathos, den Handrükken an die Stirn gepreßt, als sei er dort angenagelt.

Ich übernahm immer Daddys Rolle, was mir keine großen Denkleistungen abverlangte, da er entweder schwieg oder zu leise sprach, als daß man etwas verstehen konnte. Das einzige, was er je klar und deutlich schrie, war: *Leck mich doch am Arsch!* – eine Schmähung, die er manchmal auch zum guten Rat umfunktionierte, je nachdem, weshalb Mutter gerade tobte: *Sag ihnen, sie sollen dich am Arsch lecken*, sagte er dann. »Sie«, das waren das Finanzamt oder irgendwelche übereifrigen Christen, die an unsere Haustür klopften, um uns zu bekehren. *Sag ihnen, sie sollen dich am Arsch lecken*, lautete seine zuverlässige Empfehlung. (Bis zum heutigen Tag habe ich eine Falltür in meinem Kopf, aus der bei Bedarf ein »Leck mich am Arsch« gepurzelt kommt. Es ist verblüffend, wie oft es zu passen scheint.)

Manchmal hörten wir ein Krachen oder das Aufschlagen eines Körpers auf dem Linoleum, dann kamen wir im Schlafanzug angeflitzt, um zu schauen, wer was geschmissen hatte oder wer endgültig hinüber war. Wenn sie noch halbwegs bei Bewußtsein waren, scheuchten sie uns ins Bett zurück. »Macht, daß ihr ins Bett kommt. Das ist nichts für euch«, sagte Daddy, oder Mutter zeigte mit dem Finger auf uns und sagte: »Sprich vor den Kindern nicht so mit mir!« Einmal hörte ich Daddy brüllend aus dem Schlaf hochfahren, offenbar, nachdem Mutter ihm ein Glas Wodka ins Gesicht gekippt hatte – worauf sie losrannte in Richtung Hintertür. Als wir in die Küche kamen, schleifte er sie gerade zur Spüle zurück, wo er in aller Ruhe drei Gläser mit Wasser füllte und sie ihr über den Kopf goß. Das war einer der wenigen Abende, die in Gelächter endeten. Sie bekamen sogar so gute Laune, daß sie mit uns ins Autokino in *Die Nacht des Leguans* fuhren und während des ganzen Films auf dem Vordersitz herumschmusten.

Wenn ich nach einer dieser Kampfnächte durch die Haustür ins Sonnenlicht trat, erschienen mir die Aktivitäten unserer Nachbarn, die von ihren Mülltonnen oder Rasenmähern aufsahen, unsagbar unschuldig. Wie konnten Menschen ihre Tage mit solchen Tätigkeiten zubringen? Manchmal kam mir unser Haus gespalten vor wie das von Lee und Annie. Oder ich hatte das Gefühl, die Blicke der Nachbarn hätten so viele imaginäre Löcher in unsere Wände gebohrt, daß das ganze Haus zerfressen war wie wurmstichiges Holz. Ich bildete mir immer ein, die Leute würden uns komisch ansehen, wenn Mutter und Daddy am Abend vorher gestritten hatten. Ob das Hellsichtigkeit oder Verfolgungswahn war, weiß ich nicht. Wenn eine von den Damen im Laden versehentlich in unseren Einkaufswagen rumpelte, kam es vor, daß sie Mutter reflexartig zum Kaffee einlud, noch ehe sie sich die Konsequenzen so recht klargemacht hatte. Aber auf den Gesichtern malte sich jedesmal sichtliche Erleichterung, wenn Mutter ablehnte. Und mir fiel auf, daß Mütter, die auf einen Sprung bei den Nachbarinnen vorbeischauten, um unser Haus grundsätzlich einen Bogen machten. Die gottesfürchtigen Familien ließen ihre Kinder nicht einmal auf unser Grundstück.

Das war weiß Gott nicht nur Mutters Schuld. Die Leute hatten eine Heidenangst vor Daddy. An manchen Tagen war er ganz einfach auf Kampf aus. So schlug er zum Beispiel einmal, als wir an der Tankstelle zum Zahlen anstanden, einen jungen Coca-Cola-Fahrer nieder, nur weil der geäußert hatte, daß die Amerikaner in Vietnam nichts verloren hätten.

Und Lecia und ich ließen keine Gelegenheit aus, um uns wie Wildkatzen aufzuführen. Mit gerade mal zwölf prügelte Lecia alle Nachbarsjungen bis zu fünfzehn Jahren windelweich. Ich für meinen Teil sehe mich noch in unserer Auffahrt stehen und Carol Sharp beschimpfen, weil sie mir die Nase blutig geschlagen hatte. Das Vorderteil meines neuen gelben Spielhöschens, das Schleifen an den Schultern hatte und Gummizüge an den Bündchen, war mit Blutspritzern übersät. Ich kann nicht älter als sechs gewesen sein, aber ich nannte sie ein blödes kleines Miststück. Ihre Mutter stand auf den Stufen ihrer Veranda, drohte mit dem Mop zu mir herüber und rief, mir kämen Schlangen und Eidechsen aus dem Mund, worauf ich erwiderte, das sei mir scheißegal. Meistens hielt ich mich ohnehin an Daddys altbewährte Empfehlung und forderte die Nachbarinnen auf, mich doch am Arsch zu lecken, um dann ins Haus zu witschen, bevor sie mich einfangen und versohlen konnten.

Bei Anbruch der Dunkelheit stiegen im Spätsommer 1962 die Moskitos aus den Bayous und Entwässerungsgräben. Unter den Kindern grassierte die Enzephalitis – Schlafkrankheit sagten wir dazu. Marlene Seesacque lag sechs Monate im Koma und erwachte als »Doofie«, wie wir es nannten. Andere Kinder hatten nicht das Glück, überhaupt aufzuwachen, und Mutter knipste für die Titelseite der Zeitung etliche Beerdigungsbilder mit winzigen Särgen. Die Stadtverwaltung von Leechfield setzte einen Moskitowagen ein, der die giftige Brut ausräuchern sollte. Er tuckerte jeden Abend durch die Straßen, hinter sich eine riesige DDT-Wolke, die aus einem Schlauch vom Durchmesser eines Suppentellers dampfte. Als letztes Spiel vor dem Schlafengehen kletterten wir in diesem Sommer oft auf unsere Fahrräder und hielten ein Schneckenrennen hinter dem Moskitowagen ab.

Ein Schneckenrennen ist Leechfield pur. Wer als letzter ankommt, hat gewonnen. Das klingt einfach – solange man nicht auf einem Zweirad sitzt, das umfällt, wenn man zu langsam wird. Der Trick bestand darin, gerade so viel zu treten, daß man nicht umkippte und die anderen nicht überholte. Das alles in der feuchten weißen Giftwolke, die aus dem Moskitowagen quoll, sich einem um den verschwitzten Körper legte und brandig-süß durch die Lungen zog – es war ein Spiel so recht nach unserem Geschmack, eins, bei dem die Sieger sich übergaben und in Ohnmacht fielen. So kam es dann nach meiner Erinnerung auch. Tommy Sharp lag da und kotzte in den Graben vor dem Schwimmbad. Shirley Carter schaffte es mit knapper Not, den Ständer ihres roten Schwinn-Rads herunterzuklappen, bevor sie am Straßenrand zusammensank wie ein nasser Sack, so daß Lyle Petits Mutter, die Krankenschwester war, kommen mußte, um ihr Luft ins Gesicht zu fächeln und sie wieder in Gang zu setzen. Ich als eine der Verliererinnen stand mit den anderen Kindern da und sah zu, wie ihr blaues Gesicht langsam rosiger wurde, da rief meine Mutter nach mir.

Alle Kinder blickten auf. Sonst war es nie Mutter, die uns rief. Mutter vermied es sogar, den Vorgarten zu betreten, seit Mr. Sharp ihr erklärt hatte, daß sie in die Hölle kommen würde, weil sie Bier trank und mich auf der Veranda gestillt hatte. »Sie würden noch in einem Astloch eine Schweinerei vermuten, Sie alter Furzer«, soll sie darauf erwidert haben. Seitdem war es Daddy, der den Müll an die Straße brachte und uns zum Essen rief. Beim Klang ihrer Stimme fuhren die Kinder alle ein bißchen zusammen, so wie trinkende Antilopen in Afrika-Dokumentarfilmen die Köpfe heben, wenn sie einen Löwen in der Nähe wittern.

Ich rannte los, mit weiten Sätzen über die schlammigen Gräben vor all den gleichen Häusern. Ich war gerade über eins der gedrungenen Türmchen gesprungen, die die Flußkrebse im Lehm aufwarfen, als ich den roten Ford Kombi meiner Großmutter vor unserem Haus bemerkte. Unser Auto quoll selbst nach den kürzesten Fahrten von Bonbonpapieren und Getränkedosen über, und in einer Kaffeebüchse schwappte Pisse. Aber als ich zum Fenster des Ford hineinlinste, schien es so, als wäre die alte Frau mit nichts als einer Schachtel rosa Papiertaschentücher quer durch Texas gefahren. Mutter hielt die Fliegentür auf, die Hand als Schirm über den Augen, als ich die Stufen zur Betonveranda hinaufkletterte. Ihre Backenknochen spannten sich wie ein Flügelpaar, und ihre Augen waren fleckiggrün wie gesprungene Murmeln. Sie sagte, Grandma hätte Krebs und würde eine Zeitlang bei uns wohnen, aber ich sollte mir nicht anmerken lassen, daß ich Bescheid wüßte.

Vielleicht tue ich Grandma Moore ja Unrecht, wenn ich ihrer Ankunft die Schuld an den wohl schlimmsten Zeiten gebe, die meine Familie je durchgemacht hat, aber sie war ein so bitterböses altes Luder, daß ich nicht anders kann. Sie thronte wie eine abgehalfterte Kaiserin in Mutters riesigem Art-déco-Sessel (mintgrünes Vinyl mit kantigen schwarzen Armlehnen), den sie so drehte, daß sie geradewegs aus unserem großen Wohnzimmerfenster schaute, so als wolle sie jeden Moment eine Proklamation erlassen.

Den ganzen Tag krittelte sie an allem und jedem herum, bis meine Mutter mit einem derart verkniffenen Gesicht herumhetzte, daß ihr Mund nur noch ein Strich war. Die Vorhänge sind grauenhaft; nähen wir doch neue. Wann wir das letzte Mal unsere Fenster geputzt hätten? (Nie.) Ob Mutter zugenommen hätte? Sie wäre so schwammig. Ich könnte glatt ein Mexikanerkind sein, so dunkel sei ich. (Lecia, die Glückliche, war blond wie Grandmas Familie, während ich mit meinem von Daddy ererbten indianerhaften Anstrich der alten Dame ein steter Dorn im Auge war.) Und ich sähe »nach armen Leuten« aus, eine Bezeichnung, die sie ansonsten für klapperige Kühe und für die verwurmten Cajun-Kinder reservierte, die an Sommernachmittagen am Ufer von Taylor's Bayou nach Krebsen stocherten. (Marvalene Seesacque faßte die Motivation für das stundenlange Herumwühlen im Schlamm einmal sehr bündig zusammen: »Wer nix fängt, kriegt halt nix.«)

Früher hatte ich zum Frühstück oft kalte Tamales aus der Dose gegessen (und dazu die Reste der scharfen Tomatensoße von den Maispapieren geleckt). Jetzt schnitt Grandma einen *Reader's Digest*-Artikel über die vier Hauptnährstoff-Gruppen aus und klebte ihn an den Kühlschrank. Auf einmal gab es zum Abendessen Gerichte, die man sonst nur im Fernsehen sah, Hackbraten zum Beispiel – Sachen, für die man den Ofen anschalten mußte, was Mutter normalerweise nicht einmal an Thanksgiving für nötig hielt.

Auch unsere Angewohnheit, die Mahlzeiten auf dem Ehebett meiner Eltern einzunehmen, fand ein abruptes Ende. Mutter hatte die Fläche erweitert, indem sie zwei Matratzen aneinandergenäht hatte. Sie sagte, sie brauche Platz zum Ausstrecken, der schwülen Luft wegen. Es war das größte Bett, das ich je gesehen habe. Es reichte praktisch von einer Schlafzimmerwand bis zur anderen. Mutter stichelte die Laken dafür selbst zusammen, und sogar die Kommode mußte in die Diele verbannt werden. Die einzigen Möbelstücke, die außer dem Bett noch Platz hatten, waren ein langbeiniger Messingaschenbecher in Form eines Wikingerschiffs auf Daddys Seite und eine hohe schwarze Leselampe neben einem schwankenden Bücherturm bei Mutter drüben.

Jedenfalls saßen wir vier beim Essen in der Regel im Schneidersitz auf dem Bettrand. Wir schauten jeder eine andere Wand an, Rücken an Rücken wie ein vierköpfiges Totem, die Teller zwischen unseren Beinen auf der Steppdecke. Mutter nannte es Picknick-Stil, aber rückblickend erscheint es mir nur noch abartig. Ich würde zu gern einmal in irgendeiner Zeitung inserieren und fragen, ob es noch andere Familien gibt, die ihre Mahlzeiten Rücken an Rücken im Elternbett einnehmen, und was sich aus so einer Gewohnheit wohl schließen läßt.

Seit Grandma bei uns war, benutzten wir nicht nur den Tisch, sondern auch Tischwäsche. Mutter stellte eine schwarze Zugehfrau namens Mae Brown ein, die Tischdecken und Servietten wusch und bügelte, wenn sie verdreckt waren. Und wir durften mittags nicht mehr einfach aus der Hitze hereinkommen und aus den Kleidern steigen, seit Grandma da war. Wir waren es gewöhnt, uns bis auf die Unterwäsche auszuziehen oder in unsere Pyjamas zu schlüpfen, ganz gleich zu welcher Tageszeit. Wenn die Hitze ganz übel war, konnten wir stundenlang halbnackt auf dem Holzboden vor dem schwarzen Propellerventilator liegen und Eisbrocken aus zusammengedrehten Küchentüchern lutschen. Jetzt verlangte Grandma sogar, daß wir Schuhe und Strümpfe anließen. Und wir mußten jeden Abend baden. Eines der ersten Bäder endete damit, daß die alte Frau mich, in ein kratziges Handtuch gewickelt, auf ihrem Schoß festhielt und meinen Hals mit Nagellackentferner schrubbte (er muß ziemlich verkrustet gewesen sein).

Sie nahm auch unsere religiöse Unterweisung in Angriff, die sich bis dahin in sporadischen Besuchen der Christian-Science-Sonntagsschule erschöpft hatte, im Wechsel mit den Jogaübungen aus einem von Mutters Büchern. (Ich beherrschte schon mit fünf den Lotussitz.) Grandma kaufte Lecia und mir je eine weiße Lederbibel mit Reißverschluß. »Wenn ihr jeden Tag drei Kapitel lest und am Sonntag fünf, habt ihr in einem Jahr die ganze Heilige Schrift durch«, verhieß sie uns. Ich kann mich nicht erinnern, den Reißverschluß an meinem Exemplar je aufgezogen zu haben, denn Grandma neigte dazu, das Interesse zu verlieren, wenn ein Vorhaben ihre Kräfte zu übersteigen drohte, wie das bei unserer Christianisierung der Fall gewesen sein muß.

Als wir Mutter viel später endlich dazu brachten, über ihre Kindheit zu sprechen, erzählte sie die aberwitzigsten Geschichten über die Schrullen ihrer Mutter. Eine Religionsfanatikerin schien Grandma Moore damals nicht unbedingt gewesen zu sein. Sie war ganz allgemein eine Fanatikerin. So bestellte sie zum Beispiel bei einer Zeitschrift ein Hobby-Detektiv-Set. Damit wollte sie zusammen mit Mutter die Nachbarn ausspionieren – zu einer Zeit, als die Einwohnerzahl von Lubbock noch im dreistelligen Bereich herumkrebste. Jede dieser Überwachungen zog sich über Wochen hin. Grandma stemmte Mutter mit der Räuberleiter hoch, damit sie durch das gardinenverhängte Fenster des Pfarrers spähen konnte – nicht etwa, weil sie dort drinnen Ehebruch oder anderweitige Schamlosigkeiten vermutete, sondern um in Erfahrung zu bringen, ob seine Frau ihren Kuchenteig selber machte oder ihn aus der Tüte zusammenrührte. Die Antworten auf solche Fragen vermerkte sie in einer alphabetisch geordneten Kartei, die alle wichtigen Familien am Ort erfaßte. Außerdem pickte sie einzelne Personen heraus, die in irgendeiner Weise ihr Mißtrauen erregt hatten, und führte wochenlang über jede ihrer Bewegungen Buch. Sie lernte es, Fingerabdrücke zu nehmen, und bewahrte die von Mutter bei ihren Backrezepten auf, für den Fall, daß Mutter entführt würde. Sie begann sogar kleine Haar- und Staubproben zu sammeln, die sie bei Besuchen von den Möbeln anderer Leute klaubte. Das ging fast ein Jahr so. Sie waren irgendwo zum Tee eingeladen, und plötzlich ließ Grandma einen Umschlag mit ein paar Staubflocken oder etwas in der Art in ihrer Schürzentasche verschwinden. Was mit diesem »Beweismaterial« geschah, konnte Mutter nicht sagen. Das Detektivspielen wurde ebenso schlagartig fallengelassen, wie es aufgegriffen worden war.

Auch in unserem Haus nahm Grandma alles mit einer geradezu krankhaften Aufmerksamkeit unter die Lupe. Vorher hatten Außenstehende von unserem Leben nichts mitbekommen. Die Stimmen meiner Eltern drangen vielleicht in den Nächten manchmal durch die Fliegengitter nach draußen, und dann malte ich mir die Verachtung der Nachbarn aus, aber im Grunde fragte niemand groß nach unserer Familie oder nach Mutters Nerven. Wir gingen nicht in die Kirche. Wir bekamen keinen Besuch. Unsere Umgebung sah uns wahrscheinlich verschwommen wie ein Fernsehbild bei gestörtem Empfang. Und plötzlich starrte Grandma uns hinter ihrer Hornbrille hervor mit Laseraugen an und begann alle Sätze mit *Wenn ich wohl einen Vorschlag machen dürfte*... oder *Warum könntet ihr nicht*...?

Außerdem war sie selbst die allergrößte Geheimniskrämerin. Sie wieselte herum, als wäre jede Minute ihres Tages verplant, aber kein Mensch wußte, womit. So hatte sie zum Beispiel einen riesengroßen Arztkoffer aus schwarzem Krokoleder, der neben dem üblichen Altdamenkrempel – Puderdöschen und pfingstrosenbestickten kleinen Tüchlein – eine ausgewachsene Eisensäge enthielt. Mit solchen Sägen arbeiten sich Sträflinge in schlechten Filmen durch die Gitterstäbe ihrer Zelle. Das ist kein Hirngespinst von mir, Lecia erinnert sich auch daran. Wir witzelten sogar, daß wir Grandma gefangenhielten und sie ihren Ausbruch plante.

Ich hatte immer gedacht, was unserer Familie fehlte, wäre ein hingebungsvolles, plätzchenbackendes weibliches Wesen, das mir Löckchen in die Haare drehte und mich nach Kräften betüttelte. Aber mein Benehmen verschlechterte sich unter Grandmas neuer Ordnung. Ich fing an, Nägel zu kauen. Meine Wutanfälle nahmen Formen an, daß nicht einmal Daddy sie mehr zum Lachen fand. Ich riß die neuen Eßzimmervorhänge herunter und kratzte Lecia beide Backen blutig. Prügel machten keinerlei Eindruck auf mich. Obwohl ich die größte Heulsuse aller Zeiten war, weinte ich bei Schlägen grundsätzlich nicht. Ich sehe noch Daddy mit seiner kleinen Reitgerte in der Hand, während ich mit striemenüberzogenen, brennenden Waden dastand und sagte: »Hau mich ruhig, wenn du es männlich findest, kleine Mädchen auszupeitschen.« Schluß mit Prügeln.

Lecia war nicht nur ausgeglichener als ich, sie konnte sich auch besser Liebkind machen, deshalb hatte sie es leichter. Aber der Druck muß ihr doch auch zugesetzt haben. Irgendwann nach Grandmas Einzug stopfte sie mich ungeachtet meines Gestrampels in den Wäscheschlucker in der Badezimmerwand, wo ich zwischen muffigen Handtüchern hockte und schrie, bis Mae Brown vom Einkaufen zurückkam. Den Pony klatschte sie sich mit so viel Haarspray an die Stirn, daß weder Wind noch Regen ihm etwas anhaben konnten. (Ich nannte sie Helmrübe.) Und sie ließ bei ihren sämtlichen Röcken den Saum heraus, so daß ihre Knie nicht mehr hervorguckten. Auf Fotos von damals sieht sie aus wie ein seltsames Zwitterwesen, ein Kind, das sich als Erwachsene verkleidet und weder dem einen noch dem anderen ähnelt. Einmal nahm sie mich auf die Schultern und drapierte einen Malerkittel aus braunem Kord um uns, der von meinen Schultern bis zu ihren Knien herabhing. Wir wankten von Haus zu Haus und machten den Leuten vor, wir wären eine Dame, die für die Krebshilfe sammelte. Ich erinnere mich, daß ich diversen Fremden eine Kaffeebüchse unter die Nase hielt, wobei ich Mühe hatte, mich auf Lecias Schultern zu halten. Wir kassierten keinen Cent.

Gut, Grandma starb mit nur fünfzig Jahren an Krebs, wie hätte sie da munter und fröhlich sein sollen. Trotzdem kann ich mich an keine einzige zärtliche Regung erinnern, weder für sie noch von ihr. Ihre Wange war runzlig wie ein angefaulter Apfel und roch nach Hyazinthen. Ich mußte mit Brachialgewalt dazu gezwungen werden, diese Wange zu küssen, obwohl ich mich ansonsten jedem auch nur annähernd freundlichen Erwachsenen an den Hals warf – Staubsaugervertretern, Automechanikern, Kassiererinnen.

Das schlimmste waren nicht die vielen Veränderungen, die Grandma durchsetzte, sondern das Schweigen, das mit ihnen Einzug hielt. Niemand erwähnte unser früheres Leben mit einem Wort. Es war, als seien die Neuerungen über uns hinweggebrandet wie eine große Welle, die alles niedergewalzt hatte, was wir einmal gewesen waren. Ein Essen auf dem Bett vorzuschlagen oder aus den Kleidern zu steigen, wenn ich vom Spielen hereinkam, hätte das gesamte Haus in einen solchen Abgrund der Schmach gestürzt, daß ich nicht einmal in Gedanken soweit gehen mochte. Ganz klar hatten wir all die Jahre alles, aber auch alles falsch gemacht.

3

Wenn Nachbarinnen sich erkundigten, faßte ich den Verlauf von Großmutters Krankheit prägnant zusammen: »Erst hat sie den Zehennagel abgenommen gekriegt, dann den Zeh, dann den Fuß. Dann haben sie ihr Senfgas ins Bein gepumpt, bis es schwarz verbrannt war. Sie hat wochenlang ohne Pause gebrüllt. Dann mußten sie ihr das Bein auch noch abnehmen, und es sah aus wie ein schwarzer Holzstumpf auf einem Kissen. Als wir sie besucht haben, hat sie Lecia mit einem falschen Namen angeredet. Dann ist sie heimgekommen, und der Krebs ist in ihren Kopf gegangen, und davon ist sie wahnsinnig geworden, und auf ihrem Arm sind Ameisen rumgekrabbelt. Da ist sie dann gestorben.«

Gegen Ende dieser Leier fingen Lecia und ich an, uns in der Küche unserer jeweiligen Gastgeberin nach Keksen oder Limo umzuschauen. Ein sicherer Instinkt sagte uns, daß die Geschichte vom großmütterlichen Leiden und Sterben sich bezahlt machen würde. Nach einer Weile lernte Lecia auch noch, ein paar Tränchen herauszudrücken, was uns mit etwas Glück sogar ein Eis am Stiel bescherte. (Wenn ich meine große Schwester an dieser Stelle zu Wort kommen ließe, würde sie protestieren. Bis zum heutigen Tag bleibt sie dabei, daß sie aufrichtig um die alte Dame getrauert hat, die ein lieber Mensch war, und daß ich nur zu klein und zu gehässig war, um das zu sehen. Ich behaupte, daß ihre glücklichen Erinnerungen mehr der Bequemlichkeit entspringen als der Realität: Sie hat auch die Frivolitätenarbeit als vergnüglich im Gedächtnis behalten und Ronald Reagan, für den sie zweimal gestimmt hat, als einen netten Kerl.) Ich hätte um Grandma nicht weinen können, selbst wenn ich dafür gefoltert worden wäre. Aber ich wußte, was ich zu tun hatte, und sekundierte Lecias rotztriefendes Geschnüffle mit ernstem Nikken. Wie fast immer im Umgang mit Erwachsenen vertraute ich auch hier blind auf die Mitleidstour.

Viele Jahre blieb Grandmas langwieriger Krebstod sicher verpackt in dieser routinierten Zusammenfassung. Es war ganz klar einer der Fälle, in denen die Sprache an die Stelle der Wirklichkeit tritt. Vielleicht waren die Nachbarsdamen, denen ich damals mein Sprüchlein aufsagte, zu Recht entsetzt über meine Fühllosigkeit und nicht – wie von mir erhofft – beeindruckt davon, wie gut ich mich im Griff hatte. Für diese Lüge möchte ich Abbitte leisten. Ich habe mir selbst den allerschlechtesten Dienst erwiesen, indem ich jene eineinhalb Jahre des Grauens ausblendete.

Lecia buckelte vor der alten Dame, weil es der Weg des geringsten Widerstands war und ihr Punkte bei Mutter einbrachte. Ich vermied nach Möglichkeit jede Berührung mit ihr, ohne daß ich den Grund so recht hätte benennen können. Ob es ihr Freude machte, mich zu waschen oder mir mit einem feinzahnigen Kamm die Nester aus den Haaren zu ziepen, wußte ich jahrelang nicht zu sagen. Wenn ich an diese Zeit zurückdenke, kriecht mir eine Angst das Rückgrat herauf, die irgendwann an eine niedere Stufe der Panik grenzt. Und wenn jemand Grandma erwähnt, zuckt nach wie vor tief in mir etwas zusammen. Der Rollstuhl, in dem sie sich in mein Gedächtnis schiebt, ist mir lieber ohne seine Geisterinsassin.

Zum Teil erklärte sich meine Abneigung vielleicht aus der ganz normalen kindlichen Aversion gegen Alter und Gebrechen. Ein Sterbender strapaziert schon die Aufmerksamkeit der Erwachsenen in der Familie gewaltig, aber für ein Kind ist es, als müßte es nasser Farbe beim Trocknen zuschauen. Ich wollte nichts als weg. Vielleicht gibt es Kinder, die da anders sind, wahrhaft christlich erzogene kleine Heilige, die ihren vor sich hin faulenden Großeltern in der Abenddämmerung Psalmen vorlesen. Ich dachte gar nicht daran. Sie blieb zu lang am Leben und brachte meine Muter zu oft zum Weinen.

Hinzu kam, daß wir sie vor ihrer Krankheit kaum gekannt hatten. Ich hatte meinen Namen von ihr, Mary. Von unserem einen Besuch in Lubbock abgesehen war sie für uns kaum mehr gewesen als dieser Name, den wir mit Buntstiften in Schönschrift auf Karten aus farbigem Tonpapier malten. Eine der Karten, ein rotes, auf ein papiernes Spitzendeckchen geklebtes Herz, hat aus irgendeinem Grund in Daddys goldener Zigarrenkiste überlebt. Auf dem Umschlag steht M.D. Anderson Hospital (das heutige Houston Medical Center). Das aufgeklappte Herz verkündet folgende seltsame Botschaft: »Liebe Grandma, ich hoffe, daß es Dir bessergeht. Ein Mann ist bei einem Autounfall einen Meter groß gestorben. Hier ist der Mann.« Und darunter liegt neben einem kugeligen Auto ein waagerechtes Strichmännchen mit Kreuzchen statt Augen, das etwas Pflasterähnliches um hat. So tastete ich mich damals wohl an den Tod heran.

Dennoch, bei allem Gleichmut, den man bei der Erinnerung an eine häßliche Krankheit aufzubieten versucht, schon allein als Schutz gegen ihre endlose Öde – sobald man einem nickenden Psychiater davon erzählt, fällt man nach einer Weile unweigerlich in ein tiefes Schweigen. Und aus diesem Schweigen entwikkelt sich – fast in einer Art chemischer Reaktion, wie bei Fotopapier in seiner Zauberlauge – eine Momentaufnahme eisigen Grauens. Kaum hatte ich mir mit Erfolg eingeredet, daß die bündige Chronologie von Grandmas Krebs, die ich mein Leben lang heruntergerasselt hatte, die gesamte Wahrheit enthielt, schnappte in meinem Gedächtnis eine Jalousie nach oben und offenbarte mir, was Leiden wirklich ist. Es ist nicht der alte Mann mit den arthritischen Fingern, der sich am Cola-Automaten mit dem Klickverschluß eines dieser kleinen schwarzen Portemonnaies abmüht. Es ist auch nicht das Krabbelkind im Garten hinter dem Maschendrahtzaun, das in der Mittagshitze mit der Wäscheleine angebunden ist wie ein Hund. Das alles sind nur Vorahnungen des Leidens. Wahres Leiden hat ein Gesicht und einen Geruch. Es besteht ungebrochen fort, egal, womit wir es verhüllen. Und es kennt unseren Namen.

Die Ärzte leiteten Senfgas durch Grandmas Bein, um das

Melanom am Streuen zu hindern, und die Folge waren Qualen der beschriebenen Größenordnung. Eine vorsintflutlichere Behandlung läßt sich heute kaum denken. Als ich später von den Senfgaswolken las, die im Ersten Weltkrieg über den Schützengräben hingen und den Soldaten die Lungen verätzten, wurde mir vollends unbegreiflich, was die Ärzte dazu bewogen hatte, ein weißhäutiges Altfrauenbein damit zu verkohlen, bis es einer Versteinerung glich. Aber es war natürlich keine Versteinerung, es war ein Bein aus Fleisch und Knochen, aus dem das Mark herausbrutzelte. Mutter sagt, Grandma habe über Wochen hin ununterbrochen geschrien – Wochen, nicht Tage, und das trotz Morphium. Dann kam der Wundbrand, und sie mußten so oder so amputieren.

Der Gedanke an Grandmas abgenommenes Bein machte mir anfangs nicht viel aus, weil er für mich keine Realität hatte. Lecia und ich stellten uns vor, daß sie in einem Rollstuhl sitzen würde, den wir herumschieben konnten. Wir hatten damals gerade unsere Peter-Pan-Phase, deshalb versah ich sie in meiner Phantasie gleich mit einem Seeräuberholzbein. Als wir sie im Krankenhaus besuchten, malte ich auf der Hinfahrt sogar ein Bild von ihr, mit hölzernem Beinstumpen und einem federgeschmückten Hut mit Totenschädel und gekreuzten Knochen wie bei Captain Hook. Lecia war dankenswerterweise geistesgegenwärtig genug, die Zeichnung zusammenzufalten und in ihrer Gesäßtasche verschwinden zu lassen, bevor Mutters Blick darauf fallen konnte.

Aber Mutter lief innerlich so auf Hochtouren, daß sie es vielleicht nicht einmal wahrgenommen hätte. NERVEN hin oder her, in Krisenzeiten war sie wie ausgewechselt. Man konnte nur sehen und staunen. Ich bin Zeuge gewesen, wie sie eine Waschmaschine zerlegte und wieder zusammenbaute, an nur einem Tag nach einem dreißigteiligen *Vogue*-Schnittmuster ein Kleid nähte, mit Bravour einen College-Mathekurs absolvierte, als sie mit vierzig wieder anfing zu studieren, und ganze Ziegelwände hochzog. Wir pflegten zu sagen: In Zeiten, wo sie bis über beide Ohren in der Scheiße steckt, packt sie sich eben beim Schopf und hievt sich heraus. Grandmas Krankheit war eine solche Zeit. Jegliche Spur von NERVEN war wie weggeblasen. Mutters Kinn reckte sich nach vorn, wie um eine Art entschlossene Unbeschwertheit zu signalisieren. Sie nahm ab und bewegte sich nur, wenn es gar nichts anders ging, und doch schien sie sich nie auszuruhen. Kein Wunder, daß sie nach der Beerdigung zusammenbrach – sie hatte vom Startschuß an einen Endspurt hingelegt.

Es muß damals Vorschriften gegeben haben, die die Anwesenheit von Kindern auf Krebsstationen verboten. Aber Mutter hatte beschlossen, daß unser Besuch Grandma vielleicht guttun würde. Außerdem arbeitete Daddy tagsüber, und ihr waren die Babysitter ausgegangen. Ich war noch nie in einem Krankenhaus gewesen. Und der Haupteindruck aus jener Zeit ist natürlich der Geruch nach Scheuermilch – Scheuermilch und eine überwältigende Betriebsamkeit, Rollstuhlgeschiebe, Bahren auf Rädern, Schläuche und Flaschen, die über liegenden Gestalten hin und her schwanken.

Meine Erinnerung an das Krankenhaus wird mit dem Augenblick konkret, als Lecia mich am Ellbogen an einem Mann vorbeizog, der eine klare, wasserähnliche Flüssigkeit in ein kleines nierenförmiges Silberbecken würgte. Ich kehrte dem Kranken den Rücken und tauchte in die unsichtbare Wolke von Düften ein, die Mutter damals ständig umgab: Shalimar, Tabak und Pfefferminzdragees. Aus irgendeinem Grund schien diese Wolke genau über meinem Kopf zu schweben – etwa auf der Höhe von Mutters Hüftknochen –, so daß ich den Hals recken, tief einatmen und einen Hauch von Mutter in meine Lungen saugen konnte. Sie trug ein langes natogrünes Seidenkleid und einen braunen Krokodilledergürtel von Chanel. Sie schritt weit aus, auf einer imaginären Linie wie ein Mannequin. So wie sie die Füße setzte, machten ihre hohen Absätze kaum einen Laut. Ihr Kopf war weit weg von mir. Das kurze, dicke Haar war nach hinten gebürstet und wirkte aus meiner Perspektive wie eine Löwenmähne.

Sie stieß eine Doppeltür auf. Man hörte jemanden *bitte bitte bitte* rufen, aber mit ganz schwacher Stimme. Wir kamen am

Zimmer einer überraschend jungen Frau vorbei, deren schwarzes Haar zu einem hohen Kegel aufgetürmt war. Sie lag in einem Fernsehsessel, eine Einlaufflasche aus rotem Gummi an die Kinnlade gedrückt, und aus einem Radio ertönte Musik von einem Baseballspiel. Dann standen wir plötzlich vor Grandmas Zimmer und schoben uns vorsichtig durch eine große, schweigende Tür.

Das wirklich Schockierende an einer Amputation ist das Unfertige daran. Eigentlich denkt man doch, sie könnten es ein bißchen hübsch herrichten – und heutzutage ist das vielleicht auch der Fall. Man muß nur einmal mit einem Jagdmesser ein Reh zerteilt oder auch nur ein Huhn oder Kaninchen geschnetzelt haben, um zu wissen, was für ein brutales Gefühl es ist, durch Knochen und Knorpel zu hacken. Im OP wurde damals wohl eine kleine Rundsäge verwendet, aber es läuft auf das gleiche hinaus. Irgendwie hatte ich mir Grandmas abgehauenes Bein mehr wie ein Puppenbein vorgestellt, blutlos und sauber. Vielleicht hatte ich einen Verband erwartet.

Grandmas Bein war überm Knie abgenommen worden, und der Rest des Oberschenkels lag auf einem Kissen. Er sah sehr unterbrochen aus. Schwarze Streifen zogen sich vom Ende des Stumpfes den Schenkel hinauf wie versickernde Flüsse. Ob sie von den Gasverbrennungen oder der darauffolgenden Blutvergiftung herrührten, weiß ich nicht. Die Ärzte hatten sich sichtlich bemüht, genug Fleisch überstehen zu lassen, um es rund um den abgesägten Knochen zu falten. Jemand hatte sogar versucht, alles ordentlich zusammenzunähen, damit man dachte, es wäre schon immer so gewesen. Aber an den Stichen merkte man, daß die Hautlappen aufs Geratewohl übereinandergelegt waren, schartig wie bei einem nach dem Füllen wieder zusammengeflickten Schweinebraten. Die Fäden waren von einem stumpfen Schwarz und schnitten in die sehr weiße Haut. Und der ganze Schenkel war mit irgendeiner Salbe eingeschmiert worden, die ihn schauerlich glänzend und naß wirken ließ. Trotz der fünf Blumensträuße, die ihre Schwester geschickt hatte, lag ein beißender Geruch im Raum; er rief mir eine schwarze Tinktur zum

Einreiben von Pferden in Erinnerung, die ich einmal auf einer Ranch gerochen hatte. Das muß die Brandsalbe gewesen sein.

Ein Blick auf dieses Bein, und ich hätte am liebsten auf dem Absatz kehrtgemacht. Aber die Tür war mit einem Zischen hinter uns zugefallen, und Grandmas Gesicht schwenkte schon in unsere Richtung. (Hier klumpt die Zeit zusammen und verlangsamt sich. Ich muß den Kopf fast mit Gewalt stillhalten, um im Geist nicht zurückzuweichen.) Sie war so dünn und bleich, daß man praktisch durch sie hindurchschauen konnte. Ihre Lippen waren bläulich, und ihr Haar war weißer geworden, so daß ihre Augen, als sich die Lider flatternd öffneten, blasser erschienen, als hätte sie etwas gesehen, das alle Farbe aus ihr herausgebrüht hatte. Lecia marschierte geradewegs zur Bettkante, so als ob nichts sei. Grandma machte den Mund ein paarmal auf und wieder zu wie ein Fisch, ohne etwas zu sagen. Ihr Gebiß lag auf einer Serviette auf dem Nachtkästchen. Kleine weiße Spuckefäden zogen sich von Lippe zu Lippe, und in den Mundwinkeln hatte sie gelbe Krusten. »Es hätte sie wirklich jemand waschen und ihr das Gebiß einsetzen können«, sagte Mutter, aber sie schien das Ganze nicht weiter tragisch zu nehmen. Das irritierte mich, denn normalerweise war Mutter mindestens genauso zimperlich wie ich, und ich wollte nichts wie weg. Grandmas Hand klopfte ein bißchen auf der Matratze herum, und Lecia ergriff sie wie selbstverständlich. Daraufhin zog Grandma scharf die Luft ein, so daß Lecia die Hand fallen ließ und einen Schritt zurücktrat. Jetzt übernahm Mutter das Ruder. Sie strich ihr sanft die weißen Haare aus dem Gesicht und fragte, wie sie sich fühle. Grandmas Finger begannen erneut in Lecias Richtung zu tappen. Sie fixierte sie mit ihrem leeren Starren, als wäre Lecia aus den Wolken an ihr Bett herniedergefahren. Sie keuchte noch einmal auf. »Belinda!« sagte sie. »Wo hast du die ganze Zeit gesteckt? Gott sei Dank, Belinda.« Dann wurde ihre Stimme wieder ruhig, und sie redete weiter und immer weiter, wie sehr sie sie vermißt hätte und wie sie nach ihr gesucht hätte, und Lecia spielte einfach mit, als wäre sie diese Person, von der wir noch nie gehört hatten.

Aber aus irgendeinem Grund bohrte sich mir bei diesem Belinda-Theater ein eiskalter Korkenzieher ins Mark. Es war noch gruseliger als der frankensteinmäßige Beinstumpf mit den Stichen und den schwarzen Streifen, die den weißen Schenkel emporkrochen.

Bevor wir gingen, machte Mutter noch die beiden Ärzte fertig, die die Senfgasbehandlung auf dem Gewissen hatten. Normalerweise war es gräßlich, wenn Mutter in der Öffentlichkeit lostobte, aber diesmal empfand ich es fast als Erleichterung. Den ganzen Tag war sie herumgelaufen wie ein Zombie. Jetzt schien sie wenigstens in ihren Körper zurückgekehrt zu sein. (Ate war in sie gefahren, hätten die alten Griechen vielleicht gesagt.) Die Ärzte standen wie angewurzelt da mit ihren Kaffeebechern, als kämen sie gar nicht auf die Idee, einfach wegzugehen. Eine Verwaltungsangestellte, ein Koloß von einer Frau in einem Blümchenkleid, das ihr verblüffende Ähnlichkeit mit einem Sofa verlieh, stürzte hinter ihrer Glasscheibe hervor, um ihnen zu Hilfe zu eilen. Mutter brüllte gerade, daß Ärzte Geier seien, die sich vom Schmerz anderer Leute ernährten, als die Frau ihr die Hand auf den Arm legte und sich erbot, einen Rosenkranz für Grandma zu beten, worauf Mutter sie anfuhr: »Verschonen Sie meine Mutter bloß mit Ihrem Madonnengeseier!«

Dann hetzten wir weg von den Ärzten und der Sofa-Dame, und der lange Korridor zu Grandmas Zimmer wurde immer länger und schmaler hinter uns. Die Krankenhaustüren glitten fauchend auf, und die nasse Hitze schlug über uns zusammen. Mutter brauchte ein Geschirrhandtuch, um das Lenkrad anfassen zu können.

Sie weinte nicht auf der Fahrt, obwohl wir uns so bemühten, still zu sein. Gut, als ich auf den Rücksitz kletterte, faselte ich natürlich, daß ich ein Handtuch zum Draufsitzen haben wollte, aber Lecia durchbohrte mich mit einem Blick, der mein Gequengel in Null Komma nichts abstellte. Es war ein sehr ernster Blick für ein Kindergesicht, so ernst, daß er mir noch heute eines Senators würdig erscheint. Die Außenwinkel ihrer braunen Augen senkten sich, die eingesprayten Ponyfransen darüber bildeten eine Phalanx glänzender blonder Zacken. Sie konnte mich immer zum Schweigen bringen mit diesem Blick, mich mitten im Satz verstummen lassen.

Aus unerfindlichen Gründen fuhren wir in den Zoo von Houston. Mutter muß uns vorher mit dieser Aussicht geködert haben, denn kein normaler Mensch hätte den Nachmittag bei solchen Temperaturen ohne Not im Freien verbracht. Durch den Zoo dampfte damals kostenlos eine kleine Eisenbahn, in die setzten wir uns. Aber sie war vollgepfropft mit brabbelnden, schmatzenden, furzenden Farmerkindern, die Mutter den letzten Nerv raubten, also stiegen wir beim Souvenirladen wieder aus.

Sie kaufte uns Peter-Pan-Kappen, in die seitlich in geschwungener Schreibschrift unsere Namen eingestickt waren. Dann spielte ich an dem kleinen Riesenrad am Schmuckstand herum. Man konnte es mit einem Knopfdruck anhalten, wenn einem etwas gefiel, und ich brachte es immer bei einem goldenen Bettelarmband mit kleinen Tieren zum Stehen. Sie kaufte uns allen dreien eins, ohne daß ich auch nur bitten mußte. Als der Juwelier ihres festhakte, strich er mit dem Zeigefinger auf eine Art an der Innenseite ihres Handgelenks entlang, die mir erneut die Angst in die Magengrube schießen ließ. Aber sie sagte kein Wort, obwohl sie sonst immer fuchsteufelswild wurde, wenn Männer an ihr herumtatschten; meinem Onkel A.D. hatte sie sogar einmal die Handtasche über den Schädel gezogen, weil er sie in den Hintern gekniffen hatte.

Später aßen wir Hamburger an runden Picknicktischen aus Beton, die seltsamerweise so standen, daß der gesamte Gestank der nahe gelegenen Affengruben zu ihnen herüberwehte. Lecia bemerkte, Ärzte seien wirklich absolute Knallköpfe; das sollte Mutter zeigen, daß sie auf ihrer Seite war, gegen das Krankenhaus. Aber Mutter zuckte nur mit dem Kopf, als hätte sie keine Ahnung, wovon Lecia sprach. Sie trank schwarzen Kaffee und starrte vor sich hin. Der Punkt, an dem sie normalerweise eine Haßtirade gegen die Ärzteschaft angestimmt hätte oder gegen unser erbärmliches Sumpfklima, in dem nichts gedieh außer

Schlangen und Kakerlaken, war längst überschritten. Schließlich konnte ich ihr Schweigen nicht mehr ertragen. Es lastete einfach zu schwer auf mir. Ich stand auf, um den Affen zuzuschauen. Sie bewarfen einander mit ihrem eigenen Kot. Ein kleiner Klammeraffe sauste von den anderen weg, stellte sich am Rand der Grube auf, die Pfote an seinem leuchtend roten Penis, und spritzte unter wildem Kreischen ab. Selbst das schien nicht zu Mutter durchzudringen.

Auch die Raubkatzenkäfige stanken in der Hitze. Artgerechte Freigehege mit Felsblöcken und Wasserfällen lagen damals noch in weiter Ferne; die Käfige waren quälend klein, die Tiere ein Bild des Jammers. Dem bengalischen Tiger krabbelten die Fliegen in Schwärmen über die Augenlider, und er blinzelte nicht einmal. Ein Junge bombardierte ihn mit Erdnüssen, bis Lecia drohend einschritt.

Als ich Jahre später den deutschen Dichter Rilke entdeckte, mußte ich an die unglücklichen Raubkatzen in diesem Zoo zurückdenken. Der Bildhauer Rodin hatte dem jungen Dichter aufgetragen, Zootiere zu studieren, und Rilke beschrieb in wenigen Zeilen genau die ohnmächtige Kraft, die ich an jenem Tag in dem stumpffelligen Panther ahnte:

Ihm ist, als ob es tausend Stäbe gäbe
und hinter tausend Stäben keine Welt.

Der weiche Gang geschmeidig starker Schritte,
der sich im allerkleinsten Kreise dreht,
ist wie ein Tanz von Kraft um eine Mitte,
in der betäubt ein großer Wille steht.

Jetzt, im Rückblick, kommt mir auch Mutter eingesperrt vor, gefangen in ihrem Schweigen. Sie wirkt so klein, wie sie da sitzt in ihrem Seidenkleid und abgestandenen Kaffee trinkt. Auf den Gläsern ihrer Sonnenbrille geht der Panther hinter seinen Stäben auf und ab, als wäre er in ihr drinnen und blickte zu uns heraus. Manchmal, wenn ich sie in der Erinnerung so sehe, möchte ich ihr ein Glas Wasser reichen, möchte ihr sagen, daß sie sich doch in den Schatten der Weide dort hinten legen soll. Manchmal würde ich ihr auch am liebsten die Brille herunterreißen, meine großen, kräftigen Hände auf ihre hochgezogenen Schultern legen und sie schütteln, bis sie weint oder schreit oder sonstwas macht, um diesen Glassturz von Stille zu durchschlagen.

Wir flüchteten uns aus der Hitze in ein höhlenartiges Gebäude, in dem es kühl war und feucht. Mir hatte es Draculas seidige Gefährlichkeit angetan, deshalb marschierte ich schnurstracks zu den Vampir-Fledermäusen, die enttäuschend mickrig wirkten hinter dem dicken Glas. Sie waren kaum größer als Feldmäuse und hingen kopfüber an einer Stange. Ihre Zähne waren winzig, kein bißchen so wie die von Bela Lugosi im Fernsehen. Schließlich ließ sich eine zu Boden fallen und kroch auf eine Petrischale voller Blut zu, die in der Mitte des Schaukastens stand. Ihre zerbrechlich aussehenden Flügel standen so hilflos weg, daß ich an einen kaputten Regenschirm denken mußte. Lecia schob sich von Fenster zu Fenster und besah sich Eulen und Beutelratten und die anderen Nachttiere – sie wollte damals entweder Tierärztin werden oder Krankenschwester. Mutter saß solange rauchend auf einer steinernen Bank unter dem roten AUSGANG-Schild. Ich stand da und wartete wie hypnotisiert, daß die unbeholfene Fledermaus endlich von dem Blut trank. Ich klopfte an das Glas und deutete auf das Schälchen, aber sie reagierte nicht.

Als es dämmerte, suchten wir im Spaghetti-Gewirr der Stadtautobahnen den Highway 73 nach Leechfield, und mein Blick pendelte zwischen meinem Fenster, an dem die neugebauten gläsernen Wolkenkratzer vorbeiflutschten, und dem kleinen Rückspiegel mit Mutters Augen, die immer noch gespenstisch leer waren. Nichts flackerte in diesen Augen als die kurzen weißen Striche des Mittelstreifens, die von der Straße abzuheben und in den dunkelsten Punkt ihrer Pupillen gesaugt zu werden schienen, wo sie verschwanden wie lauter kleine Messer.

In der Zeit nach der Amputation und dieser Fahrt nach Houston sahen wir Mutter kaum. Sie kam entweder morgens aus dem Krankenhaus heim, um sich rasch umzuziehen und gleich wieder loszufahren, oder sie kehrte zurück, wenn wir schon im Bett lagen. Dann wachte ich davon auf, daß der Rand unserer Matratze sich unter ihrem Gewicht senkte; Shalimar hüllte mich ein, wenn sie sich zu mir beugte, um mich zu küssen und die Chenille-Decke hochzuziehen, deren Knötchen sich unter meinem Finger wie Blindenschrift anfühlten. Ein paarmal saß sie die ganze Nacht rauchend auf meiner Seite des Bettes, bis die Fenster sich gelb zu färben begannen. Mit der Hand fächelte sie den Rauch von meinem Gesicht weg, das machte so einen angenehmen kleinen Wind. Ich ließ die Augen zu; wenn ich mich aufgestützt hätte, wäre sie weggegangen, und ich wollte nichts so sehr in diesen Nächten, wie einfach dazuliegen im Dunst dieses Parfüms, das ich heute noch trage, und mir die Gebilde vorzustellen, die sich aus dem Rauch ihrer Salem formten. Das Grauen von Grandmas abgehacktem Bein und Mutters psychischer Lähmung im Zoo hatte ich längst in einem tiefen, tiefen Loch in meinem Innern vergraben. Ich hatte kein Bedürfnis, über diese Dinge zu reden oder irgendwelchen Zuspruch von ihr zu hören. (Kinder lassen sich durch körperliche Nähe manchmal trösten wie sonst nur Katzen oder Hunde.) Durch die Bettdecke spürte ich schwach die Wärme ihres Körpers ein paar Händebreit entfernt, und diese Wärme war alles, was ich brauchte.

Von diesen geisterhaften Stippvisiten abgesehen, verbrachten wir den Rest des Sommers in der verläßlichen, wenn auch zerstreuten Obhut Daddys. Eines Tages rückten die Männer vom Lügnerclub mit ihren Pickups und Werkzeugkästen an und gingen daran, unsere Garage zu einem eigenen Schlafzimmer für meine Eltern umzubauen; sie schliefen seit Grandmas Ankunft auf einem Ausziehsofa im Wohnzimmer – um Grandma das Sterben angenehmer zu machen, nehme ich an. Das drang damals nicht in mein Bewußtsein. Ich hatte jeden noch so schwachen Schimmer ihrer Existenz – lebendig oder tot, krank oder gesund – wirksam aus meinen Gedanken verbannt. Jeden Morgen, wenn Lecia und ich die letzten durchweichten Cornflakes löffelten, stampften schwere Stiefel die Verandastufen herauf, die Fliegentür flog mit einem Knall auf, und Daddy fing an, saubere Kaffeebecher zusammenzusuchen.

Die Männer kamen früh und arbeiteten trotz der Mittagshitze durch bis in den Abend, Tag für Tag. Sie hatten ihren Urlaub extra in diese Zeit gelegt, um helfen zu können. Außer Kaffee und Bier nahmen sie nichts für ihre Arbeit. Vor Mittag hatten sie bereits die Hemden ausgezogen. Ihre Rücken waren breit, die Arme muskelbepackt. Sie holten sich in diesem Sommer die schlimmsten Sonnenbrände, die ich in meinem Leben gesehen habe. Ben Bederman hatte einen runden, haarlosen Bierbauch, der über seinen Schreinerschurz hing, und sein Rücken verbrannte, schälte sich, verbrannte erneut und war schließlich dunkel wie Melasse. Ab Mittag angelten sich die Männer ein Lone-Star-Bier nach dem anderen aus den zwei roten Coleman-Kühleimern, die Daddy jeden Morgen bis zum Rand mit Eis füllte.

Ihre Frauen kamen mehrmals am Tag und brachten etwas zu essen. Es ist weiß Gott nichts Romantisches an körperlicher Schwerstarbeit – ich habe einmal einen Sommer lang in einem Studentenwohnheim die Wände gestrichen und war überzeugt, daß ich es nicht überleben würde –, aber sie steigert den Appetit in einem Maße, daß Essen zu einer nahezu heiligen Handlung wird. Ob es weiße Tüten voll marinierter Krabben aus Sabine Pass gab oder in Maispapier gewickelte Tamales von einem Stand an der Straße, die Männer legten ihre Werkzeuge weg und grinsten vor lauter Glück. Sie bewunderten das Essen immer erst, bevor sie zulangten – eine Art Bescheidenheit, vermute ich, eine Form der Würdigung, als wollten sie sichergehen, daß das Mahl nicht vor ihren Augen zerfloß wie eine Fata Morgana. Daddy zog sein rotes Taschentuch durch das schmelzende Eis im Kühleimer und rieb sich damit ab, während er bestaunte, was da aus dem aufgebundenen Sack dampfte. »Himmelherrgott, schaut euch das an!« sagte er und blinzelte der Frau zu, die das Essen gebracht hatte.

Bens Frau Ruby kam einmal mit einer Waschwanne voll sandiger, ungeöffneter Austern angefahren, so schwer, daß zwei

Männer sie von der Ladefläche des Pickups hieven mußten. Sie brauchte fast den ganzen Vormittag, um die Schalen mit einem kurzen, breiten Messer aufzupulen, aber als sie fertig war, standen, von Wasser gekühlt, zwei riesige Einmachgläser mit ausgelösten Austern in der Wanne. Wir aßen sie mit scharfer Soße, schwarzem Pfeffer und Zitrone. (Lecia sagt, ich hätte sie immer paarweise gegessen, damit sich keine in meinem Magen einsam fühlen mußte.) Mir kam es so vor, als zuckten die Austern ein bißchen, wenn man die Zitrone drauftr äufelte. Im Mund fühlten sie sich erst kalt an, aber sie wurden im Nu warm und rutschten schnell hinunter, und zurück blieb der muffige Nachgeschmack von Meerwasser. Den spülte man mit einem Schluck kaltem Bier mit einer Prise Salz darin weg. Als allerletztes schob man noch einen Cracker nach.

Vor diesem Sommer hatte ich oft genug miterlebt, wie langatmige Baptistenprediger bei Gemeindefesten geschlagene zehn Minuten über Biertischen mit Kartoffelsalat und Brathuhn beteten, aber die Art, wie diese schwitzenden, rotgesichtigen Männer auf den hochbeladenen Holzkarren hockten und Austern hinunterschlangen, diese schlichte Freude, machte einen viel tieferen Eindruck auf mich. Sie freuten sich, daß sie für ihre Arbeit zu essen bekamen; sie freuten sich, daß sie stark genug waren, um Nägel einzuschlagen und Atem zu schöpfen. Natürlich jammerten und zeterten sie lauthals über alle möglichen Wehwehchen und äfften das Gezeter der anderen nach. Aber wenn ich ihre Kameradschaft nicht heillos idealisiere, dann bestand zwischen ihnen etwas, das einen all das vergessen ließ. Selbst das Dachdecken, für das sie ganze Tage oben auf der neuen Garage neben einem Faß mit brodelndem Teer zubringen mußten, hoch über dem kühlenden Schatten des Seifenbaums, änderte daran nichts. Am Abend zogen sie sich die Stiefel aus, streiften die zwei Lagen Baumwollsocken von den Füßen und legten sie zum Trocknen auf die warmen Ziegel. Daddy kippte die Kühleimer immer gleich an Ort und Stelle ins Gras, so daß kaltes Wasser um ihre schweißigen Zehen floß. Wenn sie dann in der schnell herabsinkenden Dunkelheit noch einen Moment beeinanderstanden, eine Flasche Tennessee-Whiskey kreisen ließen und sich eine Zigarette ansteckten, waren sie für mich von einem Glanz umgeben, an dem ich mich nicht sattsehen konnte. Am liebsten wäre ich ihnen nachgestürzt, wenn sie in die Führerhäuschen ihrer Pickups kletterten, und hätte sie zurückgehalten.

Bei Mutter stand ständig etwas Neues ins Haus, etwas noch nie Gesehenes oder Gelesenes oder Gekauftes, etwas, das alles verändern würde. Wenn man mit ihr ins Auto stieg, wußte man nie, wo man landen würde. Wenn ein Verlagsvertreter an unsere Tür klopfte, konnte sie ein Monatsgehalt für Bücher ausgeben, in denen wir dann von morgens bis abends schmökerten. Bei Daddy und seinen Freunden wußte ich immer, was als nächstes kommen würde, und das gab mir ein Gefühl träumerischer Sicherheit.

Im August waren sie fertig, und meine Eltern hatten ein getäfeltes Schlafzimmer mit einer separaten gekachelten Dusche. Und hinter dem Haus stand eine Garage für zwei Autos, in der ein Atelier für Mutter untergebracht war. Das Atelier hatte eine hohe Decke, Oberlichter – damals etwas Unerhörtes – und einen schwarzen Ofen, damit Mutter sich an regnerischen Abenden ein Feuer machen konnte. Ohne Zeit zu verlieren, baute sie ihre Staffelei auf und holte die Ölfarben heraus. Das erste, was sie malte, war ein Porträt von Grandma in einem einfachen blauen Kleid. Als Vorlage benutzte sie ein Polaroidfoto, das kurz vor der Amputation entstanden war.

Mutter muß nachts daran gearbeitet haben, wenn sie aus dem Krankenhaus heimkam. Es war die einzige Zeit, die ihr blieb – sie hatte sogar ihre Stelle bei der Zeitung aufgegeben, um Grandma pflegen zu können. Die bernsteinfarbene Skizze, die auf der weißen Leinwand erschien, verwandelte sich binnen einer Woche in ein Abbild meiner Großmutter. Ich stibitzte mir alle paar Tage den Atelierschlüssel von seinem Nagel in der Küche, um zu sehen, wie die Arbeit fortschritt. Wenn ich das Vorhängeschloß abnahm und die Ateliertür mir entgegenschwang, kam ich mir vor wie ein Dieb in einer Kirche. Ich betrat ein Reich, das bisher nur in Mutters Gutenachtgeschichten existiert hatte, Geschichten von ihren Lieblingsmalern: von van Gogh mit seinem abgeschnittenen Ohr, von Gauguin und den Eingeborenenmädchen, von dem buckligen Degas, der so vernarrt war in seine Tänzerinnen, von Pollock, der einmal ein Vermögen für eine Picassoskizze ausgegeben und sie dann Stück für Stück wegradiert hatte, weil er genau sehen wollte, wie sie gemacht war. Etwas wie die Mischung aus Terpentindämpfen, feuchtem Holzrauch und einem fernen, beißenden Wodkaduft habe ich weder vorher noch nachher je gerochen. Daß ein Mensch erschaffen werden konnte – einfach so, aus gefärbtem Öl und den Ideen, die im Kopf meiner Mutter herumwirbelten –, machte mir weiche Knie vor Ehrfurcht.

Grandmas Bild geriet steifer, förmlicher als Mutters andere Gemälde, die hemmungslos expressionistisch waren. Die Arme biegen sich im rechten Winkel. Die Schultern sind kantig wie bei einem Offizier, auf dem Gesicht zeichnet sich keinerlei Gefühl ab. Vielleicht war es diese Leere, gegen die ich anzugehen versuchte, als ich orangerote Farbe auf einen Zobelhaarpinsel drückte und damit an dem Mund herumtupfte. Heraus kam dabei allerdings nichts als ein orangefarbener Schmierer mitten in Grandmas Gesicht. Vielleicht wollte ich sie ja irgendwie auslöschen, zum Schweigen bringen. Auf Fragen hin hätte ich wahrscheinlich erklärt, ich hätte nur ihren Lippenstift nachziehen wollen.

Mutter weinte, als sie es sah, weinte und verfluchte die Barbaren, die in ihr Atelier eingedrungen waren. Sie wickelte sich in einen Poncho und betrank sich; sie machte ein Feuer in ihrem Ofen und verfluchte den verdammten Scheißsumpf und seine Bewohner. *Sie haben nicht das Recht*, verkündete sie, *sich der Gattung der Vertebraten zuzuordnen*, was, wie Lecia mir erklären mußte, hieß, daß sie keine Wirbelsäule hatten und folglich wie Würmer, Schnecken und Blutegel zu behandeln waren. Am nächsten Morgen fuhr Mutter in die Eisenwarenhandlung und kaufte ein schweres Schloß, gegen das alle Bolzenschneider machtlos waren. Der neue Schlüssel hing nach wie vor an dem Nagel in der Küche, aber ich hatte Angst, noch mehr kaputtzumachen, und traute mich nicht mehr allein ins Atelier.

Als Grandma zu uns zurückkam, war sie zu einer durch und

durch grusligen Kreatur verknöchert. Sie erschien mir noch viel dünner als im Krankenhaus, wenn auch vielleicht weniger blaß. Sie hatte eine Prothese angepaßt bekommen, die sie sich jeden Morgen anschnallte. Der Fuß steckte in einem klobigen schwarzen Schuh, der nie ausgezogen wurde. Abends nahm Grandma das Bein ab und stellte es neben ihr Bett. Einmal, als ich auf dem Weg zur Toilette an ihrer Tür vorbeikam, sah ich es stehen, ohne Körper. Es warf einen langen Schatten in die Diele, der fast bis zu meinen nackten Füßen reichte, und ich hastete mit wild klopfendem Herzen zu Lecia unter die Decke zurück; es war mir völlig gleich, ob ich ins Bett machte oder nicht (ich machte). Das Geißblatt, das an unseren Fliegengittern emporrankte, malte spitze Zacken in solchen Nächten. Manchmal humpelte Grandma den kurzen Weg ins Bad, dann knallte ihr Stock bei jedem Schritt gegen die Türleiste. An einem Abend – Lecia sagte, es hätte ihn nie gegeben – stand sie plötzlich in unserer Tür, die ausgebreiteten Arme an den Türpfosten abgestützt; der Stumpf hing unter dem Nachthemd hervor, und das Haar büschelte sich ihr fächerförmig ums Gesicht wie weißes Feuer. Ich sehe es vor mir wie das Frühstück von gestern morgen, aber Lecia behauptet, ich bilde es mir nur ein.

Grandma trug blaßblaßrosa Nylonpyjamas mit dazu passendem Bademantel, und ihr Rollstuhl bewegte sich so geisterhaft leise, wie Schritte niemals sein können. Mit Daddys Allzweck-Öl und derselben abartigen Geduld, die sie für die Frivolitätenarbeit aufbrachte, hielt sie ihn bewußt lautlos. Sie stellte ihn neben ihrem Bett auf den Kopf und träufelte Öl in jeden winzigen Hohlraum, bis alles butterweich lief. Dann konnte sie geräuschlos hinter jeder Ecke auftauchen. Sie pflegte an Lecia und mich heranzugleiten und *aha!* zu rufen, als hätte sie uns dabei ertappt, wie wir uns mit der Truthahnspritze Heroin reindrückten oder ein hilfloses Tier marterten. Einmal überraschte sie uns beim Rommé, stieß ihr *Aha!* aus und rief nach Mutter. Dabei ließ sie uns keine Sekunde aus den Augen, als hätten wir vor, die Karten beiseite zu schaffen, bevor Mutter erschien. »Charlie Marie! Komm her und gib diesen Kindern die Peitsche. Ich schwöre zu

Gott...« Mutter, die sich im Prügeln nie sonderlich hervortat, kam und stellte ein paar verwirrte Fragen. Grandma hielt eine flammende Predigt über die Abgründe des Spielens (und des Trinkens, warum auch immer), ungeachtet der Tatsache, daß sie bei den Bingo-Abenden in der Kirche immer skrupellos gemogelt hatte (und seit ihrer Operation grob geschätzt einen Kasten Bier täglich in sich hineinschüttete). Nach einer Weile gab Mutter Grandmas Gezeter einfach nach und patschte uns mit der Fliegenklatsche gegen die Beine, bis wir ins Kinderzimmer rannten und die Tür zuknallten. Ich weiß noch, wie ich Lecia auf den Schoß kroch und jammerte, daß wir doch gar nichts gemacht hätten. Lecia argumentierte, daß wir an diesem Tag ungefähr fünfzig andere Dinge angestellt hätten, für die wir Prügel verdienten, deshalb seien wir jetzt eigentlich quitt.

Irgendwann in diesem August begann auch meine Schlafwandlerei. Allerdings beließ ich es nicht beim Wandeln: Ich hockte mich zum Beispiel hinter die Wohnzimmervorhänge und hinterließ dort Haufen, die manchmal erst am nächsten Morgen entdeckt wurden. Einmal spazierte ich auch nach draußen, und Daddy mußte mir hinterherjagen.

Mit meiner Schulkarriere ging es auch nicht gerade bergauf, als ich im Herbst in die zweite Klasse kam. Ich wurde zweimal des Unterrichts verwiesen, das erste Mal, weil ich ein Mädchen namens Phyllis gebissen hatte, das seine Schere nicht so schnell aus dem Ranzen holte, wie die Lehrerin es meiner Meinung nach erwarten konnte, und dann noch einmal, weil ich mein Plastiklineal auf dem Kopf eines Jungen namens Joe Taylor zerbrochen hatte, für den ich schwärmte. Zwischen seinen blonden Stoppelhaaren wuchs ein blaßblauer Wulst hervor. Beide Male wurde ich zum Schulleiter geschickt, einem gutaussehenden ehemaligen Football-Trainer namens Frank Doleman, zu dem Lecia und ich Onkel Frank sagen durften. (Wir hatten ihm damit imponiert, daß wir mit noch nicht einmal drei Jahren praktisch ohne Anleitung lesen gelernt hatten. Mutter war mit jeder von uns in sein Büro marschiert, wo wir ihm pflichtschuldigst die Schlagzeilen des Tages vorgelesen hatten, damit er sicher sein konnte, daß wir nicht nur etwas Auswendiggelerntes hersagten.)

Er behielt mich den ganzen Nachmittag bei sich im Büro, und alle, die zu ihm kamen, mußten mit mir Schach spielen. Mit Vorliebe ließ er mich gegen besonders hohlköpfige Jungen aus der Fünften und Sechsten antreten, die er eigentlich hätte zusammenstauchen sollen, was er aber nie tat. Er hoffte, daß ihnen ihre Dummheit vielleicht unheimlich wurde, wenn ich sie im Schach schlug. »Jetzt hat dich diese mickrige Zweitkläßlerin doch glatt in sechs Zügen vom Brett gefegt. Meinst du nicht, du solltest lieber Miss Vilimez zuhören, statt Unfug zu machen?« Während Mrs. Hess mich feierlich den Korridor entlang zu Frank Dolemans Büro führte, vergoß ich ein paar Krokodilstränchen, aber ich dachte dabei an Brer Rabbit, der in das Dornengestrüpp geworfen wird, in dem er geboren und aufgewachsen ist, und laut schreit: *Bitte werft mich nicht in dieses Dornengestrüpp!* Nach Schulschluß fuhr Onkel Frank mich dann in seinem weißen Kabrio nach Hause; die Kinderhorden teilten sich, wenn wir vorbeirauschten, und ich winkte hoheitsvoll aus dem Wagen, als wäre ich Jackie Kennedy.

Etwa um diese Zeit trennte mich ein größerer Junge von der Herde der Nachbarskinder ab. Bevor das geschah, erschien mir dieser Pulk, in dem wir uns ständig bewegten, beinahe als etwas Heiliges. So verschroben unsere Familie auch sein mochte, wenn wir mit den anderen spielten, gingen wir in der Menge unter. Aus irgendeinem Grund sehe ich uns in der Erinnerung immer barfuß das Footballfeld entlangrennen und alle gleichzeitig kehrtmachen oder uns in die Kurve legen wie die Zebras in Afrika bei diesen Luftaufnahmen im Fernsehen.

Aber offenbar war an mir etwas Verängstigtes, Angeknackstes, das jemand Großes und Böses witterte. Dieser Junge spürte, daß ich abgesondert und noch ein bißchen mehr verängstigt oder angeknackst werden konnte. Als er mir winkte, ging ich mit ihm, und hinterher kam es mir vor, als sei das Ganze lange zuvor von irgendeiner großen, unsichtbaren Macht so geplant worden – im Zweifelsfall von Gott.

Aber ehe der Junge mich von den anderen trennte, fühlte ich mich, wenn ich mit all den Kindern über den nassen Rasenplatz lief, geborgen im Sog unserer Bewegung. Wir waren Dutzende. Im Alter reichten wir von den großen Jungen, die dreizehn oder vierzehn waren, bis hinunter zu Babby Carter, die der Horde mit ihren zwei Jahren überallhin nachwackelte. Ich war sieben und lag damit altersmäßig genau in der Mitte. Ich war zartknochig und mager, aber dafür um so bösartiger. Lecia behauptet, daß ich imstande gewesen wäre, selbst eine Kreissäge anzufallen. Daddy hatte mich in der Tugend der Revanche unterwiesen – »Ausgleich« nannte er es –, was nicht nur den Einsatz von Stöcken, Steinen und Holzscheiten einschloß, sondern auch ein teuflisch gutes Gedächtnis für Mißhandlungen. Ich hatte keine Bedenken, mich von hinten anzuschleichen und ein größeres Kind, das mich die Woche zuvor vermöbelt hatte, zu beißen. Soweit ich mich erinnern kann, gab ich nach keiner einzigen Prügelei klein bei, auch nicht, wenn ich mich krümmte und heulte vor Schmerz. Es mochte eine Woche dauern, aber ich rächte mich immer. (Ob das als Mut oder als Feigheit zu werten ist, weiß ich bis heute nicht, aber es ist mir geblieben. Den einzigen Mann, der mich als Erwachsene je geschlagen hat, riß ich zwei Nächte später mit einem saftigen Kinnhaken aus dem Tiefschlaf, um ihm mitzuteilen, wenn er je wieder zu schlafen gedenke, solle er die Finger von mir lassen. Meine Schwester entwickelte einen an Wahnsinn grenzenden physischen Wagemut: Auf dem Parkplatz vor ihrem Versicherungsbüro schob sie einmal die 22er-Pistole eines Typen, der ihren Schmuck forderte, einfach beiseite. »Verpiß dich«, sagte sie und sperrte ihren Mercedes auf, während der Knabe die Flucht ergriff. Der ermittelnde Polizeibeamte entblödete sich nicht, nach dem Beruf ihres Mannes zu fragen, und als sie sagte, sie habe keinen Mann, meinte er, er könne sich schon denken, warum.)

Die Kinder in unserer Siedlung waren in vieler Hinsicht alle gleich. Unsere Väter gehörten derselben Gewerkschaft an. (»Öl-, Atom- und Chemiegewerkschaft, Einheit 1242«, meldeten sie sich in Daddys Abteilung am Telefon.) Alle schoben sie ihre Karten in dieselben Stechuhren, für mehr oder weniger den gleichen Lohn. (Unsere Familie hatte aufgrund von Mutters Halbtagsstelle bei der Zeitung schon als reich gegolten.) Der eine Vater mochte für Gulf arbeiten, ein anderer für Texaco und wieder ein anderer für Atlantic Richfield, aber das machte am Ende keinen Unterschied. Vielleicht war der eine für die Wartung der Kessel zuständig, und der andere kontrollierte den Katalysator in der Krackanlage. Aber sie alle halfen mit, Rohöl in die diversen Nebenprodukte zu verwandeln, die wir, nach Gewicht geordnet, in der siebten Klasse in Chemie auswendig lernen mußten – Kerosin, Benzin und so fort. Die Männer arbeiteten ausnahmslos in Schichten, weil das ein bißchen mehr Geld abwarf, weshalb wir alle es gewöhnt waren, auf Zehenspitzen herumzuschleichen, wenn unsere Väter Nachtschicht gehabt hatten. Die Gewerkschaft gab Pappschilder aus, die die Frauen an die Haustür hängten: PSST! SCHLAFENDE SCHICHTARBEITER. Niemand außer Mutter war je auf dem College gewesen. (Sie hatte sowohl an der Texas Tech als auch an der Kunstakademie studiert.)

Wenn am Wochenende der Footballplatz gemäht wurde, sammelten wir das Gras hinter der Mähmaschine auf und breiteten es nach den quadratischen Grundrissen der Baupläne aus, die unsere Väter als Blaupausen entrollt hatten, nachdem ihr GI-Darlehen genehmigt worden war – zwei Schlafzimmer, Bad, angebaute Garage, immer das gleiche. Der frisch geschnittene Klee und das Büffelgras rochen nasser und satter als alles gemähte Gras meiner Erwachsenentage.

Dieser Duft ruft mir einen besonders kühlen Tag ins Gedächtnis, an dem ich in den sauber gezogenen Linien meines Grashauses lag. Ich hätte schwören können, daß ich die Erdkrümmung unter meinem Rückgrat spürte. Ich beobachtete die Wolken, die hinter dem Wasserturm vorbeitrieben. Dann rollte ich mich auf den Bauch. Zwischen den Gräsern wuchs wilder Pfeffer mit kleinen, scharfen Samenkörnern, die man zwischen den Zähnen zerplatzen lassen konnte. Der Klee ächzte, wenn man ihn aus dem Boden zog, und seine Wurzeln waren weiß und sämig süß.

Einmal stach mich eine Biene, und besagter älterer Junge verarztete mich mit einem Verband aus Spucke und Lehm, bis ich mit meinem Geschnüffel aufhörte. Deshalb dachte ich, daß er mich gern hätte, und ich dürstete nach Zuneigung.

An den heißen Tagen, wenn es uns verboten war, herumzurennen – die kleineren Kinder kippten reihenweise mit Hitzschlag um –, spielten wir ein Spiel namens Folter, das eins der Kinder sich ausgedacht hatte. Es klingt schlimmer, als es war. Einer der Größeren trieb uns in die porenzusammenziehende Hitze des widerlichsten, engsten Lochs, das wir finden konnten – die von Spinnen wimmelnde Mulde unter Carters' Veranda zum Beispiel oder Tommy Sharps alten Taubenschlag oder irgendeine alte Kühlschrankverpackung, die auf die Müllabfuhr wartete. Dort hockten wir dann in den geduckten, verrenkten Stellungen, in denen wir uns den Häftlingen im Konzentrationslager ähnlich glaubten. Dieser böse Junge hatte ein Bild von Überlebenden aus Buchenwald in seinem Geschichtsbuch. Wir studierten es gemeinsam, prägten uns alles ein – nicht, weil uns der Schmerz der Opfer naheging oder das Unrecht, das sie erlitten hatten, sondern damit wir sie beim Folter-Spiel besser nachmachen konnten. Unter dem kalten, stumpfen Blick unseres Nazi-Aufsehers drängten wir uns aneinander, Schulter an Schulter und Schenkel an Schenkel. Er verdrehte keine Arme, schlug keine Köpfe ein, brachte niemandem eine Verletzung bei. Dafür war er zu schlau. Er ließ uns lediglich nicht aus den Augen, während unsere Eltern uns zum Mittagessen riefen. Wir kauerten da, ohne uns zu regen. Die vielen in dieser Enge zusammengepferchten Leiber müssen eine Temperatur von gut fünfzig Grad ergeben haben. Blinzeln oder wimmern war nicht erlaubt. Wir schmolzen zu einem einzigen, gefügigen Klumpen. Es war beinahe eine Form der Meditation. Die Welt verlangsamte sich, und man spürte den eigenen Körper mit fast unerträglicher Schärfe. Schweißtropfen krochen meinen Brustkasten hinab. Ich fühlte jedes einzelne Schmutzkörnchen in meinem Nacken. Der Nazi-Junge hielt uns nicht mit offener Grausamkeit in Schach, sondern mit einem leeren, professionellen Starren. Er hatte es nicht nötig, uns zu peitschen, wir hätten uns ohnehin nicht zu rühren gewagt. Das war das ganze Spiel. Wir saßen da, glühend vor Elend. Früher oder später streckte sich natürlich immer ein Erwachsenenarm in unser Versteck, und irgendeine Mutter zerrte uns nach draußen und trieb uns heim zum Mittagessen.

Und nach einem dieser Spiele – an einem Abend seltsamerweise – fand mich der Arm, der in der Höhle herumstocherte, nicht, weil ich im hintersten Winkel kauerte. Alle anderen Kinder krabbelten ins Freie und verteilten sich zum Abendessen auf ihre Häuser, und dieser große Junge und ich blieben allein zurück.

Es wurde schon dunkel, als er mich unter Gott weiß welchem Vorwand mit sich nahm. Er zog mich in eine Garage. Er knöpfte mein weißes Hemd auf und sagte, ich bekäme einen Busen. »Du kriegst langsam 'n paar nette kleine Titten, wie?« sagte er. Ich kann mich nicht erinnern, daß sonst noch etwas gesprochen wurde. Seine Großeltern hatten in die Tasche gegriffen und ihm eine Spange für seine vorstehenden Zähne besorgt. Sie glitzerte im Halbdunkel wie die Drähte eines Roboters. Er zog mir meine Shorts und meine Unterhose aus und warf sie zusammengeknüllt in eine Ecke, in der immer Spinnen herumkrabbelten. Er ließ seine Hose herunter und legte meine Hand an sein Ding, das nichts mit den Witzen zu tun hatte, die die Jungs über Hot dogs und Gartenschläuche erzählten. Es war hart wie Holz und kam mir so dick vor wie mein Arm. Er bog meine beiden Hände darum und zeigte mir, wie ich sie auf und ab schieben mußte, und es fühlte sich an wie ein nasser Knochen in einem Futteral. Irgendwann wurde ihm das zu langweilig. Er nahm einen leeren Zementsack und legte ihn auf den Boden und mich obenauf und pumpte dann zwischen meinen Beinen, bis er am Ziel war. Ich hielt die Arme über der Brust gekreuzt, weil das, was er über meinen Busen gesagt hatte, so eindeutig gelogen war. Ich schämte mich dafür. Ich war sieben und gut zehn Jahre entfernt von jeder Andeutung von Busen. Meiner Schularztakte zufolge wog ich keine fünfundzwanzig Kilo. Stellen Sie sich zwei handfeste Smithfield-Schinken vor – so groß war ich ungefähr. Denken

Sie sich dazu einen Halbwüchsigen mit seiner ersten richtigen Erektion, der auf mir liegt und zwischen meine Beine stößt. Sehr lange kann es nicht gedauert haben.

(Ich stelle ihn mir vor, wie er diese Zeilen liest, und würde zu gern aus der Seite herauslangen und ihn bei der Knopfleiste packen, damit wir gemeinsam ein bißchen in Erinnerungen schwelgen. Hey, du Held. Wahrscheinlich liest du nicht, aber du hast sicher jemanden, der für dich liest – deine hübsche kleine Frau oder einen alten Kumpel, mit dem du immer noch Fischen gehst. Wo wirst du sein, wenn diese Geschichte zu dir zurückfindet? Aus irgendeinem Grund stelle ich mir vor, daß du deiner Frau gerade den Reifen wechselst. Sie sagt, ich hätte ein Buch geschrieben, in dem ein Nachbarjunge beschuldigt wird, mich rangenommen zu haben, als ich sieben war. Vielleicht ruckt dein Kopf eine Winzigkeit nach hinten, wenn das zu dir durchdringt. Vielleicht erblickst du in der silbernen Radkappe das Spiegelbild deines Gesichts, so flach, als wäre es mit einem Vorschlaghammer geplättet. Du denkst wahrscheinlich, ich hätte vergessen, was du getan hast, oder es wäre nicht der Rede wert. Ich schreibe das aus einer Distanz von Jahrzehnten und Tausenden von Meilen, nur um dich an das Elefantengedächtnis zu erinnern, das mir mein Vater immer bescheinigt hat.)

Als er mit mir fertig war, war es stockdunkel. Ich pflückte meine Kleider auseinander und klopfte daran herum, um etwaiges Getier herauszuschütteln. Er half mir beim Anziehen und band mir meine Turnschuhe. Er wusch mich an einem Wasserhahn außen an irgendeiner Hauswand. Das Wasser war warm von der Abendsonne, und meine Beine klebten hinterher immer noch.

Unsere Verandalampe leuchtete bernsteingelb. Die anderen Häuser lagen alle im Dunkeln. Man sah das Flutlicht vom Little-League-Stadion und hörte die Lautsprecher verkünden, wer gerade am Schlag war.

Ich fragte mich, ob er schon länger darauf gewartet hatte, mich zwischen die Finger zu bekommen, ob er mit Bedacht eine Zeit abgepaßt hatte, zu der alle beim Spiel waren. Was war schlimmer – wenn er einfach die Gelegenheit beim Schopf gepackt hatte oder wenn er auf der Lauer gelegen hatte? Ich konnte mich nicht entscheiden. Ich wollte keine leichte Beute sein, aber genau das war ich gewesen. Selbst mit sieben war mir das klar. Andererseits – bei der Vorstellung, daß er die Sache bewußt geplant hatte, daß er mir nachgestellt und mich in die Enge getrieben hatte wie ein Kaninchen, drehte sich mir der Magen um. Er brachte mich heim, schweigend, als würde er einen Babysitter-Dienst ableisten.

Dann stand ich allein auf unserer Veranda. Ich hörte seine Tennisschuhe die Straße entlangpatschen. Ich sah das Viereck seines weißen T-Shirts kleiner werden und schließlich um die Ecke verschwinden.

Das Geißblatt duftete widerlich süß an diesem Abend. Ich stand lange Zeit draußen. Ich versuchte ein ganz alltägliches Gesicht zu machen. In der Verandaecke hing ein graues Wespennest. Es hatte Kammern wie eine Honigwabe, und in jeder von ihnen lag so ein Würmchen von Wespenbaby und schlief. Ich dachte, wie gut es sein müßte, so zu schlafen. Nach einer Weile öffnete Daddy die Tür und drückte das Fliegengitter weit auf und fragte mich, ob ich beim Spiel gewesen sei. »Jetzt komm rein, Pokey. Du hast ja noch gar nichts gegessen«, sagte er. Ich konnte problemlos unter seinem ausgestreckten Arm durchgehen. Ein Tosen vom Stadion zeigte ein Doppelaus oder einen Treffer an. Ich dachte an den Jungen, der jetzt wohl gerade zu den billigen Plätzen hinaufkletterte, wo seine Bewunderer auf ihn warteten. Ich dachte an all die Witze, die ich gehört hatte, dieses ganze Zeug übers Blasen und daß die Scheide von Mädchen nach Popcorn schmeckt.

Ich sah meinen Vater an, der ohne zu zögern auf die Zuschauertribüne steigen und diesen Jungen ausnehmen würde wie ein Fisch; ich sah meine Mutter an, die, so stellte ich mir vor, in Tränen ausbrechen und sich im Badezimmer einsperren würde. Grandma in ihrem Rollstuhl würde sagen, daß sie das Ganze kein bißchen überraschte. Lecia war im Stadion; sie hockte wahrscheinlich ganz oben auf der Tribüne, kämmte mit einem

Stielkamm an ihrem Pony herum und lachte, als dieser Junge herangeschlendert kam. Er brauchte mir nicht zu drohen, damit ich den Mund hielt. Ich wußte, was ich sein würde, wenn ich es sagte.

4

Im Lauf des Herbstes arbeitete sich der Krebs bis in Grandmas Hirn vor. Die meisten Menschen hätte das nach Auskunft eines befreundeten Onkologen ans Bett gefesselt. Aber Grandma teilte nur noch gnadenloser aus. Alle Schmerzen, die sie vielleicht erlitt, alle Gedanken an das Sterben schienen ihre Entschlossenheit eher noch zu steigern.

Sie nahm weder Morphium noch irgendwelche anderen Schmerzmittel. Statt dessen kippte sie ein Bier nach dem anderen, ohne je sichtbar betrunken zu werden. Sie hörte auf, ihre Prothese zu tragen – das Ding täte ihr weh, sagte sie –, so daß der Beinstumpf unten unter dem Saum des Nachthemds hervorstand, für ein Kind ziemlich genau in Augenhöhe. Wenn sie auf einen zugerollt kam, sah das aus wie ein anklagend ausgestreckter Finger. Gleichzeitig verloren auch ihre Augen hinter der Hornbrille immer mehr an Farbe. Vielleicht hatte sie grauen Star, vielleicht bildete ich mir das alles auch nur ein. Aber das Blau schien jeden Tag heller zu werden, und scharfe weiße Zacken stachen rund um die schwarze Pupille in die Iris. Es war die Zeit, als man auf der Rückseite von Superman-Heftchen Bestellcoupons für Röntgenbrillen ausschneiden konnte und der Walter-Kronkite-Report die ersten Berichte über Laserstrahlen brachte. In einer seltsamen Vermengung dieser beiden Phänomene begann ich zu glauben, Grandma beobachte mich durch die Wand, wenn ich schlief. Manchmal schreckte ich aus dem Tiefschlaf auf, überzeugt, daß im Nebenzimmer zwei heiße Strahlen weißen Lichts aus ihren Augen kamen und sich durch die Wand zwischen uns zu bohren versuchten. Wenn sie sich nachts stampfend und klappernd ins Badezimmer mühte, wagte ich nicht, den Kopf aus der Tür zu stecken. Ich hatte Angst, so etwas wie zwei kleine Scheinwerfer zu erblicken, die ihr auf ihrem Weg durch den dunklen Gang leuchteten. Das heißt, ich hatte weniger Angst davor, das zu sehen, als vielmehr davor, daß sie sehen könnte, daß ich es sah, denn dann würde sie diese Strahlen womöglich auf mich richten, und ich würde schmelzen wie Wachs.

Überhaupt versuchte ich sie bei Nacht möglichst aus meinem Bewußtsein auszublenden. Mit ungefähr fünf hatte ich eine Technik entwickelt, die verhinderte, daß mir schlecht wurde, wenn ich auf dem Jahrmarkt Riesenkrake fuhr. Wenn ich die Bauchmuskeln anspannte, ganz fest die Augen zupreßte und mich mit aller Kraft an den Chrombügel klammerte, dann kam das gräßliche Wirbeln und Bocken und Buckeln irgendwie nicht an mich heran. Gut, das Haar schlug mir immer noch wie verrückt um die Ohren, und ich spürte die Lichter über mein Gesicht peitschen, aber es war, als könnte ich einfach in mich selbst versinken, weg von dem Auf und Ab des Dieselmotors, ohne am Schluß meinen Hot dog auf Lecias Halbschuhe zu kotzen. In unserer Nachbarschaft brachte ich es zur Berühmtheit, weil ich das jüngste Kind war, das sich all die wilden Sachen zu fahren traute. So versuchte ich es jetzt auch im Bett zu machen, wenn ich Grandma herumstapfen hörte – ich duckte mich und krampfte mich zusammen, bis alles in mir in einem kleinen Stein Platz hatte, den ich mit meinen Bauchmuskeln festhielt.

Mutter war auch so eine Art Stein. Sie schien nie ganz bei sich, watete benommen durch die steigende Flut von Aufgaben, die Grandma sich für sie ausdachte. Ihr Puls beschleunigte sich nur, wenn Grandma sie zirka einmal pro Woche so lange piesackte, bis sie mich versohlte, und auch dann nur, wenn ich mich ernsthaft zur Wehr setzte.

Keine Sorge – die Prügel meiner Mutter richteten nicht genug physischen oder psychischen Schaden an, um als Kindesmißhandlung durchzugehen. Ihre Schläge waren eher mitleiderregend als sonst irgendwas. Sie hatte viel zu große Angst davor, jemandem weh zu tun. Sie muß sich auch vor ihrem eigenen Temperament gefürchtet haben oder davor, überhaupt etwas zu fühlen, denn völlig gleich, was wir anstellten, sie reagierte kaum, wenn Grandma sie nicht dazu nötigte. Einmal leerten Lecia und ich eine Schachtel Waschpulver auf dem Küchenboden aus, schleppten den Gartenschlauch herein und setzten das ganze Haus samt Teppichen gut dreißig Zentimeter unter Seifenlauge. (Wir spielten eine Reklame für Bohnerwachs nach.) Grandma schlief zufällig gerade. Mutter schickte uns einfach zum Spielen nach draußen und wischte die Schweinerei ohne auch nur den kleinsten Fluch wieder auf.

Aber irgendeine furchtbare Wut muß tief in ihr gebrodelt haben. Manchmal stand sie, statt uns den Hintern zu versohlen, mit weißknöcheligen Fäusten in der Küche und brüllte zur Deckenlampe hinauf, sie würde uns nicht verhauen, weil sie wußte, wenn sie einmal anfing, dann würde sie uns umbringen. Das war wirksamer als alle Prügel. Morddrohungen aus dem Mund der eigenen Mutter – egal wie theoretisch – setzen wohl jedem Kind einen Dämpfer auf.

Wie auch immer, wenn es doch dazu kam, waren die Schläge fast eine Erleichterung, verglichen mit der gespenstischen Alternative, ihrem ewigen Schweigen. Und es dauerte nicht lange, wenn man stillhielt, wie Lecia das vernünftigerweise tat. Ich für meinen Teil hörte keine Sekunde mit dem Strampeln auf, was das Ganze in die Länge zog. (Bei mir wurden die Prügel zu einer Art Familienwettkampf mit Runden und einem Punktesystem, das, so meine Schwester, raffinierter und verwickelter war als die Paarungsrituale mancher Spinnenarten.) Solange Mutter es nicht schaffte, mich in eine Ecke zu treiben, mußte sie mich an einem Handgelenk in Reichweite der Fliegenklatsche halten, während sie in meine Richtung drosch. Das hieß, sie traf bei hundert Versuchen bestenfalls zehnmal. Ich grub die Fersen in den grauen Teppich und setzte mein Gewicht ein wie beim Tauziehen. Ich wurde zum Angelpunkt unserer Kämpfe, eine ruckende, zuckende Mitte, um die Mutter ihre Bahnen zog.

So zusammengespannt, kreiselten wir von Zimmer zu Zimmer, immer gefolgt von Grandma in ihrem Rollstuhl, die schimpfte und hetzte, Gottes Zorn auf das undankbare, verwöhnte Gör herabwünschte und dabei fortwährend die großen Räder ihres Stuhls antrieb, um nicht abgehängt zu werden.

Ich sehe noch deutlich Lecias Gesicht vor mir, die ferne Schwester als Schiedsrichter. Sie steht im Türrahmen, grinsend und kopfschüttelnd, daß jemand sich das Leben so unnötig schwermachen kann. (Prügel zu beziehen ist nie auch nur halb so schlimm wie dabei ausgelacht zu werden. Ich weiß, wovon ich spreche. Die Anwesenheit eines anderen Kindes läßt den Demütigungsquotienten exponentiell ansteigen.) An der Wand hebt und senkt sich der Schatten von Mutters Arm mit der Fliegenklatsche, und bei jeder meiner Drehungen streift mich Lecias Lächeln. *Du bist zu blöd, um Pisse aus einem Schuh zu kippen* – scheint das Lächeln zu sagen, bevor ich ein weiteres Mal durchs Zimmer schwinge, nur um erneut diesem angeödeten Grinsen zu begegnen –, *bei dem die Anleitung auf der Sohle steht.*

Ich empfand eine merkwürdige Macht über Mutter bei diesen Tänzen. Wenigstens hielt sie mich fest. Und ihr Griff fühlte sich an, als dächte sie gar nicht daran, loszulassen, ganz gleich, wie wild ich sie durch die Gegend schleuderte.

Die Zeit der Herbststürme rückte heran. Im Fernsehen erklärte der Wetteransager den Zuschauern, wie Warm- und Kaltluftfronten über dem offenen Meer aufeinanderprallten und einen tosenden Sturm entfachen konnten, der um eine meilenweite reglose Mitte von blauem Himmel wirbelte. Ganz ähnlich fühlte ich mich während dieser Kämpfe: als eine ruhige Mitte, um die all das Elend in unserem Haus strudelte. Die Prügel peitschten die glatte Oberfläche unseres Lebens wenigstens mal ordentlich auf. Wir rotierten wie die Irren im Zimmer herum, anstatt einfach brav durch den Tag zu zuckeln, uns darüber zu grämen, wie verzweifelt doch alle waren, und darauf zu lauern, wo und in welcher Gestalt sich der Schemen dieser Verzweiflung als nächstes zeigen würde.

Als ich in der Schule das berühmte Yeats-Gedicht über den Zerfall aller Dinge las, in dem der Falke sich von seinem Riemen losreißt und dem Falkner davonfliegt, war es dieses Herumgewirbel von Mutter und mir, an das ich zurückdachte:

Kreisend und kreisend in stets weiterm Bogen
Hört nicht der Falke mehr des Falkners Ruf.
Alles zerfällt; die Mitte hält nicht mehr,
Läßt auf die Welt los pure Anarchie,
Die blutgetrübte Flut, drin allerorts
Der Unschuld Zeremonie ertrinkt.
Die Besten glimmen matt, dieweil die Schlechtesten
Glühen vom Eifer wilder Leidenschaft.

Vor allem diese letzten Zeilen fand ich wunderbar, das mit den Besten, die nur noch matt glimmen, eine Beschreibung, die mich an Mutter erinnerte. Und bei den Schlechtesten, die vom Eifer wilder Leidenschaft glühen, dachte ich an Grandma, die eifrig und leidenschaftlich und wild war wie kaum jemand sonst.

Zu dieser Zeit klammerte sich Mutter noch an die Fetzen dessen, was sie als recht empfand, ein Rückhalt, der ihr nach Grandmas Tod gänzlich abhanden kam.

Eines Morgens, als Mutter mir noch die Haare flocht, fing die alte Dame plötzlich Feuer für irgendeine Bastelidee, über die sie in einer Zeitschrift gelesen hatte. Sie aß gerade mal zwei Löffel von ihrem gebutterten Maisbrei, bevor sie sich auf den Weg zu Kittys Hobbyshop machte. Sie schnallte weder ihre Prothese an, noch hielt sie sich mit dem Rollstuhl auf. Mutter bugsierte sie hinters Lenkrad, und sie brauste in die Stadt, wo sie einfach im Auto sitzen blieb, bis Kitty auf den Parkplatz herauskam und fragte, ob sie ihr helfen könne. Später hörten wir, daß sie auch beim Heimwerkermarkt angehalten hatte, um einen Meter Gummischlauch zu kaufen. Grandma brachte den ganzen Kram in Papiertüten nach Hause und schloß sich damit für den Rest des Tages in ihrem Zimmer ein. Als sie gegen Abend schließlich ins Wohnzimmer gerollt kam, schwang sie eine quastengeschmückte Reitpeitsche über dem Kopf wie Annie Oakley. Sie hatte den Gummischlauch mit langen Lederstreifen in Braun,

Beige und Lohgelb umflochten und wollte nun, daß Mutter dieses Gerät benutzte, um uns zu züchtigen.

Es war das einzige Mal, daß Mutter hart blieb, und Grandma schäumte vor Wut: »Aus diesen Kindern kann ja nichts werden! Wenn du denkst, daß du jetzt schon Probleme hast, dann wart's nur ab.« Mutter fing an zu weinen, aber sie gab nicht nach. Sie sah Grandma nicht ins Gesicht, doch sie stand mit verschränkten Armen da und schüttelte den Kopf. Die ganze Zeit hielt sie den Blick auf ihre Füße gesenkt.

Schließlich schwenkte die alte Dame ihre Peitschenquasten in Lecias Richtung und nannte sie Belinda wie damals im Krankenhaus. »Ich hoffe, Belinda wird einmal genauso mit dir umspringen, wie du mit mir umgesprungen bist«, sagte sie mit starrem Blick auf Mutter. Wieder jagte es mir eine dumpfe Angst ein, daß diese Frau, die die Seele unserer Mutter in ihren Klauen hielt, uns nicht einmal beim richtigen Namen nannte.

Lecia versuchte zu vermitteln, indem sie sagte, daß es ihr gar nicht so viel ausmachen würde, mit einer Pferdepeitsche geschlagen zu werden. Die sei auch nicht schlimmer als Daddys Gürtel oder die biegsamen Ruten, die sich Mae Brown manchmal von dem Seifenbaum hinten im Garten schnitt. Ich erklärte, ich sei kein Packesel, deshalb wolle ich auch nicht die Peitsche bekommen wie ein Packesel. Grandma rieb Mutter hin, ich würde mir offenbar einbilden, selbst über meine Bestrafungen bestimmen zu können – in ihren Augen der beste Beweis dafür, daß mir der Hintern versohlt gehörte. Ich half noch ein bißchen nach und sagte, die ganzen Bäder und die Prügel, die ich seit Grandmas Ankunft verabreicht bekam, würden »meine Psyche verkorksen«. So zitiert mich jedenfalls Mutter, die daraufhin in Gelächter ausbrach und den Kopf schüttelte. Dann bat sie mich, ihr das Glas mit dem orangefarbenen Kinderaspirin zu holen, weil sie sich fühlte, als hätte sie eine Axt in der Stirn. (Kinderaspirin wurde bei ihr damals regelrecht zur Droge, sie aß die Dinger wie Erdnüsse, aus einem Riesenglas mit einem deprimierenden Etikett, auf dem zwei rotbackige, schwedisch aussehende Kinder Hand in Hand auf ein rotes Schulhaus zutrotteten.) Die Peitsche hängte sie an den Türknauf ihres neuen Schlafzimmers und behalf sich beim Prügeln weiterhin mit der Fliegenklatsche oder mit einem zusammengerollten *New Yorker*.

Daddy ließ sich so gut wie nie blicken, seit Grandma aus dem Krankenhaus zurück war. Es war eine Art unausgesprochener Abmachung. Daß sie ihn als Menschen zweiter Klasse betrachtete und daß sie selbst im Sterben lag, gab ihr genügend Trümpfe an die Hand, um ihn aus seinem eigenen Haus zu vertreiben. Er arbeitete zu der Zeit tagsüber, oft übernahm er auch zwei Schichten nacheinander. An freien Tagen fischte er, bis die Eichhörnchensaison kam. Dann ging er jagen.

Eines Samstags brachte er mir Dutzende von Eichhörnchenschwänzen zum Spielen mit. Die Schwänze endeten in blutigen Stummeln, und ich zwickte sie mit Wäscheklammern aneinander und drapierte sie zu Lecias großem Ekel um meinen Hals. Ich muß mir wie eine Kreuzung aus Greta Garbo und Daniel Boone vorgekommen sein in dieser Eichhörnchenschwanz-Stola.

Lecia übernahm es, aus den Eichhörnchen einen Gumbo zu kochen. Eine Cajun-Nachbarin hatte ihr ein Rezept für eine schwarze, knoblauchgeschwängerte Mehlschwitze beigebracht. Ein Hauch von diesem Gumbo, und hinten im Hals zog sich eine Drüse zusammen und fing an zu schmerzen. Bei den Yankees wandern Tomate und Okra und alle möglichen feingehackten Gewürze in den Gumbo. Solch erlesene Zutaten suchte man in dem Wildgumbo, den Lecia zusammenrührte – mit Eichhörnchen, Ente oder Hirschwurst –, vergebens. Es bestand vorwiegend aus Grundnahrungsmitteln – Schmalz, Mehl, Zwiebeln. Es war ein dünnes, schwarzes, urtümliches Gebräu, bei dem sich einem Paprika, Pfeffer und Chili geradewegs in die Nebenhöhlen fraßen, den Geschmack nach Knoblauch und Sassafraswurzel bekam man tagelang nicht mehr aus dem Mund. Grandma sagte, schon von dem Geruch der bräunenden Mehlschwitze würde ihr speiübel. Sie lud Mutter auf Shrimps mit Remoulade zu Al's Seafood ein. (Remouladenshrimps waren Grandmas moralisches Gegengift für all die aufgeschlitzten kleinen Eichhörnchenkadaver, die da verstümmelt im Fett brutzelten.) Die

Shrimps sind weißlich rosa und liebevoll ausgelöst und baumeln über die Außenwand eines Eisbechers wie die Beine von jungen Mädchen über den Rand eines Schwimmbeckens. Manchmal wird der Becher mit einem Berg von geraspeltem Eisbergsalat aufgefüllt, damit es hübscher aussieht. Die Remouladensoße ist eine Mayonnaise mit besonders viel Zitrone darin, matt schimmernd wie Perlmutt.

Als das Auto zurückstieß, um sie zum Restaurant zu bringen, glitt das Licht der Scheinwerfer über Daddys Silhouette vor der Küchenwand. Er saß in seinem Netz-T-Shirt an dem Tisch, den er eigenhändig aus klarlackiertem Sperrholz gebaut hatte. Er hielt den Löffel so, wie man es immer von Sträflingen hört, den Unterarm um den Teller gewinkelt, als wollte er ihn vor dem Zugriff fremder Hände schützen. In dieser Haltung schaufelte er den Gumbo in sich hinein, nicht innehaltend, bevor die Schüssel nicht leer war. Ich trug immer noch meine Girlande aus Eichhörnchenschwänzen um den Hals und fragte ihn, ob es nicht seine Gefühle verletzte, wenn sie nicht essen wollten, was er für sie gejagt hatte. Die Vorstellung brachte ihn zum Lachen. »Mann, das is schon in Ordnung, Pokey«, sagte er mit einem schiefen Grinsen. »Da bleibt mehr für uns beide.«

An einem Sonntag, als Daddy arbeiten war, wachte ich spät auf und traf nur noch Grandma in der Küche an. Das Frühstücksgeschirr stand herum, und sie saß im Rollstuhl und hatte ein Bier zwischen den Schenkeln klemmen. Ich war noch nie mit ihr allein gewesen, und es gefiel mir gar nicht. Ihr Kopf ruckte hoch, als hätte sie gedöst, und sie fuhr leicht zusammen bei meinem Anblick. »Schrei nicht so«, blaffte sie, das weiß ich noch. Dabei starrte sie mich glasig an. Ich sagte, ich hätte keinen Mucks gemacht. Sie teilte mir mit, Lecia habe Mutter gebeten, sie zur Kirche zu fahren. Mir kam fast das Kotzen. Mit Lecias religiösem Eifer war es kaum weiter her als mit meinem. Aber daß sie in die Kirche gegangen war, hatte den gewünschten Effekt auf Grandma: Sie bekam einen richtig verklärten Blick, als sie es mir sagte, als könnte dieser eine, windige Besuch im Hause des Herrn Lecia einen Platz im Himmel sichern.

Dann erklärte Grandma, sie müsse mir in ihrem Zimmer etwas zeigen.

Ich war schon dankbar dafür, daß sie wenigstens ihr Bein angeschnallt hatte. Es war sogar mit einem von diesen dicken orangefarbenen Stützstrümpfen verhüllt, die strammer saßen als Wurstpellen. Den trug sie also, und der Plastikfuß war in seinen schwarzen Schuh gepfropft. (Ein Schuh an einem Plastikfuß hat immer etwas Übertriebenes, er wirkt irgendwie fehl am Platz.) Als wir in ihrem Zimmer waren, drückte sie die Tür zu und postierte sich mitsamt Rollstuhl davor.

Das auffälligste an Grandmas Zimmer war sein Geruch. Es stank nach Schlangen, genauer gesagt, nach Mokassinschlangen.

Wenn man an einem warmen Wintermorgen in Wasserstiefeln im Sumpf herumstapft und am Himmel nach den schartigen V's der Wildentenzüge Ausschau hält, dann riecht man eine Mokassinschlange lange, ehe man ihren sich windenden Leib ausmacht. Sie riecht wie Aas, unmittelbar bevor die Verwesung einsetzt und die Maden die Bauchhaut in unnatürliche Zuckungen versetzen. Immer wieder bin ich beim Geruch von faulendem Fleisch – ob Gürteltier, Sumpfbiber oder Vogel – wie angewurzelt stehengeblieben, um den Boden zu meinen Füßen nach dem dreieckigen, fast schwarzen Kopf der Wassermokassinschlange abzusuchen, der gefährlichsten Schlange auf diesem Kontinent, einer Verwandten sowohl der Kobra als auch der Grubenotter. Ich habe nie in einem Bayou eine Mokassinschlange gerochen, aber an Land strömen sie einen Moschusduft aus, der mindestens so intensiv ist wie der eines Stinktiers. (Ich kannte einmal einen Drogendealer, der die Viecher in Glaskästen überall in seinem Wohnwagen herumstehen hatte. Er hatte eine Hasenscharte, die ihn offenbar vor dem Gestank schützte, aber wir anderen atmeten, wenn wir mit ihm um irgendwelchen Stoff feilschten, keuchend durch den Mund, als wäre unser ganzer Rachen mit Polypen zugewachsen. Wir klangen allesamt wie Elmer Fudd, so daß jeder Deal schwer an eine Szene aus Bugs Bunny erinnerte: »Had Heuch hier holl hauher hein?« Diese Art des Sprechens war besonders mühsam, wenn man bis obenhin mit LSD zugedröhnt war und verzweifelt etwas brauchte, um den Kopf wieder klar zu bekommen.) Es ist nicht einfach ein Todesgeruch, sondern der Geruch von etwas, das vom Tod lebt, ein Geruch, der Maden heraufbeschwört oder diese Bakterien, die einen Kadaver Zelle für Zelle auffressen.

Dieser Geruch also hüllte uns ein, als Grandma verkündete, daß sie auf ein »ruhiges Stündchen« gewartet hätte, um mir eine Überraschung zu zeigen. Ich sah, daß sie etwas in der Tasche ihres blauen Baumwollkleides versteckt hielt. Es dauerte eine Weile, bis sie es zum Vorschein gebracht hatte. Es sah aus wie ein kleines Buch, messingfarben, nicht größer als ihre Handfläche – zwei Deckel, die schlossen wie Muschelhälften. Sie wölbte einen Moment lang die Hände darum, als würde sie beten. Durch meinen Kopf zuckte das Bild von Moses, wie er auf der Farbillustration in ihrer Bibel zu sehen war, in den erhobenen Armen zwei durch einen Lederriemen verbundene Steintafeln.

Nach einer Weile öffnete sie die Täfelchen in ihrem Schoß, und sie entpuppten sich als billige Messingrahmen mit den Fotografien von zwei Kindern darin, einem Jungen und einem Mädchen. Die Bilder hatten einen Stich ins Selleriegrüne, als hätten sie zu lange an der Sonne gelegen. »Das sind dein Bruder und deine Schwester«, sagte sie. »Das sind Tex und Belinda.«

Seltsamerweise war meine erste Reaktion auf diese Mitteilung Erleichterung. Da war endlich diese Belinda, von der Grandma ständig redete. Sie war ein kleines Mädchen aus Fleisch und Blut, blond wie Lecia. Sie hatte eine kruschlige Afrokrause, und das lange bevor der Afrolook durch Angela Davis zum Symbol wurde. Es war die Ära der Toni-Heimdauerwelle, einer Art chemischer Schädelverbrennung, mit der man von den späten Fünfzigern bis in die frühen Sechziger kleine Mädchen malträtierte. Bei uns in der Gegend war die Lösung so stark, daß die Ohren durch wattegefüllte, mit Schnippgummis befestigte Streichholzschachteln geschützt werden mußten, damit die herunterlaufende Flüssigkeit sie nicht wegätzte. Was das betraf, fühlte ich mit dieser Belinda. Tex blieb irgendwie abstrakter für mich, weil er ein Junge war. Er hatte Hasenzähne und dunkles, nach hinten geklatschtes Haar. Er trug eine schmale schwarze Krawatte, wie viele Cowboys sie anhaben.

Sie sagte, die beiden seien ein ganzes Stück älter als Lecia und ich. Sie gingen inzwischen in einem anderen Staat auf die High-School. An diesem Punkt verliert sich ihre Stimme in meiner Erinnerung in einer Art Nebel, und mein Gehirn treibt weg von dem, was sie sagt, in einen Zustand vollständiger Verwirrung. Was hatten diese beiden Kinder mit mir zu tun?

Ich hatte sie nie gesehen, und da saß Grandma und eröffnete mir, daß sie mit mir verwandt waren, nicht etwa Vetter und Kusine, sondern Geschwister. Selbst als sie sagte, die beiden seien mein Halbbruder und meine Halbschwester, schaltete ich nicht. Verdammt, außer Mutter und Paolo, deren Scheidung eine Art Familiengeheimnis war, kannte ich überhaupt keine Leute, die sich hatten scheiden lassen, nicht einmal vom Hörensagen – abgesehen von Elizabeth Taylor. Die Vorstellung, eine *halbe* Schwester zu haben, faszinierte mich. Welche Hälfte war meine? Ich muß Grandma danach gefragt haben, denn sie erklärte mir, daß die beiden Mutters ANDERE Kinder von ihrem ANDEREN Mann waren. Ich fragte, ob das Paolo wäre, den Daddy vor so langer Zeit so prima verdroschen hätte, und sie sagte, nein. Sie wurde immer ganz matt, wenn sie daran dachte, wie Mutter Paolo den Laufpaß gegeben hatte, deshalb legte sie eine kurze Mattigkeitspause ein, bevor sie sagte, die beiden hätten einen anderen Daddy, Mutters ersten Mann, Tex, von dem ich noch nie gehört hatte. Ein unbekannter Ehemann mit zwei Kindern – das bedeutete, daß ich von Mutters Leben vor ihrer Ankunft in Leechfield keine, aber auch gar keine Ahnung hatte. Ihre Vergangenheit war ohnehin ein großes Fragezeichen. Sicher, ich wußte, daß sie während des Krieges in New York an der Kunstakademie studiert hatte. Aber von irgendwelchen anderen Kindern war nie die Rede gewesen. Sie hatte immer so viel Wind darum gemacht, daß Lecia und ich ihre ersten Kinder waren – daß sie schon dreißig und damit ziemlich alt gewesen war. Ich starrte auf die Bilder in Grandmas Schoß, bis sie die

Hülle zuschnappen ließ und wieder in ihrer Kleidertasche versenkte.

Während ich noch die Existenz dieser neuen Kinder in meinem Kopf unterzubringen versuchte, tat Grandma etwas, das Lecias Meinung nach so untypisch für sie war, daß sie mir die Geschichte bis heute nicht abnimmt. Sie packte mich an der Schulter, hauchte mir diesen Aasgeruch ins Gesicht und sagte, wenn ich meiner Mutter nicht folgte – bei diesen Worten brachte sie ihren Mund ganz nahe heran –, wenn ich auch in Zukunft freche Antworten gab und überall einen Saustall hinterließ – ihre Augen hinter der verschmierten Hornbrille schimmerten inzwischen fast völlig weiß –, dann würde ich WEGGEGEBEN wie die beiden anderen auch. Sie hätten ihre Mutter zuletzt gesehen, als sie kleine Babys gewesen seien.

Das sagte sie, und plötzlich begriff ich, daß der Schlangengeruch nicht von ihrer Bettpfanne ausging oder von irgendwelchen Essensresten, die in einer Ecke verrotteten. Er kam von ihr. Er kam aus ihrem offenen Mund, tief aus ihrem Inneren, wo der Krebs alles Menschliche aus ihr herausfraß. Wenn man mir in diesem Moment gesagt hätte, in ihrem Bauch krümmten und wanden sich Dutzende von neugeborenen Mokassinschlänglein aus ihren Eierschalen, hätte ich wohl kaum Verwunderung geäußert. Sie hatte sich außerdem Wick-VapoRub um die Nasenlöcher geschmiert, vielleicht, um sich vor dem Todesgestank aus ihrem eigenen Rachen zu schützen. Der Eukalyptus mischte sich auf eine Weise in den Schlangenatem, die ihn vollends unerträglich machte.

(Ähnlich nahe hatte ich diesen Geruch bis dahin nur einmal wahrgenommen, und da wäre ich um ein Haar gebissen worden. Es war Abend, und Daddy, der unser Mietboot durch ein Gerank von Purpurwinden steuerte, holte plötzlich mit dem triefenden Ruder aus und schwang es knappe zehn Zentimeter über meinem Kopf durch die Luft, so daß mir Wasser über das Gesicht und die nackten Arme spritzte. Neben dem Boot platschte es kurz auf. Die Mokassinschlange habe sich direkt über mir von einem Zweig gelassen, sagte er. Wir sahen zu, wie sie ihren S-förmigen Leib durchs braune Wasser zog. Ich fing an zu zittern, nicht vor Kälte.)

Jetzt, in Grandmas Zimmer, ohne einen Retter in Reichweite, begann ich bei dem Geruch erneut zu zittern. Ich drängte mich an ihrem Rollstuhl vorbei und floh in die Küche.

Als Mutter heimkam, ordnete Grandma eine Tracht Prügel für mich an. Sie behauptete, sie hätte mich dabei ertappt, wie ich ihre Schubladen durchstöberte, um ihre Ohrringe zu stehlen, eine Lüge, die mir nicht einmal das Abstreiten wert schien. Ich folgte ausnahmsweise einmal Lecias Beispiel und hielt still, und die Prügel waren prompt im Nu vorüber. Aber Mutter reckte grimmig das Kinn vor dabei, und es lag etwas Mechanisches in der Art, wie ihre Hand auf mein Hinterteil klapste.

Irgendwann im Lauf dieser Strafaktion begann ich die Existenz von Tex und Belinda auszuradieren – eine Verdrängung, die neunzehn Jahre vorhielt. In meinem Schädel öffnete sich ein Abgrund und verschlang die beiden so vollständig, daß ich sie nicht einmal Lecia gegenüber erwähnte, die mir damals als wandelnder Kontrollpunkt für Mutmaßungen über Mutter diente. (Später erfuhr ich, daß Grandma ihr dieselben Bilder gezeigt hatte. Auch sie hatte sie unverzüglich vergessen. So ereilte die Amnesie uns gemeinsam.) Ich wußte natürlich, daß drei Ehemänner eine Menge waren. Drei Männer, das war kein Ausrutscher mehr, das war Zügellosigkeit. (Eine mehrfach geschiedene Freundin meinte einmal, wenn man das dritte oder vierte Mal »Ja, mit Gottes Hilfe« sagt, beschleichen einen Zweifel, ob die Schuld wirklich immer nur beim anderen liegt.) Zwei aus Grandmas Schürzentasche hervorgezauberte zusätzliche Kinder waren deshalb unfaßbar.

Ganz erklärt das allerdings noch nicht, warum ich Tex und Belinda auslöschte, denn normalerweise glaubte ich alles, was man mir sagte. Im selben Jahr hatte Lecia mir – ohne jeglichen Beweis – eingeredet, ich sei ein Roboter, der einzig und allein dazu konstruiert worden sei, sie zu bedienen und im Haushalt mitzuhelfen. Wenn ich nicht gut arbeitete, sagte sie, dann würde ich eben abgeschaltet. Besonders gewitzt war ich also nicht, schon gar nicht, wenn es darum ging, mir weiszumachen, daß ich irgendwie minderwertig war oder daß sonst etwas mit mir NICHT STIMMTE. Heute weiß ich, daß mir die Existenz dieser beiden Reservekinder deshalb nicht in den Kopf wollte, weil es verlorene Kinder waren. Wenn es möglich gewesen war, sie zu verlieren – zwei komplette Kinder, von Mutter geboren genau wie wir –, dann konnten wir auch verlorengehen. Dann konnte unsere Mutter jederzeit aus unserem Leben verschwinden, zurück in die Leere, aus der sie gekommen war, und auch wir würden eines Tages vielleicht nicht mehr sein als eins von den Geheimnissen, die sie hütete.

Kurz und gut, als Grandma mir sagte, wenn ich nicht brav wäre, würde ich WEGGEGEBEN, schwang in dieser Drohung der harte, dumpfe Klang der Wahrheit mit.

Nach Grandmas Drohung achtete ich noch schärfer auf Anzeichen von Mutters NERVEN. Aber bis zum Hurrikan Carla bemerkte ich nichts – was, wie ich inzwischen gelernt habe, eines der sichersten aller denkbaren Anzeichen ist.

Ich behielt sie im Auge. Sie ihrerseits behielt den Hurrikan im Auge, dessen Weg allabendlich im Wetterbericht zu verfolgen war. Wir hatten einen kleinen tragbaren Fernseher, bei dem sie irgendwann in einem Wutanfall die Antenne abgebrochen hatte. Er hatte eine Behelfsantenne aus Kleiderbügeln, und der Bildschirm flackerte blaßblau und aschweiß. Der Wetteransager war mit dem flimmernden Ganzkörperheiligenschein schlechten Empfangs umgeben. Von Satellitenfotos, auf denen die Wolken über eine naturgetreue Küstenlinie gewirbelt kommen und abrupt angehalten werden, hatte damals niemand etwas gehört. Der Wetteransager, der nachmittags eine Kindersendung mit dem Titel *Cattleman Bill* moderierte, malte mit einem Fettstift auf einer weißen Tafel herum, die den Golf von Mexiko zeigte. Kleine Spiralen standen für Tropenstürme. Er zeichnete Schwärme gebogener schwarzer Pfeile, um die allgemeine Richtung des Sturms kenntlich zu machen (der unweigerlich von Südosten auf die osttexanische Küste zublies, entweder von der Karibik her oder von den Florida Keys). Wenn eine Spirale eine bestimmte Größe erreichte – wenn sie sich über hundert Meilen Küste erstreckte, mit einer Windgeschwindigkeit von zirka hundertfünfzig Meilen pro Stunde –, handelte es sich um einen Hurrikan.

Dann ging das große Rätselraten los, wo der Sturm die Küste erreichen oder, wie es bei uns hieß, »hereinkommen« würde – als wäre er ein streunender Verwandter auf Quartiersuche. Man konnte nicht zum Tanken fahren, ohne daß der Tankwart, nachdem er die Pumpe in Gang gesetzt hatte, den Kopf durchs Fenster streckte und fragte, was man denn glaube, wo der Sturm hereinkommen würde. Jeden Herbst wurden überall in der Stadt Wetten darüber abgeschlossen, mit mindestens so viel Begeisterung wie beim High-School-Football. Alle, die am Golf arbeiteten – ob als Krabbenfischer oder auf einer Bohrinsel –, wurden über Nacht zum Orakel. Sobald einer von ihnen die American Legion betrat, stellte der Barkeeper den Fernseher oder die Jukebox leiser und zapfte ihm ein kaltes Bier gratis, während alle anderen Anwesenden verstummten und sich auf ihren Hockern umdrehten oder die Queues vom Billardtisch nahmen. Die Fischer reizten das Spielchen nach Kräften aus. Ihre Prophezeiungen hätten einem Voodoo-Priester Ehre gemacht: »War 'n gelber Ring um'n Mond gestern nacht«, sagte ein Cajun-Shrimper. »Der Sturm kommt hier rein, direkt übern Sabine Pass.« Die Bohrarbeiter waren etwas zurückhaltender mit ihren Vorhersagen: Das Football-Knie vom alten Soundso auf der Bohrinsel vor Morgan City in Louisiana täte ihm weh wie in seinem ganzen Leben nicht. Kaum waren Sätze wie diese gesprochen, da rutschten die Jungs an der Bar von ihren Hockern und marschierten zu der Telefonzelle am Parkplatz draußen. Da standen sie dann Schlange, um ihre Buchmacher anzurufen und ihre Wetten zu erhöhen oder abzusichern.

Leechfield war ein paar Jahre zuvor wegen des Hurrikans Audrey evakuiert worden. Audrey war der erste in der alphabetischen Abfolge von Mädchennamen gewesen. Mutter hatte Gift und Galle gespuckt, daß das weibliche Geschlecht die Schuld an all dieser Verwüstung angehängt bekam. »Verdammt, die Männer führen schließlich die Kriege, nicht wir«, höre ich sie noch sagen. Nach Audrey kam Betsy. Betsy ließ uns links liegen, spülte aber die rund um New Orleans aufgetürmten Dämme und Sandsäcke weg, so daß sich die ganze Stadt mit Meerwasser füllte wie ein Unterteller.

In meinem Bewußtsein hielt der Hurrikan Carla an einem Abend Einzug, als Grandma in ihrem Rollstuhl saß und stickte, mit Bewegungen, die so winzig waren, daß sie aussahen wie die Ausweglosigkeit schlechthin. Mutter lag der Länge nach auf der Couch; auf ihrem Schlüsselbein kippelte halsbrecherisch ein Kaffeebecher. Lecia und ich kauerten zu ihren Füßen und ließen ihr unsere Version von Pediküre angedeihen, die so aussah, daß wir ihre Zehennägel mit verschiedenen Wachsmalfarben anmalten. (Ich bevorzugte Lila und Lavendel und Königsblau, während Lecia sich an die modischeren Pink-Schattierungen hielt.) Das Fernsehen zeigte Archivmaterial von Audrey, und Cattleman Bill brüstete sich damit, eigenhändig eine Piroge – eine Art Cajun-Kajak – die Hauptstraße entlanggesteuert zu haben, während ein Kamerateam im Motorboot nebenhergefahren war. Mutter sagte: *So ein Schrott.* Sie behauptete, er habe seine Frau und seine Kinder in der High-School-Turnhalle sitzenlassen, wo sie Essen aus der Gulaschkanone bekommen hätten, und sei selbst mit seiner Sekretärin nach Oklahoma City »geflüchtet«. Wenn man ihr glauben wollte, war Cattleman Bill fast genauso ein Schisser wie Grandma, die, so Mutter, solche Angst vor jeder Andeutung von Sturm hatte, daß sie daheim in Westtexas in den Keller stürzte, sobald auch nur ein Lüftchen sich regte. Grandma schien derweil überhaupt keine Notiz von Carla zu nehmen. Sie saß einfach da und fummelte mit diesem tückischen kleinen Schiffchen Spitze um Spitze zusammen.

Als der Sturm tatsächlich in unsere Richtung schwenkte, legte Grandma einen an Wahnwitz grenzenden Mut an den Tag, so daß wir mitnichten die ersten waren, die die Stadt verließen. Die letzten waren wir wahrscheinlich auch nicht. Aber die Männer von der Nationalgarde, die mit Lautsprechern durch die Straßen fuhren und die Anwohner aufforderten, ihre Häuser zu verlassen, mußten zweimal bei uns halten.

Die Leute hatten schon zwei Tage, bevor der Sturm vom Meer hereinkam, begonnen, ihre Vorbereitungen zu treffen. Die Wetterberichte fielen immer bedrohlicher aus. Fenster wurden mit Sperrholzplatten verbarrikadiert. Koffer wurden gepackt. Die Supermärkte verkauften ihre letzten Vorräte an Batterien, Kerzen und Dosengemüse. So niedrig wie Leechfield lag kaum ein Ort im Umkreis, und die Menschen strebten in höhere Lagen. Transistorradios wiederholten ein ums andere Mal, daß dies ein Hurrikan der Stufe vier sei. Niemand wollte da ein Risiko eingehen. Etliche Familien kramten stundenlang auf ihren Dachböden herum, um Fotos und wichtige Dokumente wie Trauscheine vor der Flutwelle zu retten, die Cattleman Bill uns als unabwendbar ankündigte. Carol Sharps Mutter wickelte ihre Babyschuhe in Seidenpapier ein, weil sie sie mitnehmen wollte.

Bei uns geschah nichts dergleichen. Daddy nahm Stürme für gewöhnlich auf die leichte Schulter. »Scheiß drauf, wenn er hierherkommt, dann ist das Haus eben weg«, sagte er. Es sei sinnlos, viel Wirbel zu veranstalten, da wir bei einem direkten Aufprall sowieso keine Chance hätten. Eine Einstellung, die mir nicht gerade Mut machte. Während andere Väter sich krankschreiben ließen, Liegestühle zusammenklappten und wertvollere Möbelstücke auf dem Dachboden einlagerten, trottete Daddy wie immer in die Fabrik und kam gerade lange genug heim, um sein Kochgeschirr wieder mit Essen aufzufüllen und zurückzutrotten. Und irgendwann kam er überhaupt nicht mehr.

Heute scheint es mir befremdlich, wie widerstandslos ich ihn in jenem Herbst aus unserem Leben verschwinden ließ, noch dazu in einer so schlimmen Zeit. Vielleicht hatte er schon seit Grandmas Ankunft beim Vaterspielen Stück für Stück den Rückwärtsgang eingelegt. Die Dinge liefen einfach glatter, wenn er der alten Dame durch seine Gegenwart nicht noch mehr Anlaß zum Keifen bot. Vielleicht war seine Abwesenheit unvermeidlich, als wir größer wurden.

Gerechterweise sollte ich hinzufügen, daß wir in diesem Stadium reichlich Zeit hatten, das Haus zu räumen, so daß der Sturm nicht unser Leben bedrohte, sondern nur unseren Besitz, der dollarmäßig nicht viel hermachte. Außerdem ließ die Gulf Oil Corporation die Männer, die nicht mit ihrer Familie die Flucht ergriffen hatten, mehr oder weniger ununterbrochen arbeiten, zum doppelten Überstundentarif, um auf dem Werksgelände rechtzeitig alles zu sichern. Daddy wäre sich schön dumm vorgekommen, wenn er da abgelehnt hätte. Trotzdem fragte ich mich, wie er uns so ohne weiteres entgleiten konnte. Gut, wenn er nicht da war, konnten wir so lange quengeln, bis Mutter alles Spielzeug, alle Kleider und alle Süßigkeiten kaufte, die uns gerade in den Sinn kamen. Sie empfand uns als sträflich unterprivilegiert. Für ihre Begriffe waren wir kaum besser dran als Bettelkinder. Deshalb ließ sie uns Dinge durchgehen, denen Daddy mit seiner Kleinbauernsparsamkeit schnellstens einen Riegel vorgeschoben hätte – daß wir zum Beispiel Leintücher zurechtschnitten, um unter einem Klapptisch Höhle spielen zu können, oder die Garagenmauer mit Ölgemälden verzierten. Daddy besaß eine Extravaganz des Herzens. Den Nachbarn standen die Haare zu Berge, wenn sie sahen, wie er uns verzog. Aber wo Geldverschwendung im Spiel war, kannte er keinen Spaß, und in dieser Beziehung begann Mutter ihn bei uns auszustechen.

An dem Tag, als er das erste Mal gar nicht heimkam, riefen Lecia und ich ihn ständig an. Ich stellte mir jedesmal vor, wie unsere Stimmen sich in einem kniffligen Muster von Hindernissen und Umwegen durch die Leitungen zu ihm durchschlängelten. »Gulf Oil, 'nich Ihn' helfen?« meldete sich die Telefonistin beim ersten Klingeln. »Anschluß 691, bitte«, sagten wir dann. Lecia und ich standen Ohr an Ohr in der Küche und versuchten einander vom Hörer wegzudrängeln. Unsere Unterarme waren abends mit kleinen, sichelförmigen Druckstellen bedeckt, so oft hatten wir einander gezwickt, um den Hörer für uns allein zu haben. Er redete mit uns, solange wir wollten, weigerte sich aber, heimzukommen, allem Bitten und Betteln zum Trotz. »Ihr kümmert euch um eure Mama«, sagte er, und ich fragte ihn, wer sich denn dann um uns kümmern sollte. (An eine Antwort erinnere ich mich nicht.) Kurz bevor er einhängte, schlug Lecia vor, er solle selber mit Mutter sprechen – vielleicht hoffte sie, dann würde er begreifen, daß sie im Moment nicht ganz richtig tickte. Woraufhin er behauptete, jemand riefe nach ihm, und einfach auflegte.

Im Lauf des Nachmittags verschwanden die meisten aus der Stadt, und wir brachen immer noch nicht auf. Die Meldungen in den Nachrichten wurden langsam sehr konkret. Sie zeigten Flutwellen, die die Küstenstraßen wegschwemmten. Sie zeigten die Autos, die sich Stoßstange an Stoßstange über die Orange Bridge in Richtung Norden drängten. Die Leute fuhren am hellen Tag mit Licht, als bildeten sie eine stadtweite Beerdigungsprozession.

Am nächsten Morgen brachte die Zeitung auf der Titelseite ein Bild von umgeknickten Palmen am Crystal Beach. Die Schulen schlossen, also hockten Lecia und ich zu Hause, bastelten Puppen aus Papiertüten und sahen dazu fern: *I Love Lucy, Mein lieber Biber*, all die Familienserien, in denen die Väter im Jackett herumliefen und die Frauen hohe Absätze trugen und den ganzen Tag staubsaugten.

Von Cattleman Bill war schon in den Morgennachrichten keine Spur mehr. Seinen Platz hatte der vierschrötige, schwitzende Mann aus dem Sportstudio in dem knapp sitzenden Anzug und der schmalen Krawatte eingenommen. Er teilte uns mit, daß die ersten Ausläufer des Sturms uns bis Mittag erreicht haben würden. »Der Bevölkerung wird geraten, sich in Sicherheit zu bringen«, sagte er. »Ich wiederhole. Der Bevölkerung wird geraten, sich in Sicherheit zu bringen.« Er hörte sich furchtbar wichtig an bei dieser Ansage, wie Barney Fife in *Andy Griffith*, wenn er wie ein abgebrühter Kriminaler zu klingen versucht statt wie ein Kleinstadt-Hilfssheriff, der Schulkinder über die Straße lotst. Etwa eine halbe Stunde nach den Nachrichten begannen die Tornado-Sirenen zu heulen.

Die Kirchenleute am Ort waren davon überzeugt, daß mit

diesem Sturm das Ende der Welt angebrochen war. Carol Sharp erläuterte mir in ihrem Vorgarten alle Einzelheiten, bevor ihre Familie losfuhr. Wir standen unter dem Mimosenbaum. Seine haarigen rosa Blüten stoben im Wind um uns her, und Carols Eltern schnürten eine Plane über das Dach ihres Chevrolet. Carol schilderte mir, wie die vier apokalyptischen Reiter mit flatternden, schwarzen Umhängen aus den Wolken herabgeritten kämen. Im Boden würde sich der Höllenschlund auftun, um Sünder wie mich zu verschlingen, während Jesus sie und ihre Familie eine goldene Treppe hinauf geradewegs in den Himmel geleiten würde. Ein Wanderprediger hätte ihr gestern die Hand auf die Stirn gelegt, und im selben Augenblick wäre die Warze an ihrem rechten Daumen aufgebrochen und verheilt. Ich hatte diese Warze keine Woche vorher eigenhändig mit einer Nadel ausgepiepelt, und richtig, sie war spurlos verschwunden. Was mir doch zu denken gab. Aber ich war heimtückisch genug, ihr hinzureiben, daß ich auf einen Gott pfiff, der Flutwellen auf Wohnwagensiedlungen niederstürzen ließ, sich aber Zeit nahm für ihre dämliche Warze. (Trotz meiner überwältigenden Leichtgläubigkeit spuckte ich manchmal solche Brocken lapidarer Logik aus.)

Das Licht vor unseren Fenstern nahm eine immer dunklere Rußtönung an. Mutter war dabei, das große Panoramafenster zu verhängen, und durch dieses Fenster sah ich den Chevrolet der Sharps mitsamt seiner Plane aus ihrer Einfahrt stoßen. *Und wenn es stimmt, was Mr. Sharp über den lieben Gott und Jesus sagt?* muß ich laut gefragt haben. Vielleicht schlug ich auch vor, daß wir vorsichtshalber doch lieber beten sollten; ich weiß es nicht mehr. Genau weiß ich nur, wie Mutter den Mittelfinger zur Decke reckte und sagte: *Ich scheiß auf den lieben Gott!* Dazu die Tornado-Sirenen und der schwarze Himmel, der sich vor alle unsere Fenster geschoben hatte, und Grandma, zu der Mutters Gotteslästerung nicht einmal durchdrang, so versunken war sie in ihre klitzekleinen Stiche – ich war mir sicher, daß wir auf der Stelle ins Meer hinausgespült würden zur Strafe für unsere Sünden.

Lecia bekam es wohl auch mit der Angst zu tun, denn sie begann Druck zu machen, daß wir uns sofort ins Auto setzen und zu Tante Iris fahren sollten. Daddys Schwester wohnte sechzig Meilen weiter nördlich in den Hügeln um Kirbyville. »Fahren wir doch einfach«, sagte sie immer wieder. Der dickste Verkehr sei jetzt schon vorbei, argumentierte sie. Sie versuchte sogar, mit Grandma zu sprechen, aber die hatte nur Augen für ihre Spitze.

Irgendwann während dieser Zeit rief Daddy an, und Mutter überraschte uns, indem sie selbst an den Apparat ging. Sie hatte ein Geschirrtuch in der Hand und schien verärgert, daß er überhaupt anrief. Draußen laufe der Motor, sagte sie; wir seien praktisch schon aus der Tür. Dabei hatte sie noch nicht einmal die Reisetasche ihres Vaters aus dem Schrank gewuchtet. Aus dem Fernseher dröhnte *Dennis the Menace*. Ich saß mit Lecia auf dem Boden und schnitt Fransen für ein Papiertüten-Indianerkostüm, als Mutter den Hörer auf die Gabel knallte.

Heute weiß ich, daß sie ihn an diesem Tag dringend gebraucht hätte und daß ihre Wut eine verkappte Bitte an ihn war. Daddy kam uns über dieser Wut abhanden. Die Verbindung brach ab, und in dem Nebel, der an jenem Morgen in mir waberte, trieb er davon, wurde kleiner und immer kleiner. Ich sah zu Lecia hinüber, die die Achseln zuckte und mit krankhafter Präzision an ihren Fransen herumschnippelte. In dem Moment begriff ich schlagartig, daß wir schon längst nicht mehr hätten hier sein dürfen. Die Bleigewichte sicheren Untergangs senkten sich auf mich herab.

Mutter erklärte uns später, daß wir bei Sonnenaufgang abgefahren wären, wenn nicht Grandma sich aus unerfindlichen Gründen geweigert hätte, das Haus zu verlassen. Sie hatte sich darauf versteift, daß lediglich ein kleiner Regenguß bevorstand. Es war, als wäre ihre lebenslange Angst vor Stürmen implodiert, so daß ein Hurrikan der Stufe vier, der geradewegs auf unser Haus zuhielt, sie völlig kaltließ. Selbst der nette junge Gardist im Tarnanzug, der, ein Megaphon umgeschnallt, in unser Wohnzimmer kam, konnte sie nicht aus der Ruhe bringen. »Wir wissen Ihre Bemühungen zu schätzen«, sagte sie und versuchte ihn aus dem Haus zu drängeln, indem sie ihm die Räder ihres Rollstuhls in die Kniekehlen rammte. Mutter saß mittlerweile heulend am Eßtisch und wischte sich mit dem Geschirrtuch übers Gesicht. Schließlich drohte der Soldat, er würde Grandma einfach hochheben und zum Auto schleppen, worauf sie erwiderte, gut, dann würde sie eben mitkommen, aber vorher wolle sie noch ein Bad nehmen. Er sagte, das Wasser sei bestimmt schon abgedreht, aber Lecia brachte den Hahn zum Laufen, und Grandma rollte sich ins Bad und sperrte die Tür ab.

Das Klicken dieses Schlosses war es, das Lecia zum Telefon stürzen ließ; sie wollte Daddy anrufen und ihm sagen, daß er kommen und uns hier rausholen sollte. Sofort. Aber die Leitung war tot. Ich sah den Schrecken in Lecias Zügen, noch ehe sie mir den Hörer in die Hand drückte. (Wenn jemand krisenfest war, dann Lecia. Sie lernte mit zwölf Autofahren, und noch im selben Jahr war ich Zeuge, wie sie einer Verkehrsstreife weismachte, sie hätte ihren Führerschein daheim vergessen, sie sei nur ganz kurz losgefahren, um Milch für ihren kleinen Sohn zu kaufen, der gerade schlafe.) Aber ihr Gesicht an jenem Morgen, als sie einfach nur dastand, den schwarzen Hörer am Ohr, verriet ihr wahres Alter. In ihren Augen schimmerte es einen Moment lang feucht. Schließlich war sie erst neun, und jetzt, da die Telefonverbindung zu Daddy abgerissen war und draußen die Tornado-Sirenen heulten, wie sie es laut unserer Musiklehrerin nur dann taten, wenn die auf Kuba stationierten russischen Raketen abgeschossen würden, schien sie drauf und dran, sich das Erwachsenspielen ein für allemal abzuschminken.

Sie reichte mir den Hörer. Sie wollte nicht allein sein mit dem Wissen, wie allein wir waren. Und das dumpfe Schweigen dicht an meinem Ohr machte es mir mit aller Schärfe deutlich. Man merkt gar nicht, wie sehr man sich mit der ganzen Welt verbunden fühlt durch dieses Rauschen hinter dem Freizeichen, so als warteten alle Schaltkreise der Erde nur darauf, einem zuzuhören – man merkt es nicht, bis es plötzlich verstummt. Dann lauscht man, lauert auf das Geräusch, und statt dessen ist da nur die stumpfe Stille des eigenen Schädels, der nicht weiß, was er denken soll.

Es war der Nationalgardist, der uns letzten Endes herausholte. Er kam noch einmal, als der Regen schon mit einem Geräusch wie Luftgewehrfeuer waagerecht gegen alle Fenster prasselte. Grandmas Bad dauerte zu lange. Mutter forderte ihn auf, die Tür mit einem Schraubenzieher aufzubrechen, und da saß Grandma wie gehabt in ihrem Stuhl, ganz auf dieses Schiffchen und ihre Spitze konzentriert, während das Badewasser über den Wannenrand auf den Boden floß.

Es lief darauf hinaus, daß er sie allen Ernstes tragen mußte. Er nahm sie hoch wie eine Braut. Ihr gesundes Bein hing halbwegs normal herab, aber der Stumpf rutschte immer wieder von seinem Ellbogen und baumelte so komisch. Lecia und ich bekamen auf der Veranda einen Lachkrampf, weil Grandmas Beine sich immer wieder auf eine Art spreizten, die sie selbst höchst undamenhaft gefunden hätte.

Draußen peitschte der Wind die Telegrafenleitungen hin und her. Er hatte auch schon die ersten Dachschindeln losgerissen und wirbelte sie die Straße entlang. Einzelne Böen zwängten sich durch die Fensterritzen, mit einem hohen Pfeifton, der von Sekunde zu Sekunde lauter zu werden schien. Lecia und ich rannten die zehn Meter zum Auto und wurden bis auf die Haut naß. Im Wagen war es, als hätten wir das erste große Tosen hinter uns gelassen und säßen in einer eisigen Luftblase. Über die Windschutzscheibe strömten solche Wassermassen, daß wir den Gardisten kaum sehen konnten. Er versuchte sich offenbar besonders rücksichts- oder würdevoll zu bewegen, schon allein weil Grandmas Bein bei jedem zweiten Schritt abrutschte. Jedenfalls brauchte er viel länger als wir, und wir mußten lachen. Aber das Kichern verging uns, als Mutter sich ans Steuer setzte.

An ihren Augen im Rückspiegel sah man, daß sie nicht mehr weinte. Das kannten wir inzwischen als schlechtes Zeichen, das Nicht-Weinen. Ihr Mund war zu einem sauberen, kleinen Trennstrich zusammengepreßt.

Ich beobachtete den Gardisten, wie er wieder in seinen Jeep

kletterte; dann verschluckten das Grau und der Regen alles bis auf einen großen, schmutzig-braunen Fleck, der hinter uns aus der Einfahrt glitt. Ich spürte einen verrückten Drang, mein Fenster herunterzukurbeln, den Kopf in den Sturm hinauszustrekken und ihm zuzuschreien, daß er zurückkommen sollte. Aber der Wind hätte meine Worte einfach weggerissen. Also schaute ich zu, wie der Umriß seines Jeeps kleiner wurde. Dann war er weg, und es gab nur noch den Regen und die Sirenen und Mutters kalte graue Augen in diesem silbrigen Spiegeloval.

Die Fahrt von Leechfield zu Tante Iris' Haus in Kirbyville hätte normalerweise eine Stunde gedauert – bei gutem Wetter. »Sechzig Minuten von Haus zu Haus«, sagte Daddy immer, wenn er aus dem Führerhäuschen kletterte und die Stufen zu Tante Iris' Veranda hinaufstieg. (Ich habe es an einem Sommermorgen einmal in fünfundvierzig Minuten geschafft, in einem frisierten Mustang, und da war ich sturzbesoffen, ging keine Sekunde unter achtzig Meilen, bremste in keiner Kurve und hielt an keiner Ampel.) An diesem Tag dauerte es fünfundfünfzig Minuten. Lecia stoppte die Zeit. Fünfundfünfzig Minuten in schäumendem Regen, Regen so dicht, daß die Straße nie wirklich zu sehen war. Die Scheibenwischer schlurften über Gewaber und schlurften zurück, nur um noch mehr Gewaber zu enthüllen. Gut, wir hatten Rückenwind. Trotzdem glaube ich, daß Mutter mit durchgedrücktem Gaspedal durch die ersten Böen dieses Hurrikans brauste, ohne auch nur mit der Wimper zu zucken. Vielleicht fuhr sie in dem Bewußtsein, daß ihre Mutter dem Tode nahe war, und scherte sich einfach nicht darum, ob wir heil durchkamen oder nicht. Wir waren so spät aufgebrochen, daß außer uns niemand mehr unterwegs war, was sich gut traf. Wären andere Fahrzeuge auf der Straße gewesen, hätten wir sie garantiert gerammt. Nur das Glück des Betrunkenen bewahrte uns davor, von der schmalen Teerdecke weg in einen der Tausenden von Bayous zu rutschen. Bis gut fünf Meilen hinter der Stadtgrenze hörte man die Sirenen schwächer werden und das Toben des Windes anschwellen. Man hatte den Eindruck, in den Sturm hineinzufahren und nicht weg davon.

Auf der Höhe von Port Arthur fing Mutter an, mit brüchiger Stimme zu singen. Es war ein altes Lied, die Platte legte sie oft auf, wenn sie trank. Sie hatte eine verkratzte Aufnahme mit Peggy Lee oder Della Reese, eine von diesen whiskeystimmigen Clubsängerinnen.

Oh the shark has zippy teeth, dear,
And he shows them pearly white,
Just a jack knife has his teeth, dear,
And he keeps them out of sight...

Keiner in meiner Familie kann auch nur einen Ton singen. Bei unseren wenigen Gottesdienstbesuchen mit irgendwelchen Nachbarn waren Lecia und ich immer klug genug, zu den Liedern nur die Lippen zu bewegen, damit wir nicht zu sehr auffielen. Auch Mutter hatte eine miserable Stimme – wacklig und dünn. Sie war von Haus aus ein Alt, den übereifrige Chorleiterinnen offenbar in die höheren Lagen gepiesackt hatten. Also sang sie an diesem Vormittag in einem mickrigen Sopran vor sich hin, piepsig und rauh. Das Auto schien an Tempo zuzulegen, während sie sang, und die Angst, die sich den ganzen Morgen in meiner Magengrube herumgedrückt hatte, nahm feste Formen an, als ich unmittelbar vor uns die grauen Stahlträger der Orange Bridge aufragen sah.

Die Orange Bridge wurde damals als die höchste Brücke im ganzen Land gehandelt. Wenn man darüberfuhr, gingen einem die Ohren zu. Sie war so hoch gebaut worden, damit auch Schlepper, die Bohrinseln mit ausgewachsenen Derrickkränen zogen, problemlos unter ihr durchfahren konnten. Der Sabine River, den sie überquerte, war nicht sehr breit, so daß sie mit Abstand die steilste Brücke war, die mir je untergekommen ist.

Erwartungsgemäß stürzte sich denn auch mindestens einmal im Jahr jemand von ihr in die Tiefe. Bei abgewiesenen Liebhabern und bankrotten Ölmännern war sie äußerst beliebt. Wenn man von ihrem höchsten Punkt sprang, brach man sich jeden Knochen im Leib. Ich erinnere mich, daß Mutter diese Tatsache einmal aus der Zeitung vorlas und dann bemerkte, daß Frauen eher dazu neigten, sich zu vergasen oder Schlaftabletten zu schlucken – Methoden, die ihr Äußeres nicht ganz so verunstalteten. Sie zitierte gern James Deans Spruch über den schönen Leichnam.

Auf diese Brücke rumpelte das Auto also, während Mutter die gruseligste Stelle von »Mackie Messer« sang. Sie sang sie mit Flüsterstimme, wie ein Schlaflied:

When the shark bites with his teeth, dear,
Scarlet billows start to spread...

Der Wagen neigte sich weit nach hinten, als wir auf die Brücke fuhren. Es fühlte sich ein bißchen an wie in der Achterbahn, dieses lange steile Aufwärtskriechen vor dem tiefen Sturz. Mutters Singsang verlor sich im Schwingen des Stahlgeflechts unter den Rädern, das das ganze Auto zum Tänzeln brachte. Gleichzeitig schienen wir unbegreiflicherweise schneller zu werden.

Lecia zufolge begann ich in diesem Moment zu schreien, weshalb Mutter sich umdrehte, um nach mir zu greifen, und alles weitere erklärt sich daraus. (Wäre dies Lecias Buch, würde ich immer entweder hysterisch schluchzen, mir mit voller Absicht zum ungünstigsten Zeitpunkt in die Hose machen oder ohne jeden Grund jemanden beißen, in der Regel sie.)

Ich kann mich nicht daran erinnern, daß Mutter zu mir nach hinten langte. Und daß ich geschrien haben soll, streite ich rundweg ab. Aber trotz meines alten Tricks, den Magen zu einem Stein zusammenzuballen, wurde mir schlecht. Die Galle stieg in mir hoch, sobald wir auf die Brücke fuhren. Der Wagen flog über eine metallene Schwelle wie über eine Sprungschanze. Wir kamen mit einem Ruck auf und schlingerten ein bißchen.

Ich wußte von Anfang an, daß ich mich übergeben würde. Dennoch versuchte ich meinen Magen zuzuschweißen wie bei der Krake. Ich kniff die Lider zusammen. Ich spannte mein ganzes Inneres mit aller Kraft an. Aber der Seegang in meinem Magen ließ sich nicht bändigen. Ich hätte um nichts in der Welt mein Fenster heruntergekurbelt. Und ich wollte Mutter erst recht nicht bitten, mitten auf der Brücke an den Rand zu fahren. Wobei an dem Tag sämtliche Verhandlungen mit Mutter sowieso Lecias Sache waren, und Lecia hatte sich für dasselbe zähneknirschende Schweigen entschieden, in das wir alle versunken waren. Normalerweise behielt sie den Tacho hingebungsvoll im Auge, drängte Mutter, vom Gas zu gehen (beziehungsweise Daddy, nicht so zu zuckeln), aber an diesem Morgen hielt sie die Lippen fest zusammengepreßt. Also senkte ich, als mir die Frühstücksflocken hochkamen, bloß den Kopf, zog den Halsausschnitt meines feuchten T-Shirts über die Nase, ein Stückchen vom Körper weg, und ließ die Kotze einfach herauslaufen. Sie fühlte sich sehr warm an, wie sie mir unter dem nassen Hemd über die Brust rann, und sie roch nach saurer Milch.

Mutter zeigte nicht die geringste Reaktion. Ebensowenig Grandma, die zwar eine Nase wie ein Bluthund hatte, aber zu einer Art Schaufensterpuppe erstarrt schien. Sie hätte aus Seife geschnitzt sein können, so wenig Farbe hatte sie. Unter normalen Umständen hätte ich von Lecia prompt eins auf den Deckel bekommen, weil ich so ein Ferkel war. Vielleicht wünschte ich mir das in dem Moment sogar. Alles schien besser als diese Glocke von Schweigen. Aber Lecia band sich nur ihr rotes Halstuch vor die Nase wie ein Bankräuber und funkelte mich aus den Augenwinkeln an. Mir wurde klar, daß es einer von Mutters ganz schlimmen Tagen sein mußte, wenn ich mir das T-Shirt vollreihern konnte, ohne daß irgendwer ein Wort sagte. Lecia starrte auf Mutter, die auf eine verschwommene Phantomstraße hinausstarrte.

Das ist jedenfalls das letzte vor dem Unfall, woran ich mich erinnere – Lecia mit dem Halstuch über der Nase.

Dann, aus Gründen, die mir bis heute schleierhaft sind, vollführte das Auto plötzlich eine Dreihundertsechzig-Grad-Drehung. Ich weiß nicht, ob das ein Versehen von Mutter war oder Absicht. Wie gesagt, Lecia behauptet, ich hätte geheult und Mutter hätte sich umgedreht, um mir einen Klaps zu geben. Ich könnte schwören, daß sie das Steuer nach links riß, woraufhin das Auto zu kreiseln anfing. Nach einer halben Ewigkeit des Herumwirbelns kam uns das Geländer auf der anderen Seite der Brücke entgegengestürzt. Dann schwebten wir einen Augenblick lang in der Luft. Unsere Reifen verloren jeden Kontakt mit der Brücke. Der Wagen sprang über den erhöhten Gehsteig und schoß auf die oberste Sprosse des Geländers zu. (Fußgänger gab es natürlich nicht auf der Brücke, aber die Handwerker befestigten an dem Geländer bei Malerarbeiten und Reparaturen ihre Hebebühnen.) Ich sah es seitlich auf uns zufliegen. Dann kam der Wagen knirschend zum Stehen. Jetzt schrie und weinte ich wirklich.

Wie durch ein Wunder zerknautschte der Aufprall nur die vordere Stoßstange und drückte den rechten Scheinwerfer ein. Niemand außer mir schien durch den Vorfall sonderlich aus der Fassung gebracht. Mutter hielt es offenbar nicht für nötig, auszusteigen und den Schaden zu begutachten. Grandma beugte sich nur noch tiefer über ihre Spitze. »Alle heil geblieben?« fragte Mutter mit munterer Stimme wie ein Pfadfinderführer nach einem langen Marsch. Sie drehte sich nicht einmal um. Der Spiegel entblößte ihre Zähne in einem unheimlichen Lächeln.

Inzwischen brüllte ich wie am Spieß. Der Rückwärtsgang wurde eingelegt, und knirschend lösten wir uns vom Geländer. Unser Heck prallte gegen den Bordstein auf der anderen Seite, und dann fuhren wir bergab, langsam erst und dann immer schneller.

Lecia rutschte zu mir herüber und schob ihre Finger in meine, wofür ich ihr heute noch dankbar bin. Ich muß gestunken haben wie die Pest. Und ich lief über. Rotzglocken hingen mir aus der Nase wie zwei dicke Stoßzähne. Trotzdem nahm sie einfach meine große Hand in ihre großen Hände. (Wir beide haben Hände, die sich nur für Feldarbeit und zum Volleyball eignen.) Ich fühlte mich immer geborgen, wenn sie das machte. In der Regel brachte es mich auch zum Schweigen, aber diesmal flüsterte ich, warum Mutter uns umbringen wollte und ob sie jetzt völlig überschnappte. Lecia sagte bloß, ich sollte den Mund halten, in zwanzig Minuten wären wir bei Tante Iris und dann wäre alles in Ordnung.

Aber bei Tante Iris war keineswegs alles in Ordnung. Wir waren dem Sturm entkommen, das ja. Der Hurrikan Carla konnte uns nichts mehr anhaben. Trotzdem empfand ich keine Erleichterung, als ich aus dem Auto stieg, das knackte und zischte nach dieser wilden Jagd. Der Vorplatz von Tante Iris mit seinen hohen Kiefern wirkte auf mich genauso düster wie eine Stunde zuvor Leechfield. Ich dankte keinem Schutzengel. Ich verspürte nicht den Drang, den Boden zu küssen wie ein geretteter Schiffbrüchiger. Die gefleckten Hühnerhunde, die mir um die Beine schwänzelten, bekamen nur ein paar sehr zerstreute Klapse ab und drängten fiepend zur Veranda zurück.

Dann bahnte sich Tante Iris schürzenwedelnd einen Weg durch die Hundemeute und nannte mich Herzchen und fragte mich, wie die Fahrt gewesen sei. Gut, hörte ich meine Stimme sagen, eine Lüge, die mir schon ganz natürlich über die Lippen kam. Mir ging es gut. Die Fahrt war gut gewesen. Alles war gut. Meine Angst war zu groß, als daß ich mehr hätte sagen können, zu groß, als daß es mir möglich gewesen wäre, mich weinend an Tante Iris' weichen, kattungefältelten Busen zu werfen. Das einzige Bedürfnis, das ich zum Ausdruck bringen konnte, war das auf der Hand liegende nach einem Bad. Selbst die Hunde waren vor mir zurückgeschreckt. Sie duckten sich, umkreisten einander unruhig und wichen schließlich winselnd in Richtung Veranda zurück. Sie hatten lange, gefleckte Schnauzen, und ihre gelblichen Augen blieben wachsam.

Das Gesicht von Tante Iris an diesem Tag sehe ich nicht vor mir, genausowenig wie die lächelnden Gesichter ihrer Kinder und meines Onkels, die nach draußen kamen, um uns zu begrüßen. Ich muß meinen Blick auf Hundehöhe gehalten haben. Dann verblassen sogar die Hunde in meiner Erinnerung, als legte sich mir Gazeschicht um Gazeschicht über die Augen, und ich ahnte nur noch ihre verschwommenen Umrisse – schnüffelnd und argwöhnisch. Ich machte die Luken dicht. Ich verhärtete mein Inneres für die nächste Schleuderpartie.

Grandma wurde ins Bett gesteckt, und ich wurde gebadet. Das alles empfand ich als unbestreitbare Verbesserung gegenüber dem Morgen in Leechfield, als wir, abgeschnitten von Daddy, auf die Flutwelle gewartet hatten, die unser Haus wegfegen würde. Aber Mutters unheimliches Schweigen hielt an, und der Vater meines Vaters, der mir so alt vorkam wie die Welt, ersetzte Grandma fast augenblicklich als Sinnbild des Todes.

Mein Großvater Karr war hoch in den Achtzigern und weit entfernt vom Sterben. Dennoch rechneten, seit ich denken konnte, alle jeden Moment mit seinem Ableben. Diese Erwartung, gekoppelt mit seiner vagen indianischen Abstammung, verlieh ihm eine Autorität, wie ich sie einem solchen Alter heute jederzeit zugestehe. Aber damals ging es mir furchtbar gegen den Strich. Er mußte nirgends mit anpacken. In der Regel machte er sich nicht einmal die Mühe, sein Hörgerät lauter zu stellen, wenn man mit ihm redete. Es war schon viel, wenn er einen Gruß erwiderte. Meistens saß er einfach in seinem Rattanschaukelstuhl auf der Veranda und bekam je nach Tageszeit Essen oder Pfeifentabak, Kaffee oder Eistee serviert. Wenn man nicht aufpaßte, konnte es passieren, daß er das Klettern anfing. Er stieg auf die Scheune, auf Autodächer, auf den Schuppen, ganz egal was. Tante Iris erzählte es uns in allen Einzelheiten, bevor sie zur Arbeit in den Drugstore fuhr. Einmal war er sogar an einem der großen Hickorybäume im Hof hochgekraxelt. Lecia und ich bekamen je zehn Cent von unserem Vetter Bob Earl, damit wir ihn im Auge behielten. Wenn er irgendwo hinaufstieg, sollten wir schnell unseren Vetter holen, der auf der Weide hinterm Haus bei den schwarzen Angusrindern war. Grandpa saß da, schaukelte, kaute an seiner Pfeife, und manchmal sang er ein Lied über verlorene Waschbärhunde, das Mutter nicht ausstehen konnte, weil es so hinterwäldlerisch war.

Meine Waschbärhunde sind abgehaun,
Mann, hätt ich die Viecher bloß noch.
Die Großen sind einfach übern Zaun
Und die Kleinen unten durchs Loch.

Ich weiß noch, daß wir im Zwiespalt waren, ob wir lieber Grandpa beobachten sollten, der dasaß wie in Beton gegossen und keinerlei Eskapaden im Sinn zu haben schien, aber zu dessen Aufpassern wir bestellt waren, oder Mutter, die aussah, als würde sich etwas Schreckliches anbahnen.

Schließlich einigten wir uns auf einen Kompromiß. Lecia würde sich nach draußen setzen, rücklings an die Fliegentür gelehnt, und Grandpa beaufsichtigen. (Für diesen Dienst sollte ich ihr meine zehn Cent abtreten.) Ich für meinen Teil würde drinnen sitzen, Rücken an Rücken mit ihr, und Mutter beaufsichtigen, die den Hurrikan in den Nachrichten verfolgte. Dazu hatte sie den Kamin im Vorderzimmer eingeheizt, obwohl es bei Gott heiß genug war. Sie hockte da und stocherte im Feuer herum, und der Schweiß strömte ihr übers Gesicht, das rot lackiert schien von den Flammen. Ihr dickes Haar war mit einem schwarzen Stretch-Stirnband nach hinten gebüschelt, so daß es sich um ihr Gesicht bauschte wie der Hof um den Mond. Sie wirkte ausgebrannt, völlig in sich zusammengesunken, wie sie dort am Boden kauerte und mit dem gußeisernen Schürhaken im Feuer stocherte – so ausgebrannt und in sich zusammengesunken, wie ich das bei keinem Menschen sonst erlebt habe. Ich ertrug es kaum, sie anzusehen, also schaute ich lieber den Bildschirm an, auf dem die weiße Tafel mit der Wetterkarte für den Raum Kirbyville und jede Menge vom Wind flachgelegte Palmen zu sehen waren.

Ich wollte Daddy anrufen. Das sagte ich auch der Frau vom Amt. Aber sie erklärte, sie könne mich nicht nach Leechfield durchstellen, weil die Leitungen in diese Richtung überlastet seien. Ich fragte, ob das hieß, daß zu viele Leute telefonierten oder daß Daddys Anschluß in der Raffinerie kaputt war. Sie sagte, sie hätte keine Zeit, lange zu diskutieren, und stöpselte mich aus der Leitung.

Ich betrachtete Lecias kariertes Cowboyhemd, das sich in meinem Rücken gegen das Drahtgitter drückte. Nach einer Weile kam ich zu dem Schluß, daß ich aufs Klo mußte, und ging in Tante Iris' Bad.

Auf dem Rückweg bemerkte ich bei einem Blick ins Hinterzimmer, daß Grandmas Hand über die Bettkante hing. Ich schlich hinein. Es war eine kleine, modrig riechende Kammer. Tante Iris hatte eine große weiße Kühltruhe darin stehen, die vollgepackt war mit Reh-, Eichhörnchen und Entenfleisch. Grandmas schmales, durchhängendes Bett stand gleich neben der Kühltruhe. Ihre Brille lag am Boden, daher wußte ich, daß sie schlief. Ich beschloß, die Brille auf den Nachttisch zu legen, dann konnte ich bei der Gelegenheit vielleicht ihre Nähschere stibitzen und mir im Wohnzimmer die Zeit vertreiben, indem ich Schneeflocken aus Zeitungspapier schnitt oder mir Girlanden bastelte. Grandmas Augen waren beinahe zu, ein bißchen in den Kopf zurückgerollt, so daß nur weiße Halbmonde zu sehen waren.

Als ich in die Hocke ging, um die Brille aufzuheben, stellte ich fest, daß sie etwas auf die Gläser geschüttet hatte, irgendeine süß aussehende rosa Flüssigkeit, und nun krabbelten auf der Brille die kleinen roten Ameisen herum, die bei uns Zuckerameisen hießen. Im Frühling hatte ich sämtliche Ameisen aus Lecias Zucht aus ihrem Glaskasten befreit – sie hatten mir so leid getan, weil sie eingesperrt waren –, und seitdem hielt ich Ausschau nach Ersatz. Lecia hatte sie für den Naturkundeunterricht gezüchtet und sogar einen Preis dafür bekommen. Ich überlegte gerade, wie ich die Ameisen am besten über den Brillenbügel in die Schuhschachtel dirigieren könnte, die ich unter dem Bett gefunden hatte, als mein Blick auf Grandmas Hand fiel.

Sie war locker zusammengebogen. Die Finger berührten fast den Boden. Und über die schlohweiße Innenseite des Arms zog sich eine Linie, die ich zunächst für einen Kratzer oder einen Cajal-Strich hielt. Aber die Linie bewegte sich. Ich beugte mich ganz zu ihr hinunter, und da sah ich es: Der Hustensaft oder Kirschsaft war ihren Arm hinabgeflossen, und nun krochen die Zuckerameisen darauf herum und fraßen ihn ab, und sie merkte es nicht einmal.

Ich weiß nicht, ob ich dachte, sie wäre tot. Ich weiß nur, daß ich ihren Zustand in diesem Augenblick nicht verkraften konnte. Ich tappte rückwärts aus der Kammer und weiter, bis ich wieder im Wohnzimmer war. Ich setzte mich hin, den Rükken so dicht ans Fliegengitter gepreßt, daß ich Lecias Wirbel tröstlich in meine greifen fühlte. So blieb ich sitzen, bis Mutter in das Zimmer ging, Grandma fand und laut anfing zu schreien.

5

Daddy sah den Hurrikan Carla vom Golf den Kanal heraufkommen. Er behauptete, zu dem Zeitpunkt hoch oben in einer Art Krähennest gestanden zu haben, hinter einer dicken Glaswand, durch die er das halbe Land überblicken konnte. Der Ausguck war auf einem riesigen Turm gegenüber der Raffinerie; dahinter lagen die Ölcontainer und noch ein Stück weiter der Kanal, ein hochgejubelter Graben, den Ölunternehmer aus Houston für Unsummen hatten ausheben lassen, um ihr Öl von den Bohrinseln direkt in die Raffinerie befördern zu können. Der Turm schwankte im Sturm hin und her, sagte Daddy später. Er und Ben Bederman schworen, daß sie sich an der Tischplatte festklammern mußten, damit sie auf ihren Drehstühlen nicht durch die Gegend rollten. Durch das Fenster schauten sie zu, wie sich eine graue, gut sechs Meter hohe Wasserwand den Kanal entlang auf die Stadt zuwälzte. Ich sehe meinen Vater noch vor mir, wie er den Kopf schieflegte und die Augen schmal machte, als nähme er ein fernes Wild ins Visier. Er hob sogar seinen sehnigen Arm und deutete damit auf einen bestimmten Punkt, wenn er die Geschichte zum besten gab, so als käme die Flutwelle in ebendieser Sekunde auf uns zu. »Es war wie ein ganzes Hochhaus aus Wasser«, sagte er. Später fragte ich mich manchmal, wie er denn bei dem Unwetter eine so klare Sicht gehabt haben wollte. Aber wenn man ihn erzählen hörte, zweifelte man keinen Augenblick daran, daß er im Auge des Sturms gestanden hatte, cool wie ein Cowboy.

Erstaunlicherweise kam der Sturm nicht bei Leechfield herein, obwohl die Flutwelle auf dem besten Wege gewesen war, sämtliche in der Stadt Zurückgebliebenen platt zu machen wie die

Wanzen. Fast alle hatten auf einen direkten Aufprall gesetzt. Aber der Hurrikan schlug einen seltsamen Haken – wie ein wendiger Quarterback, hieß es später, der in letzter Sekunde an einem stiernackigen Stürmer vorbeischlüpft. Die Wetten standen vierzig zu eins. Unmittelbar, bevor Carla bei Leechfield die Küste erreichte, kam der Sturm fast völlig zum Erliegen; dann vollführte er eine Sechzig-Grad-Wendung. Nur einige Ausläufer fegten über Osttexas hinweg, der Rest hielt mit voller Kraft auf Cameron in Louisiana zu, das ganz und gar unvorbereitet war.

Vorbereitungen hätten allerdings auch wenig genützt, denn der Golf von Mexiko bäumte sich vor Cameron ganz einfach auf und stürzte direkt auf die niedrig gelegene Stadt hinab. Die Leute kletterten an Bäumen hoch, um den anschwellenden Wassermassen zu entrinnen. Die Bürgerwehr tat alles, was zu diesem Zeitpunkt noch möglich war, und ein paar Familien, die die Sturmwarnung im Radio gehört hatten, schafften es sogar rechtzeitig aus der Stadt. Aber die wenigsten hatten ihre Radios eingeschaltet. Die Zahl der Toten und Verletzten war hoch. Im Fernsehen sah man Männer in hüfthohen Wasserstiefeln durch ihre Wohnzimmer platschen und die Brühe nach Möbeln absuchen, die nicht weggespült worden waren.

Auch die Bayous traten über die Ufer und schwemmten alles mögliche Süß- und Salzwassergetier bis in die Häuser. In der Zeitung las ich von einem Mann, in dessen Küche sich, als das Wasser sank, ein fast drei Meter langer Hai auf den Fliesen hin und her geworfen hatte. Eine Menge Leute öffneten ihre Wäscheschubladen und fanden Mokassinschlangen, die es sich zwischen den zusammengelegten Socken gemütlich gemacht hatten. Es wurden Bisse von Sumpfbibern gemeldet, hauptsächlich bei Kindern, die es in ihrem eigenen Garten erwischt hatte. Die Sumpfbiber waren so groß wie Waschbären und hatten Schneidezähne, die wie Meißel geformt und mit orangeleuchtendem Schmelz überzogen waren, was die Angriffe besonders schaurig erscheinen ließ. Nach Leechfield zurückkehrende Nachbarn berichteten von Kusinen oder Freunden von Freunden, die Bisse abbekommen hatten und sich der Marter einer Tollwutspritze in die Bauchdecke hatten aussetzen müssen. Ich gierte nach solchen Geschichten wie ein Geier nach Aas.

Grandma starb über all dem natürlich. Es stellte sich heraus, daß sie bei Tante Iris noch nicht richtig tot gewesen war, sondern nur im Koma. Angeblich wachte sie noch einmal auf und verbrachte ein paar Tage bettlägerig bei uns in Leechfield, bevor sie starb. Daran habe ich keine Erinnerung. Offenbar habe ich ihr letztes Gastspiel einfach verdrängt – und vieles andere gleich mit. Sie starb, und es tat mir nicht leid um sie.

An dem Nachmittag, als es passierte, kam Frank Doleman zu uns in die Klasse, Lecia im Schlepptau. Mrs. Hess befahl mir, meinen Frühstücksbehälter und meine Überschuhe zu holen. Draußen im Korridor schniefte Lecia in ein Stück brauner Küchenrolle, das ihr halbes Gesicht verdeckte, deshalb konnte ich nicht sehen, ob sie richtige Tränen abdrückte oder nur so tat. Onkel Frank kniete sich hin, so daß er auf gleicher Höhe mit mir war, und teilte mir mit, daß Grandma »heimgegangen« war. Ich weiß noch, daß mir das eine unnatürlich gesuchte Ausdrucksweise erschien, wie etwas aus *Bonanza*. Mir lagen sofort alle bei uns gängigen Umschreibungen fürs Sterben auf den Lippen. *Sie hat den Löffel abgegeben, die Lampe ausgeschossen, die Hufe nach oben geklappt*, und mein Lieblingsspruch: *Sie hat eine Würmerfarm aufgemacht.* (Letztere Wendung habe ich einmal oben im Norden angebracht, und zu meiner hämischen Freude fragte mich ein angehender Banker befremdet, ob diese Wurmfarmer bei uns in Texas die Würmer als Fischköder verkauften.)

Auf der Heimfahrt saß ich auf dem Rücksitz von Onkel Franks weißem Kabrio, während Lecia auf dem Vordersitz unentwegt in sich hineinblubberte und er ihr hin und wieder seine Kotelettpranke auf die Schulter legte und sagte, es sei schon gut, sie solle sich ruhig ausweinen. Mir ging derweil das Lied im Kopf herum, das die Munchkins singen, als Dorothys Haus auf der Hexe mit den gestreiften Strümpfen landet: »Ding-dong, die Hex ist tot.« Ich war natürlich nicht so dumm, es laut vor mich hinzusummen, besonders, da Lecia eine so gute Schau abzog, aber still für mich tat ich es doch.

Daddy hockte in blauem Overall und Helm auf der Veranda und rauchte, als wir vorfuhren. Offenbar hatten sie ihn direkt vom Ölfeld geholt. Er war schmutzig und roch nach Rohöl, als er Lecia und mich in den Arm nahm, eine rechts, eine links. Unser Rektor zögerte dennoch nicht, ihm die Hand zu schütteln, kramte nicht einmal nach dem Händedruck sein Taschentuch heraus, um sich das Öl von den Fingern zu wischen. Er war ein großer Freund von gestärkten weißen Hemden, konnte aber über seinen Schatten springen, wenn es sein mußte.

Als Onkel Frank wieder fuhr, blieben Daddy, Lecia und ich noch kurz am Ende der Einfahrt stehen und winkten ihm nach. Ich lehnte mich an Daddys blauer Hemdbrust vorbei, um Lecia zu ihren Schauspielkünsten zu gratulieren, worauf sie den Küchenkrepp senkte, so daß ich endlich ihr Gesicht sah. Es war, als fiele ein grobgewebter brauner Vorhang und enthüllte eine Maske, die das Gegenteil von dem Clownsgrinsen war, das ich erwartet hatte. Lecias Augen und Nase waren gerötet, ihr Mund verzerrt und sabberig. Mit einem Mal begriff ich, daß es keine Heuchelei war, ihre Trauer, meine ich. Es gab mir einen Stich, sie so verzweifelt zu sehen. Und es riß einen Graben zwischen uns auf, daß ich so gar keinen Schmerz empfand und sie so viel.

Diese Kluft zwischen ihrem Unglück und meiner Erleichterung muß auch Lecia wütend gemacht haben. Am Abend briet Daddy uns ein Hühnchen, und sie ging wegen irgendeiner häßlichen Bemerkung, die ich über Grandma gemacht hatte, auf mich los. Schon damals war sie schnell (in der High-School wurde sie Schlußläuferin bei der 4 × 100-Meter-Staffel), so daß ich es nicht einmal halb durch den Garten schaffte, bevor sie mich hinten am Kragen zu fassen bekam und rückwärts zu Boden riß. Der Kragen drückte mir die Luftröhre ab, und der Sturz verschlug mir den Atem. Ehe ich wußte, wie mir geschah, lag ich auf dem Rücken im stachligen Büffelgras.

Sie saß mit ihrem ganzen Gewicht auf meiner Brust. Ihre Knie bohrten sich in die Gelenkpfannen meiner Schultern. »Das nimmst du zurück«, sagte sie. Ich erklärte japsend, ich dächte gar nicht daran. Ich versuchte, die Hüften hochzustemmen, um sie abzuschütteln. Dann versuchte ich, ihr meine Beine um die Schultern zu werfen, aber es war nichts zu machen. Trotzdem nahm ich es nicht zurück. Meine einzige Waffe war die Sturheit (Produkt eines losen Mundwerks und jeder Menge Prügel). Ich habe nie auch nur einen offenen Kampf gewonnen, weder gegen Lecia noch gegen sonst jemanden – deshalb auch meine Taktik, Wochen später heimlich angeschlichen zu kommen. Aber ich verstand es bestens, einen Kampf zu provozieren und ihn dann in die Länge zu ziehen, indem ich mich weigerte, zu Kreuze zu kriechen. Darauf bildete ich mir sogar noch etwas ein, obwohl ich heute zugeben muß, daß es ein ziemlich kläglicher Grund für Stolz ist – die Fähigkeit, sich windelweich schlagen zu lassen.

Ich weiß nicht, wie lange sie mich zu Boden drückte. Ihre Knie bohrten blaue Flecken in meine Schultern. (Ich entdeckte sie, als ich später am Abend mein Nachthemd anzog; sie waren groß und rund wie Schöpfkellen.) Sie hielt mich eine ganze Weile so fest. Der Himmel färbte sich rosa. Ich hörte Daddy das Bratenfett für die Sahnesoße vom Pfannenboden kratzen. Schließlich hatte sie meine Widerborstigkeit satt und beschloß, mir ins Auge zu spucken. Sie hustete aus den Tiefen ihrer Kehle einen riesigen wabbelnden Speichelklumpen zusammen und unterbrach ihr Geräuspere nur dann und wann, um mir zu versichern, daß sie ihn gleich auf mich herunterplatschen lassen würde. Er war so massiv, daß er einen Schatten warf. Er wölbte sich wie eine gewaltige Träne direkt über meinem Gesicht, hin und her schwingend wie ein Pendel, als Daddy durch die Fliegentür gepoltert kam, um sie von mir wegzuzerren.

Nachts im Bett hörte ich sie dann in ihr Kissen schluchzen, aber als ich ihr die Hand auf die Schulter legte, schüttelte sie mich ab.

Mutter war unterdessen auf dem Weg zu Grandmas Beerdigung. Gott sei Dank, denn Lecias und meine Kämpfe ließen sie regelmäßig in Tränen ausbrechen. Sie hatte sich immer so verzweifelt nach einer Schwester gesehnt, daß sie einfach nicht verstehen konnte, warum wir aufeinander losgingen.

Während also Lecia mir ins Auge zu spucken versuchte, fuhr

Mutter in Grandmas altem Impala durch die Wüste von Texas, vom Krankenhaus in Houston in Richtung Lubbock und Begräbnis. Sie sagt, sie hätte ihr schwarzes Chanel-Kostüm getragen und die Elfenbeinkamee von Grandma, die ihre Urgroßmutter aus Irland mitgebracht hatte. Dazu Perlohrringe und ein rundes weißes Hütchen, wie Jackie Kennedy es aufhatte, als ihr Mann erschossen wurde. (Es sagt einiges über die Frauen in meiner Familie, daß wir bis ins kleinste Detail schildern können, wer was bei welchem Anlaß anhatte, aber alles andere in der Regel vergessen. Im Gegenteil, je ernster die Angelegenheit – Begräbnis, Hochzeit, Scheidung –, desto schärfer das Kleidergedächtnis und desto schwächer die Hoffnung, irgend etwas darüber hinaus ans Licht zu zerren.) Sie machte die Reise allein, um uns zu schonen. Das sagte sie jedenfalls am Telefon. »Es ist doch Unsinn, daß ihr so weit fahrt, nur damit ihr dann völlig verstört seid.« So drückte sie es aus. Dieses plötzliche Aufwallen von Beschützerinstinkt erscheint mir heute merkwürdig. Immerhin hatten wir schon alles mögliche an Gräßlichkeiten und Gemetzel mitbekommen, einschließlich Grandmas abgenommenem Bein im M.D. Anderson Hospital. Und wir hatten ganz neue Formen von NERVEN mit ansehen müssen, als der Krebs immer mehr von Grandmas Gehirn weggefressen hatte. Es war einfach nicht logisch.

Jahrelang glaubte ich, was Lecia mir eingeredet hatte: daß Mutter uns deshalb nicht mitnahm, weil sie Grandmas Leichnam auf dem Rücksitz des Impala liegen hatte. Lecia tischte mir diese Lüge kurz nach Mutters Anruf an jenem ersten Abend auf, und ich schluckte sie wie ein riesenmäuliger Barsch. Ich glaube, ich brauchte einfach einen Grund, warum wir nicht mitdurften. Die Wahrheit – daß wir ihre Nerven, die ohnehin schon am Ende waren, vollends aufgerieben hätten –, war wohl zuviel für mich. Eines Morgens, als wir noch im Bett lagen, fragte ich Lecia, warum Mutter Grandma denn nicht in den Kofferraum gepackt hätte. Lecia stützte sich auf den Ellbogen und sagte, das gehöre sich nicht bei einer toten Mutter. So belehrt, kam ich von allein zu dem Schluß, daß sie die alte Dame vermutlich auch nicht auf den Dachgepäckträger hätte schnallen wollen wie einen Hirsch, um Platz für uns zu schaffen. Viele Jahre lang sah ich Mutter vor meinem inneren Auge mit Grandmas Leichnam auf der Rückbank die fünfhundert Meilen quer durch Texas fahren. (Erst als ich William Faulkners *Als ich im Sterben lag* las, wo die Kinder ihre tote Mutter über den Mississippi schippern und sie zu stinken anfängt und Fliegen und Maden auf ihr herumkriechen, machte ich mir allmählich klar, daß die alte Dame höchstwahrscheinlich in einem Leichenwagen überführt worden war. Mutter hatte eine sehr empfindliche Nase.)

Die Fahrt muß grauenhaft gewesen sein – eben erst Verstorbene beanspruchen eine Menge Raum in unserem Kopf. Noch heute sehe ich Mutter vor mir, wie sie allein in diesem Auto sitzt, den Geist ihrer toten Mutter neben sich.

Sie fuhr über Nacht, wie Grandma es auch getan hätte, weil es da kühl war und ruhig auf den Straßen. Die Fahrt dauert vierzehn Stunden, und der Himmel kann fürchterlich schwarz sein in dieser Zeit, wie ein riesiger, umgestülpter Topf. Schon die Regelmäßigkeit, mit der die weißen Gedankenstriche des Mittelstreifens aus dem Dunkel geflogen kommen, reicht aus, um eine Art Trance herbeizuführen. Und wie John Milton sagt: »Es ist der Geist ein Ort für sich, der aus der Hölle / uns Himmel machen kann und aus dem Himmel / die Hölle. Mein Ort ist die Hölle.«

Manchmal möchte ich mich in den alten Impala zaubern, damit Mutter die Fahrt nicht allein durchstehen muß. Dann bin ich ungeheuer nützlich – gieße aus der Thermoskanne Kaffee ein oder zaubere beruhigende klassische Musik aus dem Radio, statt zu quengeln und aufs Klo zu müssen, wie das sicher der Fall gewesen wäre. Oder ich kurble einfach alle Fenster herunter, um den niederträchtigen Geist meiner Großmutter hinauszuscheuchen.

Mutter ließ uns daheim, weil sie litt. Leiden hieß bei ihr, sich in sich selbst zurückzuziehen. Und dort muß ich sie lassen, allein auf der dunklen Landstraße, wo die Kakteen vor ihr aufragen und hinter ihr zurückfallen, während sie fährt und fährt.

Nach Grandmas Tod kam es bei mir erstmals zu ernsten Schlafstörungen. Wenn ich neben Lecias kompakter, schlafender Gestalt im Bett lag, stieg vor meinen geschlossenen Augen das Bild von Grandmas bleichem Arm mit den Ameisen auf. Gleichzeitig erhob sich ein leises Surren in meinem Kopf – ein Laut, als spielte ein verrückter Cellist immer wieder den gleichen Ton oder als kämen Millionen von Bienen aus einem Erdloch geschwärmt. Aber dieses Surren war etwas anderes, es war das Geräusch unserer Reifen auf der Orange Bridge an jenem Tag, als Mutter – absichtlich oder auch unabsichtlich – drauf und dran gewesen war, mit dem Wagen durch das Geländer zu brechen und uns alle mit Vollgas in den Fluß zu befördern. Wenn ich die Augen offen hielt, hörte das Surren auf. Wenn sie zufielen, und sei es nur für eine Sekunde, dann löschte dieses Surren jeden schönen Gedanken aus, den ich je gehabt hatte. Mit brennenden Augen lag ich Nächte hindurch wach. Wovor ich mich mit diesem Wachen zu schützen versuchte, war mein eigenes Inneres – eine Frühform von NERVEN, wie sie im Buche steht.

Diese kleine psychische Krise löste eine metaphysische Krise aus. Was fanden eigentlich alle so wunderbar an der Natur und an Gott? Die Kinder, die rings um mich mit ernsthaft geneigten Köpfen über ihren überdimensionalen Zeichenblöcken saßen, schienen vergessen zu haben, daß drüben in Louisiana, gleich auf der anderen Seite des Flusses, der Ozean ohne jeden ersichtlichen Grund beschlossen hatte, sich über Hunderte von Menschen zu ergießen. Es hätten unsere Leichen sein können, die das Fernsehen nach der Schule zeigte. In den Nachrichten waren Familien zu sehen, die von einem kleinen Plastiksack zum anderen gingen – die Säcke waren in langen Reihen auf einem Kinoparkplatz ausgelegt. Der Sheriff zog den Reißverschluß an einem der Säcke ein Stück auf, und der Vater warf einen Blick hinein und schüttelte den Kopf. Er machte einen Schritt zurück, während der Sheriff den Reißverschluß wieder zuzog, und dann traten sie zum nächsten Sack. So ging es weiter, bis der Sheriff endlich das Gesicht freilegte, nach dem die Familie suchte –

Junior oder Klein-Jackie, bläulich und aufgedunsen, mit schwarzer, heraushängender Zunge.

Diese Gesichter zeigte die Kamera natürlich nicht. Aber Daddy hatte im Krieg jede Menge Tote gesehen. Ich weiß noch, wie er am Ärmel seines ausgewaschenen Arbeitshemds rieb und sagte, ein menschliches Gesicht könne ganz genau diesen Blauton annehmen. Er sagte auch, daß es nicht die Kälte sei, die tote Haut so schauerlich mache, sondern die Art, wie sie sich am ganzen Körper verhärte, so daß sie sich anfühle wie Holz oder Beton.

Wir saßen beim Abendessen im Bett, während er uns das alles erzählte – ein Brauch, den wir gleich nach Grandmas Tod wieder aufgenommen hatten, nur daß jetzt noch das Gesumm der Fernsehnachrichten hinzukam. Das blauweiße Flackern des Bildschirms war der Herd, um den wir uns sammelten. »Ohne Scheiß«, sagte Daddy und riß ein Brötchen in zwei Hälften. »Ihr braucht bloß mal 'nen Toten anlangen.« Er trank einen Schluck Buttermilch. »So hart wie die Tischplatte. Keine Spur lebendiger als dieser Tisch.«

Diese Beschreibung jagte mir weit weniger Angst ein als das Zusammensacken der Väter in den Nachrichten, wenn sie ein Kindergesicht erkannt hatten. Die Mütter weinten natürlich auch, bitterlich sogar. Aber sie schienen besser dafür ausgerüstet. Sie hielten einander in den Armen, wenn sie weinten, oder sie sanken in die Knie oder schrien zum Himmel hinauf. Aber so wie diese erwachsenen Männer stöhnten und röhrten, war klar, daß sie einfach nicht wußten, wohin mit ihrem Schmerz. Auf dem Bett meiner Eltern hockend, vor mir auf der Steppdecke einen dampfenden Teller mit Bohnen und Brötchen, sah ich einen ausgewachsenen Mann nach dem anderen vornüberklappen, als hätte sich sein Inneres plötzlich in Watte verwandelt, und ich wußte, daß jedem dieser Väter das Gesicht seines toten Kindes für immer und ewig in die Augäpfel eingebrannt war. Mein Vertrauen in die Welt ging nicht zuletzt durch den Anblick dieser grobschlächtigen Männer zu Bruch, die unter dem Schatten von Schirmmützen oder Cowboyhüten ihre Qual herausheulten.

Die anderen Kinder der zweiten Klasse schien all dieses Elend kaltzulassen. Oder sie faßten unsere Rettung vor dem Sturm als Beweis für unsere moralische Überlegenheit auf. Es war ein Zeichen von Gott, daß Gebete erhört wurden, ein Grund zur Selbstgerechtigkeit.

Ich fragte Carol Sharp in der Pause, ob die Menschen drüben in Cameron denn ihrer Meinung nach nicht gebetet hätten, bevor der Sturm kam. Und sie meinte, vielleicht halte der liebe Gott die Baptisten von Leechfield für bessere Christen als die Leute drüben in Louisiana. Die wären wahrscheinlich eh Katholiken, sagte sie. Wir drehten uns auf dem Karussell dabei, einem von diesen Nullachtfünfzehn-Spielplatzgeräten aus lackiertem Stahl, so rot wie ein Feuerwehrauto. Man mußte sich mit aller Kraft an seinem Sitz festklammern, um nicht heruntergeschleudert zu werden, wenn die Kinder, die anschoben, das Karussell in Fahrt gebracht hatten. Als wir so richtig in Schwung waren, versuchte ich Carols Finger aufzubiegen, aber sie schrie sich Shirley Carter zur Hilfe herbei. Gemeinsam kitzelten sie mich unter den Armen, bis meine eigenen Finger sich öffneten und ich herunterflog, in einem hohen Bogen, der den ganzen Pausenhof unter mir verschwimmen ließ. Ich schürfte über den Asphalt, kam auf blutigen Knien zum Stillstand, den Schottenrock als Wulst um die Taille, so daß alle meine Unterhose sehen konnten. Ich brüllte Carol Sharp gerade zu, ihr Jesus sei ein winselnder Saftarsch (eine Wendung, die ich mir aus einer von Mutters deftigeren Tiraden gemerkt hatte), als Mrs. Hess mich unter den Arm klemmte und mich trotz Strampeln und Fluchen in ihr Zimmer schleppte.

Ich wurde mit einer Schachtel Wachsmalkreiden an einen Schreibtisch gesetzt, der vor einer Pinnwand voller Wachsmalbilder stand. Mrs. Hess trug mir auf, bis zum Ende der Pause etwas Hübsches zu malen. Die Bilder an der Pinnwand machten mich nur noch wütender – ein gepunkteter Schmetterling, der sich auf einem Tausendschönchen niederließ; ein Segelboot, das auf sauber gekräuselten blauen Wellen wippte; eine schmunzelnde gelbe Sonne.

Ich wetzte den schwarzen Wachsmalstift in dieser Pause ab,

bis nur noch ein Stummel übrig war. Ich malte einen Himmel voller Trichterwolken. Immer wieder spitzte ich den Stift an der Rückseite der Schachtel an, um ihn mit meinen schmal auslaufenden Spiralen gleich wieder stumpf zu reiben. Es war ein großes Blatt, und es glänzte schon von schwarzer Wachskreide, als ich noch gar nicht fertig war. Auf einer grünen Anhöhe im Hintergrund malte ich braune Grabhügel und setzte auf jeden ein weißes Kreuz, auf dem mit Bleistift »Ruhe sanft« stand.

Diese Wahrheit – daß der Tod einfach zuschlug, jäh und blind – nahm in meinem Kopf langsam Gestalt an, gewann an Kraft und Bewegung, bis sie sich selbst zu einer Art Wirbelsturm ausgewachsen hatte. Ohne daß ich es recht bemerkte, riß dieser Strudel mich von den anderen Kindern weg. Sie erlebten die Welt noch als einen großen Spielplatz, auf den der liebe Gott herablächelte. Ich konnte das nicht mehr, und ihre Unschuld fuchste mich bis zur Weißglut. Wenn Baptistenmädchen neben mir auf der Chortreppe verklärten Blicks von der Majestät der Purpurberge sangen, rammte ich ihnen oft aus schierer Bosheit den Ellbogen in die Seite oder schubste sie. Wenn sie sich dann empört zu mir umwandten, entschuldigte ich mich mit großem Augenaufschlag. Ich konnte einfach nicht anders. Am Sonntag, wenn ich im Blumenkasten nach Würmern scharrte und Carol Sharp – das schwarze Haar gestriegelt und in zwei Plastikspangen geziept, der rosa Rock fast waagerecht über dem Petticoat – vom Kindergottesdienst heimkam und mir verkündete, daß der liebe Gott mich aus einem Erdklumpen geschaffen habe, sagte ich, ich sei kein Erklumpen und Gottes Barbiepuppe sei ich auch nicht. Und warum Gott den Tod auf uns losließe wie einen Killerroboter, wenn er uns so sehr liebte? Auch darauf hatte Carol eine Antwort parat. »Es gibt Geheimnisse im Leben, von denen der Herr nicht will, daß wir sie durchschauen«, erklärte sie seelenruhig, woraufhin ich mich gezwungen sah, den voll aufgedrehten Gartenschlauch auf sie zu richten. Etwas in mir war mit Grandma gestorben, und während sie selbst mir kein bißchen abging, vermißte ich mein einstiges Vertrauen in die Ordnung der Dinge bitterlich.

Und Leechfield war nicht gerade dazu angetan, mir dieses Vertrauen wiederzugeben – die Landschaft, meine ich. Ständig mußte man auf der Hut vor der Natur sein, ständig auf Verteidigung bedacht. An einem Herbstmorgen ging ich einmal mit der Familie einer Freundin über die Wiesen zu einem Zuckerrohrfeld, als die Spürhunde, die neben den Männern mit ihren Gewehren hergelaufen waren, plötzlich kehrtmachten und unmittelbar vor den Füßen eines kleinen Mädchens erstarrten. Einer der Männer befahl uns allen, ganz stillzuhalten. Er zielte mit seiner Winchester auf den Fleck, wo diese Vierjährige in ihren roten Turnschuhen stand und sich vor Angst fast in die Hosen machte. Als er abdrückte, flog eine Klapperschlange zehn Meter hoch in die reglose Luft und landete mit einem Plumps zwischen den Gräsern, wo die Hunde über sie herfielen. Es gehörte kein großes Mißtrauen gegen die Menschheit dazu, um nach einem solchen Erlebnis nur noch mit Gewehr oder Schrotflinte aus dem Haus zu gehen. Die Natur selbst, in anderen Landstrichen Gegenstand der Verehrung, war Leechfields beste Reklame für Feuerwaffen. Die Wälder wimmelten von Giftschlangen, giftigen Spinnen und jeglicher Art von bissigen Tollwutüberträgern, die das Klima zu bieten hatte.

Am Strand unten war es um keinen Deut besser. Schilder warnten davor, im Seegras herumzulaufen, weil es Alligatoren gab. Der Golf selbst war warm wie Spülwasser und braun. Unter der Oberfläche lauerten Stechrochen und Seeschlangen. Vereinzelt hörte man auch, daß Badende von Haien angegriffen worden seien, aber es war Jahrzehnte her, daß einer einen ganzen Menschen abgeschleppt hatte. Der Sog konnte einen bis Kuba flutschen lassen, ehe man überhaupt merkte, daß etwas nicht stimmte.

Und genau zu diesem jammervollen Streifen Küste am McFadden Beach machten wir am Tag nach Mutters Rückkehr einen Familienausflug.

Wir hatten keine Ahnung gehabt, wann sie zurückkommen würde. Eines Morgens spazierte sie einfach ohne ein Wort zur Hintertür herein. Daddy sagte: »Hallo, Joe, willst du 'nen Kaffee?« Sie wippte nur vage mit dem Kopf wie einer von diesen Hunden mit einer langen Feder als Hals, die bei manchen Leuten auf dem Armaturenbrett stehen. Lecia und ich müssen uns sofort auf sie gestürzt haben, denn ich erinnere mich, daß Daddy sagte, wir sollten sie wenigstens hereinkommen lassen, bevor wir uns wie die Klammeraffen aufführten.

Sie setzte sich auf einen Küchenstuhl, und wir ließen uns zu ihren Füßen auf das Linoleum plumpsen. Sie hatte keine Schuhe an, was uns nicht überraschte, da sie immer sagte, Autofahren sei pures Gift für gute Absätze. In ihren Strümpfen waren kleine Laufmaschen, schmale schwarze Leitern, die über die Zehen nach oben kletterten. Ich fing sofort an, an einer herumzupiepeln. Ich zog ein bißchen, so daß die Laufmasche länger wurde und das Schienbein hinaufschnurrte. Dann zog ich stärker, um sie über Mutters Knie zu treiben, wo sie ganz breit wurde. Ich fragte, ob das kitzelte, und Mutter tätschelte mir nur geistesabwesend die Hand. Sie hatte immer noch kein Wort gesprochen. Ihre Augen waren zu, und sie massierte sich die Schläfen.

Lecia begann, Mutters Füße zu reiben, die knotig waren wie die einer Tänzerin, knubbelig und schwielig von Jahrzehnten auf hohen Absätzen. (Als Erwachsene wurde Lecia eine leidenschaftliche Trägerin solcher Absätze. Bei einer Party in Boston meinte eine Debütantin in flachen Schuhen einmal im Scherz zu ihr, wenn Gott gewollt hätte, daß Frauen Absätze trügen, dann hätte ER unsere Füße anders konstruiert. Lecia gab zurück, wenn Gott nicht gewollt hätte, daß wir Absätze trügen, würde SIE unsere Beine darauf nicht so umwerfend aussehen lassen.) Als ich Lecia so rubbeln sah, mußte ich an jemanden aus der Bibel denken. Dann trat Daddy zu uns und fing an, die Daumen tief in Mutters Schultermuskeln zu graben. Ihr Kopf kippte nach hinten. Sie muß sich vorgekommen sein wie Gulliver, als die Liliputaner auf ihm herumkletterten. Und von meinem Platz am Boden aus schien sie mir viel größer, als ich sie in Erinnerung hatte. (Schweigen läßt Leute größer wirken, bilde ich mir ein. Trauer auch. Es geht eine ungeheure Würde und Schwere von einem Menschen aus, der sich in trauerndes Schweigen hüllt.)

Sie hatte Säcke unter den Augen, die vorher nicht dagewesen waren, und durch ihr Rouge wanden sich die Maserungen getrockneter Tränen. Aber ihr Lippenstift war frisch und glänzend und von einem dunklen Pflaumenblau. Sie hat ihn im Auto nachgezogen, dachte ich – und danach verwischt sich meine Erinnerung.

Am nächsten Tag fuhren wir an den Strand, um Mutter aufzuheitern – theoretisch keine schlechte Idee. Über Lubbock hatten wir von ihr lediglich in Erfahrung bringen können, daß das Begräbnis schwach besucht gewesen war und die Hin- und Rückfahrt lang. Sie hatte die ganze Woche entweder allein oder in der Gesellschaft von Grandmas hexenhaften Schwestern verbracht.

So richtig geglückt waren unsere Familienausflüge allerdings noch nie gewesen. Sobald wir zu eng aufeinanderhockten – in dem nicht klimatisierten Ford zum Beispiel, in unseren Badeanzügen, die verschwitzten Oberschenkel an die Vinylpolster gepappt –, wurde es ungut. An diesem Tag hingen Lecia und ich gegen Ende der Fahrt wie zwei Vampire über der Rückenlehne und wiederholten in dem rasselnden Tonfall eines Auktionators im Chor »Mama-Daddy-Mama-Daddy«, bis Daddys mächtiger Arm einen Schwinger nach hinten machte, etwa in Höhe unserer Hälse. Wir duckten uns, und der Wagen buckelte über eine Sanddüne. Dann glitten wir hinab zum McFadden Beach und zum Golf.

Es wurde schon Abend. Wir fuhren immer so spät, um dem großen Ansturm zu entgehen, obwohl der Zustand des Strandes normale Menschen eigentlich zu jeder Tageszeit hätte abschrekken müssen. Entweder war Öl ausgelaufen, oder der Hurrikan hatte das Wasser in die Bucht zurückgedrängt, auf jeden Fall empfing uns der Gestank von ganzen Schwärmen verrottender Fische. Man parkte direkt auf dem Sand, mit Blick auf die Wellen. Daddy fing an, unsere Sachen aus dem Kofferraum zu laden.

Lecia und ich rasten zum Wasser hinunter; Mutter würde uns schon folgen, dachten wir. Als ein Kind der Wüste konnte Mutter halbe Tage damit zubringen, im Schneidersitz nahe der Wasserlinie zu sitzen, nassen Sand durch ihre Finger zu träufeln und damit wabblige Türmchen und Zinnen zu bauen. Sie konnte keinen Stoß schwimmen, fand es aber herrlich, sich in einem riesigen Gummischlauch treiben zu lassen. Stundenlang lag sie da und döste, während die Dünung sie auf und ab schaukelte. An diesem Tag jedoch machte sie sich nicht einmal die Füße naß. Wir preschten zum Wasser vor und fingen gleich an, über den Gischtstreifen zu hopsen. Schließlich entdeckten wir sie oben in den grasbewachsenen Dünen. Sie ging vom Auto weg. Die Sonne stand tief zu meiner Rechten. Ich mußte meine Augen beschirmen, um Mutter ausmachen zu können. Sie durchquerte einen blassen Sonnenfleck, ließ ihn hinter sich und wurde zu einem Schatten.

Dann stieg dieser Schatten die verwitterten Stufen zu einem Lokal namens Breeze Inn hinauf. Es war eine einfache Hütte mit Fliegengittern, die auf wackeligen Pfählen stand. Der Sturm hatte sie schon mehrfach umgeblasen, aber sie wurde jedesmal wieder aufgerichtet. Drinnen gab es eine Bar für die Krabbenfischer und für Männer, die eine kleine Stärkung brauchten, um das Familienpicknick durchzustehen. Außerdem war ein Spielautomat da, an dem sich hauptsächlich rotverbrannte Kinder zu schaffen machten, die mit saurer Miene darauf warteten, daß ihre Väter den letzten Schluck tranken und sich zum Schwimmen oder zum Würstchengrillen zurückbegaben. Ich starrte Mutter nach, wie sie in ihrem schwarzen Badeanzug die Stufen des Breeze Inn hinaufwanderte. Sie hatte sich ein altes weißes Hemd von Daddy übergezogen. Wie viele Frauen mit schönen Beinen hatte sie diese Art, auf Zehenspitzen eine unsichtbare Linie abzuschreiten, besonders auf Treppen. Es ließ ihren Hintern irgendwie so etepetete wirken, und ich weiß noch, daß mir das unbehaglich war. Sie trug einen Skizzenblock von der Größe eines kleinen Klapptisches, als hätte sie vor, die Fischer zu zeichnen, aber wie ich so knöcheltief im lauwarmen Wasser stand, wußte ich mit eiskalter Gewißheit, daß sie dort hinaufstieg, um sich zu betrinken.

Vielleicht machte mich das wütend, denn ganz plötzlich wirbelte ich zu Lecia herum und schwappte so viel von der braunen Brühe über sie, wie ich mit zwei hohlen Händen aufwühlen konnte. Sie versuchte ihr Gesicht zu bedecken, damit ihr Pony nicht naß wurde, aber sie bekam trotzdem eine ziemliche Dusche ab. Gerade zeigte sie mir dafür den Stinkefinger, als Daddy hinter dem Kofferraum hervortrat.

Aber anstatt die Hand zu öffnen, damit er nichts merkte, versteckte sie den hochgereckten Finger hinter ihrem Kopf. So verharrte sie reglos, viel länger, als es gedauert hätte, einfach locker zu lassen.

Ich sehe Daddy noch vor mir, wie er über den Strand auf uns zukam. Er trug seine schwarze Badehose und schwarze Basketballschuhe. Er hatte sich eine rote Lone-Star-Baseballmütze aufgesetzt und streifte im Gehen seinen Blaumann über. Seine Bewegungen waren die eines Mannes, der nach Stunden bezahlt wird – ein weicher, lässiger Gang, der keine Zeit vertut und sich nicht hetzen läßt. Sein gewölbter Brustkorb und die Beine schimmerten weißlich. Über ein Schienbein zog sich eine dicke blutrote Narbe; eins von Lee Gleasons Pferden hatte Daddy abgeworfen und ihn durch den Koral geschleift, bis an diesem Bein fünfzehn Zentimeter weißen Knochens bloßlagen. Am selben Bein, gleich über dem Knie, wölbte sich unter der Haut ein Knubbel von eisenblauen Granatsplittern aus dem Krieg. Trotzdem humpelte er kein bißchen. Seine Augen blinzelten belustigt. Vielleicht wußte er ja, daß Lecia den Stinkefinger im Nacken versteckt hielt, und das amüsierte ihn.

Er blieb auf dem harten Sand stehen und rief: »Kommt mal raus, ihr zwei. Ich will euch was zeigen.« Wir folgten ihm den Strand entlang.

Wir kamen an einem kompletten Dach vorbei, das zu einem nicht zu kleinen Schuppen gehört haben mußte. Überall lagen stinkende Haufen von toten Fischen, ein ganzer Schwarm Seebarben, die ausdruckslos in ein und dieselbe Richtung stierten, als wären sie alle zugleich gesprungen und die Welle, die sie getragen hatte, hätte sich unter ihnen in Luft aufgelöst. Daddy hielt kurz an, um einen kleinen Stechrochen mit der Schuhspitze umzudrehen, damit wir sein Gesicht sehen konnten. Er hatte weit auseinanderstehende Augen und einen winzigen Schlitz von einem Maul, der aussah wie in Kuchenteig geritzt.

Gerade noch in Rufweite sahen wir ein Dutzend Männer mit einem Netz über den Strand verteilt. Mit dieser Art Netz fischen vor allem die ärmeren Leute, es ist die einfachste Möglichkeit, einen Fang zu machen, wenn man weder Köder noch ein Boot noch Geduld hat. Alles, was man dazu braucht, sind acht bis zehn Helfer und ein langes, etwa anderthalb Meter breites Netz. Als erstes stapfen die Fischer im Pulk ins Meer hinaus. Ein Beobachter, der nicht sieht, daß einer von ihnen das zusammengerollte Netz trägt, könnte das Ganze für einen Massenselbstmord oder eine perverse Art der Taufe halten, denn die Männer gehen in der Regel vollständig bekleidet ins Wasser. Sie haben Leinenschuhe an, damit sie sich nicht die Füße aufschneiden, und Blue Jeans oder helle Khakihosen, damit ihre Beine geschützt sind. Den besten Fang gibt es weiter draußen, hinter den kleinen Sandbänken, die die Uferwellen so kabbelig machen. Daddy sagte immer, man muß so weit hinaus, wie es irgend geht, ohne daß der Golfstrom einen mitreißt zu den Florida Keys. Das Wasser kann Kurzgeratenen schon mal bis zum Hals reichen, und die Fischer halten beim Hinauswaten ihre Bierdosen über den Kopf. (Diese Dosen werden nach dem Austrinken natürlich in die Brandung geworfen, ohne Gewissensbisse der Umwelt gegenüber.) Wenn das Wasser tief genug ist, verteilen die Männer sich und entrollen dabei das Netz, geben es einer an den anderen weiter, bis es vollständig ausgespannt ist. Alles in allem erstreckt es sich zum Schluß wohl über dreißig bis vierzig Meter. Dann gehen sie einfach ganz, ganz langsam zum Ufer zurück, und jeder schiebt seinen Teil des Netzes vor sich her, so daß es alles auffängt, was ihm in den Weg schwimmt. Wenn sie schließlich wieder am Strand sind, ist das Netz prallvoll von Getier, und es dauert eine Weile, bis es flach auf dem Sand ausgebreitet ist. Dann geht man das Netz ab und klaubt heraus, was zum Essen taugt.

An diesem Abend mußten sie schon eine Weile wieder am Strand sein, denn als wir auf gleicher Höhe mit ihnen waren, sah ich über einem großen Feuer hinten bei ihren Pickups einen Waschzuber voller Meerwasser brodeln. Die Luft roch nach Fischgewürzen: Zwiebeln und Knoblauch und Chili – ganze Stränge Chili wahrscheinlich. Unten am Wasser kauerten zwei Männer mit weißen Ködereimern und lasen Garnelen und Shrimps aus. Der eine, mit Bürstenschnitt und Tarnhosen, richtete sich auf und reckte einen vielleicht siebzig oder achtzig Zentimeter langen Hai in die Höhe. Er befahl einem Menschen namens Bucky, schnell die Polaroid zu holen. Jemand (vermutlich Bucky) trottete ab in Richtung Auto. Dann fragte der Mann mit dem Hai (er hatte rosa Gummihandschuhe an, wie Omas sie zum Geschirrspülen tragen) Daddy, ob seine Mädels mal einen Hammerhai sehen wollten, und Daddy sagte, klar.

Ich hatte noch nie einen Hai aus der Nähe gesehen; ich war verblüfft, daß er so gar kein Kinn hatte, nur dieses langgezogene Maul, das bis dahin reichte, wo eigentlich der Hals hätte sitzen müssen. Das verlieh ihm einen Ausdruck von raffzähnigem Grimm, finster und töricht zugleich. Und sein ganzer Körper schien ein einziger Muskel. Er wog bestimmt nicht mehr als fünfzehn, zwanzig Pfund, aber der Mann hatte Mühe, ihn festzuhalten, und brüllte Bucky zu, daß er sich beeilen solle. Der Hai peitschte wie ein Wilder durch die Luft. Schließlich half Daddy dem Mann, ihn mit dem Fuß in den Sand zu drücken, so daß Lecia und ich seine rauhe Haut befühlen konnten. Ich fuhr gegen den Strich darüber (genau das, wovor Daddy mich ausdrücklich gewarnt hatte!), und sie scheuerte mir die Finger auf wie Schmirgelpapier. Auf dem Schwarzweißfoto aus Buckys Sofortbildkamera blickt Lecia feierlich auf den Hai, der in den gummiüberzogenen Händen seines Wärters zu einer Art schwingendem Knüppel verschwimmt; Daddy grinst ein bißchen zu fröhlich, und ich starre auf meine blutigen Finger, als wären sie ein Code, den ich knacken muß. Mir ging Mutter im Kopf herum – wie sie diese Treppe hinauf verschwunden war, WEG von uns, um sich zu betrinken. Diese Sorge ist auf dem Foto natürlich nicht abgebildet. Ich entnehme sie der Falte auf meiner Stirn.

Ein Stück weiter fanden wir, was Daddy uns hatte zeigen wollen:

ein Seetangbett voll toter Portugiesischer Galeeren. So viele, wie sich hier in den braunen Tangbändern verheddert hatten, waren mir noch nie auf einem Haufen untergekommen. Der Sturm hatte sie aus dem Meer hereingespült, und Daddy ermahnte uns, vor ihnen auf der Hut zu sein. Wer zum erstenmal eine Portugiesische Galeere sieht, glaubt sich in einen Science-fiction-Film versetzt. Der Kopf ist eine durchscheinende Kugel, ungefähr so groß wie ein Softball und mit Luft gefüllt, so daß er auf der Wasseroberfläche treibt, an manchen Stellen klar, an anderen in Sonnenuntergangsfarben schillernd – Königsblau und Purpurrot, und alle Schattierungen bluten ineinander. Wenn mehrere Portugiesische Galeeren auf einer Welle schaukeln, könnte man sie schräg von oben für Wasserblumen halten, Seerosen oder sogar Lotus, so kräftig leuchten die Farben. Man kann den Kopf mit dem Finger anstupsen, und er dellt sich ein wie eine Kaugummiblase. Aber die Fangarme, die von diesem Kopf in die Tiefe wachsen, enthalten starkes Gift. Sie sind von einem grellen Lila und werden meterlang. Sie wedeln unter Wasser hin und her, immer auf der Suche nach einem Bein, um das sie sich winden können, so jedenfalls erklärte es uns Daddy an diesem Nachmittag. Mit einfachen Quallen kannten wir uns aus. Sie hatten kurze, feste Fangärmchen, die blieben, wo sie waren. Wir waren beide schon von Quallen verbrannt worden, das war nicht schlimmer als ein Bienenstich. Außerdem konnte man sie einfach am Kopf fassen und wegschleudern, wenn sie zu nahe kamen. Die Portugiesischen Galeeren, so Daddy, schlangen sich um ihre Beute wie ein Polyp, saugten sich so fest, daß kein Ziehen und Zerren half. Er sagte, wenn wir eine dieser Blasen auf einer Welle sähen, sollten wir sofort aus dem Wasser gehen, selbst wenn sie noch zehn Meter entfernt war. Die Fangarme reichten mindestens so weit. Sie seien über und über mit kleinen Saugnäpfen besetzt, die alle zupacken könnten. Tausende von Stichen auf einmal, schlimmer als ein Hornissennest. Es könne einen ausgewachsenen Mann töten, wenn er ein schwaches Herz hatte. Daddy sprach selten leere Drohungen aus, deshalb machten wir, daß wir von dem Tanghaufen wegkamen.

Als er allerdings die Stufen zum Breeze Inn hinaufstieg, um Mutter Gesellschaft zu leisten, schien zumindest Lecia ihre Angst bereits vergessen zu haben. Wir tobten im Wasser herum. Unsere gesamte Vorsicht an diesem Abend belief sich darauf, daß wir uns auf Höhe des Wagens zu halten versuchten, denn schon bei schwacher Strömung konnte man unversehens eine Meile weiter strandabwärts trudeln. Lecia war ein ganzes Stück draußen, mindestens bis zur Hüfte; sie tauchte unter einer Welle durch, die sich gleich darauf brach, so daß ihre weißen Fußsohlen noch herausspitzten und dann verschwanden. *Wie die Schwanzflosse einer Nixe*, dachte ich, das weiß ich noch. Dann kam sie jenseits des weißen Kamms wieder zum Vorschein, das blonde Haar an den Kopf geklatscht wie bei einem Seehund.

Ein bißchen wirkte Daddys Warnung vielleicht doch noch in mir nach, denn ich blieb im Flacheren. Ich weiß noch, wie ich in den auslaufenden Wellen herumkickte und intensiv darüber nachdachte, was Mutter wohl trank und wieviel. Ich brüllte zu Lecia hinaus, ob es im Breeze Inn noch etwas anderes als Bier gäbe. Das war eine schwerwiegende Frage, da Mutter nie Bier trank, und wenn sie noch so verkatert war. Lecia ignorierte mich und drehte sich weg, um unter der nächsten Welle durchzutauchen. (Das Gräßliche an Kindern, das möchte ich an dieser Stelle anbringen, ist, daß sie so kindisch sind.) Als Lecia wieder auftauchte, schrie ich noch einmal. Diesmal schwenkte ich die Arme dazu, um ihr klarzumachen, welch düstere Gedanken mich plagten. Ich konnte mich nicht erinnern, ob es im Breeze Inn Sachen zum Mixen gab – wenn ja, dann war die nächste Frage, ob Mutter ihre Handtasche mitgenommen hatte. In eine Handtasche paßte eine ganze Flasche Wodka. Ich sah den riesigen Skizzenblock vor mir, aber keine Handtasche. Was stimmte jetzt? Ich hüpfte auf und ab und deutete in Richtung Bar. Lecia verzog das Gesicht zu einer Grimasse, die mein Stirnrunzeln nachäffte. Sie wedelte mit den Armen wie ein Huhn. Dann wandte sie sich um und tauchte wieder. Ich hielte Ausschau nach etwas, das ich nach ihr werfen konnte; nichts, was richtig weh tat, ein Steinchen vielleicht oder ein leichtes Stück Treibholz.

Ich erspähte eine riesige Qualle im Sand. Sie war milchig weiß, ein bißchen wie ein freischwebendes Gehirn ohne seine Schale. Ich suchte mir einen Stecken und stieß ihn unter die harten weißen Tentakel, bis sie ganz festsaß und die Wabbelmasse aus ihr herausgesabbert kam. Das war die perfekte Waffe, um auf Lecia loszugehen; Quallen brachten sie zum Kreischen wie sonst nur Kakerlaken. Ich stand in den Uferwellen und schwang das Glibberding wie einen aufgespießten Schädel im schrägen Winkel von mir weg, damit ich nichts von dem Gift abbekam. Lecia war in eine anrollende Woge zurückgewichen. Der weiße Wellenkamm schwappte über ihren Kopf und spülte ihr das Haar ins Gesicht. Sie mußte Haarspray darin haben, denn es pappte zu einer Art Schirm zusammen, und sie begann sich wütend die Augen zu reiben. Sie rieb immer noch mit einer Hand, als sie plötzlich losquietschte.

Erst dachte ich, sie mache Quatsch. Es war ein so schrilles Quieken, fast wie von einem Ferkel. Dann fing sie an, auf und ab zu hopsen, daß die Knie fast ihr Kinn berührten. Ich schwenkte die Qualle an ihrem Stock hin und her. Wenn ich irgend etwas empfand, dann Befriedigung, weil das Ding ihr solche Angst einjagte. Ich watete ein bißchen näher an sie heran. Sie sollte aufhören, sich über mich lustig zu machen, damit ich endlich herausbringen konnte, was für eine Ausschankgenehmigung das Breeze Inn hatte. Doch sie kreischte einfach weiter. Der Haarschirm verdeckte ihr Gesicht fast vollständig. Als sie anfing, unter Wasser auf ihr Bein einzuhauen, trat ich doch lieber den Rückzug an. Ein mutigeres Kind wäre ihr vielleicht zu Hilfe geeilt. Ich war kein mutigeres Kind. Ich wich sehr langsam zurück, aus Angst, wenn ich den Blick von ihr wandte, könnte sie im Rachen eines Seeungeheuers verschwinden. Nach einer Weile ließ ich meinen Stecken fallen und rannte so schnell ich konnte zur Bar.

Es war ein mühsamer Weg vom Wasser bis zum Breeze Inn hinauf, immer im tiefen Sand. Meine Füße sanken ein und kamen nicht vom Fleck wie in einem bösen Traum.

Mutter und Daddy rannten die ganze Strecke mit mir zurück,

aber als wir schließlich am Strand waren, schienen sie viel zu gelassen. Gut, sie zündeten sich nicht gerade eine Zigarette an, aber es dauerte lange, bis einer von ihnen wirklich etwas unternahm.

Der Mann in der Tarnhose hatte Lecia in der Zwischenzeit aus dem Wasser gezogen. Er kniete neben ihr, immer noch die rosa Oma-Handschuhe an den Händen. Lecia saß im Sand, die Beine kerzengerade von sich weggesteckt wie eine Puppe. Sie schrie nicht mehr. Im Gegenteil, sie hatte einen so glasigen Blick, als gehörte das Bein mit der Portugiesischen Galeere daran gar nicht ihr. Sie weinte nicht einmal, nur manchmal zog sie scharf die Luft durch die Zähne, als hätte sie Schmerzen. Der Mann versuchte die Tentakel mit seinen rosa Gummifingern von ihrem Bein abzuziehen, aber er stellte sich ungeschickt an. Mutter sah Daddy an und fragte, was sie denn nur tun sollten. Sie sagte es wieder und immer wieder, und Daddy schien gar nicht zuzuhören.

Ich ließ mich neben Lecia in den Sand plumpsen. Ich bekam dasselbe flaue Gefühl im Magen wie beim Hurrikan. Ich schlang die Arme um meine Knie, legte den Kopf darauf und schickte zu einem Gott, dem ich nicht traute, ein Gebet empor, das in etwa so gelautet haben wird: *Bitte laß Lecia nicht sterben. Mach, daß Daddy ganz schnell was einfällt. Mach, daß sie auch nicht das Bein abgeschnitten kriegen muß...* Aber plötzlich erhob sich unter dem Gebet wieder dieses Surren in meinem Kopf, pulsierend wie elektrischer Strom. Hastig öffnete ich die Augen, um es zu vertreiben.

Schließlich suchte Daddy sich eine scharfkantige Muschel, mit der er der Portugiesischen Galeere den Kopf abschnitt, ihn zum Platzen brachte wie einen Luftballon. Aber er merkte rasch, daß das nicht half. Die Fangarme umklammerten immer noch Lecias Bein, das langsam anschwoll. Von kurz unterhalb des Hüftgelenks, da, wo der blasige Kopf gesessen hatte, zogen sie sich fächerförmig das ganze Bein hinunter bis zum Knöchel. Wo der Mann mit den Handschuhen ein Stück abgelöst hatte, sah ich die winzigen roten Ringe, die die Saugnäpfe zurückgelassen hatten.

Das Fleisch rundherum war schwammig. Kreisrunde Blasen wuchsen daraus empor. So etwas darf nicht passieren, wenn Daddy in der Nähe ist, dachte ich. Eine von Daddys Geschichten fiel mir ein. Er war betrunken an eben diesem Strand gewesen, zusammen mit Jimmy Bent, dem draufgängerischsten Cajun weit und breit. Jimmy hatte auch getrunken, Tennessee-Whiskey. Sie hatten mit dem Netz gefischt. Mädchen in Capri-Hosen saßen in einer Reihe auf einem alten Balken, der als Bank diente. Die Mädchen aßen Muscheln und Krebse aus dem großen Kessel, als Jimmy mit einem 45er Colt auf Daddys Füße zu schießen begann und rief: »Wer im Sand tanzen will, muß schon ein starker Mann sein.« Worauf Daddy erwiderte: »Ich bin ein starker Mann, Jimmy«, und tanzte, bis einer von ihren Fischerfreunden sich hinter Mr. Bent stellte und ihm ein Scheit über den Schädel briet. Diese Geschichte kam mir jetzt ins Gedächtnis, als Beweis für Daddys Allmacht. Wenn er dabei war, durfte niemandem etwas zustoßen.

Auf dem nächsten Bild, das ich vor mir sehe, sind alle Fangarme irgendwie abgelöst, und um Lecias Bein zieht sich ein wirbelndes Muster flammendroter Striemen, als wäre sie mit Weidenruten ausgepeitscht worden. Mutter hat auf dem Boden eine Rinne für das Bein gezogen, und sie packt nassen Sand darauf wie ein Senfpflaster oder einen kalten Umschlag, damit die Schwellung abklingt. Das Bein sieht nicht mehr wie ein Bein aus. Die Haut ist unnatürlich straff und entzündet. Es erinnert mich ein bißchen an die graue Blutwurst, die die Cajuns essen und die Boudain heißt. Um uns herum stehen jede Menge Leute – sämtliche Fischer von vorhin und eine Familie, und das Licht hinter den vielen Köpfen verblaßt rasch. Der Himmel ist grau geworden, und die Kleider haben ganz gedämpfte Farben, als ob jemand uns alle mit Kalk eingestäubt hätte. Jemand flößt Lecia einen Schluck Coca-Cola ein, den sie sofort wieder ausspuckt. Sie wird kreidebleich im Gesicht, passend zum Bein.

Ein Bild weiter ist es schließlich dunkel. Daddy steht ein Stück abseits und bespricht mit einem Polizisten, in welches Krankenhaus Lecia gebracht werden soll – High Island oder Port Arthur:

welches näher ist, welches besser. Jemand ist auf die Idee verfallen, alle Autos herzuholen und die Scheinwerfer anzuschalten, so daß wir in einem irrwitzigen Kreuzfeuer von Lichtkegeln sitzen. Ich knie rechts von Lecia und halte ihre Hand, aber ich mag ihr nicht ins Gesicht sehen. Das letzte Mal, als ich hingeschaut habe, hatte es dieselbe Farbe wie der Mond, der gerade aufgeht. Mutter reibt dieses Gesicht mit einem kleinen feuchten Erfrischungstüchlein ab, das sie in ihrer Handtasche gefunden hat, und ich schnuppere das Antiseptikum aus dem Meeresgeruch und dem schalen Geruch des Wodkas heraus, den sie Lecia in die Cola gemischt haben, damit sie den Schmerz nicht so spürt. Statt Lecia anzublicken, starre ich wie gebannt auf den Golf, der weiter weggerückt ist. Seine langen Schaumlinien leuchten elektrisch weiß.

Mutter fängt zu sprechen an. Sie sagt, das Licht in den Schaumkronen rührt von Phosphor her. Das erklärt sie Lecia, als würde Lecia zuhören. Ihre Stimme ist mehr ein Flüstern; sie macht mich ganz schläfrig. Im Salzwasser, sagt sie, leben mikroskopisch kleine Meerestiere, die das Tosen der Brandung so anregt, daß sie, wenn die Wellen sich brechen, Licht abgeben. Einmal – in einer phosphorglänzenden Nacht wie dieser – haben wir drei alle unsere Kleider ausgezogen und sind nackt ins Meer gesprungen. Daddy hob unsere Sachen auf und lachte uns aus. »Du spinnst, Frau«, schrie er Mutter von seinem Pickup aus zu, aber er klang froh dabei. Dann verschluckten die Wellen seine Stimme, und ich tauchte unter und sah, wie mein ganzer Körper zu leuchten begann.

Ich muß auf jemandes Schoß eingeschlafen sein, denn das ist das Bild, das ich vor mir sehe. Mutter und ich fliegen unter Wasser wie hellgrüne Phantome. Es erinnert mich an das Gemälde von Matisse, das sie aus einem ihrer Kunstbücher getrennt und über der Badewanne aufgehängt hat – nackte Frauen, die im Kreis tanzen. Und wir sind wie diese Riesenweiber, flüssig und bleich, Mutter und ich. Ein Stück vor uns im grünen Wasser, gerade außer Reichweite, sehe ich Lecias blasse weiße Füße wegschlüpfen wie die Schwanzflosse einer Nixe.

Ich war mir im Schlaf ganz sicher, daß Lecia sterben würde, und genau deshalb schlief ich wohl auch so fest. Ich hatte ihr Tausende von Malen den Tod gewünscht, sogar dafür gebetet, um kein Haar weniger inbrünstig, als ich Grandmas Tod herbeigebetet hatte. Jetzt forderte Gott, der meine Gebete erhört und Grandma getötet hatte, seinen Lohn: Er tötete auch Lecia, spritzte ihr mit einer Portugiesischen Galeere Gift ins Bein, und alles nur, weil ich sie mit einer Qualle gejagt hatte, alles nur, weil sie über mich hergezogen war, als ich Angst gehabt hatte. Ich war ein Kind – einen Meter groß, ohne Geld, ohne Job, kaum des Lesens und Schreibens kundig, aber dennoch verantwortlich für den Tod zweier Menschen.

An das Krankenhaus habe ich überhaupt keine Erinnerung. Lecia und Mutter fuhren im Streifenwagen mit, nehme ich an, Daddy und ich hinterher. Auf dem Heimweg schlief ich vorn neben Daddy. Einmal kam der Wagen einen Moment ins Schlingern, und ich schreckte auf und sah die tiefe Schwärze am Fenster vorbeigleiten, hie und da von Sternen erleuchtet, die sich langzogen und hinter mir wegwitschten. Daddy sagte, ich solle weiterschlafen, Lecia liege auf der Rückbank. Er erzählte mir die alte Lüge – es ist alles gut, schlaf einfach wieder ein. Also schlief ich.

Am nächsten Morgen zählte ich über hundert Wasserblasen an Lecias Bein. Sie durfte nicht aufstehen, schien aber auch ganz zufrieden damit, einfach nur im Bett zu liegen, das aufgedunsene Bein auf ein Kissen gestützt. Ich war so dankbar, daß sie doch nicht gestorben war, daß ich ihre kaiserliche Hoheit den ganzen Tag lang von hinten bis vorne bediente. Ich brachte ihr zum Mittagessen Hühnerpastete auf Mutters feinem Porzellan und kaufte ihr im Drugstore von meinem Taschengeld Pfefferminzbonbons. Ich schleppte die *Encyclopedia Britannica* herbei und las ihr daraus vor, Schauergeschichten über Kraken von der Größe eines Schlachtschiffs und schiffbrüchige Seeleute im Zweiten Weltkrieg, die von ganzen Rudeln von Haien angegriffen worden waren.

Am Tag darauf kassierte sie von den Nachbarskindern fünf

Cent für eine Besichtigung der Blasen, zehn Cent für eine Besichtigung mit Anfassen und fünfundzwanzig, wenn jemand eine Blase mit einer in Alkohol getunkten Stecknadel aufstechen durfte. Irgendwann während dieser Transaktionen wurde sie wütend auf mich und stieg aus dem Bett, um mich wieder einmal in den Wäscheschlucker in der Badezimmerwand zu stopfen. Ich warf mich mit meinem ganzen Gewicht gegen die Klappe, um sie einen Spalt aufzudrücken, aber das schwere Ding fiel zurück und quetschte mir die Finger ein. Da wünschte ich Lecia wieder den Tod. Fast eine Stunde hockte ich zwischen den sandigen Handtüchern und feuchten Badeanzügen im Dunkeln, bis sie mich endlich herausließ. Daddy war anscheinend arbeiten gegangen, und Mutter hatte sich bis auf weiteres ins Bett zurückgezogen. Sonst war niemand da.

6

Ich kann euch ganz genau sagen, wie mein Daddy gestorben ist«, sagt Daddy. »Er hat sich aufgehängt.« Das ist garantiert die dickste Lüge, die Daddy je erzählt hat – jedenfalls in meinem Beisein. Sein Vater ist gesund und munter und sitzt mit seinen Hunden in Kirbyville auf der Veranda. Mir klappt die Kinnlade herunter angesichts solcher Unverfrorenheit, aber die Männer im Raum sind ganz ernst und fangen vor Spannung zu zappeln an. Sie nehmen diesen Tod für bare Münze. Sie rutschen auf ihren Klappstühlen hin und her, als würden sie sich lieber durch ein Loch im Boden davonmachen, als erzählt zu bekommen, wie der Vater von jemandem sich aufgehängt hat. Daddy klappt die Klinge an seinem Taschenmesser heraus – damit die anderen sich noch ein Weilchen winden – und schneidet sich eine Scheibe von der großen Salami ab. Er hebt sie auf der Klinge zum Mund, kaut. »Knüppelhart, was?«

Wir sitzen im Hinterzimmer von Fishers Anglerbedarf, es ist der Morgen des 24. Dezember. Daddy hat mich seit Monaten nicht mehr zum Club der Lügner mitgenommen, und heute ist ihr hochheiligster Tag. Ich schnörkle allen Männern Cheez Whiz auf ihre Salzcracker, in der Hoffnung, daß Daddy merkt, wie ich mich nützlich mache, und mich in Zukunft öfter mitnimmt. Die Unternehmungen mit ihm fehlen mir. Mit fehlen das Billardspielen und die freie Cola und die Geschichten mit den vielen Kraftausdrücken. Ich habe den ganzen Monat nur herumgesessen und zugeschaut, wie zwischen Mutters Fingern Spinnweben wachsen, während sie lesend im Bett liegt und wünscht, sie wäre tot. Das sagt sie natürlich nicht laut, aber es ist kaum zu übersehen, selbst für einen Doofkopf, wie ich es laut Lecia bin. Allein schon, daß ich mal aus dem Haus komme und mit Daddy hier bei Fisher sitze, läßt mich strahlen wie ein Christbaum.

Die Männer treffen sich jedes Jahr hier, um Jack-Daniels-Flaschen auszutauschen und gleich einen kräftigen Schluck daraus zu nehmen. Dieses Jahr ist die Flasche weiß, und auf dem Etikett ist das Halbrelief eines Fasans, der aus dem Unterholz auffliegt. Vier solche Flaschen beschweren die vier Ecken des Klapptisches. In der Mitte steht ein kleiner batteriebetriebener Affe, den Ben für seine Enkeltochter gekauft hat. Er hält Becken in den Händen. Wenn man ihn anknipst, schlägt er sie so lange gegeneinander, bis man ihm auf den Kopf haut. Dann fletscht er die Zähne und faucht. Daddy findet das komischer als sämtliche Furzwitze.

Als er merkt, daß die Männer drauf und dran sind, vor Unbehagen das Thema zu wechseln, nimmt er den Faden wieder auf. »Gleich wie ich aus dem Krieg gekommen bin, hab ich gewußt, daß mit ihm was nicht stimmt. Da stand er im Graben vor dem Haus. Hat mit 'ner Sichel Gras gemäht. Ich hab ihn schon von weitem gesehn. Ich kam den Hügel runter vom Bahnhof. Zu Fuß. Und er hat mich auch gesehn. Aber er hat bloß weiter seine Sichel geschwenkt. Das Gras ging ihm bis zur Brust. In solche Gräben sind damals immer die Moskitos rein und haben ihre Eier abgelegt. Die konnten dich bei lebendigem Leib auffressen. Ich hab erlebt, wie sie 'nen Bullen kaltgemacht haben. Sind ihm einfach zur Nase reingekrochen, bis in die Lunge runter, und haben den ganzen Atem aus ihm rausgesaugt.«

»Da gab's nämlich noch keine Moskitowagen«, ergänzt Shug. »Eines Tages ist dann die Schlafkrankheit ausgebrochen, und kein Mensch konnte was dagegen machen.«

»Nicht bei uns auf dem Land jedenfalls«, sagt Daddy. »In der Stadt vielleicht...«

Cooter räuspert sich, und Ben krault dem Äffchen den Hals, als wäre es eine kleine Katze oder so was. Ich sitze einfach nur still und finde es ungeheuer aufregend zu wissen, daß die ganze Geschichte erstunken und erlogen ist. Ich kann es kaum erwarten, daß Daddy seine Angel einholt.

»Ich geh auf ihn zu und sag hallo. Er sagt kein Wort. Schwingt bloß diese Sichel. Hin, her, hin, her, wie wenn er 'ne Uhr wär. Also sag ich noch mal hallo. Guten Tag, sagt er.« Daddy blinzelt in Richtung Wand, als würde er den Alten ins Auge fassen, der wiederum ihn ins Auge faßt. »Er guckt mich einfach bloß an. Ernst wie ein Herzinfarkt. Nach 'ner Weile sagt er: Ich weiß, daß wir verwandt sind. Aber ich weiß nicht, wie.«

»War plemplem geworden, oder was«, mutmaßt Cooter.

»Das kannst du laut sagen«, bestätigt Daddy. Cooter nickt zu den anderen Männern hin, und sie nicken zurück. »Er kann so wenig mit mir anfangen, wie er's mit ihr könnte.« Er zeigt mit dem Daumen auf mich, und ich straffe die Schultern. Ich sitze auf einem umgestülpten Ködereimer, einen kippelnden Teller auf den Knien, auf dem ich schmelzkäseverzierte Salzcracker zu einer Armee aufreihe. Ich schlage die Zeit tot, bis Ben den Affen wieder anknipst. Es ist Weihnachten, und ich bin so scharf auf diesen Affen, daß ich fast platze. Er starrt mich an wie ein verloren geglaubter Vetter.

»Hat er es irgendwann noch mal auf die Reihe gekriegt?« fragt Ben.

»Zwischendurch manchmal«, sagt Daddy. »An den meisten Tagen war bei ihm hirnmäßig nichts zu wollen. Armer alter Kerl. Konnte nicht weiter gucken wie von hier zu dem Fischglas da.« Drüben im Aquarium bibbern die Elritzen in ihren schwarzen Leibern wie ein Schwarm an die Glasscheibe gedrängter Kommas. Daddy lacht, als wäre ihm etwas eingefallen. »Hat ihn aber nicht dran gehindert, in seinem Jeep rumzukurven. Tom, hat Beaver Bishop dann immer zu ihm gesagt. Beaver war fast so alt wie Paps. Sheriff von Jasper County, seit ich denken kann.« Daddy bringt seinen Mund in die Beaver-Bishop-Stellung, so ein bißchen pausbäckig, als hätte er den Kiefer voll Gekautem. »Tom, daß ich dich nicht erwische, wie du in diesen Jeep steigst. Du bist zu alt, um noch auf den Straßen rumzukutschieren. Paps hat immer bloß den Kopf geschüttelt. Beaver, die Straßen hier, das sind meine Straßen, hat er gesagt. Verdammt, das fand er eben. Er und die andren Jungs hatten die Schneisen für diese

Straßen geschlagen, zusammen mit Indianern und Schwarzen und allen möglichen Typen. Chinesen sogar. Da standen die Bäume so dicht, daß nicht mal 'ne Katze sich durchquetschen konnte. Beaver hat dann immer ein bißchen mitgespielt: Tom, du weißt das, und ich weiß es auch, aber der Staat Texas sieht es nun mal anders.«

»Die können einen aber auch wirklich von der Straße vergraulen«, setzt Cooter an. »Wie ich neulich ins Einkaufszentrum wollte, hatte ich hinter mir so einen alten Knaben...« Ben schießt ihm einen Blick hin, der Gummi zum Schmelzen bringen würde, und Cooter verstummt.

»Mr. Bishop hat Paps den Führerschein abgenommen. Denkt ihr, das macht Paps was aus?« Er blickt von einem Mann zum anderen, als hätte jemand einen Zweifel geäußert. »Verdammt, dieses windige Stück Papier ist ihm doch piepegal, wenn er sich einbildet, er muß irgendwohin. Beaver hatte schließlich keine andre Wahl, als an 'nem Sonntag zu uns rauszufahren, damit sein Junge die Räder vom Jeep abmontiert. Miz Karr, sagt er, wenn Sie zum Einkaufen müssen oder sonstwohin, dann kommen wir und holen Sie ab. Aber ich kann Ihren alten Herrn nicht mehr auf die Straßen loslassen.«

»Wie lang ging das so?« fragt Shug. Er senkt den Hals seiner Whiskeyflasche in seinen Pappbecher. Alle anderen folgen seinem Beispiel. Fragen sind Daddy ganz recht, solange sie ihn nicht antreiben sollen, so wie Shugs Frage jetzt. Daddy schnappt sich einen Cracker aus meiner kleinen Armee, und ich nehme gleich den nächsten in Angriff, um die Lücke zu schließen. Er kaut schweigend, bis die anderen ihre Flaschen wieder hingestellt haben. Wenn die Männer vom Lügnerclub einen Schweigewettbewerb anfangen, hält Daddy jedesmal am längsten durch.

»Ein Jahr oder so, schätze ich«, sagt er zu guter Letzt. »Manchmal hat er mich gekannt. Manchmal nicht. Dann ging das mit dem Geklettere los. Er ist auf die Scheune gestiegen, auf den Schuppen. Auf alles, wo er 'ne Leiter dranlehnen konnte. Er will Gott näher sein, hat er gesagt. Und er ist im Schlaf rumgelaufen wie ein Blöder. Mitten in der Nacht hab ich ihn rumoren hören. Pete! hat Mama dann gerufen. Pete, er ist schon wieder los. Lauf und hol ihn zurück.« Die hohe Stimme, mit der er seine Mutter nachmacht, klingt nicht fistelig wie bei vielen Männern, wenn sie Frauenstimmen nachäffen. Sie klingt echt. Sie hat dieses entschlossene Alte-Dame-Zittern. »Er ist einfach in der Unterhose zum Highway 60 rübergerannt, so schnell er nur konnte. Und ich in der Unterhose hinterher. Als allererstes hat er sich beim Aufstehen immer den Hut aufgesetzt. So 'n sandfarbener Stetson mit schmaler Krempe war das. Mein Gott, wie viele Nächte dieser Hut vor mir her die Straße runtergewackelt ist...« Daddy merkt, daß die Aufmerksamkeit nachläßt, also schaltet er in einen höheren Gang. »Hat ihn auf dem Kopf gehabt, wie er gestorben ist.«

»Das ist 'n Ding«, sagt Cooter. »Hängt sich einer auf und trägt 'nen Hut dazu.« Cooter denkt, er hätte den Clou der Geschichte ausfindig gemacht.

»Darum geht's nicht, Cooter«, sagt Shug. Die beiden stieren einander einen Moment lang düster an, als würden sie gleich zu streiten anfangen. Ben sieht die giftigen Blicke. Er haut mit der flachen Hand auf den Tisch, daß der Whiskey überschwappt und der Affe umkippt. »Verdammt noch mal. Heut ist Weihnachten«, sagt Ben. Er stellt den Affen auf die Füße, schaltet ihn aber nicht an. Alle lehnen sich wieder zurück, um zuzuhören.

»Ich schlaf draußen auf der Veranda, da hör ich oben auf dem Dach ein Geräusch. Ein Waschbär oder so was, denk ich zuerst. Also dös ich wieder ein. Kurz danach hör ich die alte Dame aufstehen. Pete, er klettert schon wieder. Wir gehn also raus, und richtig, er ist oben auf dem Dachfirst. Starrt in die langen Nadeln von 'ner alten Kiefer rauf wie ein Hund, der ein Eichhörnchen gestellt hat. Er guckt über die Regenrinne zu mir herunter, mit diesem alten Hut auf dem Kopf, und ruft: »Sag du ihm, daß er erst runterkommen muß.« Daddy deutet mit dem Daumen in die Krone der unsichtbaren Kiefer hinauf.

»Was dachte er denn, wer da oben wäre?« fragte Cooter.

»Frag mich was Leichteres. Wahrscheinlich irgendwer, den er sich ausgedacht hatte. Die alte Dame war ins Haus gegangen, um ein Stück Honigwabe zu holen. Damit konnte sie ihn herunterlocken – meistens jedenfalls. Ich leg die Leiter an und steig rauf. Ich bin gerade hoch genug, daß ich die Knöpfe hinten an seiner Unterhose und die Schweißflecken am Hutband sehen kann – es ist Mondschein –, als Paps wieder zu reden anfängt.« Daddy starrt zur mottenumflatterten Deckenlampe hinauf. Sein Gesicht verzerrt sich zu den maskenhaften Zügen seines Vaters, cherokee-irisch und bösartig wie eine Schlange: »Schau, daß du verdammt noch mal runterkommst von meinem Land, du gefiedertes Miststück! Junge, hol mir mein Gewehr! Und das waren seine letzten Worte. Er ist auf 'nen durchgefaulten Balken getreten und durchs Dach gekracht. War so dürr, daß alles an ihm durch das Loch gepaßt hat, bloß nicht sein Kopf. Oder er hat 'ne dumme Bewegung gemacht beim Fallen. Hat ihn unterm Kinn erwischt. Und da hing er dann. Als ich hinkam, war er schon hinüber. Hat in die Zweige raufgeglotzt, und die Zunge stand ihm raus. Und auf seinem Kopf saß der dämliche Hut.« Daddy stippt eine Camel auf die Tischplatte, um einen Punkt zu setzen. Tapp-tapp-tapp. Dieses Klopfen ist seine Art, ENDE zu sagen.

»Böse Sache, wenn einer so stirbt«, erklärt Ben.

»Ganz übel«, bekräftigt Shug. »Schlimm für dich, daß du dabei sein mußtest, Pete. Mit deiner Mama und allem.« Shug hütet sich, Daddy anzuschauen, während er etwas so Nettes zu ihm sagt. Ein großes Achselzucken hebt an, als wären nette Bemerkungen etwas, das man abschütteln muß wie Wasser.

Was mir derweil im Kopf herumgeht, ist all das Sterben und Beinahe-Sterben, das ich in letzter Zeit miterlebt habe – Grandma, die mit schlaffem Kinn auf ihrer Pritsche liegt, Lecia mit glasigem Blick im Sand. Einen Moment denke ich auch an Mutter, wie sie sich von früh bis spät neben diesem Bücherturm, der jeden Tag höher und wackliger wird, im Bett verschanzt. Dann ist es plötzlich ihr heruntergesacktes Kinn, das ich statt Grandmas vor mir sehe, ihr herabhängender Arm, über den die Ameisen laufen. Ich habe allen Ernstes eine Sekunde lang vergessen, wo ich bin, wie sich das bei einer guten Lüge gehört. Zugleich bin ich noch tiefer in mich selbst versunken als vor

Daddys Erzählung, denn Lügen bringen auch die Wahrheit ins Licht. Ich sitze auf einem umgestülpten Ködereimer, geborgen im Schatten meines Vaters, vor meinen Augen die Kante des Klapptisches, aber im Geist sehe ich meine Mutter, tot.

Ehe ich mich versehe, kommt aus meinem Mund eine Frage, von der ich weiß, daß sie verkehrt ist, noch bevor ich sie ausgesprochen habe. Ich frage Daddy, was er glaubt, was nach dem Tod passiert.

Shug schleudert einen strengen Blick zu mir herüber. Ben ist in solchen Dingen empfindlich – er ist Baptist. Daddy reißt darüber immer Witze. Er hat sogar ein kleines Lied gedichtet, das singt er mit einer Stimme, die winselt wie eine kratzige Geige: *Jesus, meines Glaubens Zier, hol mir schnell mal noch ein Bier...* Wenn Daddy das singt, gerät Ben in Rage, aber Ben weiß natürlich, daß ein guter Baptist sich von einem Heiden nicht in Rage bringen läßt. Statt dessen fällt ihm dann plötzlich ein, daß er ja zum Haareschneiden muß oder schnell noch eine Tüte Milch besorgen wollte. Damit löst sich der Lügnerclub für den Tag auf. Das Thema Himmel sollte man bei Daddy also tunlichst vermeiden. Das ist der Grund, warum Shug mich so vorwurfsvoll anguckt.

Und es ist vielleicht auch der Grund, warum Ben schließlich doch den Hebel am Rücken des Affen umlegt: Er will über etwas anderes reden. Der Affe haut seine Becken gegeneinander und ruckt den Kopf von einer Seite zur anderen, als ob er NEIN, NEIN, NEIN sagt. Oder als ob er sich vergewissern will, daß wir alle zuschauen.

Was wir auch tun, mit Ausnahme von Daddy. Daddy hat sein Zippo-Feuerzeug aufgeklappt. Er hält die Camel zwischen den Lippen und starrt in das blaue Flämmchen. »Ich weiß genau, was passiert, wenn du stirbst«, sagt er, als die Zigarette brennt. »Hab ich schon oft gesehn. Du kommst in 'ne Kiste und kriegst Erde draufgeworfen.« Worauf er mit einem muskulösen Arm über den Tisch langt und dem Affen auf den Kopf schlägt, daß das Tier sein Blechgebiß zeigt und ihn anfaucht. Und Daddy fletscht selbst die Zähne und faucht zurück und bläst dabei eine lange Rauchstraße aus. Hier erstarrt die Erinnerung, mit dem Anblick von Daddy und diesem Affen, die aus entgegengesetzten Richtungen die rauchige Straße entlangschauen, als führte sie zu einem Ort, den sie beide erreichen müßten.

Meines Wissens gestand Daddy die Lüge nie ein. Sie blieb zwischen ihm und den anderen Männern stehen wie ein Zaun, den er gezogen hatte, damit sie nicht zuviel über ihn erfuhren.

In diesem ganzen Winter verlor Mutter nicht ein Wort über Grandmas Tod. Sie verließ das Bett nicht, scheinbar völlig versunken in das jeweilige Buch auf ihrem Bauch.

Kurz nach Neujahr bestand das Eheleben meiner Eltern plötzlich nur noch aus zwei Dingen – Trinken und Streiten. Mutter gibt die Schuld daran Daddy, während Daddy, hätte er sich je dazu geäußert, es wahrscheinlich auf Mutter geschoben hätte. Es ist eine typische Henne-und-Ei-Geschichte. Daddy hätte sagen können, Mutters Trinken und Trübsalblasen hätten ihn aus dem Haus getrieben. Mutter dagegen sagte, Daddy habe sie während Grandmas Krankheit und nach der Beerdigung im Stich gelassen und sie habe mit dem Trinken angefangen, weil er nie da war. Ich weiß nicht, wen oder was ich verantwortlich machen soll.

Ich weiß auch nicht, was konkret zu Mutters beinahe tödlichem NERVEN-Anfall führte. Vielleicht war es die Trinkerei, die sie wahnsinnig machte; vielleicht hatte der Wahnsinn aber auch so schon auf seinen Einsatz gewartet, und das Trinken hatte ihn sogar noch eine Weile in Schach gehalten. Fest steht nur soviel: Erst trank Mutter, dann stritten sie und Daddy schlimmer als je zuvor, und schließlich wurde sie in einer ledernen Zwangsjacke abtransportiert.

Trinken war kein gänzlich neuer Sport in unserem Hause. Daddy trank immer, und meines Wissens ohne irgendwelche bösen Folgen. Mit *immer* meine ich, daß er jeden Tag trank. Im Kühlschrank wartete in der Regel ein Sechserpack Bier. Und unter seinem Sitz im Pickup hatte er eine Flasche Whiskey versteckt. Wenn er einen kippen ging, umschrieb er das mit der geheimnisvollen Ankündigung, er wolle kurz mal nach seinem

Wagen schauen – was für mich jahrelang so klang, als fürchtete sich das Auto allein dort draußen in der Garage oder hätte Sehnsucht nach Daddy. Für mein jetziges Empfinden war das ein reines Gewohnheits-Trinken, nicht mehr und nicht weniger. Er nippte auch ziemlich stetig an seinem Jack Daniels, wenn er Billard oder Karten spielte oder würfelte, was er immer dann tat, wenn wir neue Schuhe für die Schule oder etwas in der Art brauchten. Aber der Alkohol machte sich bei ihm damals nicht weiter bemerkbar. Dann und wann schwankte er beim Heimkommen wie ein Eisenbahnschaffner, und ich erinnere mich an zwei, drei Abende, an denen wir in der Küche herumtanzten (ich schon im Nachthemd, die nackten Füße auf den Stahlkappen seiner Stiefel), taumelnd in der köstlichen Whiskeywolke, in die sein Atem uns hüllte. Aber das war alles. Er versäumte in zweiundvierzig Jahren nicht einen Tag in der Raffinerie, jammerte am nächsten Morgen nie, es stecke ihm eine Axt in der Stirn, zog nie den Gürtel aus den Hosenschlaufen, um uns damit zu schlagen, fing nie bei Cowboy-Liedern zu flennen an, wie das bei ein paar von den Jungs in der Legion-Bar gang und gäbe war.

Bei Mutter lagen die Dinge anders. Als Grandma zum Sterben zu uns gekommen war, hatte sie ihr Glas weggestellt – notgedrungen, vermute ich. Und sie nahm es an dem Abend wieder zur Hand, als sie von der Beerdigung zurückkam und wir alle an ihr herumrubbelten. Sie fragte mich, ob ich ihr unter dem Porzellanschränkchen etwas Gallo-Wein und 7-UP herausholen könnte (eine Mischung, die sie mit perlendem Burgunder verglich), und ich sagte, klar. Dann trottete ich los, schleppend und unglücklich wie ein Maultier auf einem Baumwollfeld.

Das Weinglas war von einer gelben Staubschicht überzogen, so lange hatte es unbenutzt herumgestanden. Ich zog eine große Schau ab, schrubbte die Kruste mit einem Stahlschwämmchen weg und polierte das Glas mit einem Geschirrtuch. Wenn ich überhaupt etwas dachte, dann wahrscheinlich: *Da geht nicht viel Wein rein, nicht, wenn er mit 7-UP gespritzt ist.* Mutter war immer eine Quartalssäuferin gewesen; sie rührte oft Wochen oder Monate keinen Tropfen an, wenn sie einmal genug in sich hineingeschüttet hatte. Aber sobald sie einen einzigen Schluck trank, gab es kein Halten mehr.

An jenem ersten Abend beließ sie es bei diesem winzigen Glas Wein; anschließend torkelte sie nackt in ihr übergroßes Bett und schlief zwölf Stunden durch.

Aber irgendwann nach Neujahr weckte dieser Wein in ihr das Verlangen nach Höherprozentigem. Da rief sie dann im Laden an und bestellte ihren Wodka gleich kistenweise, und aus dem Küchenschrank fischte sie das größte Marmeladenglas, das sie finden konnte. Eis und Meßgläser brauchte sie ebensowenig wie Vermouth oder diese komischen Minizwiebeln, um die die Leute in der Gibsons-Reklame ein solches Getue machen. Der Wodka wurde immer gleich fünf Finger hoch ins Glas geschwappt. Verrückterweise war ihr der Geschmack so zuwider, daß sie sich beim ersten immer buchstäblich die Nase zuhalten mußte, wie ein Kind, das eine Arznei schluckt. Aber danach becherte sie das Zeug in sich hinein wie die Sünder in der Hölle Eiswasser.

Wenn sie einmal losgelegt hatte, verwendete ich meinen ganzen Ehrgeiz darauf, ihre Stimmungen vorherzusehen, so daß ich den entsprechenden Gefahren vorbeugen konnte. Ich versteckte zum Beispiel ihre Autoschlüssel, dann konnte sie nicht wegfahren und folglich auch nicht gegen einen Baum krachen. Oder ich nahm die Strippe in Beschlag, indem ich ein Dauergespräch mit dem Freizeichen führte (mit dem Telefonleben Siebenjähriger ist es in der Regel noch nicht weit her), damit sie nicht bei irgendwelchen Lehrern oder Nachbarn anrief und sie mit Beschimpfungen traktierte. Wenn ich ihren ersten Drang, Soundso anzurufen oder blindlings den Highway hinunterzubrettern, abfangen konnte, verfiel sie nach einer Weile auf etwas anderes oder gab einfach auf und schlief ein.

Lecia hatte, glaube ich, nicht den Nerv, sie so genau im Auge zu behalten. Sie machte es sich zur Aufgabe, Mutters Drinks zu zählen. Sie führte minutiös Buch über die Anzahl von Gläsern, die eingeschenkt wurden, sowie über die ungefähre Alkoholmenge, die dabei konsumiert wurde, was nicht einfach war, wenn Daddy auch gerade trank. Und sie rechnete alles im Kopf, ganz ohne Stift und Papier, das allein war schon reife Leistung. Exakte Zahlen hatte für Lecia immer etwas unendlich Beruhigendes. (Später, als sie in der Schule Algebra lernte, entwickelte sie sogar eine Formel, die nicht nur den Alkoholgehalt der diversen Getränke einbezog – Wein etwa enthält nur um die vierzehn Prozent –, sondern auch, wieviel Zeit seit dem ersten Drink vergangen war, ob Mutter vorher etwas gegessen hatte und wieviel sie wog. Dann verglich sie das Ergebnis mit den Daten eines anderen Besäufnisses, was in etwa so klang: »An Thanksgiving hat sie vier Stunden lang mindestens zwölf Kubikdezimeter sechsundachtzigprozentigen Alkohol pro Stunde getrunken und zehn Pfund weniger gewogen, ist aber nicht annähernd so ausgerastet. Allerdings hatte sie eine Menge gegessen …«) Mir schienen die Zahlen nebensächlich. Tatsache war, daß man nie wußte, was passieren würde, wenn Mutter den Korken herauszog. Der Unterschied zwischen zwei Gläsern und zehn war oft gar nicht auszumachen. Während also meine technisch veranlagte Schwester zählte, versuchte ich aus Mutters Zügen und dem Klang ihrer Stimme zu erraten, mit welchem Grad von NERVEN wir zu rechnen hatten.

Ein wichtiger Anhaltspunkt waren die Platten, die sie auflegte. Wenn ihr der Sinn nach Höherem stand, hörte sie zum Beispiel Opern.

Opernmusik war ein gutes Zeichen, weil sie selten mit Tellern nach Daddy schmiß, während *Aida* oder *Carmen* lief. Andererseits versetzten die Opern sie nach New York zurück, in das gelobte Land ihrer Jugend, aus dem sie sich verbannt fühlte. (Als ich später von Napoleon las, der nach seiner Niederlage auf diese bucklige Vulkaninsel verfrachtet wurde, wo er tagelang in der Badewanne lag und seinem verlorenen Reich nachtrauerte, mußte ich an Mutter denken, wie sie in Leechfield saß und sich nach New York zurückträumte.) Kaum begann die Nadel eine Ouvertüre abzuknistern, war Mutter im Geiste wieder dort. Normalerweise verschaffte ihr das ein wenig Erleichterung. Ihre Augen verschleierten sich, und ihre Stimme wurde ganz rauchig. Dann sprach sie auch immer mit diesem Yankee-Akzent.

Besonders deutlich erinnere ich mich an einen Abend, als sie *La Traviata* hörte. Der Plattenspieler balancierte auf dem Fensterbrett über der Spüle. Mutter trug einen schwarzen Rollkragenpullover mit kleinen gelben Ölfarbenspritzern an den Ärmeln. Sie saß an der Sperrholzbar in der Küche, wo Lecia und ich gerade Steingutschüsseln mit Vanilla-Mellorine leerten, einer Billigvariante von Eiscreme. Mutter hatte dem Gummigeschmack mit einer Schokoladensoße beizukommen versucht, die sie aus Baker's Instantschokolade, Butter und echter Vanille zusammengerührt hatte.

Das Bild wird in dem Augenblick scharf, als ich die Vanilleschote in die Hand nehme, die Mutter in einer Art Reagenzglas aufbewahrt. Ich denke: *Alle anderen Mütter benutzen Margarine. Margarine und diesen Vanille-Ersatz, den die Jungs an der High-School zum Aufputschen kippen.* Ich halte das Röhrchen, das sich ganz kalt anfühlt, in der Hand und betrachte die Schote. Ich rätsle, wo Mutter so ein Ding herhaben kann. Im Hintergrund erzählt sie Lecia gerade, wie sie Maria Callas an der Met gehört hat. Aus dem Plattenspieler tönt »Parigi mi cara«. Die Vanilleschote in ihrem Röhrchen ist rötlich-schwarz und verschrumpelt wie eine schlangenartige Wurzel oder eine lange Vogelklaue. Als ich aufschaue, sehe ich Mutters Gesicht, ihren Tausend-Meter-Fernblick zur Hintertür hinaus. Ihr Kinn ist vorgeschoben und starr, so kriegt sie diesen Nußknackerakzent besser hin.

Die Hintertür führt hinaus in eine nasse schwarze Nacht. Bananengeruch weht herein, von dem Baum, den Mutter letzten Sommer dort gepflanzt hat, und die zähe Süße von Geißblatt. Der Jasminstrauch hat ohne ersichtlichen Grund seine wachsigen weißen Blüten ausgetrieben. Es ist Winter, und der Busch sollte eigentlich gar nicht blühen.

Mutter sagt, der Duft erinnert sie an das Gardeniensträußchen, das sie an dem Callas-Abend am Handgelenk trug. Sie fuhr in einem Taxi vor dem großen Springbrunnen vor, gleich hinter einem langen schwarzen Auto mit silbernen Blumenväschen innen an den Fenstern.

An dieser Stelle piepse ich dazwischen, daß ich noch nie einen Springbrunnen gesehen habe, immer bloß die Trinkbrunnen bei uns in der Schule. Das reißt Mutter einen Moment lang aus dem Schwelgen heraus. Sie blickt mir geradewegs ins Gesicht und fragt, ob meine Kindheit wirklich so armselig ist. Dann sagt Lecia, daß ich lauter Scheiß verzapfe, ich hätte ja wohl den Brunnen vor der Bank gesehen (wo die Schüler von der High-School immer Seifenschaum reinschütten), und die Brunnen im Museum in Houston, ganz zu schweigen von den x-Millionen Springbrunnen in den Büchern über florentinische Architektur, die Mutter ständig mit uns anguckt. Lecia sagt, ich unterbreche nur, um mich wichtig zu machen, und ich soll doch einfach den Mund halten. Und ich sage, wer hier unterbricht, ist ja wohl Lecia.

Schließlich seufzt Mutter ihr Laßt-doch-das-Gegifte-Seufzen. Einen Augenblick starrt sie durch die Fliegentür auf das große Rechteck subtropischer Nacht. Wir verstummen und schauen ihr beim Schauen zu. Dann schwillt die Musik an wie eine sich auftürmende Welle, und Mutter wird von uns weggespült, zurück nach Manhattan in ihr Taxi vor der Met.

Sie ruft uns die Limousine ins Gedächtnis, die damals vor ihr hielt. Aus dieser Limousine, fährt sie fort, kommt erst ein hoher Absatz aus weißem Satin zum Vorschein und dann die Schleppe eines pailettenbesetzten weißen Abendkleids, die unter dem Saum eines Mantels aus cremeweiß gefärbtem Biberpelz hervorquillt. Und wer über diesem Schuh und Kleidersaum dem Wagen entsteigt, ist niemand Geringeres als Marlene Dietrich. (Wenn Daddy dagewesen wäre, hätte er uns an diesem Punkt wieder einmal ausführlich geschildert, wie die Dietrich ihn bei einem Frontauftritt mitten auf den Mund geküßt hat – daher mein zweiter Vorname: Marlene.) Einen Moment lang blickt sie Mutter durch die Glasscheibe ins Gesicht, bevor sich die Meute der Autogrammjäger auf sie stürzt. Der Wind hat ihr den weißen Chiffonschal über den Mund geblasen wie eine Maske, so daß Mutter im ersten Moment nur den roten Lippenstift hinter dem Chiffon sieht und die Augen über dem Schal. »Mein Gott, waren diese Augen einsam«, sagt Mutter.

Dann verfällt sie darauf, mir die Augen à la Marlene Dietrich zu schwärzen. Sie reißt an der rauhen Unterseite der Tischplatte ein großes Küchenstreichholz an. Sie hält meine Eiscremeschüssel hoch und läßt das Streichholz darin herunterbrennen, bis das Steingut mit einer rußigen Schmiere bedeckt ist. Dann kramt sie aus ihrem Handtäschchen die Vaselinedose, die sie immer bei sich trägt. Sie stippt einen winzigen Zobelhaarpinsel in die Vaseline und wälzt ihn in dem Ruß am Boden der Schale.

Sie nimmt mein Kinn in die linke Hand. Sie befiehlt mir, den Kopf in den Nacken zu legen und meine Augen schläfrig zu machen. Dann kitzelt sie mit diesem Pinsel an meinen Lidern herum. Sie sagt, ich habe die hübschesten Wimpern auf der ganzen Welt. Das bedeutet Mutter viel, denn sie selbst hat nur dann Wimpern, wenn sie sich welche anklebt. »Als ich dich erwartet habe, war es mir egal, ob du ein Junge oder ein Mädchen wirst und ob du alle deine Finger und Zehen hast. Ich hab nur gebetet, daß du lange Wimpern bekommst.« Sie zieht an ihrer Salem, und wir schweben einen Moment in der Glocke von Rauch und Shalimar und Wodkadunst. Dann atmet sie aus, wedelt den Rauch von meinem Gesicht weg und macht sich wieder an die Arbeit; sie malt mir einen Bogen in die Mulde über meinem Augapfel. »Meine Mutter hat gesagt, zur Strafe für so ein Gebet würde Gott mir ein Baby mit blauem Kopf und Wasser im Gehirn schicken. Und ich habe gesagt: Dann wird es wenigstens lange Wimpern haben. Und die hattest du auch.« Das ist das erste Mal seit ihrer Rückkehr, daß sie Grandma mit einer Silbe erwähnt hat. Ich versuche meine Augen zu Lecia hinüberzurollen, weil ich wissen will, wie eine solche Bemerkung wohl zu bewerten ist.

Aber Lecia hat Mutters Puderdose in der einen Hand und ihren Mascara in der anderen. Ich sehe, daß sie sich Mascara auf die Wimpern tupft. Lecia hat um kein Haar kürzere Wimpern als ich, aber Mutter hat gesagt, meine sind die hübschesten. Mein Gesicht ist es, das Mutter in den Händen hält. (Wenn Lecia und ich uns heute streiten, brüllt sie mich an: »Du warst immer so zum Kotzen niedlich!« Und ich brülle zurück: »Und du warst immer so zum Kotzen tüchtig!« Was unsere jeweilige Funktion in der Familie recht gut auf den Punkt bringt.) Mutter dreht mein Kinn so, daß ich nicht mehr zu Lecia hinüberschielen kann, und dann sind wir wieder allein, sie und ich. Ich spüre ihren Atem in leichten Stößen auf meiner Nase. Sie lehnt sich zurück und schaut mich an, verreibt die aufgetragene Schmiere mit dem flachen Daumen über meinem Augapfel. Sie hat uns schon öfter gemalt, Ölbilder, für die wir in unseren Sonntagskleidern auf der erhöhten Plattform in ihrem Atelier saßen, während sie immer wieder hinter der Staffelei hervortrat und uns mit kühlem Blick musterte, aber das hier ist anders. Es ist hautnah. Ihre Hände fühlen sich an wie Glacéhandschuhe, und sie malt direkt auf meinem Gesicht, mit einer Konzentration, als würde sie mich durch ihr Malen überhaupt erst erschaffen. (Ich bin Marlene Dietrich. Ich bin die Kirchenwand, auf der Giotto einen Engel skizziert.)

Hier wird die Erinnerung zu Rauch. Sie treibt zur Tür hinaus, über den Jasminbusch. Aber Lecia und ich verbrachten in jenem Winter viele Nächte damit, zuzusehen, wie Mutter trank und New York nachtrauerte.

Sie erzählte uns immer von berühmten Persönlichkeiten, dabei hätten wir viel lieber etwas über sie erfahren. Aber nein, wir bekamen die Ink Spots beschrieben, wie sie sich in einem Nachtclub in Harlem über einem silbernen Mikrophon wiegten, oder Bing Crosby, der auf irgendeiner Dachterrasse Marihuana rauchte, beschienen von einem großen, zugeknöpften Mond.

Eine ihrer Lieblingsgeschichten war die von Einsteins Gastvortrag bei den Bell Laboratories (wo sie im Krieg als technische Zeichnerin gearbeitet hatte – ein Detail, dem wir erst Jahre später auf die Spur kamen). Sie schwor, daß Einstein sich bei der Fragestunde hinterher von einem Techniker aus dem Publikum eines der Grundgesetze der Mechanik erklären lassen mußte. Als der Mann schockiert war, weil der große Physiker etwas so Elementares nicht wußte, sagte Einstein: »Ich belaste mein Gedächtnis nie mit Dingen, die ich genausogut nachschlagen kann.« Sie war hingerissen von dieser Vorstellung – ein Genie, das außerstande war, eine Büchse Thunfisch zu öffnen, aber das gesamte Universum in seinen Hirnkammern zu ordnen vermochte. Zwischen den einzelnen Fragen senkte er den Kopf, als bete er, und beim Antworten hob er ihn wie einer dieser turbangeschmückten Blechgurus auf Coney Island, die einem für einen Vierteldollar die Zukunft vorhersagen. Bei dem überfüllten Empfang nach dem Vortrag, so Mutter, machte niemand auch nur den Versuch, ihn anzusprechen. Er saß ganz allein auf einem Stuhl in der Ecke und sah aus wie ein vertrottelter alter Onkel.

An den Opernabenden hievte Mutter auch mit Vorliebe ihre Kunstbände vom Schrank. Ich sehe noch die Stapel auf dem Sperrholz neben dem Mammut-Marmeladenglas voll Wodka vor mir, die Namen in breiten goldenen Lettern auf den ledernen Buchrücken: Toulouse-Lautrec, Picasso, Matisse, van Gogh, Cézanne. (Die Bilder selbst brannten sich mit einer Intensität in mein Gedächtnis ein, wie sie nur in der Kindheit möglich ist. Wenn ich Jahre später in Museen auf die Originale stieß, überkam mich das Gefühl, das einen auch bei einem Besuch in der alten Schule befällt – dieses Gefühl, plötzlich wieder klein zu sein in einer gigantischen, unkontrollierbaren Welt, obwohl doch die niedrigen Trinkbrunnen ganz klar beweisen, daß man inzwischen ein Riese ist. Van Goghs *Schlafzimmer* in Arles erschien mir lächerlich winzig, als ich mit achtzehn davorstand, und gleichzeitig war es mir unsagbar vertraut.)

Die Opern hatten allerdings einen großen Nachteil. Sie konnten bei Mutter Heulkrämpfe der übelsten Art auslösen. Irgendeine italienische Sopranistin quäkte, sie habe ihr Leben der Schönheit geweiht, oder eine Schwindsüchtige forderte ihren Verflossenen (natürlich auf italienisch) keuchend auf, mit ihr nach Paris zu kommen und ihr Lebensodem zu sein, und schon zuckte es um Mutters Mund. Ihr Gesicht zerknitterte zu einem Netz zarter Fältchen, die normalerweise gar nicht wahrzunehmen waren. Dann fing sie zu jaulen an wie eine kranke Katze, vergrub den Kopf in den Händen, schneuzte sich lautstark in Klopapier und sagte, das könnten wir nicht verstehen und es wäre nicht unsere Schuld, daß sie weinte. Als ob wir gefragt hätten, wer schuld war. Wir wollten nur, daß sie aufhörte.

Wie man sie zum Aufhören brachte, fand Lecia nicht heraus. Aber sie lernte zumindest, den Ton leiser zu drehen. Wenn Mutters heulendes Elend zu sehr ausuferte, packte sie sie einfach ins Bett. Ich weiß nicht, wie meine Schwester das machte, aber sie bewegte sich mit einer solchen Bestimmtheit, daß Mutter widerspruchslos hinter ihr her zu diesem Ozean von einem Bett tappte und dort zusammenbrach. Dann kramte Lecia in der Schublade mit den Nachtsachen herum – ohne all die weich fließende Seide, die ich ausgesucht hätte, auch nur eines Blickes zu würdigen – und zog einen Männerschlafanzug aus schwerem Flanell heraus, der sich anfühlte wie der Schlaf selbst. Als letztes holte sie einen Kübel Eis, ein großes Glas für Mutters Nachdurst und eine Dose Kinderaspirin für die Kopfschmerzen.

Das waren die Opernnächte. Die Jazznächte waren schon schlimmer, und am allerschlimmsten waren die Abende, an denen Daddy daheim war und Mutter Blues auflegte.

Mein Geburtstag war ein solcher Abend. Aus dem Plattenspieler ächzte Esther Phillips »Misery«: *Put no headstone on my grave / All my life I've been a slave ...* Bei diesem Text hätte ich eigentlich schon hinreichend gewarnt sein müssen. Aber Mutter hatte mir zu Ehren eine Lasagne in den Ofen geschoben, ein Duft, an dem ich mich hätte totschnuppern können. Außerdem war ich mit einem alten Armeefeldstecher beschäftigt, den Daddy mir am Morgen geschenkt hatte.

Ich ging zur Hintertür und hielt mir den Feldstecher an die Augen. Durch die Zaunlatten konnte ich Mickey Heinz ausmachen, der auf seinen fetten Knien im Nachbargarten herumrutschte und seinen Kipplaster durch den Schlamm rollte. Mikkeys Anblick versetzte mir jedesmal einen Stich. Ich hatte ihm einmal eine Zigarette zu rauchen gegeben, in Seidenpapier gerollten Nesquik, und er hatte sich den Mund verbrannt. Seine Zunge war so voller Blasen gewesen, daß er damit zu seiner Mutter gerannt war, ohne zu bedenken, daß sie und seine gesamte Familie einer Sekte angehörten, in der Trinken, Rauchen und Tanzen als sündhaft galten. Mrs. Heinz hatte ihm mit einer Haarbürste gründlich den Hintern versohlt. Unter das Heinzsche Badezimmerfenster geduckt, hatten wir alles mit angehört – das Wupp-wupp der Plastikbürste auf Mickeys kleinem Schwabbelpopo, sein mörderisches Geschrei.

An diesem Januarnachmittag beobachtete ich Mickey durch meinen Geburtstagsfeldstecher. Ich spielte vage mit dem Gedanken, zu ihm hinüberzulaufen und ihm zu sagen, er solle sich die Augen zuhalten, ich würde mich solange verstecken, und dann einfach heimzugehen und zuzuschauen, wie er nach mir suchte, bis er zu heulen anfing. Mein Entschluß stand beinahe fest, als ich Daddys Pickup in die Garage rumpeln hörte.

Ich richtete den Feldstecher auf das Garagentor und erkannte seinen großen silbernen Helm, der auf mich zugewippt kam. (Später fand ich immer, daß er mit diesem Helm ein bißchen wie Hermes aussah – nur eben ohne Flügel.) »Na, wie läuft der Geburtstag, Pokey?« fragte er. Dann wanderte der Helm aus meinem Blickfeld. Eine Sekunde später scharrten Daddys Knobelbecher auf der Betonstufe neben mir. Ich ließ das Fernglas sinken, sah auf und sagte gut.

Außer spätabends, wenn er kurz an mein Bett trat, um mir die Decke noch einmal fester unters Kinn zu ziehen, hatte ich ihn diesen Januar kaum zu Gesicht bekommen. Der Tarifvertrag mit Gulf Oil war abgelaufen, und die gesamte Arbeiterschaft von Jefferson County befand sich schon den ganzen Monat im Streik. Wenn Daddy nicht Posten stand, ging er Krabben fischen oder Enten jagen – egal was, Hauptsache, es kam etwas zu essen auf den Tisch. An den Abenden saß er im Gewerkschaftshaus und wartete, ob irgendwelche Nachrichten von den Verhandlungen durchsickerten. Wie Mutter war er ein Fremder geworden, bei dem man schon froh sein konnte, wenn man aus der Ferne einen Blick auf ihn erhaschte.

Aber an diesem Morgen hatte er mir, bevor er aus dem Haus gegangen war, den Feldstecher und ein nagelneues Archie-Heftchen geschenkt, richtig mit Einwickelpapier. Das war so lieb, daß irgendeine Säure hinter meiner Stirn mir die Tränen aus den

Augen gedrückt hatte. »Verdammt, jetzt heul nicht, Pokey«, hatte er mit einem schiefen Grinsen gesagt und schließlich versprochen, abends zum Essen und zum Kuchen heimzukommen, wenn ich nur mit dem Weinen aufhörte, denn das bräche ihm das Herz.

Ich hatte schon den halben Nachmittag auf der Hintertreppe gewartet, so viel hatte ich ihm zu erzählen. Als endlich sein Schatten auf mich fiel, sprudelte ich denn auch gleich los – wie ich am Vormittag mit Mutter und Lecia nach Beaumont gefahren war, um mein Geburtstagskleid zu kaufen.

Das Kleid war aus schwarzem Krepp, das erste schwarze Kleid, das ich je besessen habe. Ich käme mir darin vor wie ein richtiger Filmstar, plapperte ich. Wir hatten unsere liebe Not gehabt, ein schwarzes Kinderkleid zu finden. Mutter war den gesamten Landkreis abgefahren. (Mit Ausnahme von ein paar Mahlzeiten war diese Einkaufstour so ziemlich der erste Anlaß gewesen, zu dem sie seit ihrer Rückkehr von der Beerdigung aus dem Bett gestiegen war.) Wir hatten uns schließlich für ein Hängekleidchen mit einem großen weißen, in losen Falten fallenden Clownskragen und drei garantiert echten Straßknöpfen auf dem Vorderteil entschieden. Das Kleid war »in Bahnen gearbeitet«, wie uns die Verkäuferin erklärte. Lecia warf einen Blick darauf und fragte, zu welchem Begräbnis ich wolle, aber ich posierte schon vor dem dreiteiligen Spiegel. Wenn ich mich drehte, drehten sich Kleid und Kragen in weichem, welligem Flattern mit. Mutter fand, daß ich aussah wie die Ballerina auf meiner japanischen Spieldose. Sie verdrehte ein bißchen die Augen und sagte »Scheiß drauf«, als sie der Verkäuferin ihre Kundenkarte hinstreckte. Keine zehn Minuten später hatte sie Lecia in der Spielzeugabteilung auch noch einen Chemiekasten gekauft. Und auf dem Heimweg aßen wir zur Feier des Tages Remouladenshrimps bei Al's Seafood, wo Mutter zwei Wodka-Martinis den Garaus machte.

Das Kleid sei sehr hübsch, sagte Daddy, während er sich die Füße abtrat. Aber er sah mich gar nicht an. Er achtete angestrengt darauf, daß er die ganze Erde von seinen Stiefeln streifte und in die schwarze Fußmatte rieb. Dann verschwand er im Haus.

Mir dämmerte plötzlich, daß Daddy wahrscheinlich nicht wissen durfte, was wir alles mit Mutters Kundenkarten bezahlt hatten – die Shrimps und den Chemiekasten, ganz zu schweigen von meinem Kleid, das dreiundsechzig Dollar gekostet hatte. Niemand hatte gesagt, daß das geheim bleiben mußte. Aber er verdiente im Moment keinen Penny, wie er von früh bis spät betonte. Morgens knallte er die Zeitung auf den Tisch und knurrte, daß Gulf Oil redliche Arbeiter um ihr sauer verdientes Geld zu prellen versuche. Gerade vor zwei Tagen hatte er einen Karton mit Konservendosen und unseren abgelegten Kleidern ins Gewerkschaftshaus gebracht. In den großen katholischen Familien hungerten die Kinder, hatte er gesagt. Man brauchte kein Nobelpreisträger zu sein, um sich auszurechnen, daß wir – Mutter, Lecia und ich – mit unserem Einkaufsbummel eine stillschweigend akzeptierte Grenze zwischen unschuldigem Vergnügen und sträflichem Leichtsinn überschritten hatten. Und ich wußte, daß ich in meinem schwarzen Kleid eine weitere Grenze überschritt: die zwischen herausgeputzt und aufgetakelt. Ich fühlte mich wie eine Hexe in der Kirche. Und das Gefühl blieb, bis das schwarze Kleid an seinem Bügel hing und ich wieder in meinen Jeans steckte.

Später saß ich auf dem Teppich und zog zum x-ten Mal meine Barbie aus, als die Stimmen meiner Eltern zu mir herüberdrangen. Neben mir kniete Lecia, die das strohgelbe Haar ihrer Barbie mit Hilfe einer Haarklemme zu einem Zopf zu flechten versuchte. Die Worte konnte ich nicht verstehen, aber es war auch so klar. Mutter brüllte und knallte Küchenschränke zu. Irgendwann fiel krachend die Fliegentür ins Schloß, was hieß, daß Daddy ging. Dieser gräßliche Hund Nipper, den er sich damals gerade zugelegt hatte, kam unter der Veranda hervorgeschossen und warf sich jaulend gegen seine Kette. Daddys Stiefel kratzten die Stufen hinunter. Die Fliegentür donnerte wieder, und ich hörte etwas auf den Verandabrettern zerschellen; das konnte nur die gläserne Auflaufform mit der Lasagne sein. »Es ist ihr Geburtstag, du Arschloch«, schrie Mutter. Lecia drehte ihren Puppenzopf zu einer straffen Spirale und sagte: »Szene zehn, die Tausendste: Wir feiern Geburtstag.«

Mutter stand am Spülbecken und ließ sich Wasser über beide Handgelenke laufen. Sie hatte einen großen roten Schmierer unter ihrem scharfen Backenknochen, als hätte ihr jemand mit einem Pinsel im Gesicht herumgefuchtelt. »Willst du ein Aspirin?« fragte sie mich, und ich sagte, nein danke. Draußen kläffte und winselte Nipper. Mutter schüttete sich eine Handvoll Kinderaspirin in den Mund und hielt den Kopf unter den Wasserhahn, um es hinunterzuspülen. Dann holte sie die Schokoladentorte vom Kühlschrank. »Wir essen einfach den Kuchen«, sagte sie. Lecia kam herein, ein Hauch Wärme hinter mir. Ich sagte Mutter, sie könnte das Kleid ruhig zurückgeben, es würde mir gar nichts ausmachen. »Nein, kann ich nicht«, sagte sie. Damit fing sie an, Kerzen in den schlammbraunen Tortenguß zu stekken. Das ganze Haus roch noch nach Lasagne und nach der frischen Kokosnuß, die sie für den Kuchen auseinandergeschnitten, aus der Schale gelöst und geraspelt hatte. »Hör verdammt noch mal mit diesem Kleid auf«, sagte sie.

Ich ging nach draußen. Zwischen den Zaunlatten hindurch war immer noch Mickey zu erkennen. Er saß im Dreck wie ein Gartenzwerg. Er hatte natürlich alles gehört. Jetzt würde die gesamte Nachbarschaft erfahren, daß Mutter Daddy ein A.L. genannt hatte. Ich überhäufte seine kniende Gestalt mit bösen Wünschen, bevor ich durch Glassplitter und verspritzte Lasagne in den Garten storchte.

In der Garage konnte ich zunächst nichts erkennen als die rubinrote Spitze von Daddys Zigarette. Nach einer Weile gewöhnten sich meine Augen an die Dunkelheit. Ich machte sein weißes T-Shirt aus und das Glitzern der Flasche, die er an den Mund hob. »Daddy?« fragte ich.

»Geh wieder rein«, sagte er. Die Zigarette glühte eine Sekunde lang heller, als er daran zog. »Ist doch alles scheißegal«, sagte er. Und kurz darauf: »'tschuldige.«

»Nicht so schlimm.« Draußen begannen die Zikaden zu zirpen. Das war das einzige Geräusch, bis irgendwo hoch oben in den Bäumen eine Fledermaus schrie, jedenfalls hörte es sich für mich danach an. »War das eine Fledermaus?«

»Geh wieder ins Haus, Pokey« sagte er. Dann, als wäre es ihm eben erst eingefallen: »Geh rein und frag deine Mutter, ob sie Lust hat, nach Bridge City zu fahren und gegrillte Garnelen zu essen.«

Als ich wieder in die Küche kam, lag die zerbrochene Auflaufform in einer Kehrschaufel am Rand der Spüle. Mutter hielt gerade das letzte Streichholz an die letzte Kerze. Die kreisenden schwarzen Blätter des Ventilators ließen den Kerzenschein auf ihrem Gesicht trüb werden und dann wieder aufflackern. Lecias Gesicht gleich daneben war ohne jeden Ausdruck. »Los, wünsch dir was, du Blödmann«, sagte sie. Ich kniff die Augen zusammen, so fest ich nur konnte, und wünschte mich stumm weit weg, zu einer funkelnagelneuen Familie wie in *Mein lieber Biber*. Dann holte ich tief, tief Luft und blies das ganz Haus dunkel.

Ich kann mich nicht daran erinnern, wie wir über die Orange Bridge zu dem Lokal in Bridge City fuhren. Und an die gegrillten Garnelen erinnere ich mich auch nicht, was ein Jammer ist, denn diese fetttriefende Süße und den Geschmack nach flüssigem Rauch liebe ich sehr. Wer weiß, was Mutter alles trank in dem Restaurant am Bayou, wo man nach dem Essen auf den Steg hinausgehen und die übriggebliebenen Brötchen an hungrige Alligatoren verfüttern konnte.

Meine Erinnerung setzt erst wieder ein, als wir uns auf dem Heimweg der Orange Bridge nähern. Ich sitze hinten und ahne Daddys scharfes Profil – seine Adlernase und das kantige Kinn. Das Licht eines Scheinwerferpaars streift ihn und flutet dann über mich. Ich wünschte, ich könnte Mutter ins Gesicht schauen und sehen, in welche Richtung ihre Stimmung nach dem vielen Wein driftet. Aber ich starre auf ihren Hinterkopf mit seinem wilden Gewuschel von kurzen kastanienbraunen Locken.

Mit einem Mal bäumt sich der Wagen auf wie ein Pferd, vor dem ein kleines Tier über den Weg huscht, und wir fahren die Brücke hinauf. Das Stahlgeflecht der Straße läßt die Reifen summen. Es paßt genau zu dem Surren, das ich noch vom Hurrikan her im Kopf habe. Die Nacht schwappt über den Wagen und strömt von ihm ab wie schwarzes Wasser. Fast spüre ich den langen Strudel von Dunkelheit, den wir hinter uns herziehen. Irgendwann während der Fahrt hat sich das Auto mit diesem moschusartigen Schlangengeruch gefüllt; erst jetzt wird mir bewußt, daß er aus unserem Leben verschwunden war. Lecia kurbelt das Fenster herunter, vielleicht um den Gestank zu vertreiben. Haare winden sich aus ihrem geflochtenen Zopf. Der Wind will mich zum Fenster hinaussaugen, über das Brückengeländer. Sein Rauschen schmilzt in das Reifensummen, bis eine einzige riesige Rakete das enge Autoinnere ausfüllt und ich mich winzig klein fühle.

Ich nehme all meinen Mut zusammen und schaue aus meinem Fenster in die Tiefe. Mein Magen fängt zu schlingern an. Die Stahlträger fegen in schnellem Stakkato am Fenster vorbei. In der Ferne sehe ich zwei flammende Raffinerietürme. Sie verströmen ein hexenhaftes Glühen, das den ganzen unteren Himmelsrand durchtränkt. Es ist ein giftig-grünes Licht, bleich wie Schimmel; es klettert am Nachthimmel empor wie ein böser Wasserfleck an einer Tapete. Am gegenüberliegenden Flußufer liegen Sümpfe und Bayous. Ein schwarzer Schleppkahn gleitet langsam unter der Brücke durch.

Mutter brüllt. Wäre sie doch tot umgefallen, brüllt sie, bevor sie Daddy geheiratet hat, wäre sie doch hier auf dieser Brücke vom Blitz getroffen worden, bevor sie in diesem gottverdammten Schlammloch ankam. Leechfield ist der Arsch der Welt, das große Nirgendwo. Und Daddy ist ein einziges großes Nichts. Ich taste nach Lecias Hand, und sie ist eine kalte, zugeknotete Faust. Ich lege sie zurück, wie man ein Glas Wasser hinstellt, aus dem man nichts verschütten möchte.

Dann sehe ich im Dunkeln Mutters weiße Hände aus ihrem Schoß aufsteigen, als würden sie von innen heraus angetrieben und erleuchtet. Als flösse alles Licht der Welt in diesen Händen zusammen. Sie strecken sich nach dem Steuer aus, umkrallen es mit weißknöcheligen Fingern. Der Wagen macht einen Satz nach der Seite und hüpft auf den Gehsteig. Sie versucht uns über die Brüstung zu lenken. Diesmal gibt es keinen Zweifel. Ich krampfe die Augen zu, und Lecia wirft sich über mich. Zusammen rutschen wir auf den Boden, so daß ich nichts mehr sehen kann, aber ich fühle das Auto schleudern, während Mutter und Daddy um das Lenkrad kämpfen.

Dann kracht es auf dem Vordersitz, wie wenn ein Ast zerbricht, und der Wagen fährt wieder ruhig. Ich spüre regelrecht, wie die Reifen zwischen den gelben Streifen einrasten. Der Rückspiegel steht senkrecht, sie müssen bei ihrem Ringkampf dagegen gestoßen sein. Jedenfalls schweben, als Lecia und ich uns vom Rücksitz hochrecken, unsere beiden verängstigten Gesichter darin. Wir sehen aus wie Seeungeheuer, die vom Meeresgrund auftauchen.

Unbegreiflicherweise haben wir die Brücke hinter uns und sind wieder auf der Straße, unversehrt. Mutter lehnt mit offenem Mund gegen die Fensterscheibe, ausgeschaltet durch den Schwinger, den Daddy ihr versetzt hat, um die Kontrolle über den Wagen zu erlangen. Er hat sie noch nie geschlagen, und der Hieb kam aus nächster Nähe; fürs erste ist sie k.o.

Als sie aufwacht, biegen wir schon in unsere Einfahrt ein. Sie schrammt Daddy ihre Fingernägel über die ganze Backe, so daß er tagelang aussieht, als wäre er einem Leoparden in die Pranke gelaufen. Die Kinder, die in Heinzens nächtlichem Garten Fangen spielen, legen eine Pause ein und versammeln sich an der Grenze zu unserem Grundstück, um zuzuschauen, wie wir aus dem Auto taumeln; Mutter setzt immer noch alles daran, Daddy zu kratzen, aber er hält ihr Handgelenk mit eisernem Griff fest. Nach einer Weile schleicht sich Joe Dillard zu mir herüber und fragt, warum sie denn streiten, und sein Bruder witzelt, sie streiten sich um eine Flasche. Das ist das letzte, was ich im Ohr habe, Junior Dillard, der mit seiner neunmalklugen Stimme sagt: »wahrscheinlich um eine Flasche«. Dann reißt sich Mutter von Daddy los, macht einen stampfenden Schritt auf die Kinderschar zu, und sie spritzen in ihre dunklen Gärten davon wie Schrot. Und das war's, das ist meine Erinnerung an meinen Geburtstag.

7

Grandma hinterließ Mutter einen Haufen Geld, das uns kein bißchen guttat, obwohl wir es weiß Gott brauchen konnten. Daddys Streik hatte sich bis Mitte März hingezogen und uns mit unseren Rechnungen gewaltig in Rückstand gebracht. Die Hypothek und die Nebenkosten für das Haus konnte er gerade noch bezahlen, aber bei den Lebensmitteln, Medikamenten und allem, was sonst noch anfiel, kam er nicht hinterher. Wenn er freitags am Schalter des Zahlmeisters seinen Lohn abholte, ließ er sich das Geld gleich in bar geben. Dann fuhr er nach Leechfield in die Apotheke und ging direkt zur Medikamententheke hinten im Laden, wo er Mr. Juarez – die Kinder nannten ihn Bugsy nach dem Hasen aus dem Zeichentrickfilm – mitteilte, daß er gekommen sei, um auf seine Rechnung etwas anzuzahlen. Ich sehe Daddy noch zwinkern, wenn er das sagte, *anzahlen*. Er schielte auf seine Brieftasche hinunter, leckte seinen Daumen an und zog mit großer Geste einen einzelnen knisternden Fünfdollarschein heraus, den er auf dem Ladentisch deponierte. Aber dieses kleine »an« hatte eine ganze Flut von Scham einzudämmen. Es bedeutete, daß die Rechnung schwerer wog als Daddy, daß sie gewissermaßen seinen Platz einnahm. In Jasper County, wo er aufgewachsen war, galten Geschäfte auf Kredit als sicheres Zeichen dafür, daß jemand sich übernommen hatte. Nicht einmal Autos wurden auf Raten gekauft, und es kam vor, daß Leute ganze Wäschesäcke voller Dollarscheine anschleppten, wenn der neue Jeep oder Traktor fällig war.

Bugsy wußte das alles. Er nahm es ernst. Er war ein freundlicher Mann, der mir regelmäßig Comics schenkte, weil ihn meine Lesekünste so freuten. Er wand sich jedesmal, als sei es ihm ganz furchtbar, Daddys Geld anzunehmen. »Mensch, Pete. Steck das wieder ein. Das muß doch jetzt nicht sein«, sagte er. Und Daddy schob den Schein ein bißchen näher heran und sagte: »Jetzt nimm schon.« Dann zuckte Bugsy resigniert die Achseln, tippte ein paar Nullen in seine Kasse und klemmte das Geld ins richtige Fach. Er führte über seine Außenstände in einer grünen Kladde Buch, die er unter dem Ladentisch aufbewahrte. Die holte er hervor, fuhr mit seinem dicken, nikotingelben Finger die Seiten entlang, bis er Daddys Namen gefunden hatte, und schrieb den Betrag auf. Ehe wir gingen, nahm er mich meistens noch mal mit nach hinten ins Büro, wo er sein Taschenmesser herauszog, um die Schnur an dem neuen Stapel Comics durchzuschneiden, der schon in der Ecke wartete. Dann saß ich auf seinem Schreibtisch und las ein ganzes *Superman*- oder *Archie*-Heft vor, während er bewundernd in seinen Kaffeebecher lächelte. Und Daddy schüttelte den Kopf dazu und sagte, ich dürfte nicht auch noch angestachelt werden, ich wäre sowieso schon eingebildet genug.

Das war der Tanz, den wir am Zahltag mit Bugsy aufführten. Jeder Schritt war so genau abgezirkelt und gleichzeitig von einer so grimmigen Beiläufigkeit, daß ich keine Sekunde daran zweifelte, daß die Sache mit dem Geld ganz und gar nicht beiläufig war, sondern im Gegenteil todernst. Den Rest der Woche rührte keiner mit einer Silbe daran. Das Schweigen schob sich über unser Haus wie ein kaltes Bügeleisen. Aber wehe, wenn wir unseren Teller Erbsen nicht aufaßen oder die Kühltruhentür nicht richtig schlossen, so daß Kälte herauskroch und die Stromrechnung in die Höhe trieb. Dann stand plötzlich Daddy hinter uns und stieß die Tür mit Nachdruck zu oder schaufelte sich mit unserem Löffel die letzten Erbsen in den Mund. Und danach funkelte er uns aus den Augenwinkeln an, als unterdrücke er mühsam eine maßlose Wut angesichts solch frevelhafter Verschwendung.

An den Abenden, an denen er nicht arbeitete, hockte er auf dem Bett und studierte seine Rechnungen und Belege. Die alten mit dem BEZAHLT-Stempel darauf reihte er am linken Rand der Steppdecke auf. Die neuen, die noch in ihren Umschlägen steckten, wurden auf der rechten Seite ausgebreitet. Er hatte ein richtiges Ritual für die Abfertigung entwickelt. Wenn eine Rechnung im Briefkasten landete, schlitzte er das Kuvert auf und schrieb den zu zahlenden Betrag über das Adreßfenster, in dem sein Name stand. Dadurch bestätigte er die Schuld gewissermaßen, als wollte er sagen: *Ich weiß, ich weiß*. Außerdem brauchte er die Rechnungen auf diese Weise nicht immer aufs neue hervorzuziehen und aufzufalten, um sich darüber zu grämen. So saß er da, die Umschläge vor sich aufgefächert, trank mit großen Schlucken eine Flasche Lone Star nach der anderen und addierte auf den langen Rändern der *Leechfield Gazette* seine Schulden, ohne über einen einzigen Cent ein Wort zu verlieren.

Mir war völlig klar, daß andere Leute in viel größeren Schwierigkeiten steckten als Daddy. Viele Männer hatten weder Arbeit noch ein Haus. Manche hatten Kinder, die elendiglich an Leukämie starben, ganz zu schweigen von den Millionen von Menschen in der Kalahari oder auf den Straßen von Kalkutta, die blind oder verstümmelt waren oder von Lepra zerfressen. Aber Daddys nächtliches Herumgerechne war die konzentrierteste Form der Sorge, die ich je aus der Nähe miterlebt habe. Diese lange Zahlenreihe in seiner schiefen spinnenartigen Kritzelschrift hatte etwas von einem Gebet, das ein Büßer wieder und wieder vor sich hin spricht, um sicherzugehen, daß die dahinterstehende Hoffnung (oder doch wenigstens die schiere Verzweiflung, gegen die er anbetet) wirklich zum Ausdruck kommt.

Währenddessen lag Mutter neben ihm im Bett, wo sie aus einem grünen Aluminiumbecher Whiskey schlürfte und entweder las (im Zweifelsfall Tolstoi; ihr Lieblingsbuch war *Anna Karenina*) oder zu einer ihrer Bessie-Smith-Platten schluchzte. Die beiden nahmen so wenig Notiz voneinander, daß das riesenhafte Bett ebensogut der Länge nach von einer Ziegelmauer hätte unterteilt sein können. Lecia und ich hockten abends an seinem Fußende und taten so, als machten wir unsere Hausaufgaben, mit denen wir fast immer schon in der Schule fertig geworden waren. Wir saßen da, weil wir ihren Kummer im Auge behalten mußten, damit er ihr nicht plötzlich über den Kopf stieg und auf uns überschwappte.

Die Stimmung im Haus war noch angespannter als in der Zeit, als Grandma im hinteren Schlafzimmer vor sich hingefault hatte. Wir waren zu unserer Version von »Normalität« zurückgekehrt. Aber unsere Familiengewohnheiten schienen abartiger denn je, pervertiert durch das Urteil, das Grandmas Tod gefällt hatte, und durch Mutters krankhafte, unausgesprochene Trauer.

Im Frühling begann Mutter wieder splitterfasernackt durchs Haus zu wandern. Daddy trug nur Boxershorts, und Lecia und ich flitzten, wenn er weg war, mit bloßem Hintern herum, und in seiner Anwesenheit in einer Kombination aus Pyjamaoberteilen und Unterhosen, die wir Schlafschlüpfer nannten. Das soll nicht heißen, daß wir plötzlich zu FKKlern geworden waren – auch wenn Mutter den Mütterkreis an unserer Schule durch das Bekenntnis schockierte, daß sie an einem Nacktbadestrand in New Jersey Volleyball gespielt hatte. (Das was das letzte Mal, daß sie offiziell zu einer Schulveranstaltung eingeladen wurde; danach erschien sie gelegentlich ungeladen zum Krippenspiel, aber bei allen sonstigen Anlässen glänzte sie durch Abwesenheit.) Und Lecia und ich verlangten zugegebenermaßen fünf Cent für einen kurzen Blick auf die FKK-Bilderwitze in Mutters *New Yorker*-Sammelband – die Kunstbücher blieben den Kindern vorbehalten, die einen Vierteldollar berappen konnten; dafür durften sie sich dann aber auch ein Bosch-Gemälde zu Gemüte führen, auf dem eine Horde dürrer Teufel mit Schürhaken auf eine vollbusige Matrone einstach.

Daß wir uns nicht anzogen, hatte mit der Schlaflosigkeit zu tun. Keiner in unserer Familie konnte mehr schlafen. In diesem Zustand ununterbrochener, jammervoller Erschöpfung klammerten wir uns an die verschwommene Vorstellung, daß der Schlaf vielleicht öfter kommen würde – er kam immer nur in kurzen Schüben –, wenn wir stets dafür angezogen oder, besser gesagt, ausgezogen wären. Unsere nackten Körper waren wandelnde Einladungen für jedwedes Nickerchen, dessen Weg wir kreuzen mochten. Wenn man morgens ins Wohnzimmer stolperte, traf man meistens jemanden schlafend auf den Dielenbrettern vor der Couch an. Manchmal, wenn ich um zwei Uhr nachts aus dem Bett torkelte, stand Mutter am Herd, die Schürzenbänder über dem runden Po zu einer ordentlichen Schleife gebunden, und briet ein spanisches Omelett, während im Wohnzimmer Lecia in der Unterhose mit gekreuzten Beinen vor dem Testbild des Fernsehers saß und ihre Patience-Karten auslegte. Wir fanden uns nie zusammen in solchen Stunden, sondern wankten in verschiedenen Stadien der Nacktheit einsam durchs Haus.

Mutter stieg in diesem Frühling ein einziges Mal für längere Zeit aus dem Bett, und das nur, um unsere Fenster vor den Blicken der Nachbarn zu versiegeln. Eines Sonntags, als ich nackt an der dicken Gußeisenstange über meinem Fenster hing – Lecia und ich machten gerade einen Klimmzug-Wettbewerb –, rollte draußen langsam der königsblaue Pickup der Dillards vorbei, das ganze Dillard-Rudel an Bord. Sie starrten mit offenen Mündern auf meine haarlose, baumelnde Gestalt. Vor Schreck blieb ich eine Sekunde einfach im Fenster hängen und spürte meine Brustwarzen hart werden an dem kalten Glas, bevor ich auf die Idee kam, mich fallen zu lassen. Dann kauerte ich unter dem Fensterbrett und dachte nur, wie scheiß-unfair es war: In unserer Siedlung stand niemand außer uns je so früh auf. Mrs. Dillard und Fay saßen in ihren schwarzen Umhängen im Führerhäuschen, als wollten sie zur Sechs-Uhr-Messe. Sogar Junior und Joe, die auf der in die Ladefläche eingebauten Werkzeugkiste hockten, hatten weiße Hemden mit drangeknipsten Fliegen an. Ihre blonden Haare waren mit Pomade zurückgeklatscht. Ihr Gelächter übertönte sogar das Knattern des Auspuffs.

Als Mutter hörte, wie Lecia mich in der Küche damit aufzog, beschloß sie aufzustehen. Sie schlug die Bettdecke zurück, eine Bewegung, die wir fast vollständig aus unserem Gedächtnis gelöscht hatten, und sagte, es sei zwar ein einziger Blödsinn, sich darum zu scheren, ob andere einen nackt sähen oder nicht – unter unsereren Kleidern seien wir schließlich alle nackt –, aber sie habe verdammt noch mal keine Lust, sich mein Gewinsel über diese Schwachköpfe von Dillards noch länger anzuhören. Sie werde die Fenster zuhängen, so daß selbst Gott IHRE Nase (sie gebrauchte das weibliche Possessivum mit großem Nachdruck) nicht in unsere Angelegenheiten stecken könnte.

Ihre Methode war abenteuerlich. Als erstes zerrieb sie Wachsmalkreiden in allen möglichen Farben auf der Käsereibe. Die Wachsflocken streute sie zwischen Lagen von Butterbrotpapier, das sie anschließend bügelte, bis das Wachs schmolz. Dann machten Lecia und ich uns mit Zobelhaarpinseln und Elmer's Alleskleber daran, diese Vierecke aus Papier und Farbe vor sämtliche Außenfenster zu kleben, ein Effekt, den Mutter mit Buntglas verglich.

Es war das erste Mal seit ewigen Zeiten, daß Mutter sich für etwas erwärmte, und wir waren sofort Feuer und Flamme. Lecia fing gleich an, mit sich selbst um die Wette zu arbeiten. Sie stoppte die Zeit, die sie brauchte, um ein Fenster zu überkleben, und dann versuchte sie, diese Zeit zu unterbieten.

Nicht lange nach dieser Verdunklungsaktion kam ich von der Schule heim und fand die Haustür offen und das Fliegengitter angelehnt. Das war sonderbar, nicht nur, weil wir uns sonst so verbissen gegen die Außenwelt abschirmten, sondern auch der ganzen Kakerlaken und Maikäfer, Eidechsen und Moskitos wegen. Das subtropische Klima ließ außerdem fleckigen, grünschwarzen Schimmel an den geweißelten Wänden emporklettern, wenn die feuchte Luft von draußen ins Haus gelangte. Ganz ungeschoren blieb keiner, aber niemand öffnete dem Moder einfach Tür und Tor.

Im Geiste sehe ich mich wieder vor dieser offenen Tür. Meine Halbschuhe haben die Farbe von Ochsenblut, sie sind verschrammt und an der Innenkante ganz abgetreten, weil ich die Füße beim Gehen so stark einwärts drehe. Fast kann ich die mit Schottenstoff bespannte Schulmappe spüren, die mir gegen die rechte Hüfte schlägt.

Es war ein heißer Tag, die Luft dick wie Watte. Ich rannte die Stufen hinauf, weil ich gerade hundert Punkte im Diktat bekommen hatte – ein knapper Sieg über meine größte Konkurrentin Peggy Fontenot, die »hören« falsch geschrieben und dadurch zwei Punkte verloren hatte. Ich hatte ihr Blatt eigenhändig korrigiert, und mein Herz hatte einen Freudensprung getan, als ich da »höhren« las. Triumphierend schwenkte ich mein Siegerdiktat mit dem goldenen Stern, der mich als Klassenbeste auswies. Ich sauste die Betonstufen hinauf, stutzte kurz beim Anblick der offenen Fliegentür, stürmte ins Haus und schrie, daß ich da sei. Ich hängte die Mappe über die Sofalehne und rief erneut nach Mutter.

Das Schweigen, das mir entgegenschlug, war noch drückender als die Luft draußen. Es lag über den grobgewebten Teppichen wie Sumpfgas. Vielleicht weckte diese Stille meine Angst wieder. Vielleicht machte sie mir schlagartig klar, wie befremdlich die offene Tür war. Ich rannte in die Küche, in der Hand immer noch das Diktat, das ich Mutter zeigen wollte. Der schwarze Ventilator blies einen abgestandenen kleinen Wind auf eine einsame Tasse kalten Kaffees herab. Sonst rührte sich nichts. Wieder im Wohnzimmer, fand ich die letzte Seite eines Briefs von Grandmas Anwalt, zu einem knappen Dutzend Ziehharmonikafalten gefaltet, wie Kinder es machen, wenn sie sich einen Fächer basteln. Mutter mußte auf dem Roßhaarsofa gesessen und sich mit diesem Papierfächer ein bißchen Luft ins Gesicht gewedelt haben, dann hatte sie ihn wohl einfach fallen lassen. Ich strich ihn glatt.

Von dem Brief sind mir die seltsamsten Einzelheiten im Gedächtnis geblieben, während anderes – zum Beispiel der genaue Betrag von Mutters Erbschaft – wie weggeblasen ist. Vielleicht war die Zahl zu groß, als daß mein kleiner Schädel sie hätte fassen können; sie ging in die Hunderttausende. (Die Summe variiert auch in Mutters Erzählungen, schwankt zwischen »nur 100 000 Dollar« und »über eine halbe Million«, je nachdem, worauf Mutter mit der Geschichte hinauswill. Bis heute schaut sie uns nur starr an, wenn wir sie drängen, uns die exakte Zahl zu nennen, und zuckt vage die Achseln, was wohl heißen soll, daß es bei solchen Beträgen auf Hunderttausend mehr oder weniger nicht ankommt.) Das Briefpapier war dick und buttergelb. Die Seitenzahl war »6 von 6«. Der Anwalt kündigte an, daß die beim Verkauf von Grandmas Haus und Farm in Lubbock erzielten 36 000 Dollar – etwa viermal so viel, wie Daddy ohne Überstunden in einem ganzen Jahr verdiente – telegraphisch an die Bank in Leechfield, Kontonummer soundso, überwiesen würden. Mit diesem Geld hatten wir alle gerechnet. Wovon ich nichts geahnt hatte, waren die Einkünfte aus einem neuen Öl-Pachtvertrag, von denen in dem Brief anschließend die Rede war.

Offenbar hatte Grandma die Mineralienrechte für ihr Land behalten, mehr aus Gewohnheit als aufgrund irgendeiner realen Hoffnung auf einen Bohrerfolg. Dutzende armer Schlucker in der Dust Bowl hatten ihre Farm für fünfzig Cent pro Morgen verkauft, nur um eine Woche später zuschauen zu müssen, wie sich eine Ölfontäne über den Cadillac des Käufers ergoß, und so schlummerte in jedem westtexanischen Hirn irgendwo der Traum vom großen Ölfund. Man verkaufte seine Bohrrechte nicht, Schluß, aus. Man behielt sie. Selbst ich wußte das. Man verpachtete sie für Unsummen. (Meines Wissens besitzen wir die Bohrrechte für dieses Land nach wie vor, obwohl es sich längst Zentimeter für Zentimeter als knochentrocken erwiesen hat.) Jedenfalls stellte sich heraus, daß ganze Heerscharen von Ölmännern Grandma zwei Jahrzehnte lang bestürmt hatten, sie Löcher in ihren Abschnitt Wüstensand bohren zu lassen. Wir sind nie dahintergekommen, warum sie diese Angebote ausschlug. In einem Brief an Mutter, der mir später in die Hände fiel, erklärte die alte Dame, sie sei im Baumwollgeschäft, nicht im Ölgeschäft. Vielleicht hatte sie Angst, von einem aalglatten Ölproduzenten übers Ohr gehauen zu werden, was ihrem Status als besonnene Methodistenwitwe und lebenslanges Mitglied der Eastern Star nicht angemessen gewesen wäre. Irgendwo in ihrem Nachlaß hatte Mutters Anwalt jedoch einen Brief von einem Ölbaron aus Dallas gefunden. Mutters Einverständnis vorausgesetzt, wollte er diesem Mann »einen Pachtvertrag ausfertigen«. Das waren seine genauen Worte. Ich erinnere mich auch, daß ich meinen Zeigefinger an einer Reihe von fünf Nullen entlangrückte, aber den genauen Betrag, der in dem Brief stand, weiß ich ums Verrecken nicht. Natürlich war das nicht die einzige Information in dem Brief, aber ich sehe nur noch diesen Zeigefinger vor mir, der sich von einer Null zur nächsten arbeitete. Ich zählte, bis ich plötzlich begriff, daß wir uns hier in den Hunderttausenden bewegten, nur eine Null unter der Millionengrenze, dieser magischen Zahl, die auf der Kinoleinwand die Dollarzeichen wirbeln ließ. *Hier,* dachte ich zweifellos, *kommt das gescheckte Pony, wegen dem ich am Weihnachtsmorgen immer umsonst vors Haus geflitzt bin. Hier kommt der Ring mit dem Granatstein von dem Mini-Riesenrad in Gibsons Juwelierladen.* Und da ich nicht besonders edelmütig war, schoß mir wahrscheinlich auch etwas durch den Kopf wie: *Vielleicht darf ich nach Disneyland, und diese Trantüte Peggy Fontenot kann in den Mond gucken.*

Ich machte mich wieder auf die Suche nach Mutter, trabte hierhin und dorthin, bis mir der Anblick ihres Badezimmers mit einem Schlag die Kehle abschnürte. Der große rechteckige Spiegel über dem Waschbecken war von oben bis unten mit orangerotem Lippenstift verschmiert. Jemand – sprich Mutter – hatte Mango Fandango oder Kiss-Me Peach genommen und den Spiegel fast völlig zugeschmiert, so daß das silbrige Glas nur noch in Streifen durchschimmerte. Im Waschbecken lag ein fettiger Lippenstiftstummel. Der goldene Deckel glänzte wie eine weggeworfene Patronenhülse auf dem pelzigen gelben Oval des Badevorlegers. Ich zuckte davor zurück, als wäre es ein Skorpion. Furcht schob sich wie ein dünner Filter zwischen mich und die Welt. Die Gegenstände im Haus wurden größer und bewegten sich. Eine Stehlampe bäumte sich vor mir auf, als ich auf sie zutrat.

Auf dem Ankleidespiegel in Mutters Schlafzimmer fand ich dieselben Lippenstiftspiralen, diesmal in Hibiskus. Das metallene O der Hülse hatte sich in die glänzende Oberfläche geritzt. Die Spiegel in den anderen Räumen leuchteten in anderen Farben – bläuliches Rot, Mauve, ein blasses Zahnfleischrosa und dieses unheimliche Braun wie von geronnenem Blut, das Mutter fast nie auflegte, weil es sie bleich und schwarzlippig aussehen ließ wie ein Stummfilmstar.

Ich wanderte von Spiegel zu zugekritzeltem Spiegel, bis ich an den zersplitterten in unserem Bad kam, den sie sich vermutlich als letzten vorgenommen hatte. Das runde Einschlagloch in der Mitte hatte in etwa den Durchmesser ihrer Faust. Genau da mußte ihr Gesicht gehangen haben, als sie zustieß. Die zertrümmerte Stelle selbst wirkte wie ein Zyklon, mit wildem Scherbengestrudel im Kern, umgeben von langen, auswärts spießenden Zacken. Sie mußte zugeschaut haben, wie die Flächen ihres kantigen Gesichts auseinanderfielen wie auf einem kubistischen Porträt. Ich wich vor dem Scherbenhaufen zurück, machte einen weiten Bogen um das Waschbecken und die Glassplitter auf dem Fußboden.

Ich rannte nach draußen, die Hintertreppe hinunter; ich betete zu Gott, das schwarze Fädchen Kaminrauch aus dem Blechrohr auf dem Garagendach möge bedeuten, daß ich Mutter malend in ihrem Atelier finden würde. Wenn ihr Auto weg war, das wußte ich, würde ich sie nie wiedersehen. Im Geiste sah ich den Wagen schon um eine Kurve schleudern und in eine Betonböschung krachen. Ich sah auch Mutter vor mir, über dem Lenkrad zusammengesackt, mit einem malerischen Rinnsal von Blut, das ihr aus dem Ohr sickerte. Irgend jemand, irgend etwas mußte sie aufhalten. Ich betete, daß ich das Auto in der Garage vorfinden würde, und da stand es, die Scheinwerfer schwerlidrig und verschlafen, als sei es ein gelangweiltes Reptil, das sich da über seinen vier Reifen zusammenduckte.

Die Tür, die von der Garage in Mutters Atelier führte, stand offen. Das Vorhängeschloß baumelte lose, ihr Schlüsselring, ein silbernes Langhornrind mit eingelegten Türkisen, hing noch daran. Mutter saß mit dem Rücken zu mir, in Grandmas altem Schaukelstuhl. Sie schob Blätter in das Feuer im gußeisernen Ofen. Die weißen Ränder liefen schwarz an und krümmten sich nach innen. Ich hütete mich zu sprechen. Von der Wand über ihr blickte das große Porträt von Grandma herab, die steifen Arme in vollendetem rechten Winkel. Mutter hatte das Bild nach dem Begräbnis von der Wohnzimmerwand abgenommen, dort hing seitdem gar nichts. Es machte mir angst, Grandma Moore auf sie herunterstarren zu sehen.

Ein seltsamer Geruch erfüllte das Atelier. Aus dem üblichen beißenden Duft von Terpentin und Ölfarbe roch ich noch etwas anderes heraus, entweder Brennspiritus oder den Anzünder, den Daddy zum Grillen benutzte. Als ich eintraf, griff Mutter gerade wieder nach einem Kanister neben dem Schaukelstuhl, aus dem sie eine klare Flüssigkeit spritzte. Es tat einen dumpfen Schlag. Flammen leckten aus der Ofenklappe und sanken zurück in ihr leises Bullern. (Später entdeckte ich einen braunen Brandfleck an der gewölbten Decke. Und ich stellte fest, daß sie den Ofen mit all der Post für Grandma gefüttert hatte, die seit ihrem Tod zu uns gekommen war – Kontoauszüge, Saatgutkataloge und Genesungswünsche vom Damenkränzchen der Methodistenkirche in Lubbock.)

Mutters Rücken im Schaukelstuhl erinnerte mich an diesen alten Hitchcock-Film *Psycho,* in den sie uns 1960 mitgenommen hatte. In dem Film trägt der geisteskranke Mörder zum Schluß eine graue Perücke, um auszusehen wie seine verrückte alte Mutter, und er setzt sich in ihren Schaukelstuhl. Mutter drehte sich langsam zu mir um, genau wie der gute alte Tony Perkins. Ihr Gesicht erreichte mein Hirn als eine Abfolge scharfer Momentaufnahmen. Es dauerte eine Weile, bis ich in dem Bildergeflacker erkannte, daß dieses Gesicht mit dem braunroten Lippenstift vollgeschmiert war. *Sie hat versucht, sich auszulöschen,* dachte ich. Es waren keine Linien in dem Gekritzel wie bei afrikanischen Masken oder einem Kind, das Indianer spielt. Nein, Mutters Krakel hatten längst nicht so viel mit dem Gesicht zu tun, das sie bedeckten. Sie hatten überhaupt keine Form, keine sauberen Dreiecke oder geraden Striche, die dem Verlauf ihrer Züge gefolgt wären. Mutter sah aus wie der Wahnsinn in Person, wie sie da in Grandmas Schaukelstuhl mit den blauen Rüschenkissen saß, im Brennspiritusdunst des lodernden Feuers, das Gesicht besudelt und blutigrot.

Dann sind wir in dem lavendelblauen Kinderzimmer, das ich mit Lecia teile. Die Sonne geht unter, so daß sich auf den papierbeklebten Fenstern ein Rankenmuster abzeichnet, die Schatten von Glyzinien und Geißblatt. Vor diesem Fenster steht Mutter an unserem offenen Kleiderschrank, neben sich einen Pappkarton. Sie hebt ein Spielzeug nach dem anderen vom Boden des Schranks auf und wirft es in den Karton. Unser Zimmer ist ein einziger Saustall, sagt sie mit einer heiseren Stimme, die ich nicht als die ihre empfinden kann. Aber es ist die einzige Stimme, die sie noch hat, ihre betrunkene Yankeestimme. *Ich will eine gute Hausfrau sein,* murmelt sie. »Hausfrau« sagt sie auf deutsch; ich verstehe das Wort nicht, aber sein hartes Zischen macht mir angst. *Dazu bin ich da. Das bin ich schließlich auch – die Frau von dieser beschissenen Bruchbude von einem Haus.* Und damit fliegen die einarmigen Barbies in die Kiste, ganze Händevoll Dominosteine und Murmeln, Plastiksoldaten und Blechautos, Brettspiele, unsere marmornen Schachfiguren, und sie klatschen gegen die Pappe wie pladdernde Regentropfen.

Als der Schrank leer ist, reißt sie unsere Bettbezüge herunter und läßt sie durchs Zimmer segeln. Sie zerrt unsere Matratze auf den Boden und schwingt das leere Bettgestell über den Kopf. Sie stemmt es hoch wie Samson in der Bilderbibel seine große Steinsäule. Es schlägt gegen die Wand, mit einem kehligen Klingen, das unartikuliert und musikalisch zugleich ist. Das ist das einzige Mal in dieser Nacht, daß ich weine. Ich senke den Kopf und vergrabe ihn in der Achselhöhle von Lecias ausgebleichtem weißen Pyjama.

Als nächstes stehen wir plötzlich draußen hinter der Garage, vor uns eine hohe Pyramide von Spielsachen, Pixiebüchern und Möbeln. Ich kenne die großen Scheiterhaufen, die bei den Footballspielen angezündet werden, ich kenne Grillfeste am Strand, bei denen sich Spieße mit ganzen Kälbern daran in Sandgruben drehen. Becky Herbert hat mich sogar einmal zu einem Fischessen des Ku-Klux-Klans mitgenommen, wo ein riesiger Haufen von Schulbüchern und Groschenromanen verbrannt wurde, höher als alle Häuser rundum. Dieser Turm hier ragt beinahe genauso hoch auf. Er ist größer als Daddy, der einsachtzig ist, ohne Schuhe.

Ich fasse mein altes rotes Holzschaukelpferd ins Auge. Es steht keine drei Meter von mir entfernt. Es hängt an rostigen Federn schlaff in seinem Metallgestell. Mutter übergießt es mit Benzin aus dem roten Kanister, und es macht ein mürrisches Gesicht dazu.

Als sie die große Zündholzschachtel zur Hand nimmt, fordert sie Lecia und mich mit einer ausladenden Geste auf, zurückzutreten, fast wie bei einem Zirkuskunststück. Ich will aufspringen, will ihr in den Arm fallen, damit sie das Streichholz nicht anzünden kann. Aber Lecia gräbt mir die Hände in beide Schultern. Sie stößt mich auf den Boden zurück. Meine Beine knicken ein, als gehörten sie einem anderen Mädchen oder vielleicht sogar einem dieser zusammenklappbaren Liegestühle. Ich setze mich mit einem Plumps in das nasse Büffelgras, dessen Halme steif sind wie Plastik. Das ist mein Pferd, über dem da der Kanister ausgeleert wird. Ich verknote die Arme vor der Brust und denke daran, daß ich dieses Pferd zum Reiten behalten wollte. Eigentlich ist es ja nur für kleine Kinder gedacht, aber manchmal, wenn Lecia es nicht sieht, schaukle ich darauf, daß die Federn ächzen, ich mache die Augen zu und stelle mir vor, ich galoppiere über eine weite Prärie. Jetzt schaut dieses Pferd mich mit leerem, müdem Blick an.

Ich spähe nach einem Stein oder Holzscheit aus, mit dem ich Mutter eins über den Schädel geben kann. Aber Lecias Hände lassen meine Schultern nicht los. Sie könnte auch den Wetterbericht im Fernsehen anschauen, so ausdruckslos ist ihr Gesicht. Ich sage ihr, daß es mein Pferd ist, das Mutter da kaputtmacht. Aber solches Gejammer interessiert sie nicht. Also schminke ich es mir ab. *Bye-Bye, old Paint,* denke ich für mich, *I'm a-leaving Cheyenne.*

Mutter zieht das Holz in Zeitlupe über den schwarzen Streifen am Schachtelrand, und auflodernd packt der Funke den Streichholzkopf. Die Handbewegung, mit der sie das Streichholz nach dem Pferd wirft, ist fast graziös. Für einen Moment könnte

Mutter eine feine Dame sein, die ein Taschentuch fallen läßt. Dann schlagen mit einem lauten *rrrumps* die Flammen aus meinem Pferd. Lange sieht man im Feuer noch deutlich die schwarze Pferdeform. Aber irgendwann bricht sie in sich zusammen, sackt weg unter den von Mutter immer weiter gefütterten züngelnden Flammen, als hätte es nie ein Pferd gegeben. Mutter leert die letzte Kiste Spielzeug, kippt sie genauso um wie vorher im Kinderzimmer unsere Kommodenschubladen.

Das Feuer ist eifrig am Werk. Es klettert und erfaßt jeden einzelnen Gegenstand im Haufen. Mutter verbrennt auch ihre Gemälde, eine Auswahl, hauptsächlich die Strandlandschaften. Die Leinwand fängt vor den Rahmen Feuer, so daß an einer Seite der Pyramide lauter gerahmte Flammenbilder brennen. Feuerzungen flackern wild über vergoldete Rahmen, über wurmstichige Holzrahmen und glatte, supermoderne Messingrahmen.

Dann zerrt Mutter die größte Kiste über das Gras, eine alte Kühlschrankverpackung, aus der wir eigentlich ein Puppentheater basteln wollten. Sie wühlt unsere Kleider daraus hervor – Hosenröcke und Spielanzüge mit Schulterschleifchen und alte Schlafanzüge mit Perlen an den Fußsohlen, die ein klickendes Geräusch auf den Badezimmerfliesen machen. Ein weißes Hemd mit Peter-Pan-Kragen fliegt im Bogen durch den schwarzen Himmel, gefolgt von einem riesigen roten Petticoat, in dem ich Can-Can getanzt habe. Er hat Mutter immer an Degas' Tänzerinnen erinnert. Jetzt wirbelt er radschlagend aus ihrer Hand und taumelt fast sacht ins Feuer nieder, wo er mit einem großen Haps aufgefressen wird. Dutzende von Tennisschuhen purzeln aus Mutters Armen. Sie schwelen in einem Klumpen vor sich hin, bis das Leinen in Flammen aufgeht; dann steigt schwarzer Rauch auf und dazu der beißende Gestank von verschmortem Gummi.

Als die Schuhe brennen, fischt sie die Kleider aus der Kiste. Sie streift jedes einzeln von seinem Bügel, um es noch einmal anzuschauen, bevor sie es dem Feuer übergibt. Zu ihren Füßen wächst ein Dickicht von Kleiderbügeln empor. Bügel um Bügel fällt mit einem schwachen Klirren aus ihrer weißen Hand auf den Haufen. Dieses Klirren bringt erneut wilde Bewegung in sie. Sie hält jedes Kleid kurz an den Schultern hoch, als wäre es ein Schulkind, das sie vor der Kirche auf Sauberkeit überprüft. Dann flattern sie eins nach dem anderen ins Feuer. Da fliegt mein weißes Osterkleid mit der Lochstickerei, da die Schürze, die Grandma gefältet und mit rosa Stielstichblümchen verziert hat. Da ist der rosa Bauernrock, den Lecia im Mexikoladen in Houston bekommen hat. Hier segelt der grüne Schottenpullover mit den von gelben Kordeln eingerahmten Taschen, den wir beide getragen haben. Man könnte meinen, es sind die Körper von kleinen Mädchen, aus denen die Seele gewichen ist. (Bei Epiktet gibt es einen wunderbaren Satz über die Trennung von Körper und Seele: »Du bist ein Seelchen, das einen Leichnam trägt.« Als ich die Zeile Jahre später las, sah ich automatisch diese entleerten Kleiderhüllen vor mir, die in anmutigen Bögen ins Feuer sanken.

Irgendwann verblaßt das Feuer zur orangeglühenden Kulisse, und ich starre nur noch in Mutters Gesicht. Es ist scheckig von Lippenstift und Ruß, sie sieht durch und durch irr aus. Ihre Lippen bewegen sich murmelnd, aber ich kann nicht verstehen, was sie sagt. Nipper knurrt und winselt. Er bewegt sich durch den großen Kreis von Dunkel um das Haus, das für mich fast versunken ist. Ich höre, wie er sich gegen seine Kette wirft, bis sein Gebell vom Halsband abgeschnürt wird, dann schleicht er unter die Veranda zurück. Mutters Stimme wird lauter, so daß ich zwischen Flackern und Hundegejaul einzelne Worte unterscheiden kann: *Verfluchte, arschkriecherische, kotzige Scheißhausfrau.*

Wenn ich meinen Blick leer lasse und die Lider senke, kann ich die ganze Nacht in ein Wachsmalbild verwandeln. Die Bäume um uns haben kreisrunde Köpfe. Die Kleider, die ins Feuer fliegen, sind Papierkleider für eine Anziehpuppe. Das Feuer ist dunkelorange und sonnenblumengelb und feuerwehrrot, mit dicken schwarzen Zacken darum. Die Raffinerietürme im Hintergrund sind lange dünne Striche, die ich mit dem silbernen Wachsmalstift gezogen habe, mit Lineal, deshalb sind sie so gerade. Ihre Flammen erinnern mich an Geburtstagskerzen kurz vor dem Ausblasen.

Ich weiß nicht, wann mich der letzte Rest Kampfgeist verläßt, aber plötzlich ist alles weg. Ich würde mich an der Hand nehmen und geradewegs in dieses Feuer führen lassen, ohne auch nur Piep zu sagen. Ich kann mich nicht mehr wehren, und ich sehe, daß Lecia fast genauso leergepumpt ist. Eine gewaltige Maschine hat uns in ihren Klauen und schleift uns mit. Ihre Wucht vereinfacht alles. Eine seltsame Ruhe ergreift von innen heraus Besitz von mir. Was hier passiert, hat sich schon lange angebahnt. Alle Fluchtwege sind abgeschnitten worden, einer nach dem anderen.

Ich muß an die Geschichte von Hiob denken, die ich in Carol Sharps Sonntagsschule gehört habe – wie er schließlich lernt, sich in seine Qualen zu lehnen, so wie man sich in einen starken Wind lehnt, bis er einen stützt. Jeder Schmerz läßt sich überwinden, wenn man nur daran glaubt, daß er von Mächten gesandt ist, die größer sind als man selbst. Deshalb ziehen manche Menschen selbst inmitten einer gräßlichen Pestepidemie, bei der in jedermanns Leisten und Achselhöhlen eitrige Beulen anschwellen und aufplatzen, gelassen ihrer Wege. Und mit genau dieser Gelassenheit weiß ich, daß es keine Hilfe für uns gibt. Keine Feuerwehr wird kommen. Niemand von den Nachbarn wird Daddy oder den Sheriff anrufen.

Ich sehe die alte Mrs. Heinz vor mir, wie sie drüben an ihrer Spüle steht, hinter dem Fenster, das sie jeden Samstag mit Ammoniakwasser und dem Saft einer Zitrone spiegelblank putzt. Sie hat uns hier draußen im Blick. Ich spüre ihre Augen. Sie nimmt den letzten Teller vom Abtropfbrett, trocknet ihn ab, beobachtet uns und überlegt, ob sie nicht rausgehen sollte. Aber sie besinnt sich eines Besseren. Mutter schleudert Kleider ins Feuer wie eine von Shakespeares Hexen, und Mrs. Heinz späht wahrscheinlich hinter ihren gerafften Rüschenvorhängen aus billigen Gingham hervor, die sie an der Nähmaschine aus dem Sears-Katalog nachgearbeitet hat, so daß sie aussehen wie echt. Sie besieht sich den Berg von lodernden Spielsachen, Möbeln und Bilderrahmen voll flackernder Feuerzungen, sie besieht sich Mutter, die mit einem langen Haken in diesem Berg herumstochert, und sie sagt sich: *Mich geht das nichts an.* Damit läßt sie den rosakarierten Vorhang über uns fallen.

Die anderen Nachbarn haben es genauso gemacht. Alle lokkern sie ihren Griff, geben uns frei für den tiefen Sturz ins Ungewisse. Jeder Vorhang senkt sich. Jede Fliegentür wird zugezogen, jeder Türhaken klickt in seine enge Öse, selbst große schwere Türen werden trotz der Hitze ins Schloß gedrückt, und überall schieben sich die Riegel vor. Mir ist, als könnte ich es hören, in allen Häusern ringsum. Fernseher werden lauter gedreht, um unseren Lärm auszusperren. Jeder hätte Daddy anrufen und sagen können: *Hör mal, Pete, es geht mich ja nichts an, aber...* (Was mir heute am meisten zu schaffen macht, ist der Gedanke, daß vielleicht wirklich jemand Daddy angerufen hat und daß Daddy – in den Fängen dersselben unbarmherzigen Maschinerie, die uns mit sich schleifte – den Ausbruch aus der Schublade, die das Schicksal ihm zugewiesen hatte, gar nicht erst versuchte, sondern nur sagte, er würde so schnell wie möglich heimkommen. Oder er meinte, leck mich doch am Arsch, denn Daddy konnte sich bei Bedarf aus allem ausklinken, ganz gleich, was es war. Ich kann mir lebhaft vorstellen, wie seine große Hand den Hörer zurück auf die schwarze Gabel legte. Die Männer in seiner Abteilung brieten vielleicht gerade einen Seewolf, den sie gefangen hatten. Hoch oben von seinem Turm konnte Daddy durch das gewölbte Fenster über Rohrleitungen und Lagercontainer hinweg die Rangiergleise sehen und dahinter das Netzwerk der Häuser und Gärten, die einander aufs Haar glichen, nur daß in einem von ihnen Mutter unser Leben in Flammen aufgehen ließ... und womöglich beschloß er einfach, von diesen Flammen zu dem Seewolf umzuschalten, der in seiner Maismehlpanade im heißen Schmalz brutzelte. *Mann, riecht dieser Fisch gut,* höre ich ihn sagen.)

Als alle Kisten ins Feuer geleert sind, kehrt Mutter ins Haus zurück, und wir folgen ihr wie Herdentiere. Wir rennen nicht zu einem der Nachbarhäuser und schreien: *Rettet uns, rettet uns.*

Wir würden Mutter in diesem Zustand nie allein lassen. Wir wandern über den quatschenden Rasen, aus der sengenden Feuerhitze in die feuchte Kühle des dunklen Gartens und des unbeleuchteten Hauses. Im Gleichschritt zuckeln wir die Betonstufen hinauf in die Küche. Mutter geht den langen Korridor entlang zu ihrem Zimmer, und in diesem Augenblick muß in Lecia irgendein Funke zünden, ein Wille, uns beide loszueisen, uns freizukämpfen aus dem Sog dieser wilden Jagd, denn sie drängt mich zu unserem Ende des Hauses hin. Ich trotte vor ihr her wie ein blindes Kalb.

In unserem Zimmer ist das Unterste zuoberst gekehrt, es ist keine Ordnung mehr zu erkennen. Das schräg gegen die Wand lehnende Bettgestell ängstigt mich furchtbar. Ich sehe wieder vor mir, wie Mutter es hochwuchtet, höre es aufprallen. Eine grauschwarz gemusterte Patchworkdecke liegt da, die Grandma irgendwann aus Stoffmustern von einem Herrenschneider zusammengenäht hat. Diese Decke breitet Lecia auf dem Boden aus, als wären wir bei einem Picknick. Ich lege mich darauf, und sie zieht die weiße Bettdecke über unsere Knie, die wir zu Bergen anwinkeln. Die Knubbel auf der Chenille sind wie eine Geheimschrift. Wir drehen uns auf die Seite, so daß wir einander anschauen. Die Patchwork-Vierecke spannen sich zwischen uns. Wir lassen unsere Finger darauf Himmel und Hölle spielen – von schwarzem Kammgarn zu dunkelgrauem Flanell zu hellgrauen Nadelstreifen, Äcker aus der Vogelperspektive. Mutter hat alle Glühbirnen im Zimmer mit einem Besenstiel zerschlagen, deshalb ist es dunkel. Die umgekippten und durcheinandergeworfenen Möbelstücke sind nicht genau auszumachen, nur die rechten Winkel, die um unser Lager aufragen wie eine zerklüftete Bergkette.

Jetzt höre ich Mutter in der Küche. Sie muß Besteck aus den Schubladen reißen, denn ein metallisches Scheppern bricht los und hört wieder auf, bricht los und hört wieder auf. Wenn ich die Augen schließe, klingt es, als wäre dort unten eine von König Artus' großen Schlachten im Gange. Ich stelle mir Ritter in Rüstung vor, die ihre Schwerter gegen Schilde schwingen. Pfeile schwirren um Mauerwerk und Zinnen, Lanzen bohren sich in die Brustharnische von Reitern. Aber als ich die Augen wieder öffne, ist da nur die dunkle Fläche, auf der wir liegen, das saubere Gitterwerk der quadratischen Anzugmuster. Lecias Gesicht schimmert lang und weiß unter ihren Ponyzacken. Sie sieht trübsinnig aus wie ein Basset. Ihre Finger hüpfen nicht mehr; statt dessen preßt sie den Zeigefinger an die Lippen, um mir zu bedeuten, daß ich nichts sagen soll, aber was soll ich schon sagen? Von der offenen Tür fällt ein langes Lichtrechteck über uns.

Eine dunkle Gestalt schiebt sich in dieses Licht, die Gestalt meiner Mutter mit wildem Haarkranz und einem Schatten anstelle des Gesichts. Sie hat die Arme erhoben und die Beine gegrätscht, so daß sich ihre Silhouette aus einem langen dünnen Strich in ein riesiges X verwandelt. Und in ihrer einen Hand blitzt die Dreißig-Zentimeter-Klinge eines Metzgermessers, genauso ein Messer, wie es der Irre in *Psycho* in der Dusche umklammert; ein langgestrecktes Dreieck von einem Messer, das Daddy eigenhändig an seinem Wetzstein schleift, bevor er ein Eichhörnchen oder ein Huhn zerhackt, aber ebenso leicht könnte er damit das Hüftgelenk eines Hirsches durchtrennen. An der Spitze funkelt ein Lichtpunkt wie ein Stern, und der alte Reim fällt mir ein: *Heller, heller Funkelstern,/ erstes Licht am Himmel fern,/ ach, ich hätt', ich hätt' so gern/ drei Wünsche frei, mein lieber Stern.* Dann weiß ich nicht, was ich mir wünschen soll. Lecia preßt immer noch den Finger an ihre Lippen. Ihre Augen starren rund und unverwandt auf die Gestalt in der Tür und auf das Messer. Ich wünsche mir, daß ich nicht schreie. Schreien würde Lecia böse machen. Das habe ich im Gefühl. Schreien ist das, was wir im Augenblick am allerwenigsten brauchen können. Halb ist es ein Wunsch und halb ein Gebet, was mir durch den Kopf blitzt und mich vor dem Losheulen bewahrt.

Kaum habe ich mein Schreien hinuntergewürgt, da geschieht ein Wunder. In meinem Kopf breitet sich Ruhe aus wie ein riesiger See. Lecias Gesicht wird klein, als sähe ich es durch ein verkehrt herum gehaltenes Fernglas. Dann beginnt sogar Mutters Gestalt sich zu verändern und zu schrumpfen. Die dünne, spinnenartige Frauenfigur in schwarzer Stretchhose und Rollkragenpullover, die das Messer in der erhobenen Hand hält, wird zu einem Strichmännchen, wie auf dem Bild, das ich ihr letzten Sonntag mit Leuchtstiften auf die Muttertagskarte gemalt habe. Unter dem Bild stand in rosa Druckbuchstaben mit einer Spitzenborte aus Wachsmalkreiden darum: »Du bist eine liebe Mami. Ich hab dich lieb. Es ist schön mit dir. Viele Küsse von Mary Marlene.« Als sie die Karte aufklappte und das las, fing sie wie verrückt zu weinen an und preßte mich so fest an sich, daß mir ihre Tränen ins Ohr liefen, bis Lecia mit einem Wodka-Martini, den sie ihr gemixt hatte, an ihrem Bett auftauchte und sagte: *Da, trink mal.* Es folgte ein weiterer Martini und dann noch einer. Dazu sang Della Reese »Mackie Messer«. Sie sagte immer wieder: *Meine armen, armen Herzchen,* und: *Ihr könnt ja nichts dafür.* Als ich mich endlich aufraffte, in die Küche zu schleichen und die Wodkaflasche ins Spülbecken zu leeren, waren nur noch wenige Zentimeter übrig.

Das war der Muttertag vor einer Woche. Auf die Karte hatte ich eine Strichmännchen-Mutter mit einem Strang tischtennisballgroßer Perlen um den Strichhals gemalt. Zu so einem Strichmännchen wird Mutter jetzt für mich, zu einem Kugelkopf mit gekrakelten Spiralen statt Haaren. Aber damit hört die Ähnlichkeit mit dem Bild auf meiner Karte auch schon auf. Dieses Strichmännchen hält ein dreieckiges Messer, an dessen Spitze ein Stern funkelt. Meine Strichmännchen-Schwester atmet tief durch in ihrem weißen Pyjama, und ich passe meine Atemzüge den ihren an. Eine halbe Ewigkeit liegen wir in dieser Parodie eines Zimmers, und dann, aus dem Nirgendwo, brüllt Mutter plötzlich *nein!* wie eine Löwin; ihr Mund öffnet sich zu einem gigantischen schwarzen Loch mit deutlich erkennbaren spitzen Zähnen, eine endlose Zeit, scheint es mir. Das schwarze *Nein* segelt in einem langgezogenen Ballon aus diesem Mund, wischt an uns vorbei wie mit einem Kometenschweif, durch das Wachspapier an den Fenstern hinaus in die flammende Nacht.

So also hat Gott mein Gebet erhört: Er hat mir geholfen, uns alle in Comic-Figuren zu verwandeln. Dieses Strichmännchen in der Mitte der großen schwarzen Seite mit seinen zu einem irren V verzerrten Brauen über den Stecknadelkopfaugen ist genausowenig meine Mutter wie irgendein Monster in den Samstagscomics. Sie ist es ganz einfach nicht. Ich schlucke all meine Angst herunter, balle sie immer fester zusammen, bis ich sie kaum mehr wahrnehme. Ich balle mich selbst zu etwas zusammen, das ich kaum mehr wahrnehme. Ich spüre, wie Lecia den Kopf schief legt, als wollte sie wissen, über was zum Teufel ich hier zu grinsen habe.

Jetzt legt das Strichmännchen das Messer auf den Boden und greift nach dem Telefonhörer. Ich zähle die sieben Umdrehungen der Wählscheibe, fühle, wie sie unter dem Strichfinger zurückklickert. Sie weint, die Strichlein-Mama, mit saugenden Schluchzern. Eine ganze Fontäne blauer Tränen strömt aus den Stecknadelkopfaugen. Es muß Dr. Boudreaux sein, der am anderen Ende abnimmt, denn sie sagt: »Forest, hier ist Charlie Marie. Kommen Sie schnell. Ich hab sie beide umgebracht. Alle beide. Ich hab sie beide totgestochen.«

8

Nachdem sie Mutter WEGgebracht hatten, schlug eine furchtbare Einsamkeit über mir zusammen, aus der ich mich nirgendwohin retten konnte. Und es drang auch niemand in sie ein, um nach mir zu suchen. Daddy erwähnte die Nacht mit dem Feuer nie. Und er ließ nichts darüber verlauten, wann Mutter heimkommen würde, außer einem vagen »bald«. Unser eigenes Schweigen – denn auch Lecia und ich schnitten das Thema nicht an – rührte vielleicht daher, daß wir ihn irgendwie schützen, ihm nicht noch mehr Sorgen aufbürden wollten. Wenn wir versagten, indem wir ihm nicht alles erzählten, dann versagte er, indem er sich nicht überwinden konnte, danach zu fragen.

In der Schule wurde mein Benehmen mustergültig. Ich fluchte nicht mehr, raufte nicht mehr und wurde kein einziges Mal zum Schachspielen in Frank Dolemans Büro verbannt. In meinem Jahreszeugnis der zweiten Klasse stand sowohl bei Betragen als auch bei Sozialverhalten »gut bis befriedigend«. Das war bei mir eine Neuheit. Was mich antrieb, war zweifellos die Vorstellung, Mutter nach Hause holen zu können, indem ich allen Obrigkeiten gegenüber engelsbrav war.

Daheim hielt ich meine Seite des Kinderzimmers in Ordnung und half Lecia murrend, unsere Bettlaken an den Ecken einzuschlagen wie beim Militär. Darin erschöpfte sich meine Hausarbeit, während Lecia jeden Samstag wie ein Wirbelwind durchs Haus putzte, bis sogar die Kloschüsseln blitzten. Am gnadenlosesten verfuhr sie mit Daddys Aschenbechern. Er konnte seine Hand mit der Camel nicht einmal in Ruhe zurückziehen, andauernd schnappte sie ihm den Aschenbecher weg, um ihn auszuspülen und abzutrocknen.

In Ermangelung konkreter Angaben über Mutters Geisteszustand malten Lecia und ich uns die beklemmendsten Szenarien aus. Eines Abends sahen wir *Die Schlangengrube* im Fernsehen. Olivia de Havilland spielte eine nette, wenn auch leicht überspannte Dame, die zum Staubsaugen wildverschnörkelte Broschen und gegürtete Kleider anzog und von Anfang an so ein Zucken um den Mund hatte, das ihren späteren grauenhaften Totalzusammenbruch ahnen ließ. In der Nervenheilanstalt ging es dem Filmtitel entsprechend zu. Es gab eine mit Planen abgedeckte Badewanne voller Eiswasser, in der eine Verrückte untergetaucht wurde, und die Beschreibung einer Elektroschockbehandlung hörte sich in etwa so an: »Dann werden die Elektroden an den Schläfen angesetzt, und SSSSSST rasen Tausende von Volt durch das Gehirn!« Schließlich wurde die unglückliche Olivia in eine Gummizelle gesperrt und bekam eine dieser langärmligen Zwangsjacken angelegt, in denen man sich den ganzen Tag selbst umarmt und die außerdem aussehen, als müßte man darin entsetzlich schwitzen. Dazu halluzinierte sie unentwegt Schlangen, die auf ihr herumkrochen. Lecia und ich folgerten prompt, daß so das Anstaltsleben für Leute aussah, die es mit den NERVEN hatten. Was hätten wir auch sonst denken sollen?

Von den Nachbarskindern kam wenig Trost. Sie hatten eine ebenso unklare Vorstellung von Nervenkliniken wie wir, dafür aber ein um so deftigeres Vokabular. Bis heute sind die Einwohner von Leechfield berüchtigt für die Derbheit, mit der sie über die wunden Punkte anderer herziehen. Je härter der Schlag, desto brutaler die Direktheit, mit der darüber geredet wird. Jungen, die lahm geboren werden, ruft man in Leechfield »Knickebein« nach, Mädchen mit Akne »Pizzaface«.

Mein Vater arbeitete zum Beispiel mit einem Mann zusammen, dessen halbwüchsiger Sohn eines schönen Sommertags durchgedreht und mit einer Zwölf-Kaliber-Flinte in die Schule marschiert war, wo er einen Vertrauenslehrer erschoß, während der Direktor (dem, wie wir später erfuhren, die Schüsse eigentlich gegolten hatten) sicher im Schulhaus saß. Die Männer bei Daddy im Werk hatten dem Jungen ohne Verzug den Spitznamen

»Heckenschütze« verpaßt. In der Woche, als die Lokalzeitung einen Bericht über seine Einweisung ins staatliche Krankenhaus in Rusk und die dortige Leukotomie brachte, schmissen die Kollegen in der Raffinerie eine Party für den Vater des Jungen, mit Luftballons und Knallfröschen und allen Schikanen. Das ist keine Übertreibung. Auf der Karte, die sie dem armen Kerl überreichten, stand laut Daddy: »Wollen wir hoffen, daß der Heckenschütze seine Flinte endgültig an den Nagel hängt!«

Geschmacklosigkeiten dieser Art waren bei uns gang und gäbe. Wer ein schmerzliches Ereignis *nicht* auf häßlichste Weise kommentierte, so die zugrundeliegende Logik, verleugnete den Schmerz, was gleichbedeutend mit einer Lüge war. Eine solche Lüge galt als noch grausamer als die traurige Wahrheit, weil sie den Leidtragenden (in diesem Fall den Vater des Heckenschützen) sozusagen ausgrenzte, aus der Gemeinschaft ausschloß. Und ein so groteskes Geschehnis wie die Leukotomie eines einzigen Sohnes einfach zu übergehen, hätte überdies besagt, daß der Betroffene schwach war, daß er es nicht trug wie ein Mann.

Also riefen die Nachbarskinder mir Sprüche nach, die mich gnadenlos mit der rauhen Wirklichkeit konfrontierten. Ich bekam zu hören, daß Mutter einen Sprung in der Schüssel und einen Triller unterm Pony hätte. Sie tickte nicht mehr richtig. Sie mußte gegen den Schrank gelaufen sein, sie hatte ihre Chips durcheinandergebracht, deshalb saß sie jetzt in der Klapse.

Drei- oder viermal bezog ich Prügel, weil ich mich wie eine Kreissäge auf Kinder stürzte, die so über Mutter redeten. Daddy riet mir schließlich, einfach mit aller Kraft zuzubeißen, wenn ich in einer Rauferei den kürzeren zog. Er wußte, daß Kleinbeigeben nur weitere Prügel zur Folge haben würde, und ein fachgerechter Sieg war bei meiner Größe nicht drin. »Laß sie das Elfenbein fühlen, Pokey«, empfahl er mir. Selbst wenn ich danach verdroschen wurde – ein Biß war etwas, das man sich merkte. In diesem Sommer biß ich sieben oder acht Kinder bis aufs Blut. Aber erst als ich Rickey Carter ein Loch in die Schulter biß, kam es zu einem Nachspiel, das meinen Ruf als Schrecken des gesamten Viertels besiegelte.

Der rotgesichtige Rickey, der zwölf war und es nicht ertrug, daß er vor den Kleineren in Tränen ausgebrochen war, nachdem ich ihn angeknabbert hatte, sann auf Rache und entschied sich dafür, Lecia zu vermöbeln. Lecia zu vermöbeln war immer ein Fehler. Rickey war älter als sie und ein ganzes Stück größer, aber sie war zäh wie Stiefelleder. Sie konnte sich im Drugstore kein Eis kaufen, ohne daß irgendein Typ auf sie zeigte und sagte: »Das ist Pete Karr seine Kleine«, ein Lob, das jedesmal ein Paar Augenbrauen in die Höhe wandern ließ. Wie auch immer, Lecia hatte Rickey in Null Komma nichts am Boden, woraufhin sein kleiner Bruder Philip sich von hinten mit einem Baseballschläger anschlich, ihr das Ding mit aller Macht zwischen die Schultern hieb und sie damit k. o. schlug. Bei dem Krachen von Holz gegen Wirbelsäule stob die ganze Bande auseinander, jeder verschwand in seinem Garten. Lecia taumelte, und es dauerte einige Minuten, bis die Farbe in ihre Wangen zurückkehrte und ihre Augen sich blinzelnd öffneten.

Sobald es am nächsten Tag hell wurde, angelte ich mein Luftgewehr aus dem obersten Fach des Bücherschranks und brach zu einem Feldzug auf, der den von Charles Whitman vorwegnahm, dem Schützen, der ein paar Jahre später vom Turm der University of Texas dreizehn Menschen erschoß. Ich packte eine Dose scharfe Tamales mitsamt Dosenöffner in eine Papiertüte und füllte mir ein Marmeladenglas mit Tee. Während andere Kinder noch im Schlafanzug Zeichentrickfilme guckten und ihre puderzuckerbestreuten Doughnuts aßen, huschte ich über die Brombeerwiese hinter unserem Haus. In der Mitte der Wiese stand ein einsamer Seifenbaum. Den kletterte ich hinauf, zog mein Luftgewehr nach und wartete auf die Carter-Kinder. Sie wollten heute morgen Brombeeren pflücken, damit ihre Mutter einen Kuchen backen konnte. Das hatte ich sie sagen hören.

Ich brauchte nicht lange zu warten. Die Sonne färbte sich eben erst von rosa in ein grelles Weiß, als der ganze Carter-Clan über den grasüberwucherten Graben am Wiesenrand gelärmt kam. Ihr Vater marschierte an der Spitze, und die anderen stromerten hinterher, jeder mit einem Topf oder einem Ködereimer ausgerüstet. Ich hob das Luftgewehr und zielte durch das kleine V so genau wie möglich auf das weiße Gleißen von Rickeys Brille. Ich war fest entschlossen, ihn zwischen die Augen zu treffen. Ich wiederholte mir, was Daddy uns eingeschärft hatte: Ruhe beim Abziehen. »Ja nicht dran rucken, Pokey« sagte er immer. Ich ruckte nicht, und nach einem befriedigenden kleinen »ping« geschah das Wunder: Ich sah Rickey Carter nach seinem Nakken schlagen, als hätte eine Wespe ihn gestochen.

Meine nächsten Schüsse gingen daneben. Aber Mr. Carter hörte sie durch das hohe Gras zwitschern und spähte in die Runde, bis er schließlich meine von Blättern verdeckte Gestalt oben im Baum ausmachte. Selbst ich konnte das blutige Löchlein sehen, das ich Rickey in den Hals gedübelt hatte. Mr. Carter schrie meinen Namen. Pause. Ob ich das sei? Aber wie Brer Rabbit hielt ich einfach nur still. Ob ich eine Waffe bei mir hätte, schrie er als nächstes, worauf Babby Carter ihren Topf fallen ließ und heulend zur Straße zurückrannte, gefolgt von Philip. Auch Shirley ergriff so schnell die Flucht, daß ihre Schlappen gegen die nackten Fußsohlen patschten; sie sprang über den Graben und landete auf dem Asphalt auf der anderen Seite. Rickey stemmte mit allen Anzeichen der Empörung die Hände in die Hüften, aber er trat einen Schritt zur Seite, so daß sein Vater zwischen ihm und meinem Seifenbaum stand. *Du Waschlappen*, dachte ich, als ob es etwas besonders Unmännliches wäre, nicht erschossen werden zu wollen. Mr. Carter brüllte, ich solle sofort herunterkommen, ich würde noch jemandem ein Auge ausschießen mit meinem Gewehr. Und ich brüllte eine Antwort, die die alten Muttchen von Leechfield noch heute bedenklich mit der Zunge schnalzen läßt. Es ist mit Abstand das Schlimmste, was irgend jemand in dieser Stadt je ein Kind hat sagen hören. »Spritz dir in die Schuhe«, schrie ich. Ich hatte keine Ahnung, was das bedeutete. Mein Hirn hatte es als eine leichte Abwandlung von »Leck mich am Arsch« eingeordnet, einem Ausdruck, der durch übermäßigen Gebrauch abgenutzt war.

Ich kapierte eine Ewigkeit nicht, wo das Problem lag, weder

als Daddy angerufen wurde und die Ohren vollgelabert bekam, noch nachdem er mich mit Grandma Moores selbstgebastelter lederner Reitpeitsche verdroschen hatte (das allein war Beleidigung genug). Vielleicht weinte ich sogar.

Am nächsten Tag nahm ich mir vor, die Cartersche Einfahrt mit Streikposten abzuriegeln; ich bildete mir ein, Kinder aus Gewerkschafterfamilien würden sich hüten, zu Streikbrechern zu werden und mit den Carters zu spielen. Mit Mutters Ölfarben malte ich Plakate für Lecia und mich. Auf meinem stand ziemlich prosaisch »Nieder mit den Carters«, auf Lecias »Die Carters kämpfen unfair«. Aber Lecia redete mir die Sache aus. Mein Auftritt als Scharfschütze brachte mir widerwillige Achtung ein. Die Kinder hörten auf, über Mutter herzuziehen. Meine Anti-Carter-Kampagne hatte mich eine Weile beschäftigt und mir ein Quentchen Erleichterung verschafft. Als ich keinen Feind mehr hatte, gegen den ich Ränke schmieden konnte, versank ich wieder in meiner Sehnsucht nach Mutter.

Nur eine von Daddys Lügnerclub-Geschichten ließ durchblikken, daß auch seine Mutter böse sein konnte. Darin ging es um ihre Prügel, die so fürchterlich waren, daß er sich viel darauf einbildete, sie überlebt zu haben. »Und die Hosen hat sie mir vorher vom Hintern gezogen. Da kannte die alte Dame gar nix. War genauso schnell bei der Hand damit wie Paps.«

Wir sind beim Entenausnehmen – Daddy und ich und die anderen Männer. Schon morgens um neun hatten wir so viele beisammen, wie wir überhaupt abschießen dürfen. Ich kratze einer kleinen Krickente das Gekröse heraus, und Daddy rupft den riesigen schlaffen Körper der einen Kanadagans, die wir geschossen haben. Mit einem einzigen Griff zieht er eine breite Schneise durch das Gefieder. »Mama war zäh wie ein Fuhrmannsarsch«, sagt er, und das ist ein hohes Lob. Die Fuhrmänner im Holzfällerlager mußten Maultiergespanne lenken, die mit Baumstämmen beladen waren. Ihre Hinterteile scheuerten den ganzen Tag gegen die rauhe Kiefernrinde, deshalb wurden sie zum Inbegriff von Zähigkeit.

»Wie viele Eier wollt ihr?« fragt Ben. Drei, sagen alle. Er läßt einen riesigen Brocken Crisco in die schwarze Pfanne gleiten. Wir sind in Cooters Jagdhütte eingekehrt, um Enten zu rupfen und zu frühstücken. Die Hütte hat nur einen Raum und steht am Chupique-Bayou in Louisiana, gleich über dem Fluß.

»Grad mal 'ne halbe Portion, meine Mutter«, sagt Daddy. »Aber bös wie eine Schlange, wenn ihr jemand mit Lügen kommen wollte.«

Shug schiebt mit Pokerface ein, er könne sich nicht vorstellen, daß Daddy je lügt. Er viertelt die Enten und wickelt die Stücke in weißes Butterbrotpapier, damit wir sie leicht aufteilen können, wenn wir wieder in der Stadt sind.

Daddy schaut mit schiefgelegtem Kopf zu Shug hinüber. »Das letzte Mal, wie sie mich verdroschen hat, war wegen einer Lüge. Ich war schon so groß, daß ich dachte, sie haut mich nicht mehr. Verdammt, meine Arme hatten so einen Durchmesser.« Er starrt in die Waschwanne voll Entenkadaver und Federn, als wäre sie ein Opferfeuer, dem gleich der Geist seiner Mutter entsteigen wird.

Als er sich sicher ist, daß alle zuhören, holt er weiter aus. »Wir hatten 'nen Wirbelsturm gehabt, im August. Zig Millionen Tonnen Wasser im Neeches River. Hoch?« Er funkelt uns alle der Reihe nach an, damit wir auch ja mitkriegen, was es geschlagen hat. »Himmelherrgott, der Fluß war der-ma-ßen hoch.« Schweigen im Raum. Man hört nichts als das Ploppen der Eier im heißen Fett und das Rascheln von Shugs Butterbrotpapier. Für den Bruchteil einer Sekunde läßt das »Wirbelsturm« in mir die Erinnerung an die Orange Bridge unter dem Hurrikan Carla losfauchen, an das Geländer, das durch den Regen seitlich auf den Wagen zugeschossen kommt. Ich schüttle die Bilder ab und beuge mich wieder über meine Krickenten. Eine klebrige Angelegenheit.

»An den Sturm erinner ich mich noch«, sagt Cooter. Seine Stimme klingt leicht aufgeregt bei der Vorstellung, daß er allen Ernstes weiß, wovon Daddy spricht.

»Cooter, zu der Zeit hast du noch Milch geschissen«, sagt Ben. »Wenn's dich überhaupt schon gegeben hat.« Er sticht mit dem Bratenwender in die Eidotter, damit die Eier ganz durchbraten. Wenn man seine Spiegeleier in einer Fernfahrerkneipe so haben will, sagt man zur Serviererin: *Dreh sie um und tritt drauf, Schätzchen.*

»Na ja, dann war es eben ganz ähnlich«, sagt Cooter.

»Das kann jeder sagen«, meint Shug. Er hat langsam die Nase voll von Cooter, der ihn schon das ganze Wochenende herumkommandiert, nur weil er schwarz ist. *Shug, hol den Außenbordmotor. Shug, du schießt zu früh. Verdammt noch mal. Shug, die Brötchen wollte ich für später aufheben.* Außerdem schrammt Cooter immer haarscharf an Negerwitzen vorbei. Er sagt *Polacke* und *Yankee,* aber alle – Shug inbegriffen – wissen, daß es Nigger hier und Nigger da heißen würde, wenn nicht auf einem der Stühle in diesem Raum zufällig ein Schwarzer säße. Daddy sagt, Cooter weiß es einfach nicht besser, er hat nie einen Schwarzen gekannt, deshalb kann er nichts dafür. Aber es kommt mir irgendwie gemein vor, daß ihm nie jemand die Meinung sagt. Gut, die anderen versuchen ihn ein bißchen zu dämpfen, damit er sich nicht zu sehr aufspielt. Aber keiner sagt ihm ins Gesicht: *Du meckerst bloß deshalb an Shug rum, weil er farbig ist.* Manchmal kommt es mir so vor, als sollten wir eigentlich gar nicht sehen, daß Shug farbig ist, oder als wäre es unhöflich, es zu erwähnen. Das verwirrt mich, denn ich finde, Shugs Hautfarbe springt ziemlich ins Auge. Und normalerweise stürzen sich alle auf solche Auffälligkeiten und ziehen darüber her. Dieses Schweigen ist eine Lüge, die an eine ganz bestimmte Hautfarbe gekoppelt ist, und das macht sie besonders gewichtig und besonders schwer begreiflich.

Daddys Stimme unterbricht mein Grübeln. »Also, Mama verbietet jedenfalls mir und meinem Bruder A. D. eisern, in den Fluß zu gehen. Bleibt weg von diesem Fluß, Jungs, sagt sie. Sind schon manche ertrunken da drin. Und wir sagen, gut. Aber A. D. schielt zu mir rüber, und ich weiß, daß wir dasselbe im Kopf haben. Ich und der alte A. D. hocken uns also vors Fenster und reden extra laut, damit sie uns auch ja hört. Wir sagen, schaun wir doch mal bei der Sägemühle vorbei, ob Paps wen zum Helfen braucht. Wir traben los in Richtung Wald, aber sowie wir an die Gabelung kommen, wo sie uns nicht mehr sehen kann...« Er spreizt die Finger wie einen Weg, der sich vor ihm gabelt. »... biegen wir ab und witschen in die andere Richtung. Die anderen Jungs waren garantiert unten am Wasser. Da mußten wir natürlich dabeisein. Wir laufen runter, ziehn uns aus und flutschen in den Fluß wie zwei Buttermesser.«

Daddy hat die Gans gerupft und gibt mir den stachligen rosa Körper, damit ich ihn ausnehme. Er holte eine Wildente aus dem Zuber. Ihr Kopf ist schillernd grün. Ben hat heute morgen die ganzen Wildenten aufgelesen, und ihre grünen, schimmernden Köpfe sahen in seiner großen roten Hand aus wie ein Blumenstrauß. Wenn die schwarzen, starr blickenden Augen nicht wären, könnte man beinahe vergessen, daß sie tot sind.

»Und das war dein älterer Bruder, mit dem du ins Wasser bist?« fragt Cooter.

»Ist doch scheißegal, wer es war, Cooter«, sagt Shug. »Verdammt, du fragst vielleicht einen Schwachsinn zusammen.«

Cooter fährt auf seinem Stuhl herum und stiert Shug an. Er hat so eine vogelhafte Art, mit dem Kopf zu rucken; manchmal denke ich, gleich stakst er glucksend durchs Zimmer und pickt gegen die Dielenbretter. »Wenn es mich interessiert, ist es nicht egal«, sagt er.

Daddy holt mit der Wildente aus wie mit einem Baseballschläger. »Ich schwör zu Gott, wenn ihr beiden nicht das Maul haltet, dann tätowier ich euch den Arsch mit dieser Ente.«

»Er hat angefangen«, mault Cooter, und sein Kopf duckt sich in den Hemdkragen zurück.

Ben sagt, jetzt reicht's. Er steht drüben am Herd und gießt das überschüssige Fett aus der Pfanne in den Schmalztopf.

Daddy rupft stumm ein paar Hände voll Federn aus, um die Blicke wieder auf sich zu lenken. Dann erzählt er weiter. »Am Abend trotten wir durch den Wald nach Hause, und da kommt Mama. Sie hat die Schürze hochgerafft und den Rock nach hinten gesteckt, damit er sich nicht im Unterholz verfängt. Sie hatte immer so 'ne alte Haube mit blauen Blümchen auf.«

Daddy spreizt die Hände hinterm Kopf, um die Haube anzudeuten. »Im Westen ging grade die Sonne unter, das war rechts von ihr. Dadurch warf die Haube einen Schatten über ihr Gesicht. Wir konnten sie gar nicht richtig sehen. Aber so, wie sie durchs Gebüsch gestapft kam, merkte man gleich, daß sie eine Stinkwut hatte. Und 'nen Ahornstecken hatte sie sich auch schon abgeschnitten, so groß wie sie selber. Als wär's schon beschlossene Sache, daß sie uns vertrimmt. Ich flüstere A. D. über die Schulter zu, er soll nicht zugeben, daß wir reingegangen sind. Bloß, daß wir den anderen Jungens zugeguckt haben. Und er sagt, gut. Drei Sekunden später baut sie sich vor mir auf. J. P., sagt sie, wart ihr im Fluß? Nein, Ma'm, sag ich, wir haben bloß den anderen Jungs zugeguckt. Und sie sagt, aha. Dann langt sie mit dem Stecken an mir vorbei und tippt A. D. auf die Schulter. Nur ganz leicht, damit er sie anguckt. A. D., wart ihr im Fluß? Und ich will verdammt sein, wenn er nicht antwortet: Ja, Ma'm, ich war drin und er auch. Und ich denk mir, du dreckiger kleiner Miesling.«

Ich schaue Ben zu, wie er eine Kuchenform mit Brötchen aus dem Ofen zieht. Er nimmt einen spitzen Flaschenöffner und sticht eine dreieckige Öffnung in eine brandneue gelbe Dose Zuckerrübensirup. Wenn ich Brötchen esse, bohre ich als erstes mit dem Daumen ein Loch hinein und gieße es mit Sirup voll, so daß er beim Draufbeißen seitlich herausspritzt. Genau das nehme ich mir für nachher vor, und mein Gaumen zieht sich zusammen vor Lust auf diese Süße. Ich spüre die Süßigkeit noch wie einen Durst, als Daddy den Faden wieder aufnimmt.

»Ich sag's euch, meine Mutter war nicht größer wie Mary Marlene hier.« Er reckt den Daumen in meine Richtung, damit alle sich klarmachen, wie winzig seine Mutter war. Ich nehme keine Notiz davon, sondern schlitze angelegentlich den fetten Gänsebauch auf. »Hat vierzig Kilo gewogen, wenn's hochkommt, meine Mama. Und das mit Stiefeln. Na ja, sie geht also mit uns auf die Veranda hinten am Haus. Die Veranda hatte Fliegengitter rundrum, auf der haben wir im Sommer geschlafen. Mama nimmt sich erst A. D. vor und bringt ihn fast um mit ihrem Stock. Haut ihm das Ding auf den Buckel, immer auf dieselbe Stelle, wie wenn sie ihm 'ne Kerbe ins Fleisch prügeln wollte. Ich hab jedesmal gelacht wie ein Teufel, wenn er mich angeschaut hat. Dachte, sie drischt sich an ihm müde. So daß ich nicht mehr so viel abkriege.«

Shug sagt: »So hat's mein Vater bei meinem Bruder und mir auch gemacht. Immer abwechselnd, und der andere mußte zuschauen.«

»Jetzt unterbrichst aber du!« Cooter schlägt auf den Tisch. »Warum sagt keiner was, wenn der unterbricht?« An Cooters Hals treten die Sehnen hervor. Ben sagt, er soll die Teller austeilen und aufhören, sich selber leid zu tun.

Daddy läßt den Enterich in die Wanne fallen, als wäre er mit einem Mal völlig erschöpft von der Erinnerung an diese Tracht Prügel. Ihr ganzes Gewicht scheint plötzlich auf ihm zu lasten. Seine Schultern sacken nach vorn. Die Furchen in seinem Gesicht werden noch tiefer. Dann starrt er ins Leere, als würde sich die Szene vor seiner Nase abspielen und er bräuchte nur zuzuschauen und den anderen Männern Bericht zu erstatten. »Vier Hiebe, und der Stock hat mir das Hemd vom Rücken geschnitten.« Sein Kopf senkt sich noch ein Stück, wie unter der Wucht dieses Stocks, den ich von Minute zu Minute deutlicher vor mir sehe. »Mich haben erwachsene Männer verdroschen, mit Eisenfelgen und Strümpfen voller Münzen und allem, was ihr euch vorstellen könnt. Aber dieses verhutzelte alte Hühnchen von einer Frau hat mir den Rücken in Brand gesteckt mit ihrem Ahornstock, von den Schultern bis runter zum Steiß. Und mit jedem Wort, das sie gesagt hat, kam der Stecken wieder heruntergekracht. Du – lügst – mich – nie – mehr – an – du – läufst – mir – jetzt – nicht – weg! Verdammt, ich hab mich ein paarmal losgerissen. Bin zur Fliegentür gerannt. Aber die Kiefernbretter dieser alten Veranda waren von dem vielen Regen aufgequollen. Die ganze Tür war verquollen. Deshalb konnte ich sie nicht ordentlich zuziehen, um den Haken aufzukriegen. Kaum hatte ich sie halbwegs ins Schloß genackelt, kam schon wieder der Stock. Ein kleines Pfeifen in der Luft, und dann krachte es schon.

Mama hat auf mich eingehackt, als ob ich 'ne Kiefer wär, die sie fällen wollte. Ich hatte eine Heidenangst davor, umzufallen. Ich dachte, bevor ich mich da wieder aufrappeln kann, bin ich tot. Ohne Scheiß. Mama und sich an A.D. müde dreschen?« Er blinzelt uns zu, nimmt den Enterich wieder aus der Wanne und zupft an ein paar Federn herum, wie um die Spannung abzubauen. »A.D., der war nur zum Aufwärmen.«

»Da werden sie fuchsteufelswild, wenn du wegläufst«, sagt Ben. Er bugsiert das letzte Ei auf die Platte. »Bei meiner Großmutter war's genau dasselbe. Ausbüchsen hat es nur in die Länge gezogen.« Auch ich bin natürlich eine berühmte Ausbüchserin beim Prügeln. Ich bin stolz, daß Daddy es genauso gemacht hat. Nur Schwachköpfe halten still und lassen alles über sich ergehen. Ich habe mich inzwischen zum Herd hinübergedrückt und stehe auf Augenhöhe mit den Brötchen, die sich rund und braun in ihrer Form plustern. Das winzigste Nicken von Ben, und ich werde mir das erste grapschen.

»Zum Schluß bin ich halt mitten durchs Fliegengitter«, sagt Daddy. »Das Loch hatte genau den Umriß von meinem Körper, sauber wie bei 'ner Ausschneidepuppe.« Shug zwinkert mir zu, damit ich ja nicht darauf hereinfalle. Er hält mich immer über den Glaubwürdigkeitsgrad von Daddys Geschichten auf dem laufenden, obwohl ich ein Kind bin, und ein anerkannt lästiges noch dazu.

Daddy läßt die Ente erneut sinken, und ein Lächeln macht sich auf seinem Gesicht breit, um seine Augen erscheinen Fältchen, und seine Schultern richten sich auf, als ob der beste Teil der Geschichte erst jetzt in ihm hochsprudelt. »Aber der alte A.D., der hat ganz schön büßen müssen. Da könnt ihr Gift drauf nehmen.«

»Aber Onkel A.D. war doch viel größer als du, oder?« Daß ich so piepsig bin, macht mir immer ein bißchen zu schaffen. Onkel A.D. ist ein Eichbaum von einem Mann, weißhaarig und stark. Auf allen Bildern von den Karr-Brüdern steht er neben Daddy und starrt hoheitsvoll auf ihn hinunter, als wäre Daddy sein Untertan.

»Und wenn schon«, sagt Daddy. »Größer heißt gar nichts. Gibt noch tausend andre Sachen wie nur größer, das kannst du dir merken, Pokey. Scheiß dich auf größer, hab ich mir gedacht. Ich geh raus hintern Schuppen«, fährt Daddy fort, »und da kauert der alte A.D. am Boden. Mensch, Bruder, sag ich zu ihm.« Die Stimme, mit der er A.D. anredet, ist weich und süß wie zerlaufene Butter. »Dich hat's ja bös erwischt vorhin. Ich sag ihm, ich hab eine Brandsalbe da, die lindert vielleicht den Schmerz ein bißchen. Und A.D. beugt sich vor. Fängt an, das Hemd vom Rücken wegzuzupfen, da, wo der Stoff an den Striemen festklebt. Er zischt die Luft durch die Zähne. Zieht sich dieses alte Baumwollhemd bis über die Schulterblätter und fragt, ob's schlimm aussieht. Und ich sag: Mann, du Armer. Ich meine, mir hat sie das Hemd glatt vom Buckel geschnitten. Zieh das Hemd noch 'n bißchen weiter übern Kopf, sag ich zu ihm. Ich will nicht, daß Salbe drankommt. Nicht, daß Mama noch wütender wird. Also beugt er sich noch ein Stück tiefer. Rollt sich richtig ein. Seine Arme sind in die Ärmel verheddert, daß er feststeckt wie 'ne Schlange im Strumpf. Und dann pack ich ihn. Schmier ihm dieses Terpentinzeug für Pferde in die Striemen. Ein zäher, lila-schwarzer Brei war das, den Mama aus Teer gekocht hatte. Ich halte A.D. also fest und verreibe das Zeug mit der flachen Hand. Und er buckelt und bockt, um freizukommen.«

Shug hört für einen Moment auf, Ententeile einzuwickeln. Er legt den Kopf schräg und sagt, seine Mutter hätte damals auch immer so eine Pferdesalbe mit Teer drin gemixt. Shug kommt nämlich aus derselben Waldgegend wie Daddy. »Teer und Kiefernharz hat sie genommen, das weiß ich noch. Vielleicht hat sie auch Zitronengras reingetan, jedenfalls irgendwas, das brennt.« Shugs Mutter kannte Daddys Mutter. Sie hatten beide ziemlich viel Ahnung von Medizin, und in Gedanken reiten Shug und Daddy manchmal zurück zu ihren Müttern, um sich etwas wie die Salbe oder eine andere Arznei zu verschaffen. Ihr Blick wird dann so verschleiert und weich, daß ich hinter meinen eigenen Augen Tränen flimmern fühle. Fast bekomme ich selber Sehnsucht nach diesen Frauen, die ich gar nicht gekannt habe.

Daddy sagt, die Beschreibung paßt haargenau. Er steht auf und geht rüber zum Spülbecken, um sich zu waschen. Er wirkt hochzufrieden. Daß Shug die Salbe auch kennt, beweist, daß die Welt, von der Daddy erzählt, real ist. Aber auf Shugs Stirn ist eine Falte erschienen, eine unbehagliche Furche. »Dieses Zeug kriegst du nicht mehr ab«, wendet er ein, »schon gar nicht aus einer Wunde.« Und Daddy sagt, genau das war ja der Zweck der Übung – Onkel A. D. das Fleisch von den Knochen zu ätzen, weil er ihn verpfiffen hatte.

Das gibt mir zu denken. Ich höre, zu welcher Gemeinheit Daddy fähig gewesen sein will, ich sehe andere Männer zurückweichen, wenn er an einen Billardtisch schlendert, aber mich faßt er an, als wäre ich aus Glas. Selbst Prügel verabreicht er mir so behutsam, daß sie eher symbolisch wirken. Beim Aufstehen heute morgen, bevor wir zum Bayou losgefahren sind, hat er mir die Socken über der Gasheizung vorgewärmt. (Lecia hatte bei einer Freundin übernachtet; sie klebte neuerdings nicht mehr so an Daddy, sondern schmuggelte sich mit zunehmendem Geschick in Familien ein, in denen es ruhiger zuging als bei uns.) Mein Daddy kauft mir alles, was ich mir wünsche, lacht über meine Witze und sagt mir fünfzigmal am Tag, daß er mich lieber hat als alles auf der Welt. Ich habe ihn Leute zusammenschlagen sehen, aber diese Hinterfotzigkeit, von der er hier im Lügnerclub erzählt, habe ich nie an ihm erlebt. Ich betrachte ihn, wie er mit einer hellblauen Plastikbürste das Blut unter den Fingernägeln wegschrubbt, und ich grüble. Er lacht sich krank über den Streich, den er A. D. gespielt hat. Er wischt seine Hände an einem Geschirrtuch trokken. »Wie ich weg bin, hat er sich immer noch am Boden gekrümmt. Der wollte nur noch raus aus seiner Haut.«

Ben dreht die Kuchenform um, und die Brötchen fallen in einem makellosen dampfenden Ring heraus. Ihre Unterseite ist knusprig braun. Ben nickt mir zu, daß ich mir eins abbrechen darf, und ich nehme mir eins. Aber ich muß es mit spitzen Fingern von einer Hand in die andere rollen lassen, um mich nicht zu verbrennen. Schließlich lege ich es auf die Anrichte und wölbe die Hände darüber zu einem kleinen Iglu, auf das ich puste. Als ich aufschaue, sehe ich, daß Bens Miene ebenfalls düster ist, als müßte auch er so viel Hinterhältigkeit erst verdauen.

Vielleicht war es diese Andeutung von versteckter Niedertracht, die mich davon abhielt, Daddy zu oft nach Mutter zu fragen, während sie im Krankenhaus war. Sein Schweigen bildete eine Mauer, die niemand übersteigen durfte. Aber ich war schon an ganz anderen Betreten-verboten-Schildern vorbeigestampft.

Eines Abends, als ich mit Daddy in seinem eidechsengrünen Pickup heimfuhr, wanderten meine Gedanken zu der Nacht mit dem Feuer zurück. Das Bild von Mutter mit dem Metzgermesser in der Hand hatte ich zu diesem Zeitpunkt längst aus meinem Gedächtnis gelöscht. Ich erinnerte mich nicht einmal mehr an das Feuer oder daran, wie sie unsere Kleider verbrannt hatte. Das einzige, was sich in meinem Kopf festgehakt hatte, war Dr. Boudreaux mit seinem Raupenschnurrbart, der mich nach den Spuren fragte. Ich wußte, daß er Mutter in die Nervenklinik eingewiesen hatte. Also riskierte ich es, mich nach dieser Klinik zu erkundigen – warum wir Mutter nicht besuchen dürften. Daddy sagte, Kinder wären nicht zugelassen, denn wenn kleine, dünne Kinderchen ihre Mama in einer geschlossenen Abteilung sähen, inmitten von lauter fremden Leuten in Schlafanzügen, dann bekämen sie nur Angst. Damit wandte er sich ab, schüttelte eine Camel aus der Packung und drückte den Zigarettenanzünder. Dieser Knopfdruck war wie der Punkt am Schluß eines Satzes. Er sollte meinem Fragen ein Ende setzen. Heißer Wind wickelte mir meine Haare ums Gesicht. Draußen glitt die Gummifabrik vorbei.

Aber irgendwie kämpfte ich mich über diesen Moment hinaus. Wir waren auf dem Heimweg vom Farm-Royal-Drive-In, wo die Serviererin immer an Daddys Fenster lehnte, während ich meine Kirscheis-Granita trank. Und eine Rechnung brachte sie auch nie, obwohl Daddy mindestens drei Dosen Bier in sich hineinschüttete. Vielleicht hat das Bier ihn ja gesprächiger gemacht, dachte ich. Ich fragte ihn, ob er denn keine Angst hätte, wenn er Mutter besuchte. Er sagte, die Leute dort kämen ihm weniger wahnsinnig vor als einfach furchtbar bedrückt. Sie säßen die meiste Zeit bei irgendwelchen Brettspielen, bewegten ihre Figuren aber nur ganz selten.

Dieses Detail, die Spielfiguren, ließ die Klinik für mich zur Wirklichkeit werden. Mit einem Mal kochte eine schwarze Wut in mir hoch, von deren Existenz ich bis dahin nichts geahnt hatte. Nach einer Weile sagte ich Daddy, Mutter brauchte von mir aus überhaupt nicht zu uns zurückzukommen, wenn sie dann wieder überschnappte, bloß weil wir unser Zimmer nicht aufgeräumt hatten.

Darauf tat er etwas, das meinem Bild von ihm so wenig entsprach, daß mein Hirn es sofort als die charakteristischste aller seiner Reaktionen speicherte. Er riß das Steuerrad herum, so daß wir von der Straße auf den Schotter holperten. Er bremste scharf. Der Wagen kam schwänzelnd zum Stehen. Daddy drehte sich nicht einmal zu mir um. Sein Blick blieb starr nach der Seite gerichtet, auf sein eigenes Gesicht im Außenspiegel, vielleicht auch auf die Türme am Horizont. Ich durfte sein Profil studieren – die kantigen Backenknochen und die Adlernase. Seine Augen wurden ganz schmal, als er endlich sprach. Er sagte, wenn ich noch einmal so über meine Mutter redete, dann bekäme ich eine gescheuert, daß ich nicht mehr wüßte, wo oben und unten war. Die Brutalität dieser Drohung hing eine Weile zwischen uns. Er hatte mir noch nie eine Ohrfeige verpaßt oder auch nur in Aussicht gestellt. Bei der bloßen Vorstellung fing mein Gesicht zu glühen an. Aber ich machte keinen Mucks. Nach ein paar Sekunden trat er auf die Kupplung, legte den ersten Gang ein, und wir ruckelten auf die Straße zurück.

Am Ende durften wir doch einmal mit in die Klinik, ein niedriges Ziegelgebäude, das sich auf einer struppigen Wiese duckte, in sengender Sonne, ohne ein Fitzelchen Schatten weit und breit. Wir gingen nicht hinein, sondern blieben vor einem Fenster stehen, das zum Tagesraum gehört haben muß. Daddy hatte die Zeit mit Mutter abgesprochen. Schon im Näherkommen erkannte ich durch das Fliegengitter und den engen Maschendraht, der noch zusätzlich davor gespannt war (damit niemand weglief, nehme ich an), die wilden tropischen Muster ihres Morgenrocks. Daddy mußte mich um die Taille fassen und hochstemmen, damit ich das Fenster überhaupt erreichte. Und selbst so kam ich nur mit der Nase übers Fensterbrett. Mutter legte die Hand an den Maschendraht. Es war eine sehr weiße Hand, und ich drückte meine dagegen, so paßgenau, wie es nur ging. Das Fliegengitter gab ein bißchen nach, so daß unsere Handflächen sich durch den Draht wirklich und wahrhaftig berührten. Ihr Gesicht im tiefen Schatten des Zimmers war nur ein blasses Oval ohne Konturen, aber ich hörte das Weinen in ihrer Stimme, als sie sagte, daß wir ihr fehlten. Sie tupfte mit einem Kleenex in dem Oval herum und schniefte dazu. Wir versicherten uns wechselseitig, daß wir einander vermißten.

Dann sagte ich etwas, wofür Lecia mich sofort in den Knöchel zwickte: »Es tut mir leid, daß du eingesperrt bist.« Sie mußte lachen. »Gott, Herzchen«, sagte sie, »ihr seid doch auch eingesperrt. Ihr habt bloß mehr Auslauf.« Im selben Augenblick ertönte aus einer der hinteren Zimmerecken – die ich vorher gar nicht wahrgenommen hatte – ein ganzer Chor von Gekicher, der mir das Blut in den Adern gefrieren ließ. Ich spähte in Richtung des Gelächters und machte verschwommen ein Knäuel von Patientinnen in blauen Bademänteln aus, die um einen großen runden Tisch saßen, umgeben von einer grauen Wolke von Zigarettenrauch. Das müssen die anderen Irren sein, schoß es mir durch den Kopf. Aber statt daß ihre Gesichtslosigkeit mich ängstigte, machte es mich nur böse, daß sie den ganzen Tag mit meiner Mutter zusammensein durften. Sie aßen mit ihr und spielten Rommé mit ihr, während ich nur kurz zum Fenster hochgehoben wurde, als wäre ich ein großer Klumpen von einer Substanz, deren bloßer Anblick Mutter schaden könnte. In dem Moment, als ich die Frauen dort sitzen sah, begann Daddy mich wie auf ein Stichwort herunterzulassen. Ich sagte: »Ich hab dich lieb« und schnüffelte ein bißchen. Mutter machte es ebenso, und dann entglitt sie langsam meinen Blicken.

Lecia war größer, deshalb konnte Daddy sie höher hinaufhieven. Er verschränkte seine Finger zu einer Art Steigbügel und richtete sich dann auf, so daß sie das ganze Fenster ausfüllte. Es wurmte mich, Lecia und Mutter tuscheln zu sehen. Ich hatte die Nasenspitze übers Fensterbrett recken müssen wie ein Einbrecher oder ein Spanner. Lecias Gesicht dagegen war mit dem von Mutter auf einer Höhe. Außerdem verstand ich kein Wort. Immer taten sie so geheimnisvoll. Nachts, wenn Lecia ihr Martinis mixte oder die Platten umdrehte, verstummte Mutter meistens, sobald ich in Hörweite kam, und Lecia scheuchte mich einfach weg, wenn die zwei die Köpfe zusammensteckten, wedelte mit der Hand nach mir, als wäre ich eine Bremse. Ein ganz besonderes Einvernehmen herrschte zwischen den beiden, eine Vertrautheit, die sie umgab wie ein magischer Kreis, während Daddy und ich in dumpfere Sphären verbannt waren, mit denen Mutter nichts anfangen konnte.

Wie auch immer, als an jenem Tag in der Klinik die weiße Gestalt der Krankenschwester hinter Mutter auftauchte, offenbar das Zeichen zum Aufbruch, reckte Lecia den Kopf zu einem Abschiedskuß. Sie preßte ihren Mund ganz fest an den Maschendraht. Am liebsten hätte ich sie in den Hosenboden ihrer abgeschnittenen Levi's geboxt, erst recht, als Mutters Lippen durch das Wabengeflecht auf ihre zukamen.

Als Daddy auf dem kiesbestreuten Parkplatz wendete, zeigte sich das Tropenmuster von Mutters Morgenrock in einem anderen Fenster. Und sie hob die flache Hand an den Draht. Ich mußte an die schneeweiße Orchidee denken, die ich einmal zwischen den Seiten von *Hamlet* gefunden hatte, gepreßt und mit Puder bestäubt. Das war das einzige Mal in dem ganzen Monat, daß wir Mutter sahen.

In dieser Nacht schlief ich zum erstenmal seit Wochen sofort ein. Und der schlimmste Alptraum aller Zeiten spulte sich an der Rückwand meines Schädels ab wie ein Breitwandfilm. In dem Traum zerhackte Daddy ein großes totes Tier auf dem Sperrholztisch in der Küche. Ich ging durchs Eßzimmer auf ihn zu und beobachtete ihn durch die Durchreiche. Ich konnte nicht erkennen, was für ein Tier es war – Hirsch oder Wildschwein, irgend etwas Großes jedenfalls. Normalerweise weidete Daddy seine

Jagdbeute auf der hinteren Veranda über einer Waschschüssel aus, so daß er das Blut hernach mit dem Gartenschlauch von den Steinen spritzen konnte. Sein T-Shirt war voller Blutflecken. Die Adern auf seinen Handrücken traten deutlich hervor von der Anstrengung. Er hob das Hackmesser und schlug mit aller Kraft zu. Dann ruckelte er daran, um irgendwelche Knorpel zu durchtrennen. Es gab ein schnalzendes Geräusch. Ich hörte das Hackmesser durch den Knochen hindurch dumpf auf dem Holz aufschlagen.

Im selben Moment bemerkte Daddy mich und befahl mir, wieder ins Bett zu gehen, er habe zu tun. »Schau, daß du ins Bett kommst, Pokey«, sagte er. Er sah mich kaum an dabei. Ich wandte mich zum Gehen, aber irgendein Magnetismus zwang mich, noch einmal zurückzuschauen. Daddy hielt ein Stück des Tieres hoch und musterte es. Dann veränderte sich das Licht. Und ich sah, daß er einen Arm hielt, einen am Ellbogen abgehackten Menschenarm. Der Arm mündete in Mutters Hand mit Grandmas Trauring daran. Die Hand war zurückgebogen, so daß sie im rechten Winkel zum Arm stand, als hätte Mutter sie erhoben und *halt* gesagt und die Hand wäre so erstarrt. Keuchend fuhr ich aus dem Schlaf auf, Schneckenspuren von Schweiß auf der Oberlippe; das T-Shirt klebte mir an der Brust.

Im Rückblick wird mir klar, daß Mutters abgehackte Hand aus dem Traum im gleichen Winkel stand wie die Hand, die sie gegen das Fenstergitter in der Klinik gedrückt hatte. Aber es hat sich noch eine andere Hand aus dieser Zeit in mein Gedächtnis eingebrannt. Sie gehörte der Frau von Bugsy Juarez. Sie war ganz mehlig an dem Morgen, an dem Mrs. Juarez zu uns kam. Mrs. Juarez stützte diese weiße Hand auf unseren feuchten Frühstückstisch, als sie zu Daddy sagte: *Bitte, kommen Sie schnell, Bugs hat sich erschossen.* Sie hatte Brötchen gebacken, als sie die Flinte knallen hörte. Er habe extra noch die Plastikplane über den Garagenboden gebreitet, mit der sie sonst die Gartenmöbel abdeckten, sagte sie, damit es keine zu große Schweinerei gäbe; ob wir nicht auch fänden, daß das sehr rücksichtsvoll von ihm gewesen sei, fragte sie, als letzte Handlung vor seinem Tod? Ein trübes Lächeln wanderte über ihr Gesicht bei dem Gedanken. Daddy antwortete natürlich nicht. Er stand schon am Telefon, um den Sheriff zu verständigen. Der weiße Abdruck von Mrs. Juarez' Hand blieb den ganzen Tag auf der Tischplatte, als hätte ein Geist sie berührt. Er ließ mich jedesmal, wenn ich daran vorbeikam, an Mutter denken, bis Lecia ihn schließlich kurz vor dem Abendessen mit dem Schwamm wegwischte.

II.
Colorado 1963

Sein eignen Kopf kennen ist schwer, da müßt sich der Kopf erst mal selber kennen. Sein Herz kennen, das geht, aber das will keiner. Mit Recht. Da reinschaun hat noch niemand gutgetan.

Cormac McCarthy, *Blood Meridian*

9

Daß wir nach Colorado zogen, war reiner Zufall. Eigentlich wollten wir zur Weltausstellung nach Seattle und waren nur auf der Durchfahrt, als Mutter, die mit leerem Blick aus dem Fenster des Impala gestarrt hatte, Daddy mit so gellender Stimme zum Anhalten aufforderte, daß ich dachte, sie müsse sich übergeben. Sie übergaben sich beide ständig auf dieser Reise, verkatert, wie sie waren. Wir rollten aus. Die Straße führte hinab in ein breites Tal, das mit Akeleien, rosa Hahnenfuß und weißem Wiesenschaumkraut übersät war. Dahinter ragte der Pikes Peak auf – für ein Kind, das in einem Sumpf aufgewachsen war, ein absolut unwirklicher Anblick. In meinem Liederbuch war auf der Seite gegenüber von »America the Beautiful« ein ganz ähnlicher Berg abgebildet, ein violetter Gipfel mit wehendem Wolkenschal und einer Schneehaube. Als wir aus dem klimatisierten Auto stiegen, hatte ich das Gefühl, mich direkt in dieses Bild hineinzubegeben. *Komisch*, dachte ich, *die Luft ist so kühl* – in Leechfield bedeutete ein blauer Himmel sengende Hitze. Der Duft der Nadelhölzer verstärkte dieses Gefühl der Verfremdung noch, denn er beschwor den Terpentingeruch in Mutters Atelier herauf.

Als Dauerschmollerin auf Autofahrten stand ich da und schmollte, in diesem Fall, weil wir angehalten hatten. Oft schmollte ich auch, weil wir nicht anhielten, und warf meine Schuhe aus dem Fenster, um einen Halt zu erzwingen, wenn ich zum Beispiel zu einer Schlangenfarm oder einem Eisstand wollte oder keine Lust hatte, mich zum Pinkeln über die Kaffeebüchse auf dem Rücksitz zu kauern, wo überholende Fernfahrer auf meinen blanken Hintern herunterschauten und an ihren Hupenseilen zogen, als hockte ich da zur Volksbelustigung.

Der Freiluft-Pool im Holiday Inn in Colorado Springs wurde bei Sonnenuntergang dichtgemacht. Den ganzen Tag hatte ich Daddy in den Ohren gelegen, daß wir unbedingt rechtzeitig dort sein müßten. Ich hatte mich vorgebeugt und mit einem leisen, insektenhaften Summton mehr oder weniger ununterbrochen auf ihn eingebrabbelt, daß ich, falls wir zu spät ankämen, um noch schwimmen zu gehen, an der Rezeption einen Tobsuchtsanfall vom Stapel lassen würde. Aber Mutter wollte partout anhalten, um die Aussicht zu genießen.

Ich schleuderte Kieselsteine an den Weißwandreifen. Im Geiste probte ich die Szene, die ich im Motel hinzulegen gedachte: Ich würde dem Personal erzählen, daß dieser Mann überhaupt nicht mein Vater war, sondern mich bei einem Banküberfall mit gezogenem Messer als Geisel genommen hätte. Die dünne Luft machte mich schwindlig. Ich hob den Blick. Über unseren Köpfen kreiste ein Falke mit einem sich windenden Nagetier im Schnabel, so nahe, daß man seine schwarzen Augen glänzen sah. Mutter griff sofort nach ihrer Kodak und fing an zu knipsen, während Lecia armwedelnd herumhüpfte wie eine Blöde und über die Nahrungskette schwafelte. Daddy öffnete die Motorhaube, um das Kühlwasser zu überprüfen, und Mutter schwänzelte zu ihm hinüber, schmiegte den Kopf an sein Khakihemd und fragte, ob wir nicht ein Weilchen hierbleiben könnten, *bitte, bitte, Schatz,* weil dieses Licht sie zum Malen inspirierte.

Ich wollte lieber weiterfahren. Lecia und ich hatten über der Straßenkarte von der Esso-Tankstelle gesessen und unsere Route geplant. Wir hatten die schwarzen Punkte der Städte im Westen mit rotem Leuchtstift verbunden, so daß jetzt ein breiter Blitz quer über die Vereinigten Staaten nach Seattle schoß. Ich mußte um jeden Preis in den Space-Needle-Souvenirladen, damit ich Peggy Fontenot eine Postkarte schicken konnte. Der Entwurf dazu stand schon in meinem kirschroten Tagebuch mit dem winzigen Schlüsselchen, das Mutter mir vor der Abreise im Drugstore gekauft hatte: *Liebe Peggy! Das hier haut dein olles Bibel-Camp ja wohl in die Pfanne, daß das Fett bis an die Decke spritzt!*

Daddy war so vertieft in die Frage, ob wir bleiben oder fahren sollten, daß er den Zündschlüssel drehte, worauf der Wagen auf die Teerdecke rumpelte und der porzellanblaue Himmel wieder über unsere Windschutzscheibe glitt. Schließlich zwinkerte er mir im Rückspiegel zu und erklärte, daß er auch lieber weiter nach Westen wollte. Nicht so Mutter. Sie erhob Einwände, höflich erst, dann in einer Heftigkeit, daß Lecia und ich uns die Finger in die Ohren steckten. Binnen Sekunden ging es nicht mehr darum, ob wir anhielten oder nicht, sondern um allgemeinere Fragen – wer immer dies tat und wer nie jenes. Zuletzt warf Mutter eine Streichholzschachtel nach Daddy, und er schlenkerte von der Straße ab in eine kleine Stadt namens, sagen wir, Cascade, wo wir ein Haus kauften.

Das steinerne Sommerhaus, das Mutter kaufte, ragte von einem Berghang weg wie auf einer Kinderzeichnung. Es gibt Fotos, die das bestätigen. Das Ding sieht aus, als genügte ein funktionstüchtiger Wagenheber oder auch ein kräftiger Ruck mit einem Brecheisen von der Hangseite her, um es von seinen langen Stelzen zu heben und Hals über Kopf die Schotterserpentinen hinunter in die Stadt kullern zu lassen.

Das Haus wurde zum Gradmesser für den Lebensstandard, den Grandmas Geld uns ermöglichte. Daheim in Texas hatten wir einen ersten Vorgeschmack bekommen. Daddy hatte in allen Schlafzimmern eine Klimaanlage am Fenster installiert. Die alten schwarzblättrigen Ventilatoren hatten wir der Heilsarmee gespendet, was uns in die High Society von Jefferson County befördert hatte. Dazu hatte Mutter sich in Houston einen echten Leopardenmantel gekauft, mit dazugehörigem Hut, wie ihn der Kosake auf der Wodkaflasche trug. (Vielleicht war dieser Mantel – in unserem Tropenklima eine einzige Qual – Beweis dafür, daß sie nie vorgehabt hatte, nach Texas zurückzukehren, auch wenn sie beharrlich abstritt, je andere Pläne geschmiedet zu haben.)

Aber es war unsere Reise selbst, die die tiefste Kluft zwischen unserer Familie und den Nachbarn riß. Daddy hatte nur drei Wochen Urlaub. Er würde heimfliegen – jawohl, fliegen, mit dem Flugzeug, zischelte sicher Mrs. Fontenot den anderen Damen beim Erbsenschälen über ihren beschürzten Schoß hinweg zu – und uns ohne männlichen Schutz zurücklassen. Das war skandalös genug: ohne den Ehemann in einer fernen Stadt zu bleiben. Noch ungeheuerlicher war allerdings, daß wir überhaupt so weit wegfuhren. Ich hatte noch nie von einer Familie gehört, die weiter nach Westen gereist wäre als bis zum Alamo oder weiter nach Osten als zum Krabbenfest in Breaux Bridge drüben in Louisiana. New Orleans lag knapp dreihundert Meilen östlich, aber für uns existierte es nur in »House of the Rising Sun«.

An dem Tag, als wir in Richtung Seattle aus unserer Einfahrt rollten, reihten sich die Nachbarskinder am Straßenrand auf – erst zum Winken und dann, um uns haufenweise Steine nachzuschleudern. Ihre Eltern standen stocksteif auf ihren Veranden, als sei es nur richtig, daß unser alter Impala zum Abschied von einer marodierenden Kinderhorde gejagt wurde. Die Extravaganz unseres Urlaubs stellte einen Vertragsbruch dar, einen Verrat, den die gesamte Stadt mit Fug und Recht persönlich nehmen durfte.

Unser Haus in den Bergen erschien als ein nicht minder sträflicher Luxus. Niemand in unserer Bekanntschaft hatte eine zweite Bleibe, von Schießunterständen für die Entenjagd oder einem Wohnwagen am Fluß einmal abgesehen. Eine Bankiersfamilie aus Denver hatte das Sommerhaus gebaut, für Ferien in der Wildnis. Aber für mich kündete es von ungeahnten Geheimnissen. Mit den Granitblöcken im Mauerwerk erinnerte es mich an eine alte Burg. Allein schon der Vorratskeller grenzte an ein Wunder – im Sumpfland von Leechfield stieß man beim Graben auf Wasser, sobald man den ersten Eßlöffeln Schlamm über die Schulter geworfen hatte.

Das Wohnzimmer war lang wie eine Kegelbahn. Mutter schaffte sofort neue Sofas an, glatte, kurvige Dinger in dunklem Orange, die dem Raum das Langgezogene, Windhundartige nehmen sollten. Der gemauerte offene Kamin an der Rückwand ragte fast so hoch auf wie Daddy. Nach wenigen Tagen stiefelten die Handwerker an, um auf allen Seiten Löcher in die Mauern zu reißen und Panoramafenster einzusetzen; am Ende wirkte das Haus wie ein Aquarium. Der Holzofen wurde gegen einen Gasofen vertauscht, und die grob behauenen Balken im Badezimmer ließ Mutter mit Fliesen aus dem *Architectural Digest* verkleiden.

Ein paar Wochen lebten wir wie Gestalten aus einem Disney-Film. Nachts scheuerten Wapitis an unserer großen Kiefer den Bast von ihren Geweihen. In der Früh kletterten Lecia und ich in die getrennten Betten unserer Eltern und beobachteten durch ihr Panoramafenster die Bären. Eine Grizzlymutter kam jeden Morgen mit ihren beiden Jungen den Hang herabgewandert, um in unseren Abfällen zu wühlen. Über das Fenster spannte sich noch das Klebeband-X der Bautischlerei, und wenn ich hinter diesem X hervorlugte, stellte ich mir unser Haus immer als einen Schatz vor, der auf einer Bärenkarte eingezeichnet war.

Im ersten Morgengrauen hockte ich auf Daddys Bett, neben seinen knochenweißen Füßen, die unter der Decke hervorstachen. Die Sohlen waren hart wie Horn. Ich mochte es nicht, wenn sie sich an mir rieben, und es machte mich erst recht grantig, zu Daddy verbannt zu sein, der einfach nur schlaff dalag, während Lecia mit Mutter kuscheln durfte. Ich war ein verschwitztes, ungewaschenes Kind. Wenn ich versucht hätte, auch zu ihr ins Bett zu schlüpfen, hätte sie meine Arme von ihrem Hals gestreift und gesagt, das wäre ihr zu warm.

Eines Morgens hörten wir wieder die Bären über die Kiefernnadeln und den Staub auf dem Waldboden heranschlurfen. Dann wurde zwischen den Stämmen der Rumpf der Mutter sichtbar, in waagerecht aufblitzenden Strichen. Sie machte große, wiegende Schritte. Ihre mächtigen Schultermuskeln zeichneten sich unter dem Pelz ab. Mein Rückgrat versteifte sich bei ihrem Anblick. Ich saß wie erstarrt und entkrampfte mich erst, als hinter ihr die Jungen angewetzt kamen.

Das Scheppern der ersten Mülltonne riß Daddy aus dem Schlaf. Brüllend fuhr er hoch. In seinem umnebelten Kopf sah er den gebückten Bärenschatten als Einbrecher. Bevor ich sein nach vorn schnellendes Bein packen konnte, ging er auf das Glas los und trommelte mit den Fäusten dagegen, wir anderen sahen schweigend zu. Vielleicht sagte Mutter ein paarmal seinen Namen, mehr bestimmt nicht. Aber er trommelte weiter, tief in den Schlingen seines Traums. Er befahl der Bärin mit so grimmiger Stimme, sich verdammt noch mal von seinem Vorplatz zu scheren, daß die Jungen schleunigst hinter ihr Deckung suchten, Unrat und Melonenschalen im Kielwasser.

Das machte die Bärin wütend. Diesem blaffenden Einsachtzig von einem Daddy wollte sie es zeigen. Sie richtete sich zu ihrer vollen Höhe auf, legte die Ohren zurück und tappte brummend auf das Fenster zu, die Arme ausgebreitet, der Torso prall unter dem schimmernden Fell. Einen Augenblick standen sie und Daddy knapp einen Meter voneinander entfernt, getrennt nur durch eine Glasscheibe und dieses Klebeband-X. Der Dampfkreis, den die Bärenschnauze malte, hing eine Armeslänge über Daddys schwarzem Haar, das völlig verknautscht war vom Schlaf und ihn ziemlich dämlich aussehen ließ. Ich tauchte unter die Bettdecke und betete uns alle nach Leechfield zurück, wo der Herr tückische Mokassinschlangen und Schwarze Witwen schickte, um einen mit schleichendem Gift zu töten.

Irgendwann im Lauf meines Gebets muß Daddy ruckartig wachgeworden sein, denn als ich unter der Decke hervorlinste, wich er vom Fenster zurück. Die Bettkante traf ihn an den Kniekehlen und knickte ihm die Beine ab, also setzte er sich hin. Er wirkte verwirrt. Die Bärin blieb, wo sie war. Sie brummte und zeigte ihre Zähne und die lackschwarzen Krallen. Wir atmeten ganz flach, bis sie den Kopf schief legte, als überlege sie. Schließlich warf sie sich herum, plumpste schwer auf die Vorderpfoten und trabte den Hang hinauf, so daß ihre Kinder flitzen mußten, um nicht abgehängt zu werden.

Am Fuß des Berges konnte man für sieben Dollar am Tag Reitpferde mieten. Mutter hatte eine Todesangst vor Pferden. Dennoch tänzelte sie eines schönen Morgens in die Sattelkammer dieses Reitstalls, wo der Besitzer, ein junger Cowboy namens Rickie McBride, am Zaumzeugflicken war. Sie trug ihren

Leopardenmantel. Die Tür zur Sattelkammer ließ sie hinter sich zufallen, so daß sie beide allein waren, was ein großes Gepfeife und Gejohle unter den Stallburschen draußen im Korral auslöste. Als sie wieder herauskam, hatte sie einen Preis für die beiden Pferde ausgehandelt, an die Lecia und ich unser ganzes Herz gehängt hatten – Halbbrüder. Meines war Big Enough, das kleinere, ein Brauner mit schwarzen Fesseln; Lecia bekam Sure Enough, einen dunklen Rotschimmel mit breiterer Brust und etwas mehr Temperament.

Wenn es in der ganzen dunklen Zeit in Colorado irgendeine spürbare Freude gab, dann begann und endete sie mit diesen Pferden. Wer nicht gerade mit unüberwindlicher Angst geschlagen ist (wie das bei Mutter tatsächlich der Fall war), kann sich nicht auf einen Pferderücken schwingen, ohne ungläubiges Staunen zu empfinden angesichts von soviel urtümlicher Kraft. Auf Fotos von damals sehe ich lachhaft klein aus im Sattel. In meiner Erinnerung wirke ich zu Pferd groß und stattlich, ich bin langbeinig und wende Big Enough mit einem leichten Druck der Knie und einem winzigen Zügelschnalzen. In Wirklichkeit reichten meine Beine nicht einmal zu einem Drittel um den gewölbten Sattelgurt. Sie standen praktisch waagerecht weg in den Steigbügeln, die ich immer auf die kürzeste Länge schnallen mußte.

Schon mit der ersten Prise Stallduft – Pferdemist und Matsch, dieses pissegetränkte Stroh, das so nach Bier riecht – saugte ich jeden Morgen genug Pferd in mich hinein, um regelrecht betrunken zu werden. Wenn Mr. McBride in der Nähe Hufe beschlug, hörte man das Klingen von Hufeisen und Hammer und Amboß oder das stetige Schaben seiner Feile. Die einzigen anderen Geräusche kamen von den Tieren – das gelegentliche Plumpsen grüner Pferdeäpfel; eine schlafende Stute, die ihr Gewicht von einem Bein aufs andere verlagerte; das Maul eines Ponys, das leise rumpelnd im leeren Futtertrog herumfuhrwerkte. Wir lernten schnell, das Tragen von Cowboystiefeln den Städtern aus Chicago und Los Angeles zu überlassen. Meine Tennisschuhe versanken bei jedem Schritt im Schlamm und schmatzten wieder daraus hervor, dann sickerte von oben die Brühe hinein und durchweichte meine weißen Ban-Lon-Socken. Ich sehe noch Big Enoughs glänzende, kastanienbraune Kruppe vor mir, wenn ich mit der Hand darüberstrich (ich mußte ein paar Sprossen an der Wand des Verschlags hochklettern, um das zu bewerkstelligen) und *ganz ruhig* sagte. Ein Weilchen striegelte ich noch an seinem kräftigen Hals herum, dann führte ich ihn rückwärts aus seiner Box.

Pferde sind mit einem lebhaften Gesichtsausdruck gesegnet, obwohl sie längst nicht so intelligent sind wie etwa Schweine. Jedes halbwegs vereinsamte Kind, das ein paar Bahnen in die Dreckkrusten an einem Pferdehals striegelt oder den weißen Stern auf einer Pferdestirn rubbelt, muß sich bei diesem Blick einbilden, daß das Pferd es liebt und versteht wie niemand sonst. Diesem Glauben fällt es um so leichter anheim, wenn das Pferd ruhig und gutartig genug ist, um das Kind stundenlang durch die Gegend zu tragen, ohne es an einem Baum abzustreifen oder auf andere Weise gegen die Last aufzubegehren.

Eigentlich ritt ich am liebsten ohne Sattel, nur mit einem Hackamore als Zaumzeug. Aber das morgendliche Aufsatteln war ein Ritual, das allen Umstehenden mein Können vor Augen führte. Vielleicht waren das die ersten Handgriffe, die ich wirklich beherrschte. Ich machte Big Enough dazu an dem Pflock vor dem Stall fest, für den Fall, daß einer von den Cowboys meine Darbietung bewundern wollte.

Als erstes legte man dem Pferd die mexikanische Decke auf; dann wurde der Sattel darübergehievt. Um ehrlich zu sein, brauchte ich dafür Lecias Hilfe. Wir mußten zwei Stühle aus dem Büro anschleppen und draufsteigen. Der Sattel war so schwer, daß wir gemeinsam unter vielen Haurucks ausholen mußten, damit er vom Schwung über den Pferderücken getragen wurde und nicht in den Staub krachte. Wenn das geschafft war, klinkte man den linken Steigbügel über den Sattelknauf, um den Packgurt festzuziehen, was bei Big Enough immer ein paar Püffe in den Bauch erforderte. Er war auf den Trick verfallen, sich, wenn Touristen ihn sattelten, aufzublähen, damit der Sattel locker geschnallt blieb; das führte häufig dazu, daß die Leute mitten im Reiten herunterfielen. Ein paar Boxhiebe, und er zog die Flanken ein, so daß man den Gurt zuhaken konnte. Das Ende des Riemens schob man durch einen kleinen silbernen Ring an der Seite des Sattels. Man bog es zu einer Schlaufe und machte einen flachen Knoten. Dann ließ man den Steigbügel vom Knauf rutschen. Mr. McBride oder seine Frau Polly kamen immer noch einmal, bevor ich losritt, um zu schauen, wie viele Finger sie unter den Gurt schieben konnten, und den Riemen entsprechend nachzuziehen.

Als letztes folgte das Zaumzeug. Eine Ewigkeit lang mußten die McBrides das machen. Aber schließlich lernte ich es, meinem Pferd die Stange ins Maul zu schmuggeln, indem ich ein Stück Würfelzucker aus der Tasche meiner Levi's fischte. (Den Zucker stahl ich jeden Morgen in dem Café, wo die Cowboys ihre Eier bestellten und Lecia und ich große Anschreibekundinnen waren.) Ich verbarg die Nickelstange in einer Zange aus Daumen und Zeigefinger, deren Spitzen das Zuckerstück hielten. Ich spüre noch Big Enoughs Maul auf meinen Fingern, schwarzsamtig und zugleich stachlig von den Barthaaren. Es strömte einen Kleegeruch aus, bevor er zubiß; das war für mich das Signal, ihm die Stange zwischen die Zähne zu schieben. War dann auch noch der Kinnriemen festgezurrt, konnte es losgehen in die Berge.

Das Vertrauen, das ich auf Big Enoughs Rücken empfand, war neu für mich. Vielleicht lag es an diesem Vertrauen, daß eine ganz passable Reiterin aus mir wurde. Ich war furchtlos bis hin zur Idiotie, aber auch mit einem ausgeprägten Gleichgewichtssinn ausgestattet. Ich habe immer noch das rote Band, das ich in diesem Juli beim Reitunterricht im Barrell Racing gewonnen habe. (Lecia wurde Sechste im Washington Pole Bending, wobei sie an dieser Stelle hinzufügen würde, daß der Wettbewerb in ihrer Kategorie viel härter war als in meiner, wo nur die Kleinsten mitritten.) Den ganzen Sommer über warf mich Big Enough kein einziges Mal ab, obwohl er stieg, sobald ein Backenhörnchen oder eine Taschenratte über den Weg huschte, und wild zu bocken begann, wenn er einen Bulldozer sah oder auch nur hörte. Ein paarmal gerieten wir auf der Brücke, die zum Stall zurückführte, hinter eins dieser Ungetüme, dann kam ich mir jedesmal wie eine Rodeoreiterin vor. Daß ich nie abgeworfen wurde, hatte mehr damit zu tun, daß ich gut aufpaßte – ich war ein wachsames Kind geworden, das sich beim ersten Gefahrenzeichen am Sattelknauf festklammerte –, als mit irgendeinem wirklichen Geschick meinerseits.

Wir ritten jeden Tag aus, höher hinauf, als mir heute vertretbar erscheint. Wir ritten ohne Führer oder Karte; die Pferde fanden den Weg zurück zu Wasser und Hafer von allein. Die Landschaft war vielfältig, wie man es sich unter dem leeren osttexanischen Himmel nie hätte träumen lassen. Hinter jeder Baumgruppe eröffnete sich ein anderer Blick. Es gab weite Wiesen, auf denen wir dahinsprengten, daß rings um uns die Hasen flüchteten, und schmale Felspfade, über die die Pferde stelzten wie Ballerinen. Es gab sogar eine Höhle mit einem kleinen verschlammten Einschlupf, der sich zu einem riesigen kathedralenähnlichen Gewölbe aus rotem Stein erweiterte. Wir aßen unseren Proviant dort drinnen, beim Licht unserer Taschenlampen, die wir hinten am Sattel befestigt hatten. Einmal machten wir mit totem Holz, Kiefernnadeln und Streichhölzern aus dem Café auch ein Feuer. Aber irgendwann dämmerte uns, daß das Zwitschern und Zirpen über unseren Köpfen nicht aus irgendwelchen Nachtvogelnestern oben an den Wänden kam, sondern von der Decke, an der Unmengen von Fledermäusen hingen. Die Zwillingskegel unserer Taschenlampen wanderten über ihr tschilpendes Gewimmel. Sie waren rotäugig wie die Sumpfbiber, die ich von daheim kannte. Als wir schließlich rückwärts aus der Höhle schlichen, waren unsere Turnschuhe fast ebenso lautlos wie die Sohlen der Indianergeister, die wir aufzustöbern gehofft hatten.

Ein andermal machten wir unsere Pferde vor einer aufgelassenen Mine fest und folgten den Wagenfurchen tief ins Innere, wo wir am Fuß einer Wand aus Katzengold einen schlaffen Pariser fanden, den ich für eine Schlangenhaut hielt. Ich schleppte das Ding wie eine Trophäe zum Reitstall zurück, und die Cowboys lachten und klatschten sich auf die Schenkel. Wir stießen auf Wasserfälle und klare Bergbäche, die zum Schwimmen zu kalt waren, aber herrlich zum Waten und Trinken. Mit dem sumpfigen Golf von Mexiko und den brackigen Bayous, die ich bis dahin nur kannte, hatte dieses Wasser nichts zu tun. Man sah Regenbogenforellen unter der Oberfläche herumschnellen und konnte aus den hohlen Händen trinken, bis der Bauch voll war und die Fuß- und Handgelenke schmerzten von der blauen Kälte.

Wenn wir allerdings in die Bredouille gerieten, waren wir auf uns gestellt. Einmal grasten unsere Pferde in einem Felsjoch, während wir eine Herde Bergziegen beobachteten. Ganz plötzlich hoben beide Pferde mit einem zuckenden Schlenker die Köpfe aus dem Gras. Ihre Ohren spitzten sich nach vorn, und sie reckten die Hälse, als hätten sie den Leibhaftigen gewittert und fieberten ihm nun entgegen. Dann legte Big Enough seine schwarzen Ohren flach zurück. Sure Enough begann rückwärts zu staksen. Eine tiefschwarze Wolke schob sich wie eine Stahlplatte vor den blauen Himmel. Als der Guß losbrach, fielen Hagelkörner so groß wie Tennisbälle, die uns flach über den Sattel streckten und die Pferde noch mehr in Panik versetzten.

Wir stiegen ab und beschlossen, das Gewitter unter einer Baumgruppe abzuwarten. Lecia brachte mir bei, wie man die Sekunden zwischen Blitzschlag und Donner auszählt. Da diese Zeitspanne immer kürzer wurde, erklärte sie, bewegte sich das Gewitter mit einem Affenzahn auf uns zu und würde genauso schnell vorbeiziehen, wie es gekommen war. Aber als ein lodernd weißer Strich auf der Lichtung vor uns in einen Baumstumpf fuhr, den wir problemlos mit einem Spuckeklumpen hätten treffen können, warfen wir uns zu Boden und bedeckten unsere Köpfe. Die Pferde rissen uns die Zügel aus der Hand und preschten hufeklappernd den Hang hinab.

Wir gingen zu Fuß die drei oder vier Meilen bergab, ohne Kopfbedeckung, mit durchweichten Jeansjacken. Die Temperatur war jäh gesunken. Wir erreichten den Reitstall blaulippig und schlotternd. Ich rubbelte mich im Büro trocken. *Und wenn uns was passiert wäre*? fragte ich Mr. McBride. Er sagte, die Luchse schleppten die größeren Knochen und die Kadaver bis jenseits der Baumgrenze, aber die Bussarde und Geier zeigten den Bergungstrupps in der Regel an, wo sie zu suchen hätten.

Ein andermal ritten wir ohne Sattel mit ein paar Kindern um die Wette – Lecia auf einem geliehenen Rotschimmel mit Namen George –, und ein kleiner Giftzwerg aus North Carolina warf eine Strumpfbandnatter nach diesem Pferd, das stieg und stürzte, Lecia unter sich begrub und ihr das Schlüsselbein brach. Der Knochen stach unter der Passe von Lecias weißer Bluse hervor, als müßte er jeden Moment ihre Haut durchstoßen. Wir rannten zu Mutter, die in der Cowboybar einen Wodka Gibson schlürfte, aber sie bot Lecia nur ein Kinderaspirin an, das sie in der Handtasche hatte. Ärzte würden das bestimmt nur verpfuschen, sagte sie. Der Knochen ließe sich wahrscheinlich sowieso nicht schienen, und ob wir eine Cherry-Coke wollten, worauf wir nein danke sagten. Ich sehe Lecias Gesicht noch vor mir – blaß und tränenlos, mit einem Schmierer bernsteingelben Lehms am Kinn –, als ihr klar wurde, daß niemand sich des herausspießenden Knochens annehmen würde. Sie hielt den Arm von sich weg wie ein Möbelstück.

Der Barmann, ein hübscher, schwarzhaariger Mexikaner namens Hector, hatte Mutter aus der Hand gelesen, als wir angelaufen kamen. Er ließ die Hand gerade so lange los, wie er brauchte, um Lecia aus einem Geschirrtuch eine Schlinge zu knüpfen. Das Tuch roch schwach nach saurem Gin und war mit einem roten Zuckerstangenstreifen bestickt. Als die Schlinge fertig war, klingelte Hector die Kasse auf und gab uns Vierteldollars für die Jukebox. Aber wir machten, daß wir wegkamen, und kauften uns statt dessen im Reitstall ein Eis am Stiel.

Abgesehen von solchen Situationen – in denen wir einen klardenkenden Erwachsenen gebraucht hätten und keinen fanden – fühlten wir uns hinreichend sicher. Wir gewöhnten uns sogar ab, unsere Eltern so ängstlich im Auge zu behalten. Mir fiel zum Beispiel gar nicht auf, daß wir sie nie zusammen sahen. Daddy hing manchmal im Reitstall herum und trank mit Mr.

McBride Kaffee, denn Daddy konnte am Maul einer Stute ihr Alter ablesen, das Gewicht eines Hengstes auf zwanzig Pfund genau erraten und ohne Maßband die Schulterhöhe eines Wallachs schätzen. Er hatte als junger Mann Cowboypferde zugeritten, und das trug ihm einigen Respekt ein, obwohl er aus Texas kam, was den meisten von Mr. McBrides Männern ein Dorn im Auge war. Einmal lieh Mr. McBride ihm sogar seinen Appaloosa-Grauschimmel, damit er mit Lecia und mir in die Berge reiten konnte.

Wir pflockten unsere Pferde vor einem kleinen Laden an, in dem noch eins von den Fässern stand, von denen herunter die Cowboys in der guten alten Zeit ihre Reden zu schwingen pflegten. Daddy bestellte uns Roastbeef-Sandwiches auf weißem Toastbrot. Der Ladenbesitzer strich körnigen Senf auf die Scheiben und belegte sie mit dünn geschnittenen roten Zwiebeln. Dann kauften wir noch rosa Fischeier in der Dose und mieteten Angeln und Wasserstiefel zum Forellenfischen.

Was so ziemlich der einzige Sport ist, bei dem ich Lecia von Anfang an in die Tasche gesteckt habe. Das Reaktionsvermögen, das ihr beim Schießen zugute kommt (noch heute holt sie mühelos eine Taube vom Baum), machte sie im Wasser zappelig. Einfach herumzustehen langweilte sie. Sie mußte etwas zu tun haben.

Im Lauf des Nachmittags füllte sich der Jutesack, den ich mir um den Hals gehängt hatte, rasch mit schillernden, zuckenden Forellenleibern. Als ich ihn nicht mehr tragen konnte, watete ich ans Ufer zurück und ließ ihn in der Obhut von Lecia, die aufgegeben hatte und sich über die Sandwiches hermachte. Fast hätte ich meine Angel auch hingelegt. Das wäre ein Fehler gewesen, denn der letzte Fisch, den ich an dem Tag an Land zog, muß fünf Pfund gewogen haben und hatte Kampfgeist für zehn.

Daddy lachte wie verrückt, als er anbiß. Meine Angel bog sich. Ich stolperte ins tiefe Wasser und schrie um Hilfe. Er mußte erst ans Ufer waten und seine Rute ablegen, bevor er den Fisch für mich heranholen konnte. Zumindest das Netz spannte ich allein aus. Gemeinsam zerrten wir das hin und her peitschende

Tier die grasige Böschung hinauf, wo es wild mit dem Schwanz schlug und Lecia zu ein paar ganz ungewohnten Trippelschritten veranlaßte. *Igitt* sagte sie sogar. Daddy packte den Schwanz mit beiden Händen und hieb den Fisch mit dem Kopf auf einen Stein.

Da lag er dann, mit leer glotzenden Augen. Seine Kiemen pumpten noch im Reflex. Er war weder »zerschunden und ehrwürdig und unschön«, mit dem langen Schnurrbart eines Mandarins wie der alte Fisch, den die Dichterin Elizabeth Bishop einmal beschrieben hatte, noch war er so gewaltig wie der Thunfisch, der es Hemingway angetan hatte. Aber in sich war er nahezu vollkommen, ein blankes Silberband in der Sonne; das Rosa und Blau und Gelbgrün des Regenbogenstreifens verschmolz in den schartenlosen Schuppen, die von keiner Spur Moos oder Flechten entstellt waren. Er glich einem erlesenen chinesischen Kunstwerk; die Schuppen griffen so sauber ineinander, als hätte ein Goldschmied sie einzeln angelötet. Daddy schlug mir gar nicht erst vor, ihn auszunehmen oder zu schuppen. Er wollte ihn ganz in den Laden zurückbringen; der alte Mann, bei dem wir uns die Ausrüstung geliehen hatten, würde sich dieses Prachtexemplar nicht entgehen lassen wollen.

Daddy trug meinen Fisch eigenhändig an den Kiemen in den Laden und klatschte ihn der Länge nach auf die Theke. Er legte mir beide Hände auf die Schultern und sagte: »Den Eumel hier hat unsere Pokey gefangen.« Der Mann nickte und rief seine Frau aus dem Hinterzimmer herbei, und auch sie nickte. Dann standen wir alle eine Zeitlang nickend da, bis der Mann die Namen verschiedener Präparatoren zu nennen begann, woraufhin Lecia erklärte, sie wolle einen Eskimo-Pie. Selbst nachdem sie ihr Eis bekommen hatte, blieb sie miesepetrig, die Arme fest vor dem Sweatshirt verschränkt. Ihre Unterlippe stand an die fünf Zentimeter vor, und diese Lippe war es, die uns aus dem feuchten Laden hinaus in den hellen Nachmittag führte.

Am Abend trug Daddy auf einem Steinblock etwa fünfzig Meter oberhalb unseres Hauses Holz für ein Lagerfeuer zusammen. Es wurde schon dunkel. Er beauftragte Lecia und mich, das kleine Feuer, das er angezündet hatte, anzublasen, während er selbst zum Haus hinunterging und eine Pfanne holte. Wir hockten uns auf die Fersen und taten so, als wären wir Indianer. Noch heute sehe ich Daddys schlaksige Gestalt durch den Rauch der grünen Reiser auf mich zustapfen. Zwischen den Bäumen kam er den Berg herauf, die gußeiserne Pfanne unterm Arm. Er war langbeinig und bewegte sich trittsicher und ohne einen Laut.

Als die Flammen loderten, wälzte Daddy die kleinen Fischleiber einen nach dem anderen in einer Kuchenform mit Maismehl und briet sie dann in Crisco. Ich war hungrig, wie man es nur nach einem Tag zu Pferd ist. Ein Baldachin von nadligen Ästen schwankte über unseren Köpfen. Dazwischen wippten ein paar Sterne. Ab und zu tat das Feuer einen Knall und wirbelte ganze Funkenfontänen in die Luft.

Wir aßen mit den Fingern von Papptellern. Die Forellen dampften und krachten beim Reinbeißen, so kroß waren sie gebraten. Ich spuckte die stachligen Gräten aus. Die Nachtluft war kalt. Man mußte jeden Bissen vor dem Kauen abkühlen, indem man diese Luft mit einem Zischen durch die Zähne zog. Es klang ziemlich fies. Lecia behauptete, ich hörte mich an wie ein Maultier mit einem Futtersack über den Ohren. *Wer im Glashaus sitzt, soll nicht mit Steinen werfen*, sagte Daddy. Und was in einen Streit hätte ausarten können, verpuffte einfach, stieg mit dem Rauch auf und verflüchtigte sich zwischen all den schaukelnden Zweigen.

Meinen großen Fisch bereitete er erst ganz zum Schluß zu; er machte eine richtige Zeremonie daraus. Er mußte ihn in zwei Hälften teilen, damit er in die Pfanne paßte, und trotzdem hing der Schwanz noch über den Rand und verbrannte. Es war der dickste Fisch, den wir an diesem Abend aßen, mit dem meisten weißen Fleisch an den spitzen Gräten. Lecia und ich vertilgten ihn, während Daddy eine Pfanne voll dünn geschnittener roter Kartoffeln mit geviertelten Vidalia-Zwiebeln briet.

Ich sehe Daddy noch vor mir, wie er in den Kartoffeln scharrte, die den rauchigen Fischgeschmack des Fettes annahmen. Er summte »Goodnight Irene« und starrte mit abwesendem Blick in die Pfanne. Ich blickte durch die Äste in den hochgewölbten Himmel hinauf und dachte an das, was ich in Grandmas Konversationslexikon gelesen hatte: daß die Rockies von Gletschern geformt worden waren, die über den Kontinent krochen und Millionen Tonnen Fels vor sich her schoben. Vor meinem inneren Auge sah ich einen solchen Gletscher wie weiße Seide über die Stelle gleiten, an der wir gerade saßen. *Vielleicht hat der liebe Gott diesen Felsblock genau hierhin gelegt*, schrieb ich am nächsten Tag in mein Tagebuch, *damit wir darauf kochen können.* (Geborgenheit macht tollkühn, und als Kind gewinnt man den Glauben schnell zurück.)

Irgendwann befahl Daddy uns flüsternd, still zu sein, und in einiger Entfernung machten wir im Licht des Dreiviertelmondes die stumpfen Schaufeln eines Elchs zwischen den Kiefern aus. Er kaute bedächtig und kam mir sehr edel vor in seiner wulstlippigen Häßlichkeit. Ein bißchen später jaulte sogar ein Luchs, so nahe, daß ich unter Daddys Arm flüchtete. Er lachte über meine Furcht und sagte, mir könnte überhaupt nichts passieren. Und ich glaubte ihm.

Als wir aufgegessen hatten, legte Daddy ein paar Scheite nach. Er lehnte sich zurück, schob sich eine zusammengerollte Jeansjacke unter den Kopf und nippte Whiskey aus einer silbernen Feldflasche. Lecia und ich bogen Kleiderbügel auf, um Marshmellows zu rösten. Ich spießte drei auf einmal auf und hängte sie mitten ins Feuer. Sie entflammten und verkohlten außen, aber das Innere blieb eine einzige Schmiere. Lecias Ansatz war ausgeglichener: Sie toastete sie einzeln, bis sie rundum blaßgolden schimmerten. Und das eine Ende ihres Bügels bog sie zu einem Griff, so daß sie ihn drehen konnte wie einen echten Bratspieß. Ausnahmsweise konnte ich ihre Überlegenheit hinnehmen, ohne in einem Sumpf des Grübelns zu versinken, was diese Diskrepanz über meinen Charakter – oder Mangel an Charakter – aussagen mochte. Lecia räumte über ihrem Drehspieß sogar ein, daß mein Fisch wirklich ein Wahnsinnsbrocken gewesen war, und Daddy stimmte ihr zu.

Wir schliefen neben ihm auf diesem aberwitzig kalten Stein ein, prall voll von Fisch und Kartoffeln wie zwei Zecken, jede an eine seiner Schultern gekuschelt, die Köpfe an seiner Brust. Er roch noch nach Pferd. Ein paarmal ließ ein in sich zusammenfallendes Stück Kohle mich hochzucken; dann sah ich einen Turm von Funken aufstieben und spürte, wie Daddy uns die Footballjacken enger um die Schultern zog. Ansonsten lag er still, die Flasche in perfektem Winkel auf dem Brustbein, so daß er einen Schluck nach dem anderen trinken konnte, ohne den Kopf zu heben oder sich etwas aufs Kinn zu schütten. Ich erinnere mich weder daran, wie er die Pfanne mit Sand und Kiefernnadeln ausscheuerte, noch daran, wie ich den Berg hinuntergetragen wurde.

Was Mutter währenddessen trieb, kann ich nur mutmaßen. Vielleicht las sie. In diesem Sommer war russische Geschichte an der Reihe. Das Foto auf dem Umschlag ihrer Rasputin-Biographie zeigte den Alten mit wildem Haar und Glotzaugen über dem struppigen Vollbart. Vielleicht lehnte sie auch an der Cowboybar in der Stadt und pumpte sich mit Tequila voll. Oft saß sie einfach stundenlang allein im Dunkeln in dem hölzernen Deckchair auf der weit über den steilen Abhang vorspringenden Veranda und nippte an einem Wodka. Das war eine ihrer Hauptbeschäftigungen, trinken und ins Tal hinunterschauen. Hätte ich einen Funken Verstand gehabt, dann hätte mich der Anblick meiner Mutter, die in einen Poncho gewickelt in diesem Liegestuhl saß und Wodka in sich hineinschlürfte, mit bösen Ahnungen erfüllt.

An dem Abend, als meine Eltern ihre Scheidung ankündigten, waren Lecia und ich gar nicht daheim gewesen; wir hatten das Vorspiel nicht miterlebt. Das habe ich immer als moralisches Versagen unsererseits empfunden, als hätten wir es ihnen womöglich ausreden können. Aber der Reitstall bot abendliche Ausritte auf den breiten, weniger steilen Bergwegen an, mit abschließendem Lagerfeuer. Die Cowboys brachten Gitarren mit und ließen die Leute aus der Stadt »On Top of Old Smokey« und »Ninety-Nine Bottles of Beer« singen, bevor es wieder ins Tal ging. Ausgerechnet an diesem Abend war ich besonders glücklich. Der Mond hopste neben mir zwischen den Kiefern hindurch, als ich den Berg hinunterritt. Irgendwann schlief ich im Sattel ein. Das Schaukeln des Pferdes, das sich seinen Weg über die Steine suchte, hatte einen Rhythmus wie der Golf, an den ich bis zu diesem Tag kein einziges Mal gedacht hatte. Es war wohl ähnlich wie bei einem Fötus, ein Auf und Ab, das sich einem in den Herzschlag mogelte, das die Hirnwellen abflauen und die Augenlider herunterklappen ließ.

Die Spucke tropfte mir schon aufs Sweatshirt, als Big Enough das Ende des Pfades erreichte und schneller wurde. Das Klappern seiner Hufe auf dem Asphalt schreckte mich auf. Ich konnte gerade noch rechtzeitig das Sattelhorn packen, ehe er beim Anblick des Stalls in einen leichten Trab verfiel. Dort, im Licht der Scheinwerfer, das über die leeren Boxen strahlte, wartete Daddy, eine langgliedrige Gestalt in schlackernden Khakihosen. Er hatte eine Baseballmütze auf dem Kopf, auf die *Lone Star State* gestickt war. Unter der Aufschrift klebte ein gelber Stern, der gerade so viel Mond einfing, daß man ihn sah. Auf diesen Stern ritt ich zu. Unter dem Schirm klaffte Dunkelheit. Daddys Gesicht blieb in dieser Dunkelheit – und in dem Schweigen, das mit ihr einherging –, den ganzen Weg bis nach Hause.

Mutter saß auf dem geschwungenen Wohnzimmersofa vor dem offenen Kamin, in dem sich Berge von Asche türmten. Der Screwdriver, an dem sie nippte, war schon völlig verwässert. Sie trug eine schwarze Stretchhose und eins von den weißen Hemden, die wir Daddy jedes Jahr zu Weihnachten bei Sears bestellten. Dieses hier war eben erst auseinandergefaltet worden, das sah man ganz deutlich. Ein Stück Pappe lugte am Hals hervor wie die Kragenbinde bei einem Priester. Der neue Packen Spielkarten auf dem Tisch war unberührt, sein Siegel nicht erbrochen.

Ich habe keine Erinnerung daran, mit welchen Worten sie ihre Scheidung ankündigten. Daddy hockte einfach nur schwer auf einer Ecke dieser kurvigen Couch. Er saß vorgebeugt, die Ellbogen auf den Knien; die großen, grobknochigen Hände baumelten über den Dielenbrettern. Er ließ den Kopf hängen wie ein Stier am Ende des Kampfes, wenn er eine Menge Blut verloren hat und seine Schultermuskeln so zerstoßen und zerstochen sind, daß er nicht mehr angreifen kann. Große Tränen tropften aus seinen Augen auf die Dielen. Er versuchte gar nicht erst, sie wegzuwischen. Ab und zu fuhr er mit dem Handrücken über die Rotzglocke, die ihm aus der Nase quoll. Die Tränen malten dunkle Flecken auf den Holzboden. Ich studierte ihr Muster eine lange Zeit, um ihm nicht beim Weinen zuschauen zu müssen. Sie ergaben ein Malen-nach-Zahlen-Bild, dem ich keinen Sinn entnehmen konnte.

Mutter am anderen Ende der Couch behielt trockene Augen. Was allerdings nichts darüber aussagte, was sie empfand. Vielleicht kämpfte sie eine Flut von Schmerz nieder, vielleicht auch nicht. Sie war nicht ganz da, versteht sich. Der überdimensionale Screwdriver hatte sie WEGgeholt, das war sein ganzer Zweck gewesen.

Sie fragten uns ohne Umschweife, bei wem wir wohnen wollten. Mutter würde in Colorado bleiben, Daddy mußte nach Hause zurück. Sie setzten uns diese Tatsachen vor wie zwei Eissorten, zwischen denen wir die Wahl hatten. Was war besser – ein Vater oder eine Mutter? Wir konnten uns auch aufteilen, wenn uns das lieber war, so daß jeder von uns ein Elternteil bekam.

Lecia beorderte mich zum Kriegsrat in die Küche. Sie sagte, sie würde mich windelweich prügeln, wenn sie bei mir auch nur eine Träne sähe. Aber mir war überhaupt nicht nach Weinen. Ich wollte mich nur ganz klein machen und verkriechen.

Wir spähten am Türpfosten vorbei ins Wohnzimmer. Die Hinterköpfe unserer Eltern ragten über die Sofalehne. Da saßen sie, wortlos wie Fremde in der U-Bahn. Daß einer von ihnen für immer WEGgehen sollte, schien undenkbar. Ich rief mir den Globus mit seinem Fächer trennender Meridiane vor Augen. Ich wußte, wie weit es von Texas nach Colorado war. Aber das hier war nicht nur eine Frage der Geographie. Eine Sekunde lang zählte ich Ene-mene-mu zwischen den beiden Köpfen. Ich dachte daran, eine Münze zu werfen. Ich schwenkte im Zickzack hin und her zwischen Sumpf und Gebirge, zwischen unerträglicher Hitze und blauer Kühle. Am liebsten hätte ich mich auf den Boden gelegt, die heiße Backe gegen die italienischen Fliesen gedrückt, und wäre weggedämmert, bis die Bären uns weckten. Während ich mich abquälte, wurde Lecias Blick völlig ausdruckslos, als hätte sie diese Wahl auf uns zukommen sehen wie eine Wetterfront.

Sie traf schließlich die Entscheidung. Wenn wir Mutter allein ließen, konnte man für nichts garantieren. Daddy dagegen würde einfach zu Gulf Oil zurückkehren, und wir würden immer wissen, wo er war. Das war von zwingender Logik. *Gehn wir rein und bringen's ihnen bei*, sagte sie.

Daddy fuhr am nächsten Morgen in aller Frühe. Mr. McBrides Pickup keuchte zu unserem Haus herauf. Mr. McBride stellte sich aufs Trittbrett, ohne auch nur den Motor abzuschalten, und lehnte den Kaffee, den Mutter ihm anbot, ab. Daddy ging nach draußen und wuchtete seinen Seesack auf die Ladefläche. Ich hatte mich in der Nacht in diesen Seesack zu schmuggeln versucht. Ich hatte mich zwischen gefaltete Taschentücher und zusammengerollte Socken gegraben. Eigentlich hatte ich auch ganz gut hineingepaßt. Aber dann hatte ich den Reißverschluß doch nur bis kurz unters Kinn gezogen, weil ich so ein Angsthase im Dunkeln war.

So fand Daddy mich am Morgen schlafend. Er roch nach Old Spice. Sein wettergegerbtes Gesicht war voller Schnitte. Überall rote Tupfer von Blut, und auf den Tupfern klebten weiße Klopapierfetzen. Er kauerte sich nieder, in einer Hand seinen Kulturbeutel aus braunem Leder. *Raus mit dir, Pokey*, sagte er und zog den Reißverschluß bis zu meinem Nabel herunter. *Verdammt, du kannst einem echt das Herz brechen.*

Dann trug Mr. McBrides grauer Chevy-Pickup Daddy den Berg hinunter. Sein Kopf im Fenster wurde kleiner, bis er nur noch ein schwarzer Punkt war, wie eine der Städte auf der Karte, zu denen wir es einmal so ungeheuer eilig gehabt hatten. Ganz Texas hatte ich hinter diesem Kopf durchquert. Ich wußte, wie jedes einzelne Haar lag. Daß Daddy weggehen könnte, war mir auf dieser Reise nicht im entferntesten in den Sinn gekommen.

Mutter, ja, das war eine ständige, unausgesprochene Drohung. Aber Daddy war die Zuverlässigkeit in Person. Er wachte jeden Morgen in der gleichen Laune auf und fragte, ob wir Haferflokken oder Eier wollten. Und jetzt fädelte ihn Mr. McBrides Pickup in Haarnadelkurven den Berg hinunter, fort von uns. Schließlich lauerte ich nicht länger auf das Aufblitzen des Wagens in den dunklen Flecken zwischen den Bäumen, sondern zog den Kopf ein und rannte aus Leibeskräften die Schotterstraße hinab. Ich rannte, bis der Lehm in Asphalt überging, obwohl das Fahrzeug schon längst außer Sicht war.

Oben im Haus riß Mutter sich mit drei Griffen die Lockenwickler aus dem Haar und verkündete, sie fühle sich wie eine befreite Sklavin.

Wir fuhren in ein riesenhaftes, schluchtähnliches Kaufhaus in Denver, wo sie sich einen, wie sie es ausdrückte, verdammten Traum von einem Cocktailkleid kaufte und dazu Kirchenkleider für Lecia und mich (obwohl wir eher Linoleum gekaut hätten, als in die Kirche zu gehen). Mir wurde ganz schwindlig. Die Vitrinen hatten scharfe Kanten. Grellfarbige Schals glitzerten hinter ihren Scheiben, juwelenbesetzte Zigarettenschachteln, echte Goldketten mit dem alleinigen Daseinszweck, die Brille am Hals zu befestigen. Die Appretur der fabrikneuen Kleider brannte mir in den Augen. Metallene Rolltreppen krochen von einer Etage zur nächsten und drohten am Ende meine Zehen abzubeißen.

Wir bekamen alle Pelzmäntel. Mutters weißer, gefältelter Biberpelz war weicher als die Innenseite meines Arms. Er hatte ein Seidenfutter von blassem Beige, das sich auf meinen nackten Schultern anfühlte wie die Mentholmilch, mit der Mutter uns bei einem Sonnenbrand einrieb. Um den schweren, tanzenden Mantelsaum zog sich eine breite schwarze Spitzenborte. Die Parkas, die Lecia und ich uns aussuchten, hatten mit Kaninchenfell gesäumte Kapuzen und Taschen, die so tief waren, daß man Brötchen darin horten konnte.

Am Nachmittag stelzten wir in die hohe, mit Kronleuchtern ausstaffierte Marmorhalle eines großen Hotels. Der Typ, der den Lift bediente, trug eine Uniform mit Messingknöpfen wie ein Marineoffizier. Er beziehe ein festes Gehalt einzig und allein dafür, daß er den ganzen Tag Knöpfe drücke, sagte er. Das veranlaßte mich zu der Bemerkung, daß die hiesige Gewerkschaft die Hotelbranche ganz schön unter ihrer Fuchtel haben müsse. Er und Mutter lachten darüber wie alte Kumpel. Er lachte immer noch, als sie ihm einen Fünfdollarschein zwischen die weißbehandschuhten Finger schob.

An unserem Tisch im Speisesaal erwartete uns eine ganze Division von Löffeln. Dennoch brachte der Ober zu den Krabbencocktails winzig kleine Babygabeln. Er hatte einen Smoking an und erklärte, die Kartoffelsuppe gehöre so kalt. Ein anderer Herr, dem ein goldener Becher um den Hals hing, trank von Mutters Wein, bevor sie ihn probierte. Zum letzten Gang erschien der Küchenchef persönlich mit bauschiger Kochmütze, um die Bananenscheiben in der Pfanne zu flambieren und über unsere vergoldeten Eisbecher zu schaufeln. Mutter bestellte eine Flasche Dom Pérignon und dazu Kristallgläser, in denen wir auch einen Schluck abbekamen. Wir ließen die Cocktailgabeln in unsere Hemdtaschen gleiten, als Andenken. Meine sehe aus wie der Dreizack von einem klitzekleinen Teufel, sagte ich zu Lecia, und sie machte sich fast in die Hose vor Lachen. Wir stießen darauf an, daß wir für immer wie zwei Prinzessinnen in diesem Hotel wohnen wollten. Unterdessen räumten die Kellner in ihren schwarzen Anzügen unsere Teller ab und fegten mit silberbeschlagenen Bürsten die Krümel vom Tisch, mit Bewegungen aus dem Handgelenk, die zu genau abgezirkelt waren, um natürlich zu wirken.

Die ganze Zeit über war Daddy aus meinen Gedanken verschwunden, was Mutter wohl auch bezweckt hatte. Aber als die Erinnerung an ihn zurückgebraust kam wie eine Lokomotive, zog sie einen ganzen Kohlentender rabenschwarzer Gefühle hinter sich her.

Ich rekelte mich unter meiner smaragdgrünen Satindecke, eine in Leder gebundene Frühstückskarte auf den angezogenen Knien. Lecia lag noch als lebloses Häuflein auf der anderen Seite des Bettes, aber unten an den Vorhängen webte sich ein Lichtsaum entlang, der es Tag werden ließ. Hunger hatte ich keinen, aber ich grübelte intensiv darüber nach, was eine belgische Waffel sein mochte, als jäh mein letztes Bild von Daddy durch mein Hirn zuckte. Mr. McBrides grauer Pickup verschwand hinter Nadelbäumen. Die Speisekarte rutschte mir aus den Händen. Wie hatte ich Daddys Aufbruch einfach so vergessen können? Ich hatte meine Treue immer als unerschütterlich angesehen. Mein Schädel brummte vor Folterqualen, die ich erdulden wollte, für Kameraden, Familienehre und andere hehre Ziele. Aber ich hatte mich kaufen lassen, und das auch noch billig: Ein Kaninchenmantel und die gestohlene Gabel eines Miniteufels hatten Daddy aus meinen Gedanken verdrängt.

Als Mutter sich mit einem Cowboy aus dem Reitstall anfreundete, einem Burschen namens Ray mit kleinen, stiftartigen Kaninchenzähnen, hatte ich längst aufgehört, auf Big Enough zu reiten. Colorado und die Pferde hatten uns Daddy WEGgenommen. Ich gelobte, mich durch Selbstkasteiung seiner Rückkehr würdig zu erweisen, ihn durch meine Entbehrungen wieder herbeizuzaubern. Also verbrachte ich meine Tage in der frostigen Stille des Christian-Science-Lesesaals, wo ich Gedichte las und selber welche zu schreiben versuchte. Hier ein Originalzitat:

Grandma trug stets einen Schal
Auf ihrem Silberhaar.
Ich dacht', da würd' er bleiben,
Bis sie gestorben war.

Eines Nachmittags döste ich über meinem e.-e.-cummings-Band ein und wurde mit knöchernen Fingern von der Bibliotheksaufsicht wachgestochert, die meinte, ich solle mich für mein Nickerchen lieber nach Hause schleppen.

Und dort stieß ich auf Mutter, die mit nacktem Oberkörper vor dem Kamin auf dem Bauch lag, Ray rittlings über ihr, als wäre sie ein Pferd, das er zureiten wollte. Er knetete ihre Schultermuskeln. Sein Cowboyhut hing schief über der Sofalehne, und sein braunes Haar wirkte noch fettiger und plattgemanschter als sonst. Der Hut hatte rund um seinen Schädel einen Abdruck hinterlassen, so daß es aussah, als hätte er einen Schwingdeckel. Ich starrte ihn an, meinen cummings-Band an die Brust gepreßt. Ray war in Null Komma nichts auf den Füßen. Er hatte grauenhafte O-Beine. (In Leechfield hätten wir gesagt, da könnten Ferkel durchspringen.) Währenddessen tappte Mutter mit der Hand herum, bis sie ihren BH zu fassen bekam, den sie züchtig unter den Oberkörper schob und mit einem geübten Griff hinten zuhakte, den Blick immer noch nach unten gerichtet. Ray sagte: *Hallihallo, Slow Poke.* Seine Stimme war laut und kratzig. Und ich verbesserte ihn auf der Stelle: »Pokey«, sagte ich, ohne eine Miene zu verziehen. »Mein Vater nennt mich Pokey, nicht Slow Poke. Slo-Poke ist ein brauner Dauerlutscher aus dem Drugstore, der einem alle Plomben rauszieht.« Mutter streifte sich die Bluse über den Kopf und erklärte, wie schön es sei, daß ich zur Abwechslung mal zum Mittagessen heimkäme. Die Lüge verletzte mich mehr als der Anblick meiner Mutter, wie sie barbusig unter einem Cowboy lag. Sie fand es kein bißchen schön, mich zu sehen.

Eine Woche später kündigte Ray seinen Job im Reitstall und verschwand auf Nimmerwiedersehen. Sein Abschied fiel in die gleiche Zeit wie Mutters Solo-Reise nach Mexiko. »Acapulco, ich komme«, hatte sie gesagt und uns beiden Sombreros versprochen. Aber als sie uns nach dieser Fahrt abholte (wir waren bei der Familie des Stallbesitzers in Kost gegeben worden), war der Mann, der aus dem Auto stieg, eindeutig nicht Ray. Dafür war er zu groß, zu schlaksig und zu schwarzhaarig.

Ich führte zwei verschwitzte Pferde im Korral auf und ab, und beim Anblick der hohen Gestalt neben dem Auto fing etwas in mir zu rasen an. Der Mann stand in der Staubwolke, die der Impala aufgewirbelt hatte. Er trug eine graue Hose und ein kurzärmeliges Hemd, das von Sears hätte sein können. Ich ließ beide Zügel fallen. *Die sind doch noch klatschnaß*, schrie Mr. McBride mir nach. Aber ich rannte auf diese Gestalt zu, freudig und hoffnungsvoll wie ein Kind am Weihnachtsmorgen. Nur daß ich nicht vor meinem Vater zum Stillstand schlitterte, dessen große Hände mich in meiner Phantasie schon mit geisterhafter Leichtigkeit emporgeschwungen und über dem staubigen Hof herumgewirbelt hatten. Nein, es war nicht Daddy, der an der Beifahrerseite von Mutters Wagen stand. Es war Hector, der Barkeeper aus der Cowboykneipe. Mutter lehnte sich über das Autodach und streckte uns eine Hand mit einem fetten Diamantring entgegen. Mit einem Ruck blieb ich stehen. *Sagt eurem neuen Daddy guten Tag*, forderte sie uns auf. Und während Hector sein Alligatorengrinsen auf uns losließ, schloß Lecia sporenklirrend die Lücke hinter mir und flüsterte, was ich selbst schon dachte: *Ach du Scheiße.*

10

Einige Zeit nach Hectors Einzug trabten Lecia und ich eines Sonntags zum Reitstall hinunter und fanden die Sattelkammer verschlossen, obwohl die Sonne sich schon über die Bergspitzen gearbeitet hatte. Jemand war dagewesen und wieder gegangen. Die Boxen waren ausgemistet und mit sauberem Stroh ausgestreut. Und es war Hafer in den Futterraufen und frisches Wasser in den Trögen. Aber der Pickup der McBrides stand nicht vor dem Anhänger in der Schottereinfahrt. Wir hämmerten an das Aluminium ihrer Fliegentür, aber es zeigte sich kein Gesicht. Ich ging über die Brücke und linste durch das Fenster des Cafés. Die Barhocker standen einsam und verlassen da. Ich sagte zu Lecia, es sei wie in der Folge von *Twilight Zone*, wo Außerirdische sämtliche Erdbewohner entführen und nur diese sauertöpfische alte Lehrerin übriglassen, die sich Vorwürfe macht, weil sie immer so eine Giftzicke gewesen ist.

Wir setzten uns auf die Betonklötze vor dem Café. Der Inhaber hatte sie dort aufgereiht, damit die Besoffenen ihm nicht ständig in die Fensterscheibe fuhren. Lecia zog unsere Sandwiches aus der Papiertüte, Mortadella auf dickem, weißem Toastbrot – meins mit Senf, ihres mit Mayonnaise. Nach Hause gehen war nicht drin. Mutter und Hector hatten letzte Nacht einen aufgemacht (so verstanden wir die Wendung »einen draufgemacht«). Entweder waren sie noch gar nicht wieder bei Sinnen, oder sie schlugen sich mit dem Morgenschwummer herum. Hector hatte diese Katermedizin, die er aus rohen Eiern, Wodka und Magentabletten zusammenrührte. Ich nannte sie den Katzenjammer-Shake. Er brauchte das Glas nur anzusetzen, und schon stürzte Mutter würgend ins Bad. Auf Vormittage mit den

Jungvermählten legten wir deshalb keinen gesteigerten Wert. Seit Hectors Billigschuhe unsere Schwelle überschritten hatten, waren wir kein einziges Mal mehr morgens zu Mutter ins Bett gekrochen, um die Bären zu beobachten. Ich für meinen Teil hätte das Schlafzimmer ums Verrecken nicht vor Mittag betreten.

Ich aß nur das Mittelstück von meinem Sandwich, nagte es in einem Kreis heraus, was Lecia wütend machte. Sie konnte es nicht leiden, wenn ich mich so zimperlich anstellte. So äßen nur Eichhörnchen, sagte sie, und dann warf sie meine abgegessene Rinde den Spatzen hin. Kein einziges Auto fuhr vorbei, während sie sie aufpickten. Die Sonne stieg einen Tick höher. Das war alles. Nach einer Weile gaben wir die Hoffnung auf, daß die McBrides doch noch kommen und uns an unsere Sättel lassen würden. Wir spielten eine primitive Form von Schlagball mit der zusammengeknüllten Papiertüte, trieben sie über die Brücke und von da zurück zum Stall.

An einem Nagel entdeckte Lecia ein Paar Hackamores, und wir galoppierten auf unseren Pferden über eine schmale Berg-und-Tal-Bahn von einem Pfad. Er hatte eine Senke am Ende, daß sich einem der Magen hob. Die Pferde waren hinterher in Schweiß gebadet. Wir führten sie noch etwas in der Koppel herum, dann striegelten und tränkten wir sie. Den Rest des Vormittags brachten wir herum, indem wir auf der Wiese hinter dem Stall nach Schlangen suchten. Zwei oder drei Ringelnattern flochten sich am Boden eines Hafereimers übereinander, als der Pickup der McBrides endlich über die Brücke gerumpelt kam. Wir flitzten los.

Mr. McBride sagte hallo, und wir sagten auch hallo. Er fragte, ob ich nicht wüßte, was für ein Tag es war. Ich sagte, allem Anschein nach ja wohl Sonntag. Dann stieg Polly vom Trittbrett herunter und drehte sich zu uns um, ihre neugeborene Tochter auf der Hüfte. Das Gesicht des Babys hatte eine beunruhigende Ähnlichkeit mit Winston Churchill, jedenfalls habe ich es so in Erinnerung. *Was für ein trauriges Gesicht*, dachte ich gerade bei mir, *und damit muß dieses Mädchen durchs Leben gehen*, da fragte Polly, ob wir unserem Daddy denn nicht einmal eine Vatertagskarte geschrieben hätten.

Scham überflutete mich wie ein Sturzbach. Lecia rempelte sich durch mein Schweigen und sagte, klar hätten wir. Und außerdem hätten wir ihm eine komplette Anglerbüchse voller handbemalter Köder aus Denver geschickt, eine Tüte mit roten Gummiwürmern, eine neue Zippo-Angel und dazu eine Schnur mit hundert Pfund Testgewicht. Mr. McBride sagte, soweit er wüßte, gäbe es keine Hundert-Pfund-Schnüre, jedenfalls nicht aus Nylon. Aber Lecia hätte ihn mit ihrer Lüge eher platt gegen die Wand gedrückt, als einen Zentimeter davon abzurücken. Sie sagte, die Forellen in Colorado machten viel schneller schlapp als die Barsche in Osttexas, deshalb müßten die Fischereiläden hier im Norden auch keine so starken Angelschnüre führen. Daheim in Leechfield, behauptete sie, seien Hundert-Pfund-Schnüre das mindeste, und die dicksten seien ungefähr so wie ihr Handgelenk hier – zum Beweis hielt sie es Mr. McBride unter die Nase. Allen im Reitstall kam Lecias Texas dies und Texas das längst zu den Ohren raus. An diesem Vormittag klopfte Mr. McBride ihr nur kurz auf die Schulter, dann ging er zum Büro und schloß auf. Seine Kinder kletterten aus dem Wagen und liefen durch die Gegend, und ich haßte sie alle miteinander, weil sie einen Vater hatten. Ich sehnte mich nach meinem langbeinigen eigenen Vater, danach, daß er mir ein Fleckchen Kühle machte mit seinem großen kühlen Schatten.

Ich dachte an den Morgen, als er mich aus dem Seesack gescheucht hatte – wie ich hinter dem Pickup hergerannt war, der ihn von mir wegtrug. Ich war überzeugt gewesen, daß ich sterben würde ohne ihn. Aber ich war natürlich nicht gestorben. Gut, ich nannte Hector nicht »Daddy«, wie er sich das gewünscht hatte. (»Eher friert die Hölle zu«, hatte ich gesagt.) Aber ich hatte auch nicht wie versprochen jeden Tag an Daddy geschrieben. In den ersten paar Wochen hatte ich fünf oder sechs Briefe losgejagt. Aber zurückbekommen hatte ich nur eine Ansichtskarte von der Spindletop-Ölquelle. Daddy hatte einen matten Witz über den Reichtum gerissen, den er verdiente, indem er »in Öl machte«. »Ha, ha!« hatte er dahinter geschrieben, was mir besonders erbärmlich vorkam. Und am Schluß stand: »Alles Liebe von deinem besten Daddy.« Das trieb mir die Tränen in die Augen, das mit dem besten Daddy, als stünden sie schon Schlange, um mich zu bevatern.

Noch etwas anderes lag mir im Magen: Ich war nicht ganz sicher, ob Daddy über Hector Bescheid wußte. Es wurde zunehmend schwieriger, etwas zu erzählen, ohne daß Hectors Name fiel. Vielleicht mußten wir in unseren Briefen so tun, als würde Mutter einsam Trübsal blasen wie die geschiedenen Frauen in den Country-Songs. Daß der O-beinige Ray an Mutters nacktem Rücken herumgerubbelt hatte, verschwieg ich sowieso. Aber durch das Hector-Tabu und meine Unsicherheit, ob ich nun vergnügt klingen sollte oder wie ein armes Waisenkind, fiel mir das Schreiben an Daddy immer schwerer. Ich verbrachte viel Zeit damit, im Christian-Science-Lesesaal Löcher in die Luft zu starren. Oder ich grub die Zähne so in den gelben Lack meines Bleistifts, daß die Abdrücke sich möglichst gleichmäßig über die gesamte Länge verteilten. Ganze Vormittage konnten in diesem muffigen Raum an mir vorbeistreichen, ohne daß in meinem Big-Chief-Block am Schluß ein einziger Buchstabe gestanden hätte.

An diesem Vatertag stolzierten Lecia und ich vom Reitstall zu der Telefonzelle an der Esso-Tankstelle hinüber, die seit dem frühen Morgen in der prallen Sonne lag und dem Sieden nahe war. Als wir die Glastür aufschoben, schlug uns ein Schwall heißer Luft entgegen wie aus einem Ofen. Der silbrige Boden war mit Wespen und Faltern überkrustet, die vor Hitze und Sauerstoffmangel mitten im Flug abgestürzt sein mußten. Ich blieb in der Tür stehen, weil ich sie nicht zermatschen wollte. Aber Lecia knirschte einfach über sie hinweg zum Münzschlitz und warf ihre zehn Cent ein. Sie hielt den schwarzen Hörer ein paar Zentimeter von ihrem Ohr weg, wohl um sich nicht daran zu verbrühen. Sie meldete ein R-Gespräch mit Woodlawn 2-2800 an. Nachdem es hunderttausendmal geklingelt hatte, ohne daß jemand abhob, legte die Frau von der Vermittlung auf.

Bei Lecias nächstem Versuch weigerte sich die Dame, die bei Gulf Oil am Schaltbrett saß, die Gebühren zu übernehmen oder Lecia zu Daddys Abteilung durchzustellen. Lecia sagte mit ihrer zittrigsten Stimme, daß es sich um einen medizinischen Notfall handle, dann nannte sie die Frau eine kackefressende Zimtzicke und knallte den Hörer auf, daß er von seinem kleinen silbernen Halter hüpfte und an der Schnur gegen die Glaswand schwang.

Und dann weinte sie einfach los. Sie knickte vornüber, als sei etwas in ihr zerbrochen, rutschte auf den Boden der Telefonzelle und schaute nicht einmal mehr im Rückgabeschacht nach vergessenen Münzen.

Es lief darauf hinaus, daß wir zwei Vatertagskarten aus blauem Zeichenkarton bastelten. Vorn drauf schrieben wir mit himmelblauem Glitzer-Glimmer und Elmer's Alleskleber in Schreibschrift: »Dad«. Ich verzierte meine mit einer Flagge, der ich mit Wachskreide rote Streifen verpaßte. Meine Silbersterne liefen zu einem trüben Graublau an, statt zu funkeln wie der Stift selbst. Ich bekam schon vom bloßen Hinschauen schlechte Laune. Ganz egal, wie wunderbar ein Bild im Kopf aussah, wenn man fertig war, kam doch bloß vermurkstes Kindergestümper heraus.

Mutter stellte beide Karten zum Trocknen auf den Kaminsims. Die von Lecia war wenigstens sauber. Auf meiner klebten lauter Leimpocken. Außerdem paßte Lecia höllisch auf, daß sie nicht über die Ränder hinausmalte, was man von mir beim besten Willen nicht behaupten konnte. Trotzdem schlingerte Hector vor den Karten herum, als wären sie der Heilige Gral höchstpersönlich. Er hatte diesen verschwommenen Hundeblick, der, wie mir heute klar wird, ebenso von Kurzsichtigkeit herrührte wie vom Suff. Er nuschelte etwas in der Art, er hoffte, eines Tages würden wir ihm auch was zum Vatertag basteln, worauf Lecia sagte: »Man hat schon Pferde kotzen sehen.« Da tat er mir immerhin so leid, daß ich ihn vor dem Ins-Bett-Gehen umarmte. Meine Arme schlangen sich kurz um seine Mitte, die sich labberig anfühlte unter dem schlüpfrigen Nylonhemd.

Am nächsten Tag quälte sich Mutter gleich morgens zur Post,

um Briefmarken für unsere Karten zu besorgen. Herumzukutschieren, bevor ihr Alkoholspiegel hoch genug war, kostete sie eine nicht unbeträchtliche Willensanstrengung. Sie hatte sich eine Bloody Mary mitgenommen, in einem Becher mit Deckel wie für ein Baby. Vor dem Postamt blieb sie hinterm Steuer sitzen und wühlte schwerfällig in ihrer braunen Umhängetasche nach ihrem Geldbeutel. Ihre Hände zitterten. Schließlich ließ sie Lecia das ganze Ding in den Schoß plumpsen und sagte, nimms einfach mit.

Allein mit Mutter im Wagen, merkte ich zum erstenmal, wie sehr ihr Aussehen unter dem Trinken gelitten hatte. Aus unerfindlichen Gründen hatte sie sich die Haare platinblond gefärbt. Dazu trug sie tagsüber eine dunkle Sonnenbrille. Der scharfe Gegensatz zwischen diesen Farben – das Haar wie verdorrtes Gras und das blanke Schwarz der Brillengläser – ließ ihren Teint käsig wirken. Zu allem Überfluß hatte sie sich einen weißen Chiffonschal um Kopf und Hals drapiert wie einen Verband, der zu lose und durchsichtig war, als daß er irgend etwas hätte nützen können. Ihre großen, viereckigen Hände zitterten sogar dann, wenn sie sie gezielt einsetzte, zum Beispiel wenn sie den Aschenbecher aus dem Fenster leerte. Ich zermarterte mir das Hirn nach einer passenden Bemerkung. Aber sobald mir ein möglicher Satz durch den Kopf flutschte, sah ich auch schon die müde Verachtung vor mir, mit der Mutter reagieren würde. Ihr Schwachsinnsdetektor sei damals beim geringsten Anlaß losgegangen, sagte sie später gern. Ich wußte nur, daß ich sie langweilte. Ich schaute ihr zu, wie sie aus einem Salzstreuer, den sie im Handschuhfach aufbewahrte, Salz durch das Trinkloch ihres Bechers schüttete. Schließlich sagte ich, vielleicht brauchte sie ja einen Leckstein, wie wir sie auf der Pferdeweide auslegten. Sie kniff den Mund zu einem steifen kleinen Sternchen zusammen.

Mutters blondiertes Haar erinnerte mich an ein Foto, das ich in einem Nachruf auf Jayne Mansfield gesehen hatte. Jayne Mansfield war bei einem Autounfall der Kopf vom Rumpf getrennt worden. Mein Hang zu grausigen Phantasien war damals sehr ausgeprägt, so daß es mir keinerlei Schwierigkeiten bereitete, mir diesen Kopf vorzustellen, wie er – immer noch die straßbesetzte Katzenbrille auf der Nase – in die blaue Luft hinaussegelte wie ein Baseball. Das Bild verflüchtigte sich, als Lecia durch die Glastür ins Sonnenlicht stapfte. Die große Umhängetasche über ihrer Schulter wippte wie der Seesack bei einem Matrosen.

Nachdem wir die Vatertagskarten abgeschickt hatten, liefen Lecia und ich eine Woche oder länger jeden Tag morgens und abends zur Post, um den Antwortbrief in Empfang zu nehmen. Lecia zog den Briefkastenschlüssel von der Schnur um ihren Hals und sperrte das winzige Messingtürchen auf, dessen Nummer in meiner Erinnerung nur ein grauer Fleck ist. Daddy war kein großer Briefeschreiber. Das Fach war immer leer. Es sah aus wie ein kleiner Sarg.

Ohne ihm Unrecht tun zu wollen: Geschiedene Männer traten ihre Kinder in dieser Zeit einfach an die Mutter ab, und damit Schluß. Kinder wurden fallengelassen wie ein unbrauchbarer Wurf Welpen, den man in einen Kartoffelsack steckte und aus dem fahrenden Auto von der Orange Bridge schleuderte. Ich hatte ein solches Verschwinden nicht für möglich gehalten, nicht bei Daddy. Wir hatten zu oft miteinander Billard gespielt. Wir hatten zu viele Fische gefangen und zu viele gute Gumbos gegessen. Er war immer so schnell bei der Hand gewesen mit unerschütterlich klingenden Versprechungen. Sobald ich Sehnsucht nach ihm bekam, hallten diese Versprechungen durch meinen Kopf wie ein böses Echo: »Ich bin kein reicher Mann, Herzchen. Aber laufen kann ich. Und wo ich hinlang, da wächst kein Gras mehr. Und ich schwör zu Gott, wenn irgendwer dir blöd kommt, dann lauf ich genausoweit und lang genauso hin wie damals für die U.S. Army. Das garantier ich dir.«

Irgendwann verlor Lecia den Postfachschlüssel beim Reiten. Danach war es uns zu mühsam, zweimal täglich vor dem Schalter Schlange zu stehen und nach Briefen zu fragen.

Mein letzter großangelegter Versuch in diesem Sommer, Daddy zurückzugewinnen, basierte auf Rabattmarken. Rabattmarken zu sammeln war uns bis dahin immer zu dumm gewesen. Man bekam sie in den Geschäften, je nach der Summe, die man gerade hingeblättert hatte – sagen wir zwanzig Marken für jeden Dollar, etwas in der Größenordnung. Die Marken klebte man in Hefte, und mit diesen Heften fuhr man zu einer Zentrale, wo man sie gegen »Gratis«-Waren eintauschte.

Der Warenkatalog war mager, in etwa so wie der Ausverkaufsprospekt einer Eisenwarenhandlung. Aber ihm fehlte jegliches System. Zwischen den Kindersachen tauchten Taschenlampen auf, zwischen Haushaltswaren Feuerlöscher. Für zehn vollgeklebte Hefte bekam man eine Sprechpuppe, eine Billigvariante der Chatty Cathy, die, wenn man eine Woche lang an ihrer Strippe gezogen hatte, mit dem Reden aufhörte und nur noch fistelige Affenlaute von sich gab. Hundert Hefte reichten für eine Campingausrüstung oder ein Krockettspiel auf einem Holzuntersatz mit Rädchen. Für Tausende von Heftchen gab es etwas richtig Großes, einen Wäschetrockner zum Beispiel oder einen Fernsehsessel. Im Lebensmittelgeschäft in Leechfield hatten sich die Frauen immer wie die Geier auf die langen Markenbänder gestürzt, die Mutter vorn an der Kasse hochielt. »Will die wer?« schrie sie und schwenkte die Marken durch die Luft. Die Einkaufswagen bildeten bis zu vierspurige Staus, wenn alle diese Damen zu grapschen begannen, über Hühnerteile, Salatköpfe und fette Kleinkinder hinweg, deren feiste Beinchen aus den Löchern des metallenen Klappsitzes ragten wie Rollschinken. Mutter glaubte nicht an Rabattmarken oder Gutscheine. So etwas war für sie nur ein Trick, um die Frauen an den Küchentisch zu ketten, wenn die Kinder im Bett waren, ähnlich wie Stopfen oder Sticken – Tätigkeiten, die Mutter zwar ausgezeichnet beherrschte, sich aber auszuüben weigerte. Sie weigerte sich auch, den winzigsten Umweg zu fahren, nur um zwei Cent billiger zu tanken. Mutter hatte mit dem Sparen abgeschlossen, lange bevor sie Grandmas Geld erbte.

Als ich allerdings anfing, Rabattmarken in die blecherne Kaffeebüchse mit dem aufgemalten Gockel zu stopfen, äußerte Mutter nicht ein Wort des Spottes, was ihr einiges an Selbstbeherrschung abverlangt haben muß. Ich brachte meine Abende am Küchentisch zu, wo ich Marken leckte und die klebrigen Bahnen auf Heftseiten pappte. Wenn ich keine Spucke mehr hatte, behalf ich mir mit dem säuerlich riechenden blauen Küchenschwamm. Auf den Heftseiten waren mit minzgrünen Linien saubere Spalten markiert. Die meiste Zeit arbeitete ich schlampig, aber es befriedigte mich unendlich, wenn ich es doch einmal schaffte, einen Streifen genau zwischen diese Begrenzungen zu plazieren. Lecia fragte mich allabendlich, ob ich jetzt den letzten Funken Verstand verloren hätte. Aber es klang nicht sehr viel Gehässigkeit aus ihrer Stimme.

Tagsüber lungerte ich im Lebensmittelgeschäft in der Stadt herum, gleich bei den Automatiktüten. Manchmal zogen die Leute ihre Marken aus den Papiertüten und streckten sie mir hin, bevor sie ihren Wagen auf den schwarzen Gummiläufer schoben und die Türen mit einem Summen aufglitten.

Die fetteste Beute machte ich, wenn der Müll abgeholt wurde. Viele Leute warfen ihre Einkaufstüten in die metallenen Aschentonnen, die aussahen, als steckten sie in einer Rüstung. In den meisten Fällen lagen die braunen Tüten in einem sauberen Stapel zuoberst auf all dem ekligen Zeug – nur ganz selten mußte ich mich durch Kaffeesatz und Melonenschalen graben, um an sie heranzukommen. Und am Boden dieser Tüten fand man manchmal meterweise Rabattmarken, die irgendwelche Väter oder Teenager dort vergessen hatten. Die wenigen Ärzte und Geschäftsleute aus Colorado Springs, die hier oben Wochenendhäuser hatten, hielten sich überhaupt nicht mit Rabattmarken auf. Ihre kleinen adretten Mülltonnen nahm ich mir immer als erstes vor.

Am Ende all dieses Plünderns und Leckens und Zählens hatte ich eine Wodkakiste mit Dutzenden von vollen Markenheften beisammen. Lecia mußte mir helfen, sie über die Kiefernnadeln und Steinchen der Einfahrt zum Auto zu schleppen. Dann wuchtete Mutter sie in den Kofferraum. Sie fuhr mit mir den weiten Weg nach Colorado Springs, zum Redemption Center, wie die Marketing-Genies der Rabattmarkenfirma es getauft hatten.

Die Indianerin hinter dem Schalter des Redemption Center

trug ein feines Silberkettchen um den Hals, von dem ein polierter Türkis in die schattige Schlucht ihres Dekolletés baumelte. Dieses Dekolleté ist mir unvergeßlich, weil ich es so lange Zeit über in Augenhöhe hatte. Die von mir im Katalog angekreuzten Sachen auch tatsächlich in den Regalen zu finden, erwies sich nämlich als äußerst schwierig. Es gab keine neue Angel, die haargenau wie eine Zippo-Angel aussah. Es gab keine goldenen Manschettenknöpfe in der Form von Hufeisen mit Diamantsplittern als Nagelköpfe. Die Dame erbot sich, sie aus Ohio zu bestellen, was sechs bis acht Wochen dauern würde. Aber ich war nicht umsonst Daddys Tochter. Genausowenig, wie ich auf Kredit kaufte, zahlte ich gutes Geld für etwas, das ich nicht gleich mitnehmen konnte, es sei denn, es war von Sears.

Immerhin schlug die Frau mit einer Engelsgeduld alles in ihrem Bestandsverzeichnis nach. Wir brachten den größten Teil ihrer Schicht damit zu. Ich las die Artikelnummer aus meinem eselsohrigen Katalog ab, und sie suchte ihr Ringbuch danach durch. Der Ordner war mit einem gedrehten Drahtseil am Schaltertisch angeleint und in einen staubigblauen Stoffeinband eingeschlagen wie die Ringbücher, die die Schüler an der High-School benutzten. Mit der Zeit gewann das Bestandsverzeichnis die Allmacht eines Zauberbuchs. Es barg Daddys Geschenk irgendwo in seinem Innern, und dieses Geschenk auf den dünnen, knittrigen Seiten ausfindig zu machen stellte die letzte Etappe einer langen Reise dar, die begonnen hatte, als ich Daddy den Berg hinunter nachgejagt war. Jedesmal wenn die Frau bei einem der Trennblätter innehielt und mit dem Fingernagel eine bestimmte Seite entlangzufahren begann, krallte ich die Finger beider Händen fest um meinen Daumen.

Mutter stand solange kettenrauchend hinten an der Glastür. Ich hörte sie jeden einzelnen Zigarettenstummel austreten. Die Spitze ihres hochhackigen Schuhs drehte sich hin und her und machte ein scharrendes Geräusch auf dem Betonboden. Kaum war eine Zigarette ausgestampft, wurde auch schon die nächste angezündet. Der Feuerzeugdeckel schnickte, dann ertönte das rauhe Klicken, mit dem der Stein seinen Funken schlug. Ein paar

Sekunden später erreichte uns ein Schwall Salemrauch. Und jedesmal, wenn die Schalterdame verneinend den Kopf schüttelte, qualmte sie seufzend eine besonders dicke Wolke hervor.

Kein einziges von den Geschenken, die ich ausgesucht hatte, war zu haben. Das war ein Schock für mich. Nacht für Nacht hatte ich im Bett gelegen und mir ausgemalt, wie Daddy nach der langen Fahrt nach Colorado aus seinem Pickup geklettert kam, wie er mich in seine Arme riß, während Lecia entnervt mit dem Fuß klopfte. Hinter ihm auf dem Sitz würde die Kiste liegen, in der die neue Angel (oder die Krawattennadel oder das elfenbeinerne Dominoset) geliefert worden war. Daddys Rückkehr war für mich kein Wunsch mehr, sie war zur Tatsache geworden. Ich hatte mir sogar eingeredet, es sei ein gutes Zeichen, daß *nicht* alles vorrätig war. Das Schicksal selbst wollte Daddys Geschenk auswählen, damit ich nicht am Ende noch irgendeinen Schwachsinn kaufte.

Mutter kam den Gang entlang auf uns zu. Das gemessene Klacken ihrer Absätze verriet mir, daß sie dieses ganze Unternehmen bis obenhin satt hatte. Sie teilte der Frau hinter dem Schalter mit, daß im Katalog nichts davon stünde, daß das Zeug auf keinen Fall noch zu Kennedys Amtszeit geliefert würde. Sie sagte, ihre Kleine (das war ich) hätte geschuftet wie blöde, um diese ganzen Marken in die Hefte zu kleben. Ich zupfte beschwichtigend am Ellbogen ihrer beigen Kaschmirjacke, aber sie riß den Arm weg. Ich kannte die Tirade – die gottverdammten, verlogenen Republikanerschweine, die elenden Knicker, auf deren Mist dieser ganze Rabattmarkenscheiß gewachsen war. Die Frau verstand statt »Knicker« offenbar »Nigger« und geriet selber in Harnisch. Sie sei keine Farbige, sie sei Indianerin, erklärte sie, worauf Mutter erwiderte: »Ich geb einen Scheißdreck drauf, was Sie sind.«

Irgendwie gelang es mir, Mutter nach draußen unter die dunkelgrüne Markise zu bugsieren. Ein feiner Regen hatte eingesetzt. Dicke graue Wolken wälzten sich von den Bergen herab. Die Straße war naß und schwarz. Meine Kiste mit den Marken stand noch auf dem Schalter. Ich wäre lieber in heißem Fett verschmurgelt, als ohne Geschenk für Daddy in Mutters Impala zu steigen, ganz gleich, wie klein oder unpassend es ausfallen mochte. Aber ich hütete mich, das zu sagen. Mutter konnte man nicht mit Drohungen kommen, man konnte ihr kein Ultimatum stellen, niemals. Damit erreichte man höchstens, daß sie sich – wie Daddy immer sagte – wand wie ein durchgeschnittener Regenwurm. Eher brüllte sie sich an Unflätigkeiten heiser, als daß sie einlenkte. Ich baute vor. Ich regte an. Ich sah ihr schließlich nach, wie sie auf ihren hohen Absätzen über die nasse Straße zu einer Tür mit roter Neonschrift eierte, der Black-Cat-Bar.

Dann wanderte ich eine Ewigkeit die kalten, breiten Gänge im Redemption Center auf und ab. Die Regale reichten bis zu den sechs Meter hohen stählernen Dachsparren hinauf. Von den Erwachsenensachen war das meiste in kackbraune Kisten verpackt, deshalb mußte ich immer wieder zum Schalter zurückgehen. Aber die Dame – wohl nach wie vor überzeugt davon, daß Mutter sie Nigger genannt hatte – gab das angekettete Bestandsverzeichnis nicht aus der Hand.

Nach einer Weile landete ich doch im Gang mit den Spielwaren. Da gab es Tischtennisplatten und Billardtische, ein aufblasbares Schwimmbecken, das immerhin so tief war, daß man darin unter Wasser schwimmen konnte. Um ein Haar hätte ich einen Packen Hefte für eine Spielzeugfabrik verbraten, die Plastikquader zu buntem Kaugummiautomatenschrott verarbeitete – winzige Fußbälle und halslose Püppchen mit einer Schlaufe oben am Kopf, die man als Anhänger tragen konnte. Das Bild auf der Schachtel zeigte einen Jungen und ein Mädchen, beide höchst adrett und etwa in meinem Alter, als Betreiber eines Spielzeugstands am Straßenrand. Sie kassierten Fäuste voll Dollarscheine von einer Herde krakeelender Kleinkinder, die ganz wild auf ihre Spielsachen waren. Ich hatte eine Comic-Biographie über Henry Ford gelesen und träumte seitdem von meiner eigenen Fließbandfabrik – gewerkschaftlich gebunden, versteht sich. Volle zwanzig Minuten starrte ich diese Schachtel mit der Spielwarenfabrik an und dachte an all die Dollars, die ich scheffeln konnte, indem ich den reichen Touristen im Reitstall Kinkerlitzchen für zehn Cent das Stück andrehte.

Irgendwann meldete sich mein Verstand zurück und badete mich in dem harten Neonlicht, das aus langen Röhren zwischen den Stahlsparren fiel. Das Licht hatte die Farbe von Pferdepisse. Ich wußte, daß kein Kind mit auch nur einem bißchen Grütze im Kopf echtes Geld für diesen Mist hinblättern würde. Im Geiste hörte ich Daddys Stimme. Er diskutierte immer mit der Fernsehreklame. »Mensch, wie hab ich bloß über fünfzig werden können ohne Veg-O-Matic-Gemüseschneider, der mir meine Fritten so richtig feinraspelt? So ein verdammtes Pech aber auch!«

Ich kaufte ihm schließlich die Keramikstatue eines kugelbäuchigen Mönchs mit kahlem Schädel und einem Haarkranz aus echtem braunen Filz, der sich ganz pelzig anfühlte. Der Mönch hielt eine Bambusangel mit einer geflochtenen goldenen Schnur, und vor seinen sandalenbekleideten Füßen stand ein Krug voll schäumendem braunen Bier. Und für Mutter besorgte ich einen elektrischen Dosenöffner, an dem mich am meisten der integrierte Schleifstein an der Rückseite beeindruckte.

Als sie diesen Dosenöffner aus seiner Schachtel nahm, unter der roten Coca-Cola-Uhr in der Black-Cat-Bar, malte sich schlingerndes Betrunkenenentzücken in ihrem Gesicht. Ich hätte ihr einen Eimer voll Rattendreck in die Hand drücken können und genau dasselbe Freudengebrabbel zu hören bekommen. Sie schmatzte mir einen Lippenstift-Kuß auf die Backe und reichte den Dosenöffner herum. Die Cowboys an der Bar packten ihn zu behutsam an. Ihre rauhen Hände befingerten ihn auf eine Weise, die ihn schäbig wirken ließ. Der Barmann zog extra den Stecker von seinem Mixer raus, um den Schleifstein an seinen Zitronenmessern zu testen. Das schrille Jaulen, mit dem der Stein sich an dem Stahl wetzte, erinnerte an einen Zahnarztbohrer.

Der Mönch wurde in Zeitungspapier eingeschlagen und zur Post gebracht. Die Kaffeebüchse füllte sich aufs neue mit Rabattmarken, fast von allein. Aber der bloße Gedanke daran machte mich müde. Eines Abends stampfte ich auf das Pedal des Mülleimers, so daß der Deckel aufschnappte wie ein Maul, und kippte sämtliche Marken hinein.

An einem der allerletzten warmen Tage halfen wir Mr. McBride und seinen Cowboys, die Reitpferde auf die Winterweide zu treiben. Es wurde schon Abend. Der Schutzmann hatte die Hauptstraße für die Zeit, die sie dafür veranschlagten, gesperrt. Sogar die Zufahrtsstraßen waren mit schwarz-weißen Sägeböcken abgeriegelt.

Ich weiß nicht, warum sie Lecia und mir erlaubten, mitzureiten, denn das durften nicht einmal die McBride-Kinder, die allesamt hervorragende Reiter waren. Als das Tor des Gatters aufschwang, trabten die Tiere zunächst nur zögernd hinaus. Erst als sie die Steinbrücke überquert hatten, schienen sie zu begreifen, wo es hinging, und rannten mit voller Kraft los, ein einziger, leise wellender Körper. Ihre kräftigen Hälse streckten sich, die langen Rücken folgten wie von selbst. Wäre ich gestürzt, dann wäre ich plattgetrampelt worden, noch ehe jemand den leeren Sattel bemerkt hätte. Trotzdem fürchtete ich mich fast gar nicht. Die ganze Szene hätte aus einem Western sein können. Über weite Strecken war die Straße nicht asphaltiert, und der Staub, der von dem Lehm aufwirbelte, war unglaublich. Eine riesige Wolke umhüllte uns von Anfang bis Ende. Selbst Lecias auf- und abwippendes Gesicht verschwamm wie ein schlechtes Fernsehbild. Rings um mich sah ich meterweit nichts als die nackten Pferderücken, Braune und Füchse und Apfelschimmel, Reihe um Reihe, alle in einem so vollkommenen Einklang der Bewegung, daß ich mir zeitweilig einreden konnte, ich stünde still in dem ganzen Toben und Wogen. Inmitten dieses Stromes zu reiten füllte meinen Schädel mit Donner, machte mich taub und stumm. Einmal brach ein kleiner Schecke aus der Herde aus. Er preschte den Rand einer Rasenfläche entlang, setzte erst über einen Gehsteig und von da über eine niedrige Hecke in den angrenzenden Garten. Schließlich galoppierte Mr. McBride die Böschung hinauf und gliederte ihn wieder ein. Der Anblick des ausscherenden Pferdes machte mir schlagartig die Geschwindigkeit bewußt, mit der wir uns zwischen all den vorwärtsdrängenden Tierleibern dahinbewegten. Die Schnelligkeit ließ nackte Angst in mir emporsieden. Ich beugte mich über den Sattelknauf, verschloß diese Angst tief in meinem Innern, und ließ mich weiterreißen von der Pferdeflut.

Am nächsten Tag hielt Mr. McBrides Pickup vor unserem Haus, im Schlepptau einen gemieteten Anhänger mit unseren Pferden darin. So erfuhren wir, daß wir für das kommende Schuljahr die Stadt verlassen würden.

Wieder fuhren wir nach Westen, in noch höhere Höhen, auf einen schwarzen Fleck auf der Landkarte zu, den Mutter mit roter Tinte umringelt hatte – ihre Form von Winterweide. Sie hatte sich eine Bar gekauft, als Investition. Wenn man eine Mutter hat, deren Alkoholkonsum einem ohnehin schon Sorgen bereitet, und wenn diese Mutter sich eine komplette Bar kauft, in einer Stadt, die sie noch nie mit einer Silbe erwähnt hat, dann bleibt einem nicht viel übrig, als großäugig zu schweigen. Wobei sie diesen Aspekt des Umzugs durchaus herunterzuspielen versuchte. Die Longhorn-Bar sei wie ein Sparstrumpf, erklärte sie in ihrer kleinen Rede zum Thema, ein Sparstrumpf, in den man seinen Spielgewinn steckt. Hector hatte Verwandtschaft in der neuen Stadt. Und wenn wir den Winter über hier wohnen blieben, würden Lecia und ich jeden Morgen den Sechs-Uhr-Bus nach Colorado Springs nehmen müssen. *Wem wäre damit gedient?* fragte sie.

Lecia und ich hatten ein paar Kleider in runde Barbie-Reisetaschen gepackt. Ich sah das Sommerhaus hinter uns kleiner werden. Dann schob sich ein Espenwäldchen vor meinen Blick, und die Straße begann ihre Spitzkehren den Berg hinunter.

Ich wußte, daß wir nie mehr hierher zurückkommen würden, und sagte etwas Dahingehendes zu Lecia, die erwiderte, das sei unsere geringste Sorge. Ich betrachtete ihr ernstes Profil, während sie auf die vorbeiwischenden Bäume starrte. Lecias eingezogenes Kinn sprach Bände. Ihr Kopf senkte sich wie der einer Möwe in starkem Wind, so daß ihre braunen Augen unter der Zackenlinie des blonden Ponys hervorblickten wie unter einem

Visier. Sie zog das Kinn noch weiter in die Falten am Hals. Das war ihre Art, sich in sich selbst zu vergraben, abzutauchen in die eigenen Grundfesten, bevor eine neuerliche Veränderung über sie hinwegschwappte. Ich sah ihr Profil im Wagen kinnlos werden, und eine Flut von Dunkelheit wallte in mir hoch wie kaltes Flußwasser. Daddy würde nicht einmal wissen, wo er nach uns suchen mußte, wenn er uns holen kam.

Wir fuhren den ganzen Tag über die Hochebene. Mutter schwafelte in einem fort, wie eng unser Leben in Texas gewesen sei, in einer Stadt, in der es keine andere Musik gab als Country und Zydeco, keine Bücher außer dem Sears-Katalog, den die Frauen in unserer Siedlung das »Buch der Träume« nannten. Das einzige, wovon eine Frau dort träumen könne, sagte Mutter, sei eine Kühltruhe voll Wild, das sie eigenhändig gesäubert und portioniert hatte, oder ein praller Polsterschemel aus Vinyl, auf den sie abends ihre geschwollenen Füße legen konnte. Irgendwann warf sie ihre schwarze Baskenmütze aus dem Fenster. Ich sah zu, wie sie hinter uns austorkelte und liegenblieb wie ein überfahrenes Tier.

Wir aßen in einem Western-Laden zu Abend, Hackbraten mit Kartoffelbrei, den Lecia und ich zu Vulkanen formten. Als wir gingen, kaufte Mutter noch einen Männerschlapphut, bei dem zwei lange Wachtelfedern hinten aus dem Band hingen, und ein Paar Cowboystiefel aus Schlangenleder. Und sie legte einen Hunderter für eine Kette mit Kürbisblütenanhänger hin. Die Kette war aus einer Silberlegierung und so schwer, daß sie sich anfühlte wie ein Ochsenjoch.

Als unser Impala sich von der Ebene wieder in die Berge emporschraubte, färbte die Sonne sich schon rot. Es wurde dunkler. Das Glimmen des Tachos verstärkte sich. Ich stand zwischen den Köpfen von Hector und Mutter. Hector hockte bucklig hinter dem Lenkrad; sein schlaffes, reptilienhaftes Profil zeigte keine Reaktion auf Mutters neuen Cowgirl-Look. Er war, nach meinem Verständnis zumindest, jenseits von Gut und Böse. Mutter fläzte sich auf dem Todessitz, die Cowboystiefel auf dem Armaturenbrett. Sie hatte uns ein altes Cowboylied beigebracht.

Ich schlief ein, während sie es in ihrem klanglosen Flüstern vor sich hinsang:

I'm an old cowhand, from the Rio Grande,
But my legs ain't bowed, and my cheeks ain't tanned.
Well I know all the songs that the cowboys know
'Cause I learned them all on the ra-di-o.
Yippee-ay-yo-ky-yay ...

11

Unsere Scheinwerfer strichen über ein Anschlagbrett, das uns im Skiort Antelope willkommen hieß. Die Stadtväter hofften damit Touristen anzulocken, aber die brausten an dem Schild mit seinen rundlichen roten Schreibschriftbuchstaben – die ihm Ähnlichkeit mit dem Wagen eines Eismanns verliehen – vorbei, weiter nach Telluride ein Stück die Straße hinauf. Antelope war während des Goldrausches gegründet worden, obwohl sich in den vielen Goldgräbersieben nur sehr wenige Nuggets gefangen hatten. Zwar waren ein paar große Silber- und Kupferadern entdeckt worden, aber seit diese Minen erschöpft waren, hatte Antelope keine wirkliche Existenzberechtigung mehr. Lecia war auf meine Schulter gesackt, und ich rempelte sie an, damit sie sich auch umsah.

Mutter hatte uns unser Leben lang von großen Städten vorgeschwärmt. In den Gutenachtgeschichten, die sie uns erzählt hatte, wimmelte es von solchen Städten: Athen zu Sokrates' Zeiten, bevor die Zyniker das Ruder übernahmen und immer mehr Leute sich im Bad die Pulsadern aufschlitzten; Paris in den zwanziger Jahren; Wien, wo ein kranker, schweißnasser Mozart die Noten seines eigenen Requiems aufs Papier kritzelte; und nicht zuletzt Mutters New York der vierziger Jahre. In einer solchen Stadt zu leben sei unser angeborenes Recht, war uns eingeimpft worden. Aber die geduckten Häuser und Läden an der Hauptstraße von Antelope, an denen wir in dieser nassen Herbstnacht vorbeiglitten, waren nur von ein paar Bierreklamen erhellt. Nirgends glänzte ein Schirmdach. Nirgends wurden langgestreckte Markisen von diensteifrigen Türstehern mit goldenen Taxipfeifen um den Hals bewacht.

Bei Tag war die Landschaft atemberaubend schön. Aber es lag etwas Düsteres, Schauriges über der Gegend. Die Berge sahen aus, als wollten sie auf die Stadt herabstürzen. Und den ganzen Herbst über blieb der Himmel grau. So mußten die Himmel aussehen, von denen in *Dracula* die Rede war, überschattet von den schroffen Karpatenhängen mit ihren kahlen, klauenartigen Baumfingern.

Ich gründete einen Vampirclub, dessen einziges Mitglied ich selber war. Ich hielt das gesamte Aufnahmeritual, das langwierig und schmerzhaft war, in meinem roten Big-Chief-Block fest. Als erstes stach man sich mit einer Nadel in den Finger, um sein Blut mit dem der anderen Mitglieder zu vereinigen. Vor Lecias Augen piekste ich mir beide Zeigefinger auf, um zu zeigen, wie ernst es mir mit der Sache war. Außerdem mußte man die Hand in Brennspiritus tauchen, mit einem Streichholz anzünden und dann rasch mit einem nassen Handtuch löschen – ein Trick, den ich daheim in Leechfield an Halloween gesehen hatte. (Mit diesem Teil wollte ich allerdings lieber warten, bis mehr Mitglieder beeindruckt werden konnten.) Als nächstes kam die schriftliche Vampirprüfung. Man mußte die drei oder vier transsylvanischen Worte aus Bram Stokers Roman buchstabieren (Vampir hieß, glaube ich, *Vlkoslak*). Die sollten als Paßwörter für den Einlaß im Clubhaus dienen, das ich leider nie zusammenzimmerte. Wenn man alle diese Prüfungen bestanden hatte, durfte man sich mit Wäschestift zwei rote Punkte an die Halsschlagader malen. Lecia weigerte sich mitzumachen, auch als ich anbot, ihr das Aufnahmeritual zu erlassen, und ihr erst die Vizepräsidentschaft in Aussicht stellte und schließlich sogar die Präsidentschaft, mit mir selbst als Igor.

Aber Antelope legte dergleichen auch wirklich nahe – Geheimgesellschaften, dämonische Rituale. Im deutschen Laden baumelten die Würste noch an Schnüren von der Decke. Als ich das erste Mal die schwere Tür aufstieß und damit eine riesige Kuhglocke zum Läuten brachte, erschreckte es mich furchtbar, all diese duftenden, trägen Fleischprügel in blutfarbenen Häuten über mir schwingen zu sehen. Sie erinnerten mich an eine mittelalterliche Radierung in einem von Mutters Kunstbänden – Dutzende von Ketzern, die von der spanischen Inquisition aufgeknüpft worden waren. Die Leichen hingen an einem gewaltigen Gerüst auf einem Marktplatz und drehten sich im leichten Wind verwesend hin und her, mit abfaulenden Armen und herausplatzenden Augäpfeln. Dazu hieß der Ladenbesitzer auch noch Olaf. Er führte das Geschäft zusammen mit seiner Zwillingsschwester Anna. Sie waren beide ungefähr hundert Jahre alt, und ihre arthritischen Wirbelsäulen kamen mir bei jedem Einkauf noch ein wenig krummer vor. Ihre Schatten auf dem abgewetzten, streifigen Linoleum sahen aus wie zwei knollige Fragezeichen.

Sie schaufelten Billigbonbons aus großen Gläsern und ließen uns von ihrem hausgemachten Knoblauchschmelzkäse probieren, der von einem durch und durch widernatürlichen Neon-Orange war. Manche Waren standen schon seit der Eisenhower-Zeit in den Regalen. Die Pyramide von Abflußreinigern im Schaufenster war so lange der Sonne ausgesetzt gewesen, daß die Etiketten von Apfelgrün zu blassem Zitronengelb ausgebleicht waren. Die ameisengroßen Warnungen davor, das Zeug zu essen, waren nicht mehr lesbar. »Im Falle von Verschlucken...« setzte es auf jeder dieser Flaschen an, und dann folgte drohend ein ausgebleichter Fleck.

Die erste Zeit wohnten wir diesem Laden gegenüber in einem stuckverzierten alten Ferienhotel, das von oben bis unten in einem faden Rosa gestrichen war. Zum Frühstück und zum Mittagessen klatschte Anna uns Sandwiches mit schmieriger Salami und Schinken zusammen, durch den sich weiße Stränge von Fett und Knorpel zogen. Es waren Monster erster Güte. Anna piekte flache Zahnstocher hindurch, damit sie zusammenhielten. Um auch nur das kleinste Eckchen abzubeißen, mußte man sie völlig zerlegen. Und das Weißbrot selbst war so zäh und trocken, daß ich eine Dreivierteldose Traubensaft brauchte, um einen Mundvoll hinunterzuspülen. Nach einer Weile ließ ich das Brot ganz weg und ernährte mich von papierartigen Salamischeiben, mayonnaisetriefenden Salatblättern, die ich mir von den Sandwiches anderer Leute stibitzte, und großen, mehligen

Tomatenringen. Lecia schlug mir entsprechend oft auf die Finger und verkündete, früher oder später würde ich die Hand als blutigen Stumpf zurückziehen.

Abends aßen wir im einzigen Steakhaus der Stadt, das feucht und spärlich beleuchtet war und sich durch die Riesenhaftigkeit seiner Prime Ribs hervortat. Es gab Martinis oder Gibsons (Plural) als Aperitif, zum Essen Burgunder und zum Abschluß einen Cognac, den Mutter mit seidig durch die Kehle rinnendem Feuer verglich. Als wir nach einer dieser Mahlzeiten die Hauptstraße entlanggingen, schwankten die Laternen im Wind, der von den Gipfeln herabwehte. Was für eine gottverlassene Gegend, dachte ich. Mutter stützte sich zum Überqueren der Fahrbahn auf Lecia, Hector auf mich. Der einsame Autofahrer, dessen Scheinwerfer über mein Gesicht glitten, mußte Hector, der über die Straße wankte wie Frankenstein, für meinen Vater halten. Am liebsten hätte ich an sein Fenster geklopft und die Sache richtiggestellt.

Als wir wieder im Hotel waren, kippten sie um, und Lecia belaberte mich, daß ich mir auch ja die Zähne putzte. »Oder willst du so einen grünen Schleim auf den Zähnen kriegen wie Ray vom Reitstall?« fragte sie. Und ich sagte, nein, Ma'am, das wollte ich nicht. Im Spiegel bemerkte ich, daß mir der Holzknopf von Hectors dunkelblauem Duffelcoat ein sichelförmiges Grübchen in die Backe gedrückt hatte. Ich hatte immer Grübchen in den Wangen haben wollen wie Shirley Temple. Lecia bemühte sich ziemlich lange, einen passenden Abdruck in meiner anderen Backe zu hinterlassen. Erst bohrte sie mit dem Daumennagel, bis ich schrie. Dann preßte sie mir den Zahnpastadeckel ins Fleisch, und ich zählte bis hundert. Aber wir bekamen es nie symmetrisch hin.

Mutter mietete ein Haus im Kolonialstil, ganz Chintz und löwenfüßiges Mahagoni. Es gehörte dem letzten Bankdirektor der Stadt (der, wenn ich mich recht erinnere, wegen Veruntreuung im Gefängnis saß). Lecia und ich waren noch nie in einem mehrstöckigen Haus gewesen. Wir durchschritten es flüsternd, verrenkten uns die Hälse nach den hohen Decken, den langen, mit Seidentroddeln zurückgebundenen Vorhängen. Wir knicksten voreinander, bevor wir uns kerzengerade auf die äußerste Kante des rosenfarbenen Verlobtensofas setzten, um imaginären Tee auszuschenken.

Das Haus war enorm. Der Eßtisch war so lang und so staubig, daß wir unsere Namen auf die Tischplatte schreiben konnten und noch Platz übrig hatten. Ich fand, daß die zwölf gleichen Stühle aussahen wie die fürs Abendmahl, nur ohne Jesus. Sie waren tief wie Zahnarztsessel, die Sitzflächen gepolstert und mit königsblauem Satin bespannt. Von ihren geschnitzten Eckknäufen grinsten Commedia-dell'arte-Masken. Im Wohnzimmer stand ein Stutzflügel unter einem Kronleuchter, dessen gläserne Tropfen zu einem trüben Bernsteingelb angelaufen waren. Glastüren führten weiter in einen kleinen Salon, in dem Hector und Mutter ihr Bett aufstellten, damit wir nicht so ohne weiteres hereingetappt kamen.

Im Obergeschoß hatten Lecia und ich zum erstenmal getrennte Zimmer. In meinem stand eine hohe Kirschholzkommode mit Schubladen so tief wie Tunnels – selbst die Kleider, die Mutter aus Denver kommen ließ, erschienen mickrig, nachdem ich sie in diese Schächte gepackt hatte. Wenn ich nachts im Bett lag, rechnete ich jeden Moment damit, daß eine der Schubladen neben meinem Kopf aufglitt und sich ein Zwergenleichnam darin aufsetzte. Also verfiel ich in die Gewohnheit, zu Lecia ins Bett zu schlüpfen. Sie wachte nicht einmal dann auf, wenn ich dreist genug war, meine Finger zwischen ihre zu schieben.

Am ersten Schultag stapften wir los, bis wir zu einem mit schwarzer Farbe auf den Gehsteig gesprühten Spruch kamen. Ein Mensch namens Ken blies tote Bären, hieß es da. Dahinter stand der graue Betonbau der Antelope High, der einzigen Schule der Stadt für alle Altersstufen.

Auf der Außentreppe mußten wir an einer Horde rauchender Oberschüler vorbei. Die Jungen hatten ihre Haare zu enormen Elvistollen pomadisiert. Die Mädchen liefen mit Katzenlidstrich und riesigen Hochfrisuren herum. Man roch das Haaröl und den Wasserstoff auf drei Meter Entfernung. In Leechfield hatten die größeren Jungen Bürstenschnitte gehabt. Die meisten hatten durchgeknöpfte Hemden und Pullunder getragen wie die Teenager im Fernsehen, bis auf ein paar Farmerskinder, die in sauberen Overalls und derben Schuhen gekommen waren. Die Kinder hier in Colorado wirkten irgendwie älter. Die Mädchen rauchten ganz offen, statt sich in den Klos oder hinter der Rollschuhbahn zu verstecken, wie sie es bei uns daheim gemacht hatten. Aus einem in irgendeiner Hosen- oder Handtasche versteckten Kofferradio quäkte Musik, »Louie Louie« oder etwas in der Art. Ein dunkelhaariges Mädchen mit einer unheimlich präzisen pechschwarzen Korkenzieherlocke an jeder ihrer blassen Wangen tanzte dazu vor aller Augen den Dirty Dog. Sie ruckte mit den Hüften und spitzte die bleichgeschminkten Lippen zu einer Schnute. In Texas hatte ich diesen Tanz nur einmal zu sehen bekommen, bei einer Pyjama-Party, wo ihn irgendein verruchtes Mädchen aus Louisiana vorgeführt hatte. Ich stolperte mit offenem Mund an der Tänzerin vorbei – der Dirty Dog erschien mir mindestens so verwerflich wie ein Striptease.

Wir stiegen gebohnerte Eingangsstufen hinauf bis zu einer Wand, auf deren ganzer Höhe in gleichmäßigen Abständen Messinghaken angebracht waren. Auf einer Seite stand ein Stapel Schlitten, daneben niedrige Regale für die Winterstiefel. Zum erstenmal machte ich mir klar, daß ich hier Schnee zu Gesicht bekommen würde. Es würde Schneeballschlachten und kugelige Schneemänner und Schlittenfahrten geben, wie ich es nur aus Büchern kannte. Ich mußte unbedingt etwas auf die Rippen bekommen. Vielleicht würde ich es sogar mit Wate-On versuchen; das hatte sich Junior Dillards Bruder mit einem Coupon von der Rückseite eines Comics bestellt, um sich fürs Footballspielen zu mästen. Später hatte er gejammert, seine Zähne würden grau davon. Aber ich hatte es satt, Babykleider zu kaufen, während sich die größeren Mädchen um riesige Drehständer in der Teenie-Abteilung drängten. Graue Zähne hin oder her, so ging es nicht weiter.

Lecia schob einen Finger unter mein Kinn und hob mein Gesicht zu sich auf. Sie sagte, wenn ich mir heute auch nur das kleinste bißchen Ärger einhandelte, dann würde sie mich nach der Schule grün und blau schlagen. Dann blickte sie in die Runde, um sich zu vergewissern, daß niemand hinsah, und quetschte mir in einer hastigen Umarmung meine Arme gegen die Rippen. Worauf sie in ihren neuen Lackschuhen davonklakkerte.

Die Drohungen erwiesen sich als unnötig, denn es waren gar keine Lehrer da, bei denen ich mir Ärger hätte einhandeln können. Die Schule hatte eine Methode eingeführt, die sich selbstbestimmtes Lernen nannte, was bedeutete, daß die Kinder sich in Eigenregie durch eine Folge von Leseordnern und Matheordnern arbeiteten. Die Klassen wurden von Schülern beaufsichtigt. Die Lehrer saßen solange im Lehrerzimmer, rauchten und vertilgten Unmengen von Kuchen und Muffins und Keksen aus großen Tupperdosen, die sie immer abwechselnd mitbrachten. Ich wurde in die vierte Klasse eingestuft. Aber obwohl ich noch heute jeden einzelnen meiner Mitschüler aus der zweiten und dritten Klasse mitsamt Bankreihe herunterrasseln könnte, weiß ich aus dieser Klasse höchstens noch ein oder zwei Namen.

Die Lehrerin zeigte sich an diesem ersten Tag kurz, um das Fahnengelöbnis mit uns zu sprechen und die Anwesenheit zu überprüfen. Ich spüre noch das kühle Gewicht ihrer Hand – die schwach nach Jergens-Handcreme roch – auf meiner Schulter, als sie mich der Klasse vorstellte.

An meiner alten Schule hätte eine Neue sofort im Mittelpunkt gestanden, schon allein deshalb, weil sie von anderswo kam. Die texanischen Kinder hätten sie mit Fliegern und Briefchen bombardiert und sich in der Pause um sie gedrängt. Hier im Westen war man mißtrauischer. Ich stand vor der Lehrerin und sah die Kinder an. Sie starrten zurück, mit Gesichtern, die ausdruckslos waren wie Suppenteller. Als es zur Pause läutete, hätte niemand außer der Klassenaufsicht – in unserem Fall die Tochter des Schulleiters, ein blauäugiges Mädchen mit einem glänzenden messingfarbenen Pagenkopf – zu sagen gewußt, wie ich mit Vornamen hieß, geschweige denn, wo ich herkam.

In Texas hätte eine unbeaufsichtigte Herde von Viertkläßlern außerdem über kurz oder lang begonnen, die Tische umzuschmeißen, schweinische Wörter an die Tafel zu kritzeln und in den Papierkörben Feuer zu legen. Ein Sündenbock wäre auserkoren und nach Kräften gequält worden. Aber unsere Lehrerin schlenderte aus dem Raum, ohne auch nur einen Blick zurückzuwerfen. In Antelope blieben sogar die dümmsten Schüler den größten Teil des Tages unbeweglich an ihrem Pult sitzen, als hätten sie alle miteinander ein schweres Betäubungsmittel verabreicht bekommen. Die Kinder waren teigig und dröge. Niemand schwatzte, weil man dafür von der Aufsicht Minuspunkte bekam. Wer zu viele Minuspunkte hatte, mußte nachsitzen, und zwar bei jedem Mal eine Viertelstunde länger, was hieß, daß man noch mehr Zeit in diesem Vakuum von einem Klassenzimmer zubringen mußte, während der rote Minutenzeiger, der um das Zifferblatt der riesigen Bahnhofsuhr kreiste, das letzte Tageslicht wegfraß.

Die meisten Kinder legten den Kopf auf ihr Heft und versuchten zu schlafen. Ein Junge maß die Qualität seines Tages, indem er auf kariertem Papier schlief und anschließend den Spuckefleck, den er auf die Karos gesabbert hatte, mit einem Stift umrandete und seine Größe und Gleichmäßigkeit mit der des Spuckeflecks vom Vortag verglich.

Die erste Zeit beschäftigte ich mich notdürftig mit den Lese- und Matheordnern. Es war ein blödsinniges System, ohne jede Anleitung rückte man von einer Stufe zur nächsten vor. Man durfte sich sogar eigenhändig Noten geben, auf Tests, die man nur für sich schrieb. Die Aufsicht teilte eine Musterlösung und Rotstiftstummel zum Fehleranstreichen aus. Soviel ich weiß, wurde keine meiner Arbeiten je von jemandem korrigiert. Aber ich hätte sowieso nicht abschreiben wollen, denn die Fragen waren babyleicht. Eine, an die ich mich noch erinnere, lautete ungefähr folgendermaßen:

> Äpfel können verschiedene Farben haben. Male die Äpfel im höchsten Baum grün an. Male die Äpfel im zweithöchsten Baum rot an. Male die Äpfel im niedrigsten Baum gelb an. Wie

viele Äpfel sind grün? Wie viele Äpfel sind rot? Wie viele Äpfel sind gelb?

Selbst ich kapierte, daß man sie nicht erst anmalen mußte, um sie zu zählen. Die Lektionen waren voll von solchen Aufgaben, die man überspringen konnte. Der bestandene Test am Ende eines Ordners führte nur zu einem nächsten Ordner, der wiederum zu einem nächsten führte, und so schien es weiterzugehen bis in alle Ewigkeit. Züge fuhren mit einer Geschwindigkeit von sechzig Meilen in der Stunde nach Cincinnati; zwölf Kolben befanden sich in jedem Maisbündel, das Farmer Brown verkaufte.

Die Lehrerin kann natürlich nicht den ganzen Tag im Lehrerzimmer gehockt haben, aber so habe ich es in Erinnerung. Einmal steckte sich ein Junge eine Büroklammer in die Nase und blutete wie ein Schwein. Die Aufsicht verarztete ihn. Sie legte seinen Kopf zurück und stopfte ihm seine eigene Turnsocke ins Nasenloch, was den anderen Kindern ein paar getuschelte *Iiihs* und *Uuuuhs* entlockte, denn der Strumpf stank dem Vernehmen nach wie die Pest. Ich wurde losgeschickt, um Mrs. Soundso aus dem Lehrerzimmer zu holen. Dazu mußte man über eine Betontreppe in den Heizkeller hinuntersteigen, der aussah wie eins von diesen Kellergewölben in Gruselfilmen, wo man dem Mädchen mit der Kerze immer zuschreien will: *Geh da nicht runter!* Im Ofen rumpelte es, als ich vorbeischlich. Die gewundenen Rohre über meinem Kopf waren an manchen Stellen mit Lappen umwickelt und schwitzten trotzdem noch dicke Tropfen aus. Ganz am Ende lag die Tür zum Lehrerzimmer. Sie hatte ein rundes Milchglasfenster, das eher zu einem U-Boot gepaßt hätte. Ich legte die Hand an den Messingknauf und zog.

Der Rauch im Zimmer war zum Schneiden dick. Die Lehrerschaft bestand zu der Zeit nur aus Frauen, allesamt ziemliche Brummer. Ihre breiten Rücken waren mir zugewandt, die Reißverschlüsse hatten alle Mühe, sie in ihren pastellfarbenen Kleidern zu halten. Riesige Hintern quollen zu beiden Seiten über den Rand der Holzstühle. Als ihre Gesichter sich zu mir hindrehten, stellte ich fest, daß jede ihren eigenen Aluminiumaschenbecher vor sich hatte. Daneben stand je ein leerer Pappteller mit einer weißen, sorgfältig abgeleckten Plastikgabel. Und in der Tischmitte lagen die Überreste eines gewaltigen Schokoladenkuchens. Der Karton, in dem er hertransportiert worden war, ähnelte einem schlammigen, von Schuhnägeln und krallenden Fingern aufgewühlten Footballfeld. Meine Lehrerin wuchtete sich auf die Füße, als sie mich sah, und ging mit mir ins Klassenzimmer zurück.

Nach einer Woche hatte ich mich durch achtzehn Leseordner und zwölf Matheordner gearbeitet, ein neuer Schulrekord, aufgestellt aus Langeweile ebenso wie aus Ehrgeiz. Er wurde eines Morgens nach dem Fahnengelöbnis durch die Lautsprecher verkündet. Einen Moment lang fühlte ich den alten Stolz in mir emporschwellen. Aber als ich mich umblickte, sah ich bei den anderen Kindern fast nur Augenverdrehen. Vielleicht bestand eine geheime Abmachung unter den Schülern, den Leistungspegel niedrig zu halten, damit sich auch ja niemand überanstrengte.

Noch am selben Tag baute sich in der Pause, als ich gerade am Trinkbrunnen anstand, ein Mädchen aus der Sechsten, das von allen die dicke Bertha genannt wurde, vor mir auf und scheuerte mir eine. Sie holte gründlich aus, so daß ich die Hand schon von weitem auf mich zuschwingen sah. Aber ich war so baff, daß ich mich nicht einmal duckte. Auch nach dem Schlag dauerte es noch eine Sekunde, bis ich schaltete. Ich stand da und hielt mir die Backe. Wenn ich nicht gar so unvorbereitet gewesen wäre, hätte ich mich vielleicht zu Boden fallen lassen, einfach um des Effekts willen. Schließlich fing die Backe unter meiner Hand zu brennen an. Die Schlange vor dem Trinkbrunnen hatte sich inzwischen aufgelöst. Kinder aller Größenordnungen drängten sich zu einer gezackten Mauer zusammen, um uns vor dem Blick der Lehrerinnen abzuschirmen.

Die kleinen Schweinsäuglein der dicken Bertha verengten sich in der Mitte ihres flächigen, leeren Mondgesichts. Nach einer guten Weile rückte sie damit heraus, daß sie mir deshalb eine geklebt hätte, weil ich ihre kleine Schwester in meiner Klasse dumm dastehen ließ. Ich hatte keine Ahnung, wer ihre Schwester war. Aber die Gelegenheit war zu verführerisch. Ihre Schwester bräuchte keine Nachhilfe, um dumm dazustehen, erwiderte ich, genausowenig wie die dicke Bertha selber, bei der ja schon der Name ausreichte.

Die dreiste Erwähnung ihres Spitznamens trug mir eine zweite Ohrfeige ein, auf die andere Backe. Diesmal stürzte ich mich tretend und schlagend gegen ihren großen Körper. Lecia saß am anderen Ende des Pausenhofs auf der Schaukel. Sie sagte später, es habe ausgesehen, als wäre eine Windmühle von ihrem Stengel gebrochen und geradewegs in die weiche Mitte der dicken Bertha gesegelt. Bertha war langsam, aber mit der Zeit landete sie ein paar ordentliche Treffer auf meinem Schädel. Ich wollte schon aufgeben, da schoß meine Hand aus einem wütenden Instinkt heraus noch einmal nach oben und bekam ihren Blusenkragen zu fassen. Ich riß mit aller Kraft dran. Und wie durch ein Wunder platzte ein weißer Knopf nach dem anderen von dieser Bluse; mit einem raunenden kleinen Ploppen fielen sie ins Gras. Bertha hatte beide Hände in mein Haar gegraben, so daß die Gummibänder meiner Rattenschwänze an meiner Kopfhaut zerrten. Meine Augen schlitzten sich bis zu den Ohren. Mein Mund fühlte sich an wie auf diesen Weltraumbildern in *Life*, wo der Wind den Astronauten die Kiefer so weit aufbläst, daß man ihre Weisheitszähne sieht. Bertha war so vertieft in ihr Gebeutel, daß sie gar nicht gleich hinschaute. Als sie es schließlich doch tat, entdeckte sie, daß sich ihr weißer, über den schwach ausgestülpten Nippeln spannender Teenie-BH den Blicken der ganzen Schule darbot, woraufhin sie mich fallen ließ und in Richtung Cafeteria flüchtete.

Die Folge dieses Kampfes war ein Veilchen an meinem rechten Auge – da, wo der klobige High-School-Ring von Berthas Freund mir übers Gesicht geschlittert war. Mutter schickte einen ihrer allzeit bereiten Stammkunden zum Laden hinüber, um ein Kotelett zu besorgen, das sie mir gegen das Auge drückte, damit die Schwellung zurückging. Dann tupfte sie rundherum Grundierung auf die Hand und puderte mit ihrem bauschigsten Pinsel Talkum über die ganze Bescherung.

Deeter, der Barmann, rieb mit scheinbar gedankenvollem Ernst den Lippenstiftschmierer von einem Bierkrug. Hinter ihm kletterten die Flaschen ihre kleine Treppe empor – bernsteinfarbene, grüne und durchsichtige Flaschen und ganz hinten ein leuchtendgelber Kräuterlikör, der schimmerte wie Raketentreibstoff. Ich schaute über die Theke, und aus dem Spiegel an der Rückwand blickte mich mein aufgequollenes Auge an, unförmig und puderverkrustet. *Daddy wäre stolz gewesen auf so ein Auge*, dachte ich und rutschte vom Hocker.

Im ungeheizten Vorraum der Toilette konnte man den eigenen Atem sehen. Ich wischte Mutters Schminke mit einem Klumpen Klopapier weg, das ich mit Leitungswasser naß gemacht hatte. Dann stellte ich mich unter den Händetrockner an der Wand und ließ mir das Gesicht trockenblasen, mehr um der Wärme als um der Trockenheit willen. Allein und mit geschlossenen Augen stand ich in diesem Wind, der mir auf Stirn und Wangen pustete, daß mein Haar nach hinten geweht wurde und das Blut in die Schwellung zurückzufließen begann, und plötzlich überfiel mich ein schreckliches Heimweh. Ich hatte einmal den ganzen Weg vom Strand zurück hinten in Daddys Pickup gesessen. Die Sonne brannte derart, daß man mit dem nackten Fuß nicht an die Nagelköpfe auf der Ladefläche kommen konnte, ohne sich zu versengen. Daddys Hinterkopf mit der roten Lone-Star-Mütze ragte im Rückfenster auf, starr wie eine Ikone. Ich drehte mich von ihm weg in die Sonne. Auch der Wind war heiß, aber ein wenig half er doch gegen das Schwitzen. Am Abend glühte und pochte dann mein ganzes Gesicht, und Daddy tupfte zur Kühlung eine Salbe darauf. Die Erinnerung schaltete sich mit dem Trockner ab, als sei auch ihr der Strom abgedreht worden.

Ich stemmte mich am Waschbeckenrand hoch, um die Prellung in dem rechteckigen Spiegel über dem Handtuchhalter zu begutachten. Das Auge glänzte blauschwarz mit einem grünen Ring um den Rand. Daddy hätte es eine Wucht von Veilchen genannt.

Später, als ich halb dösend auf einer Bank im dunkelsten Winkel der Bar lag, verdichteten sich die wallenden Schwaden von Alkoholdunst und Rauch zu Daddy, so lange, bis er schließlich neben mir saß. Oder eine Art Geist von ihm saß neben mir, denn ich war nicht verrückt genug, um die Erscheinung, die ich heraufbeschworen hatte, allen Ernstes für Daddy zu halten. Ich wußte genau, daß er es nicht war. Dennoch tröstete es mich, ihn durch den Schleier meiner Wimpern Gestalt annehmen zu sehen. Schlaksig hockte er da in seinen zerknitterten Khakihosen. »Immer die Deckung oben haben«, sagte er nach einer Weile. Er zog eine Camel aus der dicht gesteckten Orgelpfeifenreihe in seiner Packung. Das Glas der schwarzen Tischplatte war nur eine Spur durchsichtiger als er. Ich sagte ihm, daß ich ihn furchtbar vermißte, aber dazu zuckte er bloß die Achseln. »Und führ mit der Linken. Dann kommt sie nicht an das Auge ran. Zeig mal her.« Sein Daumenballen drückte sacht auf die Prellung, ertastete die empfindlichen Stellen. »Menschenskind, das wird schon wieder.«

Meine Augen brannten. Ich wollte einen Moment ausruhen, mit Daddy als meinem einzigen Halt in der Welt, so wie seine großen, breiten Handflächen mich beim Rückenschwimmen im Schwimmbad von Leechfield gehalten hatten. Lauschend lag ich da und spürte wieder das Gefühl von damals, von Daddys Nähe getragen und gewiegt. Ich schlief tief und fest ein in seinem Geisterschoß.

Das Tempo, in dem ich durch die Ordner gefegt war, hatte eine zweite Nebenwirkung, die weitaus schlimmer war als die Prügel der dicken Bertha. Der Schulleiter wollte mit Mutter darüber sprechen, ob ich nicht noch eine Klasse überspringen sollte.

Der Schulleiter hieß Mr. Janisch, und abgesehen von der Tatsache, daß die Schüler ihn Janbo nannten, habe ich keine einzige klare Erinnerung an ihn. Er war ein hoher, verwischter Schatten in einem hellblauen Einreiher mit drei Knöpfen und gestreifter Krawatte. Mutter tänzelte mit ausgestreckter Hand auf ihn zu. Sie trug ihren Biberpelzmantel. Gordon begleitete sie.

Er war einer der Kneipenhocker, die sie mit Drinks dafür bezahlte, daß sie uns zwischen den, wie sie es nannte, drei Polen unseres Daseins (Schule, Bar, Wohnung) hin und her chauffierten. Er steuerte sie am Ellbogen von Mr. Janischs Schreibtisch zu dem braunen Kunstledersessel in der Ecke.

Daß Gordon mitkam, war mir peinlich. Er hatte weiße Mädchenhände. Seine Haut war eine Buckelpiste von Aknekratern und -narben. »Der junge Mann, furunkulös«, heißt es bei einem Dichter, und genau das war Gordon. An diesem Tag hatte er einen zerknautschten Tarnanzug und schwarze Springerstiefel an. Mr. Janisch erkundigte sich, welcher Waffengattung Gordon angehörte. Gordon zog in gespielter Bescheidenheit den Kopf ein und nuschelte durch seine Biberzähne, es hätte etwas mit der inneren Sicherheit zu tun. In Wahrheit war er im Koreakrieg ausgemustert worden, weil er Plattfüße hatte oder irgendeinen Dachschaden. Gordons Militärgetue war um so mitleiderregender, als er einen Hintern hatte, der breit und weich war wie der einer Frau. Er versuchte das zu vertuschen, indem er das Hemd über der Hose trug, aber genausogut hätte er sich ein Schild mit der Aufschrift »Achtung Fettsteiß« um den Hals hängen können. Er war wichtigtuerisch und schlaff zugleich, und schon allein Mutter erklären zu hören, daß er unser Chauffeur sei, ließ mich eine Grimasse ziehen.

Kaum saß Mutter, da zündete Gordon ihr mit einem Butanfeuerzeug eine Zigarette an. Die Flamme loderte fast einen halben Meter hoch. Er versenkte das Feuerzeug in seiner Tasche, lehnte seinen weichen Hintern ans Fensterbrett und schlug die Zeitschrift auf, die er sich mitgebracht hatte. Auf der Titelseite war eine Karikatur von einem Nazi, dürr, mit langer Frettchennase und einem Monokel im zusammengekniffenen Auge. Dieser Nazi bog einer großbusigen Blondine in zerfetzter Schwesterntracht die Arme nach hinten. Die gebannte Aufmerksamkeit, mit der Gordon diese Zeitschrift studierte, quälte mich noch mehr als die Tatsache, daß Mr. Janisch das schmuddelige Titelblatt sehen konnte.

Daß ich mich so auf Gordon konzentrierte, lag wahrscheinlich daran, daß es mir fast unerträglich war, Mutter anzuschauen. Sie sah aus wie eine Bilderbuchverrückte. Erstens hatte sie sich die Haare in diesem Herbst rot zu färben versucht, und was sie seitdem auf dem Kopf hatte, war weniger Haar als Gestrüpp. Es hatte die Farbe und die Beschaffenheit von verdorrter Luzerne. Und außerdem hatte sie sich für das Gespräch nicht einmal richtig angezogen. Sie war einfach mit nackten Beinen in ihre Cowboystiefel gestiegen, hatte sich einen Klecks Lippenstift auf den Mund geschmiert und diesen Pelzmantel über ihr pfirsichfarbenes Seidennachthemd gezogen. Aber der bogenverzierte Saum des Nachthemds lugte jedesmal, wenn sie die Beine übereinanderschlug, unter dem Mantel hervor, und für mein Gefühl schlug sie die Beine an diesem Vormittag ziemlich oft übereinander. Vielleicht wollte sie damit ja den alten Janbo beeindrucken, dessen Sinn für schöne Beine freilich nicht sonderlich ausgeprägt zu sein schien. Er kippelte nur in seinem Bürostuhl vor und zurück und nickte ihr über die riesige grüne Weite seiner Schreibunterlage höflich zu.

Ich bemühte mich, die ganze Zeit über ein steifes Lächeln zu bewahren, selbst als Mutter ihm und seiner Gattin freie Nachmittagsdrinks in der Bar offerierte, wann immer sie Lust hätten. Sie nannte die Longhorn-Bar einen »Familienbetrieb«. Sie prahlte, daß ihre »blitzgescheiten« Töchter – dabei strich sie mir übers Haar – an einem Rauchtischchen säßen und lernten, während aus der Jukebox klassische Musik ertönte. Ich weiß noch genau, wie ich den Kopf unter ihrer Hand wegduckte, und dieser kleine Verrat gibt mir heute noch einen Stich. Ich wußte, daß Janbo wußte, daß die Longhorn-Bar eine üble Spelunke war, und wollte mich nicht noch tiefer in diesen ganzen Dreck hineinziehen lassen, indem ich einer so offenkundigen Lüge auch noch den Rücken stärkte.

Lecia und ich gingen nach der Schule wirklich in die Bar. Aber statt Hausaufgaben zu machen, spielten wir am Flipperautomaten ein Spiel, bei dem man einen Hockey-Puck eine lange, schimmernde Bahn entlangtreiben mußte, um Kegel umzustoßen. Oder wir tranken am Tresen Cherry-Coke und ließen uns

Bartricks beibringen. Ich konnte Kartenhäuser bauen und aus einem Würfelbecher lauter Siebener zaubern. Ich konnte auch den aalglatten Bewegungsabläufen eines Falschspielertricks folgen (um selbst zu tricksen, fehlte es mir noch an Geschick) oder ein Gläsertuch zu einem gewaltigen steifen Pferdepenis falten, bei dessen Anblick sich alle Gäste in einen wilden Chor von betrunkenem Eselsgegrunze hineinlachten. Das einzige klassische Stück in der Jukebox war Ravels Bolero, wenn man nicht gerade die Musik von *Exodus* mitrechnete, bei der der irische Barmann immer zu heulen anfing. Mutter hatte in ihrer Handtasche einen Schraubenzieher, mit dem sie die Lautstärke der Jukebox höher oder niedriger stellte, je nachdem, in welcher Stimmung sie war und ob sie tanzen wollte. Die meiste Zeit sang Tennessee Ernie Ford davon, wie er sechzehn Tonnen Kohle schürfte oder mit dem Herzen den Wildgänsen nachreiste.

Einige Stammkunden hatten sich so lange nicht mehr vom Fleck gerührt, daß sie schon fast mit Spinnweben an ihre Hocker gepappt schienen. Ich hatte Bilder von Edward Hopper gesehen, ausgelaugte Elendsgestalten, die trübe in Schnellrestaurants herumhingen. Mutter hatte ein ganzes Buch davon, ein Porträt graugesichtiger als das andere. In der Longhorn-Bar wimmelte es von solchen Figuren.

Gordon und Joey waren noch die lebhaftesten unter den Dauergästen und beweglich genug, um Besorgungen für Mutter zu machen, wenn sie so dröhnende Kopfschmerzen hatte, daß sie sich nicht hinters Steuer setzen konnte.

Joey lebte von seiner Erwerbsunfähigkeit. Er bezog von einem Rechtsanwalt in Colorado Springs monatlich einen Scheck für die schwarze Lunge, die er sich im Bergwerk geholt hatte, was ihn aber nicht daran hinderte, Tag und Nacht Zigaretten in sich hineinzusaugen. Seine beiden Zeigefinger waren vom Nikotin bräunlich verfärbt. Anders als Gordon hatte Joey früher einmal gut ausgesehen. Er war halb Mexikaner, halb Indio, klein, aber mit breiten Schultern und schmalen Hüften. Er hatte ein kantiges Kinn und schwarze Augen, die Mutter gern seelenvoll nannte. Unter diesen Augen hingen allerdings schwere Tränensäcke, und die geraden schwarzen Wimpern blieben immer auf Halbmast, die Folge von kodeinhaltigen Schmerzmitteln und Valium (das Mutter sich prompt ebenfalls von seinem Arzt beschaffte). Und die Hustenanfälle, die ihn mehrmals am Tag schüttelten, dauerten gut und gern fünf bis zehn Minuten und brachten jegliches Gespräch in der Bar zum Erliegen. Es hörte sich an, als müßte es ihm jeden Moment einen Lungenflügel zerreißen. Ich klopfte Joey immer auf den Rücken, so als hätte er nur eine Gräte verschluckt, und fragte: »Was in den falschen Hals gekriegt?« während Lecia ihm ein Glas Wasser vom Tresen holte. Sie war von einer Engelsgeduld, wenn sie so mit einem milchigen Longdrink-Glas in der ausgestreckten Hand wartete, bis Joey sich ausgekeucht hatte. Er ließ jedesmal einen Haufen vollgehusteter Papierservietten zurück. Einmal spitzte ich nach Ausschankschluß in eine dieser Servietten hinein und erblickte ein Muster von Blutsprenkeln wie von einer Schrotladung, worauf ich das Ding fallen ließ, als wäre es radioaktiv. Deeter fegte es dann zusammen mit den Cocktailstäbchen auf.

Gordon wirkte robuster. Er wohnte am Stadtrand bei seiner Mutter und hatte eine Weide, wo wir unsere Pferde unterbrachten. »Von was lebst du eigentlich?« fragte ich Gordon eines Nachmittags. Er versuchte mir gerade beizubringen, wie man sich Haselnüsse vom Handrücken direkt in den Mund katapultiert. »Kapitaleinkünfte«, sagte Gordon. Joey lachte sich in einen Hustenanfall. Ich klopfte noch auf seinem knochigen Rükken herum, als Mutter mich ins Klo zog und mir erklärte, daß es unfair sei, Leute nach dem Beruf zu fragen. Das widersprach allem, was ich aus Texas kannte, wo die Arbeit das allgemeinste Kriterium darstellte, vielleicht sogar noch allgemeiner als das Geschlecht. Man ordnete die Menschen danach ein, in welchem Betrieb sie tätig waren, welcher Abteilung innerhalb dieses Betriebs sie angehörten und welche Gewerkschaft ihre Beiträge einkassierte – Rohrleger, Fernfahrer oder Metallarbeiter.

Wenn ich morgens auf Socken die Treppe heruntergetappt kam, fand ich unfehlbar entweder Joey oder Gordon im Tiefschlaf auf dem Wohnzimmersofa. Meine Aufgabe war es, den jeweiligen Kandidaten wachzurütteln und hinaus in die Kälte zu treiben, damit er den Wagen für die Fahrt zur Schule warmlaufen ließ. Wir hätten natürlich genausogut zu Fuß gehen können. Aber Mutter fand es schicker, wenn wir gefahren wurden. Als allererstes, noch bevor ich mir meine Frühstücksflocken einfüllte, zündete ich die Gasflamme unter dem Kaffeekessel an. Das war pure Bosheit meinerseits, denn seine schrille Pfeife weckte jeden in Hörweite befindlichen Schläfer zu zuckendem Katzenjammer.

An einem strahlenden, kalten Sonntag schickte Mutter die beiden mit uns zu Gordons Weide, unsere Pferde einfangen. Damit hatten wir ihr seit unserer Ankunft in Antelope in den Ohren gelegen. Ich hatte deswegen schon etliche Wutanfälle bekommen.

Mutters plötzliche Begeisterung für das Unternehmen war durch einen Rodeoreiter ausgelöst worden, der eines Samstagabends in der Bar aufkreuzte und ein Paradezaumzeug loszuschlagen versuchte. Er war auf dem Weg nach Wyoming und brauchte Bares, um seinem Mädchen einen Heiratsantrag machen zu können. Er klappte seine handgearbeitete Brieftasche auf und führte uns stolz ihr Foto in seiner verkratzten Plastikhülle vor. Es zeigte sie beim High-School-Jahrestreffen, mit einer Straßtiara im blonden, hochgetürmten Haar und einem Lächeln, in dem mehr gerade weiße Zähne blitzten, als ich je in einem menschlichen Mund gesehen hatte. Ein Blick auf sie und auf das kummervolle, traumverlorene Gesicht dieses Cowboys, und Mutter spendierte reihum Drinks. Dann öffnete sie die Kasse, holte einen Packen Scheine heraus und kaufte ihm das Zaumzeug ab, direkt von der Ladefläche seines Pickups weg.

Am nächsten Morgen in aller Herrgottsfrühe fuhren Joey und Gordon mit uns zur Weide.

Der Boden war hart gefroren. Der Himmel glänzte dunkelblau. Die Pferde standen in der Nähe eines roh gezimmerten Verschlags und zupften an ein paar losen Heuballen herum. Augenblicklich durchströmte mich wieder das Gefühl geschmeidiger Kraft, das ich auf Big Enoughs Rücken empfunden hatte.

Ich spürte wieder, wie ich ihn bei dem Turnier um die Tonne gelenkt hatte, wendig und biegsam wie sonst nie, wie ich mich aus dem Sattel gehängt hatte, um das Fähnchen aus dem Sandeimer zu ziehen, in einer einzigen fließenden Bewegung, die kostbare Sekunden gespart und mir das rote Band eingebracht hatte. Ich brauchte all meine Selbstbeherrschung (mit der es normalerweise nicht weit her war), um nicht sofort auf ihn zu stürzen. Ich bewegte mich ganz ruhig, schnalzte leise mit der Zunge, wie Daddy es mich gelehrt hatte, um ein Eichhörnchen auf seinem Zweig zu stoppen.

Das Pferd hatte mich natürlich sofort bemerkt. Kaum war ich unter dem Stacheldraht durchgekrochen, hörte es auf, an dem Heu zu rupfen. Es reckte seinen langen Hals und stellte die schwarzen Ohren auf. Es wieherte, was ich als Begrüßung auffaßte. Dann hörte auch Sure Enough zu fressen auf und stakste ein paar Meter weg, ohne den Blick von uns zu wenden. Wir müssen eine traurige Prozession abgegeben haben: Lecia und ich mit den klirrenden Halftern, deren lange Zügel über das bereifte Gras schleiften; Joey und Gordon in ihren dünnen Trenchcoats und abgestoßenen Abendschuhen, beide nach schalem Alkohol stinkend. Trotzdem glaubte ich allen Ernstes, diese Pferde würden auf uns zugaloppieren, so wie National Velvet auf die junge Liz Taylor zugaloppiert war. Aber das Aufblitzen in Big Enoughs runden dunklen Augen war keine Wiedersehensfreude. Es war Entsetzen. Man hätte meinen können, er wäre nie zugeritten worden. Sein Ausdruck besagte so deutlich wie Worte: *Nicht die schon wieder.*

Schließlich nahmen Gordon und Joey die Verfolgung auf. Es wurde ihnen zu dumm, Lecia und mir zuzuschauen, wie wir geduldig die Hände voll steifem Gras ausstreckten und darauf warteten, daß die Pferde angetrottet kämen. Aber die Männer verstanden nichts von Pferden. Das Zaumzeug sah nur komisch aus in ihren Händen. Gordon hockte sich vor mich hin und malte seinen Angriffsplan in seine Handfläche wie ein Football-Captain. Lecia und ich sollten die Tiere in Richtung der beiden Männer treiben. Aber ich wußte, daß die Pferde nicht mitmachen würden. Sie waren leicht doppelt so schnell wie wir und um vieles behender, ganz abgesehen davon, daß weder Joey noch Gordon je einem Pferd die Stange ins Maul geschoben hatten.

Lecia und ich stellten unsere Hilfe ziemlich bald ein. Fast der ganze Vormittag ging damit drauf, daß die Männer den Pferden nachstellten. Gordon war schwerfällig und langsam, Joey war flinker, aber sein Kater wurde immer schlimmer. Sein Alkoholspiegel sank offenbar ganz abrupt, denn einmal setzte er sich jäh hin, in einen Haufen frischer Pferdeäpfel, wie sich herausstellte, so daß am Hinterteil seines hellbraunen Regenmantels ein grünlicher Mistfleck leuchtete. Den Pferden schien das Spiel Spaß zu machen. Eine Zeitlang preschten sie dahin; wenn die Männer zurückfielen, wurden auch sie langsamer.

Die Pferde führten die Männer über die gesamte Weide – Gott weiß, wie viele hundert Meter. Nach einer Weile gingen Lecia und ich zum Auto zurück und futterten ein paar Packungen Cracker aus dem Handschuhfach. Außerdem war es im Auto wärmer als draußen im Wind. Wir brachten den Rest des Vormittags mit Knobeln zu. Der Gewinner durfte dem Verlierer mit zwei Fingern auf die Innenseite des Armes schlagen – auf den zartesten, weißesten Teil. Man feuchtete die Finger mit Spucke an, damit es doller brannte. Gegen Mittag waren unsere Arme von oben bis unten mit Striemen bedeckt. Die Männer standen hinter den Pferden am untersten Ende der Weide, wo das Gras in Fels überging. Die Tiere begannen zu klettern, und die Männer traten den Rückzug an, Gordon leicht hinkend, Joey alle paar Schritte gekrümmt von seinem würgenden Husten.

12

Der Herbst glitt in den Winter hinüber. Ein paarmal schneite es, aber nie genug, daß man hätte Schlitten fahren können. Mutter ließ sich von einem Arzt am Ort Schlankheitspillen verschreiben. Sie stopfte sie in das Innenfach ihrer Schultertasche, wo sie davor immer das Kinderaspirin aufbewahrt hatte. Der »Kick«, den sie ihr nach ihrer Aussage gaben, hielt sie davon ab, ganze Tage betrunken im Bett zu liegen. Ihre Kaiserinnen-Tage nannte ich sie, denn Mutter verbrachte sie einzig und allein damit, sich zu päppeln und zu pflegen. Will sagen, sie nahm kleine Schlückchen aus einer Flasche Smirnoff, den sie im Eisfach angedickt hatte, und schnitt sich die Nagelhaut. Oder sie rauchte und blätterte in alten *Vogue*-Heften, während es in der Ecke von einer Blues-Platte jammerte, was die Männer doch für Schweine seien. Aber diese Tage machten Lecia und mir keine allzu großen Sorgen. Im Gegenteil, sie waren uns ein ziemlicher Trost, denn an ihnen blieb Mutter heil und sicher im Bett. Die Schlankheitspillen raubten uns diese Tage.

Und sie unterlegten Mutters Stimme mit einem Grundton der Gereiztheit. Meine Bitte um Geld für das Schulessen brauchte sie nur auf dem falschen Fuß zu erwischen, und schon stürmte sie auf der Suche nach einer verlegten Brieftasche türenknallend durch die Gegend oder brüllte den wie immer schlafend herumliegenden Hector an, er sei ein fauler Drecksack. Gut, Mutter ging nicht jedesmal in die Luft, wenn man sie um etwas bat, und eine Neigung zu Tobsuchtsanfällen hatte sie schon immer gehabt. Aber mit den Schlankheitspillen reichte ein kleinerer Funke, um sie explodieren zu lassen. Und ihre Wut war noch heftiger als früher. Als Lecia und ich endlich heraushatten, wie man das magische Wort auf dem Etikett der Pillendose – Methamphetamin – aussprach, verarbeiteten wir es in einem Seilspringreim:

Meth-am-pheta-min
Heißt die Tobsuchtsmedizin.
Meth-am-pheta-min
Macht dich böse, macht dich dünn.

Dünner wurde Mutter wirklich. Sie bohrte mit einem Eisstößel zusätzliche Löcher in ihren Krokoledergürtel. Und ihre Trinkfestigkeit – auch früher nicht von schlechten Eltern – nahm zu. Sie trank Tag und Nacht, ohne sich je zu übergeben oder umzukippen. Der Ostküstenakzent, der immer unser Gradmesser für ihre Trunkenheit gewesen war, wurde zum Daueridiom.

Noch unheimlicher war die Tatsache, daß sie nie schlief. Damit meine ich nicht, daß sie nicht viel schlief oder weniger schlief. Ich will sagen, daß wir sie in allen diesen Monaten nie schlafen sahen. Kein einziges Mal. Egal, wie spät ich aufwachte und auf meinem Schlafanzughintern das geschwungene Treppengeländer hinunterrutschte, sie saß unten und trank, in der Regel allein, mit einem Buch auf den Knien.

Sie las immer mehr Bücher von Typen mit immer unaussprechlicheren Namen; der Existentialismus, sagte sie, sei die Philosophie der Verzweiflung. Lecia vergrub dieses französische Zeugs tief unten im Zeitschriftenständer, denn es ließ Mutter verschwommenen Auges von Selbstmord reden. Sie blickte von ihrem Buch auf und sagte, für manche Menschen sei es einfach das Gesündeste, sich umzubringen. Und die ungewohnte Ruhe in ihrer Stimme muß bei Lecia die Angst geschürt haben, Mutter könnte Ernst machen. Wir erwähnten diese Angst mit keinem Wort. Aber wenn Mutter zu lange und zu still im Bad blieb, konnte Lecia schon einmal vor der verschlossenen Tür Posten beziehen, den Kopf schräggelegt, lauschend mit einer Intensität, die ich bis dahin nur beim Jagdhund meines Vetters gesehen hatte, wenn er einen Schwarm Wachteln witterte. Sie schien den

Atem anzuhalten und mit ihrem ganzen Sein auf ein Lebenszeichen dort drinnen zu horchen, auf irgendein noch so winziges Scharren. Wenn ich ahnungslos summend den Gang entlanggetrottet kam, fuhr sie zu mir herum und preßte den Finger an die Lippen, um mich zum Schweigen zu bringen, das Gesicht zu einer zornigen Maske verzerrt. Ein Wort wie »Selbstmord« laut auszusprechen war undenkbar. Es beim Namen zu nennen hieß, es herbeizureden.

Wir trauten uns nicht einmal mehr, mit unserer Alphabettafel zu spielen vor lauter Aberglauben. Als Grandmas Geist uns die erste Botschaft aus der H-Ö-L-L-E vorbuchstabierte, stampfte Lecia auf dem Brett herum, bis es zersplitterte. Und ich schleuderte es in die Brennesseln hinterm Haus. Wir beide eröffneten jede Mahlzeit damit, daß wir Salz über die Schulter warfen, sogar dann, wenn wir gar keins verschüttet hatten. Und auf dem Weg zur Schule hüteten wir uns, auf einen Riß im Pflaster zu treten. Ich hielt die Finger der Linken ständig gekreuzt, während ich mit den Fingern der Rechten alles, aber auch wirklich alles zählte – die Schritte bis zum Kühlschrank, die Sprünge des Sekundenzeigers, die Wörter in einem Satz –, um jedem Leerlauf in meinem Kopf vorzubeugen. Das Zählen gab mir Halt, so als ließe sich mit den richtigen Zahlen ein Code knacken, ein System in dieses unüberschaubare, flüssige Universum bringen, in dem wir herumdrifteten.

Mutters Unglück begann sich auch in mir einzunisten. Eines Abends, als Hector schon außer Gefecht war, fand sie mich mit weit offenen Augen neben dem Bündel Steppdecke, zu dem Lecia sich zusammengerollt hatte. Sie setzte sich auf die Bettkante und las mir in dem Lichtschein, der aus der Diele hereinfiel, den *Mythos von Sisyphos* von Albert Camus vor; das war zu der Zeit ihre Bibel. Sie lehrte mich Camus' Namen richtig auszusprechen, damit mich bei zukünftigen Cocktailpartys niemand als Bauerntrampel verspotten konnte.

Sisyphos hatte es schlechter als wir alle zusammen, fand ich. Er war dazu verdammt, Tag und Nacht ohne Pause schwitzend und grunzend einen Felsblock einen Hügel hinaufzuwälzen. Der

Witz an der Sache war, daß der Felsblock, sobald Sisyphos ihn auf den Gipfel gebracht hatte, wieder ins Tal hinunterrollte. Also mußte er von vorn anfangen, wieder und immer wieder. Und so blieb es bis in alle Ewigkeit, sagte Mutter, indem sie das Buch zuklappte. Ich lag da, den Kopf tief zwischen die Wände meines Kissens gedrückt, und wartete auf eine Moral, ein Happy-End, auf irgendeinen Lohn für die ganze Plackerei. Etwas Dahingehendes muß ich auch gesagt haben, denn sie strich mir eine Haarsträhne hinters Ohr zurück und erklärte mir, Sisyphos' Aufgabe habe kein bißchen mehr Sinn als Geschirrspülen oder Bettenmachen. Man fuhr einfach endlos damit fort, bis der Körper nicht mehr konnte, und dann starb man.

Der erste französische Satz, den ich lernte, stammt wahrscheinlich sogar aus diesem Buch. *Il faut souffrir*, man muß leiden. Leiden lag für mich aus irgendeinem Grund nicht mit Tugend oder Gutsein auf einer Linie, wie es das für die Baptistenkinder daheim getan hatte, sondern mit Intelligenz. Intelligente Menschen litten, Dumme litten nicht. Das war in Texas Mutters steter Spruch gewesen. Wir brauchten nur an ein paar Burschen in blauen Overalls vorbeizufahren, die von der Ladefläche ihres Pickups Wassermelonen verkauften und grinsten, als wäre das auch keine schlechtere Nachmittagsbeschäftigung als alles andere. Dann schüttelte sie den Kopf wie über das unglaublichste Schauspiel aller Zeiten und sagte: *Gott, muß Stumpfsinn schön sein.* Daddy war immer der Gegenbeweis zu dieser Botschaft gewesen, denn er hielt große Stücke auf die kleinen Freuden – Zucker im Kaffee, die Spottdrossel in unserem Seifenbaum, die auf sein Pfeifen antwortete. Jetzt, wo er fort war, sickerte Mutters Trübsal ein. Glücklichsein war etwas für Holzköpfe, ein dumpfer Nebel, in dem man versank. Schmerz dagegen, niedrig dosierter, konstanter Schmerz, war eine Wache, die man hielt. Es war der eigene Tod, dem man entgegenwachte, und man lebte in einem stetigen Zustand achtsamer Verzweiflung.

Unterdessen verlor die Welt vor meinen Augen immer mehr an Farbe. Der Himmel war grauer als Asche, die tiefhängenden

Wolken verwischt wie verschmierte Kreide. Die Bäume warfen ihre Blätter ab. Durch die Jalousien im Wohnzimmer sahen Lecia und ich den Herbst in den Winter übergehen wie auf einer Folge von Dias. Mehrere Tage lang rechten unsere Nachbarn Laub, und ihre Kinder hüpften in die Haufen, umsprungen von Hunden verschiedener Größe. Es war wie eine Szene aus der Kodak-Werbung. Dann wurden die Laubhaufen vor all den imposanten Herrschaftshäusern in unserer Straße in Gräben und Aschentonnen verbrannt. Eigentlich seltsam, sagte ich eines Abends im Bad zu Lecia: Wir fanden es »normal«, daß Bäume Blätter hatten, wo sie doch sechs Monate im Jahr nackt wie Geierhälse waren.

In der Schule sah ich meine Altersgenossen ewig benommen oder im Tiefschlaf. Ein Junge sabberte auf Rechenpapier, ein anderer faltete einen Flieger. Selbst unsere Aufsicht, die Tochter des Schulleiters, die angeblich das gescheiteste Kind in der ganzen Klasse sein sollte, gab sich damit zufrieden, mit einem Bleistift den Umriß ihrer Hand nachzuziehen. Sie schienen so wenig am Leben auszusetzen zu haben, und das konnte ich ums Verrecken nicht begreifen, denn ich schleppte mich mit Müh und Not durch den Tag, ohne laut zu schreien oder meine sämtlichen Stifte zu zerbrechen oder wenigstens jemanden mit aller Kraft vors Schienbein zu treten.

Zweimal verreisten Mutter und Hector; soviel ich weiß, beide Male nach Mexiko. Mutter schwebte vor, dort ein Stück Land zu kaufen und eine Künstlerkolonie zu gründen, als neues Ambiente für ihre Malerei – dabei hatte sie seit unserer Ankunft in Colorado keinen noch so winzigen Spritzer Farbe auf die Leinwand gebracht. Die Wagenladung Malsachen, die sie sich hatte liefern lassen, wartete unberührt in einem leeren Zimmer. Es juckte mich, die Siegel der neuen Ölfarben aufzubrechen, diese vielen Dutzend Tuben, die nach Schattierungen in einer Ledermappe angeordnet waren, aber ich war klug genug, mich zu beherrschen. Kein einziger leuchtender Farbturban wurde auf die saubere braune Palette mit dem Daumenloch gedrückt. Die Zobelhaarpinsel in allen Größen blieben in ihren Papierhüllen.

Die Leinwände, die sie fertig aufgezogen und grundiert gekauft hatte, standen an den Wänden dieses Zimmers wie Fenster ins Nichts. Lecia und ich erfanden Titel für ihre Leere: »Eisbären im Schneesturm« und »Talkumpuder auf dem Mond«. Mutter malte nie, solange wir in Colorado waren, und Land in Mexiko kauften sie auch nie. Sie soffen und stritten nur und krümmten sich bei der Rückkehr von ihren Reisen vor Durchfall – Grüne-Äpfel-Dünnschiß, hätte Daddy dazu gesagt.

Das erste Mal ließen sie uns bei Hectors Kusine, einer alleinstehenden Mutter um die Zwanzig, die von der Sozialhilfe lebte und sich mit Wonne ihren zwei Kleinkindern widmete. Wir nannten sie Purty. Sie war klein und vogelhaft, mit einer wallenden schwarzen Lockenmähne, die sie zu zähmen versuchte, indem sie sie nachts auf Suppendosen aufwickelte, aber das Haar krauste sich trotzdem noch und bauschte sich in Wellen um ihr herzförmiges Gesicht. Purtys Kinder waren mit Abstand die jammervollsten Geschöpfe der Welt, was Purty aber nicht im geringsten störte; sie geriet außer sich vor Entzücken über jeden ihrer Heulanfälle. »Armer Nanito«, gurrte sie, während ich dem Balg am liebsten ein Kissen aufs Gesicht gedrückt hätte, damit es nach Möglichkeit auch gleich zu atmen aufhörte. Es waren keine Zwillinge, aber ich habe sie als zwei Ausgaben ein und desselben Babys in Erinnerung, sabbermäulig und mit sorgenvollem Blick. Ihre absurd riesigen Köpfe schlackerten auf den Hälsen, donnerten unkontrolliert gegen Tischkanten oder brachten sie durch ihr bloßes Gewicht zu Fall. Lecia lernte schnell, sie mit einem Schnuller oder einer Flasche kalter Milch ruhigzustellen. Ich dagegen verzog mich schmollend mit einem Buch in die Ecke.

In unserer zweiten Nacht bei Purty kreuzte ihr Herumtreiber von Mann auf und hämmerte besoffen gegen die Hintertür. Er brüllte in einem vernuschelten Kauderwelsch, das ich nur mit Mühe als Spanisch erkennen konnte, daß er gekommen sei, um seine Kinder zurückzufordern – die ich für meinen Teil ihm mit Handkuß überlassen hätte. Aber Purty riß sich die Suppendosen aus den Haaren, daß die Klammern durch das ganze dunkle Schlafzimmer schlitterten. Sie scheuchte Lecia und mich mit den

Babys unters Bett. Wir sollten dafür sorgen, daß sie ruhig blieben, sagte sie. Er würde uns alle umbringen, wenn wir auch nur einen Mucks machten. Unter dem Bett hervor sah ich ihre flauschigrosa Puschen von uns weg in den Lichtstreifen aus der Küche tappen.

Stillsein fiel mir nicht leicht. Beim Versteckspielen wurde ich fast immer als erste gefunden. Dazu kam, daß das Baby, für das ich zuständig war, kaum unter meinen Arm paßte. Es war fett und zappelig, und es stank – durch Puder und Babyshampoo hindurch – ganz entschieden nach saurer Milch. Von den Sprungfedern hingen mir spinnwebartige Fäden in die Wimpern, und der Boden unter meinem Schlafanzugoberteil fühlte sich an wie ein einziger Eisblock.

Je lauter die Stimmen in der Küche wurden, desto lauter und zappeliger wurde auch das Baby. Schließlich rammte Lecia mir den Ellbogen gegen die Schläfe, damit ich etwas unternahm, also legte ich die Hand über den sabbernden Mund. Aber irgendwie geriet mein Zeigefinger dabei zwischen seine Lippen. Für einen Augenblick spürte ich ein paar Stummelzähne in dem kurvigen Zahnfleischgeglitsche, spürte die fette Zunge, die sich krümmte wie eine Schnecke. Es hatte etwas Groteskes, mein Finger in diesem Mund, und als das Baby auch noch an dem Knöchel zu nagen begann wie an einem Beißring, langte ich mit der freien Hand einfach hinunter und kniff es mit aller Kraft, worauf es zu meiner Verblüffung schlagartig still wurde. Ich hatte ein rabenschwarzes Gewissen, daß ich einem kleinen Baby weh getan hatte, aber gleichzeitig befriedigte mich meine Gemeinheit zutiefst. Die weiche Haut hatte zwischen meinen Fingern nachgegeben wie Plastilin. Am liebsten hätte ich auf der Stelle noch einmal zugezwickt. Aber das wagte ich natürlich nicht; ich hatte zu große Angst, das Baby würde ein riesiges Gejaule anstimmen, statt nur dieses gedämpfte Schnüffeln von sich zu geben, das mir unbedenklich erschien.

Nach einer Ewigkeit kam aus der Küche ein ungeheurer Krach, das Klirren von splitterndem Glas. Schritte eilten den Gang entlang in Richtung Haustür, und dann kreischte Purty

»Mörder, Mörder!« Der Wagen ihres Mannes quietschte aus der Einfahrt.

Es stellte sich heraus, daß er sie mit dem Gesicht durch das Glas an der Hintertür gestoßen hatte. Doch diese Szene ist aus meinem Gedächtnis gelöscht. Ich nehme an, wir stürzten zu ihr hinüber, sie stand blutüberströmt und schreiend da, und die Kinder plärrten sich die Seele aus dem Leib. Aber ich weiß als einziges noch, wie Purty dem rotgesichtigen Mann von der Streife geduldig erklärte, daß ihr Mann sie gewürgt und dann mit dem Gesicht voran in die Scheibe geschleudert hatte, so daß ihr die Scherben um die Ohren flogen und die kalte Luft hereinblies. Ihr Gesicht war völlig zerschnitten, an der geblümten Passe ihres rosa Nachthemds flimmerten winzige Glassplitter. Der Sanitäter klebte ihr ein riesiges Pflaster über einen Riß, der ihre geschwungene Braue in zwei saubere Flügel geteilt hatte.

Während Hectors und Mutters nächster Reise wohnten wir bei Hectors Schwester Alicia, die ich für zu alt und zu dick gehalten hatte, um sich groß mit ihrem Mann Ralph zu prügeln. Sie trug ihre langen grauen Zöpfe um den Kopf geschlungen wie eine Opernsängerin und war mehr breit als hoch. Aber dann stand sie eines Abends am Herd, backte Tortillas und keifte Ralph wegen der Autoversicherung an, und urplötzlich ging er auf sie los. Alicia verlor keine Zeit und briet ihm die gußeiserne Pfanne über den Schädel, was ihn mitten im Sprung stoppte. Es dauerte einen Augenblick, bis er zu Boden taumelte, so als wäre ihm das erst nachträglich eingefallen. Am nächsten Morgen beim Frühstück wuchs ihm ein blauer Höcker vorn aus der Stirn, wie ein Ziegenhorn, das jeden Moment durch die Haut brechen wird.

Nach diesem Streit bei Alicia machte ich eine wütende Szene und brüllte Zetermordio, daß ich nie mehr bei irgendwelchen fremden Leuten übernachten würde. Damit hatten Mutters Mexikoreisen ein Ende. In Antelope festzusitzen zermürbte sie. Sie begann sogar wieder von Fenster zu Fenster zu wandern wie früher in Texas.

Eines Nachts gegen drei Uhr kam ich herunter und fand Mutter in ihrem pfirsichfarbenen Seidenmorgenrock am Klavier. Sie hatte sich am Oberkopf, wo das Haar eine Spur länger war, Locken gedreht und mit Klammern festgesteckt, so daß die kürzeren Strähnen an den Seiten wegspießten wie Entenfedern. Ein langstieliges Glas Rotwein stand neben ihr auf dem Klavierhocker, aus dem kristallenen Aschenbecher kräuselte sich der kühlblaue Rauch einer Salem. Ihre zerfledderte Ausgabe von Jean-Paul Sartres *Ekel* lehnte im Notenpult auf dem Klavier.

Sie mixte mir Burgunder mit einem Schuß 7-UP, zum Einschlafen, sagte sie. Sie brachte ihn in ihrer allerfeinsten Porzellantasse aus der Küche herein, der mit dem schillernden Regenbogen auf weißem Grund. Die Innen- und Außenseiten waren mit Kirschen bemalt; oben, wo man die Lippen ansetzte, war ein Goldrand, und goldene Schnörkel rankten sich den Henkel hinab und sogar rund um die Untertasse. Mutter stellte diese Tasse neben mich auf die viereckige Ablage über den Tasten. Die 7-UP-Bläschen stiegen durch den roten Wein auf wie Lava aus den Tiefen der Erde.

Ich hatte schon oft Alkohol getrunken – einmal, bei einer Hochzeit, sogar echten Champagner. Und er hatte mir kein bißchen geschmeckt. Gut, an einem heißen Tag, zu Austern, nippte ich schon ganz gern ein bißchen an Daddys gesalzenem Bier. Aber schon nach ein paar Schlucken wurde mir immer schwummrig. Und Whiskey oder Scotch, selbst mit Cola gemischt, brannte mir in Kehle und Magen wie Gift.

Außerdem war das Trinken meiner Eltern in meinem Kopf unauflöslich mit ihrem Gestreite verbunden. An zu vielen Abenden war ich daheim in Leechfield in die Küche geschlichen, während die beiden hinter ihrer verriegelten Schlafzimmertür tobten und brüllten und fluchten, und hatte ihre Flaschen eingesammelt (Whiskey bei ihm, Wodka oder Scotch bei ihr, Single Malt, wenn sie bei Kasse war). Wenn ich diese Flaschen in den Ausguß leerte, drehte ich immer das Gesicht zur Seite, und das, obwohl es mich ansonsten nicht im mindesten störte, von Giften umgeben zu sein. Von der Veranda vor dem Haus blickte ich auf einen eisernen Raffinerieturm, der schwarzen Rauch in die Luft stieß. Wenn ich im Auto fuhr, wußte ich mit geschlossenen

Augen, ob der Gestank von der Gummifabrik kam, von den offenen Müllhalden des Chemiekonzerns oder von der Bleicherde, mit der in der Raffinerie das Rohöl gereinigt wurde. Bei keinem dieser Gerüche rümpfte ich auch nur die Nase. Aber dieses braune Gebräu schien mir gefährlich, selbst der Geruch, der davon aufstieg.

Mit meinem ersten Schlückchen aus Mutters Porzellantasse änderte sich all das. Ich hatte sie hundertmal von dem Mönch erzählen hören, der den Champagner entdeckt hatte: als würde man Sterne trinken, so hatte er es beschrieben. Ganz plötzlich verstand ich das. Der Wein und die schäumende Limonade brachten meinen Mund zum Prickeln. *Als würde man Sterne trinken,* dachte ich sofort. Ganze Galaxien schienen sich zu formieren, der Geschmack war überwältigend und einzigartig zugleich. Nur hatte ich einen zu zaghaften Schluck genommen und mußte einen zweiten trinken, um zu prüfen, ob er dieselbe kleine Explosion auslöste. Tat er. Ich trank ein bißchen mehr. Der Wein schmeckte nicht nur gut, er floß auch ganz tief in mich hinein, nicht mit dem Brennen, das ich von früher kannte, sondern langsam und warm. Ein paar Schlucke mehr, und diese Wärme setzte sich in Bewegung und rollte durch alle meine Glieder. Ich spürte wirklich und wahrhaftig Licht durch meine Arme und Beine strömen. Eine große Sonnenblume ging in meinem Innern auf – ein Bild, das ich in irgendeinem Gedicht gelesen haben mußte, denn plötzlich stand es fix und fertig vor mir.

Als die Tasse leer war, kündete das glockenhelle Klingeln, mit dem ich sie auf ihren Unterteller zurücksetzte, von einer neuen, veränderten Welt. Ich schaute auf meine nackten Füße hinab, die unter dem Nachthemd hervorbaumelten. Sie schienen weit weg und bleich wie die einer Marmorstatue, geradezu elegant. Ich blickte zu Mutter auf. Die Locken über den wegstehenden Haarbüscheln sahen nicht länger idiotisch aus oder unheimlich wie Medusas Schlangen. Nein, die Kappe aus festgesteckten Haaren wirkte vornehm. Die Konturen ihres Gesichts hatten plötzlich wieder ihre frühere Schönheit. Die Stirn war glatt und hoch, die

Wangenknochen schwangen sich wie Flügel. Ihre grünen Augen und die blasse Haut schimmerten, und ein schwacher Lichtreif umgab sie. Das war es, dämmerte mir, weshalb die Leute sich betranken, auch wenn sie danach kotzen mußten und nicht mehr deutlich sprechen konnten, auch wenn sie sich im Suff mit Gegnern anlegten, die mit Sicherheit Kleinholz aus ihnen machten oder mit Karacho gegen Betonmauern fuhren. Mit Alkohol war das Leben tatsächlich besser, wenn auch nur deshalb, weil man es anders sah. Ich dachte an all die Zaubertränke in den Märchen, an die Hexen aus *Macbeth* mit ihrem blubbernden Kessel.

Hinterher lag ich lange Zeit im Bett und fühlte mich schwindlig. Wenn ich die Augen schloß, kippte die Matratze zur Seite wie ein Floß in den Wellen. Ich mußte starr auf einen bestimmten Gegenstand schauen, um das Schwanken zu bannen oder zumindest die steilen Wogenwände, an denen ich auf- und abschaukelte, ein wenig abzuflachen. Ich heftete den Blick auf ein kleines Porträt an der Wand gegenüber. Es war Mutters letztes Bild, ein Typ, den sie »Mackie Messer« nannte. Sie hatte es den ganzen Weg von Texas mitgeschleppt. Das irritierte mich, denn es zeigte nicht einmal jemanden, den wir kannten, sondern einen schwarzhaarigen Franzosen mit mandelförmigen Augen. Vielleicht war er in Wirklichkeit auch gar kein Franzose. Aber für mich sah er haargenau so aus wie der angeekelte Kerl auf dem Sartre-Einband, der schon kotzen mußte, weil er überhaupt am Leben war. Mackie Messer war nicht im strengen Sinne gutaussehend, dafür war er zu käsig und zu mickrig. Aber es war ein gutes Bild. Seine Augen ruhten gelassen auf mir, und das Licht, das seitlich von der Straße hereinfiel, verlieh ihnen einen melancholischen, wissenden Blick. Außerdem verscheuchte er den Drehwurm, einfach nur, indem er feststand in dem wild schlingernden Zimmer.

Mein Gebet in dieser Nacht – ich wartete damit, bis Mutter wieder im Wohnzimmer und außer Hörweite war –, richtete ich mehr an diese traurige, fahlwangige Gestalt im schwarzen Rollkragenpullover vor rotem und schwarzem Gestrudel als an irgendeinen Vater im Himmel. *Lieber Mackie, bitte mach, daß ich nicht ins Bett kotzen muß. Und mach, daß Mutter die Autoschlüssel im Efeutopf nicht findet. Amen.*

In anderen Nächten flogen die Fetzen zwischen Mutter und Hector. Die Litanei seiner Schwächen brannte sich unauslöschlich in meinen Schädel ein. Hector war ein verkommener kleiner Miesling und sonst gar nichts. Er war ein Schlappschwanz, er versaute ihr alles. Außerdem ging er keiner einträglichen Arbeit nach, weshalb ihn Mutter beschuldigte, die ganze Zeit bei ihr zu schmarotzen. Aber wenn er dann an einem verkaterten Morgen schlaff die Stellenangebote für Barkeeper durchzuschauen begann, schnurrte und gurrte sie, das sei doch gar nicht nötig, und wenn er arbeitete, könnten sie sich am Nachmittag ja gar nicht mehr lieben.

Hector verlor jede Kontrolle über sich, wenn er soff. Er torkelte und brabbelte und vergaß alles. Er fiel hin und reiherte. Eines Morgens hörte ich Mutter brüllen, er hätte verdammt noch mal schon wieder ins Bett gepinkelt. Ein andermal, als Gordon und Joey bei uns in der Küche standen, schrie sie, Hector kriegte nicht mal »ordentlich einen hoch«. Sie klopfte mit den Fingerknöcheln auf das Holz der Anrichte. »Petes Schwanz war immer so hart wie das da. Immer.« Ich wußte nicht recht, wie ich diese Mitteilung zu deuten hatte, aber ich sah Hector unter dem Urteil zusammensacken, den stieren Blick auf den Boden seines Whiskey-Glases gerichtet, als wäre es eine Kristallkugel.

Mutter schien pausenlos überzuschäumen vor Aggressivität, einer Aggressivität, die sich auch gegen sie selbst richtete. So stieß sie zum Beispiel, als sich der Wagen einmal nach einem besonders unguten Abendessen in der Stadt heimwärts schlängelte, einfach die Autotür auf und ließ sich auf die Straße fallen. Schwarze Nacht strömte über den Sitz, auf dem sich eben noch Mutters mürrisches, besoffenes Schweigen breitgemacht hatte. Die Deckenbeleuchtung des Impala sprang an. Die schwere Tür rumpelte und scharrte mit einem Geräusch wie von zerbrechendem Styropor gegen die hohe Schneebank am Straßenrand. Nach wenigen schlingernden Metern brachte Hector den Wagen zum Stehen und schaltete in den Leerlauf. Wir sahen ihm nach, wie er in seinem aufgeknöpften Duffelcoat die vereiste Straße entlangstolperte und aus dem roten Lichtkreis der Rückscheinwerfer verschwand. Nach einigen Minuten stolperte er, Mutter am Arm, wieder in Sicht. Sie trug einen weißen Kaschmirmantel, und der angekrauste Rücken war dreckbespritzt.

Ihr fehlte nichts. Sie war nur in einen Schneehaufen gefallen und ein Stück gerollt. Die beiden brüllten sogar vor Lachen, als sie wieder ins Auto kletterten. Aber ich bemerkte, daß sich über Lecias Züge eine unheimliche Ruhe gelegt hatte. Auf den Fotos in *Life* gingen die alten Soldaten mit einem solchen Blick in den Kampf, während die jungen ihre Angst noch zeigten, offen und arglos. Dann perlte die sternenlose Nacht wieder von den Autofenstern.

Noch mehr Nächte rollten vorbei, Tage, die so grau und grobkörnig waren, daß kein einziger aus dem verschwommenen Einerlei heraussticht, bis ich schließlich krank werde und der Mann, der auf mich aufpassen soll, seinen Schwanz in meinen achtjährigen Mund schiebt. Der ganze schwarze Winter ballt sich um diesen Vorfall wie eine schwere, drohende Sturmwolke.

Es ist früher Nachmittag. Ich bin nicht in der Schule, weil ich so hohes Fieber habe. Ich habe geschlafen, und jetzt ist meine Stirn schweißig und kühl. In ihrem hintersten Winkel sitzt ein Kopfschmerz. Der Mensch, der nach mir schauen soll, hat mir eine Tasse Campbell's Nudelsuppe mit Hühnerfleisch auf einem Korbtablett ans Bett gestellt, mit viel Pfeffer, wie ich es am liebsten mag. Die Suppe ist bereits kalt. Das sehe ich an den Fettklümpchen an den Rändern.

Ich sitze in einem Sonnenstreifen auf dem Orientteppich in meinem Zimmer und lese zum hundertstenmal *Charlottes Netz*. Ich bin an der Stelle, als die Spinne Charlotte gerade gestorben ist, nachdem sie einen Kokon gewoben und mit Eiern voller Spinnenkinder gefüllt hat. Diese Eier zu legen hat ihren letzten Funken Lebenskraft aufgebraucht. Sie hat gewußt, daß sie es mit dem Tod bezahlen muß, aber sie hat es dennoch getan. Mutter hat mir erklärt, das verleihe ihr Adel im Camusschen Sinne.

Charlotte hat den Kokon ihrem Freund Wilbur anvertraut. Wilbur ist ein Schwein. All die Wochen, seit Charlotte ihr dünnes Beinchen zu einem letzten Abschiedsgruß erhoben hat, lag Wilbur heulend im Schlamm. Er heult immer noch, als plötzlich die Eier aufzubrechen beginnen. Spinnenbabys kommen aus dem Kokon gekrabbelt, Tausende und Abertausende. Sie sind winzig wie I-Pünktchen, und alle schlüpfen sie direkt vor seinen verheulten Augen.

Daß sie tatsächlich lebendig sind, tröstet Wilbur. Auf genau die gleiche Weise – geht mir in meinem Streifen Nachmittagssonne auf – schöpfen manche Menschen aus dem Kreislauf der Natur Trost und Baptisten aus dem Gedanken an die unergründlichen Ratschlüsse des Herrn. Aber kaum haben die Spinnen Wilbur guten Tag gesagt und ihm neuen Mut gemacht, da fangen sie schon an, an seidenen Fallschirmchen von ihm wegzusegeln. Wie die Samenkörner fliegen sie davon, steigen auf in den Himmel über dem Hof. Sie werden anderswo ihre Netze ausspannen, und einen Moment lang glaubt man, Wilburs Schweineherz wird aufs neue brechen. Dann piepsen drei von den kleinen Spinnchen aus der oberen Ecke des offenen Fensters über dem Koben, daß sie beschlossen haben, bei Wilbur zu bleiben. Sie wollen ihre Netze gleich über ihm spinnen, genau wie ihre Mutter.

Damit ist die Geschichte im Prinzip zu Ende; der Autor – ein Mr. E. B. White – weist nur noch kurz darauf hin, daß die drei Spinnen, wenn sie erst erwachsen sind, auch wieder Eier legen werden. So weiß man, daß dieses Schwein mit den traurigen Augen einen nicht abreißenden Strom von Spinnenkameraden mit dem Wortschatz eines Universitätsprofessors haben wird, die es trösten und erbauen. Sicher, nach dem Eierlegen werden sie sterben, die Spinnenmädchen, so wie Charlotte. Aber was am Ende des Buches zählt, ist, daß Wilbur niemals einsam sein muß.

Oft blättere ich halbe Tage lang hin und her zwischen dem traurigen Teil, wo Charlotte stirbt, und der Stelle am Schluß, wo die drei Spinnenkinder sagen, daß sie bei Wilbur bleiben wollen. Ich weine ein bißchen, dann berappele ich mich wieder. (Viel später lerne ich, daß das der Aufbau der Elegie ist: Klage, Tröstung; traurige Geschehnisse, gefolgt von erfreulichen.) Die Sonne scheint so warm auf meine Ponyfransen, die glänzend und glatt über meine Stirn fallen, und die Vorstellung, wie diese drei Spinnenbabys ihre ersten seidigen Fäden über dem selig grinsenden Wilbur spinnen, der sich rücklings im Schlamm suhlt, erfüllt mich mit so viel Licht, daß ich jemandem davon abgeben muß. Durch die offene Tür rufe ich zu meinem Babysitter hinunter, er soll einen Moment kommen und sich das anhören.

Als er neben mir in meinem Sonnenflecken steht, erzähle ich es ihm voller Inbrunst. Ich erzähle von Charlotte und den Spinnenkindern und von Wilbur. Ich erinnere mich an so viel, daß Daddy bestimmt stolz auf mich wäre. Mein Babysitter nickt langsam und ernst. Schließlich sagt er, wenn man mit jemandem ganz, ganz dick befreundet ist, dann ist man nie allein. Ob ich seine ganz, ganz dicke Freundin sein will?

Ich fange sofort an, in allen Ecken nach dem Big-Chief-Block zu suchen, in dem das Aufnahmeritual für den Vampir-Club steht. Meine Beine unter dem Nachthemd sind nichts als Gänsehaut, aber einen Menschen, der bereit ist, dem Vampir-Club beizutreten, trifft man nicht alle Tage.

Ich wühle den Block heraus und lasse mich wieder in meinen Sonnenkreis plumpsen, um das Ritual zu erklären. Aber als ich von dem schräg gehaltenen Blatt aufschaue, um abzuschätzen, wie er es bis jetzt findet, ist die Stimmung im Zimmer plötzlich umgeschlagen. Der Reißverschluß seiner Khakihose ist genau auf einer Höhe mit meinen Augen. Und dieser Reißverschluß hat eine Beule, für die mir sofort lauter schlimme Namen durch den Kopf schwirren – Ständer, Latte, Hammer. Es muß ein Beweis für meine Verdorbenheit sein, daß ich solche Wörter überhaupt kenne.

Einmal durfte ich bei der Tochter des Schulleiters übernachten, und als ich sie fragte, ob sie wüßte, was »vögeln« bedeutet, sagte sie nein. Ich erklärte es ihr so schonend wie möglich, und sie fing zu heulen an, dabei hatte ich kein einziges unanständiges Wort benutzt, sondern nur Begriffe aus dem Lexikon, wo sich unter A wie Anatomie gläsern durchsichtige Seiten mit Muskeln und Adern und Knochen zu einem männlichen und einem weiblichen Körper übereinanderschichten, bis schließlich ein vollständig bekleidetes Paar dasteht, das aussieht wie aus der Fernsehreklame. Trotzdem, kaum hatte ich ihr alles bis zu der Stelle erzählt, wo das Baby zur Welt kommt, da verzog sich ihr Gesicht zu einem einzigen riesigen Flunsch. So was Ekliges würden ihre Eltern nie tun, schrie sie, nicht mal, wenn hinterher ein Baby rauskäme. »Was meinst du denn, wo du herkommst, du Doofkopf?« fragte ich, worauf sie blökend aus dem Zimmer rannte. Einen Herzschlag später stürmte mit bitterbösem Gesicht ihre Mutter herein, nahm mich an die Hand und führte mich in die staubige Vorhalle, wo sie ihren Parka über dem Bademantel zuratschte und barfuß in ihre Überschuhe stieg. Dann packte sie mich, wie ich war – im Schlafanzug, den Mantel nur lose übergeworfen –, und marschierte mit mir durch die kalte Nacht zurück zu unserem Haus.

Vielleicht sehen die Erwachsenen mir an, daß ich Wörter wie »Ständer« kenne. »Du bist mir ein bißchen arg gewitzt, junge Dame«, hat Mrs. Dillard daheim in Leechfield immer zu mir gesagt und die Augen zusammengekniffen bei dieser Verlautbarung. Und ich habe zurückgegeben, besser zu gewitzt als vernagelt. Trotzdem, manchmal glaube ich, gewitzt sein heißt einfach, daß einem gewisse Worte durch den Kopf schießen und einen Geruch hinterlassen, einen unanständigen Geruch, den böse Männer wittern. Vielleicht hört ja der Mann, der jetzt vor mir steht und in Zeitlupe seinen Reißverschluß aufzieht, so daß sich die kleinen Messingzacken vor meinen Augen teilen wie die Zähne eines Seeungeheuers, das Wort »Ständer« durch meinen Schädel hallen. Es lädt ihn ein, lockt ihn an, saugt wie ein Magnet an seinem Schwanz und läßt ihn anschwellen.

Der Vampir konnte nicht in die Kammer eines jungen Mädchens gelangen, wenn sie nicht eigenhändig das Kruzifix vom Fenster entfernte und ihm öffnete, ihn hereinbat. Aber genau das taten die Mädchen immer wieder, auch wenn sie es eigentlich gar nicht wollten. Sie hängten zur Schlafenszeit Knoblauchgirlanden auf. Sie wanden Rosenkränze um die Fenstergriffe. Sie waren fest entschlossen, das Böse zu verscheuchen, wenn es vor ihren Fenstern wehte und waberte. Sobald aber der Vampir tatsächlich dort draußen im cremigen Mondschein schwebte, hatte das Mädchen im dünnen Nachthemd solche Ehrfurcht vor seinem Hunger – diesem unmäßigen, nie zu stillenden Hunger –, daß sie all das Zeug, das sie zu ihrem Schutz angebracht hatte, selbst entfernte. Die Knoblauchgirlanden fielen von den Messingknäufen, die Fensterflügel schwangen weit auf, die Vorhänge bauschten sich ins Zimmer, und dann barg er ihre zarte Gestalt unter seinem Umhang.

Diese ganze Szene jagt durch mein Hirn, während sich der Reißverschluß meines Babysitters öffnet. Seine Hand tastet durch diesen Reißverschluß und tiefer, in den Schatten seiner Unterhose. Die Ernsthaftigkeit der Geste läßt meinen Atem unregelmäßig gehen. Ich habe Angst, ihn durch irgend etwas in Wut zu versetzen, und noch größere Angst, daß jede Bewegung, jedes Wort von mir wie ein Willkommen wirken könnte. Also sitze ich ganz still und tue so, als wäre in mir drin niemand zu Hause. Aber ich fürchte, fürchte, fürchte mich vor dem, was gleich passieren wird.

Ich denke daran, wie dieser große Nachbarsjunge mich bei Carters in der Garage auf den Zementsack gedrückt, wie er gestoßen und gebuckelt hat. Wahrscheinlich hat es nicht einmal Spuren hinterlassen. Ich habe nichts in mir platzen hören, weil ich die ganze Zeit nur gebetet habe, daß er endlich fertig wird. Aber ob Spuren da sind oder nicht, ich fühle, wie sehr ich versehrt bin durch das, was er mit mir gemacht hat.

Die aus der Oberstufe sagen im Klo immer, man erkennt es am Gang, wenn eine gefickt worden ist. Lecia hat mir erklärt, ein Mädchen mit Senkfüßen und starkem Auswärtsgang ist mit hundertprozentiger Sicherheit durchgenudelt worden. Das tröstet mich, denn ich habe den schlimmsten Einwärtsgang der ganzen Schule. Ohne Scheiß. In Leechfield bin ich aus dem Yogakurs bei den Theosophen geflogen, zu dem Mutter mich geschickt hatte. Und hier in Antelope haben sie mich aus der

Ballettschule geschmissen. *Kein bißchen Hüftrotation,* hat die Lehrerin zu Mutter gesagt und vorgeschlagen, ich soll doch steppen lernen. Aber sich durch eine Stepp-Nummer zu klacken ist was für Deppen. Die anderen Mädchen sahen so anmutig aus an der Stange vorm Spiegel. Sie gingen zum Plié in die Knie und schwangen beim Aufrichten ihre graziösen Arme. Sie bewegten sich alle im Gleichklang, wie Blumen in einem Disney-Film. Tief im Innern war mir klar, daß ich nie so aussehen würde.

Der Schwanz des Mannes ruckt nach vorn, als wollte er sich aus der engen Hose befreien. Er ist rot wie ein wütendes Gesicht, geschwollen, als täte er weh. Schon bei dem Anblick zieht sich alles in mir zusammen. Der Mann drückt ihn ein bißchen nach unten, hält ihn an der Wurzel, so daß er direkt auf mein Gesicht gerichtet ist. Ich habe noch nie einen Schwanz so groß gesehen, so nahe. Das kleine Pinkellöchlein überrascht mich, es ist länglich wie ein Entlüftungsschlitz in einer Pastete. Der Mann rubbelt allerdings nicht an seinem Schwanz auf und ab wie der Junge damals. Er hält ihn nur sacht fest, wie man einem Kind einen Hamster oder so etwas zeigen würde. Trotzdem scheint der Pimmel ab und zu aus eigenem Antrieb einen Hüpfer zu machen, als wäre ihm etwas eingefallen. Unter dem Zelt meines Nachthemds habe ich die Beine zusammengeklappt und presse die Schenkel gegeneinander, ganz fest. Ich habe mich zugenäht dort unten. Irgendwie steigt eine dünne Stimme aus meinem Bauch und bittet diesen Schwanz ganz leise, mir nicht weh zu tun.

Daraufhin lächelte das maskenhafte Gesicht des Mannes auf mich herunter wie auf einen Hund, der neben dem Schneidebrett sitzt und um Reste bettelt. Er streckt seine große Hand aus und legte sie mir auf den Kopf, wölbt sie um meinen Schädel. Es ist genau die Gebärde, die Jesus in meiner Bibel macht, auf dem Bild, unter dem steht: *Lasset die Kindlein zu mir kommen...* Aber ich werde den Blick nicht heben, um nachzuschauen, ob dieser Mann Jesus ist, denn während er mir den Kopf tätschelt, starrt mich der Pimmel aus seinem Schlitzauge unverwandt an. Von höher oben sagt die Stimme des Mannes sehr sanft, daß er mir auf gar keinen Fall weh tun wird. Egal, was passiert. Er würde mir nie, nie weh tun. Wir sind ganz dicke Freunde. Er hat mich lieb. Das hier – seine Hand gleitet den Pimmel entlang, der vor sich hinschauert – bedeutet, daß er mich liebhat. Wieder richtet er seinen Schwanz auf mich.

Was mich beschäftigt, ist nicht die Frage, wo ich hinrennen soll oder ob ich mich wohl an ihm vorbeidrängen könnte. Ich weiß, daß das unmöglich ist. Selbst wenn ich es vor ihm zum Telefon schaffen würde, was sollte ich sagen? Ich kenne die Wörter, die mein eigenes Unrecht beschreiben. Alle Kinder tun das, glaube ich. Es kommt von dem ständigen Bewußtsein, kleiner zu sein als, weniger als, schwächer als. Nein, durch Wegrennen kann ich meinem Schicksal nicht entfliehen. Statt dessen frage ich mich, warum nicht jemand ins Zimmer gestürmt kommt und mich aus der Reichweite des großen, einäugigen Schwanzes rettet, der mich hier fixiert. Wenn Gott die Welt erschaffen hat, wie die Katechismuslehrerin von Carlita Defoe behauptet, warum schickt er dann nicht einen von Christi Streitern, der klirrend sein Schwert aus der Scheide zieht und den Mann totsticht oder ihm den Pimmel unten am Schaft abschlägt? Carol Sharp würde natürlich sagen, alles ist göttliche Vorsehung. Vielleicht ist das die Strafe für irgendeine Sünde, die ich begangen habe – dafür, daß ich Daddy vergrault habe zum Beispiel. Oder dafür, daß ich zu feige war, um mit ihm zu gehen. Oder daß ich an Mutters Nerven gezerrt habe, bis sie keinen Strich mehr malen konnte und durchgedreht ist und die ganze Welt in Brand gesteckt hat.

Die Stimme des Mannes senkt sich zu einem unheimlichen, verschwörerischen Wispern. Sie fordert mich auf, den Schwanz mit meinen Lippen zu berühren, in einem ganz, ganz lieben Kuß. Also tue ich es. Schmatz. Und es ist gar nicht so schlimm, wie man denken könnte, solange man die Augen geschlossen hält und sich den Schwanz als ein kleines, kahlköpfiges Männchen vorstellt. Ich sollte hinzufügen, daß ein Ständer etwas zutiefst Vertrautes an sich hat, selbst wenn alles in dir schreit, daß das hier schlecht ist, grundschlecht, und daß du selber schlecht sein mußt, grundschlecht, wenn es dich überhaupt getroffen hat. Durch all diese Schlechtigkeit hindurch schimmert das Bewußtsein von etwas Altbekanntem. Und die Angst in deinem Magen – Vampir-Angst, Achterbahn-Angst, Hosenscheißer-Angst – ist nicht ohne einen gewissen Kitzel, wie beim Sturz aus großer Höhe, wenn sich in dir selbst eine bodenlose Tiefe auftut.

Nachdem ich den Schwanz geküßt habe, ziehe ich den Kopf zurück, öffne die Augen und sehe, daß er doch kein glatzköpfiges Männchen ist, sondern das geschwollene Glied eines ausgewachsenen Mannes. Die Stimme des Mannes klingt wieder zu mir herunter. Ich soll die Zunge herausstrecken, sagt sie. Versuchen, an dem Ding zu lecken wie an einem Lutscher. Und als mein Gesicht wieder näher herankommt, atme ich ein und stelle fest, daß der Pimmel gar nicht richtig schlecht riecht, nicht nach Klo oder sonstwas. Er riecht eher nach frischgebackenem Brot, hefig und lebendig. Und in dem Pinkellöchchen bildet sich eine Träne.

Ich tu dir nicht weh, sagt er. Diese Worte schweben als Sprechblase über meinem Kopf. Sie können nur eine Lüge sein, denn seine Stimme ist nichts als ein einziger Schmerz, ein Flehen. *Mach den Mund ein Stück auf, Baby.* Ich gehorche. Der fleischige Kopf des Pimmels teilt meine Lippen, schiebt sich voran. Ich öffne die Kiefer ein bißchen, aber nur ganz zaghaft. Meine Zähne streifen gegen den Pimmel, so daß er sich mit einem Ruck zurückzieht. *Gib acht mit deinen Zähnen, Baby,* sagt der Mann. Dann sagt er, ich muß den Mund weit aufmachen und aah! sagen und versuchen, die Lippen über die Zähne zu stülpen. Ich gebe mir alle Mühe und kriege es offenbar einigermaßen hin, denn er sagt: *So ist es gut,* und: *Ja,* bevor sein Atem stoßweise zu gehen beginnt.

Dann, ohne jeden Grund, schließen sich seine Hände um meinen Hinterkopf. Alle Behutsamkeit, alle Sanftheit hat ihn verlassen. Sogar die Stimme scheint ihn verlassen zu haben. Das verstehe ich nicht, denn ich bemühe mich wirklich. Ich habe nicht einmal laut geweint, obwohl mir die Tränen übers Gesicht strömen. Aber ich gebe keinen Laut von mir, kein Schluchzen, kein Rufen, so daß es scheint, als gehörten die Tränen gar nicht mir, sondern einem anderen Mädchen oder einer Babypuppe aus der Reklame. Der Pimmel drängt weiter, er ist steinhart und so dick geschwollen, daß er meinen ganzen Mund ausfüllt. Er rammt sich mir in die Kehle, so fest, daß ich es tief in meinem Schädel zu spüren glaube, da, wo das alte, pfenniggroße Kopfweh bis eben fast erloschen war. Zugleich fühle ich ein Brennen und Reißen an den Mandeln, wie damals, als ich Angina hatte. Und die fleischige Spitze des Pimmels muß mir gegen die Luftröhre drücken, denn ich kann nicht mehr atmen. Ich fange zu würgen an.

Das alles dauert nur eine Sekunde. Gerade, als ich denke, ich sterbe, läßt er locker. Seine Hände bleiben um meinen Kopf gekrallt, aber der Schwanz zieht sich einen Moment lang ein wenig zurück, so daß ich kurz aufjapsen kann. Der Würgereiz vergeht. Meine Augen tränen wie wild. Ich bin sicher, daß das alles ist, mehr kann doch kein Mensch überleben. Aber kaum denke ich das, da verstärken seine Hände ihren Druck, und er stößt erneut mit dem Schwanz zu, die Spitze schwillt in meiner Kehle wie ein weicher Champignon, und schon muß ich wieder würgen.

Dann, und das ist schlimmer als alles andere, spritzt aus dem Schwanz etwas Nasses, Warmes. Er pinkelt mir in den Mund. Ich weiß es genau. Daheim in Texas hat ein Junge, den ich kannte, bei einem Pfadfindertreffen seinem schlafenden Bruder in den Mund gepinkelt, und beide haben davon einen Schaden bekommen. Aber diese Pisse ist sämig wie Scheuermilch und fließt nicht in einem stetigen Strom, sie quillt in langsamen Stößen hervor, denen ich mit aller Kraft auszuweichen suche. Sämtliche Sehnen in meinem Nacken versteifen sich, ich will meinen Kopf von seinem Schoß wegreißen, aber seine Hände halten mich fest. Der Schwanz bäumt sich auf. Dann füllt sich meine Kehle mit einem salzigen Chemiegeschmack, wie Chlor aus einem Schwimmbad vermischt mit Salzlauge zum Gurgeln.

Als alles vorbei ist, gibt er mich frei und wird wieder sanft. Er streicht mir mit der flachen Hand über den Rücken, während ich mir aufs Nachthemd kotze. Ich bin dankbar für das warme Reiben dieser Hand, die mir alles, was ich falsch gemacht habe, zu verzeihen scheint. Ich speie noch einmal, bis mein Magen sich zu einem einzigen Schmerz zusammenkrampft, und er klopft mir auf den gekrümmten Rücken. Er sagt, es ist alles gut. Ich habe meine Sache gut gemacht, sagt er, dabei weiß ich tief in mir drin, daß nichts gut ist.

In der Nacht liege ich im Bett, schaue zum Fenster und warte nur darauf, daß hinter den schwarzen Vorhängen Dracula erscheint und Einlaß begehrt. Ich selbst habe den Babysitter zu mir gerufen.

Nach langer Zeit stehe ich auf und ziehe meine Schulkleider an. Ich sitze angezogen auf dem hohen Stuhl in Lecias Zimmer, die Füße ein Stück überm Boden – sitze still wie eine Statue, wie man es bei der Entenjagd oder beim Barschefischen machen muß. Man läßt den Gummiwurm auf den Grund fallen, und dann und wann zieht man ihn ein bißchen durch den Schlick. Ansonsten, ganz ruhig; nicht, daß es poltert im Boot.

Als die Vorhänge hell werden, kommt Mutter herein, um an dem Erbrochenen auf dem Teppich herumzuschrubben. Sie hat mit Wasser und Natronsalz in einem Kompottschälchen eine Paste zusammengerührt, die reibt sie mit einer Zahnbürste in das Gewebe. Sie fragt, ob ich noch einen Tag daheimbleiben möchte, wo ich doch gestern noch gebrochen habe. Und ich sage, bloß nicht. Lecia richtet sich aus ihrem Deckenberg auf und blinzelt. Ich halte meine karierte Schultasche auf den Knien. Ich habe zwei zueinanderpassende Ban-Lon-Socken herausgesucht und beide genau auf gleicher Höhe umgeschlagen; ich bin für die Schule geschniegelt wie noch nie in meinem Leben. Ehrenwort, sage ich, es geht mir schon viel besser. Wir machen so saugutes Zeug in der Schule, das will ich auf gar keinen Fall verpassen.

13

Wäre Mutter nicht drauf und dran gewesen, Hector zu erschießen, hätten wir Texas vielleicht nie wiedergesehen. Aber als sie plötzlich sturzbetrunken mit der erhobenen Pistole dastand – einem vernickelten kleinen Ding mit Perlmuttgriff, wie es in einem miesen Western ein Saloonmädchen aus seinem Samtbeutel ziehen würde, um auf einen großmäuligen, kartenspielenden Cowboy zu zielen –, reichte es Lecia endgültig. Sie verfrachtete uns postwendend nach Hause. Gut, wenn man sie vorher befragt hätte, wäre sie womöglich sogar dafür gewesen, daß Hector abgeknallt würde. Genau wie ich auch. Im Grunde war die Idee nicht schlechter als alle anderen Ideen in dieser ganzen düsteren Zeit.

Sie lungerten viel in der Bar herum, Mutter und Hector. Uns ließen sie daheim. Ich blieb jede Nacht auf, bis sie zurückkamen. Die Bar lag nur ein paar Straßen entfernt, aber immer noch weit genug, daß Mutter gegen einen Betonklotz oder eine Ziegelmauer hätte donnern können, irgend etwas, das eine größere molekulare Dichte hatte als sie. Nach Ausschankschluß stand ich in meinem gestreiften Sears-Pyjama oben im Flur am Fenster und wartete darauf, daß der Impala die verschneite Einfahrt heraufgebraust kam. Ich rieb ein faustgroßes Guckloch in die Eisblumen an der Scheibe, um den zahnlosen schwarzen Schlund der Garage besser im Auge behalten zu können. Oft schien es eine Million Herzschläge zu dauern, bis das Scheinwerferlicht über die Einfahrt streifte.

Lecia und ich mieden die Longhorn-Bar, seit in den unsteten, zittrigen und in manchen Fällen leberfleckigen Händen von Kundschaft und Personal Schußwaffen aufgetaucht waren.

Nach einem Raubüberfall auf das Steakhaus am Ende der Häuserzeile hatte Deeter sich mit einem kleinen Schulterhalfter versehen. Er trug es unter seiner Barkeeper-Schürze. Ein paar Tage später besorgte Hector seiner Kusine im Pfandhaus eine .22er Pistole, damit sie ihren Mann in Schach halten konnte. Als nächstes kaufte er sich selbst einen .45er Colt. Einen geschlagenen Nachmittag saß er an einem Rauchtischchen und spielte damit herum. Er nahm die Fußgänger ins Visier, die über die Hauptstraße trotteten. Das war beunruhigend. In Texas wußte jedes vierjährige Kind, daß man mit einer Feuerwaffe nicht auf Lebewesen zielte, es sei denn, man wollte sie töten. Selbst eine defekte, nicht geladene Waffe wurde so vorsichtig angefaßt wie eine Schlange.

Mutters Pistölchen mit dem Perlmuttgriff kam mir anfangs nur albern vor. An einem Stand am Straßenrand hatte ich einmal ein Feuerzeug entdeckt, das ganz ähnlich aussah. Es hatte in einer Plastikhülle an einem Drehständer neben vielen anderen Scherzartikeln gehangen, darunter eine kleine Pfütze rosa Hundekotze aus Plastik, für die ich meine letzten fünf Cent ausgegeben hatte.

Mutter versprach hoch und heilig, die Pistole sicher in ihrer Schultertasche zu verwahren. Sie wollte sie nur parat haben, falls jemand sie belästigte, sagte sie. *Wer* – fragte sich mein achtjähriger Kopf – *würde es je wagen, Mutter zu belästigen*? Sie hätte doch jeden Rowdy, der auch nur im entferntesten Anstalten dazu machte, grün und blau geschlagen. Die Waffe war – das Wort hatte ich mir von Lecias Sechstkläßler-Rechtschreibeliste abgeguckt – entbehrlich.

Schußwaffen als solche schüchterten mich nicht ein. Jeder Pickup in Leechfield hatte seinen National-Rifle-Association-Aufkleber und seinen Gewehrständer am Heck. Als ich meine erste Pistole abgefeuert hatte, war ich noch nicht einmal im Kindergarten gewesen. Und an Silvester hatte ich Daddys .22er mit beiden Händen über das Garagendach hinweg auf den teiggesichtigen Mond gerichtet und Schlag Mitternacht abgedrückt. Meine Hand flog einen guten halben Meter in die Höhe, aber ich zuckte kaum mit der Wimper bei dem Knall. Als der Mond nicht über den schwarzen Himmel davonzischte wie ein aufgeknoteter Luftballon, heulte ich laut los. Später holte ich mit meinem Luftgewehr jede Menge Spatzen und Amseln von den Bäumen. In der zweiten Klasse konnte ich, wenn Daddy sich hinter mir aufstellte, ein 4-10-Gewehr schultern und abfeuern, ohne daß der Rückstoß mir den Arm auskugelte. Im Winter, während der Entenjagdsaison, watete ich durch die schwarzen Sümpfe, und im Frühjahr zottelte ich hinterher, wenn die Männer braune Waldtauben für einen Gumbo schossen.

Trotzdem, das plötzliche Auftauchen all dieser Schießeisen in der Bar sandte Kräusel der Furcht durch eine wäßrige Höhlung in meinem Inneren. Die Dinger befanden sich in den Händen von Leuten, die mit Waffen nicht umgehen konnten. Idioten, einer wie der andere. Genau wie Hector zog auch Gordon zum Spaß seine Magnum, als wäre er Wyatt Earp, und scheuchte mich damit herum, wobei er sagte, das Ding sei gesichert oder die Kammer leer.

Eines Abends bekam Joey in der Bar einen Heulanfall. Sein armer Papa sei mit vierzig im Bergwerk gestorben, jammerte er und drückte sich Mutters Pistole an die Schläfe, in die flache Mulde, wo das Haar schon dünn wurde. Von dem Tag an vermieden wir es, in der Bar herumzuhängen, Lecia und ich. Aber Mutter behielt ihr Witzpistölchen. An dem Abend, an dem sie beschloß, Hector zu erschießen, hatte sie es in Sekundenschnelle zur Hand.

Lecia spielte Klavier, als Hector scotchschlürfend aus dem Schlafzimmer gewalzt kam. Er bezog mit umnebeltem Blick hinter dem Klavierhocker Stellung. Nach mehreren temperamentvollen Wiedergaben von »Alley Cat« forderte er sie auf, die Nationalhymne zu spielen. Sie sagte, ihr sei nicht danach. Hector grub in seiner Hosentasche und brachte einen zusammengerollten Zehndollarschein zum Vorschein. Er strich ihn auf den Tasten glatt und sagte, dieses Geld dürfe sie behalten, wenn sie nur bitte »America the Beautiful« spiele. Ich machte ihn darauf aufmerksam, daß »America the Beautiful« nicht die Nationalhymne war, eine Weisheit, die mir ein verschwommenes Lächeln von Hector einbrachte, während Lecia seinen Zehner zusammenknüllte und in die Saiten schmiß. Sie knallte den Klavierdekkel zu und stand auf. Wir hätten hier schließlich kein Idioten-Wunschkonzert, sagte sie.

Normalerweise hätte sich Hector daraufhin schmollend ins Bett verzogen. Aber aus irgendeinem Grund nahm er es persönlich. Vielleicht, weil er beim Abendessen über seinen Bruder gesprochen hatte, der im Zweiten Weltkrieg gefallen war. Die Nationalhymne verknäuelte sich in seinem Hirn mit dem Begräbnis dieses Bruders – mit der zu einem sauberen marinefarbenen Dreieck gefalteten Flagge, die seiner Mutter von einem Offizier überreicht worden war, und mit der Handvoll Erde, die Hector in die längliche Grube auf den von Hand an Riemen hinuntergelassenen glattpolierten Sarg geworfen hatte.

Wie auch immer, Lecia stand auf, und Hectors Gesicht verzerrte sich auf eine Weise, wie wir es nie erlebt hatten. Er nannte Lecia eine verzogene kleine Schlampe. Gut, daß wir verwöhnt waren, konnte niemand bestreiten. Aber die »Schlampe« traf Mutter irgendwie, und ehe wir uns versahen, hielt sie die Pistole in der Hand.

Das Panoramafenster hinter ihr war ausgefüllt von nächtlichem Schwarz. Sie hatte einen mayonnaisegelben Seidenunterrock an. Der Form-BH, den sie darunter trug, ließ ihre Brüste wie Dum-Dum-Geschosse aussehen. Hector sackte in den roséfarbenen Chintzsessel. Sein Kopf kippte nach vorn, so daß sich die Haut unter seinem Kinn in Falten legte wie bei einem Basset. Er sagte, sie solle ruhig abdrücken, ihm sei es gleich, sein Leben sei sowieso keinen Pfifferling wert.

Ich warf mich kurzentschlossen quer über ihn. Mutter würde ja wohl nicht mich abknallen, um an ihn heranzukommen. Es brachte sie zumindest aus dem Konzept. Sie machte die Augen schmal, als sei ich ganz weit weg. Sie wedelte mit der Pistole, um mich zur Seite zu scheuchen, aber ihr Arm wirkte knochenlos und schwabbelig wie ein Aal. *Weg da,* sagte sie.

Lecia beschwor sie, nicht abzudrücken. Derweil hängte ich

mich der Länge nach über Hectors Vorderseite wie eine Hummerschürze. Er roch nach Burma-Rasierwasser und Scotch. Sein Bauch fühlte sich an wie Gallertmasse unter all meinen Kanten und Knubbeln. Ich ließ mich ein Stückchen ins Weiche sinken und reckte dann den Kopf, um zu sehen, was für einen Effekt ich auf Mutter hatte.

Ein Nebel, der aus den Tiefen ihres Schädels zu kommen schien, schleierte in ihren grünen Augen. Sie überlegte. Ihre Hand rutschte sogar um ein paar Grad vom angepeilten Schußwinkel ab. *Meine armen, armen Kleinen,* sagte sie. Dann strafften sich ihre Züge, nahmen eine entschlossene Härte an. *Runter mit dir, Mary Marlene,* forderte sie. Hector brachte mit saurem Atem ein bettelndes *Schatz . . .* hervor, woraufhin sie ihm befahl, den Mund zu halten.

Lecia nahm an Mutters Ellbogen Aufstellung. Sie blickte mit einem Ausdruck zu ihr empor wie Perry Mason zur Geschworenenbank. Es fehlten nur noch Zeigestab und Overhead-Projektor zur besseren Darlegung ihrer Argumente – die mir allerdings auch so äußerst einleuchtend erschienen. Wenn du ihn erschießt, kommst du ins Gefängnis, vielleicht lebenslänglich – in diesem Stil. Mutter war das alles schnuppe. Sie warf den Kopf zurück und drückte die Schultern durch. *Wenigstens hätte ich dann etwas Sinnvolles geleistet,* sagte sie. *Diesen verkommenen Dreckskerl umgelegt.* Sie betrachtete Hector, als sei er ein klappriger Farmeresel, der auf den Gnadenschuß wartete. Sie ließ sich in allen Einzelheiten darüber aus, was für ein abgehalfterter Sack Scheiße er sei.

Ihre Beschimpfungen gaben Hector den Rest. Er seufzte und seufzte, die saure Luft strömte nur so aus ihm heraus. Ich suchte seinen Hals ernsthaft nach der Stelle ab, wo der Stöpsel herausgerutscht war, denn mit jedem Seufzer wurde sein Körper flacher, so daß ich immer weiter in ihn einsank, tiefer hinein in diese Weichheit. Wenn das noch lange so ging, würde er unter mir zu einer Pfütze zusammenschmelzen. Ich starrte auf sein langes, ledriges Ohr, aus dem ein Büschel steifer weißer Borsten wuchs.

Inzwischen war es Hector nicht mehr egal, ob Mutter ihn erschoß oder nicht, er begann lebhaft dafür zu plädieren. So als sei das Erschossen-Werden die Lösung für alles. Dicke Krokodilstränen rollten die Furchen in seinen Wangen hinunter. *Sie hat recht,* sagte er mit unsteter Stimme. *Ich hab mein ganzes Leben nur Scheiße gebaut.*

Ich drehte den Kopf und sah zu Lecia hinüber, die sich von ihrer Anwaltspose verabschiedet hatte. Sie war auf einem neuen Kurs. Ihre braunen Augen unter dem glänzend blonden Ponydach blickten nicht länger entschlossen, sondern gelangweilt. Und ihr Akzent, breitestes Texanisch, kam direkt aus dem Herzen der Sümpfe und Raffinerien. *Der Kerl ist die Kugel nicht wert, die du ihm reinballerst,* sagte sie. Jetzt redete sie nicht mehr mit dieser Ostküsten-Nachrichtensprecherstimme. Sie schmeichelte sich ein, kokettierte mit Mutters Wut, gegen die kein Kraut gewachsen war. *Herrje, schau ihn doch an,* sagte Lecia und verdrehte die Augen. Sie hätte Mutters Cocktailkellnerin sein können – ein paar tröstende Worte, ein bißchen Wechselgeld auf dem Tablett. *Wenn Hector in Flammen stehen würde,* sagte Lecia, *dann würde kein Schwein auch nur auf ihn pinkeln, um ihn zu löschen.* Mutter sagte, das sei völlig richtig, und Hector unter mir stimmte eifrig zu.

Dann packte Lecia meinen Fuß und zog daran. Sie wolle auch auf Hector liegen, sagte sie. Das schien eine sehr schwesterliche Geste zu sein, so als wüßte sie, wie widerlich es war, seine Scotch-Dünste einzuatmen. Sie hievte sich neben mich wie auf eine wabbelnde Luftmatratze, die im Wasser des Golfs schaukelte.

Ich stellte fest, daß sie sich erneut verwandelt hatte. Die müde Verdrossenheit um ihren Mund war wie weggewischt. Keine Runzel auf ihrer Stirn. Ihr rundes Gesicht war das einzige exakte Barometer für die kaum wahrnehmbaren atmosphärischen Umschwünge im Zimmer. Und dieses Gesicht war plötzlich ausdruckslos und weiß wie Teig. Lecia hatte aufgegeben. Ich warf einen Blick zu Mutter hinüber, die uns über den kurzen vernickelten Lauf aufs Korn nahm, als wollte sie möglichst genau an uns vorbei auf Hector zielen.

Irgendwie hatte ich bis zu diesem Moment alle wirkliche Angst verdrängt. Die Szene war mir eher absurd vorgekommen. Sicher war ich nervös, aber ein leises elektrisches Summen der Anspannung vibrierte eigentlich ständig in mir. Vor Nervosität kaute ich Nägel, zappelte beim Essen im Restaurant herum und stieß täglich mindestens ein volles Glas um. Aber die bodenlose Angst, die jegliche Luft aus den Lungen saugt und die ganze Welt in Zeitlupe versetzt, hatte mich seit Wochen nicht mehr in ihren Klauen gehalten. Ich hatte sie begraben gehabt, bis Lecia mit diesem ganz und gar leeren Blick neben mir Posten bezog.

Sie befahl mir loszulaufen. Aber mit ihrer Reich-mir-mal-die-Butter-Stimme. Ich solle zu Janischs gegenüber laufen, ordnete sie an. Mutter könne Hector jeden Augenblick totschießen, wenn ich nicht einen Erwachsenen herbeischaffte, der sie daran hinderte.

Und ob. Mutter war in ihr Geister-Selbst verschwunden, hielt diese allzu wirkliche Pistole in einer Hand, die so bleich war, daß man fast durch sie hindurchschauen konnte. Sie hörte nicht, wie Lecia mir auftrug, Hilfe zu holen, sie hörte überhaupt nichts mehr. Ihre Lippen bewegten sich flüsternd, als bete sie. Aber der Arm mit der Waffe blieb erhoben. Ihr Haar stand in wilden Zotteln vom Kopf ab, der Unterkiefer war vorgeschoben.

Sie machte keinen Versuch, mich aufzuhalten, als ich an ihr vorbeiflitzte. Ich hätte eine Kakerlake sein können, so wenig nahm sie von mir Notiz. Und ich blickte nicht zurück. Wenn ich meine Schwester so hätte sitzen sehen, verloren in ihrem Zehnjährigenkörper, fixiert von dem runden, gleichgültigen schwarzen Auge der silbernen Pistole, dann hätte ich es nicht über mich gebracht, einfach wegzulaufen.

Das jedenfalls sage ich mir draußen, wo die Zeit plötzlich ins Gleiten gerät. Die Nacht ist schwer, sie brandet gegen meine Schultern und läßt mich nicht so schnell rennen, wie ich es eigentlich kann.

Der frisch gefallene Schnee, durch den ich laufe, ist blau wie Schwimmbeckenwasser. Ich fühle meine bloßen Füße nicht einmal kalt werden. Ich spüre auch nicht die Sternbilder aus Gänsehaut, die sich unter dem weißen Nachthemd an meinen spillrigen Beinen bilden müssen. Selbst die Tatsache, daß meine Beine sich heben und senken, dringt nicht ganz zu mir durch. Ich sehe nur die stille Straße auf und ab wippen, was mir die Gewißheit gibt, daß ich laufe. Die Haustür von Janischs mit ihrem Stechpalmenkranz ruckt mir in Stakkatosprüngen entgegen.

Ihr Verandalicht ist golden, die Türklingel erleuchtet wie ein strahlender Punkt am Ende eines langen, dunklen Satzes. Der Finger, der auf diese Klingel drückt, muß mir gehören, denn das sind meine Nägel, viereckig, schmutzgerändert. Ein Schatten wischt über die Gardine vor dem Fenster. Dann tut sich ein Rechteck von Licht vor mir auf, und in diesem Licht steht Mrs. Janisch in ihrem blauen Morgenrock.

Was ich ihr sage, weiß ich nicht, ich registriere nur, daß meine Kiefer sich bewegen. Es muß bitterkalt sein, denn meine Worte verdampfen, sobald sie aus meinem Mund kommen, noch bevor ich selbst sie hören kann. Als nächstes erscheint Mr. Janisch, der mit einem Sporthandtuch eine blanke Bahn durch den Rasierschaum an seinem Kinn zieht. Er hat ein T-Shirt und Anzughosen an. Und um seinen Hals baumelt der Blechkopf des heiligen Judas. Sankt Judas ist der Schutzpatron der hoffnungslosen Fälle. Wenn jemand sein Haus nicht losbekommt, kauft er eine Statue von Sankt Judas, läßt sie vom Priester mit Weihwasser besprengen und vergräbt sie vor Tagesanbruch mit dem Kopf nach unten in seinem Garten – und noch am selben Abend kann er das Zu-Verkaufen-Schild zu Kleinholz verarbeiten.

Diese Überlegungen scheinen eine Zeitlang allen verfügbaren Raum in meinem Kopf einzunehmen, denn plötzlich bin ich schon nicht mehr bei den Janischs, sondern auf unserer Veranda, vor unserer Haustür, mit einem schnaufenden Körper hinter mir, der nur der von Mr. Janisch sein kann. Die wattierten Ärmel seines Parkas machen ein wischendes Geräusch, wenn er sich bewegt. Ich rieche immer noch den Minzgeruch von seinem Rasierschaum.

Ich komme mir blöd vor, daß ich klopfe, statt einfach hineinzugehen und hallo zu rufen. Aber er besteht darauf. Niemand macht auf. Ich sehe meine dunkelrote kleine Hand flach gegen diese Tür schlagen, immer wieder.

Mr. Janisch umklammert mein Handgelenk mit seiner lederverpackten Hand, aber ich winde mich los und trommle weiter mit beiden Fäusten. Ich habe es versäumt, zu Mutters Haus zurückzuhorchen. Ich war auf der anderen Straßenseite, ganz mit meiner Aufgabe beschäftigt. So daß in meinem Haus die Zeit von mir unbewacht vorangeknirscht ist.

Wenn zum Beispiel ein Schuß gefallen ist, dann habe ich es nicht gehört. Zwei oder drei Schüsse können gefallen sein. Bei der Vorstellung trete ich mit meinem tauben nackten Fuß gegen die Tür, so fest, daß der Nagel am großen Zeh später schwarz anlaufen wird.

Ganz plötzlich sehe ich das handbeschriftete Transparent vor mir, das daheim immer vor der Central Baptist Church hing. *Gebete wirken Wunder,* stand da. Wenn ich das richtige Gebet zustande bringe, bevor die Tür aufgeht und alle tot daliegen wie Hirsche, die man noch einmal für die Polaroid drapiert, ehe man sie auf den Kühler schnallt, dann kann ich den Anblick, der uns erwartet, vielleicht noch verändern. Ich muß schnell beten und es gleich beim ersten Versuch richtig hinkriegen. Der liebe Gott wird einen überzeugenden Handel wollen, nicht bloß dieses lahme Versprechen, brav zu sein, das ich sowieso nie halte.

Dann kommt mir blitzartig die rettende Idee. Abraham war bereit, seinem eigenen Sohn die Kehle durchzuschneiden, weil Gott es ihn geheißen hatte. Ich lasse also eine Kugel ihr Ziel finden. Ich schenke Gott die Kugel, die Hector tötet, so wie man beim Football Zusatzpunkte vergibt, wenn in einer Mannschaft nur lahme Enten sind.

Aber Gottes Gegenangebot räumt auf mit solchen Illusionen. Ein bißchen habe ich Hector ja von Anfang an den Tod gewünscht. Diese Kugel kann als Opfer gar nicht ausreichen. Beim Geben muß man bis an die Schmerzgrenze gehen, sagt Diakon Sharp daheim in der Kirche jedesmal, wenn er den Umschlag für die Kollekte diskret aus der Hemdtasche zieht und in den Klingelbeutel fallen läßt, der an einem langen Stock die Reihen entlangwandert. Ich muß zwischen Mutter und Lecia wählen. Mutter in ihrem cremefarbenen Unterrock verrenkt auf dem Boden liegend. Oder Lecia als zusammengesunkenes Häuflein in dem Chintzsessel, quer über Hectors Körper.

Ich würde gern sagen können, daß ich mir an dieser Wahl die Zähne ausgebissen habe, aber dem war nicht so. Im Handumdrehen tötete ich dieselbe Schwester, die meinen Platz in der Schußlinie eingenommen hatte. Kaum stand ich vor der Wahl, da hatte ich mich auch schon entschieden. Ich betete nur: *Bitte, lieber Gott.* Dann sah ich vor meinem geistigen Auge Mutter aufrecht vor mir; die Pistole fiel neben ihr zu Boden.

Gott muß mich erhört haben, denn Mutter öffnete die Tür, und das nicht einmal im Unterrock und mit irrem Blick wie eine Mörderin im Film. Sie hatte ihren schwarzen Rollkragenpullover und die schwarze Stretchhose an, und auf ihrem wilden Haar klebte eine Baskenmütze wie ein schwarzer Pfannkuchen. Sie sagte dem wackeren Janisch, wir hätten lediglich einen kleinen Krach gehabt. Gott, Sie wissen doch, wie Kinder übertreiben. Eine Waffe, um Himmels willen? Ihr Mann jagte ja nicht einmal. Sie schaute mich an und schüttelte den Kopf. *Mary Marlene*, sagte sie mit ihrem Fernsehhausfrauen-Lächeln. Ich hatte Mutters Gesicht noch nie so gänzlich bar jeder Ironie gesehen. *Mary Marlene hat eine derart blühende Phantasie*, sagte sie. »Dann haben Sie sicher nichts dagegen«, erwiderte Mr. Janisch, »wenn ich hereinkomme.« Mutter trat zur Seite.

Da saß Hector, im selben Wohnzimmersessel wie zuvor, und neben ihn quetschte sich Lecia. Sie hielt einen Nancy-Drew-Krimi auf den Knien. Mr. Janisch schüttelte Hectors zitternde Hand, blickte dann auf mich herunter und sagte: »Wir sehen uns in der Schule.«

Mutter und ich schauten ihm von der Tür aus nach, wie er mit langen Schritten die Straße überquerte. Sie legte einen Arm um mich, damit ich nicht so fror in meinem Lochstickerei-Nachthemd. Und dabei spürte ich die Pistole, die oben aus dem Hosenbund stand.

Noch am selben Abend rief Lecia per R-Gespräch Daddy an.

Sie wartete, bis Hector hinüber war und Mutter in der Küche Popcorn machte. Ich hörte den Topf auf der Kochplatte klappern, hörte die kleinen Explosionen wie Knallfrösche an einer Schnur.

Was Lecia zu Daddy sagte, habe ich nie vergessen, denn plötzlich erteilte sie wieder Befehle, erst der Frau von der Vermittlung, dann dem Vater, dessen Gesicht ich mir nur mit Mühe vor Augen rufen konnte, so lange war er schon fort von uns. Genau das waren Lecias Worte: »Daddy, du besorgst uns zwei Flugtickets von Denver zurück.« Sie bat nicht. Kein »vielleicht« wand sich durch ihre Stimme, kein Schimmer eines Zweifels. Wäre ich am Apparat gewesen, ich hätte von Mutters Pistole erzählt, davon, wie wir uns vor Hector geworfen hatten und wie der Schulleiter eingeschritten war. Die ganze Geschichte wäre herausgekommen. Daddy hätte auf dem Warum und dem Wozu bestanden. Als ich Lecia reden hörte, wußte ich, daß es kein Wenn und Aber geben würde. Sie ließ sich zu ein paar knappen Yessirs und Nosirs herab. Aber Mutter wurde nicht ans Telefon geholt, um zu bestätigen, daß alles seine Richtigkeit hatte. Der Handel galt.

Im Rückblick wundert mich das. Der fünfzigjährige Veteran eines Weltkrieges und zahlloser Kneipenschlägereien ließ sich von einem Mädchen herumkommandieren, das gerade einmal den ersten runden Geburtstag gefeiert hatte. Daddy stimmte Lecias Plan nicht deshalb zu, weil es so am vernünftigsten war. Das war es nicht. Vielleicht fehlten wir ihm so, daß er uns auf jede nur mögliche Weise gekapert hätte. Aber auch das reicht als Erklärung nicht aus. Nein, was ihn dazu brachte, war Lecia, ihre plötzliche Entschiedenheit und Autorität, die schiere Kraft ihres Willens.

Ich stand da und wickelte mir die Telefonschnur um den Zeigefinger, während diese Erkenntnis einsickerte. Lecias Augen hatten das gleiche ruhige Braun wie sonst auch, ihr blonder Pony war immer noch ein gerader Lackstrich über dunklen Brauen. Aber in ihrer Stimme schwang weniger Zaudern. Als sie den Hörer an mich weitergab, hatte sich der kleine Abstand zwischen uns zu einer unüberquerbaren Prärie ausgedehnt. Sie hatte sich für immer von mir entfernt. Ich für meinen Teil schlitterte nach wie vor auf den spiegelglatten Böden der Kindheit herum. Ich grübelte immer noch, ob Mutter uns wohl im Schlaf erschießen würde. Aber Lecia spekulierte über derlei nicht mehr, hatte überhaupt jegliches Spekulieren abgeschrieben. Sie war zum Überleben entschlossen, koste es, was es wolle. Sie würde jede Form annehmen, die das Überleben ihr abverlangte. Die einzige Frage, die sich ihr von diesem Moment an noch stellte, war, was sie für dieses Überleben alles würde opfern müssen, was und wen.

Der Hörer schmiegte sich warm an mein Ohr. Daddy wollte nur eines wissen: »Na, Pokey, hast du jetzt doch Sehnsucht?« Ich sagte ihm, daß ich schon die ganze Zeit Sehnsucht gehabt hatte. Worauf er sagte, er auch.

Früh am nächsten Morgen wuschen wir uns das Gesicht. Ich bürstete jeden Zahn mit den kleinen, kreisenden Bewegungen, die Captain Kangaroo mir beigebracht hatte; dann knöpften wir uns in unsere Kirchenkleider. Als es hell wurde, standen wir nebeneinander in dem hohen Spiegel. Lecia hatte mir die Kapuze meiner Winterjacke so fest umgezurrt, daß ich mich wie eine Wurst in einer zu kleinen Pelle fühlte. Ihr Gesicht, das neben meinem in dem Glas hing, würde nie mehr das eines Kindes sein.

Mutter kann unsere Abreise nicht einfach so hingenommen haben. Sie muß getobt oder geweint oder sich eingeschnappt und betrunken in sich selbst verkrochen haben. Ich erinnere mich an nichts dergleichen. Auch wie Lecia ihr unseren Entschluß mitteilte, was sie an diesem Morgen getan haben muß, weiß ich nicht mehr. Sagen wir, Mutter verrieb gerade Rheumasalbe auf ihrer Schulter. Sagen wir, zwischen ihrem und Hectors Körper lag das Sonntagskreuzworträtsel der *Times*, jedes Kästchen mit einem bleistiftgemalten Großbuchstaben ausgefüllt. (Sie hatte meist für alles sofort eine Antwort parat und radierte die Fehler hinterher wieder aus, so daß das Rätsel immer vollständig gelöst aussah, was es jedoch selten war.)

Aber das ist reine Spekulation. Die Flügeltür zu dieser Szene schwang nie auf. Alles, was wir nach Lecias Anruf mit Mutter sprachen, ist aus meinem Kopf herausgefiltert worden. Mutter verschwand aus meinem Gedächtnis, obwohl noch einige Tage vergingen, bis wir endgültig abfuhren und ich ihr auf Wiedersehen gesagt haben muß. Wir müssen geweint haben, denn lautes Schluchzen und pathetische Flughafenabschiede sind eine Familienkrankheit bei uns. Sie versprach zwar vage, uns bald zu holen, aber im Ohr habe ich es nicht mehr, und kein noch so schwacher Hauch von ihrem Shalimar hängt in dem Wagen, der uns zum Flugplatz brachte.

Joey wurde als unser Begleiter engagiert, damit bei der vielen Umsteigerei alles glattging. Er betrank sich noch in der Flughafenbar mit Scotch, während Lecia und ich Erdnüsse in uns hineinschlangen und Shirley Temples nippten. Die quadratischen Sitze unserer Hocker waren mit schwarzem Kunstleder bespannt. Sie wippten auf ihren Stielen gegeneinander wie große, gepolsterte, durch den Vormittag tickende Metronome. Vor uns auf dem Tresen saßen unsere Zwillingsbarbies, die Rücken so gerade wie zwei Ladestöcke. Sie trugen Ballkleider im Partner-Look: babyblauer Tüll mit silbernen Schärpen. Aber wir hatten auf der Fahrt ihre weißen Plastiksandalen verloren, so daß ihre hochristigen Füße nackt unter dem Saum hervorstanden.

Im Flugzeug angekommen, gurtete Joey Lecia und mich noch schnell an, bevor er auf seiner Seite des Ganges herzhaft in seine Kotztüte reiherte. Lecia und ich fuhrwerkten daraufhin in den Taschen vor unserer Nase herum, damit unsere Barbies auch ordentlich kotzen konnten. Die alte Dame schräg vor mir schien nicht sehr erbaut. Sie seufzte mißbilligend und schüttelte den Kopf so heftig, daß ihre Wangenlappen über der dreifach geschlungenen bläulichen Perlenkette bebten. Vom Barbie-Kotzen gingen wir zu Barbie-Furzwitzen über, die wir uns mit schallender Stimme den ganzen Weg bis nach Albuquerque erzählten, wo ich verkündete, daß meine Barbie sich ihr Ballkleid mit Durchfallspritzern eingesaut hätte. Tja, jetzt mußte sie in einer TWA-Serviette mit einem Gummiband als Gürtel und ohne Unterhose auf den Ball gehen.

In Albuquerque stiegen wir in den falschen Flieger. So etwas machen einem die Fluggesellschaften normalerweise nicht leicht. Sie postieren Leute am Flugsteig, die die Tickets überprüfen, bevor man auch nur die Gangway betritt. Es steht dick und fett auf dem Ticket, wohin man gebucht ist. Aber irgendwie, auf Wegen, die mir bis heute unklar sind, landeten wir in Mexico City, natürlich illegal. Vielleicht hatte Joey unsere Tickets sogar mit Absicht dorthin ausstellen lassen. Mutter hatte ihn mit ihrer Mexiko-Romantik angesteckt. Möglich, daß er davon träumte, für ein paar Groschen in irgendeiner Hütte am Strand zu leben, wo Palmen rauschten und eine Aztekenprinzessin ihm Langusten und Tortillas servierte, die sie mit ihren eigenen zarten Händen zubereitet hatte.

Die *Federales*, die uns am Zoll in Empfang nahmen, hatten da andere Vorstellungen, besonders, als sich herausstellte, daß Joey seine Brieftasche – mitsamt allen Belegen seiner amerikanischen Staatsbürgerschaft – in die Flugzeugtoilette hatte fallen lassen. Er habe gerade vom Klo aufstehen wollen, berichtete er, und im nächsten Augenblick schon würgend über der Schüssel gehangen. Seine Gedärme hätten sich einfach umgestülpt. Erst als er sich die Hose hochgezogen habe, sei ihm aufgegangen, was da ins blaue Klowasser geplumpst war. Er habe an sich herumgeklopft und seine Gesäßtasche leer gefunden. Seine sämtlichen Ausweise seien mit einem ohrenbetäubenden Gurgeln weggesaugt worden, irgendwo über der Wüste von Sonora. Joey schlug sich auf die Taschen, damit die kleine, hochoffiziell wirkende Menschenansammlung den Hergang besser begreifen konnte. Mit der typischen Kurzsichtigkeit des Betrunkenen ging er davon aus, daß diese Einzelheiten jedermann brennend interessierten.

Unterdessen trat der *Capitán* von einem blanken schwarzen Stiefel auf den anderen. Er tuschelte mit den Zollbeamten. Als er eine sehnige Hand hob, kamen vom Inspektionstisch zwei Männer mit Gewehren herüber. Unser Gepäck wurde herbeigeschafft und ausgeweidet – Kleider, Jeans, Nylonschlafanzüge. Meine zerlöcherten Strumpfhosen wurden einen Moment durch die Luft geschwenkt wie eine zerschlissene weiße Flagge. Joey sah aus wie ein Schmuggler oder wie ein Einheimischer, der versucht, ohne Papiere über die Grenze zu kommen. Aber noch sträflicher (so schien es mir zumindest aus der Entfernung – Lecia und ich waren von drei Stewardessen zum Kaffeeautomaten abgeschleppt worden) war sein mangelnder Ernst. Er konnte einfach nicht aufhören zu kichern.

Sie behielten ihn natürlich da, die Zollbeamten. Sie hatten gar keine Wahl. Das Wunder war, daß sie Lecia und mich gehen ließen. Die Leute von der Fluggesellschaft übernahmen es sogar, Daddy anzurufen und ihm mitzuteilen, daß sie uns nach Texas zurückexpedieren würden.

Ich hatte keine Gelegenheit, Joey zu fragen, ob er uns entführen wollte oder selbst durchbrannte oder was. Ich sah ihn zum letztenmal in diesem Inspektionsraum, dessen Neonlampen sein Gesicht in das ausgewaschene Grün einer Martiniolive tauchten. Aus unerfindlichen Gründen hatten sie ihn die Schuhe und einen Strumpf ausziehen lassen. Er stand auf einem Bein wie ein Storch, mit ausgebreiteten Armen. In regelmäßigen Abständen platzte er los vor Lachen, dann stippte sein großer Zeh jedesmal auf das dreckige Linoleum.

In der Lounge für das Flughafenpersonal brachte uns ein Kellner eine ovale Platte Tortillas mit Salsa. Lecia machte den staunenden Stewardessen weis, Joey hätte uns an irgendwelche Männer verkaufen wollen, die er hier in Mexiko kannte. Die Geschichte war so aberwitzig, daß ich ihr unter dem Tisch gegen das Schienbein trat. Diese Frauen bezahlten schließlich unser Essen, und ich hatte keine Lust, sie zu vergrätzen, bevor die Rechnung kam.

Aber Lecia wußte, wie weit sie den Bogen spannen durfte, darin war sie Meisterin. Die Frauen hingen an ihren Lippen. Ihre perfekt manikürten Hände tätschelten unsere ungekämmten Schöpfe und rubbelten unsere mageren Schultern durch den Schottenstoff unserer Kleider. Schließlich setzten sie uns in eine Nachtmaschine nach Harlingen, Texas.

Ich erwachte über Wolken. Ein riesiges Eismeer warf Blasen in dem runden Flugzeugfenster, an dem Lecias schlafender Kopf lehnte. Die Wolken schienen in brodelnder Bewegung erstarrt zu sein. Darüber leuchtete der Vollmond. Er warf eine breite Bahn geradewegs zu uns hinein, und seine Schönheit überschwemmte mich mit fast vergessener Hoffnung. Vielleicht war doch nicht alles verloren, auch für mich nicht, ein Kind, das mit seiner Schwester über den schwarzen Himmel sauste, dieser Schwester, die mir nie wieder so vertraut sein würde wie früher. (Wenn Mystiker von Zuständen der Gnade sprechen, können sie eigentlich nur dieses Gefühl meinen – die Hoffnung, die sich im Herzen eines Farmers in der Dust Bowl regt, wenn er auf seinen von Heuschrecken kahlgefressenen Acker blickt.) Diese Hoffnung entbehrte des Details. Sie zeigte weder Weg noch Richtung an. Ich fühlte nur wichtige Aufgaben meiner harren, während ich durch das klare Licht dieses unwirklichen, niedrig hängenden Mondes glitt.

Dann war das Gefühl weg. Der Mann vor mir knipste sein Deckenlämpchen aus. Er kippte seine Lehne so weit nach hinten, daß sein kahler Kopf drauf und dran schien, mir in den Schoß zu plumpsen. Ganz so nahe kann er nicht gewesen sein, aber ich empfand es so. Ich starrte auf seinen Schädel, der weiß war wie ein Wurm. Er streckte die Hand aus, um seinen Ventilator anzustellen.

Die muffige Luft, die über seine Glatze in mein Gesicht blies, brachte den altbekannten Rückstoß des Zweifels mit sich. Ganz sicher war Hoffnung nur etwas für Schwachköpfe. Ganz sicher war jegliches Wohlwollen, mit dem der liebe Gott meine Zukunft betrachtet haben mochte, längst verbraucht. Schließlich hatte ich vor wenigen Tagen noch meiner eigenen Schwester den Tod gewünscht. Ich linste zu ihrem blondschimmernden, im Schlaf geneigten Kopf hinüber. Sie hatte sich die grobe rote Decke bis ganz unters Kinn gezogen. *Wie ein richtiges Kind*, dachte ich. Am liebsten hätte ich sie an der Schulter gerüttelt und ihr gesagt, wie lieb ich sie hatte, aber sie hätte mich angeraunzt, ich solle gefälligst leise sein.

Ich schleuderte haßerfüllte Blicke auf den kahlen Kopf des

Mannes. Der schwarze Haarkranz schloß sich um seine Mönchsplatte wie ein fettiger Heiligenschein. Meine blankärschige Barbiepuppe klemmte zwischen dem Sitzpolster und der Armstütze. Ich packte sie bei den Beinen wie eine Keule und holte aus. Ohne eine Sekunde an die Folgen zu denken, briet ich sie dem Kerl über den nackten Schädel, so kräftig, daß ihr Kopf absprang.

Der Mann ruckte in die Höhe und stieß ein Geheul aus. Er hielt sich mit beiden Händen den Kopf und drehte sich hin und her, um zu erkunden, was da auf ihn niedergesaust war. Ich ließ die geköpfte Puppe unter Lecias rote Decke gleiten und schmiegte mich wie schlafend an die Armlehne. Als er nach der Stewardeß zu klingeln begann, reckte sich Lecia hoch. Sie blinzelte und rieb sich die Augen, also blinzelte ich auch und rieb mir meine. Die Stewardeß stolperte derweil über den blonden, pferdegeschwänzten Barbiekopf. Er schoß den Gang entlang, schlug einen Haken unter einen Sitz und ward nie mehr gesehen.

Durch eine Unterwelt von Flughafenangestellten wanderten Lecia und ich zu Daddy zurück. Piloten, Gepäckträger, Stewardessen und dienstfreie Pförtner wuschen uns und gaben uns zu essen. Wir reisten gratis, ohne grünes Licht von oben. Und nicht nur, daß wir nie bedroht oder belästigt, geschlagen oder gezwickt wurden: Für jeden Packen Spielkarten und jeden Schokoladendoughnut, den wir sehnsüchtig anstarrten, blätterte irgendein Fremder das Geld hin. Ihre jeweiligen Gesichter hat die Zeit so konturlos gewetzt wie Kieselsteine, aber die Uniformen, neben denen ich auf Taillenhöhe dahinmarschierte, sind der Beweis, daß Hoffnung doch nicht das Monopol von Schwachköpfen ist.

Mit jeder Etappe der Reise wurden die Flugzeuge kleiner und abenteuerlicher. In Houston bestiegen wir ein grünes Tarnflugzeug mit gemalten Haifischzähnen auf der Schnauze und einem großen X aus grauem Isolierband auf der Ladeklappe. Es parkte vor einem Blechhangar fernab des kommerziellen Luftverkehrs. Der Pilot hatte eine Bifokalbrille auf. Die Nische hinter dem Cockpit, in die Lecia und ich gepfropft wurden, war für Flugpläne konstruiert, vielleicht auch noch für eine Thermoskanne. Wir zogen die Knie unters Kinn. Als der Pilot sich zu uns umwandte und sagte, daß wir uns gut festhalten sollten, müssen wir ausgesehen haben wie zwei Murmeltiere, die aus einem Loch spitzen.

Die Maschine beschrieb einen engen Kreis, die Scheinwerfer streiften über dicken Nebel. Der Pilot legte ein paar Schalter an der Decke um und hielt Zwiesprache mit seinem knatternden Funkgerät. Wir holperten eine gute Weile über das Rollfeld. Die Flügel schlingerten gegen dünne Verstrebungen, die eher zu einer Kinderschaukel gepaßt hätten. Dennoch blieb Lecias Profil ruhig, während sie die Anzeigen am Schaltbrett studierte, auch wenn die Motoren beim Abheben heulten, als säßen wir im Gehäuse eines Staubsaugers. Der Pilot langte auf Kniehöhe hinunter und zog einen Hebel hoch, mit großer Anstrengung, als müßte er die Schnauze des Flugzeugs mit seiner Körperkraft von der Startbahn hieven. Nach beträchtlichem Herumgebuckle tauchten wir in eine Wolke ein.

Und diese Wolke trug uns – mit nur hier und da einem steilen Absenken, das mir den Magen hob – den ganzen Weg bis nach Jefferson County. Der Pilot wischte mit rosa Kleenex an den beschlagenen Scheiben herum. Aber der Nebel, der sich an die Windschutzscheibe preßte, bildete eine feste Membran, die die Scheinwerfer nicht zu durchstoßen vermochten. Selbst ich konnte sehen, daß wir blind flogen.

Auch nach der Landung war es mit der Sicht nicht sehr viel weiter her. Wir standen mit unseren Barbie-Taschen auf dem nassen Rollfeld. Kein Flughafengebäude oder Parkplatz weit und breit. Nur ein Strahl vom Tower strich über unsere Gesichter, ein pelziger Kegel kreisenden gelben Lichts.

Plötzlich flammten in unabschätzbarer Entfernung Scheinwerfer auf. Ein Wagen wartete mitten auf der Rollbahn. Ich stellte meine Barbie-Tasche auf den Boden. Durch den Nebel machte ich zwei Gestalten aus, die auf uns zukamen, jede im Flußbett eines dieser Lichter. Die eine war klein und schmächtig und trug einen Cowboyhut. Bei der anderen baumelten große

Hände an einem langen Körper. Diese zweite Gestalt fing an zu laufen, rannte uns entgegen, schwere Arbeitsstiefel, die über den Beton scharrten.

Es gab keine sichtbare Trennlinie, die Daddy überschritt, keinen Augenblick, in dem er als klares Bild aus dem Nebel trat. Er wurde einfach immer deutlicher und kompakter, bis er uns beide in seine Arme hob. Er hatte während seiner Schicht Kaffee getrunken, schwarzen Kaffee, der zäh wie Teer aus der Uralt-Kaffeemaschine des Vorarbeiters tröpfelte. Dieser Kaffee gab mir meinen ganzen Daddy zurück. Ich kannte die Lauge, mit der er sich das Öl von den Händen schrubbte, und die Lavaseife, die er mit der Nagelbürste in die Haut rubbelte. Die Stoppeln an seinem Kinn kratzten mich am Hals. Und er mußte geschwitzt haben, von der hohen Luftfeuchtigkeit oder bei der Arbeit oder vor Sorge, denn der Tennessee-Whiskey, den er getrunken hatte, während er auf der Rollbahn auf uns wartete, kam beizend aus ihm hervorgedünstet. Ich spürte Lecias Arme von der anderen Seite um ihn herumreichen, und dieses eine Mal stieß sie mich nicht weg, als käme meine Umarmung ihrer ins Gehege. Dieses eine Mal schlangen sich unsere Arme um sein grobknochiges Gestell und bildeten einen Käfig, der ihm genau auf den Leib geschneidert war.

Sein Begleiter war ein vogelartiges Männchen namens Blue, was den Nagel auf den Kopf traf, denn er war von oben bis unten schieferblau. Blue war geräuschlos, geruchlos und hatte zu nichts eine Meinung. Er war eine dieser sauberen, gesichtslosen Gestalten, die jahrzehntelang beim Billard zuschauen und ihren Anteil Biere springen lassen können, ohne je einen vollständigen Satz von sich zu geben.

Blue hatte Lecia und mir Puppen gekauft, die fast so groß waren wie wir selbst. Lecias war blond, meine schwarzhaarig. Die Gleichgültigkeit, mit der sie unter dem Deckenlicht des Sedan aus ihrer Schachtel auf dem Rücksitz starrte, grenzte schon an Beleidigung. Ein Halseisen aus Kupferdraht sicherte ihren Kopf. Hände und Füße waren ebenfalls mit Kupferdraht festgezurrt. Highwaylichter begannen über die vollendeten

Züge hinter der Zellophanmaske zu wandern. Sie blickte verdrossen ins Leere. Ihre kalten blauen Augen ließen keinen Zweifel daran, daß sie ein anderes Mädchen wollte, nicht mich. Nun, ich wollte meine Mutter, und das hätte ich auch klargestellt, wenn mir der Gedanke nicht einen Kloß in den Hals geballt hätte. Statt dessen sagte ich ihr – laut, nehme ich an –: »In der Hölle wollen sie Eiswasser.« Daddy fragte: »*Was* ist?« Und ich antwortete, ich hätte höllische Lust auf ein Glas Eiswasser.

Daddy sagte während dieser Autofahrt bestimmt noch mehr zu mir. Aber alle anderen Worte sind aus meinem Kopf ausradiert. Er klang schwer und bäurisch, als er mit Blue redete. »Ich mein, wenn du zum Beispiel an den alten Raymond denkst...« sagte er. Aber »Raymond« kam als »Raimin« heraus. Und er sprach langsam, als hätte er einen Tauben neben sich.

Daheim hängte Daddy seine Jeansjacke über einen Küchenhocker. »Jetzt wird erst mal gegessen«, sagte er. Lecia verteilte die Picknickteller aus weißem Plastik auf der Sperrholzbar. Nach unserem feinen Porzellan in Colorado kamen sie mir vor wie Familie-Feuerstein-Hausrat. Jeder Teller war in drei Fächer unterteilt, damit sich nicht die Butterbohnen ins Grünzeug mengten und die Soße aus dem Gemüsetopf das Maisbrot aufweichte.

Daddy stand am Herd und stocherte mit einem langen Holzlöffel in einem Topf mit etwas Zähem drin. Er tröpfelte Wasser aus dem silbernen Kessel in den Topf, und ich hörte, wie die Masse lockerer wurde. Nach ein paar Minuten waren Knoblauch und Schweinerücken zu riechen, und dann ahnte man in dem Dampf glasdünne Selleriescheiben zwischen roten Bohnen und Reis. »Morgen schmeckt das sogar noch besser«, sagte Daddy. Er hatte auch einen Ring Maisbrot gebacken und die Unterseite in siedendem Fett angebraten, wie ich es am liebsten mochte. Lecia schnitte ihre Kruste ab und warf sie über die Butterdose zu mir herüber. In einem Schälchen lagen rohe grüne Zwiebeln, die wir zwischen den einzelnen Bissen aßen. Und ich leerte fast die ganze Schüssel Kohl, einen geschlitzten Löffel nach dem anderen. »Pokey, weißt du, was ich da noch drauftun würde?« fragte Daddy. Er wartete nicht, bis ich *was*? gesagt hatte, sondern sprenkelte gleich gelben, essiggesäuerten Tabasco darüber. Er sah immer wieder auf, um Lecia zu beteuern, daß er sie von ganzem Herzen liebhatte, aber es war mein Teller, von dem er die Finger nicht lassen konnte.

Wir brauchen nicht einmal zu betteln, um bei ihm im Bett schlafen zu dürfen, wir mußten nur zweimal hochhüpfen und *bitte* rufen, und schon sagte er: *Na gut.* Als erstes zündete er mit einem *rrummms* den Gasofen im Schlafzimmer an, dann breitete er sorgsam meine Strümpfe darüber, damit sie in der Früh schön warm waren. Lecia hängte unsere Kleider auf Bügel, während er aus seiner Khakihose stieg. Seine Beine staksten weiß und dünn aus blaugemusterten Boxershorts hervor. Die zusammengezwickten Fingernägel, mit denen er die Falte an seinen Hosenbeinen nachzog, machten ein seltsames Geräusch auf dem Stoff, grr-grr-grr. Dann legte er die Hose über eine Stuhllehne und knipste das Licht aus.

Lecia und ich nahmen Daddy in dem überdimensionalen Bett in die Mitte. Er schlief immer auf der Decke, weil er es haßte, wenn seine Füße keine Bewegungsfreiheit hatten. Und in dem Moment, als Lecia und ich unsere Beine rechts und links von ihm unter das Laken steckten, begann er zu weinen.

Es ist ein schöner Zug an texanischen Arbeitern, daß sie weinen. Mein Vater weinte bei Festumzügen und Hochzeiten. Wenn er vor einem Spiel der Little League die amerikanische Flagge den Mast emporgleiten sah, kullerten ihm die Tränen nur so über das ledrige Gesicht. In dieser Nacht hielt ich mir die Ohren zu. Aber es drang dennoch durch das Muschelrauschen in meinen Kopf: ein Schnüffeln und ein Schniefen, dann ein kehliges Stöhnen aus tiefster Seele. Hinter dem Fenster flackerten die Raffinerietürme und schickten schwarze Rauchstreifen in den säuregrünen Himmel, einzelne Fäden, die sich umeinander wanden. Schließlich nahm ich die Finger von den Ohren, und die Schluchzer kamen mit Orkanstärke hereingebraust. Mit meinen beiden kleinen Händen drückte ich seine Pranke, bis ich dachte, meine Finger müßten brechen wie Zweige. Ich ließ erst los, als er das rote Taschentuch unter seinem Kissen hervorholen mußte, um sich damit über die Nase zu wischen.

Ich dachte, er wäre längst eingedämmert, da fragte seine brüchige Stimme plötzlich, ob wir nicht ein Gebet sagen wollten, daß Mutter wieder heimkäme.

Er mußte es natürlich allein sagen, denn das Ansinnen verschlug uns die Sprache. Ich hatte Daddy niemals beten hören. Er hatte die Kirche immer nur zu Beerdigungen betreten, als Sargträger. »Herr«, setzte Daddy an, »bitte bring diesen beiden Mädels die Mama zurück...« Dann brach er erneut in Tränen aus. Wir klopften auf unserer jeweiligen Seite an ihm herum, bis er ruhiger wurde und Lecia ein beherztes Amen hinterherschickte.

Ich lag noch lange wach und lauschte, Daddys Arm um meine Schulter, hinter ihm Lecia. Wir krümmten uns ineinander wie Holzbretter. Das war zumindest der Gedanke, der mir durch den Kopf schoß: Wir schachtelten uns genau wie die drei gebogenen Planken für den Rumpf eines Bootes, bevor sie geleimt und geteert werden.

Mutter kehrte tatsächlich zurück, ohne Vorankündigung, in einem gemieteten gelben Karmann-Ghia-Sportwagen mit Hector am Steuer. Sie faltete sich aus dem niedrigen Autositz. Ihre Krokoabsätze versanken im quatschenden Boden und hinterließen Löchlein wie von einem Krebs. Seit Wochen hatte ich die unbeteiligte Kühle einstudiert, mit der ich sie empfangen wollte, falls sie jemals zurückkam. Aber als ich diesen Biberpelzsaum wie Meerschaum um ihre Waden spülen sah, waren alle meine Vorsätze beim Teufel. Ich stürmte nach draußen und auf sie zu. Und ich wäre auch als erste bei ihr gewesen, wenn Lecia mich nicht in das efeuüberwucherte Blumenbeet geschubst hätte.

Sie seien gekommen, um ein paar Kleider zu holen, teilte Mutter Daddy mit. Mehr wurde nicht gesagt über ihre Absichten oder Beweggründe. Wenn er vorher gewußt hatte, daß sie kam, hatte er sich jedenfalls nichts anmerken lassen. Er lehnte im hintersten Winkel der Veranda, als sie sich bückte, um mich zu umarmen, ihr Mantel shalimarduftend und weich wie ein Häschen. »Du fehlst mir, Spatz«, sagte sie. Über meine Schulter hinweg beäugte sie Daddy, wie man den Spielraum eines angeketteten Hundes abschätzt, bevor man seinen Hof betritt. Er verzog keine Miene. Er stand stocksteif und hielt Abstand. Nach einer Weile begannen sie und Hector haufenweise Kleider zum Auto zu schleppen. Bügel fielen heraus und pflasterten den Weg.

Hätte uns der Papst die Ehre erwiesen, in bestickten Gewändern, umgeben von einer Schar von Meßdienern, die goldene Weihrauchgefäße schwangen, die Nachbarn hätten nicht gebannter zusehen können. Kaum war der flache gelbe Wagen reifenquietschend zum Stillstand gekommen, da traten auch schon sämtliche Familien in unserer Straße vor ihre Haustür, unverkennbar zum Bleiben entschlossen, in Windjacken und Wintermänteln und Ölhäuten für den Fall, daß die prallen Wolken über unseren Köpfen barsten. Sie holten die Liegestühle aus der Garage, und dann saßen sie da und schauten, als wären wir ein Kinofilm, der an den weichen grauen Horizont projiziert wurde. Nebel und Nieselregen störten sie nicht. Mrs. Dillard zog einfach ihr durchsichtiges Plastikkopftuch aus seiner Reißverschlußtasche und band es unterm Kinn fest, damit ihre Frisur nicht verklebte. Mrs. Sharp schwang den gewaltigen schwarzen Schirm, der immer zu den Footballspielen mitkam.

Die Männer, die keine Schicht hatten, standen rauchend unter der Dachtraufe von Carters' Garage beisammen; ihre Zigarettenspitzen glommen rot auf, wenn sie daran zogen. Auch sie beobachteten uns. Natürlich beobachteten sie uns. Die Kinder wuselten hinter ihren Gräben herum, als wäre nichts Besonderes los, alle bis auf Carol Sharp, die die Straße überquerte und sich direkt an unserem Vorplatz aufpflanzte. Ich zeigte ihr den Stinkefinger, daß alle es sehen konnten. Das schlug sie in die Flucht; sie galoppierte turnschuhklatschend über den nassen Asphalt davon, um von drüben zu giften.

Ich patrouillierte den Grabenrand auf und ab, bis mir einfiel, daß ich einmal einen Hütehund beobachtet hatte, der mit genau solcher Wachsamkeit seine Herde umkreiste. Mutter und Hector schleppten immer neue Kleider an. Sie waren aus Seide, schlagsahneweiß, beige, blassestes Mandarinengelb, sie schimmerten in der nebelfeuchten Luft. Ich konnte mir lebhaft vorstellen, wie die Nachbarinnen ihren Wert taxierten – »Gott, da muß ja schon ein einziges einen ganzen Monatslohn kosten ...« Ich haßte sie in diesem Moment, haßte ihre dicken Hintern in den durchhängenden gestreiften Liegestühlen. Ich haßte ihre Gemeinde-Abendessen, ihre klumpigen Thunfischaufläufe, ihre Puddingformen, die über der Küchenzeile hingen, diese Birnen und Pfirsiche ohne Fehl und Tadel. Ich haßte ihre gehäkelten Babydeckchen und Sofaüberwürfe und die Klopapierhalterbezüge in Gestalt von Pudeln, die einen Sommer lang überall der letzte Schrei gewesen waren.

Zum erstenmal wurde mir bewußt, was für eine Macht unser Außenseitertum uns über die Nachbarn verlieh. Diese erwachsenen Leute hatten Angst. Nicht nur vor meinen Eltern, sondern auch vor mir. Meine Wildheit machte ihnen angst. Und sie spürten, daß ich durch Dunkelheiten gegangen war, von denen sie keine Ahnung hatten. Mein Leben lang hatte ich mir gewünscht, zu ihnen zu gehören, meine Pausenbrote aus der klaren Ordnung ihrer abgetauten Kühlschränke in Empfang zu nehmen. Das Getuschel hinter unserem Einkaufswagen im Supermarkt, das Schweigen, das sich im Kreditverein breitmachte, wenn Daddy die Glastür aufdrückte – all das hatte mir immer das Blut ins Gesicht getrieben. An diesem Nachmittag war ich mir mit einemmal sicher, daß in den Nachbarhäusern der Tod wohnte. Der Tod persönlich jubelte den Dallas Cowboys zu und umwickelte die Wiener Würstchen für den Imbiß zur Halbzeit mit Fertigteig.

Ich hob einen der heruntergefallenen Kleiderbügel auf, holte weit aus und schleuderte das Ding über die Straße in Richtung Carters. Er segelte wie ein Bumerang, dieser Bügel, erreichte aber nicht einmal die andere Seite. Daraufhin rief mich Daddy. »Pokey, rein mit dir.« Er stand jetzt am Fliegengitter; sein Profil zeichnete sich scharf ab hinter den feinen Maschen.

Hector knallte den Kofferraumdeckel zu. Mutter drehte sich immer wieder nach uns um, nach Lecia und Daddy und mir hinter dem Fliegengitter. Wir zogen sie an wie Magneten, das spürte ich. Ihre Züge wurden weich. Tiefe Kummerkerben klammerten ihren geschminkten Mund ein. Ich hörte nicht, was Hector zu ihr sagte. Ich war zu sehr damit beschäftigt, Mutter im Geiste zum Bleiben zu beschwören, mit einem Gebet voller »O du«s und »Der du«s. Von Lecia erfuhr ich später, daß er Mutter aufgefordert hatte, ihren Arsch in Bewegung zu setzen, oder etwas in dem Stil.

Weniger rüde kann es kaum gewesen sein, denn Daddy war mit einem Sprung bei dem gelben Wagen. Er langte hinein und zerrte Hector bei den Schultern heraus, obwohl Hector sich mit aller Kraft am Lenkrad festklammerte. Mein Stiefvater stand, als der erste Hieb ihn traf. Sein schmallippiger Mund rundete sich zu einem verdatterten »O«, als ihm dämmerte, daß Daddy sich anschickte, ihn zu schlagen. Kräftig und, wenn nötig, mehr als einmal.

Ich würde gern sagen können, daß der Film vor meinem geistigen Auge hier abreißt. Ich habe Schlägereien auf den Parkplätzen gewisser Bars miterlebt. Und jedesmal habe ich mich beim ersten Zusammenprall von Faust und Gesicht, beim Anblick der ersten Blutstropfen auf einer Hemdbrust abgewandt, weil ich mich für zu zartbesaitet hielt, um mir das anzuschauen. An diesem Tag aber guckte ich von Anfang bis Ende hin, denn Daddy auf Hector eindreschen zu sehen war die reine Wonne für mich.

Nachdem er Hector ein erstes Mal zu Boden gestreckt hatte, zog er ihn wieder auf die Beine, nur um ihn noch einmal niederzustrecken. Er klopfte Hector bedächtig das Hemd ab und richtete ihm den Kragen, bevor er ihm erneut eine reinhaute. Hector klappte gleich wieder zusammen, die Beine schlackernd wie zwei Taue. Er lag der Länge nach im Gras. Und Daddy machte etwas, das ich ihn noch nie hatte tun sehen: Er verprügelte einen Mann, der schon am Boden war. Er setzte sich auf Hectors Brustkasten und fing an, ihm deftige Schwinger zu versetzen, mitten ins Gesicht und ohne jeden Grund, denn Hector stellte längst keinerlei Gefahr mehr dar. Jeder Rückenmuskel trat einzeln unter dem dünnen Blaumann hervor, wie bei einem Boxer, der auf einen Sandsack schlägt. Er hörte erst auf, als etwas knirschte, Hectors Nasenbein, nehme ich an.

Das Geräusch schien ihn zu stoppen. Seine Schultern sackten herab. Einen Augenblick saß er schwer atmend auf Hectors Brust. Dann stand er auf und starrte auf seine blutigen Hände. Er drehte und wendete sie wie zwei zutiefst befremdliche Gegenstände, so als gehörten sie einem Fremden und seien ihm nur zur Reparatur oder zur Inspektion anvertraut worden.

Plötzlich registrierte ich, daß Mutter die ganze Zeit über geschrien hatte. Ihre Worte – die irgendwo in meinem Hirn gespeichert worden waren – kamen zurückgespult wie bei einem Tonband. »Geh runter von ihm, Pete, du bringst ihn um. O Gott. Lecia, Mary – macht doch, daß er aufhört ...« Sie verstummte, sobald Daddy stand. Sie wollte ihn nicht noch mehr in Rage bringen. Er blickte sie über das gelbe Autodach an und seufzte. »Tut mir leid«, sagte er und schien es ehrlich zu meinen, aber als er wieder auf Hector hinabsah, kochte die Wut offenbar erneut in ihm hoch. Er hob den Stiefel und ließ ihn auf Hectors Brustkasten krachen. Rippen knacksten mit einem Geräusch, als brächen vereiste Zweige im Wind.

Hector wälzte sich auf die Seite, und ich fürchtete schon, er würde sich zusammenrollen wie ein Kotkäfer, den man beim Spielen zu rauh angefaßt hat. Aber nach einer Weile japste sein Mund nach Luft.

Dennoch galt mein ganzes Mitleid Daddy, der Flut von bösen Gefühlen, die er in sich verschlossen hatte und die nun über meinen Stiefvater losgebrochen war. Hectors Gesicht sah aus wie ein weichgeklopftes Stück Kalbfleisch, und das befriedigte mich zutiefst. Lecia und ich stiegen von der Veranda, um ihn genauer in Augenschein zu nehmen. Es verblüffte mich, daß er nicht tot war. Sein Atem ging flach und rasselnd. Als er sich umdrehte, um ein paar Blutklumpen auszuspucken, hörte man Zahnsplitter auf den Gehsteig klicken.

Die wenigen Male, die ich dabeigewesen war, wenn Daddy zusammen mit anderen Männern einen Sarg hochwuchtete, hatte er immer mehr als seinen Anteil an der Last getragen, mit dieser gemessenen, schwitzenden Würde, die einem Begräbnis ansteht. Ganz genauso faßte er nun meinen Stiefvater an. Mit äußerster Behutsamkeit half er Mutter, ihn auf dem Autositz zu verstauen.

Als er sich umdrehte und die Verandastufen heraufkam, war sein Gesicht schweißnaß und ohne Ausdruck. Auf seinem blauen Hemd spannte sich ein Fächer von Blutspritzern. »Los, ins Haus mit euch«, sagte er, aber seine Stimme klang stumpf. Er schob sich an mir vorbei.

Der Karmann Ghia wischte die Straße entlang – ein kanariengelber Streifen vor einem Hintergrund aus grauen Siedlungshäusern. Dann ächzten in der Küche die Rohre, als Daddy den Wasserhahn aufdrehte, um sich zu waschen.

Mutter hatte mit keinem Wort angedeutet, daß sie am Abend zu uns zurückkommen würde. Wie üblich sagte niemand auch nur piep. Aber ich spürte, daß sie zurückkommen würde, wenn nicht gleich, dann doch später. Daddy hatte einen Mann verprügelt, der ihr nicht genügend Respekt erwiesen hatte, so etwas gefiel ihr. Und damals funkte es auch noch zwischen meinen Eltern. Man konnte sich richtiggehend die Hände daran wärmen.

Sie lud Hector in der nächsten Notaufnahme ab, holte ihre Sachen aus dem Zimmer, das sie gerade erst bezogen hatten, und fuhr wieder zu uns in die Garfield Road. Sie hatte ihre Erbschaft bis auf den letzten Cent ausgegeben oder sich aus der Tasche ziehen lassen. So daß sie nicht nur pleite zurückkam, sondern hoch verschuldet. Und sie blieb. Sie blieb bei Daddy, bis er starb, blieb, bis auch sie alt wurde.

Die Nachbarn klappten ihre Liegestühle und Schirme zusammen und verschwanden in ihren Häusern. Ich tappte in unser Haus, in das kühle Dunkel seiner wachspapierverklebten Fenster, und fühlte eine Art Frieden. Daß Daddy vor aller Augen Hector verdroschen hatte, war der Beweis, daß mein Stiefvater ein böser Mann war. Unsere Zeit mit ihm war eine böse Zeit gewesen. Jetzt war sie vorbei, Daddy hatte ihr ein Ende gesetzt.

Er hatte einen scharfen Trennstrich gezogen zwischen dieser bösen Zeit und unserer Zukunft. Er stand ohne Hemd da, als Mutter zurückkam, und sie tanzten langsam und lachend ins Schlafzimmer.

Als später am Abend der Sheriff anklopfte, ging Mutter zur Tür, nackt unter ihrem schwarzen Seidenkimono. Daddy sei gerade nicht zu Hause, erklärte sie. Es habe ohnehin nur eine kleine Familienzwistigkeit gegeben – das war der Ausdruck, den sie verwendete. Sie war furchtbar kokett; ihre Augen funkelten amüsiert, während sie mit dem Sheriff redete. Er stand auf der Veranda und drehte seinen Stetson in den Händen, während Maikäfer gegen die Fliegengitter knallten und die Nachbarn die Rüschengardinen an ihren Fenstern hochrafften.

Lecia und ich hingen über der Sofalehne, voller Triumph über Hectors Verbannung und Mutters Rückkehr. Ich hatte ihre Augen noch nie so grün gesehen, tiefgrün, grün wie das Meer hinter der fernsten Sandbank, wo die Wellen vom Strand wegzufluten beginnen, hinaus zu all den namenlosen Archipelen. Ihre Arme waren lang und weiß unter den weiten schwarzen Ärmeln des Kimonos. Sie hielt ihn über dem Brustbein zusammen, so daß die schwarze, schwere Seide sich bauschte wie eine Orchidee. Der Sheriff stieg schon rückwärts die Verandastufen hinunter, als Mutter die letzten Worte in der Sache sprach. Das waren ihre Worte, bevor die Tür zufiel über dem Rechteck von Nacht, zufiel über dem stumm schwingenden roten Lichtkegel des Streifenwagens draußen vor dem Fenster, sich wie die Tür eines Grabes auf ewig über dem Thema Hector schloß (Mutter erwähnte ihn nie wieder): *Eine absolute Lappalie*, sagte sie, *nicht der Rede wert*, sagte sie. Und: *Alles in bester Ordnung*.

III.
Noch einmal Texas, 1980

... du bist davongekommen nicht um zu leben
die zeit deine zeit ist kurz bemessen zeuge

bleib tapfer wenn der verstand versagt
nur dieses zählt in der allerletzten bilanz

und wie der ozean sei dein machtloser Zorn
sooft du den ruf der erniedrigten und der beleidigten
wahrnimmst

niemals verlasse dich deine schwester Verachtung
gegen die spitzel henker feiglinge – sieger
sie werden zu deinem begräbnis kommen die handvoll erde
erleichtert werfen
der borkenkäfer wird deinen geordneten lebenslauf schreiben

und üb keine vergebung wahrlich es liegt nicht an dir
nachsicht zu üben im namen derer die in der frühe verraten
wurden

hüte dich dennoch vor überflüssigem hochmut
betrachte dein narrengesicht im spiegel
und wiederhole: ich wurde berufen – gab's denn nicht bessere

Herbert Zbigniew, aus »Des Herrn Cogito Vermächtnis«

14

Siebzehn Jahre später erlitt Daddy auf einem Barhocker in der American Legion einen Schlaganfall. Es war an einem Sommermorgen um zehn Uhr. Er hatte mehrere Whiskeys gekippt und mit Faßbier hinuntergespült, ein Kunststück, mit dem er tagtäglich glänzte, seit er sieben Jahre zuvor mit dreiundsechzig in Rente gegangen war. In Rente, sage ich. Genaugenommen arbeitete er als Mädchen für alles bei Lecias Mann David. Den Reisbaron nannte ich ihn, denn er besaß florierende Reisfarmen, die sein Einkommen in Richtung der Fünfzig-Prozent-Steuerklasse bugsierten. David hatte Daddy einen kleinen weißen Pickup gekauft, mit dem er Post ausfuhr oder in der Mittagspause Tacos holte – was eben anfiel. Wenn Daddy (der sein in der Legion konsumiertes Quantum Alkohol mit Hilfe einer unterm Fahrersitz versteckten Whiskeyflasche aufbesserte) zu blau war, um überhaupt noch zu fahren, rief jemand meinen Schwager an; der schickte einen seiner Feldarbeiter und ließ Daddy unter irgendeinem Vorwand herumkutschieren, bis sein Kopf klarer wurde und seine Hände wieder zu zittern anfingen, ein Zeichen, daß der Blutalkohol sich einem normalen Pegel näherte. Dann wurde er wieder ans Steuer des weißen Pickups gesetzt.

Mutter lag währenddessen für gewöhnlich mit irgendwelchen Schleierstoffen bekleidet im Bett. Sie hatte ihre Stelle als Zeichenlehrerin aufgegeben, angeblich, um mehr Zeit für ihren klapprigen, rotäugigen Ehemann zu haben. Statt dessen hatte die Depression sie am Wickel. Majestätisch wie eh und je thronte sie auf dem gigantischen Bett, das sie sich Jahrzehnte zuvor gebaut hatte. Das Trinken hatte sie auf Lecias und meine Drohungen hin aufgegeben, aber dafür dröhnte sie sich mit Valium und ähnlichen Psychopharmaka zu – und mit Büchern, von denen ein inzwischen wirklich turmhoher Stapel neben dem Nachttisch schwankte.

Sie las hauptsächlich Esoterik und Philosophie, wobei die Bandbreite von ernsthafter Literatur – Sartre war immer noch einer ihrer Lieblingsautoren, ebenso Gandhi – bis zu absolutem Schwachsinn reichte. Sie hatte sich mit Hatha Yoga und Makrobiotik beschäftigt, mit Macramé und Est. Ihr Hauptproblem zur Zeit von Daddys Schlaganfall war, daß sie keinen Grund sah, aus dem Bett zu steigen und sich anzuziehen.

In dieser Phase rief ich sie fast täglich aus Boston an. Abends, wenn das Telefonieren billiger war, lag sie in Qualen, die durch die Barbiturate allenfalls diffuser wurden: *Football, Fischen und Ficken*, sagte sie dann, *das ist alles, woran die Leute hier denken. Ich schwör dir, ich baller mir noch mal das Hirn raus.*

Mein damaliger Freund und Wohngenosse, ein Harvardabsolvent aus einer alteingesessenen Long-Island-Familie, rühmte meine Geduld mit Mutter. Er schrieb die langen Stunden, die ich mit ihr telefonierte, meinem Edelmut zu. Sein Familiensitz hatte einen Namen, eine alte, tatterige Dienerschaft und eine richtige Bibliothek, wo zwischen Reihen ledergebundener Schwarten silberne Polo-Pokale glänzten. Er sprach mit seiner Mutter an Feiertagen, über einen langen polierten Eßtisch hinweg (eine Formvollendung, die ich bewunderte und an der ich, als wir später heirateten, scheiterte). Was mich an diesen Abenden in Wahrheit am Telefon hielt, war die alte Angst, Mutter könnte sich umbringen.

Seit es mich mit fünfundzwanzig nach Boston verschlagen hatte, war die Telefonleitung die Nabelschnur, die mich mit Mutter verband. Daddy und ich waren einander lange vorher fremd geworden.

Mein Herumzigeunern hatte den ersten Keil zwischen uns getrieben. Ich hatte mit fünfzehn damit begonnen – Ausflüge nach Houston, nach Dallas, Austin und Mexiko, meistens um Bücher oder Drogen zu kaufen. Mutter faltete ihren Mund zu einer besorgten Schnute, als sie hörte, daß ich bei einem Surf-

Wettbewerb auf Padre Island Opium geraucht hatte. Dabei war es ihr Strickbeutel gewesen, aus dem ich seinerzeit Tom Wolfes *Electric Kool-Aid Acid Test* geklaut hatte. Und ihre Neugier gewann schließlich auch die Oberhand: Wie war das, wenn man Opium rauchte? Gemeinsam tischten wir Daddy Lügen über meine Aktivitäten auf – und er machte uns das Lügen leicht, indem er ohnehin kaum fragte.

Mit siebzehn verließ ich sein Haus dann endgültig. Ich kletterte in ein Wohnmobil mit Surfbrettern auf dem Dach und fuhr mit ein paar anderen nach Kalifornien, wo ich (bis ich einen Job in einer T-Shirt-Fabrik an Land zog) in einem Auto hauste und mich von dem ernährte, was ich mir aus Obstgärten und den Abfallcontainern von Lebensmittelläden zusammenstehlen konnte.

Solch schmuddelige Fakten kamen Daddy nie zu Ohren. Als ich wieder zu Hause eintrudelte, braungebrannt, klapperdürr und ausgehungert nach dem Komfort des Colleges in Minnesota, an dem ich einen Studienplatz ergattert hatte, tat er so, als hätte ich den Staat nie verlassen. »Wie war's am Strand, Pokey?« erkundigte er sich.

Er fuhr mit mir in den Army Store, um mir einen Winterparka zu kaufen. Ich sehe ihn noch vor dem Ständer mit all den olivgrünen, orange gefütterten Jacken, die bucklig auf ihren Bügeln hingen, als trügen sie eine Last auf den Schultern. Daddy war ein mißtrauischer Einkäufer. Er musterte eingehend alle Steppnähte. Er zog eine Menge Reißverschlüsse zu und wieder auf.

Das College war eine Privat-Uni, die ein paar linke Präsidentschaftskandidaten hervorgebracht hatte. Das Schreckgespenst meines gemischten Wohnheims – eines der allerersten in den Staaten – preßte Daddy an diesem Tag seine einzige, verschlüsselte Lektion über Sex ab. Sie verlief folgendermaßen: »Ich schätze, du hast schon gelernt, daß du dir von den kleinen Jungs nichts gefallen lassen brauchst, Pokey.« Er sah mit zusammengekniffenen Augen auf das Größenschildchen eines Parka hinunter, während er sprach. Es war mit koreanischen Schriftzeichen bedeckt. Ich erwiderte, ich schätzte, das hätte ich. »Wenn sie frech werden, sagst du's mir.« Er drehte mich um und hielt mir die Jacke an die Schultern. »Ich mach Hundefutter aus ihnen.«

Diese wenn auch beiläufige Besorgnis um meine Tugend verstärkte mein vages Schuldbewußtsein ihm gegenüber nur noch. Der Welt, in der meine Tugend der Verteidigung wert war, sprich Daddys Welt, war ich längst entwachsen.

Als Daddy an der Kasse des Army Store die $ 19,95 für den Parka hinblätterte, übermannte mich das schlechte Gewissen vollends. Die Wildlederfäustlinge, die er mir dazu spendieren wollte, nahm ich nicht an. Lieber trug ich diesen ersten Winter Söckchen an den Händen.

Dennoch schaufelte er mir bei meinem ersten Besuch daheim nicht nur den Abendessenteller randvoll, er sägte mir auch noch mein Steak mit dem Taschenmesser zu einem Gitter winziger Häppchen.

Lecia, die in Leechfield aufs College ging und deshalb bei ihren täglichen Stippvisiten keinen Blick von Daddy erntete, zog ihn damit auf. »Mein Gott, Daddy, warum kaust du's ihr nicht vor und spuckst es ihr direkt in den Mund?«

Daddy konnte sich nicht damit abfinden, daß ich erwachsen wurde, um so weniger, da ich kein Mann wurde, sondern eine Frau.

Kaum paßte ich in den ersten BH (einen 70A-Stretch), wurden die Einladungen zum Club der Lügner spärlich. Die Pubertät war für mich teuer erkauft. Ich war eine Spätzünderin. Die Kinder in unserer Siedlung verpaßten mir den Spitznamen Winztitte, nicht zuletzt deshalb, weil Lecia schon mit zwölf einen 90C mit Bügel ausfüllte. Aber schließlich begann sich selbst bei mir etwas zu tun; wenn auch nicht viel, so doch zuviel für Daddys Kumpel. Wenn Ben Bedermann ein Ausdruck wie »verfickte Scheiße« herausrutschte, weil er zwei Zweier gewürfelt hatte, wurde er käsebleich und entschuldigte sich in aller Form bei mir, was früher undenkbar gewesen wäre.

Die letzte von Daddys Schlägereien, bei der ich zugegen war, beendete meine Gastspiele beim Lügnerclub ein für allemal.

Ich war in den Osterferien nach Hause getrampt. Daddy ging mit mir in die Legion, angeblich zum Billard. Aber ich hatte den leisen Verdacht, daß sich hinter seinem alten Flirt mit der Bardame eine ausgewachsene Affäre verbarg. (Mutter hatte mich darauf gebracht – und den folgenden herzzerreißenden Nachsatz hinzugefügt: »Weißt du, zwischen mir und deinem Daddy ist das alles schon lange vorbei.«)

Lucy war eine kleine Cajun-Frau mit riesigem Busen und dunklem Flaum auf der Oberlippe. Als wir an diesem Nachmittag hereinkamen, fiel sie mir um den Hals; erst dann zapfte sie unsere Biere. Sie füllte mir sogar ein Schälchen mit den Cheddar-Goldfischchen, die es normalerweise erst abends gab.

Lucy sammelte alles mögliche – Souvenirlöffel, Porzellanpuppen. Sie besaß eine Kollektion von Haarteilen, Zöpfen und Schleierchen, die sie in kunstvollen Windungen in ihr dunkles Haar knüpfte. Und die Wand hinter dem Tresen hatte sie mit alten Katzenuhren vollgehängt, deren schwarze Schwänze hin und her schwangen, während die Augen von einer Seite auf die andere rollten. Die Uhren waren auf eine Weise im Takt verschoben, die einem den letzten Nerv raubte. Mutter sagte immer, wer die Legion nicht schon als Trinker betreten habe, der werde durch diese schielenden Uhren mit ihrem asynchronen Gerucke dazu gemacht.

Ich warf ein paar Münzen in den Schlitz am Billardtisch, und mit einem leisen Donnern fielen die Kugeln heraus. Ich legte sie eng aneinander und entfernte den dreieckigen Plastikrahmen mit spitzen Fingern, damit keine auch nur einen Millimeter zur Seite rollte. Eine Sekunde später landete Daddy seinen ersten Stoß, fest, aber lässig. Die Kugeln stoben in scharfen Winkeln auseinander. Sie wurden langsamer und blieben schließlich liegen, ohne daß eine versenkt worden war. Ich puderte mir die Hände. Der Dosendeckel hinterließ ein Punktmuster auf meiner Handfläche, das wie weiße Blindenschrift aussah, bis ich es verrieb.

Beim Billard mischten sich Ritual und Geometrie. Die eintönige Flächigkeit des grünen Filzes spiegelt einen inneren Zustand wider, wie man ihn nach mehreren Bieren erreicht. An der Uni hatte ich mich in der Philosophie der Kunst versucht – ich verstand zwar nur Bahnhof, aber das konnte mich nicht entmutigen. Mich faszinierte einfach die Vorstellung, daß der Anblick eines Gemäldes oder die Klänge eines Konzerts einen irgendwie über den ganzen zermürbenden Alltagsschrott hinausheben konnten; daß man in einem Moment ungetrübter Aufmerksamkeit etwas in sich hineinsaugen konnte, das einen für alle Zeit reicher machte. Damals pries die Drogenkultur gerade die »Bewußtseinserweiterung«, eine Lüge, die ein Stück weit auf die alte, postindustrielle Fortschrittslüge zurückging: Jede Veränderung gegenüber den normalen Abläufen im Hirn war notwendigerweise als Verbesserung zu werten.

Vielleicht war es mein Glaube an diese Lüge, der sich an diesem Tag so stark auf meine Stimmung auswirkte. Vielleicht war es auch nur das Bier, das ich sonst selten trank. Jedenfalls fühlte ich mich, als ich um den Billardtisch ging, wie von einer inneren Kraft oder Flamme vorwärtsgetragen.

Mein erster Stoß versenkte eine Kugel. Dann vollführte ich den unglaublichsten Bandenstoß aller Zeiten und versenkte nach einer wilden V-Diagonale zwei Kugeln auf einmal. Daddy stieß einen Pfiff aus. Der Himmel im Fenster hatte genau das Blau der Kreide, mit der ich mein Queue einrieb, einen Farbton, der kompakt und schillernd zugleich war wie das leuchtende Azurblau der Madonnengewänder auf Renaissancegemälden. Dias aus der Kunstgeschichtsvorlesung blitzten vor meinem inneren Auge auf. Einen Moment lang schrieb ich alles dieser Farbe zu, als hätte sie eine tiefere Bedeutung, die mich schwerelos machte. Aber das war verrückt.

Dann ging mir auf, daß meine Freude einzig und allein daher rührte, daß ich in der Legion war. Ich war zwölfhundert Meilen per Anhalter gefahren, nur um hier Billard zu spielen, mit diesem hoffnungslos verbogenen Stock, auf einem Tisch mit zigarettennarbigem Rand. Und es war mir nicht einmal bewußt gewesen. Stundenlang hatte ich mutterseelenallein an der Autobahnauffahrt in Oklahoma gestanden und den aufgesprungenen

Daumen in den Wind gereckt. Mein Pappschild mit der Aufschrift DALLAS war mir jedesmal fast aus der Hand gerissen worden, wenn wieder eine Böe eine wirbelnde Staubwolke aus der Ebene hinter mir heranfegte, und diese ganze Zeit, die ich auf die Bergkette gestarrt und zu Gott gebetet hatte, daß endlich ein Fahrzeug aus dem Boden wachsen und mich verdammt noch mal von hier wegbringen möge, hatte ich mir keine Rechenschaft darüber abgelegt, was mich nach Süden zog. Der Fernfahrer, der gegen Abend schließlich heranrollte und seine Tür für mich aufstieß, konnte gar nicht glauben, daß ich wirklich allein so weit trampen wollte, bei solcher Eiseskälte noch dazu. *Ich fahr heim* hatte ihm als Antwort genügt.

Aber es war mehr als das. Etwas an der Legion-Bar ließ mich klarer sehen, wer ich war, füllte die Konturen meines Ichs, wie ein Feldstecher eine Gestalt mit der perfekten Tiefenschärfe ins Blickfeld holt. Vielleicht gefiel es mir auch einfach, meinen Platz in einer solchen Männerdomäne zu behaupten.

Es war eine Domäne des Schweißes und des Stundenlohns, die Arbeiterwelt, von der das College mich wegschulte. In dieser Welt erntete man wenig Dank. Niemand beglückwünschte einen zum Feierabend. Die Bezahlung war dürftig. Die Legion machte das wett. Deshalb zählten die leiblichen Tröstungen, die man hier bekam – heiße Boudain-Wurst und kaltes Bier –, um so mehr. Man *besuchte* die Legion, will sagen, man ging nicht einfach nur hin, sondern schenkte ihr eine Aufmerksamkeit, die der Beruf nicht verdiente. Das Billard, das hier gespielt wurde, war nicht Metapher für irgendwelche betrieblichen Machtkämpfe, es war einfach Billard. Und die seelischen Tröstungen – Freundschaft zum Beispiel – ließen sich nicht mit der Vergütung für eine erbrachte Leistung verwechseln, denn in der Legion betätigten alle die gleichen Stechuhren, kassierten den gleichen Lohn, waren das gleiche wert.

Draußen rumpelte schlingernd ein mit Hühnerkäfigen beladener Laster an den Straßenrand, und ein Schwall von Staub und Dieselgeruch drängte zu den Fliegengittern herein. Der Radau weckte einen Cowboy, der hinten in der Ecke an einem runden

Tischchen geschlafen hatte. Wir hatten ihn nie vorher gesehen. Er saß vornübergebeugt im Schatten des ziehharmonikaförmigen Raumteilers, an dem ein Bataillon von Klappstühlen lehnte. Neben ihm lag ein strohgeflochtener Cowboyhut. Sein Gesicht war in den verschränkten Armen vergraben, die so dunkel verbrannt waren, wie man es nur bei Bohrarbeitern sieht. Sein Rücken hob und senkte sich, als würde er schluchzen. Daddy ging zu ihm und betrachtete ihn eine Zeitlang. *Jetzt heul nicht, Junge*, sagte er schließlich. *Ich kann's nicht sehn, wenn einer heult.* Der Mann hob sein tiefrotes Gesicht. Er heule nicht, berichtigte er, er versuche, nicht zu kotzen. *Gut, ich seh's auch nicht gern, wenn einer kotzt*, sagte Daddy. Nach einer Weile torkelte der Mann O-beinig in Richtung Herrentoilette.

Als er wieder zum Vorschein kam, zeichneten sich in seinem welligen braunen Haar Kammspuren ab. Er hieß Dole, wie das Ananaskompott, und war aus Buna, der Geburtsstadt von Daddy. Nach einigem »Ich glaub, ich spinn« fingen die beiden an, einander Biere zu spendieren und darüber zu fachsimpeln, wen Dole in Jasper County alles kannte, was so ziemlich alle zu sein schienen, die man überhaupt kennen konnte. Dole kannte sich auch mit Angusrindern, Pferden und mit Billard aus, letzteres gut genug, um Daddy zu einem Spiel um Geld herauszufordern.

Lucy nahm mich für den Rest des Tages unter ihre Fittiche. Sie hatte ihre eigenen Vorstellungen, was mein Äußeres anging, und die verwirklichte sie nun. Sie toupierte mir das Haar mit einem Stielkamm, sprühte es steif und steckte es straff hoch wie ihr eigenes. Haarnadeln bohrten sich in meine Kopfhaut. Aus einer Kiste unter dem Tresen förderte sie mattblauen Lidschatten und schwarzen Cake-Eyeliner zutage, den sie mit der Zunge anfeuchtete. Ich schloß die Augen, als ihre Hand sich näherte.

Als ich sie nach langer Zeit wieder aufschlug, hielt Lucy immer noch den Mascara in der erhobenen Hand. Ich blinzelte ein paarmal. Meine Lider waren spürbar schwerer. Der Spiegel an der Rückwand zeigte mir eine Minderjährige, die sich in einen Nachtclub mogeln will. Lucy mixte mir unterdessen aus Kakaolikör, Sahne und Brandy einen kleinen Mästcocktail, damit ich etwas mehr Speck auf mein flaches Ärschchen bekam. Sie gab extra noch ein paar Haselnüsse in den Schaum in meinem Glas.

Als um zwei ihre Seifenoper anfing, war ich zufrieden und blau. Die Katzenuhren mit ihren durcheinanderzuckenden Schwänzen irritierten mich kein bißchen. Ich war die Brandy-Königin, die Kronprinzessin des Kakaolikörs.

Als ich aufwachte, lag meine feuchte Backe auf dem Tresen. Von meiner ursprünglichen Freude war ich irgendwie in einen Schwips hinübergeglitten, und von da in ein Zuckerkoma. Stunden waren vergangen. Meine Hochfrisur war zur Seite gekippt. Sie schien mein bohrendes Kopfweh weit über die Grenzen meines Schädels hinaus zu verlängern. Während Lucy mir ein großes Glas Wasser einschenkte, ließ ich meine Blicke wandern. Die Hocker neben mir standen jetzt alle richtig herum, vor jedem ein flaches Schälchen Goldfische. An den Tischen im Hintergrund starrten die Männer konzentriert auf ihre zu kleinen Mauern aufgereihten Dominosteine. Ich leerte mein Glas und schob es zu Lucy zurück, die eine dünne, kaffeebraun gefärbte Braue hob und mich über Daddys Billardspiel ins Bild setzte.

Der säuberliche Stoß Dollarscheine am Rand des Tisches hatte einmal Dole gehört; jetzt gehörte er Daddy. Der Cowboy hatte die Entwicklung aufzuhalten versucht, indem er sich sternhagelvoll gesoffen hatte. Er schoß die Kugeln mit harten, bösartigen kleinen Stößen herum. Er spielte außerdem zu hoch; sein Queue sauste im Bogen in die Luft, so daß es mehrmals gegen den Metallschirm der Hängelampe knallte und ihn ins Schwingen brachte. Und er nahm sich nicht die Zeit, die Kugeln über das Queue anzuvisieren oder sich hinzukauern, um die Winkel abzuschätzen. Er zog nur die Lippen zwischen die Zähne, machte scharfe, schnelle Stöße und versaute einen um den anderen.

Daddy war wahrscheinlich um keinen Deut nüchterner, aber das ließ ihn nur gerader gehen. Er zielte mit einer konzentrierten Langsamkeit, als bewege er sich unter Wasser. Fast jede Kugel, die er aufs Korn nahm, rollte früher oder später gemächlich in das ihr zugedachte Loch. Als Dole Faxen zu machen begann – eine Kugel über die andere hüpfen ließ oder das Queue hinterm Rücken führte –, schlug Daddy vor, die Sache zu beenden, worauf der Cowboy schnaubte. »Du hast mein ganzes Geld eingesackt«, sagte er.

Daddy grinste bloß. »Tja, Mann, du hast den Einsatz bestimmt.«

Mit einemmal stand Dole neben mir am Tresen und schlug mit seiner fleischigen Faust auf das glänzende Resopal. Er hatte ein rundes, rotes Gesicht, aber Augen, Mund und Nase standen dichtgedrängt, als wollten sie einander den Platz streitig machen. »Bier her, Frau«, sagte er.

»Du bist hackevoll«, sagte Lucy. »Mach Schluß. Für dich gibt's nichts mehr.«

»Warum?«

»Weil ich's gesagt hab, darum.« Ihre beiden Hände lagen auf dem Tresen. Jetzt ließ sie eine mit einer so glatten Bewegung hinter der Kante verschwinden, daß ich mich fragte, ob sie wohl einen Baseballschläger oder irgendeinen anderen Prügel unter dem Schanktisch aufbewahrte.

Dole zeigte mit dem Daumen zu Daddy hinüber. »Und was ist mit Tonto?«

»Tonto hat noch«, sagte Daddy. Dabei stand sein Glas leer da. Im Sprechen steckte er seinen Billardstock in das Gestell an der Wand zurück.

Ich sinnierte noch dumpfen Kopfes, wie wunderbar gelassen Daddy doch war, als er plötzlich wie aus dem Boden gestampft neben mir stand. In nächsten Augenblick sagte Dole, wir könnten uns alle ins Knie ficken, und Daddy ballte die Faust und landete einen Aufwärtshaken unter seinem Kinn. Dole taumelte ein paar Schritte zurück und sah auf sein Hemd hinunter.

Es war natürlich ein Cowboyhemd. Die kleinen gestickten Veilchen (Doles Ex-Frau war eine wahre Handarbeitskünstlerin gewesen) waren mit Blut besprenkelt, weil er sich mit seinen Raffzähnen auf die Unterlippe gebissen hatte. Der Anblick verdroß ihn sichtlich. Trotzdem, wenn er ein bißchen nachgedacht hätte, wäre er weiter zurückgewichen, hätte sich entschuldigt, ein paar Papierservietten mit Sodawasser angefeuchtet und damit sein Hemd abgetupft. Das wäre das Ende vom Lied gewesen, denn Daddy hatte die Arme sinken lassen. Aber Dole machte einen taktischen Fehler. Er riß den Billardstock, den er neben sich an den Tresen gelehnt hatte, hoch und schwang ihn in einem pfeifenden Bogen etwa in Augenhöhe in Daddys Richtung, aber er holte dabei so langsam aus, daß man schon ein Vollidiot hätte sein müssen, um den Stock nicht in der Bewegung abzufangen und Dole in die Kehle zu rammen. Genau das tat Daddy.

Dole stürzte pflichtschuldigst zu Boden. Er lag als riesiges X auf dem Linoleum. Lucy holte seinen Stetson und plazierte ihn auf seinem dicken Bauch. »Das war fast besser als *Rauchende Colts*«, sagte sie zu Daddy.

Er nahm mich nie wieder mit in die Legion. Oder in eine andere Bar. Oder zum Fischen oder zum Jagen oder zum Würfeln oder zum Steakessen im Farm-Royal-Drive-In oder zum Weihnachtstreff in Fishers Anglerbedarf oder sonstwohin, wo meine bloße Gegenwart irgendeinen Schwachkopf zu blöden Sprüchen aufreizen konnte, in welchem Fall Daddy dem fraglichen Kerl ein zweites Loch in den Arsch hätte treten müssen. Das wurde nicht offiziell verlautbart, aber darauf lief es hinaus.

So verloren Daddy und ich füreinander allmählich an Wirklichkeit. Wir kannten uns in der Theorie und liebten uns in der Theorie. Doch wenn wir uns sahen, breitete sich zwischen uns über kurz oder lang ein saugendes, peinigendes Schweigen aus, das ich kaum ertrug.

Er eröffnete jeden meiner Besuche damit, daß er meinen Teller vollud wie für einen Quarterback. Ich drängte ihn derweil, irgendeine alte Geschichte noch einmal zu erzählen, auch wenn sie den anderen schon zu den Ohren herauskam. Einige hatte ich für eine Studie über mündliche Überlieferung auf Band aufgenommen, und es wurde eine Gewohnheit daraus. Aber jede Geschichte tröpfelte früher oder später einfach aus. Dann sagte er, er müsse nach seinem Wagen sehen (sprich: allein in der dunklen Garage hocken und an seiner Bourbonflasche nuckeln), oder das Telefon klingelte, und ich stürzte hin.

Die Sauferei hatte ihre Spuren an Daddy hinterlassen. Er wurde unleidlich in den letzten Jahren vor dem Schlaganfall. Am meisten steckte Mutter ein, aber auch andere bekamen ihren Teil ab. Auf der Farm meines Schwagers zog er sein Messer gegen einen Feldarbeiter aus Oaxaca, der zu behaupten wagte, die Tacos von Daddys Lieblingsstand seien nicht original mexikanisch. Und ein Miteigentümer der Farm, ein Mann aus Arkansas, sah sich eines Tages während der Taubensaison, als er über den Damm eines Reisfelds ritt, plötzlich der Mündung von Daddys Zwölfkaliberflinte gegenüber. »Komm, Alter«, sagte er angeblich, »mir gehören achtzehn Prozent von jeder Reispflanze, die hier wächst.« Worauf Daddy erwiderte, bald würden ihm auch hundert Prozent einer Schrotladung in seinem Arsch gehören, wenn er sein Pferd nicht sofort von diesem Damm runter und zurück auf die Straße trieb. In der Schlange an der Supermarktkasse schlug er einen jungen Marinesoldaten nieder; bei den Gaswerken setzte er über den Schaltertisch, um einen schlechtgelaunten Angestellten Mores zu lehren.

Auf mich ging Daddy nur einmal los, im Sommer vor seinem Schlaganfall. Ich wollte meine Examensarbeit fertig schreiben und war wie immer pleite. Lecia und ihr Mann hatten mich mit der Aussicht auf schnelles Geld geködert: lebende Flußkrebse, die ich von Breaux Bridge in Louisiana auf eine neue Krebsfarm in Winnie, Texas, verfrachten mußte. Sie waren Rolex-tragende junge Republikaner und ständig bemüht, mir den Unternehmergeist einzuimpfen, der sie beide beflügelte.

Vielleicht wollten sie mich mit der Aufgabe auch ein bißchen demütigen, denn der Flußkrebs ist wohl eine der abstoßendsten Kreaturen, in deren Dienst man stehen kann, schwarz und glänzend und dick verpackt in seinem gegliederten Panzer. Er macht ein nasses Schnalzgeräusch wie eine überdimensionale Kakerlake. Wenn man an einem dunklen Rastplatz anhält, um eine Ladefläche mit dreilagig geschichteten Siebzig-Pfund-Säcken voller Krebse mit dem Schlauch abzuspritzen (Flußkrebse sterben, wenn sie austrocknen), dringt aus den Säcken ein feuchtes, saugendes Klacken, das einem den Kopf mit Bildern von Insektenschwärmen füllt, die von Hügel zu Hügel herangezogen kommen, näher und immer näher. Ich fuhr bei Nacht, denn die Sonne hätte die grobe Leinwand, die ich naß machte und über und um und zwischen die Säcke legte, um die Krebse feucht zu halten, zu schnell getrocknet. Die Prozedur war umständlich und dauerte ihre Zeit.

Trotzdem war ich am späten Vormittag in der Regel mit dem Ausladen fertig und schrubbte meine Hände mit Zitrone, um den Fischgestank loszuwerden. Somit blieben mir die Nachmittage, um meine Arbeit zu tippen, was ich in Mutters Atelier hätte tun sollen. Aber an den meisten Tagen beschränkte ich mich darauf, zu dösen, Postkarten zu schreiben oder in alten Ausgaben von *Artforum* herumzublättern. Seit einer Europareise fand ich es außerdem schick, starke französische Zigaretten zu rauchen; ich machte eine Packung nach der anderen nieder.

Eines Nachts stand plötzlich Mutter an meinem Bett. Ihr Schatten glitt über mich, und ich schreckte auf in dem eisigen Luftzug der Klimaanlage. Sie hielt einen großen Gegenstand gegen den Bauch gedrückt wie ein Kind. Sie weinte. »Kannst du mir bitte mit deinem Vater helfen?« sagte sie. »Er läßt mich den Inhalator nicht an seinem Bett aufstellen. Dabei kriegt er kaum Luft.« Ich schlüpfte unter der Decke hervor und zog mir ein Kapuzen-Sweatshirt über. Ihr Haar war seidig weiß, ein Schimmer in dem dunklen Raum. »Er *läßt* dich nicht?« fragte ich. Daß Mutter für irgend etwas eine Genehmigung brauchen könnte, war mir neu. Sie antwortete mit einem müden Seufzer. Ich nahm ihr den schwappenden Inhalator ab, ein altmodisches Gerät mit heißem Dampf, das ich noch von meinem Krupphusten in Kindertagen kannte.

Daddy saß in der Unterhose auf der Kante des Monsterbettes und bellte einen trockenen Husten hervor. Sein Kopf hing zwischen den breiten Schultern herunter wie bei einem verwundeten Stier. An seinem rechten Schenkel wölbte sich eine pflaumenblaue Beule, Granatsplitter aus dem Krieg. »Daddy?« sagte ich, worauf er brüllte, ich solle mich verdammt noch mal rausscheren. Der Ausfall schien allen verfügbaren Sauerstoff aus dem Zimmer zu fegen. Möglich, daß meine Haare in Zeichentrick-Bestürzung nach hinten flogen. Dann beutelte ihn wieder sein keuchender Husten.

Er hatte noch nie in diesem Ton mit mir gesprochen, und ich erstarrte bei dem Klang. Nach einer Weile schien er zu vergessen, daß ich dastand. Er legte sich wieder hin. Er hustete jetzt nicht mehr richtig, aber jeder seiner Atemzüge wurde von einem rasselnden Japser unterbrochen. Als ich hinter dem Nachttisch nach einer Steckdose zu suchen begann, fuhr er wieder auf. »Was willst du hier drin?« Neuerlicher Husten, die Sehnen an seinem Hals zeichneten sich als scharfes Relief ab. Ich knipste die Nachttischlampe an. Das Zimmer war kalt wie ein Eisschrank, aber er war in Schweiß gebadet, sein Gesicht glühte vor Fieber. Da, wo er gelegen hatte, war das Bettzeug faltig und feucht. Ich sagte, ich sei dabei, den Inhalator aufzustellen.

Eine Schweißperle hing an seiner Nase. Er wischte sie mit dem Handrücken weg und stierte mich an. »Deine Mutter hat dich hergeschickt, stimmt's?« Dann begann er sie in einer Weise zu beschimpfen, wie ich es noch nie erlebt hatte. Sie sei der selbstsüchtigste Mensch, den er je gekannt habe. Sie habe alle zugrunde gerichtet, die je in ihre Nähe gekommen seien. Mich und meine Schwester inbegriffen. Wir seien nichts, Nullen seien wir. Lecia mit ihrem Phi Beta Kappa in Physik. Ich mit meinem MFA – Mother-Fucking Asshole hieß das.

Der Himmel weiß, woher er den Atem für all das nahm. Seine Stimme war ein kehliges Krächzen; er hörte sich an wie der kleine Junge in *The Shining*. Er tobte, bis er völlig außer Atem war: Ich sollte mir doch meinen Hintern rahmen und an die Wand hängen, schrie er. Thermometer hätten Grade, schrie er. Ich könnte ja nicht mal meinen Arsch von einem Loch im Boden unterscheiden.

Ich heulte längst. Als der nächste Hustenanfall ihm das Wort abschnitt, tastete ich die Fußleiste entlang nach einer Steckdose. Dabei rutschte der Lampenstecker heraus, und das Zimmer tauchte in Schwärze ab. Er sagte nichts. Ich steckte den Inhalator ein, und eine breite Dampfbahn stieg mir ins Gesicht. Es roch nach Wick-VapoRub. Daddy wedelte mit seinem knotigen Arm durch den Nebel. »Schaff dieses verdammte Ding hier raus!« Sein Flüstern war wütend und zittrig zugleich. Ich hockte mich auf die Fersen. Der Husten schüttelte ihn wieder.

So saßen wir eine ganze Weile. Wir hätten Figuren in einer Schneekugel sein können – ich reglos wie ein Reh, diesen warmen Dampf im Gesicht, der mir seltsam kühl in die Lungen drang, Daddy krampfhaft nach Luft schnappend. »Mary Marlene« – *hust, hust, hust* – »ich schmeiß dieses Scheißding aus dem Fenster« – *hust, hust* – »und dich hinterher.« Der Dampf vernebelte uns zu Phantomen, schleierte das Zimmer mit Eukalyptus ein. Schließlich sagte ich, wenn er den Scheißinhalator weghaben wollte, würde er schon über mich drüberklettern müssen. Was er sich anscheinend doch nicht so ganz zutraute.

Als er sich endlich mit rasselndem Atem auf die Seite drehte und zusammenrollte, glich er einer dieser vertrockneten Krusten, die man manchmal aus Muscheln schüttelt.

Am nächsten Tag saß Daddy am Tisch, als ich von meinem Krebstransport zurückkam, aufrecht und leicht keuchend. Ich küßte seine kratzige Backe. Die vergangene Nacht war aus seinen Augen wie weggewischt. Er wiegte seinen weißen Kater Bumper in den Armen wie ein Wickelkind und redete mit ihm. »Ein Glückspilz bist du«, sagte Daddy, was im Klartext hieß: *Ein Scheißleben hast du!* Sein Daumen rieb der Katze über die Kehle, strich dann zur Kinnlade hinauf, wo unter dem Fell die Duftdrüsen versteckt lagen.

Bumper war der einzige Überlebende einer Schar maunzender Kätzchen, die Daddy in der Scheune gefüttert hatte, bis sie alle krank wurden und starben – vergiftet, folgerten wir später aus den letzten Zuckungen der Mutter. Bumper selbst verlor sein Kopffell bis zum letzten Büschelchen. Als es nachwuchs, blieben auf seinem spitzen Gesicht mehrere vollkommen quadratische Stellen kahl. Und er behielt einen merkwürdigen, eiernden Gang zurück, als wollten die Hinterbeine in eine andere Richtung davonwackeln. Vielleicht schlenkerten sie um seine Hoden, die die Größe von Golfbällen hatten. Sein Miauen dagegen blieb so belegt und quietschig, daß man es kaum hörte. Deswegen hatte er sich angewöhnt, mit dem Hinterteil gegen das Fliegengitter zu bumpern, wenn er herein- oder hinauswollte. Daher sein Name.

Ich holte eine Dose Lone Star aus dem Kühlschrank, passend zu der, die vor Daddy stand. »Ich versteh nicht, wie man so was mit Salz trinken kann«, sagte ich und zog die Lasche hoch. Er sagte, er verstünde es selbst nicht so ganz. Ich setzte mich ihm gegenüber auf einen Hocker. Auf der lackierten Sperrholzfläche zwischen uns lagen eingeschweißte Penicillinproben verstreut. »War Dr. Boudreaux da?« fragte ich. Er sagte mmhm und fing an, mit einer Camel auf der Tischplatte herumzuklopfen.

»Wetten, er will, daß du jetzt erst mal nicht rauchst«, sagte ich.

»Hat jedenfalls nichts davon gesagt«, meinte er. Bumper ließ sich mit einem matschigen Plumps von Daddys Schoß auf den Boden hinunter. Er rollte seinen Körper zu mir herüber, die Beine weggereckt von seinem Trommelbauch. Daddy stopfte ihn so mit Friskies und Naßfutter voll, daß Bumper rund geworden war wie ein Bär.

»Rat mal, wieviel er wiegt«, sagte Daddy. Ich hatte keine Ahnung. »Sechzehn Pfund«, sagte er. Jeden Morgen drückte Daddy die strampelnde Katze auf die Badezimmerwaage und starrte auf das Fensterchen, bis die rote Nadel auspendelte. Das Gewicht verzeichnete er dann getreulich auf einem Schreibblock, der beim Telefon lag.

Ich ließ meine Hand wie eine Spinne über den Katzenbauch wandern. Bumper tatzte mit langsamen, weichen Pfoten zurück. »Zeit für die Streckfolter«, sagte Daddy. Er hatte Bumper beigebracht, nie ohne vorheriges Strecken ins Haus zu kommen oder hinauszugehen. Man hob ihn an Vorder- und Hinterbeinen hoch und zog ihn sanft in die Länge, während der Kater sich wohlig dehnte. Und dazu mußte man sagen (ich schwöre es, das Vieh überschritt die Schwelle erst, nachdem diese Worte gesprochen waren): »Eijeijei, was für eine lange Katze.« Dann schmiß Bumper sich gegen die Glastür und trottete nach draußen. Ein Schwall Hitze wälzte sich herein.

Als ich mich wieder zu Daddy umwandte, kräuselte sich das Rauchfädchen der Zigarette geradewegs in seine Augen. Ich hatte nicht die Absicht gehabt, die Sache mit dem Trinken jetzt anzusprechen. Aber daß er dasitzen konnte, ohne auch nur die Lider zuzukneifen gegen die beißenden Rauchkringel... irgend etwas an diesem kleinen Mißbehagen traf mich genau da, wo ich ihn am meisten liebte.

Ich sagte ihm, daß die Sauferei ihn umbrachte. Daß ich ihn liebhatte und nicht wollte, daß er starb. Genauso sagte ich es, weder beredter noch weniger plump.

Danach trank ich einen Schluck Bier. Keiner von uns sprach. Mein Kopf senkte sich, wie um einen Schlag in Empfang zu nehmen. Aber keine Flut von Beteuerungen oder Verwünschungen brach über mich herein. Das, was kam, war viel schlimmer. Daddy zuckte die Achseln. »Mir scheißegal«, sagte er. Seine Stimme und sein Blick waren fest genug, um mich die Aussage als eine Tatsache begreifen zu lassen, über die kein Verhandeln möglich war, als eine im tiefsten Kern seines Wesens festgeschriebene Überzeugung.

Ich studierte den Küchenboden, beige-golden geflammt wie italienische Fliesen. Lecia hatte ihn an diesem Vormittag erst verlegen lassen. Sie hatte einen Hang zu protzigen Geschenken. Der neue Herd, die Mikrowelle und der Fernseher mit eigenem Einbauschrank, der das halbe Wohnzimmer in Beschlag nahm, waren auch von ihr. Sie hatte sogar die ersten Monate meine Studiengebühren bezahlt, zweifellos weil sie es für ihre Pflicht hielt. Dieses aufgesetzte Verantwortungsgefühl weitete den Graben, der zwischen uns Schwestern klaffte. Ich spürte einen plötzlichen Drang, sie anzurufen. Statt dessen nickte ich zu dem Linoleum hin. »Gefällt dir der neue Boden?« fragte ich.

»Geht so«, sagte Daddy. Die graue Aschenspitze, die seiner Camel gewachsen war, knickte ab und fiel auf den neuen Belag, wo sie sich krümmte wie eine Raupe. Er verrieb sie mit seinem Schuh, einem schweren schwarzen Arbeitsschuh, wie er sie trug, seit ich denken konnte. Ich hätte mit verbundenen Augen die Seite im Sears-Katalog gefunden, wo ein Paar solcher Schuhe im blaßblauen Äther schwebte, zwischen quastengeschmückten Mokassins und Cowboystiefeln, denen er nie auch nur einen Blick gönnte.

Ich wußte, wo er diese Schuhe neu besohlen ließ und wie oft, und konnte sie ihm mit seiner Schuhcreme und einem weichen Lappen spiegelblank wienern – als Kind hatte ich mir Vierteldollars verdient, indem ich sie unter seinen Argusaugen poliert hatte. Ich wußte, wie groß er war und was er wog (einsachtzig, vierundsiebzig Kilo) und wie er sein Steak am liebsten aß (schwarz verbrannt, mit Salz und schwarzem Pfeffer und Worcester-Soße). Aber ich hätte in diesem Moment ums Verrecken nicht sagen können, was in ihm vorging. Er war mir unbekannt und unzugänglich – obwohl ich eine Düsternis in ihm ahnte, die so groß war und so schrecklich, daß sein letztes Geschenk an mich vielleicht der Versuch war, mich davor zu beschützen, und sein letztes Scheitern die Tatsache, daß ihm das nicht vollständig gelang.

»Ich schau mal kurz nach dem Wagen«, sagte er und reckte sich zu seiner vollen Höhe empor, bevor er die Glastür aufstieß. Er ging den Plattenweg entlang zur Garage. Die quadratischen weißen Steinplatten bildeten eine Schachbrettdiagonale quer durch den roten Kies. Daddy setzte seinen schwarzen Schuh haargenau in die Mitte der einzelnen Platten. Ich sah das khakifarbene Dreieck seines Rückens kleiner werden und durch die Tür verschwinden.

Als ihn der Schlaganfall ein paar Wochen später auf den Tresen sacken ließ, daß die Reste seines Biers sich über das goldgesprenkelte Resopal schlängelten, war er zum Abbild seiner selbst versteinert. Fast ein Jahrzehnt hatte er in der Legion gesessen, wie in den Boden gespießt mit seinem ochsenblutfarbenen Hocker – einem von vielen entlang der Bar, Punkte in einer Ellipse, die in die Vergangenheit austrudelte, ein jeder mit dem Veteran eines anderen Krieges besetzt.

Die Eingangshalle hinter den weich aufschlurrenden Automatiktüren des Krankenhauses lag verlassen da. Ich hatte hier während des Ölbooms an ein paar trüben Sonntagen als Aushilfe gearbeitet. Damals wurden Babys in hellen Scharen geboren, und die alten Leute waren kränker denn je. Es hatte keinen Sitz in der ganzen Halle gegeben, auf dem nicht ein windeltriefendes Kleinkind herumkrabbelte.

Jetzt, zehn Jahre später, war das Gebäude wie ausgestorben. Ich kam an Reihen erloschener Cola-Automaten vorbei, leeren Schwesterzimmern, endlosen Stationen, in denen die Betten bis auf die Matratze abgezogen waren. Ein einsamer Hausmeister schob vor der Intensivstation ein Bohnergerät über den Boden, mit einer Konzentration, die eines Zen-Buddhisten würdig schien.

Mutter saß vor Daddys Zimmer in einem Clubsessel aus pfirsichfarbenem Kunstleder, direkt unter einem »Bitte nicht rauchen«-Schild, und rauchte aufmüpfig eine lange braune More-Zigarette. »Ich hab ihnen gesagt, sie dürfen mich gern verhaften«, erklärte sie. Lecia quittierte die Äußerung mit Augenverdrehen. Meine Schwester mußte nach Hause, um ihrem Mann und den vier Stiefkindern das Abendessen zu kochen. Sie hatte die Autoschlüssel in der Hand und eine Liste von Dingen in petto, die ich wissen mußte. Daddy konnte nicht sprechen, war inkontinent, und es ließ sich nicht sagen, ob er einen verstand oder nicht. »Vielleicht bringst du ihn ja dazu, etwas zu essen«, meinte sie. »Bis jetzt hat er bei so ziemlich allem, was sie ihm vorgesetzt haben, nur das Gesicht verzogen.«

Die Leute behaupten immer, ein Kranker in einem Krankenhausbett sähe so klein aus. Aber Daddy wirkte größer denn je, sogar unter dem Sauerstoffzelt. Das jahrzehntelange Herumgeklettere auf den Bohrtürmen hatte ihn muskulös und drahtig gehalten. Die dünne blaue Baumwolle seines Krankenhaushemds schien viel zu fein für seinen grobknochigen Körper. Jemand hatte ihm das Haar mit Pomade nach hinten geklatscht. Das Zischen des grünen Sauerstoffbehälters war das einzige Geräusch im Zimmer. Der Herzmonitor stand gedrungen und ausgestöpselt in der Ecke, sein Bildschirm ein trübes Braun.

Wenn nicht der Schlauch gewesen wäre, der aus einer umgestülpten Flasche in seinen Handrücken führte, hätte Daddy fast aus grauem Marmor gehauen sein können. Er sah aus wie eine Specksteinstatue meines schlafenden Vaters, wie die eleganten Pharaonenfiguren auf den ägyptischen Sargdeckeln, die ich als Kind immer im Konversationslexikon bestaunt hatte.

Ich langte unter das Kunststoffzelt, um seine große trockene Hand zu nehmen. Seine Lippen waren spröde, die Augen zu reptilienhaften Schlitzen zugeschwollen. Ich hob die Plastikwand eine Spur höher und steckte den Kopf hinein. Die Luft im Innern war dünn und kühl wie Bergluft.

Die Nachtschwester schaute durch den Türspalt und befahl mir, sofort da rauszukommen, ich brächte ihn ja um. Sie trat ans Bett, um am Infusionsschlauch herumzubiegen und Daddy den Puls zu fühlen.

Die Tür war kaum hinter ihr zugefallen, als Daddys Augen sich einen Spalt öffneten. Er hob den Arm, steif wie ein Comic-Schlafwandler. Mit einem zittrigen Finger stupste er gegen das Sauerstoffzelt, wie um mein Gesicht zu berühren. Der Arm fiel schwer wieder zurück. »'looo«, sagte er. Sein linker Mundwinkel war nach unten geknickt, eine höhnische Trauerfratze. »Hallo, Daddy«, sagte ich. Ich klang so munter, daß ich mich für die Kinderstunde hätte bewerben können. »Verdammt«, sagte er. Dann: »Deimma.« Ich erklärte ihm, daß Mama mit den Schwestern sprach. Mit seiner gesunden Hand tastete er an dem lahmen Arm hinunter wie ein Blinder, erforschte jeden Finger einzeln. Er legte den Arm über seinen Bauch, wie um ihn dort zu parken. Aber der Arm rutschte auf die Seite zurück wie ein toter Fisch.

Ich holte das Tablett mit dem Abendessen und hob den Plastikdeckel. »Simsalabim«, sagte ich. Ob er etwas davon probieren wolle? Er zog die Nase kraus. »Scheiße«, sagte er. Er vertiefte sich wieder in den Anblick seiner kranken Hand, als enthielte sie die Antwort auf eine Frage, die er nicht recht formulieren konnte.

Schließlich steckte ich einen Knickstrohhalm in ein Milchtütchen, und das lutschte er aus. Hinterher wischte ich ihm das nasse Kinn mit meinem Ärmel ab. »Ah looo«, sagte er. Er starrte mich unverwandt an, wie ein Guru, der Hirnwellen sendet. »Hallo, Daddy«, wiederholte ich. Ich hielt einen mit Frischhaltefolie bespannten Becher Orangensaft hoch, und er krauste die Nase.

Aus Neugier zog ich die Metallschublade an seinem Nachttischchen auf. Eine einsame Büchse Lone Star rollte hervor. Ich schloß die Schublade wieder, und in dieser kurzen Zeit waren Daddys Augen zugefallen. Ich spitzte unter das Sauerstoffzelt, um ganz sicher zu sein. »Daddy?« fragte ich. Aber er machte es wie Brer Rabbit, stellte sich einfach schlafend.

Auf dem Heimweg ließ Mutter mich fahren. Dr. Boudreaux hatte eine Stunde damit zugebracht, ihr und Lecia Daddys Zustand auseinanderzusetzen. Er hatte ein Plastikmodell des Gehirns für sie zerlegt. Der Bericht, den ich bekam, war um einiges bündiger. »Sein Kopf ist völlig im Arsch«, sagte Mutter. In den ersten Wochen nach einem Schlaganfall gab es eine sogenannte spontane Erholungsphase, während die Schwellung im Gehirn zurückging. In dieser Zeit war es möglich, daß Daddy über Nacht wieder zu sich kam und reden und herumlaufen konnte wie zuvor. Genausogut konnte er aber zu einem dieser hühnerbrüstigen alten Männer werden, wie man sie in den Korridoren von Pflegeheimen sieht, Elendsgestalten, die seit Jahrzehnten mit Schlagseite in ihren Rollstühlen sitzen.

Das Leechfield, durch das ich an diesem Abend nach Hause fuhr, war zu einer Geisterstadt verkümmert. Irgendwie hatte ich das vorher nie bemerkt. Ganze Ketten von Straßenlampen waren kaputtgeschossen worden. Immer wieder wurde unser Auto von Schwärze verschluckt und tauchte dann wieder ins Licht. Rasenflächen wucherten wild. Die Zu-Verkaufen-Schilder ratterten schneller vorbei, als ich zählen konnte. Die Geschäfte, die man zum Leben brauchte, waren samt und sonders mit Brettern zugenagelt – Apotheke, Reinigung, Eisenwarenhandlung. Verschwunden war der Juwelierladen mit seinem Riesenrad voller Medaillons und Geburtsteinringe; verschwunden das Café. Die

Boutique – in der alle Cheerleader nach der High-School gejobbt hatten – war bankrott gegangen, nachdem der Inhaber in einem Motelzimmer mit zweien der besagten Cheerleader und einem Tütchen Kokain verhaftet worden war.

Ich habe die Betriebe, an denen wir an diesem Abend vorbeikamen, in meinem Tagebuch notiert: Hand & Nail-Care, Geschenkboutique, Pokale und Vereinsartikel, ein Aerobic-Studio, eine Hundeschule. Vor dem Diätzentrum prangte ein rosa Sperrholzschwein im ziegelroten Pünktchenkleid. Aus seinem Maul quoll eine Sprachblase, die eine neue Art ABZUNEHMEN, OHNE SICH ZU TODE ZU HUNGERN verhieß. Wo die Tankstelle gestanden hatte, erstreckte sich ein Parkplatz. Er war von Eismaschinen gesäumt, so daß ich im Vorbeifahren EIS EIS EIS EIS EIS las. Ein moderner Betonbau bot sogar Chemotherapie an, was mich nicht wunderte, denn die Stadt bildete eins der schwärzesten Quadrate auf der Welt-Krebs-Karte. (Sie tut es immer noch, zusammen mit Bhopal und Tschernobyl.)

Als wir den Sturmzaun entlang der Gummifabrik erreichten, begann Mutter zu reden. Mit dem Geld würde es ein Problem geben, sagte sie, es sei nämlich keins da. Sie glaube aber, daß Daddy eine Zusatzversicherung abgeschlossen hätte. Das brachte sie darauf, seine Brieftasche aus der Jeansjacke auf dem Rücksitz zu fischen.

Sie klappte sie auf und fing an, zwischen Tankstellenquittungen und Kontrollabschnitten zu suchen. Eine Papierserviette kam zum Vorschein, auf der die Punkte eines längst vergangenen Baseballspiels aufgemalt waren. Erstaunlicherweise fand sie auch zwei Sachen von mir – das eine College-Zeugnis, auf dem ich in allen Kursen ein A hatte, und eine Fotokopie meines ersten veröffentlichten Gedichtes. Das Gedicht handelte von Daddys Schwester. Das Blatt war so oft auseinandergefaltet und auf so vielen feuchten Tresen glattgestrichen worden, daß es sich wellte und Blasen warf. Die Knicke in der Mitte waren trübe von verwischter Druckerschwärze. Bei dem Gedanken, daß er das mit sich herumtrug, schluchzte ich laut auf, und Mutter stimmte ein.

Hinter unsteten Scheinwerfern weinten und schnieften wir den ganzen restlichen Heimweg im Chor. Vielleicht nahm mir mein Geheule die Sicht. Vielleicht fuhr ich auch, wie Mutter immer behauptete, einfach mit zuviel Karacho, jedenfalls gab es, als der Wagen schließlich in die Garage schaukelte, unter der Hinterachse einen dumpfen Schlag, ein weiches Geräusch wie von einer zu Boden fallenden Melone.

Ich schaltete hastig in den Leerlauf und kroch in den Auspuffdämpfen herum, um zu schauen, was ich da überfahren hatte. Neben dem rechten Hinterreifen entdeckte ich einen Blutschmierer. Er sah schwarz wie ein Tintenklecks aus im roten Schein des Rücklichts. Natürlich kam Bumper nicht, als wir nach ihm riefen. Er war nirgends zu finden. Irgendwann später glaubte Mutter ein weißes Hinterteil in das Dickicht von Riedgras und Brombeeren hinter der Garage schlüpfen zu sehen. Aber in diesem Gestrüpp wohnten haufenweise Schlangen, sagte sie. Wenn nicht sogar Sumpfbiber.

Sie fand ihn frühmorgens auf der Veranda hinterm Haus, blutig und flach atmend. Sie wickelte ihn in ein zitronengelbes Badetuch und brachte ihn in die Tierklinik. Wir hatten zusammen nur hundert Dollar und wollten ihn eigentlich einschläfern lassen. Aber der Tierarzt bot uns an, ihn kostenlos zu operieren. Er setzte ihm Stifte in die Hüftgelenke ein und drahtete den gebrochenen Kiefer zusammen. Jahrelang hatte der Arzt in Bars die wildesten Geschichten über Bumpers wundersame Genesung gehört. Mit Glück würde der alte Kater noch einmal davonkommen.

15

Eines Morgens hob ein Pfleger mit gewaltigen Ringerarmen Daddy hoch, bog ihn so zurecht, daß er in einen Rollstuhl paßte, und schob ihn aus der Intensivstation in ein normales Zimmer. Ich ging nebenher, in der Hand einen warmen Beutel Urin, von dem ein Schlauch unter Daddys Krankenhausnachthemd führte. Mutter trug seine metallene Patiententafel, auf der jemand Offizielles Daddys Zustand in Blockschrift für »stabil« erkärt hatte.

Von da an erschienen fast allabendlich die Männer vom Lügnerclub und standen füßescharrend um Daddys Bett. Sie kamen direkt von der Arbeit, ohne Abendessen, lehnten aber die Pizza oder die eingewickelten Sandwiches, die wir ihnen hinstreckten, immer ab. Sie kamen allein oder paarweise, hielten ihre silbernen Helme verlegen auf Gürtelhöhe und drehten sie in den Händen wie Gebetsmühlen.

Einmal, als Daddy ins Bett geschissen hatte, traf ich Ben und Shug bei ihm an; sie unterhielten sich über ein bevorstehendes Spiel der Yankees, laut und lebhaft, als würde es im Zimmer nicht stinken wie in einer Jauchegrube.

An diesem Abend weinte Ben draußen im Gang, das Gesicht in den großen, fleischigen Händen vergraben. Danach kam er nur noch ganz spät, wenn Daddy döste und Mutter die Zeitschriften und leeren Getränkedosen einsammelte. Dann bezog er seinen Posten in einem waghalsig gekippelten Clubsessel vor Daddys Zimmer, wo er beinahe jede Nacht stundenlang wachte, »falls mal was ist«.

Aber es war nie etwas. Das Vakuum, das der Schlag in Daddys Schädel erzeugt hatte, blieb unverändert. Er hatte sich irgendwo hinter flach starrenden Augen eingeigelt, in Tiefen, an die die

Gegenwart eines anderen Menschen kaum stärker rührte als ein Schatten. Wenn er die Nacht durchgeschlafen hatte, lebte er bei der morgendlichen Begrüßung manchmal deutlich auf. Dann *sah* man plötzlich, daß er einen sah, spürte förmlich, wie er auf einen zukam, obwohl sein Körper sich nie auch nur einen Fingerbreit von der Stelle rührte.

An solchen Tagen grub er oft ein Wort wie »Saft« aus, krächzte es hervor mit seiner neuen Rabenstimme. Viele solcher Wörter wurden allerdings nicht gesprochen, bevor seine Augen sich wieder verschleierten und sein Kopf auf das Kissen zurückfiel.

Am Jahrestag der Landung in der Normandie sahen Mutter und ich eine Gedenksendung im Fernsehen. Die ersten jungen GIs, die den Wall an der französischen Küste emporkletterten, wurden von deutschen Kugeln heruntergeholt wie Insekten. Daddy war als Infanterist dabeigewesen. Er war, das Gewehr aus der Brandung gereckt, von einem der anlaufenden Schiffe an den Strand gewatet. Das Filmmaterial überschnitt sich offenbar mit Bildern in seinem Kopf, denn der Anblick ließ ihn hochfahren wie ein starker Stromstoß. Er rief mit vollkommen klarer Stimme: »Das ist Omaha Beach!« Er deutete auf den Bildschirm und versuchte zappelnd, sich ganz aufzusetzen, aber sein eigener Körper hinderte ihn daran. Mutter mußte auf den Knopf drükken, um das Kopfteil schräg zu stellen. »Das ist die Normandie!« schrie Daddy. Wenig später begann er etwas zu deklamieren, das sich für mich zunächst wie Kauderwelsch anhörte und dann wie die alte lateinische Messe. Aber schließlich wurde mir klar, daß er Namen aufsagte, Nachnamen, dieselben, die in krakeligen Buchstaben in dem zerfledderten Adreßbuch standen, das er durch ganz Europa geschleppt hatte. Er sang sie mit Flüsterstimme vor sich hin, bis es wieder dunkel wurde in ihm.

Mutter klopfte an die Scheibe des Schwesternzimmers, um Daddys wunderbare Verwandlung bekanntzugeben. Aber die Nachtschwester pinselte unbeeindruckt weiter mit Klarlack an ihren Nägeln herum. Ganze Blöcke des Gehirns blieben nach einem Schlaganfall intakt, erklärte sie uns, besonders wenn sich ein starkes Gefühl an sie knüpfte, was bei der Landung der Alliierten bestimmt der Fall sei. Deshalb konnte Daddy auch nach wie vor fluchen wie ein Fuhrknecht. Wörter wie »Motherfucker« waren bei ihm in der Hirnregion abgespeichert, in der das grundlegendste Vokabular eines Mannes – das der Wut, der Trauer oder der nackten Angst entspringende – verankert liegt.

Am nächsten Morgen brachte ich einen Stoß alter *Life*-Hefte mit, die ich hinten im Garderobenschrank gefunden hatte. Und richtig, Daddy konnte sowohl einen B-17-Bomber als auch ein M-1 identifizieren. Auf der Karte konnte er zeigen, wo Polen war und wo Italien, und er legte einen zittrigen Finger auf das hagere Gesicht von General Montgomery, als ich fragte, wer ihm nach der Ardennenoffensive seine Medaille angesteckt hatte. Bei General Patton verzog er das Gesicht – »Peitscht Pferd. Scheißkerl. Böse.«

Aber als ich die Sprache von den glänzenden Seiten, die auf seinem Krankentablett ausgebreitet lagen, auf das Tablettzubehör zu bringen versuchte, war gleich wieder Schluß. »Wie sagst du dazu, Daddy?« Ich hielt eine Gabel hoch. Mit seiner gesunden Hand machte er eine Eßbewegung. »Ganz genau. Du ißt damit, aber wie heißt es?« Er schaute zur Seite, als wollte er sich von einem unsichtbaren, klar denkenden Mann in der Ecke bestätigen lassen, was für eine Idiotin ich sei. Aber eine Sekunde später schien die Maschinerie in seinem Kopf loszurappeln. Sein Blick wanderte nach oben, suchend und tastend. Mein eigener Schädel ballte sich derweil um das richtige Wort – *Gabel Gabel Gabel* – wie um eine Beschwörungsformel. Dann leuchteten seine Augen auf. Die gesunde Seite seines Mundes bog sich in einem halben Lächeln nach oben. »Speck!« rief er, so als sei ein Schalthebel umgelegt worden. Mit meiner besten Kindergärtnerinnenstimme sagte ich: »Gut gemacht, Daddy.«

Schon nach einer halben Stunde in diesem Krankenhaus war ich jedesmal völlig fertig. Nicht, daß ich sonst irgend etwas Nützliches getan hätte. Die Krebssaison war zu Ende. Die Eingeweide meiner Schreibmaschine starrten von Staub. Ich verbrachte ein paar verunglückte Abende in Cowboybars, mit Typen, die mir Lecia und David auf den Hals gehetzt hatten.

Nach einer dieser Schlappen lag ich mit einem bös schlingernden Tequila-Kopf wach und gelobte, mich einen ganzen Tag lang Daddy zu widmen, koste es, was es wolle.

Am nächsten Morgen versuchte ich ihn zu rasieren. Ich schäumte ihm mit dem alten Eberborstenpinsel von seinem Vater den Hals ein, der ledrig wie der eines Weihnachtstruthahns war. Aber meine Hand mit dem Plastikrasierer zitterte. Sie fühlte sich leicht und kraftlos an neben den Sehnensträngen unter seiner Haut. Mein erster Strich mit der Klinge schnitt ihn immerhin so tief, daß Blut kam; ein dicker Tropfen trat durch den weißen Schaum. Daddy verzog keine Miene. Sein Atem ging um kein Haar schneller. Trotzdem mußte Mutter den Rest übernehmen.

Hinterher hielt ich ihm meinen mondförmigen Schminkspiegel vors Gesicht. Er fuhr sich mit der gesunden Hand über sein glattes Kinn. »Prrr«, sagte er. Die rechte Mundhälfte winkelte sich in einem Halblächeln steil aufwärts, die linke hing kraftlos herunter – er sah aus wie eine dieser gespaltenen Masken, Komödie und Tragödie. »Prrr-ima.« Ich flüchtete aus dem Krankenhaus und kaufte mir einen Dreiviertelliter Malzbier in der Tüte. Den schüttete ich in dem gruftähnlichen Kino-Center im Rekordtempo in mich hinein und sah drei Nachmittagsvorstellungen am Stück. Ich stahl mich von Kino zu Kino, ohne je nachzuzahlen, legte es trotzig darauf an, daß der picklige junge Türsteher seine Taschenlampe auf mich richtete und mich nach meiner Eintrittskarte fragte.

Ein paar Tage später kam in der violetten Abenddämmerung Dr. Boudreaux die Stufen zur Veranda herauf. Er hielt seinen braunen Stetson feierlich in beiden Händen wie ein Freier eine Schachtel Pralinen. Sein kurzärmeliges blaues Hemd färbte sich unter den Achseln dunkel. Die Nachbarskinder unterbrachen ihre lärmenden Spiele und starrten mit offenen Mündern, während Dr. Boudreaux sich die Sohlen an der Fußmatte abstreifte und ins Haus trat. Einen richtigen, echten Doktor sah man nicht alle Tage. Sie standen noch an der Einfahrt, als er schon längst im Haus verschwunden war.

Plötzlich wußte ich, daß Daddy tot war, hörte es aus dem Zuggebrause in meinen Ohren, sah es an der Art, wie das Zimmer auf einmal zu schrumpfen schien, bis Mutter und der Arzt winzig klein waren.

Nein, sagte Dr. Boudreaux. Das sei es nicht. Manche Leute nannten den Tod in einem solchen Fall ja einen Segen. Er sei da anderer Ansicht. Aber wie auch immer, Daddy sei dem Tod kein Stück näher als vorhin beim Abendessen. Das war die gute Nachricht.

»Es ist das Geld, nicht wahr?« sagte Mutter. »Die Versicherung von der neuen Raffinerie kommt nicht für die Krankenhauskosten auf. Oder für die Pflege, wenn er entlassen wird.«

»Sie wissen ja, wenn es nach mir ginge«, sagte Dr. Boudreaux. Er stockte und räusperte etwas aus den Tiefen seiner Kehle hervor. Seine Hände waren klein und mädchenhaft. Er faltete sie im Schoß. Vielleicht könnten ja die Gewerkschaftsanwälte etwas ausrichten, schlug er vor.

Aber Mutter schien gar nicht mehr zuzuhören. Sie war zur Tür gegangen, um die gaffenden Kinder wegzuscheuchen. Die Herde spritzte auseinander wie eine Ladung Schrot. Mutter trat wieder ins Zimmer.

Dr. Boudreaux sagte, es sei nicht seine Entscheidung. Verdammt, er hatte genug Leute auf Kredit behandelt, wenn ein Streik sich in die Länge gezogen hatte.

Draußen bildeten die Kinder zwei Mannschaften für ein Spiel. Ihr nehmt Barbara, und wir kriegen Bob, sagte eine Stimme. Nee, das gilt nicht, wenn wir Barbara nehmen, dann kriegen wir Bob und Robbie auch, sagte die andere Stimme. Du hinterfotziger Betrügerarsch, sagte die erste Stimme. Dann war ein Klatschen zu hören, und zwei kleine Körper fielen unter dem Gejohle anderer Kinder ins Gras.

»Sie werden nie eine Rechnung von mir bekommen, Charlie«, versprach Dr. Boudreaux. Dann glitt der weiße Buick des Doktors rückwärts davon wie ein riesenhaftes Schiff.

Am nächsten Morgen rief das Krankenhaus an, um anzukündigen, daß Daddy in einem Krankenwagen nach Hause gebracht würde. Jemand von uns müsse kommen und die Rechnung begleichen. Daraufhin entlud sich Mutters Sarkasmus in den beigen Hörer. (Etymologie: *sarkázein*, Fleisch in Stücke reißen.) Der Scheiß-Krankenwagen könne Daddy splitterfasernackt auf den Aluminiumliegestuhl im Vorgarten kippen, teilte sie dem Apparat mit. Und was das Zahlen angehe, so wolle sie nur darauf hinweisen, daß der Schuldturm vor geraumer Zeit abgeschafft worden sei. Aus einem Stein lasse sich nun mal kein Blut pressen.

Ich habe sagen hören, daß man sich um einen Invaliden kümmern muß wie um einen Säugling. Gut, von der Sache her ist die Pflege sicher ähnlich, aber ein Baby belohnt dich jeden Tag mit einem Fortschritt – es bekommt einen neuen Zahn oder entdeckt, daß das Ding, das da so ziellos vor seinen Augen wackelt, in Wirklichkeit seine eigene Hand ist. Ein Invalide dagegen ist ein Loch, in das du dich hineinschüttest. Tag für Tag fixiert er dich mit einem Blick, der noch ausgelaugter und müder ist als deiner, noch gequälter. Wenn Leben Leiden ist (wie Buddha sagt), ein endloser Wettkampf, wem es am dreckigsten geht, dann gewinnt ihn der Invalide im Schlaf.

Vielleicht stumpfen Berufsschwestern ab gegen den Schmerz eines Kranken. Ich versuchte diesen unbeschnittenen Penis zu ignorieren, der geschwollen gegen Daddys Schenkel lagerte, mit einem wolkigen Schlauch verspundet und rot von der ständigen Reizung.

Als Mutter Daddy eines Tages umdrehte, um die Bettwäsche zu wechseln, hatten sich an seinen Fersen, da, wo sie zu lange am Leintuch gewetzt hatten, kleine rote Pünktchen gebildet. Ein paar Tage später waren aus den Pünktchen Wasserblasen geworden, die kurz darauf aufbrachen und zu nässen begannen. Nach einer Weile fraßen sich an diesen Stellen zentimetertiefe ovale Löcher in Daddys Fersen. Sogar die eigenen Knochen versuchten sich aus ihm herauszuarbeiten – erklärte uns die Schwester vom Pflegedienst. Sie brachte Mutter bei, die Wunden zweimal täglich mit wurmähnlichen Gazestreifen zu verbinden, die man in Antiseptikum eintauchte und mit dem hinteren Ende einer Pinzette so behutsam wie möglich in die Löcher drückte.

Nicht viel später lag er sich auch an anderen Stellen auf, an seinem knochigen Steißbein, an den flügelartigen Spitzen der Schulterblätter. Schon allein diese Wunden zu reinigen und zu verbinden und Daddy zu füttern und sich per Telefon und Post mit der Versicherung herumzuschlagen hielt Mutter ständig am Rotieren. Dazu machte er immerfort ins Bett, so daß jeden Tag Berge von Schmutzwäsche anfielen.

Aber was mir am meisten zusetzte, war seine Sprachlosigkeit. Wenn jemand mir klipp und klar hätte sagen können, daß Daddys Hirn nicht mehr Watt hatte als eine Aubergine, wäre es leichter gewesen. So trieb es mich immer wieder von neuem, in seiner Sprachlosigkeit nach Spuren des alten Ichs zu stochern.

»Das war Lecia, die grade angerufen hat«, sagte ich.

»Prrr-ima«, erwiderte Daddy.

»Sie macht sich furchtbare Sorgen wegen den Steuern, die sie dieses Jahr auf ihre Motels zahlen müssen.«

»'loooo«, sagte Daddy.

»Möchtest du ein bißchen Eis haben? Es ist Vanille.«

»Bäh-bäh-bäh.«

»Die ist nicht bäh, Daddy. Probier mal. Ich hol dir ein Schälchen.«

»Deimma«, sagte er.

»Yessir, Mama hat auch welche gegessen.«

Sehr lange dauerte es meistens nicht, bis ich unter irgendeinem Vorwand die Flucht ergriff. Ich wollte – mußte – ihn würdig behandeln, aber die Umstände machten die einzige mir geläufige Art, die Würde zu wahren, unmöglich. Vielleicht mangelte es mir an Phantasie, daß ich es nicht schaffte, neue Formen der Würde zu erfinden, Formen, die unabhängig waren von artikulierter Sprache und Körperbeherrschung. Wobei Daddy auch noch schmollen konnte wie ein Zweijähriger. Wenn Mutter ihn auf die Seite zu rollen versuchte, um das Bett frisch zu beziehen, klammerte er sich mit aller Kraft am Gitter fest und wehrte sich.

Oft saute er das Bett hinterher gleich wieder ein, aus Rache, hatte ich manchmal fast den Eindruck. Aber das kann eigentlich nicht sein. Vielleicht stimulierte die Luft an seinem Hintern ganz einfach seinen Darm. Jedenfalls mußte sie ihn oft zweimal hintereinander säubern, während er den gesunden Arm über den Brustkasten schlug, böse schaute und jede Mithilfe verweigerte.

Der Logopäde, der hin und wieder kam, war sich ebenso im unklaren über Daddys Begriffsvermögen. »Ich sag Ihnen, Charlie«, erklärte er Mutter eines Vormittags über einer Tasse koffeinfreien Kaffees, »Sie müssen sich mehr Gleichmut zulegen, meine Liebe.« Er hieß Harold, ein zurückhaltender dunkler Mann, der Unmengen von Milch in den Kaffee nahm und einen Ring zum Aufklappen trug, wie für ein Zauberpulver. Seinen Zyankaliring nannte er ihn.

»Gleichmut, daß ich nicht lache«, sagte Mutter. »Ich weiß einfach nicht, ob er überhaupt da drin ist oder nicht.«

Genausowenig wußte ich es, was mich auch zu einer so jämmerlich schlechten Krankenschwester machte. Das eine Mal, das ich ihn allein fütterte, brachte ich ihn beinahe um, und zwar langsam und ohne die zwiespältige Großartigkeit eines wahren Gnadenstoßes.

Ich hatte ihm von der Farm Royal einen großen Pappbecher Krabbengumbo mitgebracht. Daddy ernährte sich in dieser Phase von Milkshakes, in die Mutter ganze Eier schlug, und Schokoladenpudding aus kleinen Plastikbechern. Aber der Gumbo wirkte auf seinen Appetit wie ein Voodoozauber. Ich hob den Plastikdeckel hoch, und ein Kringel Knoblauchdampf kräuselte sich in die Luft. Die Soße war dick und braun wie Bayouwasser, unter der Oberfläche lugten ein paar feiste Krabben hervor, und am Rand schaukelten durchscheinende Lauchringe und Klümpchen von Reis. Ich stellte mir den Duft als einen dampfigen, geschlängelten Finger vor, der hochwuchs, um Daddys Nasenlöcher zu kitzeln. Sein Mund klappte auf – rosa und nackt wie der eines Vogeljungen, denn wir hatten ihm schon lange das Gebiß herausgenommen.

Fast eine Stunde lang schaufelte ich diesen Gumbo in ihn

hinein. Er mahlte auf jedem Bissen herum, bis ich ihm befahl, zu schlucken, was ihm Mühe machte; er mußte immer erst mit Wasser aus einem Knickstrohhalm spülen. Dann nickte er zum Zeichen, daß er Nachschub wollte. Ihn zum Essen gebracht zu haben kam mir wie ein moralischer Sieg vor – so wie es uns manchmal mit Stolz erfüllt, wenn ein fremder Hund schwanzwedelnd auf uns zuläuft oder wenn uns bei einer Party ein kleines Kind auf den Schoß klettert: Wir empfinden es als eine unschuldige und dadurch um so gültigere Bestätigung unseres guten Charakters.

Ich kratzte schon am Boden des Bechers herum, als mir auffiel, daß Daddys Unterkiefer auf einer Seite angeschwollen war wie bei einem Eichhörnchen. Er hatte die Krabben, die er nicht schlucken konnte, in der Backentasche gehortet und drückte die abgewendete Wange ins Kissen, damit ich es nicht merkte. Der zerklüftete graue Krabbenklumpen, den ich durch die halbgeöffneten Lippen erspähte, hatte schon fast Golfballgröße. Ich höhlte die Hand unter seinem Kinn und befahl ihm, den Klumpen auszuspucken. Er würde ersticken, wenn er mit dem Ding im Mund einschlief, und seine Lider standen ohnehin schon auf Halbmast.

Aber während ich noch vor ihm stand und »Spuck aus« sagte, sackte er vollkommen weg. Sein Mund klappte noch ein Endchen weiter auf. Die weichgekauten Krabben mußten nur ein, zwei Zentimeter zur Seite rutschen, um ihm die Luftröhre zu blockieren. Ich rüttelte ihn an der Schulter: nichts. »Daddy!« schrie ich; seine Augen blieben geschlossen, versiegelt, zu. Schließlich zielte ich mit dem Zeigefinger auf seinen offenen Mund. Vielleicht würde er ja weiterschlafen, wenn ich nur vorsichtig genug war. Ich stupste über seine Zunge hinweg, die sich warm und fremd anfühlte wie eine Schnecke.

Da biß er mich. Noch ehe sich seine Augen zu schmalen Schlitzen zusammenzogen, hatten seine glitschigen Kiefer schon zugeschnappt, so kräftig, daß der Finger feststeckte. Ich kam mir vor, als hätte ich einem Terrier seinen Hundekuchen stibitzt. So standen wir eine Zeitlang – mein Finger in seinem Mund, seine schwarzen Augen böse funkelnd, ohne einen Schimmer des Erkennens. Und als ich die stählerne Kinnlade mit meiner freien Hand aufzupressen versuchte wie bei einem Pferd, dem man eine Stange ins Maul zwingen will, krallte sich seine gesunde Hand so fest um meinen Oberarm, daß ich tags darauf den verfärbten Abdruck jedes einzelnen Fingers fand.

Die Krankenschwester wiederum fragte Daddy am nächsten Tag, was um Himmels willen er da im Mund habe. Aber er zuckte nur schlackerig die Achseln und starrte die Wand an, als wäre die Schwester nicht ganz richtig im Kopf. Sie schaufelte die zermanschten Krabben schließlich mit einem Spatel heraus.

Ich verbrachte nur noch einmal einen Abend allein mit Daddy, und für den mußte ich mich betrinken. Lecia und der Reisbaron hatten mich zum Sommerfest ihres Country-Clubs mitgenommen, wo ich mich mit diversen Ärzten und Versicherungsvertretern durch den Cotton-Eyed Joe stampfte und in den Pausen riesige Gläser eines üblen Rumpunsches in mich hineingoß. Ein Typ, den ich Gomez nannte, fuhr mich schließlich heim, in einem Cabrio so schwarz wie das Batmobil.

Daddys Augen leuchteten auf, als ich den Kopf durch die Tür steckte. »Hey, Pokey«, sagte er, die Worte klar wie Eis. »War's schön?«

Der Fernseher lief ohne Ton. Warum Mutter ihn überhaupt angelassen hatte, war mir schleierhaft, denn in diesem Sommer wiederholte der Lokalsender nach Mitternacht allenfalls alte Hunderennen. Die Mattscheibe schickte ein aquariumblaues Licht in den Raum.

Die Windhunde waren bleich und eidechsendünn. Ihre Wirbelsäulen fielen steil von hohen Hüftknochen ab; es wirkte, als trügen sie Pfennigabsätze an den Hinterpfoten. Gerade wurden sie in ihre Startverschläge getrieben. So etwas fände ich furchtbar deprimierend, sagte ich zu Daddy. Nicht nur, daß Scharen von Leuten den Ausgang des Rennens kannten, ehe wir auch nur die Klappen auffliegen sahen, sondern die Hunde selbst waren höchstwahrscheinlich schon seit ewigen Zeiten tot. Daddy machte eine säuerliche kleine Schnute, als wüßte er genau, was ich meinte. Mausetot seien diese Hunde, sagte ich, sie seien tot oder lägen furzend vor irgendeinem Gasfeuer. Er nickte, so als machte ihn schon der Gedanke daran müde.

Daddys Gesicht war geschrumpft. In allen Höhlungen seines Schädels – Schläfen, Kinnlade, Backenknochen – lagen schiefergraue Schatten. Vielleicht dämmerte ich ein. Vielleicht war ich so benebelt und angesäuselt, daß ich Halluzinationen hatte, jedenfalls schob sich über Daddys Gesicht in dieser Kissenkluft für den Bruchteil einer Sekunde ein Totenkopf. Dann nieste er, und ich sagte Gesundheit, und alles war wieder beim alten.

Ich schaltete den Fernseher aus. Das Bild schnurrte zu einem kleinen blauen Stern zusammen, der durch sumpfiges Dunkel ins Nichts gesaugt wurde.

Dann hockte ich mich auf den Boden und wühlte aus einem Schuhkarton eine Kassette, auf der mit rotem Filzstift »Pete Karr« stand. Ich brauchte auf der Stelle eine von seinen Geschichten. Ich mußte eine dieser Geschichten in meinem Kopf abspulen wie eine durchsichtige, starke Angelschnur, mich von ihr an einen Ort und in eine Zeit versenken lassen, die ich nur aus Daddys Erzählungen kannte.

Ich hielt die Kassette über die Aluminiumstange am Bettrand, dahin, wo ich Daddys Blick vermutete. »Kennst du das noch?« fragte ich.

»Jap«, sagte er. Er grinste mit dem halben Gesicht und nickte heftig.

»Hast du was dagegen, daß ich sie spiele?«

»Ach«, sagte er, was ich als »Mach« deutete, im Sinne von: »Mach nur, Liebes, spiel sie, wenn du das möchtest.« Ich legte die Kassette ein, drückte den rechteckigen Knopf, und das braune Band begann sich zu drehen.

Los ging der Ärger am neunzehnten Juli neunzehnhundertzwanzig. Und zwar in 'ner Spelunke mitten im Wald, die Bessie Mae's hieß. Da konnte man Grillzeug und Erdbeersprudel kaufen. Und selbstgebrannten Schnaps, wenn keine Regierungsfritzen in der Nähe waren ...

Eigentlich ging die ganze Sache natürlich schon viel eher los, wie nämlich der Zug Buck Neelan im Holzfällercamp abgesetzt hat. Buck, das war 'n echter Lebemann. Nix Arbeit. Gespielt hat er gern. Und mit den Mädels von andern Männern rumgemacht.

In dem Sommer, wo Buck aufgekreuzt ist, haben bei meinem Daddy ein Bursche namens Nan Crocket und sein Bruder Ugh gearbeitet. Buck schäkert also rum, und er verrennt sich in die Idee, daß Nan ihm eine von seinen Freundinnen auszuspannen versucht. Verdammt, Nan war verheiratet. Der hat niemand dazwischengefunkt, solang ich ihn gekannt hab. Ich glaub, in Wahrheit kam alles nur daher, daß Nan Buck beim Bouray geschlagen hatte. Das war damals grade das Kartenspiel Nummer eins.

Gut, Buck kriegt Nan also zu fassen und geht mit der blanken Rasierklinge auf ihn los. Schnitzt an Nan rum. Schnippelt ihn so richtig kurz und klein. Mein Daddy mußte ihn rüber nach Evadale zum Arzt fahren, damit der ihn flickt. Hat drei Wochen oder mehr gedauert, eh Nan wieder arbeiten konnte. So lang hat er gebraucht, bis er wieder auf dem Posten war.

Paps hat Nans Bruder, den Ugh, gefragt, was Nan denn nun machen will. Und Ugh sagt: »Keine Ahnung, was Nan machen will, aber ich weiß, was ich machen würde.«

Nan kommt also wieder zur Arbeit. Und so geht das ein Jahr oder länger ...

Dann, an 'nem Sonntagmorgen, steht plötzlich Nan vor der Tür. Paps hörte nicht gut. Die Leute mußten immer ans Tor kommen und nach Mama rufen. Sie hat jeden im Camp an der Stimme erkannt. »Ruth«, brüllt Nan. Die Hunde kläffen, als ob sie ihn gleich auffressen wollen.

»Komm ruhig rein, Nan. Die tun dir nichts«, sagt Mama. »Tom sitzt in der Küche.«

Mein Daddy saß am Küchentisch bei 'nem Glas Buttermilch mit aufgeweichtem Maisbrot drin, wie Nan reinkam. Nan sollte Montag früh nämlich bei Paps arbeiten. »Nicht, daß du auf mich wartest, und dann komm ich nicht ... Ich will nämlich heut abend zu Bessie Mae's raus.«

»Was willst du denn bei Bessie Mae's?«

Und Nan sagt, ihm ist zu Ohren gekommen, daß Buck Neelan wieder im Lande sein soll. Paps sagt: »Mach nur, Nan. Sag Ugh, er soll mir morgen vormittag helfen. Aber sieh zu, daß du morgen abend wieder hier bist.« Mein Daddy wußte genau, was da im Busch war ...

Am selben Abend spaziert Nan also bei Bessie Mae's rein. Entdeckt den alten Buck Neelan hinten im Eck. Buck hockt auf einem von diesen Klavierstühlen zum Drehen und drischt aufs Klavier ein. Hatte 'nen runden schwarzen Filzhut mit 'nem Satinband auf. Buck drischt also auf den Tasten rum, und zwei Frauen lehnen rechts und links vom Klavier und singen.

Gut, Nan spaziert rein, und das Gesinge bricht ab. Die starren ihn alle an. Bloß Buck, der schaut in die andre Richtung. Die Frauen hören mit dem Singen auf und weichen langsam zurück, bis sogar Buck merkt, daß da was nicht stimmt ... Er dreht sich mitsamt seinem Hocker um. Tja, und wie er fertig gedreht hat, guckt er direkt in die Mündung von Nans altem Fünfundvierziger. Peng! Peng! Ballert der ihm genau zwischen die Augen, wie wenn er's ausgemessen hätte. Pustet ihm ein Loch in den Kopf, da hätt 'ne Orange drin Platz gehabt. Pustet ihn glatt runter von dem Hocker.

Nan steckt den Revolver in den Gürtel und geht raus.

Dann kommt er wieder zu uns ans Haus und brüllt nach Mama. Man hört das Bett quietschen, wie sie Paps rüttelt. Er fragt sie, was zum Teufel los ist. Sie sagt, Nan Crocket steht wieder am Tor.

»Verdammt, Nan muß mir nichts erzählen. Ich weiß doch eh Bescheid. Er hat Buck Neelan umgelegt, was denn sonst.« Aber Paps steht trotzdem auf. Er tappt leise über die Bretter auf der Veranda, wo ich und A. D. schlafen. Wir hatten unsre Pritschen den ganzen Sommer da draußen. 'türlich hatten wir die Hunde schon winseln hören, da war Nan noch nicht mal am Tor. Der Mond war so groß und rund wie 'ne Pfanne. Also konnten wir sehn, wie Paps in der Unterhose rauskam.

»Tom«, sagt Nan, »ich hab gehört, Mr. Bishop ist hinter mir her.« Beaver Bishop war damals in Jasper County Sheriff.

»Mann, scheiß auf Mr. Bishop«, sagt Paps. »Warum kommst du nicht rein und haust dich aufs Sofa. Dann bist du eben hier gewesen, wenn Mr. Bishop kommt.« Nan sagt, auch keine schlechte Idee.

Am Montag vormittag ruft dann Beaver Bishop an und sagt, daß der Bezirksrichter in ungefähr einer Woche in unsre Gegend kommt. Und er will bloß wissen, ob Nan bis dahin zu türmen gedenkt. »Verdammt«, sagt Paps zu ihm, »Nan geht gar nirgends hin.«

Tja, nach 'ner Woche oder so hält dann auch 'n schwarzer Ford vor der Sägemühle. Am Steuer sitzt 'n Schrank von 'nem Mann. Pranken so groß wie Kuchenformen. Und rote Haare – so was hast du in deinem Leben bei keinem Menschen gesehen, Mann oder Frau. So eine Riesenmähne, und noch dazu Locken. Er hatte 'nen schwarzen Anzug an wie 'n Totengräber. Er fährt also in dem Ford direkt zu der Stelle, wo die frisch geschlagenen Stämme aufgeschichtet sind und noch harzen, daß man sein eigenes Wurstbrot nicht riecht, wenn man nicht gegen den Wind steht.

»Nan Crocket«, sagt er, »du weißt hoffentlich, daß du im Zuchthaus landen kannst, wenn du Leute umbringst?«

»Yessir«, sagt Nan. »Aber ich weiß auch, daß ich auf dem Friedhof landen kann, wenn Buck Neelan an mir rumschnetzelt.« Das war das letzte, was Nan gesagt hat, dem hat kein Mensch was am Zeug geflickt außer Buck.

Und das war's dann. Werd's nie vergessen. Kam immer mal wieder vor, daß jemand einen umgelegt hat. Da sind sie dann jedesmal zu meinem Daddy gerannt. Ich seh Paps noch vor mir. Immer diesen dämlichen Hut auf dem Kopf. Ich seh ihn …

Als ich aufwachte, spielte das braune Band nur noch Schweigen ab.

Ich war gerade in Houston, als Daddys alter Kommandeur seinen Besuch machte. Der Mann, den wir als Captain Pearse kannten, lebte jetzt als pensionierter Colonel im Westen. Die Gedenksendungen im Fernsehen hatten ihn auf die Idee gebracht, sich nach den Männern umzuhören, mit denen er gedient hatte. Kaum hatte er erfahren, daß Daddy krank war, buchte er einen Flug und ein Zimmer im Holiday Inn. Lecia war da, als er wenige Tage später in einem gemieteten Pinto vorfuhr. Pearse schien sein Leben lang fleißig Liegestützen geübt zu haben, meinte sie. Er trug eins von diesen gelben Polohemden mit Alligator über dem Herzen. Und er küßte Mutter allen Ernstes die Hand, als sie auf die Veranda kam, um ihn zu begrüßen.

Daddy salutierte mit zackiger rechter Hand. »Captain Pearse«, sagte er. Zum erstenmal seit Wochen sprach er wieder klar. Und Pearse sagte: »Stehen Sie bequem, Sergeant Karr.« Dann wischten sie sich beide die Nässe aus dem Gesicht und hielten einander im Arm wie zwei klapprige alte Geister.

Pearse saß bis in den Abend an Daddys Bett und blätterte alte Fotos durch. Auch jetzt kommentierte Daddy mit klarer, deutlicher Stimme. Aber die Anstrengung ermüdete ihn. Er dämmerte schließlich weg, als der Colonel gerade dabei war, den Aludeckel von einem Puddingbecher zu ziehen.

Über das Telefon bekam auch ich den dünnen Tenor des Colonels zu hören. »Ihr Vater hat nach der Ardennenoffensive ein Offizierspatent abgelehnt«, erzählte er mir. »Er hatte keine Lust, seinen Whiskey im Offiziersclub zu trinken. Wer einen höheren Rang hatte als den eines Sergeanten, war für ihn automatisch ein ›Pudel‹, wie er es nannte.« Nachdem ich aufgelegt hatte, trank Pearse bis in den frühen Morgen schwarzen Kaffee aus Mutters feinen Porzellantassen. Er erzählte ihr Kriegsgeschichten, die uns allen gänzlich neu waren.

Zum Beispiel war Daddy zweimal verwundet worden. Das erste Mal stach ihm ein deutscher Soldat sein Bajonett durch den Unterarm – eine Narbe, die ich tausendmal gesehen hatte, ohne je nach ihrer Herkunft zu fragen. Ein andermal flog eine Brücke, die sie vermint hatten, zu früh in die Luft und begrub Daddy so gründlich unter ihren Trümmern, daß Pearse ihn tot glaubte. Sie machten sich nicht einmal die Mühe, nach ihm zu buddeln. Aber ein paar Tage später kam Daddy in einem fremden Jeep angefahren. Er hatte einen dicken Verband um den Kopf und ein meterbreites Grinsen im Gesicht. Pearse war sogar der Meinung, daß diese alte Kopfwunde zu Daddys Schlaganfall geführt haben könnte. Falls es so war, dann würde die Armee unter Umständen einen Teil der Kosten übernehmen. Pearse hatte in zwei ähnlichen Fällen ausgesagt, und beide Familien erhielten nun Unterstützung.

Und so fand ich mich auf Mutters Dachboden wieder. Wir brauchten einen Nachweis, daß Daddy bei einem militärischen Einsatz am Kopf verwundet worden war. Ich hatte die Suche wochenlang vor mir hergeschoben, mich hinter der Hoffnung auf einen ordentlichen Regenguß verschanzt, der alles erst einmal ein bißchen abkühlte. In Wahrheit hatte ich einfach Angst.

Ein Dachboden in Osttexas ist ein Alptraum. Die Treibhausfeuchte dort oben potenziert sich mit den Jahren; Organismen aller Arten fangen zu wuchern an. Pappe besprenkelt sich mit grünen Schimmelmustern, die an die Chrysanthemen auf alten Tapeten erinnern. Auf einem osttexanischen Dachboden hört man die Kakerlaken durch alte Zeitungen rascheln, spürt regelrecht, wie ihre fadenförmigen Fühler sich einem flüsternd entgegenstrecken. Und man ist nie ganz sicher vor Schlangen.

Im Sommer zuvor hatten sich in Lecias Speicher welche eingenistet. Wir hatten eines Nachts polternde Laute an der Decke gehört. Etwas Schweres plumpste von den Dachbalken auf den Boden, ohne die nachfolgenden Trappelgeräusche, die ein Waschbär oder ein Nager gemacht hätte. Mit einer Taschenlampe bewaffnet, steckte Lecia den Kopf durch die Luke, damit sie ihrem Kammerjäger schon einmal Bericht erstatten konnte. In der flauschigen rosa Isolierwatte war keinerlei Kleintiergeknöddel zu erkennen, nur etwas, das aussah wie alte, von den Beinen gezogene und im Raum verstreute Seidenstrümpfe. Sie richtete den Lichtkegel direkt darauf und erkannte Schlangenhäute. Das Haus stand dicht bei einem Bayou, und Mokassinschlangen hatten dort oben ihre Eier gelegt.

Als ich nun die Klappleiter in Mutters Garage herunterzog, durchfuhren mich daher ein paar Spritzer kalter Furcht. Gewitterwolken hatten schon den ganzen Vormittag als schwerer, eisengrauer Wall über dem Haus gehangen. Als der Regen endlich einsetzte, war es, als bräche mit einem Geräusch wie zerreißende Seide der ganze Himmel auf. Dicke Tropfen klatschten auf die Palmwedel. Die Geißblatt- und Glyzinienranken am Holzzaun schauderten unter dem Gewicht. Von den Steinplatten im Hof stiegen dünne Dampfkringel auf. Ich war die Strecke vom Haus zur Garage gerannt, und trotzdem klebte mir das T-Shirt an der Brust.

Ich zog an der Lampenkordel, die von dem spitzen Dachgiebel baumelte. Als Daddy die Schnur am obersten Balken festgetakkert hatte, war ich neben ihm gestanden, in der Hand dieselbe Glühbirne, die jetzt noch von der Decke hing, nur daß sie inzwischen von Spinnweben umschleiert war. Seit diesem Tag war ich nicht mehr hier oben gewesen. Und sonst offenbar auch niemand, allenfalls hatte mal jemand eine Kiste hochgewuchtet. Die dumpfige Luft war zum Auswringen. Aber nichts flatterte, weder Fledermaus noch Taube noch Totenkopfschwärmer. Kein Leichnam setzte sich auf zwischen all den skeletthaften Lampen und rostigen Küchengeräten aus der Eisenhowerzeit. Ich atmete die Hitze ein, atmete sie wieder aus. Mein Herz rappelte wie wild.

Nach ein paar Minuten watete ich in das Dickicht von Kisten. Kleinkram der alltäglichsten Art kam zum Vorschein – Bücher, Schallplatten, Einmachtöpfe, wertlose Vasen. Ein gelber Spielzeug-Schreinerkasten war das einzige Relikt meiner Kindheit. Ich fand eine alte Sturmlampe, die noch schwach nach Kerosin roch, und eine Nähmaschine mit schmiedeeisernem Pedal. Ansonsten standen zahllose leere Samsonite-Koffer herum, Hutschachteln ohne Hut, Kleidersäcke ohne Kleider darin.

Der Anblick einer gebuckelten Truhe ganz hinten an der gegenüberliegenden Wand jagte mir schließlich einen Schauer über den Rücken. Aus ihrem Innern klang kein Summen, kein Lichtschein brach durch ihre Ritzen. Aber jemand hatte sie mit Bedacht in diesen Winkel geschoben und abgesperrt. Ich nestelte den Schraubenzieher in die Haspe und schlug mit meinem alten Spielzeughammer darauf. Das Schloß sprang mit einem Schnappen auf. Einen Moment kniete ich schwitzend davor. Eine alte

Illustration von Pandora kam mir in den Sinn – libellengroße Dämonen entstiegen ihrer Büchse und schlängelten sich die Buchseite empor, derweil Pandoras Händchen an ihre Wangen flogen und ihr herzförmig geschwungener Mund sich zum Standardoval viktorianischer Überraschung rundete.

Der Truhendeckel rumpelte gegen die Dachschräge, also klappte ich ihn wieder zu und packte die ledernen Seitengriffe. Ich überdehnte mir fast die Rücken- und Oberschenkelmuskeln, so schwer ließ sich die Truhe aus ihrem Schlupfloch zerren. Dann kauerte ich mich schnaufend im Schneidersitz unter die verstaubte Glühbirne.

Der zurückfallende Deckel setzte keine geflügelten Dämonen frei, nur einen Geruch nach feuchter Druckerschwärze, wie von einer Zeitung, die im taunassen Gras gelegen hat. Die eingelassene Schublade enthielt ein paar sepiabraune Fotos und mehrere mit Kordeln umwundene Briefbündel. Daneben lagen, aufgereiht wie die Soldaten, vier Schmuckschächtelchen. Zwei waren mit schwarzem Samt verkleidet, eins mit königsblauem Satin und eins mit gerippter Seide in einem tiefen Himbeerrot. Jedes einzelne öffnete sich klickend über einem Trauring.

Der Familienschmuck, dachte ich. Ich ging in die Hocke, um die ganze Schublade herauszuziehen und mit in die Küche zu nehmen. Mutter hatte Eistee zubereitet, als ich losgezogen war. Ich sah den bauchigen Steingutkrug vor mir, wie er kältebeperlt im dunklen Kühlschrank wartete, der braune Tee durchschaukelt von kleinen Zitronenpropellern.

Aber kaum stand ich, da erschrak ich derart, daß ich die Schublade fallen ließ. Sie klatschte auf meine nackten Füße, als hätte eine riesige Faust sie mir senkrecht aus der Hand geschlagen. Trauringe, Fotos und Briefpacken flogen durch die Gegend. Ich stolperte rückwärts gegen eine von Weihnachtsschmuck überquellende Kiste. Ihre Kante erwischte mich unterhalb der Knie, die einknickten. Meine Hände schossen nach unten, um den Sturz abzufangen, und versanken bis zu den Ellbogen in einem Wust von Lametta und bunten Lichterketten. Glaskugeln in dünnen Pappschachteln zerknirschten unter meinem Gewicht wie ausgeblasene Eier. Ein spitziger Plastikstern schlitzte mir einen Kratzer in die Innenseite meines Armes.

Aber all das bremste meinen panischen Rückzug kaum, denn was da am Boden der Truhe lag, war Grandma Moores Holzbein. Der Leichenbestatter hatte den dicken Strumpf darangelassen und ihn da, wo ihr Schenkel hätte sein sollen, zu einem albernen Dutt aufgebunden. An dem starren Fuß, der zehenlos war wie der Stummelfuß einer Puppe, steckte noch der schwarze Schuh. Vielleicht hätte mir eine zusammengerollte Klapperschlange mit wiegendem Kopf und scheppernder Rassel einen schlimmeren Schrecken eingejagt, aber ich bezweifle es.

Als Mutter in die Küche kam, einen Wäschekorb voller Bettzeug im Arm, stand ich im kühlen grünen Licht des Eisschranks. Der Waschmittelgeruch kündigte sie an, deshalb drehte ich mich von der offenen Kühlschranktür zu ihr hin. Ich schaufelte mir das Fleisch einer halben Wassermelone in den Mund, riß mit den bloßen Fingern ganze Händevoll heraus, ließ mir den klebrigen Saft übers Kinn triefen, schluckte die lacklederschwarzen Kerne gleich mit dem Fruchtfleisch, das so süß und kalt war, daß mir die plombierten Backenzähne weh taten. Wenn mein Anblick Mutter befremdete, sagte sie es jedenfalls nicht. Sie wollte bloß wissen, ob ich auf dem Boden etwas Brauchbares gefunden hätte.

Als ich jedoch die Phalanx von Trauringen erwähnte und fragte, wem sie gehörten, veränderte sich die Stimmung im Raum schlagartig. (Die einzige Metapher, die ich für diesen Umschwung finden kann, stammt aus der Musik: ein einzelner Ton, der plötzlich zu einem Akkord mit lauter schwarzen Tasten anschwillt.) Einen Blick, wie er jetzt in Mutters Augen trat, hatte ich bisher nur in den verengten Pupillen von Käfigtieren gesehen. »Sie sind von dir, stimmt's?« sagte ich endlich, eine Möglichkeit, an die ich vorher nicht im Traum gedacht hatte. Wieder dehnte sich Schweigen zwischen uns. »Komm mir jetzt bloß nicht mit diesen Ringen, Mary«, sagte sie tonlos. Sie setzte den Wäscheberg ab. »Das steh ich nicht durch.«

Sie flüchtete sich ins Bett. Ich stand in der Küche und hörte sie in der Keksdose rumoren, in der sie ihre Tabletten aufbewahrte. Was war es, wonach sie suchte? Irgendein mächtiger heidnischer Gott namens Valium oder Thorazin oder Halcion. Etwas anderes konnte ich mir nicht vorstellen.

Mutters Dämonen waren mir lange Jahre hindurch genauso unbegreiflich gewesen wie ihre Vergangenheit. Geborene Lügner machen sich so gut wie nie bewußt in Richtung Wahrheit auf, nicht einmal dann, wenn sie sich sicher sind, daß eine solche Pilgerfahrt sie befreien wird. Etliche Male war ich mit dem festen Entschluß nach Texas geflogen, die Tür zur Vergangenheit endlich aufzustoßen. Doch der Widerstand, auf den ich traf, war zwar unsichtbar, dafür aber um so erbitterter. Selbst als Daddy noch sprechen konnte, war aus ihm nichts herauszuholen. Er setzte immer nur seine Ich-bin-doch-eh-nur-ein-alter-Trottel-Miene auf. »Mensch, Herzchen, ich erinner mich echt an nichts.«

Lecia konnte die Bruchstücke, die ich zusammentrug, bestätigen. Doch auch ihr mangelte es an den wesentlichen Fakten, dem Warum und Wozu von Mutters Vergangenheit. Aber für sie waren Leute, die über ihre Kindheit jammerten, Waschlappen, nichtsnutzige Liberale, die den Versicherungen nur Gelder für zwecklose Therapien abluchsen wollten. »Scheiß auf das Unbewußte«, sagte sie. »Vergiß die Sache einfach.« Und sie scheuerte weiter an ihrem Porzellanwaschbecken herum. (Obwohl sie den ganzen Tag wie ein Pferd arbeitete und eine Putzfrau hatte, die im Haus wohnte und von früh bis spät saubermachte, war sie jeden Abend stundenlang mit Gummihandschuhen zugange. Ihr Haus blitzte vor Sterilität wie sonst nur Operationssäle.)

Dennoch drängte das so lange Verborgene unaufhaltsam ans Licht. Ob es nun Schicksal war oder Gnade oder purer Zufall, ich war durch eine Falltür in den dunklen Schacht gestürzt, an dessen Ende das Tor zur Wahrheit aufspringen sollte.

Nachdem ich die Trauringe gefunden hatte, zeigte sich Mutter zunächst eisern entschlossen, sie totzuschweigen. Und ihre Vergangenheit auch. »Ich kann mich nicht um deinen Vater kümmern, wenn du immer auf diesem Zeug herumreitest«, sagte sie.

Sie preßte sich beide Hände an die Schläfen, als würde ihr Schädel zerspringen, wenn sie ihn nicht fest umspannt hielt. »Mir sitzt hinter jedem Auge ein Kopfschmerz so groß wie eine Kennedy-Gedenkmünze.«

Ich führte Ferngespräche mit einem ehemaligen Psychotherapeuten, der mir auftrug, alle meine Fragen an Mutter auf einem Spiralblock zu notieren. Ich las sie ihm der Reihe nach vor: *Wem gehören die Trauringe? Wer waren die beiden Kinder, von denen Grandma Moore mir Fotos gezeigt hat? Warum bist du nach ihrem Tod durchgedreht? Was hast du in dieser Nacht mit dem Messer gemacht? Warum hast du Dr. Boudreaux gesagt, du hättest uns umgebracht? Was haben sie in der Klinik mit dir gemacht?*

Er erklärte, daß keine dieser Fragen grausam sei. Aber in unserer Sprache waren es grausame Fragen. Mehr als das: Sie konnten tödlich wirken. An dem Abend, als ich meinen ersten Vorstoß mit dem Spiralblock in der Hand unternahm, sperrte Mutter sich für Stunden im Bad ein, während ich wie eine Löwin den düsteren Gang auf und ab pirschte und mich sorgte, daß sie sich dort drinnen eine Gilette-Tandem-Klinge an die Pulsadern halten könnte. »Ruf die Polizei, wenn so etwas noch mal vorkommt«, sagte am nächsten Tag der Therapeut. Aber ich schaffte es erst, Ernst zu machen, als er mir ein Ultimatum stellte. Er weigerte sich, mit mir zu sprechen. Drei Tage hintereinander legte er einfach auf. Wenn ich kein Risiko einginge, sagte er, dann könne er mir auch nicht helfen.

»Du läßt nicht locker mit diesen Ringen, was?« fragte Mutter schließlich. »No, Ma'am«, sagte ich.

Wir gingen uns besaufen. Stoisch notierte unser mexikanischer Lieblingskellner unsere Bestellung – zwei Karaffen Margaritas – auf seinem grünen Block. Sein Sohn, der Pikkolo, brachte uns dazu einen Korb dampfender Chips und ein Steingutschälchen voll Rachenputzer-Salsa.

Die Eheringe gehörten Mutter, wem auch sonst. Das gab sie gleich zu Anfang zu. Sie hatte mit fünfzehn das erste Mal geheiratet. Nein, nicht weil sie schwanger war. Grandma Moore hatte sie einfach aus dem Haus haben wollen. Das erste Baby kam nach ein paar Jahren, ein Junge. Nennen wir ihn der Einfachheit halber Tex.

Nach Tex' Geburt sehnte sich meine jugendliche Mutter mit wachsender Verzweiflung fort von Lubbock und vor allem von dem Zepter ihrer überkritischen Schwiegermutter, einer besenschwingenden deutschen Hausfrau mit einem Blick so erbarmungslos wie die Sonne. Deshalb sorgte sie, als ihr Mann seinen Abschluß gemacht hatte – sagen wir in Betriebswirtschaft –, dafür, daß er eine Stelle in New York annahm. 1942 ließ die Familie Lubbock hinter sich, eine Staubschleppe im Kielwasser ihres Ford und den brabbelnden Stammhalter in einem Weidenkorb auf dem Rücksitz.

Die glitzernde, stahlgegürtete Metropole faszinierte meine junge Mutter vom ersten Moment an. Tex' dunkelblauer Sportwagen wurde U-Bahn-Treppen hinuntergewuchtet und durch die breiten Gänge diverser Museen geschoben. Mutter wollte den menschlichen Körper malen, ein Wunsch, der ihren Mann befremdete. Was hatte sie davon, dazusitzen und irgendwelche nackten Leute anzustarren? Der Haussegen hing zunehmend schief. Diese Entwicklung wurde durch die Ankunft einer kleinen Tochter aufgehalten, blond und grünäugig wie Mutter. Nennen wir sie Belinda.

Nach Belindas Geburt flog die böse Schwiegermutter auf ledrigen Schwingen gen Norden und brachte den Haushalt unter ihre Kontrolle. Im Gegenzug beging die junge Ehefrau eine Schamlosigkeit sondergleichen: Sie nahm eine Ganztagsstelle als technische Zeichnerin bei den Bell Laboratories an. Es war nach dem Bombenangriff auf Pearl Harbour. Der Mann war für die Rüstungsindustrie tätig, und plötzlich galt der Beruf der Frau als kriegswichtig. Die Schwiegermutter grollte, wollte aber nicht als unpatriotisch dastehen. Sie kümmerte sich murrend um die Kinder, während Mutter arbeiten ging.

Und als Mutter eines Abends von dieser Arbeit heimkam, war das ganze Haus verlassen, die Familie verschwunden.

Es war Winter. Ein trockener, dicht fallender Schnee hatte

Mutters Haar und die Schultern ihres rußschwarzen Mantels auf dem kurzen Weg vom Zug mit einem Flockenmuster verziert, das ich mir wie einen Spitzenschal vorstelle, wie das weiße Schleiertuch eines kleinen Mädchens bei der Erstkommunion.

Mutter trat über die Schwelle in ein leeres Haus. Die Heizkörper waren kalt. Sie folgte den blassen Wolken ihres Atems von einem kahlen Zimmer zum nächsten, knipste erfolglos an Lichtschaltern herum. Sogar das Telefon war tot.

Die Nachbarn hatten den Umzugswagen davonrollen sehen. Er war den ganzen Vormittag lang unter der Aufsicht der alten Frau beladen worden. Der Ehemann war nach dem Mittagessen mit dem Auto gekommen, um sie und die Kinder abzuholen, Klein-Tex stehend auf dem Rücksitz, das Baby im Arm der alten Dame.

Inzwischen weinte ich längst, Mutter auch. Unser Kellner hatte hinter dem Empfangstresen Stellung bezogen, reglos wie eine Galionsfigur. Er starrte höflich weg von uns, hinaus in die zugige, kathedralengleiche Weite der Einkaufspassage. Unsere Speisekarten klemmten ungelesen unter seinem Arm. An einem Seitentisch füllte der Pikkolo mit einem kleinen Plastiktrichter und großer Andacht die Salzfäßchen auf. Das Salz rieselte geschmeidig wie eine Flüssigkeit aus dem gewaltigen Sack, und Mutter tupfte an ihren Augen herum. Sie wischte sich mit einer glattgefalteten Papierserviette unter dem Lidrand entlang, um die verschmierte Mascara wegzureiben.

Die Nachbarn ließen Mutter auf ihrem Ausziehsofa schlafen. Sie gaben ihr auch zu essen und gingen mit ihr in eine nahe gelegene Kneipe. Mutter war noch nicht einmal volljährig. »An dem Abend hab ich mich das erste Mal betrunken. Sicher, ich hatte schon manchmal ein bißchen was getrunken, aber die haben mich so richtig abgefüllt.«

Am nächsten Tag fand sie die Schreibtischschubladen im Büro ihres Mannes leergeräumt. Ein paar stumpfe Bleistifte rollten zwischen Büroklammern herum. Der Chef trug eine Uhrkette um seine beleibte Mitte. Er verweigerte ihr jegliche Auskunft über den Verbleib ihres Ehemanns; sein Aufenthaltsort sei streng geheim, erklärte er, eine Frage der inneren Sicherheit.

Dennoch blieb sie starr und tränenlos. Ihre Kinder konnten unmöglich weit weg sein. Doch der Krieg vereitelte jede Suche nach ihnen. Nachts tauchte die Verdunkelung die gesamte östliche Küstenlinie in Schwärze. Busse und Züge waren für die GIs reserviert, so daß an Reisen nicht zu denken war. »Benzinmarken gab es fast keine, und selbst wenn man welche auftreiben konnte, bekam man kein Benzin dafür.«

Zu allem Überfluß waren ihre Eltern von Lubbock auf eine Farm in Morton gezogen. Sie hatten kein Telefon. Briefe mäanderten langsam hin und her. Als Grandpa Moore drohte, den jungen Ehemann zu erschießen, geschah das per Postkarte. Und die Familie des Mannes war ebenfalls aus Lubbock verschwunden, ohne eine Nachsendeadresse, ohne Bankverbindung, ohne jede Spur.

Wie in einem dieser Vierziger-Jahre-Filme, wo die Blätter eines Abreißkalenders im Zeitraffer wegwirbeln, vergingen mehrere Monate. Mutter kämpfte sich stumpf von einem Tag zum anderen. »Ich redete mir ein, die Kinder würden nächste Woche vor der Tür stehen oder meine Eltern würden sie ausfindig machen, sobald sie einen Detektiv engagieren konnten. Jeder, der zu irgend etwas zu gebrauchen war, war im Krieg.« Sie mietete eine Einzimmerwohnung in Manhattan und schrieb sich an der Art Students League für Abendkurse ein, nach denen sie sich regelmäßig bewußtlos trank. Tagsüber arbeitete sie verkatert bei Bell.

Sechs Monate nachdem die Kinder verschwunden waren, fiel Mutters Vater plötzlich tot um. »Gehirnblutung« stand auf dem Totenschein.

Der Anruf ging bei den Bell-Laboratories ein, als Mutter zufällig gerade am Schaltbrett saß, in Vertretung für eine Freundin, die auf der Toilette war. Es war ihr ein bißchen peinlich, einen Anruf für sich selbst entgegenzunehmen. Und dann kroch die sehr trockene Stimme ihrer Tante Audrey durch die Kopfhörer direkt in ihr Ohr. »Dein Daddy ist gestern nacht gestorben«, sagte die Stimme, worauf Mutter alle Schnüre, die sie zu fassen bekam, aus dem Schaltbrett riß, mit beiden Händen Drähte packte und blindlings zog, so daß alle Gespräche, die über dieses Schaltbrett liefen, vom eintönigen Summen des Freizeichens unterbrochen wurden.

Mutter bekam vom Verteidigungsministerium einen Passierschein ausgestellt, damit sie per Bahn nach Texas zur Beerdigung fahren konnte. Aber die Soldaten luden sie in Chicago ab, wo sie tagelang festsaß. Nachdem sie in Amarillo ein zweites Mal gestrandet war, ließ sie sich von einem Fernfahrer mitnehmen, der sie schließlich vor dem weißen Lattenzaun ihrer Tante absetzte.

Grandma Moore war in eine Art von Wahnsinn abgedriftet. Sie hatte sich in der Vorratskammer bei den eingeweckten Pfirsichen und staubigen Marmeladengläsern eingesperrt. Als Mutter den Kopf durch den Türspalt steckte, sah Grandma von der Spitzendecke auf, an der sie arbeitete, nicht den leisesten Schimmer von Überraschung im zartknochigen Gesicht. »Alle sagen, dein Vater wäre tot, Charlie Marie.« Damit beugte sie sich wieder über ihr Blumenmuster und schürzte die Lippen. »Aber er ist nicht tot. Er ist nur ganz, ganz kalt.« Mutter erinnerte sich noch an das trockene Geräusch, mit dem die Seide durch die Fadenschlingen glitt, so daß der Knoten eine Fliederdolde an einem Spitzenzweig vollendete.

Die blonden Tanten im Wohnzimmer waren ganz verdutzt über Grandma Moores Zustand. Sie lechzten nach Katastrophen. »Der Kummer anderer Leute war für sie das Höchste«, sagte Mutter. Nach dem Abendessen versteckten sie sich vor ihren Männern im Wintergarten und rauchten heimlich.

Als Mutter Gläser mit frisch gemachter Limonade zu ihnen hinausbrachte, durfte sie gleich ein paar Familienweisheiten über das Verschwinden ihrer Kinder aufschnappen. »Charlie Marie muß etwas Furchtbares angestellt haben, daß dieser Mann weggelaufen ist«, sagte eine. »Und auch noch die Kleinchen mitgenommen hat«, fügte eine andere hinzu. »Wo Rauch ist, da ist auch Feuer«, steuerte die dritte bei.

Die Kinder wurden rein zufällig gefunden, als Mutter längst

nach New York zurückgekehrt war und Grandma Moore zu ihrer Version von Normalität.

Meine Großmutter saß auf dem schmiedeeisernen Stuhl, den sie in einem Drugstore in Lubbock gekauft hatte, und trank die Reste eines Milkshakes, als ihr Versicherungsvertreter vorbeischaute. Er wollte wissen, was mit Mutters Lebensversicherung sei, die schon seit einer Weile nicht mehr bezahlt wurde. »Ihr Mann überweist uns die Beiträge für seine Police. Aber die von Charlie zahlt er nicht«, sagte er. »Wollen Sie sie verfallen lassen, oder was?«

Binnen fünf Minuten verfügte Grandma über die Adresse des jungen Ehemanns. Binnen zwei Tagen war meine Mutter von New York nach der kleinen Stadt im Westen geflogen – sagen wir Reno, Nevada –, in der er wohnte.

Ein Constable holte sie ab. Er fuhr sie zu dem Haus, in dem ihre Kinder versteckt waren. Der junge Ehemann hatte sich neu verheiratet, stellte sich heraus; die Mutter seiner Kinder, so erzählte er, sei vor Jahren weggelaufen, und niemand wisse wohin. Vielleicht sei sie sogar tot. »Verdammt, ich hatte keine Ahnung, daß ich geschieden bin, geschweige denn tot«, sagte Mutter, worauf der Constable eine Braue hochzog. Sie hatte ihm bereits mitgeteilt, daß sich in der schwarzen Krokotasche auf ihrem Schoß ein von einem New Yorker Richter ausgestellter Gerichtsbeschluß verbarg, der ihr das volle Sorgerecht für die beiden Kinder zusprach.

Das Anwesen war eine weitläufige Ranch. Ein gepflasterter Gartenweg schlängelte sich bis vor eine breite Tür mit Messingklopfer. Der junge Ehemann hatte es zu etwas gebracht. Die Tür wurde von der bösen Schwiegermutter geöffnet. Der Constable lief rot an und erläuterte ihr stotternd den Zweck seines Besuchs. Unwillig trat sie ein paar Schritte zurück und ließ sie ein.

Ein kleiner Junge lugte ängstlich hinter ihrer Schürze hervor, und auf dem makellos sauberen Orientläufer spielte ein blondes kleines Mädchen mit Bauklötzen.

Mutter bückte sich und streckte die Arme nach dem Mädchen aus, das aufsprang, schreiend hinter das lange Sofa floh und sich dort niederduckte. Nur der blonde Scheitel wippte schimmernd über der Lehne.

»Da hab ich zum erstenmal nachgedacht«, sagte Mutter. Auf dem Tischchen zwischen uns standen Unmengen von langstengeligen Margaritagläsern mit verkrusteten Salzrändern, die da durchbrochen waren, wo ihr Mund genippt hatte oder meiner. Lippenstiftspuren hinterließen wir schon lange nicht mehr. »Ich hatte mir einfach die Papiere besorgt und mich ins Flugzeug gesetzt, als ich wußte, daß sie gefunden worden waren. Ich hatte nicht nachgedacht. Ich wohnte in einem Einzimmerapartment in der Jones Street.« Tränen glitschten über ihr Gesicht, aber ihre Stimme blieb ruhig, als flössen die Tränen aus den grauen Augen einer anderen, einer Person, die Mutter nur flüchtig kannte.

Die Schwiegermutter war ein Schlachtschiff von einer Frau. Sie marschierte hinter das Sofa, gefolgt von dem trippelnden kleinen Jungen, der sich immer noch in ihre ausladenden Röcke drückte. Die alte Frau hob das schluchzende Mädchen hoch, und es beruhigte sich schnüffelnd.

Mutter sank auf einen Stuhl mit Holzlehne. Sie beugte sich über ihre Handtasche, auf der zusammengefaltet der Gerichtsbeschluß lag, und weinte. Der Constable stand vor den bodenlangen Seidenvorhängen wie ein Soldat in Habachtstellung. »Ich begriff, daß sie es dort besser hatten«, sagte Mutter. »Bei ihrem Vater, meine ich, und bei dieser Frau von ihm. Ich hatte nicht mal Betten für sie. Ich hatte niemanden, der auf sie aufgepaßt hätte, während ich arbeiten war. Ich hatte nicht *nachgedacht*, ich hatte über diese ganzen Sachen einfach nicht *nachgedacht*.« Mutter sagte das Wort *nachgedacht*, als wollte sie etwas niedertrampeln damit, oder aber als träfe sein Gewicht sie wie ein Hieb.

Dann tat Mutter, was in dem Moment das Richtige zu sein schien; obwohl ihr, wenn sie wirklich *nachgedacht* hätte, vielleicht Zweifel gekommen wären, wie richtig das Richtige auf lange Sicht war, denn fest steht, daß es sie in den Wahnsinn trieb. Sie saß auf diesem sprossenlehnigen Stuhl und zerriß die Papiere, die ihr das alleinige Sorgerecht für die minderjährigen Kinder

Tex und Belinda bestätigten. Sie zerriß sie unter dem selbstzufriedenen Lächeln und dem Raubtierblick der nicht wankenden und nicht weichenden Schwiegermutter. Dem Constable war seine Erleichterung anzumerken. Aber die Kinder zappelten immer noch scheu herum, einer der Gründe, warum Mutter sie zum Abschied nicht einmal umarmte, denn sie hätten sich ihr aus den Armen gewunden. »Und das hätte ich nicht ausgehalten«, sagte sie.

»Was hast du dann gemacht?« fragte ich.

»Dann bin ich wieder nach New York geflogen und habe angefangen, mich nach einem Ehemann umzusehen, der mir helfen würde, meine Kinder zurückzubekommen.«

Der Saal um uns war ganz und gar versunken. Wir hingen im Nichts, umspannt von dieser zeitlosen Blase aus miesem Neon. »Aber wenn ich dann verheiratet war, verlor der Kerl...« Mit einem Handwedeln faßte sie ihre diversen Ehemänner zusammen. »...sofort das Interesse, mir zu meinen Kindern zu verhelfen. Und irgendwann hatte ich die Nase voll von ihm und rannte weg. Dein Vater hätte sie wohl genommen. Dein Vater war der einzige, der...«

Nachdem Mutter und Daddy geheiratet hatten, schrieb sie sogar an die Familie, aber da waren die Kinder schon zu groß. »Sie wollten nicht«, sagte Mutter. Die Stiefmutter schickte einen dahingehenden Brief. »Und dann war es, als würde mich ein großes schwarzes Loch verschlucken. Oder als wäre das Loch in mir und hätte mich diese ganzen Jahre verschlungen, ohne daß ich es auch nur gemerkt hatte. Ich stürzte einfach hinein. Wie heißt das in der Physik? Implodieren. Ich bin implodiert.«

Das also waren die Dämonen meiner Mutter: zwei kleine Kinder, ihre Sehnsucht nach ihnen und die Scham, sie verloren zu haben.

Und die Nacht, als sie mit dem Messer in der Kinderzimmertür stand? Da hatte sie sich auf den tiefsten Grund ihrer Verzweiflung getrunken. »Ich hatte so viel Zeit mit diesen ganzen Ehen vergeudet. Und die Kinder waren immer noch nicht da. Du und Lecia, ihr konntet daran auch nichts ändern. Es ging mir genauso dreckig wie damals mit fünfzehn.« Uns zu töten war ihr schließlich als das einzig Barmherzige erschienen. Ja, sie hatte sich sogar eingebildet, uns wirklich erstochen zu haben. »Ich sah alles voller Blut, euch und alles. Die ganzen Wände waren vollgespritzt.«

Und auf die Frage, warum sie uns von all dem nie etwas erzählt hatte – von den Ehen und den verlorenen Kindern –, antwortete sie mit einem Satz, dessen genauen Wortlaut ich nie vergessen werde, weil es einer der traurigsten Sätze ist, den man sich aus dem Mund einer Sechzigjährigen vorstellen kann: »Ich dachte, dann würdet ihr mich nicht mehr mögen.«

Am nächsten Tag heuerte Lecia einen Detektiv an, der die verlorenen Kinder finden sollte; inzwischen waren sie natürlich keine Kinder mehr, sondern weit über vierzig. Und sie waren höchst erpicht darauf, gefunden zu werden. Wenige Wochen nach dem ersten Telefonat standen sie vor Mutters Tür, strahlend und rosig und platzend vor Neugier.

Aber das ist ihre Geschichte, nicht meine, und ich maße mir nicht an, sie zu erzählen; das einzige, was ich dazu sagen möchte, ist, daß mit diesem Wiederfinden eine Zeit anbrach, in der unser Haus sich mit einem ganz und gar ungewohnten Licht füllte.

An jenem Abend in dem mexikanischen Lokal ließen Mutter und ich uns einen solchen Ausgang nicht träumen. Wir rappelten uns torkelnd auf. Unser Tisch war übersät von Karaffen, durchweichten, zerfledderten Papierservietten, einem Wald hochstieliger Gläser. Im qualmenden Aschenbecher lagen Limonenschalen. Ich schaute auf all das hinab, schwankend, wie aus großer Höhe. Salz aus den vielen Tortilla-Körben sprenkelte das karierte Tischtuch. Den ganzen Nachmittag hatte ich die Kristalle mit meinem Buttermesser zu weißen Linien zusammengeschoben, sie in geometrischen Formen angeordnet wie Schriftzeichen an einer Höhlenwand. Die Muster befriedigten mich zutiefst, so als würden wir ein unentzifferbares Testament zurücklassen. Ich mochte gar nicht daran denken, daß der Pikkolo sie wegwischen würde.

Wir durchquerten das Restaurant mit grimmigen Gesichtern. Wir lehnten uns aneinander wie Besoffene aus einem Comic.

Unsere hohen Absätze trugen uns kaum. Wir rumpelten gegen Tischkanten und schwappten Gläser über und entschuldigten uns und korrigierten unseren Kurs und vertieften uns wieder in unser verbissenes Vorwärtstaumeln. Bunte Piñata-Dekorationen, die ich vorher gar nicht wahrgenommen hatte, baumelten an Schnüren vor meinem Blick – Stier und Segelschiff, Kruzifix, fünfgezackter Stern.

In der Abendluft draußen zwängte mir die tiefhängende Sonne die Lider zusammen. Es war heiß. Wir breiteten Zeitungen über die Autositze, bevor wir uns hineinlavierten, das Chrom hätte uns sonst verbrannt. Ich nahm ein blaues Kleenex in die Finger, bevor ich den Zündschlüssel berührte. Als ich ihn schließlich gedreht hatte, fuhr heißer Wind aus dem Gebläse. Ich legte den Rückwärtsgang ein. Der Himmel über uns färbte sich von schwülem Gelb zu Violett. Wie eine aufgeschnittene Pflaume, sagte Mutter.

Ich dachte an Daddy, als ich auf die Schnellstraße fuhr, Daddy, der in diesem Metallbett lag wie eine Hieroglyphe seiner selbst. Seit Dr. Boudreaux mir gesagt hatte, daß ich mich auf seinen Tod gefaßt machen sollte, sah ich beim Heimkomnmen immer schon den Krankenwagen in der Einfahrt stehen, sah auf der Bahre im Wageninnern den Leichnam mit einem weißen Tuch über dem Gesicht. Aber fünf Jahre vergingen, bis Daddy starb, gelähmt und so leicht, daß ich ihn ohne Hilfe in seinen Rollstuhl heben konnte (eine Prozedur, bei der er kicherte und gurrte wie ein Baby). Er war seltsam glücklich zum Ende hin. Sein ein und alles war der weiße Kater Bumper, der vom Tierarzt heimgekommen war, wundersam zusammengedrahtet und stumm wie eh und je, und der sich auf Daddys eingefallener Brust breitmachte.

Aber auf der Heimfahrt an diesem Tag wußte ich nur, daß wir zu spät kamen, um die Krankenschwester rechtzeitig abzulösen. Durch das Schmatzen der Reifen auf dem geschmolzenen Teer zischte die äscherne Stimme meiner Angst: *Daddy ist tot, Daddy ist tot.*

Mutter weinte leise neben mir. Sie setzte sich die Sonnenbrille auf. Die weißen Ölcontainer, die über die dunklen Gläser zogen, hatten für mich immer noch etwas Urzeitliches. Als Kind hatte ich sie für Dinosaurier-Eier gehalten und mich gesorgt, was wohl aus ihnen schlüpfen würde. Sie warfen bucklige Schatten über die Fabrikhöfe. Wir ließen sie hinter uns. Die Rauten der Sturmnetze am Straßenrand wurden von Stacheldraht abgelöst, der von Pfosten zu Pfosten wippte; dahinter breiteten sich Reisfelder aus, satte, grüne, in alle Himmelsrichtungen geneigte Stengel, die beinahe erntereif waren.

Dann verschwanden die Zäune ganz, und die unterteilten Felder wichen einem dunstigen, von Ackerwinden überwucherten Flußufer. Die Dunkelheit senkte sich tiefer. Den Straßenrand entlang wuchsen Lupinen, eine ganze Wiese voll. Hier und da waren zwischen den Blüten kleine Dolden von Glühwürmchen auszumachen. Seltsam, dachte ich, daß diese Tiere die Raffineriegifte überleben. Sie blinkten hinter Mutters müdem Profil wie Kerzen auf kleinen Geburtstagstorten, die angezündet und ausgeblasen wurden.

An jenem Abend kam mir das weder besonders schön noch bemerkenswert vor, das tut es erst jetzt. Der Sonnenuntergang, in den wir hineinfuhren, sprühte und strahlte – wir nicht.

Dabei hätten wir allen Grund zum Strahlen gehabt, denn was Mutter mir erzählte, sprach uns beide frei. All die Verbrechen, deren wir uns schuldig geglaubt hatten, waren Phantasiegebilde, die einzig der Angst entsprangen. Wir erwarteten nie Glück im Unglück. Nur die dunkle Seite einer jeden Geschichte prägte sich uns ein. Ich hatte bis dahin nicht gewußt, daß Verzweiflung lügen kann. Ich sah damals nur das dichter werdende Dunkel, dem der Wagen entgegenzuschießen schien wie eine kalte stählerne Raumkapsel.

Erst heute, im Rückblick, meine ich, daß diese spät gewonnene Einsicht uns hätte erleuchten müssen wie die vielgerühmte Gottesgnade. Ich denke an den kühlen Tunnel weißen Lichts, den der Geist nach dem Tod durchfliegt – wenn man den Menschen glauben will, die nach Autounfällen, Herzversagen oder Ertrinken ins Leben zurückgeholt worden sind, sei es durch die

Wunder der Technik, sei es durch einen knienden Samariter, der seinen Atem in die stockenden Lungen pumpt, bis sie sich keuchend wieder öffnen. Vielleicht gründen sich solche Berichte nur auf den neurologischen Feuerzauber des Todes, die letzten Lichterspiele des Gehirns. Wenn ja, dann ist das eine Lüge, mit der ich leben kann.

Doch, diese Vorstellung befriedigt mich: aus dem engen Kokon des Körpers zu gleiten, hinein in einen lichterfüllten Schoß, in dem wir schwerelos dahintreiben, bis die fernen Gestalten klarer und vertrauter werden und alle unsere Lieben vor uns schweben, die Arme im Licht weit ausgebreitet.

Danksagung

Die erste, die mich ermutigt hat, das Exposé für dieses Buch zu schreiben, war Amanda Urban, meine Agentin bei ICM. Nan Graham hat die Rechte für Viking eingekauft; sie als Lektorin und Freundin zu haben, war unschätzbar wichtig für mich. Das gleiche gilt für Courtney Hodell, ebenfalls bei Viking. Meine Schwester Lecia Harmon Scaglione hat bestätigt, daß ich alles wahrheitsgetreu wiedergegeben habe. Auch James Laughlin von New Directions war mir eine große Stütze, und Tobias und Catherine Wolff haben das Manuskript zügig und mit scharfem Blick gegengelesen und nicht einmal etwas dafür verlangt. Ihnen allen danke ich.

Ich bedanke mich auch für den sehr willkommenen Writers Award, den mir die Mrs. Giles Whiting Foundation verliehen hat, und für das Stipendium des Mary Ingraham Buntin Institute am Radcliffe College.

Meine Mutter hat das Buch erst gelesen, als es fertig war. Aber sie hat über zwei Jahre hinweg am Telefon und in Briefen meine Fragen beantwortet und für mich recherchiert, auch als sie krank war. Sie hat mich uneingeschränkt in meinem Vorhaben bestärkt, obwohl vieles in dieser Geschichte schmerzlich für sie ist. Ihre Tapferkeit ist beispielhaft. Ihre Unterstützung bedeutet mir alles.